谷长春／主编

满族口头遗产传统说部丛书

两世罕王传·王杲罕王传

　　该说部讲述建世女真民族英雄王杲自幼被明御史宠爱，让他学习汉文和武艺，后王杲以古勒寨为根据地，不断扩充实力，渐渐成为建世女真的首领，并取得了抗击明军的胜利，但王杲最终不幸中计被杀。

富育光／讲述　　王慧新　　王宏刚／整理

吉林人民出版社

满族口头遗产

传统说部丛书

爱新觉罗溥杰题签

满族说部是我国
非物质文化遗产的瑰宝

周巍峙 题 丙戌年

满族说部是北方民族的百科全书

九十三翁贾芝

丙戌之春

苏子河畔之古勒山

明代哈达部所属貂皮屯附近被遗弃的古代石碾砣

哈达(王中)山城城门遗址

"一祖城"，又名"党尔察城"
为福满长子德世库所居之城遗址

哈达部旧城内遗址

哈达山城远望

新宾县上爽河镇之古楼村 为古勒城之筑地

赫图阿拉城外

哈达部旧地 完颜城（王杲城）

赫图阿拉城东城墙

苏子河畔之古勒山

赫图阿拉城汗王殿遗址

乌拉王城遗址

乌拉王城遗址

本书照片赵东升提供

满族口头遗产传统说部丛书编委会

主　编：谷长春
副主编：林　君　马少红　吴景春
　　　　荆文礼

编　委：（以姓氏笔画为序）
　　　　于　敏　马少红　孙桂林
　　　　邢万生　邵　干　谷长春
　　　　吴景春　林　君　林　毅
　　　　金旭东　荆文礼　赵东升
　　　　曹保明　富育光

编辑部主任：荆文礼（兼）

《满族口头遗产传统说部丛书》在文化部和中共吉林省委、省人民政府的领导与支持下，经过有关科研和文化工作者多年的辛勤努力和编委会的精选、编辑、审定，现在陆续和读者见面了。

中华民族大家庭中的满族，同其他民族一样有着自己独特的文化源流，作为非物质文化遗产的满族传统说部，是满族民族精神和文化传统的重要载体之一。"说部"，是满族及其先民传承久远的民间长篇说唱形式，是满语"乌勒本"（ulabun）的汉译，为传或传记之意。20 世纪初以来，在多数满族群众中已将"乌勒本"改为"说部"或"满族书"、"英雄传"的称谓。说部最初用满语讲述，清末满语渐废，改用汉语并夹杂一些满语讲述。在漫长的历史进程中，满族各氏族都凝结和积累有精彩的"乌勒本"传本，如数家珍，口耳相传，代代承袭，保有民族的、地域的、传统的、原生的形态，从未形成完整的文本，是民间的口碑文学。清末以来，我国社会发生了翻天覆地的变化，由于历史的、社会的、政治的、文化的诸多原因，满族古老的习俗和原始文化日渐淡化、失忆甚至被遗弃，及至"文革"，满族传统说部已濒临消亡。抢救与保护这份珍贵的民族文化遗产已迫在眉睫。现在奉献给读者的《满族口头遗产传统说部丛书》，是抢救与保护满族传统说部的可喜成果。

吉林省的长白山是满族的重要发祥地。满族及其先民世世代代在白山黑水间繁衍生息，建功立业，这里积淀着深厚的满族文化底蕴，也承载着满族传统说部流传的历史。吉林省抢救满族传统说部的工作始于 20 世纪 80 年代初。在党的十一届三中全会解放思想、拨乱反正精神的指引下，民族民间文化遗产重新受到重视，原吉林省社会科学院有关科研人员，冲破"左"的思想束缚，率先提出抢救满族传统说部的问题，得到了时任吉林省社会科学院院长、历史学家佟冬先生的支持，并具体组织实施抢救工作。自 1981 年起，我省几位科研工作者背起行囊，深入到吉林、黑龙江、辽宁、北京以及河北、四川等满族聚居地区调查访问。他们历经四五年的艰辛，了解了满族说部在各地的流传情况，掌握了第一手资料，并对一些传承人讲述的说部进行了录音。后来由于各种原因使有组织的抢救工作中断了，但从事这项工作的科研人员始终怀有抢救满族说部的"情结"，工作仍在断断续续地进行。1998 年，吉林省文化厅在从事国家艺术科学规划重点项目《十大艺术集成志书》的编纂工作中，了解到上述情况，感到此事重大而紧迫，于是多次向文化部领导和专家、学者汇报、请教。全国艺术科学规划领导小组组长、中国文联主席周巍峙同志，文化部社文图司原司长陈琪林同志，著名专家学者钟敬文、贾芝、刘魁立、乌丙安、刘锡诚等同志都充分肯定了抢救满族传统说部的重要意义，并提出许多指导性的意见。几经周折，在认真准备、具体筹划的基础上，于 2001 年 8 月，吉林省文化厅重新启动了这项工程。2002 年 6 月，经吉林省人民政府批准，省文化厅成立了吉林省中国满族传统说部艺术集成编委会，团结省内外一批专家、学者和有识之士，积极参与满族说部的抢救、保护工作。

这项工作，得到中国民间文艺家协会以及黑龙江、辽宁、北京、河北、吉林等省市民间文艺家协会和有关人士的认同与无私帮助，特别是得到了文化部和有关部门的鼎力支持。2003 年 8 月，满族传统说部艺术集成被批准为全国艺术科学"十五"规划国家课题；2004 年 4 月，被文化部列为中国民族民间文化保护工程试点项目；2006 年 5 月被国务院批准为第一批国家级非物质文化遗产名录。这使我们增强了责任感、使命感和克服困难的信心。根据文化部和中国民族民间文化保护工程国家中心有关指示精神，我们对满族说部采取全面的保护措施，不但要忠实记录，保护好文本，还要保护传承人及其知识产权；不但要保护与说部的讲述内容和表现形式相关的资料，还要保护与说部传承相关的文物，从而对满族说部这一口头遗产进行整体保护。我们坚持保护为主、抢救第一的原则，以只争朝夕的精神，组织科研人员到满族聚居地区深入普查，扩大线索，寻源探流，查访传承人，利用现代化手段，通过录音、录像、文字记录等方式采录传承人讲述的说部。在记录整理过程中，不准许增删、编改，只是在文法、句式、史实方面作适当的梳理和调整，严格保持满族传统说部的原创性、科学性、真实性，保持讲述人的讲述风格、特点，保持口述史的原汁原味。

几年来的工作，使我们深感"抢救"二字的重要。目前健在的传承人多已年逾古稀，体弱多病，渐渐失去记忆。就在二三年前，我们刚刚采录完傅英仁、马亚川讲述的说部，还没来得及进一步发掘其记忆宝库，他们就溘然长逝了。一些熟悉往昔满族古老生活的长者和说部传承人，如二十多年前我们曾经访问过的黑龙江省的富希陆、杨青山、关墨卿、孟晓光，吉林省的何玉霖、许明达、关士英、赵文金、胡达千、张淑贞，辽宁省的张立忠，北京市的陈氏兄弟、富察·庄净，河北省的王恩祥，四川省的刘显之等先生都已相继谢世，使其名传遐迩、珍藏在记忆中的说部无以名世，成为永远的遗憾。今天出版这套丛书，也是对他们最好的纪念。

《满族口头遗产传统说部丛书》所选的作品，都是满族各氏族传承人讲述的优秀传统说部的忠实记录，反映了满族及其先民自强不息、勤劳创业、爱国爱族、粗犷豪放、骁勇坚韧的民族精神，具有很强的思想震撼力和艺术感染力，可以说是我国民间文学中的宝贵珍品，具有较高的科学价值。它的出版，不仅是对弘扬我国优秀民族文化遗产，建设社会主义先进文化的贡献，而且也为世界非物质文化遗产保护工程增添了一分光彩。

一、满族传统说部产生的历史渊源

满族及其先民是一个有着悠久历史的古老民族。满族的先民肃慎人自古就在白山黑水一带繁衍。据《山海经》载："东北海之外……大荒山中有山，名曰不咸，有肃慎氏之国。"据《孔子家语》卷四载：肃慎就以"楛矢石砮"为信物贡服于周天子。而后，汉、魏、晋、南北朝之挹娄、勿吉，隋唐之靺鞨，辽宋之女真，明清之满洲，这些同属于肃慎族系，只是不同朝代称谓不同罢了。唐朝初年，靺鞨人曾建立"渤海国"，是北方少数民族的地方政权，史称"海东盛国"。辽代以降，满族先世黑水女真部迅速崛起，其首领阿骨打，承继祖业，敏锐韬晦，扫平有二百余年历史的桀骜特强的庞然大国——辽王朝，建立了雄踞北方的大金王朝。到金世宗乌禄时代，在文化和经济等诸方面均达到了鼎盛时期，史称"小尧舜"。明末，建州女真首领努尔哈赤统一女真诸部，建立中国历史上又一个东北少数民族地方政权"后金"。其后人又从建立大清国，到打败明王朝，定鼎中原。满族及其先民绵长的一

满族口头遗产传统说部丛书 总序

脉相承的历史，是满族传统说部赖以产生的客观基础。

满族是一个创造源远流长、光辉灿烂文化的民族。满族及其先民女真人作为北方边远的游牧、渔猎少数民族，能够两度逐鹿中原，建立政权时间长达420年，对统一中国版图，形成多元一体的历史格局产生了深远影响，做出了重要贡献，这是与其以自己的文化养育顽强、坚毅的民族精神分不开的。一方水土养一方人。满族及其先民历经三千余年的风雨沧桑，世代生活在广袤数千里的山林原野，征伐变乱的砥砺，苦寒环境的锤炼，培育了自己的民族精神与品格，使他们成为粗犷剽悍、质朴豪爽、善歌尚勇、多情重义，"精骑射，善捕捉，重诚实，尚诗书，性直朴，习礼让，务农敦本"（引自《盛京通志》）的民族。渤海的武人颇喜角斗，以骁勇为荣，有"三人渤海当一虎"（引自宋·洪皓《松漠纪闻》）之谚。靺鞨人盛行歌舞之风，其渤海乐不仅传入中原王朝和日本，而且在民间不断延续流传。金太祖完颜阿骨打在对辽作战相当激烈的时候，便命开国元勋完颜希尹创制女真文字，在金朝建国不久的太祖天辅三年（1119年）正式颁行，当时被称为国书。女真有了文字，促进了文化的发展，以歌伴舞在民间广为盛行。有些贵族子弟为求佳偶，常"携尊驰马，戏饮其地，妇女闻其至，多聚观之，闻令侍坐，与之酒则饮，亦有起舞歌讴以侑觞者"（见《三朝北盟会编》卷三）。这说明，女真民间一直保持先祖古朴的风俗习惯。随着北宋灭亡，金人大量入关，女真民间歌舞很快传遍中原大地，甚至在金、元杂剧中广为传唱。满洲统治者从建立后金到入主中原，注意保持满族及其先民尚武骑射和语言风俗方面的独立性，努尔哈赤时期创制满文，皇太极时期改革老满文，推动了民族文化的发展。康、雍、乾等几代皇帝，在强调"国语骑射"为治国之本的同时，也注意各民族之间的文化交流与融合，特别是积极吸收汉文化。这是满族传统说部得以滥觞的文化根源。

几度争战几度崛起，几度鼎盛几度衰落，漫长的历史充满着可歌可泣的英雄人物和壮烈悲怆的故事，构筑了深厚的文化根基，从而孕育和产生了古朴而悠久的满族民间口头文学——传统说部。满族说部的形成与传播，历史相当久远。满族先民，在从肃慎、挹娄到靺鞨以及创建大金国的历史过程中，各氏族、部落迁徙、动荡、分合频繁，到明中叶以后，随着女真社会内部矛盾日益尖锐，强凌弱，众暴寡，各部落之间互相争雄，连年战乱，及至进入清代，内部争斗不断，外患与内祸迭起，这使各个氏族都无法选择地交织在历史的漩涡里，涌现众多的英雄人物和感人的业绩。满族及其先民凭借自己对善恶美丑的感受和对社会现象的审视，把一桩桩、一件件值得传诵、讴歌的人和事，详细地记载在各个氏族世代传袭的口碑之中，以此谈古论今。为此，不遗余力地随时积累、记录、采集、传扬本氏族的英雄故事，以光耀门楣，激励族人。满族诸姓氏间，都以据有"乌勒本"而赢得全族的拥戴和尊重，"乌勒本"令族众铭记和崇慕。

满族传统说部的广泛流传得益于"讲古"的习俗。满族及其先世女真人，是一个讲究慎终追远，重视求本寻根的民族。他们通过"讲古"、"说史"、"唱颂根子"的活动，将"民间记忆"升华为世代传承的说部艺术。讲古，就是一族族长、萨满或德高望重的老人讲述族源传说、家族历史、民族神话以及萨满故事等。元人宇文懋昭所撰的《大金國志》中说，女真金代习俗，"贫者以女年及笄，行歌于途。其歌也，乃自叙家世"。这说明在女真时期就有"行歌于途"，"自叙家世"的讲古习俗。据《金史》卷六六载："女真既未有文字，亦未尝有记录，故祖宗事皆不载。宗翰好访问女真老人，多得祖宗遗事。"从中可知，金代初期民间讲古的习俗就很盛行，已引起上层统治者的重视。据《金史·乐志》载：世宗不令女真后裔忘本，重视女真纯实之风，大定二十五年四月，幸上京，宴宗室于皇武殿，共饮乐。在群臣故老起舞后，自己吟歌，"上歌曲道祖宗创业艰难……歌至慨想祖宗音容如睹之语，悲感不复能成声"。世宗及群臣参与"唱颂根子"的活动，势必张扬民间讲古的习俗。满族先人的故事在"讲古"中传播，在传播中又不断被加工、修改或产生新的故事。讲古不单单是本氏族内部的事，各氏族间互相比赛，场面十分热烈。据《爱辉十里长江俗记》中记载："满洲众姓唱诵祖德至诚，有竞歌于野者，有设棚聚友者。此风据传康熙年间来自宁古塔，戍居爱辉沿成一景焉。"由此可见，满族早年讲唱"乌勒本"，是相当活跃的，甚而搭棚竞歌，聚众观之。此景与我国南方一些民族的歌圩相类似。

满族及其先民将"讲古"、"说史"、"唱颂根子"的"乌勒本"，推崇到神秘、肃穆和崇高的地位，考其源，同满族先民所虔诚信仰的原始宗教萨满教的多元神崇拜观念，有着十分密切的关系。原始先民在漫长的社会劳动和生活中，由于生产力的极端低下，无力与强大的自然力抗衡，于是幻想在人的周围有一种超自然的力量主宰一切，并认为自然的东西都有灵魂，是他们控制着人类，给人类带来幸福，也带来灾难。正如恩格斯所说的，"由于自然力被人格化了，最初的神产生了"。这就是万物有灵论和原始神话。原始先民有了原始信仰和原始神话，便利用各种方法举行祭祀，向神灵祈祷、膜拜，于是产生了原始宗教，即萨满教。在萨满教诸神中，除自然神祇、动物神祇（包括图腾神祇）外，最重要而数目繁多者便是人神，即祖先英雄神祇。宗教与民俗从来就是形影相随的，"讲古"的习俗与萨满教的祭祀仪式结合了起来。满族及其先民以讲唱氏族英雄史传为中心主题的说部艺术，正是依照传统的宗教习俗，对本族英雄业绩和不平凡经历的讴歌和礼赞。人们对祖先英雄神，供奉它，赞美它，毕恭毕敬，祈祷祖灵保佑族众，荫庇子孙。萨满教极力崇奉祖灵，亦包括对本族历世祖先和英雄神祇的讴歌与缅怀。所以，在萨满祭祀中，有众多歌颂和祈祷祖先神祇的神谕、赞文、诗文和祷语，亦有叙事体的长篇祖先英雄颂词。满族及其先民的"颂祖"、"讲祖"礼俗，世代承继不衰，是因为把勉励子孙铭记祖先创业艰难，承继祖德宗功，继往开来，奋志蹈进，作为祖先崇拜的根本目的和信条。特别是乾隆十七年颁布的《钦命满洲跳神祭天典礼》，统一了萨满祭规，使萨满祭祀变成家族祭祖活动，把祖先崇拜推向高峰。经年累世，各氏族在集体智慧的滋育下，赞文日益丰富扩展，情节愈加凝炼集中，使之逐渐升华为长篇祖先颂歌。这也成为满族传统说部的一种源流。

二、满族传统说部的本体特征

满族传统说部经过千百年来的创作、传承和演变，形成了独特的表现空间和表现形式。满族先民自古"无文墨，以语言为约"（《太平御览》卷七八四），所以，说部是以口头形式产生和传承的，讲唱内容全凭记忆。最初记述手段，用一缕缕棕绳的纽结、一块块骨石的凹凸、一片片兽革的裂隙，刻述祖先的坎坷历程。这便是说部的最古老的形态，也叫"古本"、"原本"、"妈妈本"。满族人将这种"妈妈本"尊称"乌勒本"特曷。古人就是通过望图生意，看物想事，唱事讲古的。随着社会的发展，氏族中文化人的增多，满族说部的"妈妈本"逐渐用满文、汉文或汉文标音满文来简写提纲和萨满祭祀时赞颂祖先业绩的"神本子"。讲述人凭着提纲和记忆，发挥讲唱天赋，形成洋洋巨篇。

满族传统说部内容丰富，气势恢宏，它包罗天地生成、氏族聚散、古代征战、部族发轫兴亡、英雄颂歌、蛮荒古祭、生产生活知识等，每一部说部都是长篇巨著。满族说部之所以如此厚重，主要有以下三个方面的因素：

（一）关于记录和评说本氏族所发生的重大历史事件的说部，具有极严格的历史史实约束性，不允许隐饰，以翔实的根据来讲述；

（二）说部由氏族中德高望重、出类拔萃的专门成员承担整理和讲述义务，整理和讲述时吸收了众人谈资，所讲内容全凭记忆，口耳相传，无固定文本拘束，因而愈传愈丰愈精，是群体创作的累积；

（三）具有民间口头文学的生动性。说部多由一个主要故事为经线，辅以多个枝节故事为纬线，环环相扣，错综复杂，又杂糅地域的、民俗的奇特情景，加之口语化的北方语言，因而有深厚的文化积淀和感人的艺术魅力。

据我们掌握的三十余部满族说部来分析，从内容上可分为四种类型：

（一）窝车库乌勒本：俗称"神龛上的故事"，是由氏族的萨满讲述，并世代传承下来的萨满教神话和萨满祖师们的非凡神迹。窝车库乌勒本主要珍藏在萨满的记忆与一些重要的神谕及萨满遗稿中，如黑水女真人创世神话《天宫大战》、东海萨满创世史诗《乌布西奔妈妈》、爱辉地区流传的《音姜萨满》、《西林大萨满》等。

（二）包衣乌勒本：即家传、家史。如富察氏家族富希陆、傅英仁从爱辉、宁安传承的姊妹篇《萨大人传》和《萨布素将军传》（又名《老将军八十一件事》），黑龙江省双城县马亚川先生承袭的《女真谱评》，河北石家庄王氏家族传承的《忠烈罕王遗事》，乌拉部首领布占泰后裔赵东升先生承袭祖传的《扈伦传奇》，富氏家族传承的《顺康秘录》、《东海沉冤录》，傅英仁先生传承的《东海窝集传》等。

（三）巴图鲁乌勒本：即英雄传。满族说部有关这方面的内容很丰富，可分为两大类：一是真人真事的传述，如金代的《金兀术传》，明末清初的《两世罕王传》（又名《漠北精英传》）、《雪妃娘娘和包鲁嘎汗》，清中期的《飞啸三巧传奇》等；一是历史传说人物的演义，如《乌拉国佚史》、《佟春秀传奇》等。

（四）给孙乌春乌勒本：即说唱故事。这部分主要歌颂各氏族流传已久的历史传说中的英雄人物，如渤海时期的《红罗女》、《比剑联姻》，明代的《白花公主传》以及民间说唱故事《姻缘传》、《依尔哈木克》等。

满族传统说部在长期流传中形成了自己独特的风格，凝聚了有别于其他口头文学的鲜明特征。主要表现在：

（一）讲述环境的严肃性。各氏族讲唱"乌勒本"是非常隆重而神圣的事情。一般在逢年遇节、男女新婚嫁娶、老人寿诞、喜庆丰收、氏族隆重祭祀或葬礼时讲唱"乌勒本"。讲唱"乌勒本"之前，要虔诚肃穆地从西墙祖先神龛上，请下用石、骨、木、革绘成的符号或神谕、谱牒，族众焚香、祭拜。讲述者事前要梳头、洗手、漱口，听者按辈分依序而坐。讲毕，仍肃穆地将神谕、谱牒等送回西墙上的祖宗匣子里。这一系列程序表明有严格的内向性和宗教气氛。不像平时讲"朱奔"（意为故事、瞎话）那样随便地姑妄言之，姑妄听之。

（二）讲述目的的教化性。满族传统说部与萨满祖先崇拜的敬祖、颂祖、祭祖观念密切相关。讲述祖先过去的事情，都是真实地记述，是对祖先英雄业绩的虔诚赞颂，不允许隐瞒粉饰和随意编造，否则则认为是对祖先的不敬。讲唱说部的目的，不只是消遣和余兴，而是非常崇敬地视为培育儿孙的氏族课本和族规祖训，是对族人进行爱国、爱族、爱家的教育，起到增强氏族凝聚力的作用。因此，讲述内容、目的以及题材艺术化程度，均与话本、评书有较大区别。

（三）讲述形式的多样性。满族传统说部多为叙事体，以说为主，或说唱结合，夹叙夹议，活泼生动，并偶尔伴有讲叙者模拟动作表演，尤增加讲唱的浓烈气氛。从《萨大人传》和《飞啸三巧传奇》中我们可以看出，有说有唱，甚至还记录了讲唱的曲谱。讲唱说部关键在于说，说讲究真、细、险、趣四个字。真，即真实，故事情节合情入理，真实可信；细，即细腻，绘声绘色，细致入微；险，即惊险，突出关键的地方，有悬念，有艺术魅力；趣，即语言要风趣幽默，使人发笑。说唱时多喜用满族传统的以蛇、鸟、鱼、狍等皮革蒙制的小花抓鼓和小扎板伴奏，情绪高扬时听众也跟着呼应，击双膝伴唱，构成跌宕氛围，引人入胜。

（四）传承的单一性。满族传统说部的承继源流，主要以氏族中的一支或家庭中直系传承为主，虽有师传，但多半是血缘承袭，祖传父，父传子，子子孙孙，承继不渝，从而保持了说部传承的单一性与承继性。《萨大人传》是富察氏家族的祖传珍藏本，其传承顺序是：富察氏家族第十一世祖、清道光朝武将发福凌阿传给长子、爱辉副都统衙门委哨官伊郎阿将军；伊郎阿又传给长子富察德连；富察德连又传给其子富希陆和其侄富安禄、富荣禄；富希陆又传给长子富育光。一般来说，讲唱人大都与说部所宣扬的事件及其主人公有直系血缘关系，他们既对本氏族历史文化有一定的素养，又谙熟说部内容，并有组成说部题材结构的卓越能力和创作才华。《扈伦传奇》的传承就是很好的证明，其最早的传承人乌隆阿，纳喇氏第十一代，他把家史传给曾孙德明（五品官，通今博古），德明经过梳理后传给其侄十六辈霍隆阿（笔帖式），再传给十七辈双庆（五品官，精通满汉文），下传伊子崇禄（八品委官），二十辈的赵东升继承祖父崇禄先生，对家史进行整理。这些传承人都有高深的文化和创作才能。他们把记忆和传讲自己的族史视为己任，当做崇高而神圣的事情，世代不渝。他们在氏族中自行遴选弟子或由自己的后裔承继传诵。传承的方法是口耳相传，心领神会。所以，传承人在满族说部的纵向传承与横向传播的过程中，为保存民族文化遗产做出了应有的贡献。可以说，没有传承人，就没有满族说部。

（五）流传的地域性。满族说部在一些地域流传过程中，深受广大群众喜爱。因此，有的说部逐渐脱离原氏族的范围，被众多氏族传承诵颂，如《尼山萨满传》、《红罗女》、《飞啸三巧传奇》、《双钩记》（又名《窦氏家传》）、《松水凤楼传》、《姻缘传》等，在长期传诵中，已成为该地域更多姓氏甚至外族群众讲述的书目，并代代传承。

满族传统说部和其他口头文学一样，在流传过程中也有变异性。在传播中，传承人根据自己对讲述内容的认识和理解，不断加工、升华，从而产生新的故事纲目。特别是，随着氏族的繁荣，分出各个支系，每个支系都有自己的传承人，在讲述内容和形式上也有了变化。所以在不同的支系、不同的地域出现了不同的传本，如《红罗女》在黑龙江省牡丹江一带流传《比剑联姻》、《红罗女三打契丹》，而吉林省的东部就有《银鬃白马》、《红罗绿罗》等不同传本，这是正常的现象。说部在传播中演变，获得新的发展，并吸收汉族的评书和明清小说章回体的特点，这正是满族传统说部具有顽强生命力的表现。

三、满族传统说部的价值和意义

满族传统说部，是满族及其先民在一定历史时期、一定社会中的一种意识形态的反映，其中蕴藏着丰富、凝重的社会、历史内容。

满族传统说部具有历史学价值。满族传统说部大都是以古代英雄人物为中心、以历史事件为背景编织而成的，是述说满族及其先民各个部落、氏族的兴亡发轫、迁徙征战、拓疆守土、抵御外患等"先人昨天的故事"。如《萨大人传》、《东海窝集传》、《扈伦传奇》等所讲述苦难的经历，不朽的宗功，都从不同的侧面反映了各个氏族充满血泪、卓绝斗争的雄浑壮阔的历史。从各个氏族的说部中，能使人更好地了解到满族及其先民是怎样从遥远的过去走过来的，经历了哪些曲折坎坷和历史沧桑，而且比起正史有更多底层人民群众的历史活动和当时社会各层面的具体细节。高尔基说："如果不知道人民的口头创作，那就不可能知道劳动人民的真正历史。"说部的历史价值在于它是原生态的历史记忆，是"那时"民间留存下来的口述史。满族的先世在没有文字时，许多史实都靠各个氏族的说部代代相传，据《金史》卷六六载："天会六年（1128 年）诏书求访祖宗遗事，以备国史。命勖与耶律迪越掌之，勖等采撷遗言旧事，自始祖以下十帝，综为三卷。"金代统治者重视采集民间遗闻旧事，并根据民间传说给始祖以下十帝立传，编入金史，这是满族说部为民间口述史的很好证明。满族说部是满族及其先民用自己的声音记述自己的历史，对各个部落、氏族重大事件的生动描写，细致记录，很多实事是鲜为人知的，有的补充了史料之不足，有的供专家研究或可匡正史误。说部以浩瀚的内容、恢宏的气势展示北方民族生动、具体的历史画卷，提供了各个历史时期活生生的人文景观。在《两世罕王传》、《扈伦传奇》、《雪妃娘娘和包鲁嘎汗》中记述了明朝与女真的交往、马市的内幕、东海窝集部与乌拉部的关系、扈伦四部争锋角逐、努尔哈赤创建八旗对女真的分化等等，都是各部族祖先的亲身经历。这对满族史、民族关系史、东北涉外疆域史的研究，都有见证历史的特殊价值。

满族传统说部具有文学审美价值。满族传统说部之所以能够世代传承诵颂，因为它具有独立情节，自成完整结构体系，人物描写栩栩如生、有血有肉，是歌颂克难履险、不畏强暴、能征善战、疾恶如仇的英雄的壮丽诗篇，充满了对英雄的崇敬，对美好生活的向往。说部中讲述的故事曲折生动，扣人心弦，语言朴实无华，简洁明快，具有感人至深的艺术魅力。许多说部都展现了浓郁的民族风韵，朴素、剽悍的独特风格，贯穿了反抗强权、除暴安良、保家卫国、急公好义、扶危济贫、知恩必报的积极主题，突出体现了满族及其先世的人文精神。它对启迪人们的智慧，端正人们的品格，鼓舞爱国主义思想，增强民族自豪感，有着潜移默化的作用。满族传统说部中反映的内容，与人民息息相通，因而受到北方各族群众的欢迎和享用。像《尼山萨满传》、《萨大人传》、《雪妃娘娘和包鲁嘎汗》、《松水凤楼传》等故事早已在达斡尔、鄂温克、赫哲、鄂伦春、锡伯以及汉族中广泛流传，只是过去没有被发掘而已。说部的创作不排除有被流放到北疆的高官和文化人的参与，如《飞啸三巧传奇》把北方民族抗俄守边的斗争与宫廷斗争相联系做了具体生动的描写，就可见流民文学的影子。满族传统说部创世神话《天宫大战》，反映了原始先民与自然力的抗争，歌颂了掌管日月运行、人类繁衍的三百女神与恶神进行惊心动魄地鏖战，是我国史前文化的重要遗迹，可以同世界诸民族的古神话相媲美，丰富了世界神话宝库。满族传统说部中的史诗《尼山萨满传》和有着六千余行的萨满史诗《乌布西奔妈妈》，以北方民族的独特语言，瑰丽神奇的情节，宏伟磅礴的气势，歌颂了萨满的丰功伟绩，具有很强的震撼力。可以说，满族说部是满族及其先世的史诗，是民族文化的精华和古卉，是我国和世界学术界研究满族及其先民历史和文化的不可或缺的宝贵资料，填补了我国民间文学史的空白。

满族传统说部具有民俗学价值。满族及其先世，在长期社会生活中，主要靠口碑传承生产、生存经验。在《飞啸三巧传奇》、《雪妃娘娘和包鲁嘎汗》中介绍了用桦树皮造纸、皮张的熟制、不同兽肉的制作和保鲜、鱼油灯的制作过程等古老工艺，还介绍了北方各种草药的药性和采集，北方少数民族的海葬、水葬、树葬等民俗。在《天宫大战》中介绍了祭火神，"跑火池"，在《两世罕王传》中记述了明末清初一种娱柳活动——"跑柳池"等等。因此满族传统说部，为我们展现了满族及其先民等北方诸民族沿袭弥久的生产生活景观、五光十色的民俗现象、生动的萨满祭祀仪式和古时的天文地理、航海行舟、地动卜测、医药祛病以及动植物繁衍知识等，特别是有关生产知识，操作技艺，往往通过故事中的口诀和韵语得以传承。这为研究北方诸民族的人文学、社会学、民俗学、宗教学等学科提供了具体、真实、形象的资料，使这些学科得到印证、阐明和补充。所以，有些专家称满族传统说部是北方诸民族的"百科全书"，其言不为过誉。

满族及其先民，数千年来，在亚洲阿尔泰语系乃至通古斯文化领域里，做出了不可泯灭的贡献。特别是有清二百六十余年来，为世界文化保留了浩瀚的满学典籍及各种文化遗产，满语的翻译历来为世界各国学者所青睐，满学已成为民族学、语言学的重要学科。满语因久已废弃，现存满语仅是清代书面语的沿用。近年来，我们采录了黑龙江省孙吴县78岁的何世环老人用流利的满语讲述的《音姜萨满》、《白云格格》等满族说部，它向世人重新展示了久已不闻的仍活在民间的活态满语形态，这对世界满学以及人文学的研究是弥足珍贵的。除此，在满族传统说部中还保留着大量的环太平洋区域古老民族与部落的古歌、古谣、古谚，故而具有丰富世界文化宝库的意义。

满族传统说部作为民间口述史，其中对历史的记忆也会有不真实、不准确的地方，但它毕竟是民间口头文学而不是史书，作为信史虽不排斥传说但不可要求口头传说与史书一样真实可信。满族及其先民由于受历史的局限和各种思想的影响，在说部中难免有不健康的东西和封建糟粕的成分，但这不是主流，它和所有非物质文化遗产一样，自有其存在的价值。我们把满族传统说部原原本本地奉献给广大读者，相信在批判地继承民族文化遗产的原则指引下，一些不健康的东西会得到剔除。我们在采录、整理、校勘、编辑过程中难免有所疏漏，敬请读者批评指正。

我们抢救、保护和编辑、出版《满族口头遗产传统说部丛书》，是为了贯彻落实党的十六大精神和"三个代表"重要思想，传承中华文明，发展社会主义先进文化，为建设社会主义精神文明和构建和谐社会尽绵薄之力，希望这套丛书的出版能发挥它应有的作用。

2006 年 6 月

目 录

满族著名传统说部
——《两世罕王传·王杲罕王传》传承概述

富育光

考察满族往昔脍炙人口的耆老口碑传说中，属于王杲罕王和努尔哈赤少年时代小罕的传奇故事，颇有声誉和影响，最受人们喜爱，流传广远。当年，在关东一带的民间，有口皆碑地传颂着这类民谚："说老罕，讲小罕，先有王杲，后有教场安"，也有"先有王杲，后有皇陵"等谚语。据考此类民谚的含义，颇有意思，都是意在渲染或追忆大明嘉靖年间曾在辽东创造了惊天勋业、最后磔死京师菜市口的一代枭雄王杲，以及在其卵翼下崛起于辽东苏子河畔的建州部首领觉昌安和其孙努尔哈赤。这些民谣皆是辽东古代风云史的缩影。由此可知，民谣中所说的"教场安"，是满汉兼词语，即努尔哈赤的祖父觉昌安谐词。民谣中的"皇陵"，系指大清立国后突起的昌瑞山清室皇陵。王杲是努尔哈赤外公，两家既是姻亲关系又是建州部政治和军事势力的承袭关系。这些民谣的含义，恰是追本溯源，在深情诉说满人的发迹皆因有早年建州左卫王杲的奋勇开拓，方有觉昌安之孙努尔哈赤的统一女真建立后金国定鼎燕京，有了大清朝的一统天下。早年在满族传统的"乌勒本"说部故事中，就以上述观念和创作构思，形成了传世名篇——《两世罕王传》。

《两世罕王传》大约形成于清初年间，最早都是用满语讲述的长篇大故事。满族话叫"朱录汗额真乌勒本"，或叫"朱录汗玛法朱奔"，其汉意就是"两世罕王传"，或叫"两世大玛法故事"。所谓"两世罕王"，即指当年在辽东苏子河崛起的女真建州部两位英雄人物，一位是指盖世枭雄——王杲；另一位就是清太祖努尔哈赤。

《两世罕王传》的故事早在明中叶乃至清初之际，就在北方民间广泛传颂，深得民众的喜欢和颂扬，津津乐道，家喻户晓，妇孺皆知。首先，它因揭示关外辽东一段重要的历史风云变幻而著称于世，受到各界的关注，多方人士都能从《两世罕王传》中，获得丰富的人生启迪和受益。再者，《两世罕王传》又因其所包容之波澜壮阔、扑朔迷离的历史风云故事，而令听众所沉醉和倾倒。在《两世罕王传》漫长的传播过程中，糅入了众多讲述者的厚爱和智慧，塑造出众多个性鲜明、栩栩如生的历史人物，形形色色，新颖离奇，跌宕曲折，沁人肺腑。故俗有"辽东列国传"的赞誉。

凡植生于民间沃土的口碑文化，反映着人民的喜爱和期望，历来都是社会的晴雨表，是社会生活的镜子和时代的人文映象与忠实的记录。这恰恰正是满族传统说部"乌勒本"艺术，所特有的无限生命力和时代价值的魅力所在。满族传统"乌勒本"说部是民族的记忆史，保留众多满人为了生存与恶劣环境抗争的顽强呐喊和豪迈足迹。《两世罕王传》也可以称其谓民间记忆的清前史，有诸多史学的参证价值。

本说部开篇申明本书发端的来龙去脉。说书人的开篇书引子，讲得十分清楚，《两世罕王传》早年有不少传本，有些本子因传的人住的地方不同，也因为年代太久了，互有不少差异，但总的故事中心还都是讲王杲和努尔哈赤两代的英雄谱。

《两世罕王传》的传承，陈姓家族是很重要的传承人。陈姓家族，分布在北京怀柔、十渡和西山诸屯，多在庭院里种植着柿子树，每到盛秋，黄柿染林，别有一番风味。族人们便喜欢在辟建的青砖瓦房里，有的人家还外带个小院，修的扇子门也挺讲究，摆开几张小凳，专做全族的书场。清代和民国年间，族中长辈常在这小院请来满汉齐通的色夫，办着塾学，说着家常，或者请本族德高望重的叔爷爷，讲他最擅长拿手的《两世罕王传》，消磨时光。直到咸丰、同治年以后，社会萧条，旗人家境衰落，不少院落被当了出去，到民国年间最终也没有赎回来。族里人啥玩艺都可丢，就是祖传的《两世罕王传》没有丢，族里族外的乡亲们，都以说几段满洲书为乐，振振精神，联络感情，或者请色夫们来挑段演讲，可是终没有个像样的场地。尽管这样，叔爷爷从不烦气，老人家因受祖上传统的说唱习俗影响，不论长短，说任何一段，只要有人请他讲，都有求必应，从不要一文钱。叔爷爷的名声在北京郊区，越来越响亮。不过，大清国亡了以后，京城里的旗人可就遭殃了。俗话讲："殃及池鱼"呀，大清国皇帝退位，凡属满洲人不仅要剪辫子，而且被挨门挨户抄家搜查，吓得满洲人不得不编说自己的足迹，硬充河北的蓟县人、山西的大同人、山东的蓬莱人，家有女儿的，想方设法嫁给汉人。叔爷爷心很宽，闲来无事，为消愁解闷，图个热闹，就在巷子里聚拢旗人邻里，讲罕王传。邻里们像汉人爱听三国、水浒、说岳一样，爱听罕王传。不仅满族旗人爱听，更招来许许多多汉族哥们也听得格外入心。《两世罕王传》谁听谁都觉得很有瘾呢，最后就这样传开了。

令人难以忘怀的是，民国二十六年秋末，叔爷爷夜晚让他儿子从西墙凹里，将他收藏的《两世罕王传》书匣取下，让儿媳妇烧好温水，取来白毛巾，亲自擦洗书匣，小孙儿帮着爷爷端盆倒水，儿子、儿媳不知老人家何意，老人又不让两人插手，并让儿子、儿媳带着小孙儿到下屋入睡，说自己还要翻阅一下过去讲唱的书本，不必管他。老人家身体康健，精神矍铄，儿子、儿媳也就没有在意。谁知天亮以后，儿子、儿媳起来，进到上房，见叔爷爷坐在牛皮沙发上，怀抱《两世罕王传》书匣，已经逝去。老人无病而终，终年八十。

上世纪八十年代初，我在中国社会科学院民族研究所贾芝先生处进修民间文学专题课期间，我采风实践基地，就是调查访问北京郊区西山、潭柘寺镇等地，满族同胞待我亲如一家，承蒙他们无微不至地关照和帮助。在民间采风期间，我有幸征集到满族陈氏家族传袭下来的《两世罕王传》。1983年秋回长春后，我在诸多论文中，揭示和评述《两世罕王传》的史学和民族学、民俗学的不朽价值。吉林省社会科学院历史研究所清史专家张璇如先生、清代扈伦四部乌拉部布占泰后裔赵东升先生，都曾全部或部分审读过《两世罕王传》文本手抄卡片，均认为我国清前史研究专家除有我国著名学者孟森先生外，日本圆田一龟先生对清前史研究，亦颇有开拓与贡献，《两世罕王传》的搜集，是民间记忆资料的可贵补充，对古清史研究必有裨益，给予很高评价。1984年秋，宁安县志编纂办公室主任傅英仁先生到长查阅资料，见到《两世罕王传》卡片，爱不释手，对其清前史学术价值也给予充分肯定。傅老满腔热诚地表示愿意参与《两世罕王传》的整理工作。临别时傅老将《两世罕王传》中的努尔哈赤部份卡片资料带走，回宁安整理；而我因有家传的满族说部《萨大人传》、《雪妃娘娘和包鲁嘎汗》、《飞啸三巧传奇》、《恩切布库》等需要整理，所收藏的《王杲罕王传》资料一直存放家中，由于搬家和朋友传阅，有些资料遗失。1997年交王慧新存藏文稿，后她告诉我已商妥与王宏刚先生合作整理。两位先生经过近两年的精心梳理、史料核实和文字修润，终于圆满整理完毕，得以问世，深表敬佩和感激之忱。

2014年2月18日

相传在很古很古的时候，在长白山南面的苏子河畔群山围绕的绿荫丛中，住着很多很多身体硕壮、赤臂裸身、长发披肩的男女。每到绿树成荫的时候，这些野男裸女就将苏子河畔的绿荫丛中的树叶，用藤条串系到一起，围成叶环，在腰间一围三圈，编成绿色的美丽长裙。他们平时都赤着脚走路，只有遇到坚硬的岩石地块，才在脚上包裹上长毛野猪皮。到了冬天，苏子河一片冰封，冰厚百尺，这些野男裸女像当地的黄鼠、獾、貉一样，掘地三尺，挖洞盖屋，建起一个个温暖的地窖子。年年岁岁，岁岁年年，苏子河畔的生灵日益繁殖兴旺起来，由一个小山寨变成了大部落。他们，就是本说部的主人公——建州女真人的第一代罕王王杲的祖先们。

王杲的女真名字叫"阿突罕"。王杲这个汉人名，是他十岁的时候抚顺御史张大人给起的，"杲"是明亮的意思。

张大人非常喜欢这个长相俊秀、聪明伶俐的女真小男孩，把他收为义子。当然这是后话，我们先说说这位罕王神奇的出生故事吧：

在有关苏子河古老的诸多传说中，最神奇的传说故事是阿突罕的阿玛①在喝醉酒的时候向众人坦述的。

王杲的阿玛叫多霍洛，部落里的人敬称他为"多贝勒"。"贝勒"那时还没有成为朝廷的一个官职爵位，只是女真人对部落首领的尊称。可王杲的阿玛只是一个普通的山野莽夫，人们为什么这么叫他呢？

据说这位"多霍洛"的性格堪比尼堪②人书中所讲的黑旋风李逵一样率真、耿直、暴烈。他张狂豪放，甚喜烈酒，也最讲究义气。谁家有个为难招灾的，他都过去帮忙。那年月，爹娘生下他来，只晓得猎获果腹，山水为伴，也没给他起个啥大名。

说来还真有意思，王杲阿玛年轻的时候，有一次攀山涧，冷不丁瞧见一只白嘴白蹄儿的小梅花鹿，瞪着黑绒绒的长睫毛的大眼睛，拨楞着漂亮的角在歪脖俯视着他，好像在冲他说："来呀，你小子有本事就来

---

　① 阿玛：满语，父亲。
　② 尼堪：满语，汉。

001

抓我呀。"

　　他哪是服输的人，挺直的峭壁硬是薅着小树往上爬。没成想，一下子拔起了树根，连人带树一起坠落山崖。也是他命不该绝，半山腰上的一棵不老松接住了他，他这才保住了一条小命儿。可是右腿肚子却被树干穿裂，红肉白骨分开，鲜血淋淋。他挣扎着坐起来，好在他认识山里的狼毒草①，折了几根放在嘴里嚼碎以后，敷到伤口上止痛，然后快速地从皮囊里掏出骨针和狍筋线，牙齿咬得咔噔噔响，汗珠子噼哩啪啦往下淌，忍痛缝上了伤口……。

　　他的命虽然是保住了，可右腿却留下了残疾，成了个跛脚瘸子。部落里的人给他起名，喊他"多霍洛"。这"多霍洛"，女真话就是瘸子。他听了也不生气，只是"嘿嘿"一笑。"多霍洛"从此以后叫开了。

　　多霍洛成了瘸子以后，性格还跟以前一样，从不服输，也从不使用拐杖，就凭着自己铁铮铮的直爽性格，瘸着腿走山路，每天照样上山捕狍鹿，下河抓鱼鳖。渐渐地，他越走越快，越走越熟练，快速如狸猫，疾跳如飞，一般人都撵不上他。部落里的人异口同声地夸赞他是一个了不起的奇人。

　　别看多霍洛为人粗犷，性格耿直，但却胆大心细，凡与他比试布库②的，总要输在他的名下。他擅会使巧技，能够毫不费力地搬倒比他重近百斤的壮汉。而且，他力大过人。他曾与老牛角力，抓住牛尾巴，把老牛痛得哞哞叫，就是不能往前动一步。他还有个最惊人的绝技，就是调教荒野中的狂怒悍马。

　　各位阿哥，你们可要知道，在早年，不论行军打仗，也不论是打猎种地，更不论是长途贩运或交际远游，靠什么？就靠骏马驰骋。骏马就是财富，就是胜利，就是生命，有了骏马就有了一切。可是那骏马也不是绵羊，任人驾驭。俗有马识英雄之说，特别是难以驯服的烈马，它若看不中你，你休想骑它，弄不好它还狠狠地摔你一下；你若比它厉害，能降住它，它不仅让你骑，而且还非常听你的话。所以古代专有一行，就是驯马的色夫③。

　　当年，自强不息的多贝勒，骑着一匹自己亲自挑选、亲手调教出来

────────────

① 狼毒草：东北山野中一种可以疗伤的草药。
② 布库：满语，摔跤。
③ 色夫：满语，师傅。

的蒙古大走马。此马体型健硕，通体像缎子一样黑亮，故起名叫作"黑缎兽"。多霍洛终日骑着黑缎兽，行走在各个部落中间。在多霍洛的面前，不论烈马何等的暴跳如雷，何等的逢人猛甩长鬃，又蹬又踢，只要是见了多霍洛，马上就会变成温顺的猫。这是为什么呢？

第一，多霍洛长着一双龙王眼，马见了就怕三分；

第二，多霍洛有专掐马耳朵的特技，只要他掐住马耳朵，马就浑身瑟悚；

第三，多霍洛只要趴在马背上，全身紧压马背，活像贴张干树皮，任马纵跳狂奔，也休想甩掉他。一直到马跑得精疲力竭，四腿颤抖，"咴、咴"告饶为止。

多霍洛是烈马的克星，所有的马只要见了多霍洛，都战战兢兢，俯首帖耳。多霍洛的名声越传越响，远近闻名，无人不知，无人不晓。周围大大小小的部落，都用美酒、鹿脯、贵礼，敬请多霍洛色夫，请他住在自己部落里，驯养从数百里外的蒙古大草原花重金买回来的生荒子马，并派人跟多霍洛色夫学习驯养烈马的技艺。

明代的时候辽东达爷①成千，扈伦②成百，凡有点地盘和奴才的人家，就各自封号。多霍洛凭着他的一技之长和热心，得到了部落人的尊敬，人们尊称他为"多贝勒"。"多贝勒"，就这样在自己部落内叫起来了。

多贝勒凭着他的超群技艺和勇猛过人，讨到了一个漂亮的沙里甘③。这个沙里甘还真不错，为他生了两个追儿④、两个沙里甘居儿⑤。一家人相亲相爱，过着其乐融融的日子。

然而天有不测风云，多贝勒的小追儿在两三岁的时候，突然起了痘疹。多贝勒请来萨满给孩子跳神，连跳了三天三夜，也没能留住孩子的性命。多贝勒非常伤心难过。

俗话说：福无双至，祸不单行。没过几年，也就是多贝勒的大追儿在八九岁的时候，有一次多贝勒不在家，进山打猎去了，他的大追儿被一匹受惊了的野马踩踏致死。他的沙里甘悲痛欲绝，一病不起。最终也

---

① 达爷：满语，首领。

② 扈伦：满语，城池。

③ 沙里甘：满语，妻子。

④ 追儿：满语，儿子。

⑤ 沙里甘居儿：满语，姑娘。

离他而去了。

家里只剩下多贝勒和两个沙里甘居儿。多贝勒经常要进山打猎，家里只剩下两个年幼的女孩儿也不行啊。多贝勒就又娶了一个小沙里甘。

要说多贝勒这后娶的小沙里甘，在部落里是数得着的美人。不少曾与多贝勒一起打猎的猎手与他开玩笑，说他不但能打豹子，逮野猪，还能降服漂亮女人呢！

可老天偏偏跟多贝勒过不去，这个漂亮的沙里甘嫁给多贝勒以后，一连两年，也没给他生下一男半女，可把这对夫妻愁坏了。他们寝食难安，焦急万分。多贝勒带着他的小沙里甘不知拜过多少山神，吃过多少野药，喝过多少庙里的香灰水，但是，不管怎么弄，就是不管用。多贝勒拍拍小沙里甘的肚子，总是空空的。多贝勒一怒之下，埋怨自己的小沙里甘没用。

小沙里甘不服气，竟说多贝勒："你天天除了抓豹子，就抓野猪，你那个凶劲，还谁敢来？孩子都让你给吓跑了。"

其实，小沙里甘只是一时说的气话，可多贝勒却上了心，从此，他一改过去喝完酒就六亲不认的性格，而且也不再像以前那样喝酒了。更令人惊奇的是，他还救过被别人打伤的猎豹，并在自己院子里筑有养猎豹的窝。在早，多贝勒家的后仓房墙上挂满鬃毛野猪的獠牙，说明他捕杀的野猪已经无计其数。现在，多贝勒一反常态，每到秋天和春天，野猪繁育最"囊"①的时候，他都不再捕杀獠牙野猪，而是让它保护好庞大猪群中的母猪和猪仔儿。多贝勒的心变软了，性格也变得温顺了。

单说一个和风煦暖的傍晚，多贝勒的小沙里甘手里端着大木盆，盆里装着多贝勒和孩子们平时穿的衣物，她要到苏子河边去浣洗衣服。

她来到河边一块很平整的河滩上，选了一块平板石，卷起裤腿，两脚伸进河里，开始用棒槌捶洗衣服。

这时，夕阳西下，远处的山峦在夕阳的映衬下显得格外美丽。小沙里甘的衣服已经洗完了。她望着清凉的河水，想着出门打猎的畏根②这两天就要回来了，心里美滋滋的。她突然想洗一洗身子，于是转圈瞅了瞅，见四周无人，便脱下衣服，进到河里。

刚洗没一会儿，突然从南边飘来一团浓云，向苏子河这边就涌来

①　囊：东北方言，多。
②　畏根：满语，丈夫。

了。小沙里甘以为天要下雨，想上岸收拾衣物和棒槌，赶紧回家。可是，随着浓云刮来一股飓风，这风力格外大，把小沙里甘吹得像有多少道绳子捆着一样，一点也动不了。没办法，她只好蹲在水里，准备等风小一小再上岸。

就在这时，从南边涌来的乌云停在了她的头顶，并且开始翻滚着、升腾着，还不时响起雷鸣声。渐渐地，小沙里甘发现，这片乌云幻化成两个巨大的神龟。一个在下边，一个在上边，在不停地扭动着。紧接着，天上下起了暴雨。小沙里甘踡缩在水里，一动也不敢动。突然，她觉得自己的下体涌进一股暖流，一直到她的腹中。紧接着，风停啦，雨住啦，乌云也散啦。

小沙里甘来不及细想这发生的一切，见雨停了，赶紧上岸穿衣，抱起自己的木盆，急匆匆地跑回家里。

到家以后，小沙里甘就觉得自己的肚子里有些异样，她也不知道怎么回事。过了两天，多贝勒打猎回来，小沙里甘就把自己在河里遇到的奇事告诉了多贝勒。还是多贝勒见多识广，他一听就知道这是天上的神龟在相交，可自己沙里甘体内的变化令他猜忌：难道是神龟交配的精液遗落凡间，进到自己沙里甘的体内？他决定先不和沙里甘同房，观察几天再说。

没想到，没过数日，小沙里甘就觉出自己怀孕了。她欣喜万分，告诉了畏根。多贝勒非常兴奋，逢人便讲：我多霍洛有神助，必天赐我骄子。

果然，没过几个月，多贝勒的沙里甘就产下一个白白俊俊的小男孩，非常聪明、机灵，小眼珠儿里好像有很多的话语。多贝勒爱如掌上明珠。还没满月，孩子就开始牙牙学语，好像要说话似的。他更不同于一般婴儿的是，他的一笑、一哭、一动，都似乎关系到天上的风云变幻，阴晴雨雪。

就在孩子刚出生不久的一天早晨，多贝勒为了一家人的生活，要出门打猎。孩子哭闹不止，怎么哄也哄不好。可多贝勒也不能不去呀，家里的食物已经不多了。他告诉自己两个年纪尚小的沙里甘居儿："一定要帮着额母①照看好你们的阿浑②。"并告诉自己的沙里甘："我就在附

---

① 额母：满语，母亲。
② 阿浑：满语，兄弟。

近打几只野兔，很快就回来。"

结果，到了晚上，多贝勒也不见踪影。小沙里甘急了，顾不得自己虚弱的身子，要出门寻找畏根。就在这时，多贝勒踉踉跄跄地进了屋。小沙里甘急忙询问缘由。多贝勒轻描淡写地说："出去转了半天，也没见一只动物，就往远处走了走。后来见天色已黑，怕你们担心，就回来了。"

小沙里甘见自己的畏根安然无恙，就相信了他的话，没再多问。

其实，多贝勒并没说实话。他之所以这么说，是怕自己的沙里甘担心。到底是怎么回事呢？听我这个说书人告诉你吧：

多贝勒出门以后，确实是在附近转了大半天，而且也真的没发现一只动物，就连一只小动物都没看见。多贝勒不甘心，就往密林深处走去。越走越远，越走林子越密。这时天已经黑了，多贝勒也早已经饿了，因为早晨出门的时候，他只打算在家附近转悠转悠，所以没带干粮。

就在这时，他突然听见远处有树叶发出的"沙、沙"声。多贝勒知道，这是动物走路碰到树木发出的响声。他立刻打起精神，屏住呼吸，两眼凝视前方。没过多久，就见一只体型硕大的老虎晃晃悠悠地出现在他的视线。看老虎肚子圆滚滚的样子，好像刚刚饱餐了一顿，想去找水喝。多贝勒悄悄拉开枪栓。老虎的耳朵也非常尖，一下就发现了多贝勒，朝多贝勒躲藏的方向就扑过来了。多贝勒来不及多想，立刻慌乱之中箭射偏了。老虎继续扑向多贝勒。多贝勒凭着自己在山里摸爬滚打了几十年，练就的一副猿猴的机灵劲儿，急忙闪身躲开。老虎扑了个空，但它不甘心，转身又扑过来，多贝勒又躲了过去。两次扑空以后，老虎的气势小了不少。可多贝勒因为又累又饿，已经没劲儿了，再加上连续两次躲过老虎的猛扑，体力也消耗了许多。多贝勒见形势对自己不利，在老虎还没转过身来第三次扑向他的时候，赶紧撒丫子蹽了。多亏他自己要强，腿瘸了以后还硬撑着走山路，练就了自己有豹子一样的速度。也该着他命不该绝，眼下这只老虎已经吃饱，追了他一会儿没追上，就不愿意追了。多贝勒这才侥幸逃脱。

还有一次，多贝勒也是要出门打猎，这次孩子不仅没哭闹，反而笑嘻嘻地瞅着他，像是给他送行，结果多贝勒这次打猎回来不仅满载而归，而且还打到一只肥胖的大马鹿。从此，多贝勒更加喜爱这个襁褓中的儿子，把他视为神童，给他起名"阿突罕"，就是有预见的聪明小子。

从此，多贝勒每回出猎前常常成习惯地先问问他的宝贝儿子，从孩子的话语中，表情里，多贝勒就能预测到能否捕捉到猎物，往往非常灵验。

说到这里，不能不提到多贝勒勇救海西女真哈达部部长王忠的故事。

有一次多贝勒要去五女山打猎，临行前，就问小阿突罕："阿玛去给你打一只大马鹿，你说怎么样啊？"

这时小阿突罕已经会说话了，他眨巴眨巴水灵灵的大眼睛，说："阿玛不打大马鹿，阿玛打老虎。"

正抱着阿突罕的额母说："能打到大马鹿就不错了，还想让你阿玛打老虎，老虎是那么容易打的吗？"

结果，小阿突罕还是拍着手说："阿玛打老虎，阿玛打老虎。"

见此情景，多贝勒只好答应道："好，好，好，听你的，阿玛打老虎。"

多贝勒带好了弓箭和专门对付猛兽的大铁棒出门了。他在山里转了一天，也没看到什么老虎，只打到獐子和花鼠子等一些小动物。到了傍晚，他吃了点随身携带的干粮，喝了些皮囊里的水，然后爬到一棵扭曲的波萝棵子树①上，眯愣了一宿。

第二天早上起来，多贝勒吃了口干粮，继续往山里走。临近晌午的时候，他突然听见前面不远处传来虎啸声和人们嘈杂的惊叫声。多贝勒循声过去，只见前面能有二三十个人，围成一个大圈。这些人手里都拿着兵器，正紧张地盯着被围在圈里的一只老虎，而地上躺着两个被咬成血葫芦一样的人。此时老虎正扑向一位穿着讲究、女真人打扮的中年男子。多贝勒认识这个人，他就是海西女真哈达部的首领王忠。就在老虎将王忠扑倒在地，张开大口，咬向王忠脑袋的时候，多贝勒飞扑过去，舞动起手中的七节钢鞭，砸向老虎。钢鞭发出"呜呜"声响。老虎听到声音，立刻停住身形，想回头看个究竟。它哪知道，钢鞭已经到了它天灵盖。老虎应声倒地。

周围已经吓呆了的嘎什哈②们一窝蜂似地跑过来，把吓得筛糠了的王忠搀了起来。

第一章 龟灵天交孕神童

---

① 波萝棵子树：东北方言，老柞树。
② 嘎什哈：满语，随从。

王忠与周哈番都为多贝勒的民谣鼓掌叫好，三人约定围场相见。

到了约定的日子，王忠与多贝勒、周哈番一起来到围场，王忠还带了一些哈达部的放鹰人。

多贝勒架着"白玉爪"领头，后面是架着"秋黄"的王忠和架着"三年龙"的周哈番。王忠等人登上山头的制高点瞭高①，其他放鹰人都当"赶杖人"，钻进树丛，用木棍边敲打树干边大声吆喝，把野鸡、沙斑鸡、山跳子②等猎物都轰了出来。

不多会儿，就见一只大白山跳子被轰到了一片空地上，只见它用一对前爪扳住一根拇指粗细的柳枝，用身体压住柳梢，使柳枝弯曲成一张硬弓，警惕地蹲在那里不动弹。

王忠开始放鹰，只见那只"秋黄"如响箭般笔直地飞向目标，到跟前时，诡计多端的山跳子向旁边一闪身，那柳条骤然弹向"秋黄"。"秋黄"猝不及防，被弹得昏了过去……

紧接着，周哈番的"三年龙"直扑向山跳子，也被它一闪身躲开了。

多贝勒说了句："看我的！"

说着，多贝勒放飞了自己手中的"白玉爪"。只见"白玉爪"如闪电一般振翅起飞，然后又紧贴着地面偷袭过去，一爪子就将山跳子拍昏在地……

三人忍不住的在雪地上打滚庆祝。

王忠再三说："神鹰，神鹰！"

周哈番触景生情，竟吟起诗来：

> 海东健鹘健如许，
> 韝上风生看一举。
> 万里追奔未可知，
> 划见纷纷落毛羽。

王忠虽然没完全理解诗中的含义，但它知道这是夸海东青的，于是问道："这是谁写的？听着挺好听的。"

---

① 瞭高：登高远眺，东北方言，这样易于发现猎物，利于猎鹰俯冲攻击。
② 山跳子：东北方言，野兔。

"这是《契丹风土歌》中的诗。"博学的周哈番答道。

三人大笑。

王忠想留多贝勒多住些日子，但无奈多贝勒执意要走。王忠只好送些礼物让他带回去。

不久，王忠为了奖赏多贝勒，把兴京二道河子附近的哈尔萨阿林之地赐给了他。但是，由于哈尔萨阿林原来已经有了一些猎人部落，这些人个个恃强擅打，不容多贝勒立足。本来多贝勒能征善战，力大过人，可以和这些人一较高低，但他不愿伤了与王忠的兄弟之情，所以只能一忍再忍，最终自愿离开了那里。

多贝勒领着多霍洛部落的人迁徙了好几个地方，但都不长久。最后，迁居到距马尔墩不远的果楼（古勒）山，在这里安营扎寨。到了后期，这里的猎物也越打越少，多霍洛部落的人经常挨饿，多贝勒准备再次迁徙。

就在这时，哈达部城主王忠又一次伸出援手，他看在多贝勒临危伏虎救自己一命的情分上，把自己掌管的苏子河上的一段百里水渡交给了多贝勒。多贝勒带领部落的人兢兢业业，靠这百里水渡度过了那段艰难的岁月。

这百里水渡正巧是北方诸申（女真）进京到抚顺朝贡、经商的咽喉要道。随着北方各部交往日频，来往过客络绎不绝，竟成了一时的活跃之地。多贝勒凭着渡资，收买皮张土货，又训练兵丁，请汉人做舵夫，教武艺，并用挣来的钱修了古勒山城。多霍洛部很快发展起来，名震一时。

据说阿突罕在他十岁那年冬天的时候曾经走丢过，家里和部落里的人都出去找，也没找到。后来在一片荒山古林里的柳树下，找到了酣睡不醒的阿突罕，人们把他背回了家。

到家以后，阿突罕还是一直酣睡，怎么叫都叫不醒。这可急坏了多贝勒，他请来萨满①跳神，没有效果。没办法，多贝勒只能坚持每天给阿突罕顺牙缝灌些水，来维持他的生命。七天以后，阿突罕醒了。他揉了揉眼睛，抻了个懒腰，嚷着说自己饿了，要吃东西。阿突罕吃饱喝足以后，多贝勒才知道，原来儿子在野甸子上骑马追兔子时，追进一片古林，迷了路，出不来了。马把他驮到了一个冰天雪地的古洞前，洞里飘出了一股股的药草味。

阿突罕沿着山洞小心翼翼地进到里面，里面很宽敞，有一位白胡子老玛发正端正打坐。哦，原来他是一位云游四方的尼堪僧人。

那老僧慢慢地睁开眼睛，见到一个女真人打扮的小男孩来到了山洞，便招呼他过来坐。

由于阿突罕从六七岁的时候就开始跟王忠到抚顺马市去交易，所以他会说汉话，阿突罕听话地坐到了老僧的身旁。老僧摸着阿突罕身上穿的猪皮袄裤和披肩上的串环，喜欢得不得了。

老僧仔细端详小阿突罕，见他相貌不凡。老僧断定阿突罕日后定能成就一番大业，便把他领到山洞深处，教他一些占卜神术。

阿突罕非常聪明，悟性也非常高，他通过和老僧的简单交流以及观察老僧的手眼动作，便能明白老僧的意思，况且这位打关内过来的老僧又常到漠北，也知晓几句鞑子话，所以俩人沟通起来并不吃力。

老僧非常喜欢这名聪明俊秀的女真男孩，将汉人的五行之说及六甲神兵和诸葛相法统统传授给他，并且还传授给他一部《骑法神诀》书。

要分别的时候，老僧送给他"遇水而生，遇骑而勇，遇骄则亡"十二个字，并告诫他："这是你一生的箴言。你要好生牢记，好自为之。"

---

① 萨满：满语，氏族祝祭人。

王杲罕王传

阿突罕什么话也不说，只是掉泪。

老僧又安慰他："你不要哭，天下没有不散的筵席，只要你牢记这十二个字，将来不辱没为师的名字就行了。"

阿突罕不吱声，只是点头。

忽然，阿突罕开口说道："巴克希①，我还想跟您学本事。"

老僧疑惑地说："哦？本事？我教你的六甲神兵和诸葛相法不都是本事吗？"

阿突罕瞪着他那双发亮的大眼睛，坚定地说："巴克希，我知道，您教的那些兵法将来都用得上，但我说的本事不是指兵法，而是咱北边能用得上的。"

老僧暗自思忖："北边能用得上的？"

过了一会儿，老僧脸上有了笑容，说道："好！我教你冰嬉之术。"

阿突罕不解。

老僧告诉他："冰嬉是指所有的冰上活动，有冰滑、冰球、冰舞、冰上'踢熊头'②、打雪挞、堆雪人、挂狮象，嘿，花样儿多着哪。"

阿突罕一听乐了，说："好啊！巴克希，咱们这边有大半年是冬天，这些本事一定用得着。"小阿突罕乐得直蹦高。

老僧牵他的手走出山洞，外面白雪皑皑，寒风呼啸。

师徒俩来到山下一条大河边，只见河面上冰如明镜。

老僧叫阿突罕在冰上跑几步，结果阿突罕的脚一踩到冰上还没等跑，就摔个大屁墩，疼得他直咧嘴。

阿突罕揉了揉屁股，爬起来又跑，又一个大屁墩……

阿突罕跑不了了，因为冰面实在太滑啦。

老僧说了句："看我的！"

说着，老僧换了一双鞋，然后到冰面上去了。

只见这位白胡子老玛发在冰面上快捷如飞，像长了翅膀一样。阿突罕都看呆了。

阿突罕还在那里发呆，老僧已经回到他身边。

阿突罕急切地问："巴克希，快告诉我，你怎么跑那么快呢？"

老僧笑着说："奥秘在这儿呢。"

---

① 巴克希：满语，贤师。
② 踢熊头：女真人的一种原始游戏。

说着话，老僧脱下脚上的鞋子，给小阿突罕看。

阿突罕接过鞋子左看右看，也没看出什么门道。

老僧伸手把鞋底儿翻过来，只见鞋底上镶有一块细长的铁条，在熠熠闪光。

阿突罕如梦方醒："哦，原来奥秘在这呀！"

老僧点点头，说道："对，就是这玩意儿。这叫'冰滑子'，是金太祖完颜阿骨打的四太子金兀术发明的。"

小阿突罕一听是女真人的大英雄金兀术发明的，就更有精神头啦，央求师傅快快讲讲它的来历。

老僧严肃地说："此事说来话长了，这还要从大辽朝天祚帝讲起：

公元1112年，大辽朝的第九个皇帝——也是最后一个皇帝天祚帝，行猎到鸭子河①时，在那里举办头鱼宴②。天祚帝喝到有几分醉意的时候，叫在座的酋长们给他跳舞助兴。当时的那些酋长都是女真人，对大辽一百多年的残暴统治非常不满，但他们也不敢违抗皇帝的旨意，于是就起身跳起了女真舞蹈，可唯独有一个年轻人没有和大家一同跳。天祚帝认出他是女真完颜部落联盟大酋长乌雅束的弟弟完颜阿骨打。

散席之后，天祚帝跟他最信任的大臣萧奉先说：'阿骨打这小子这样跋扈，根本没把我放在眼里，不如趁早杀了他，免生后患。'

萧奉先是天祚帝元妃萧氏的兄长，他认为阿骨打没有大过失，杀了他会引起其他酋长的不满，就说：'他是个粗人，不懂礼数，不值得跟他计较。就算他有什么野心，一个小小的部落长，也成不了气候。'

天祚帝觉得萧奉先说得有理，就没惩治阿骨打，渐渐地也就忘了这件事。

后来，阿骨打称帝建立了金朝。那年秋天，天祚帝率七十万大军亲征，他心想：小小阿骨打只有区区两万人马，根本不堪一击，我七十万大军就是踩也把他踩死了。

哪知道，阿骨打毫不畏惧，亲率两万人马迎敌。

阿骨打依地势部署防御了八天，辽军也没有动静。原来此时的辽国内部发生了政变，耶律章奴在上京反叛，天祚帝匆忙西去平定叛乱了。得知这一情况，阿骨打当机立断，从防御改为主动出击，派轻骑兵 追

---

① 鸭子河：现松花江一带。

② 头鱼宴：用春天头一网打的鱼做成的宴席。

赶天祚帝，创造了两万人战胜了七十万人的奇迹。

后来历史上有句话叫'女真过万不可敌'。就是这么来的。

公元1122年，北宋出兵伐辽，大败而回。金兵却以破竹之势连续攻占了辽的中京，天祚帝见大势已去，命耶律淳留守南京，自己则率卫兵逃往鸳鸯泺。到了鸳鸯泺还没等喘气，金军就追来了，天祚帝只好以五千卫兵护驾，逃往西京大同府。金军尾追至西京，天祚帝命少部分人看守，他带着大部分人马继续向西逃窜。金兵降服守军，继续向西追击天祚帝。这一路上天祚帝是惊慌奔命，最后逃到了夹山，而夹山就是如今内蒙古的大青山。大青山易守难攻，金兵无法进山追剿，没办法，只好从外围把大青山围起来，而这一围就围了整整两年。

围困大青山的金军将领是金朝国相撒改长子完颜宗翰（1080年—1137年）。完颜宗翰本名黏没喝，又名粘罕，小名鸟家奴。

这年冬天的一天，天祚帝探听到粘罕回上京去了，便准备做最后一搏，拼死突围到西夏去。

这一情况被金朝安插在大辽的暗探知道了，报告给了当时的金军将领完颜娄室。完颜娄室便把部下将领召集到一起商议对策。

这时，一位叫金兀术的女真英雄来到大帐中，和金将完颜娄室秘密商议了很久，得到完颜娄室的赞许。

第二天，金军全部装上'冰滑子'，奇袭天祚帝。

'冰滑子'打破了两军对持的僵局，奇袭成功。

二百年前由辽太祖打下的基业就这样从历史的舞台上退了下来。后来金兀术把天祚帝降为海滨王，在金国善养，三年后病死。"

阿突罕被金兀术的英雄故事深深地感动，他说："我也要做金兀术那样的人。"

阿突罕苦练冰嬉之术，学会了许多冰上本领，有初手式、小晃荡式、大晃荡式、扁弯子式、大弯子式、大外刃式、跑冰式、背手跑冰式等形态；他还会很多花样呐，如哪吒探海、大蝎子、金鸡独立、朝天蹬、童子拜佛、双飞燕、卧鱼、卧睡春、千斤坠等姿势；不仅如此，他还会缘竿、盘杠、飞叉、耍刀、弄幡、倒立、扯旗等高难动作；射天球是旗门上高悬带穗之"天球"，滑冰者于运行中张弓射球……

一天，阿突罕练完"金鸡独立"、"凤凰展翅"、"果老骑驴"、"燕子戏水"、"犀牛望月"等冰上射箭技艺，回到山洞，发现主位上打禅的师傅不见了。他洞里洞外、山上山下找了个遍，也不见师傅的踪迹。阿突罕知道一定是师傅不辞而别，他不禁大哭起来。

这一哭把阿突罕哭醒了。

原来阿突罕昏睡了七天七夜，醒来时，他身旁有一部《骑法神诀》奇书。阿突罕把自己梦魂拜师的奇遇告诉了自己的阿玛和额娘。

后来，阿突罕把冰嬉之术传授给女真人。

话说多贝勒的势力大起来以后，经常带着嘎什哈们，凭着敕书，到抚顺马市去交易。时间久了，多贝勒就认识了抚顺的御史大人张学颜，俩人处的不错。多贝勒经常给他带一些山里的特产，像山参、貂皮、狍子肉、木耳、榛子、核桃等。御史大人也经常给他一些中原的布帛，食盐及生活用品。一来二去，他俩成了好朋友。

阿突罕十岁的时候，有一次，多贝勒带他去马市交易，恰巧碰到在抚顺马市的御史大人张学颜在翻看一本书，越看越皱眉。阿突罕好奇，凑到了他跟前。哈，这本书他认识，跟前一阵子那个汉族师傅送他的奇书《骑法神诀》一模一样。

此刻张御史正为其中口诀的费解直皱眉，一抬头，看见这个女真孩子在自己旁边站着，便不耐烦地说："去，去，去，别在这捣乱，这书你看不懂。"

阿突罕不屑地说："哼，这有什么难的？如果你给我一匹好马，我就给你讲解书中的口诀。"

御史大人有些不相信地说："此话当真？"

阿突罕小嘴一撇，傲慢地回答："当真。"

张御史一拍大腿，说："好，我这就叫人牵一匹好马来。但有一条你给我听好了，如果你讲不明白，别说我宰了你！"

张御史很快叫人牵来一匹骏马。

阿突罕上前把马鞍卸掉，纵身一跃，骑上了这匹马的马背，然后就像长了翅膀一样，一溜烟不见了踪影。

张御史正在张望，阿突罕已经回到了张御史身旁，在马上干净利落的做了一个前滚翻，一个后滚翻，接着又稳稳地站在马背上，然后又一溜烟地不见了。

张御史还没醒过神来，阿突罕又回到张御史身旁，而且是倒立在马背上，嘴里振振有词地叨咕着什么。

张御史仔细一听，这个女真孩子正在背诵《骑法神诀》中的口诀呐。

张御史很奇怪，这个女真孩子怎么会背汉书呢？

此时的阿突罕尼堪话已经说的很好了，他用尼堪话大声喊："这本书我读过！"

张御史更奇怪了，这么深奥的书他一个女真小孩怎么能读得懂？

阿突罕记得自己对师傅的承诺：一定不把自己梦魂拜师的奇遇说出去，所以他只是又一遍对张御史说："《骑法神诀》我读过！"

张御史还在奇怪，这时阿突罕的阿妈多贝勒来了，张御史一把拉住他说："这是个神童，快，帮我留下他。"

多贝勒看了阿突罕一眼，笑着对张御史说："什么神童？他是我的犬子。一个小屁孩懂什么？"

张御史见是多贝勒儿子，心中大喜，说："快，快随我进府，我还要向他学习骑术呢。"

阿突罕随阿玛多贝勒就这样进了张御史的家。

冬日的一天，张御史到自己府上的后花园，阿突罕正在"射天球"。张御史定睛细看，只见广阔的冰场中央设立着一座旗门，旗门的顶端高高悬挂着用彩穗制成的"天球"。阿突罕站在一百步开外搭弓射箭，弓响箭出，正中目标。真是身手敏捷，英姿勃勃。

张御史越看越喜欢，不禁大声说道："你还有什么本事，都使出来，让老夫开开眼界。"

阿突罕答应一声，表演起汉族师傅教他的冰嬉之术——

阿突罕到了晶莹如镜的冰面上，换上带有冰滑子的靴子，快捷如飞，把张御史都看呆了。

接着，阿突罕又在如镜的冰面上一连倒滑好几丈长，一会儿左转，一会儿右转，一会儿向后跃翻，一会儿伸腿张臂……

张御史不停地为这精彩的冰上表演鼓掌叫好。

阿突罕又请张御史给他牵来一匹好马。

马牵来以后，阿突罕表演起"冰上一马十三式"。这项表演，要求表演者一口气完成十三个高难度动作。阿突罕表演到最后一式双腿蹲滑时，张御史又一次为阿突罕的精彩表演鼓掌叫好。

阿突罕表演完"冰上一马十三式"，又开始在旁边的雪地上堆雪人、塑雪马，玩的不亦乐乎。

张御史让下人把酒水和佳肴拿来，并把阿突罕的阿玛多贝勒也请来，他要为小阿突罕饮酒赋诗。

酒席上，多贝勒父子见礼后，张御史问阿突罕："你刚才表演的是什么呀？"

阿突罕回答："我表演的叫冰嬉之术。"

张御史有些疑惑，问："冰嬉？"

阿突罕说："对，是叫冰嬉，是指冰上所有活动。有速滑、花样滑、射箭、冰球、冰舞，冰上'踢熊头'（一种女真族原始足球）、打雪挞、堆雪人、挂狮象等，花样儿多着哪。"

阿突罕接着说："咱们这里有半年的时候是冬天，练好了这些，行军打仗都用得着。"

张御史点头称是，又问："这'踢熊头'是怎么回事？"

这回多贝勒抢着回答："在早以前，我们的先祖在捕获熊、虎、豹、野猪等猛兽时，先要将捕捉来的动物的头放在树桩上拜谢山神，然后才能烤食兽肉，食后要将兽头拿来踢，以尽余兴。后来，熊头多为被踢之物，此项活动就称'踢熊头'。后又用熊皮、熊毛缝制成球状物，取代熊头来踢，所以又可称为'踢形头'。"

张御史又问："踢熊头有什么规则吗？"

多贝勒说："当然有。首先要在冰上划三道横线，设三名裁判，每名裁判手中各执一根木杆，立于线上，任何一方将'熊头'踢入对方线内，裁判手中的木杆即刻落下，判为得分，得分多的为胜方。"

张御史豁然开朗，说道："我知道了，古书上讲的'蹴鞠'就是这种比赛。苏秦游说齐宣王时形容临淄甚富而实，其民无不吹竽、鼓瑟、蹴鞠者。'蹴'即'蹴'，'鞠'即球。汉代的《西京杂记》、《盐铁论》、《蹴鞠新书》、《刘向别录》中都有关于蹴鞠的记载。三国两晋南北朝时，蹴鞠之习依旧流行未衰。唐宋时期最为繁荣，经常出现"球终日不坠"，"球不离足，足不离球，华庭观赏，万人瞻仰"的情景。杜甫有诗曰：'十年蹴鞠将雏远，万里秋千风俗同'。"

说到这里，张御史诗兴大发，站起身来吟道：

> 青靴窄窄虎牙缠，豹脊双分小队圆。
> 整洁一齐偷著眼，彩团飞下白云边。
> 万顷龙池一镜平，旗门回出寂无声。
> 争先坐获如风掠，殿后飞迎似燕轻。

吟诗完毕，张御史又对多贝勒父子说道："汉人、女真人都是大明子民，是一家人。我要收阿突罕为义子，而且我还要给他起个汉人名字。"

多贝勒叫过阿突罕给张大人磕头，拜义父。

张御史看着小阿突罕，考虑给阿突罕起个什么名字好呢？

他沉思了片刻，然后一拍桌案，大呼："有了，有了！"

多贝勒忙不迭地问："叫什么？"

张御史回答："就叫王杲吧。'王'是我们盼望他有出息，成为女真王爷，'杲'汉意是明亮。王杲的意思就是闪烁光芒的女真王爷。怎么样？"

多贝勒很感动，连说："好，好！"

从此阿突罕就改名叫王杲了。

打那以后，王杲经常到御史大人府里居住，并在那里学习汉文化和中原武术。王杲聪明机灵，一学就会，经常是无师自通。御史大人的家人也都非常喜欢这个女真哈哈济①，王杲在御史大人的府里一住就是好几年。

---

① 哈哈济：满语，男孩。

嘉靖年间，裕王朱载垕为了讨父王世宗的欢心，和嘉靖爷身边最贴己的公公葫芦哥一起，由明宫的侍卫们护卫着，瞒着嘉靖皇帝暗下江南，去苏杭水乡为父王遴选美女。

皇上要选秀女的消息一经传出，可忙坏了地方上的官吏，有的达官贵人为了能攀上皇亲国戚，恳舍万贯家资买通门倌儿、勋臣、地保，求他们在选妃人面前说句好话；还有的不惜花重金重银，买来家境贫寒、颇有姿色的妙龄少女做义女。这些女孩儿被接进府衙后院，由公公葫芦哥坐镇，府承等人进行初选，又经宫里的嬷嬷们挨个地验身、扶体、看阴等明宫细事，然后，公公葫芦哥再千里挑一、百里挑一、十里挑一。几经筛选，最后，再由裕王出面，选定了十名美女。

裕王经与苏杭两州的州官、府承、公公葫芦哥议定，因国事繁急，不可耽搁，又恐沿路多事，夜长梦多，择吉还宫。

此番裕王由公公葫芦哥殷勤陪同，典选的江南丽人还真令他万般随心得意。在这十名美女里，裕王特别看中了一名头梳云卷、脸若桃花、肌肤似玉，名叫张媛儿的女孩儿。裕王便吩咐葫芦哥一定要对这位美人好生照顾。

当裕王等一行人顺利地回到京城，进内宫向嘉靖皇帝禀明此事时，他本以为父王会对自己夸奖一番。哪成想，嘉靖爷连看都没看，只是微微地点了点头，告诉葫芦哥："把她们带到皇后那儿去。"然后起身走了。

裕王呆呆地看着父王的背影，半天也说不出一句话来。他暗自揣摩：父王是什么意思？难道对我偷下江南不满意？还是对我选的这些秀女不满意？

还是葫芦哥机灵，会说话，忙招呼说："裕王，皇上可能有国事要商议，改天咱们再跟皇上提立妃的事吧。"然后紧跟嘉靖皇帝，匆匆往后宫走去。

其实裕王想错了，这时候的嘉靖皇帝对女人并没有什么要求，他把精力都用到潜心修道、祈求长生不老上了，所以不管是什么样的美人，就是天仙站在他面前，他都已经没有了那种久旱遇甘露的欲望了，所以当他听说儿子为自己遴选美人的时候，根本没什么想法，只是吩咐公公葫芦哥交给皇后安置，然后继续回他的小屋炼丹去了。

公公葫芦哥按照皇上的旨意把这些美人交给皇后，皇后也不知道皇上是什么意思，到底看没看中这些美人，要立哪位美人为妃。没得到皇上的旨意，也就不知道把她们如何安置，于是皇后告诉葫芦哥："把她们暂且安置到北苑那所闲置的紫云殿吧。"

就这样，这十个小姑娘住进了紫云殿，一住就是仨月，无人问津，但每天的吃喝有人送，只是不许出院。

这些姑娘们年龄都不大，没离开过父母，更没独自出过远门，虽说有宫女太监伺候着，但见不着皇上的面，更得不到皇上的宠幸，身边连个主心骨儿都没有，怎么办哪？由于思乡心切，再者希望渺茫，有的小姑娘就开始哭上了。

开始的时候是一两个哭，接着是三四个，再接着这十个姑娘都哭上了。一时间，紫云殿里哭声一片，不知道的还以为死人了呢。这可吓坏了宫女、太监们，别看这些美人在这里无人理会，但她们要是有个三长两短，这些伺候的人是要吃不了兜着走的。于是，有人悄悄把这事告诉了裕王身边的心腹随从一个叫李芳的小太监，请裕王帮忙想想办法。

其实不光这十个小姑娘着急，裕王比她们更急，本以为自己通过这事能讨好父王，没想到，父王根本不买自己的账，把这些姑娘交给皇后，然后就当什么都没发生过一样，提不提，念不念的就那么地了。当裕王得知这些小姑娘已经哭作一团的时候，便命李芳偷偷去找葫芦哥来裕王府商议办法。

公公葫芦哥来了以后，裕王就问他："本王这次亲下江南为父王选妃，父王意下如何呀？"

公公葫芦哥面露难色地说："回裕王，万岁爷正在炼丹禅道，已经数月没迈出宫门半步啦。"

裕王明白了，因为他自幼就深知宫中的奥秘，明朝不同于前朝历代，从朱元璋跨马得天下，一直到洪武三十一年夏五月，朱元璋驾崩。皇太孙朱允炆即位。以明年为建文元年。同年七月，朱元璋四子燕王朱棣，举兵反朱允炆。建文四年，朱棣自立为皇帝。从此开始燕王管理大明时代，建年号为永乐元年。史称"永乐大帝"。朱棣在位二十二年，颇有建树，出版《永乐大典》，开拓了北方疆土将行政区划一直北延至黑龙江出海口至库页岛，并且，在世界上首次创立三宝太监下西洋，与欧洲许多国家开始了商贸联系，扩大了大明朝的影响和地位。

然而，自朱棣以后的皇帝就没有如此辉煌的功绩了，不是朝臣专政，就是太监临朝。到后来，太监中出现东厂和西厂。从嘉靖帝以后，大臣们一年见不到皇上几面。皇上每天都在忙着宴请所谓的世外高人，炼丹、禅宗、学道，整个的心思全在羽化成仙上了。朝廷的事全在一些显赫的公公掌控之中，公公葫芦哥便是当今嘉靖爷最信得着的贴己宦官之一。现在，在嘉靖帝深宫讲道的峨眉道长，正在"九仙炉"内熬炼七七四十九天的"真阳化血丹"。嘉靖爷和峨眉道长从早到晚已经炼到六六三十六天，正在苦求九仙炉内的元阳再现之际，哪有心思听裕王的江南选秀之事啊！

说来嘉靖皇爷所有这些沉醉于求神丹的举动，还都归功于公公葫芦哥们的缜密安排。所以，裕王知道，要想说通父王，就得先买通公公葫芦哥。于是，裕王冲李芳使了个眼色，李芳便从裕王内廷楠木箱中，取出上月福州王来京时，进献给裕王的上乘缅玉观音一尊。这玉观音单产在南海宝岛，价值连城，一向为世人所景仰。

裕王接过玉观音，捧到葫芦哥面前说："公公，这些日子费了公公的心思，事已到了这个地步，本王尚请公公玉成此事，再另有重谢。"

公公葫芦哥并没有客气，伸手把缅玉观音接到手上，仔细地掂量赏看，从那眼神和咧开的嘴角中流露出无限地欢欣和喜悦。

葫芦哥一边赏看宝贝一边说："赐此厚礼，折杀我葫芦哥了！裕王请放心，裕王的事，就是我的事，奴才理应尽心尽职。"

公公葫芦哥回宫以后，直接面见嘉靖爷。峨眉长老一看嘉靖爷身边的葫芦哥来了，马上起身迎接。

葫芦哥很关心地问："元阳真丹炼到什么程度了？"

峨眉长老回答："阴阳互补，阳盛阴缺。"

葫芦哥眼珠一转说："日前裕王为陛下新选秀女十人，可补此缺。正巧微臣刚看过历书，明天就是吉日。择日不如撞日，万岁不妨于明日到御花园陛见秀女。"

嘉靖爷欣然准允。

第二天，嘉靖爷准时来到御花园，新入宫的十名秀女早就来到这里等候陛下召见。见万岁爷来了，秀女们款款下拜，齐呼："参见皇上。"

嘉靖爷一摆手，秀女们平身，站立一旁。

嘉靖爷来到这些秀女面前，仔细端量，当他走到一个穿粉色衣服秀女的面前时，嘉靖爷停住了脚步。只见这位女孩含情脉脉而不显张扬，妩媚百态而不扭捏做作。嘉靖爷在这位女孩的头上轻轻拍了一下，然后转身回到龙椅上坐下。

公公葫芦哥当然明白万岁爷的意思，马上宣旨："张媛儿留下，其他人退下。"

九个秀女行礼退下。

当天夜里，嘉靖爷摆驾紫云殿，临幸了张媛，并封张媛儿为宸妃。张媛儿谢主隆恩。此时其他九个秀女因没被皇上看中，已搬离紫云殿，分散到各个宫中当奴婢去了。

秀女张媛儿，不，现在应该叫她张宸妃了。张宸妃心里无比激动，没想到，这么多秀女，皇上单单选中了自己，还立自己为妃，这真的是不容易的事啊。哪知道，皇上只宠幸了她一次以后，再也没来过紫云殿。张宸妃感到很失落。

春去秋来，一晃儿一年多的时间过去，张宸妃十三岁了。在这一年的时间里，张宸妃每天待在紫云殿里孤灯伴影，寂寞无聊。

对于张宸妃的情况，裕王知道的清清楚楚。因为自打张媛儿进宫以后，裕王就经常派李芳偷偷到紫云殿打听张宸妃近况，所以对父王冷落张宸妃，张宸妃心情烦闷之事知道得一清二楚，但无奈父王不去紫云殿，他当儿子的也不好说什么呀。裕王对此无能为力，一点忙也帮不上。

就在他绞尽脑汁的时候，门官来报："辽东名生李成梁携厚礼求见。"

裕王喜出望外，多日来，早听巡按御史禀奏过，铁岭有位名生叫李成梁，骁勇善战，有大将之才，虽家贫，但不攀涉名贵，所以至今未得到重用。裕王有心召见此人，没想到，他今天自己登门来了。裕王不由得喜出望外，赶紧命门官："快快请他进来。"边说边起身出门迎接。

提起李成梁，那可是名噪辽东的一员大将。他的几个儿子都是大明朝的虎狼之将。大明朝长城以北能有百余年的平静，可以说是他功不可没的。这里姑且只把他小时候的事说上一小段。

李成梁（1526年—1615年），字汝契，号引城，辽东铁岭人，后来人们都叫他李大帅，女真老屯人给他起了个外号叫"断命侯"，说他太狠毒，杀人不眨眼。据说其祖上是从朝鲜过来的，他父亲是朝鲜人，母亲是汉家女子，会诗文。到李成梁这代已经过了几代了，所以李家早已经把自己当成汉人了。

李成梁小的时候家里很穷，他很早就没了父亲，全靠母亲辛辛苦苦地把他拉扯大。母亲教他诗文礼仪，五经四书。李成梁非常孝顺，对母亲的话是言听计从。李母为教育李成梁，还用利刃断自己二指，以激励李成梁发奋向上。

据说李成梁小时候常在铁岭桥边捡骆驼绒卖钱，就为这，他还让蒙古兵抓走过。那耷驼毛的用处很大，最实用的是用驼毛制做毡衣、毡帽。于是，有的穷人就捡这个卖。人们经常见到一帮小孩儿跟着蒙古兵的骆驼屁股后面跑，边跑边捡。

李成梁跟这些小孩一样，在风雪天披着个破衣裳，顶着风雪抢捡驼毛。但驼毛也不是那么好捡的，靠骆驼本身的新陈代谢掉下来的驼毛有限，捡的人又多。怎么办？小时候的李成梁心眼就多，他就每天到蒙古兵的饲养场帮助喂骆驼，然后趁蒙古兵不注意，偷着用手、用梳子往下梳毛。梳驼毛也得分时候，秋天的驼毛又多又好，这时候往下梳的驼毛是最好的。

有一次李成梁正梳的起劲，突然一个土蛮额真的兵丁来了，他抓住了正在偷梳驼毛的李成梁。土蛮额真把李成梁用绳子捆到了西番。李成梁不放心自己的母亲，半夜趁看守的兵丁不注意，逃回了铁岭。回到家后，李成梁得了一场大病。

李成梁小时候的故事大都差不多，但他成年以后的事传的就不一样了。在这里，我把这位李总兵的轶闻趣事再说上几段，仅供诸位茶前酒后的消遣和娱乐吧。

李氏趣话一：成梁都二十大多了，还未有功名。一次，成梁老母染重病在床。成梁亲自熬汤药，口尝药味，跪喂慈母。一连三百六十九天，天天如是。成梁的孝心感动了堂上供奉的吕祖。吕祖暗自称赞成梁恭听侍教，堪为孝儿，应有嘉报。

于是，李成梁梦到了吕祖。吕祖给了李成梁两粒金丹，让他一粒给母，一粒自用，并告诉他说："你吃了金丹，会长勇生智，日后定能为朝廷效力。但切戒要少杀生灵，否则美名变臭名。"

李成梁醒来，果真见桌上有两粒黄豆样的东西。李成梁忙跑到母亲房中，见母亲病情加重，已经人事不知。李成梁来不及多想，将一粒金丹放入母亲口中，并用水冲了进去。说来也真奇怪，成梁母亲吃下药不

王
杲
罕
王
传

大一会儿，竟奇迹般地张口睁眼，抚儿痛哭。李成梁赶紧给母亲喝了几口水，又端上一碗热粥。几口热粥下肚，成梁母亲竟能走动，体健如初。

成梁感激至极，来到吕祖的神龛前跪地叩拜。据说李成梁老母自打服用金丹以后身体一直硬硬朗朗，什么毛病都没有，寿至九十九岁，于嘉靖三十年秋日无疾而逝。

再说李成梁那天见母亲吃了金丹以后疾病全无，心中甚是高兴，也就没有多疑，按仙人指点，服下另一粒金丹，吃后身体没什么感觉。可李成梁从此却兵书战策阅后能背，如照本宣读一般，而且武功功力大增。

一次，有个江南艺人，在铁岭桥边摆摊卖艺。他手里拿个老粗老粗的粗铁棒子，足有四五百斤，但在这老艺人手上，铁杠像根木杆一般，任由摆弄，而老艺人脸不红、气不喘，丝毫不显吃力。只见老艺人把这根铁棒举起来，用一只手在头顶上绕来绕去，然后把铁杠放在肩上，双臂往下一压，铁杠就像面条一样弯了下来。忽然，老艺人双足站定，双手紧握铁杠，大铁杠压在老艺人的胸上。看热闹的人吓得目瞪口呆，生怕老人有任何闪失。就在这千钧一发时刻，只听老艺人跺足大喊，弯曲的双臂青筋暴跳，双手用力往上一推，像变戏法一样，偌大的弯弯铁杠，霎时变成一根直溜溜的大粗铁杠。看热闹的人佩服得五体投地，鼓掌叫好。

只见老艺人收回丹田之气，双手抱拳，哈哈大笑地说："此乃小意思，众位见笑了！"

正巧李成梁这天打小桥边经过，见这边围了一堆人，也凑过去看热闹。他越看越不服气，就上去施了个礼，说："师父，我试一试。"

老艺人见他是个文弱书生，鼻子一哼，说："这可不是玩的，你要是死了我可不给你抵命。"

周围的人也都劝李成梁不要逞强。李成梁走过去，话也不说，伸手接过棒子，手一举，竟把铁棒举了起来，然后又竖起来立在头上。众人怕出人命，吓得四散惊逃。

老艺人一见，知道李成梁乃是非凡人物，单腿跪地，询问李成梁尊姓大名。二人结为至交。后来，这个人把自己的妹妹嫁给了李成梁，她就是李成梁的大老婆。

李成梁做了朝廷命官以后，越加倾心于兵法战略。他运筹帷幄，驰骋沙场，为明廷立下汗马功劳。可惜呀，李成梁不听忠言，杀人如灭蝼蚁。所以，李成梁虽活到九十岁，子孙荫袭要职，却没能留芳百世，辽东人没有不骂他的，汉人、女真人、高丽人个个对他切齿痛恨。皇家也不追念他好，都是因为怨鬼甚多，阴府难容。

李氏趣话二：说李成梁是天上守东河口的天狼星转世，王杲是仙龟。二仙争要七仙女中的老七。仙龟咬伤了天狼星，撕破了他的仙袍，逃到凡间。天狼星为报咬伤之仇，下凡来抓他。

你知道李成梁为啥是穷光蛋？就因为他下世时仙袍被仙龟给撕碎了，光着身子，所以李成梁年轻时受尽磨难，家境一贫如洗。

李氏趣话三：成梁在铁岭遇到一个奇人，此人自称"吕大仙人"。这位"吕大仙人"教他兵法和武艺。后来，"吕大仙人"在睡梦中死去。他死后给李成梁托梦，叫李成梁把他埋到铁岭河东山上。李成梁倾其所有，按照吕大仙人所嘱，给他下了葬。

李成梁发迹做了高官以后，人们纷纷传讲，说这位吕大仙人就是"吕祖"，是他在暗中相助。李成梁的府衙后堂里也供有吕祖的画像。

李成梁这个人文武全才，有大将风度，但由于家贫，没钱承袭祖位，所以年近四十了，仍是官场上的一名白丁。李成梁早闻裕王的为人，反复思虑多日，冒着会被逐出府门的窘相，翻箱倒匣，把家母仅存的一根银簪当掉，买了觐见裕王的礼物，登门求见。

裕王边走边高兴地说："今早喜鹊喳喳叫，我想见的人终于来了，真乃遂我所愿啊。"

李成梁没想到裕王不仅召见自己，而且亲自出来迎接，有些惊慌失措，连忙跪地磕头，说："俾生汝契，冒昧叩见裕王，望祈恕罪。"

裕王俯身将李成梁扶起，说道："说哪里话来。本王久闻汝契大名，早有召见之意。"

李成梁做梦也没想到，裕王竟是如此的谦逊知礼，而且和蔼可亲。这一连串的没想到使李成梁感激涕零。

裕王笑着说："汝契何故流泪呀？"

李成梁回答："裕王乃一人之下，万人之上，朝事繁多，竟屈就见我一介草民，实乃我李氏门庭之幸啊。"

裕王笑呵呵地摇摇头说："本王素闻汝契之大名，今日得见，也是本王之幸也。"裕王赐座。

双方落座后，侍卫献上香茗。

裕王说："汝契，本王素喜开门见山。当今天下纷争，察哈尔林丹汗嚣据一方，辖控蒙古，节制辽东，扈伦各部纷争喋喋。朝廷年年派兵平乱，劳民伤财，父王、众臣寝食难安，小王我亦为此求贤若渴，今日汝契到舍，愿闻安抚辽东良策。"

李成梁很聪明，知道裕王是一位心怀远虑，系念国家安危的皇子，他的美名在朝中早有赞誉。民间乡里，常可听到窃窃私语，有"嘉靖恋神，儿子系国"之说。今日得见裕王，使李成梁倍感荣幸，总算在郁闷中遇到一位可以倾诉衷肠的知己了。李成梁又反复思索，裕王这样毫不客气、直爽地向我询问，这或许是对我才能的考问和测试。李成梁也是快人快语的人，历来是士为知己者死，多少时日找不着一个赏识自己的人，今日得见明主就想一吐为快。

于是，李成梁侃侃谈道："当今辽东动荡，过在朝廷，不识英雄，不擅用人。试看多少庸碌无为贻误国事，多少酒囊饭袋败走沙场。民无地安可活，商无货安可贾。啼饥号寒，赤地千里。当今天下，文缺诸葛伯温之人，武欠尉迟敬德之才，叹我朝不知远虑，不知渴求也！"

李成梁话语不多，言简意赅，深深地打动了裕王朱载垕，切中了他多年来积存在内心深处的思绪。成梁说的对呀！明朝自太祖得天下，可惜江河日下，其症结难道不就是朝堂中无有栋梁之才吗？裕王很佩服李成梁的远见和胆识，而且又非常敬佩李成梁一览众山小的毛遂自荐的气派。

李成梁简短的话语完全征服了裕王，使裕王一腔热情的要在父王面前、在朝廷众臣面前举荐李成梁。美玉岂能被泥土埋没，大英雄应驰骋疆场。

李成梁从裕王府走后不久，裕王通过公公葫芦哥为李成梁在朝中谋得一份辽东参将之职。李成梁从此走上了仕途，凭他的聪明才智和勇猛善战，驰骋疆场，飞黄腾达，无有二人，在辽东的名声越来越显赫。

这以后李成梁和裕王的关系越来越好，他常到裕王府走动，给裕王送些辽东的虎骨、鹿茸，貂皮等特产，也不时地送些江南的翡翠、玛瑙等奇珍异宝。裕王也把李成梁当成自己的亲信，有些什么体己的话都跟李成梁说。

这一日，李成梁带着新打的十只黄羊来看裕王，当然，没得到皇上的允许私自进京是要杀头的，所以李成梁每次来都要悄悄地化装一番。

李成梁通过后门的门倌通报裕王，说："李成梁求见。"

裕王吩咐门倌："请汝契进来。"

李成梁进来后给裕王磕头施礼，裕王请他起身回话。

裕王赐座后，问李成梁："汝契此次进京有何事啊？"

李成梁欠着身子回答："汝契有阵子没见裕王了，心里着实想念，所以冒死前来。"

裕王听后苦笑了一下，并没说话。

李成梁觉得有些奇怪，要在往常裕王听了他的话肯定非常高兴，今天为何如此愁闷呢？李成梁多聪明啊，他马上知道裕王遇到了难事，其实从第一次觐见裕王他就看出裕王心里有事，可跟裕王不熟，他不敢多问。今天他又看见了裕王那忧郁的眼神，于是马上关切地问道："微臣斗胆问一句，裕王遇到了什么难事？能否跟微臣一说。"

裕王看着李成梁那真诚的眼神，想了想，自己确实想不出好的主意，还是跟这个人说了吧。于是，裕王就把自己一年多前亲下江南为父王选妃，选中的张宸妃在宫中寂寞孤单，裕王想帮她的事跟李成梁和盘托出。

大家都知道，李成梁那是文武全才，足智多谋之人，这点小事还能难倒他。李成梁想了想，说："裕王不要为难，臣有一个办法，保证让宸妃转忧为喜。"

裕王催促道："赶紧说给本王听听。"

于是，李成梁凑到裕王的耳边把自己的想法说了一遍，裕王边听脸上边露出笑容，并且不住地点头。

原来，机灵聪明的李成梁，凭他对北方乡土人情、民风民俗的了解，知道他出的这个主意张宸妃一定会很高兴地接受，而且他也深知裕王内心喜欢张宸妃，成梁的主意也必定会为裕王所采纳，圆满实现这两全其美的良策。

这天，裕王便派李芳去召公公葫芦哥。

葫芦哥见到裕王后躬身施礼，眯缝着他那双小眼睛，献媚地说："裕王，召咱家有何吩咐。"

裕王摸透了葫芦哥这帮宦官公公们喜好小惠的秉性，让身边的侍女从内庭楠木柜中取出早就预备好的一对琥珀雕成的彩绘麒麟，赏给葫芦哥。

葫芦哥搂抱着这对小琥珀麒麟，喜形于色，满脸堆笑地凝望着裕王，小声问："裕王有何吩咐，说吧。"

裕王这回也没客气，跟葫芦哥把张宸妃的事说了，并按照李成梁教他说的照说了一遍。

　　葫芦哥听后想了想，说："还是咱家想办法吧。"

　　葫芦哥回到宫里，先是去了趟紫云殿，见到了张宸妃。宫女们都知道葫芦哥那是皇上身边的人，他能够随随便便、出出进进在各个嫔妃的内宫之间，没人敢阻拦。

　　张宸妃此刻又在抹眼泪呢，一瞧见葫芦哥到来，更引起她的无限惆怅和悲伤。

　　葫芦哥瞅着张宸妃哭的可怜的红肿秀眼，也觉得十分心疼，问道："人活一世，都要求得一乐，娘娘何必如此？难道有哪个不晓事的侍女、歹人顶撞您了不成？抑或是深宫中衣食、茶饮没有讨得娘娘的欢心？有啥委屈都跟我公公——诉说。"

　　张宸妃清楚，葫芦哥在主子们和宫里的大小娘娘面前温顺得像只猫，但背地里他对宫里所有的宫女和比他小三分的太监崽子们却狠着哪，稍不满意，就会招来他一顿毒打，甚至丢掉性命。张宸妃虽然进宫有日，满含惆怅，但她也是江南秀女，聪慧异常，葫芦哥对她的献媚那都是主子的心情反馈，此番前来必有要事。

　　于是，张宸妃屏住哭泣，抽搐着问道："公公有事吗？"

　　葫芦哥看了看张宸妃身后的侍女，暗示了一下。

　　张宸妃遣退侍女。

　　葫芦哥向前又凑了两步，神秘地说："娘娘啊，你的苦日子熬到头了，咱家是来给娘娘您报喜的。"

　　张宸妃诧异地问："公公此话何意？"

　　葫芦哥悄声说道："娘娘您不知道啊，裕王殿下可怜娘娘的处境，想带娘娘出去散散心，不知娘娘意下如何？"

　　宸妃问道："什么？裕王想带我出去散心？去哪？江南吗？"

　　葫芦哥说："不，不，不，这地方要比江南水乡美妙千层，多少神仙皇帝都没去过啊！那里有碧海驼群、千鹤凌空、松原雪海、北女夷歌，这可是自周秦以来多少风流才女都梦寐渴求之处啊！今朝裕王要陪您越长城、渡辽水，与女真诸夷握弓赛马、狂舞竞歌、赏心同乐，何等美哉！何等妙也！娘娘，叹我净身之人，没有您这般洪福，一生有此一次，便可声耀宗室。娘娘，您同意否？"

　　张宸妃那也是很聪明的姑娘，葫芦哥所讲述的这些美景，从她有生的书函中从未有读过，也未有听说过。她时而惊奇、时而疑惧、时而欣喜。是的，自己是朝思暮想想离开这深宫大院，回到亲人的身边，即使不能回家，出去散散心也比每天在这里圈着强，可她不知葫芦哥这些狡诈之人究竟葫芦里在卖的什么药？她不敢轻易表态。她深思着，凝想着，不出一声。

葫芦哥在他转述裕王的话语时，也在察言观色，探视着张宸妃脸上的表情变化，葫芦哥从张宸妃的表情中看出她对这个出关的良策既感到陌生、欣喜、好奇，但又感到疑虑重重，有莫大的不信任感。但葫芦哥感到很欣慰，自己总算凭着三寸不烂之舌，传达了裕王的诚意。张宸妃对北方的景色已经心存向往，超出了对南国故乡的怀恋。俗话讲：解铃还得系铃人。该搭的桥我已经搭完了，下一步那就要看裕王自己了。

葫芦哥接着往下说："娘娘，再过几天菊花就要开了。您借口赏花到御花园，裕王会在那里等着您的。"

张宸妃半信半疑地瞅着葫芦哥。

葫芦哥一语道破，说："娘娘，您不要再犹豫了，我不会骗您的。娘娘，怎么着，裕王那边还等着回话哪。"

其实宸妃对年轻帅气的裕王印象颇深，因为自己就是被裕王选中的，但苦于裕王是皇上的儿子，跟自己差了一辈，所以张宸妃不敢有非分之想。可现在裕王传话过来，要带她出去游玩，张宸妃非常激动，她难为情地微微点了点头。

葫芦哥心花怒放，马上施礼，说："好了，我这就给裕王回话去。"

第二天，在葫芦哥的安排下，裕王和张宸妃在御花园见面了。

裕王把自己想带宸妃北游的计划说了一遍。

张宸妃羞涩地点了点头，说道："一切听裕王的。"

一切按计划进行着。

这天，嘉靖皇帝刚刚练完真丹，心情非常舒畅，信步来到御花园。看着满园的鲜花，嘉靖爷龙心愉悦。他一边走一边看，走着走着，见那边小道的回廊上有一女子在低头沉思。嘉靖爷走过去，女子身旁的侍女刚想招呼女子。嘉靖爷摆了摆手，侍女退到一旁。

嘉靖爷走到女子身旁，女子突然发现嘉靖皇帝站在自己面前，吓得赶紧跪地磕头，说："臣妾不知万岁驾到，请万岁赎罪。"

嘉靖爷一摆手，说："平身吧。"

嘉靖爷瞅了瞅自己面前站着的这位年轻女子，有些面熟，但印象不深，他悄悄地问葫芦哥："这是？"

葫芦哥凑到嘉靖皇上耳边，低声说："这是万岁爷前年新纳的张宸妃。"

嘉靖皇上这才想起，自己前年好像是纳了一个妃子，还是儿子亲下江南为自己选的。一晃近两年了，自己只宠幸了张宸妃一次，以后再无甘露，所以印象并不深。嘉靖看着张宸妃，问道："你怎么好像不高兴啊？"

张宸妃吓得慌忙跪地，怯怯地说："臣妾不敢。臣妾只是离家久了，有些想家。"

嘉靖皇帝点了点头，说："是啊，一晃儿快两年了，思念自己的家乡也是情理之中的事啊。行了，起来吧，朕不怪你。"

张宸妃谢过嘉靖爷，起身站在一旁。

正在这时，裕王从花园的另一条小道路过，见嘉靖皇帝在此，马上走过来，跪地施礼，说："儿臣给父王请安。愿父王万岁！万岁！万万岁！"

嘉靖皇帝一摆手，说："起来吧。"

裕王站在嘉靖爷的另一侧。

嘉靖皇帝看着裕王，问："皇儿，你今天怎么想起到御花园来呀？"

裕王一拱手，说："回父王。儿臣听说御花园的鲜花开的正艳，所以前来观瞧，正巧父王在此，能够得见父王，也是儿臣的福分。"

嘉靖爷微微点了点头。

其实裕王说的是实话，一年当中他根本见不到嘉靖皇帝几次，嘉靖皇帝不是闭关修道，就是听道士讲经，就连朝中的事情都不过问，这点咱们在前面也提到过，所以能见他一面真的很不容易。不过今天见面，都是葫芦哥精心安排的，只是嘉靖爷不知道。

嘉靖皇帝跟裕王唠了些家常。裕王又施礼道："父王，儿臣有一事禀报。"

嘉靖皇帝问："什么事啊？"

裕王说："哈达部首领送来银牌邀请，哈达部的长寿妈妈，父王所知道的董尔吉福晋八十寿诞在即，请父王派使臣参加。儿臣想，哈达部非同一般，是北部外藩之首。儿臣想代父王前去祝贺，借此机会巡视一番，一来查看一下他们有无反意，二来笼络一下蛮夷，不知父王意下如何？不过由谁随同儿臣一起前去，最能代表父王心意，儿臣尚未想好。

今日正巧在园中见到父王，特奏明此事，还请父王示下。"

嘉靖皇上想了想，儿子说的对呀，北方的这些蛮夷生性粗鲁，难以驯服，但他们四肢发达，头脑简单，只要稍对他们施以恩惠，他们就会感恩戴德。如果儿子能代自己前去祝贺，哈达部的王爷一定会感激涕零的，他会更加地听话，好，就这么定了。不过，派谁随行呢？这可让嘉靖皇帝犯了难。这随行的人可不是好派的，他必须是自己身边最亲近的人，只要这样才能体现出我大明皇帝对他们外藩的重视。可最亲近的人还有谁呀，四儿子景王？不行，朕已经失去了大儿子和二儿子，现在只有三儿子裕王和四儿子景王。我要是把他们两个都派出去，万一路上有什么闪失，我大明的江山岂不是后继无人了吗？嘉靖皇帝一时想不出合适的人选。

要不怎么说葫芦哥会来事呢，裕王话一出口，他马上明白了裕王的意思，其实这也是他跟裕王商量好的。明代的宦官和阉臣向来会讨好主子。他马上上前一步，来到拿不定主意的嘉靖皇帝身边，献媚地说："老臣有一主意，不知当讲不当讲？"

嘉靖皇帝瞅着神秘兮兮的葫芦哥，说："你有什么主意，说出来朕听听。"

葫芦哥凑到嘉靖皇帝耳边，说："万岁爷可以在后宫选一妃子随行，这样方可显出万岁爷对哈达部的器重。万岁爷觉得如何？"

嘉靖皇帝一想这个主意不错，可妃子选谁呢？

嘉靖皇帝一抬头，看见了站在一旁楚楚可怜的张宸妃，立刻有了主意，马上宣旨："裕王、张宸妃听旨。"

裕王和张宸妃跪地接旨。

嘉靖皇帝宣："命裕王和张宸妃择日动身前往哈达部，给董尔吉老福晋祝寿。"裕王和张宸妃接旨。

圣旨下了以后，一切具体事务由葫芦哥和李芳商量安排，由于是皇子和皇妃一同出行，所以一切都要稳妥仔细。

说来这些天来，最高兴的人要数裕王。为什么这么说呢，因为当年他把张宸妃献给嘉靖皇帝以后，马上就后悔了，可覆水难收，无法挽回，但他的心始终记挂着张宸妃，所以当他听说张宸妃每日以泪洗面，心情郁闷的时候，他心里很焦急，千方百计的想法儿帮助张宸妃。现在，自己终于能带着心爱的女人出行远游，这怎能不让他欣喜若狂，也可以这么说，只要一出京城，张宸妃就会成为他的枕上物。但裕王的心

王杲罕王传

里也很担心，千里边关，寒风瑟瑟，到处是一片风吹草低见牛羊的荒野之地，是铁马兵戈征杀不绝的战场，历代的文臣武将一谈出关都心有余悸。进入明代以来，虽然明皇加强了山海关的防务，近些年又有辽东巡抚张氏家族的治理，社会相对稳定一些，但部落之间的争斗也是不断发生，而且塞外野民素来野蛮无知，不服管束，一旦闻知宸妃出塞，有流寇争抢丽人，不但血流成河，宸妃落入何人之手都很难预料，所以裕王一再叮嘱葫芦哥和李芳："一定要小心安排，万万不可大意。"

葫芦哥知道裕王的这些担心很正常，也在情理之中，他想了想，说："裕王，稳妥起见，何不把李成梁叫来商议一下。"

裕王一听非常高兴，说："对呀，本王这些天光顾了着急，怎么把他给忘了呢？快去，把李成梁给本王叫来。"

飞马传书，李成梁很快进宫面见裕王，这次跟以往不同，他是光明正大进宫的。

见过裕王，裕王就把父王恩准他和宸妃出塞的喜讯告诉了李成梁，并让他协助葫芦哥和李芳一起把此次出塞的行程及护卫工作做好。有这样一个效忠主子的机会，李成梁当然愿意。

准备工作很快做好了，奏请嘉靖皇帝以后，一行人择吉上路了。

一个是皇子、一个是皇妃，阵势自然很大，沿途各地的州官、府衙接待的也很隆重，这些自不必说。话说经过了一个多月的行程，一行人来到了沈阳关。出了沈阳关，就到了哈达部的地界。

哈达部现在的首领叫王台，人们称之为"万罕"。王台的祖上原居住在松花江北域一条支流流域。这条支流从兴安岭的群山丘陵之中汇入松花江中，当地的女真人称之为呼兰河。

呼兰河汇入松花江水域的这一段，每到阴雨连绵的日子，河水暴涨，许多被冲毁下来的林木都涌进松花江，经常闹出人命。当地的百姓活不下去了，纷纷背井离乡。万罕的祖上同这些百姓一样，为了逃避洪水的吞噬，举家南下，来到了当时的开原府（现在的辽宁省开原市）南关一带。这里远离江水，没有洪涝灾害，是一马平川的平原，连接西部草原，那里是蒙古王爷的地方。王台的祖上因过去是渔民，非常勤奋，能吃苦，蒙古王爷就喜欢这样的雇工，而且王台的祖上也非常机灵，每当见到王爷、福晋或者王爷的家人上马、下马，他都赶紧跑过去，充当上马石、下马石，有时候一天要跪几十遍，甚至上百遍，也从不叫苦。王爷为此赏给了他十匹马。

在草原，马素来被称为"草原之舟"，有了马，就有了发家的本钱。王台祖上得到这十匹马以后，如获至宝，精心的饲养和照料。也是老天有眼，大马生小马，小马长成后又生小马，没过五年，十匹马竟然变成了几十匹的一群马。王台的祖上成了当地的一个马王爷。他手下不单雇了从关里来的汉人，还有女真人与蒙古人。到了王台玛法①速木太这辈的时候，已经有了自己的家丁、护院。

生活富裕了，速木太就考虑到要想使自己的地位得到巩固，就要得到朝廷的庇护。速木太心中有数，大明朝还在兴盛的时候。他所在的辽东一带，大大小小的部落都像春天的野草一样，竞相培植和扩大自己的地盘和势力，蠢蠢欲动。当时除当地的蒙古部落以外，北部的乌拉部，附近的叶赫部，南部的辉发部和东部的长白部，这些部落都在努力扩大自己的势力，都眼巴巴地盯着大明皇帝。谁与明朝越亲近，谁就会得到明朝的相助，就越吃得开。于是，速木太用尽平生解数联络朝中大小官

———————————

① 玛法：满语，爷爷。

员，与之交友，暗传信息，取悦朝廷。与此同时，他还花言巧语暗告他部的机密，贬责他部，以求得明朝对自己的格外关注和信任。

就这样，他得到了明廷的赏识，得到了可以到马市进行交易与进京许可的敕书，被封为地方官，成为一名名正言顺的一方之主。

所谓的敕书就是由盖有大明皇帝玉玺，明晃晃、堂正正发下来的准允辽东部落间互易和进京的文书。一道敕书可以到互市进行一次贸易往来，可以把本部落多余的物质换成自己必需要的财物，丰富本部族众的生活。那时候，能够得到朝廷的敕书是很不容易的。因为各部势力的大小，是与敕书的多少有关的，所以说敕书越多，标志着部落的财富就越多，实力也越强；敕书少，则说明财富少，实力也弱。

明嘉靖十三年以后，哈达部的罕位传到了速木太的大儿子王忠的手里，也就是王台叔叔的手里。这个王忠是一员猛将，骁勇善战，再加上有侄子王台的辅佐，叔侄俩齐心协力治理部落，哈达部的势力日渐强盛。

这时，在海西女真这块地方，几个大的部落已经崛起，他们是哈达部、叶赫部、乌拉部和辉发部。乌拉部和辉发部的势力相对弱一些，对哈达部影响不大，能够与南关哈达部抗衡的，是紧挨他们居住在开原北关的叶赫部。

在明代的辽东，历史上俗称"南北两关"，这两关各雄霸一方。北关以叶赫部褚孔革父子为代表，褚孔革阿玛速黑忒死后，褚孔革全部继承了父亲的遗产，成为北关的首领，南关则以王忠为首领。

南关和北关互不服输，成为明朝在辽东的两大支柱。但褚孔革在辽东一代的影响及为人，都远比王忠要高。褚孔革为人豁达，善于联系各部，又能帮助弱小部落，也正因为褚孔革在辽东的威望，得到朝廷的首肯，地位远比哈达部的王忠要高，所以褚孔革并不把凶悍的王忠爷俩儿放在眼里。王忠忌恨褚孔革，主动挑起事端。在嘉靖年间，褚孔革被狡诈的王忠杀了，敕书和寨子也都被王忠占为己有，部落的族众被迫移居他处。

说实话，如果王忠能够继承祖辈的传统继续经营下去的话，哈达部的前程会不可限量，可到了后期，王忠开始贪图安逸享乐、荒淫奢靡的生活，跟侄子王台有时为了争夺财宝吵得面红耳赤，导致爷儿俩彻底翻脸的是因为王台的一个叫赛云的小妾。

事情的起因是这样的：王忠所居住的地方叫侠倡宫，王忠和他的妃妾们住在宫苑的西阁。由于王忠经常找王台议事，王台也经常帮着叔叔打理部落的事务，于是王忠就把空闲着的东阁让王台住着。

有一天，站在西阁楼上从月窗东眺的王忠，遥见东阁天井旁假山下一个身穿红裙，腰系彩带，正在观赏水中游鱼的美人，长的那个漂亮啊。王忠看的眼睛都直了，他问身边的嘎什哈："此女是何人？"

嘎什哈回禀说："罕王，您还不知道呐？这可是东阁里的一位大美人，是日前小王爷从西辽河一个庄户家里花二百两银子才买来的丫头，名叫赛云，现已被小王爷收为小妾。"

王忠被这个叫赛云女人的美貌给迷住了，怎么看都看不够，为此，王忠一连月余茶饭难进。平日对侄子的生活琐事很少理会的王忠，这回来了个一百八十度的大转弯，不断地对王台嘘寒问暖，冬天屋里冷不冷啊？夏天房子漏不漏啊？反正就是天天大侄子长、大侄子短的，关怀备至。

要知道，那王台也是个人尖子，对叔叔王忠肚子里的花花肠子早就看透了，不管王忠怎么绕，他都打定主意，不让叔叔踏进自己东阁半步。王忠一直没有机会下手。

可老虎也有打盹儿的时候。一天，王台身边的嘎什哈禀报："侠倡山发现了一只白狐。"

王台一听非常高兴，马上拿起墙上捕白狐的鹿皮绳套就往外走。他要活捉白狐，用白狐皮给爱妾赛云做一个白狐围脖。要知道，那时候要是能够捉到一只白狐是非常不容易的，常常是部落酋长在春分以后，狐狸发情的时候，派人进山下套子，百十个皮套或许能套住一两只白狐，打着的白狐除了献给朝廷外，偶尔剩下那么一只便送给跟他要好的，或者实力比自己大的部落的罕王，以示友好。明代以来，民间有句嗑：朝中的敕书，艾曼①的白狐。意思是白狐可以和朝廷的敕书相媲美。

见王台要去捉狐狸，赛云也想跟着一起去。可王台怕伤到她，没让她去。

王台还是不放心，一再地叮嘱赛云："你要好生在家里待着，哪儿都不要去。畏根我去去就来。"

然后又嘱咐服侍的奴才："你们一定要照顾好我的沙里甘，千万不能出什么差错。要是有什么闪失，我活剥了你们的皮。"

---

① 艾曼：满语，部落。

一切都安排妥当，王台才带着嘎什哈匆匆离去。

他哪知道，这一切都是叔叔王忠安排的。原来，王忠自打见到侄子的小妾，就喜欢的不得了，他日思夜想，想把她占为己有，可一直都没有机会下手。人都有一个毛病，越是得不到的东西就越想要。相思之苦，折磨得王忠寝食难安。他思来想去，终于想出了一个妙计：把前些日子干儿子王可陆献给自己的白狐，偷偷放进侠倡山上侄子的狩猎场，侄子知道后肯定要去捕杀。自己趁此机会溜进侄子的内宫，与美人成就鱼水之欢。

果然，侄子王台得知有白狐进入自己的狩猎场，马上手提套绳，骑马前往。王台前脚刚一离开东阁，王忠派去监视王台的眼线就告诉了王忠。王忠见自己计谋得逞，乐得手舞足蹈，抓起桌上的一碗奴勒①一饮而尽，然后，抹了抹嘴巴子，屁颠屁颠地往侄子王台的东阁跑去。

王台身边的嘎什哈们没想到罕王会来东阁，马上跪地迎接。王忠也不理会，径直往里走。嘎什哈们不敢阻拦，年纪大的嘎什哈悄悄派小嘎什哈快去禀告小王爷。

再说王忠进了王台的内阁，赶走了赛云身边的侍女，不顾赛云惊恐的眼神，一把把她搂过来，嘴里一边叨咕着："我的美人，我的宝贝，你可想死本王了。快来，让本王稀罕稀罕。"一边急不可耐地撕扯着赛云的衣服。

赛云被突然驾临的罕王吓坏了。她眼里充满了泪水，不停地哀求这位罕王，求王忠放过自己。可王忠哪管那些，他像饿狼一样扑上去，尽情的进入着她的身体，发泄着自己的情欲。

经过好一番折腾，王忠得到了满足。他提上裤子，临走还不忘告诉赛云："哪天我还来。"然后大摇大摆地走出了侄子王台的内阁。

跑去报信的小嘎什哈快马加鞭来到狩猎场，王台正睁大眼睛搜寻那只白狐，看到小嘎什哈来了，预感到情况不妙，急切地问他为啥来到此地。

小嘎什哈上气不接下气地说："额真②，大事不好，罕王来到你的东阁。"

第四章　哈达部叔侄失和

王台一惊，忙问："赛云福晋①怎么样？"

小嘎什哈回答："我走时还不知福晋消息，但罕王是奔她来的。"

王台怒火从心中烧，恨恨地说："如果赛云有事，我定将他粉身碎骨！"

说罢，王台带领人马回去了。

王台听着信儿赶回来的时候，叔叔王忠已经走了，屋里只剩下哭得像个泪人似的爱妾。王台气的哇哇暴叫，提刀要去跟叔叔拼命。

这时赛云已经从惊恐中缓过神来，她急忙拦住了王台，说："王爷，万万不可！他是罕王，势力比你大，你要是这么去了，吃亏的肯定是你，即使你不被杀了，也占不到便宜。王爷，要三思啊。"

王台望着怀里的爱妾，想着爱妾说的话，确实有些道理。是啊，自己的功夫不比叔叔差，可自己的势力没有叔叔大，毕竟他是罕王，整个部落的兵权在他手里，要是硬拼的话自己未必会占上风，如此看来，要想报仇只有等待机会。说实话，王台也不是白给的，那也是有勇有谋的一个人，刚才之所以要去找叔叔拼命，只是一时气急，当他渐渐冷静下来以后，这其中的成败厉害就看得非常明白了，王台暂时忍下了这口气。

话说王台虽然没有马上去找叔叔王忠拼命，但这仇恨的秧苗却在他心里扎下了根。

几天以后，赛云见王台平静了许多，才怯怯地把王忠临走时留下的话告诉了王台。王台一听火冒三丈，血往上涌，大骂道："王忠，你他妈的还跑惯了腿了，你要是胆敢再来，我非劈了你不可。"气得他坐在床上直喘粗气。

气过以后，王台脑子里回想着赛云说的话，叔叔这个人一向说到做到，他要说来就肯定能来，不只是这样，叔叔都有可能把赛云要了去，到那时该怎么办哪？不行，我不能就这么等着，我得想个办法让他死了这条心。想着想着，王台脑子里突然冒出了一条巧计，好，你不是还要来吗，这回我就将计就计，让你有来无回。

那时候，蒙古草原的马很多，而且蒙古马俊美健硕，日行百里，在当时交通不发达的情况下，马是很重要的交通工具。不仅大明朝要到蒙古买马，其他民族包括女真人等都到蒙古去买马，就连部落之间的王

① 福晋：满语，夫人。

王杲罕王传

爷、贝勒们送礼也都送马，以示对方的尊贵，于是，蒙古马就成了奇货可居的宝贝，随之而来的也就出现了"控马奴"。什么叫控马奴？就是偷马的贼。这些控马奴心狠手辣，武功高强，他们常聚集在一起偷各个部落里的好马，然后运到明朝那边去卖。

王台接触上了几个控马奴的头，因为是贼嘛，居无定所，生活没规律也不稳定。王台常在盗马贼衣食无着的时候，接济他们一些粮食、衣物和食盐等。这些盗马贼非常感激他，不仅不祸害他的牧场，而且非常听他的话，只要他一声令下，他让干啥就干啥。

且说这一天，王台来到王忠处，禀奏道："叔叔，过些日子就是到朝廷进贡的日子。小侄儿想这侠倡宫附近的猎物都被咱们打得差不多了，也没什么稀罕东西，所以小侄儿想去长白山打些大的猎物回来，叔叔拿着进贡朝廷也体面。您看怎么样啊？"

说实话，刚开始的时候王忠的心里的确有些忐忑不安，侄子王台的彪悍他也知道，自己睡了侄儿媳妇，这件事做得有些过分，要是侄子跟自己翻脸，自己也没什么话说。但自己是罕王，只要是好东西，就应该归自己所有，况且事后他见侄子那边也没什么反应，王忠的心里坦然了许多，渐渐地他又开始想入非非。现在侄子主动请缨要去长白山打猎，为自己进贡准备猎物，这可是好事。王忠知道，到长白山打猎来回要一个多月，非常辛苦，王台那么爱他的小妾，不可能带她去。侄子一走，我又可以和那小美人行鱼水之欢了，这种一举两得的事求都求不来呀，王忠心里越想越美。

王忠抑制不住内心的激动，答应道："好，好，好，难得你为叔叔着想，叔叔我非常高兴。说吧，你需要什么？我一定满足你。"

王台看着王忠乐得快要咧到耳朵根子的大嘴丫子，强压心中的怒火，不露声色地说："我想把叔叔的侍卫队带去，他们个个武功高强，捕捉大猎物就需要这样的能人，其他别的就不需要了。"

王忠一心只想和赛云在一起的事了，对于王台说的话想都没想，就答应道："行，行，你要什么都行。"

得到王忠的准许，王台告退。

一切准备好了以后，王台带着王忠的侍卫队五十人和自己的贴身随从三十人及男女猎人近百人，浩浩荡荡地上路了。王忠为了表示对侄子的感谢，亲自送行。

送走了王台，王忠迫不及待地来到了王台的内阁，一把搂住了赛云，照着脸蛋子就是一顿啃。

这次赛云跟上次的反应不一样，她不再哭哭啼啼，而是羞涩地说："罕王，忙什么？时候还早呢，等到晚上奴婢好好伺候伺候王爷。"

王忠没想到赛云会说出这样的话来，他以为自己已经驯服了眼前的这位美人，很高兴地说："好，好，我的小马驹子，就等晚上吧。哈，哈，哈，哈……"然后走了。

到了晚上，喝得醉醺醺的王忠来到了王台的内阁。一进屋，就看见桌上摆满了一桌子的酒菜，赛云上身穿从京师买来的江南花丝绸做成的、镶着红绦边的紧身小坎肩，乳头部位缝有两只用黄丝绢叠成的小黄蝴蝶，下身穿殷红色紧腿丝绢里裤，外罩殷红色叠裙，头上的云卷高高盘起，上面扎了一个黄绒金丝的蝴蝶花。这是女真少女临睡前为了使自己修长的头发不至于蓬乱而做的特殊修饰。赛云正含情脉脉地坐在桌前。

王忠迫不及待地上前一把把赛云搂在怀里，说道："来吧，我的小马驹子，都想死我了。"

赛云并不惊慌，而是用手挡住了王忠凑过来的淌着口水的嘴，说道："哎，罕王，急什么？我还想敬罕王一杯呢。"

王忠一愣，没想到，这女人还有这兴致，便点头答应道："好，好，好，喝酒可以，我现在就跟你喝。哈哈哈哈……"王忠放开搂着的赛云。

赛云拿起桌上早已倒好的一杯酒，递给王忠，然后，她自己也拿起一杯，说道："承蒙罕王抬爱，臣妾敬罕王一杯。"说罢，一饮而尽。

赛云的这一举动把万罕乐得呀，都找不到北了。他想都没想，一仰脖，把杯里的酒就啁进去了。

赛云又拿过酒壶给王忠倒了一杯酒，说："这第二杯酒我敬罕王，望罕王永远像下山的猛虎强悍无比。"

王忠接过酒杯，一仰脖，这第二杯酒也下肚了。

接着，赛云又给王忠倒了一杯酒，说："这第三杯酒我敬罕王，望罕王永远宠爱妾身。"

王忠点头答应，说："放心吧，只要你依了我，我会像心肝宝贝一样的疼你。"

三杯酒下肚，王忠感觉头有点晕，但他依然挣扎着搂着赛云来到了床上。到了床上，他感觉头越来越沉，越来越晕，接着，就什么也不知道了。任凭赛云怎么摇晃，他都没有反应。

各位可能要问了，这王忠也太没有酒量，喝三杯酒就不行了。其实是赛云在王忠的酒里下了迷药，当然这一切都是王台事先安排好的。

见王忠不省人事，赛云忙打开屋门，冲外面敲了三声梆子。梆响过后，几个人影快速闪进内阁，其中的一个人奔赛云就过来了。走到近前一看，此人是盗马贼的头儿，叫德贝儿。

赛云告诉德贝儿："事情办妥了。"

德贝儿说："好。你去吧，这块儿就交给我们了。"

赛云转身出屋。

此时的王忠一动不动地躺在床上。德贝儿拔出怀里的短刀，冲着床上的王忠，恨恨地砍了过去，一刀，两刀，三刀……也不知道砍了多少刀，反正王忠身上都被剁烂糊了，他这才停下来手。

大伙七手八脚地把王忠用兽皮包上，放到马背上，驮出了侠倡宫。由于王忠的侍卫队都被王台给调出了侠倡宫，所以一路上也没人问。

第二天，侠倡宫里乱了套，人们纷纷嚷嚷着："罕王不见了，罕王不见了。"怎么回事呢？

原来，王忠有个习惯，他每天早晨天不亮就要起来练练拳脚，活动活动筋骨，几十年了都这样风雨无阻。可这一天天都大亮了，王忠也没来，每天陪他练功的小嘎什哈不知道什么原因，就来到王忠住的西阁。

西阁的奴才们都在忙着自己手里的活计，见小嘎什哈来了，就问他："你不陪着罕王练功，跑这来干什么？"

小嘎什哈说："我等到这时候了，罕王也没来，我来看看怎么回事？"

侠倡宫的人都知道，不论遇到什么事，罕王都不会停止练功，今天这事的确有些奇怪。奴才们纷纷停下手里的活计，互相询问缘由，可谁也不知道。

他们在这正嘀咕呢，王忠的大福晋过来了，她厉声问道："你们这帮奴才，不赶紧干活，聚到一起干什么？"

奴才们吓得四下散开，继续做手里的活计。

小嘎什哈跑到大福晋跟前，悄声说："禀大福晋，罕王到现在也没去练功。奴才来看看，罕王是不是还没起呢？"

大福晋一听非常吃惊，说："什么？罕王没去练功？我不知道啊，他昨天夜里没在我这里睡呀。"说完，她又觉得自己有些失言，忙吩咐道："我知道了，你下去吧。"

小嘎什哈走后，大福晋忙来到二福晋的房里，询问王爷昨晚可曾在她这里过夜。

二福晋回答说："没有。"

二福晋就问大福晋："怎么回事？"

大福晋告诉二福晋："王爷今早没去练功。"

二福晋也觉得很奇怪。于是，俩人来到了王忠其他几个小妾的屋里，结果大家都说王爷没来。

还是二福晋心眼多，偷偷地跟大福晋说："王爷能不能去东边呀？"

其实大福晋早就有这个想法，只是出于她大福晋的身份，这话她不能说。现在二福晋说了，她马上吩咐人去找。

没想到，派去的人很快回来说，小王爷那边也没有。

这就奇怪了，王爷能去哪呢？还能丢了不成？这可怎么办？王台不在家，王爷的侍卫队又跟王台一起走了。

没办法，大福晋吩咐家里所有的人都出去找罕王。很快，派出去的人有了回音，侠倡山上发现了罕王的尸体。

大福晋一听都傻了，她和二福晋跟着报信的人来到侠倡山，看见了面目全非的罕王的尸首。大福晋嚎啕大哭地扑了过去，身边的人急忙搂住她，还有人搂住了瘫倒在地的二福晋。奴才们七手八脚，把罕王的尸首抬了回来。

大福晋赶紧派人飞马去找王台。其实王台根本没走出多远，所以听到信儿的王台很快就回来了。他来到王忠的灵柩前，干嚎着，挤出几滴眼泪。接着，又装模作样的派人调查叔叔的死因，最后调查出来的结果是罕王被族里叛乱的人杀了。至于罕王怎么走出的侠倡宫，为什么没人陪伴等等一些事，根本无人追究。其实大家都心知肚明这事是谁干的，只是没人站出来捅破这层窗户纸而已。

最后，王台杀了几个所谓叛乱的奴才，然后厚葬了叔叔王忠，大福晋、二福晋殉葬。大福晋的儿子由王台收为义弟，王忠的家财与奴才全都归王台所有，那些盗马贼也都归顺了王台。王台还命人打通了东、西两阁。

就这样，王台成了哈达部的首领，称之为"万罕"。寓意永远的王爷。

裕王和张宸妃等人一出沈阳关，进入哈达地界，情形就不一样了，哈达部的礼仪与大明朝的有所不同。首先迎接他们的是一百面敲得咚咚山响的迎宾大鼓，一百把奏着欢快乐曲的喜庆琵琶，还有恰拉器和各种管弦乐。道两旁插着彩旗，几十个女真姑娘，她们个个喜气洋洋、笑容满面，随着欢快的乐曲跳起了女真人的玛克辛①。

要说这万罕也确是与众不同，他为了讨好和献媚朝廷，还准备了五十辆车轿和五百名护卫人员。车轿是用金银绸缎装饰的彩车，里面很宽敞，可以坐四五个人，还可以在里面睡觉，吃饭等，就像是一间活动的房子。护卫人员个个身穿铠甲，身背弯弓、利箭，手拿刀矛，非常剽悍、魁梧，训练有素，使护送裕王和张宸妃的侍卫们也不得不竖大拇指。

为了使裕王和张宸妃食宿更好一些，万罕还命人在沿途三百多里地的路途中设了五个临时的迎迓驿站，一日三餐及所有的食用全部由这五个迎迓驿提供。五十个嘎什哈飞马在车轿队伍和迎迓驿之间。每当快到进餐的时候，离车队最近的迎迓驿里的厨子便做好饭菜，然后，这些嘎什哈们飞马送到车轿。当裕王等人打开食盒的时候，饭菜还都是热的。

不仅如此，厨子们遵照万罕的吩咐所做的食物全是北方的特产，具有浓郁的北方民族特色。裕王和张宸妃他们吃腻了宫里的食物，头一次吃到这样地道、清新的北方菜肴，感到特别新鲜。万罕为了排解裕王和张宸妃旅途当中的寂寞，还在迎迓驿里安排了歌舞艺人，为裕王和张宸妃表演女真人的乌春②和玛克辛。总之，裕王和张宸妃这一路上非常开心。

在据万罕的行宫侠倡宫五里地的地方，车轿停下了。万罕率他的大福晋、二福晋及文臣武将，在这里迎接裕王殿下和皇帝的爱妃。万罕的二福晋本是明皇身边的宫女，能歌善舞，对大明的礼仪也懂，是明皇为了拉拢万罕赏赐给他的，所以万罕把她带了来。

---

① 玛克辛：满语，舞蹈。
② 乌春：满语，歌。

万罕及哈达部众臣齐刷刷跪倒一片。

万罕叩头施礼："小王恭迎裕王千岁，皇妃千岁。祝裕王千岁千岁千千岁，皇妃千岁千岁千千岁。"

众人齐声高呼："祝裕王千岁千岁千千岁，皇妃千岁千岁千千岁。"

裕王抬手示意："平身吧。"

众人齐声高呼："谢裕王千岁。谢娘娘千岁。"

万罕起身，上前一步，拱手施礼，说："今日喜神临门，裕王殿下和娘娘千岁驾临我哈达部，哈达部蓬荜生辉啊。裕王殿下和娘娘千岁舟马劳顿，请先进宫歇息歇息吧。"

万罕退后一步，请裕王和张宸妃先行。一行人进入侠倡宫正殿大堂。

啊！裕王和张宸妃怎么也没想到，被称为蛮荒的女真之地竟有这样壮丽雄伟的宫殿。

万罕所居的侠倡古宫，依侠倡山而建，故宫以山得名。侠倡山山势峭陡，直入云天，是哈达国北御叶赫的天然屏障。侠倡宫西面有条河，叫哈达河，也就是现在的清河，据其音义称嘎拉河，蛤蟆河。哈达河河水湍急，浪如白箭。到了汛期，河水猛涨，冲过岸边的堤坝，一片汪洋。野鸢、红雁成群，哈什蚂、鱼类、水獭等取之不尽，哈达众民衣食无忧。

这侠倡城说来并不算大，它始建于永乐年间，是一座小城，到了王忠的时候扩建了一些。因王忠忠于朝廷，明廷就派匠役帮助建造，其工艺都属汉族房屋楼台建筑。到了万罕王台时期，又进一步扩建，建成现在的侠倡宫。侠倡宫原来无名，到万罕时才正式命名叫"侠倡宫"。有的说"侠倡宫"三个字是嘉靖爷亲笔御书，也有的说是嘉靖爷身边的掌墨太监写的，后来嘉靖描了描，盖上玉玺，便成了"天子之宝"了。

万罕的侠倡宫，在侠倡山下。土石围成宫城，城四圈有四座城门。每座城门的正门有三扇大门，两侧一边一个甬门，加起来一共是五个门。城门两侧古松参天，榆柏若林，林外是护城河，河里有鱼、虾。万罕为了防备入侵者偷袭，又命人援河加宽，由原来的三丈扩为五丈，河深由原来的一丈半扩为两丈。这还不算，万罕还命人在河中挖了暗沟。

城内不大，有宫楼二十余幢。正中央宫楼的主楼正殿，建设得比其他宫楼规模更宏伟，前廊设有红漆的顶天抱柱九根，再往前有一排整齐的虎头白玉石柱，左右各十二根。中间用宽敞花岗岩铺成的长长台阶，沿阶而下，一共有廿九级。石阶两侧筑有铜鹤、铜雀、铜牛、铜羊、铜鹿、铜马等像生雕艺，栩栩如生。在宫苑的中央，筑有假山、鱼池，两侧井然有序地排列着鼓楼、云牌楼（敲击传令用），这是万罕的议事之所。

全殿建筑朱漆图绘，雕廊画栋、脊顶金钟、金铃，风中嘤嘤入耳，若天乐临空。殿两侧各有偏殿八间，为众将、众随臣休息、饮茶、议事、办理杂务的地方。各间门前亦均有铜鹤，鱼池，花榭，雀笼等。过了正殿，则为一朱墙，将前后院隔开，中有正门入内。内院为万罕深宅，外姓不得入。门前两旁为武士房、兵备房，为万罕守卫内庭。经铺石板路，板路两侧为菱花莲池，池中红鲤相戏，莲池绿蛙小唱。石板长路两侧除莲池外，各有四幢歌亭。八幢歌亭建筑迥然别致，一曰彩凤亭、一曰神鹊亭、一曰鹤鸣亭、一曰画燕亭、一曰虎威亭、一曰豹尾亭、一曰醉鹿亭、一曰戏熊亭。这八亭，前四亭由女奴女官在内侍候，每亭画廊彩色均以亭名为画，神态秀美，亭内各有三十乐女，作歌乐；后四亭，则为男奴男官在内侍候，每亭画廊彩色均以亭名为画为饰，神态英武，亭内各有三十男将，做舞。凡万罕出入，迎迓百客，国中大典，八亭各献绝技，如入仙洞。

裕王和张宸妃一行人都为侠倡古宫和周围环境的美丽啧啧称奇。

进宫后，裕王和张宸妃重新落座，万罕及臣子重新跪地，行大礼。

裕王抬手示意："平身。"

众人谢过裕王和宸妃，起身。

裕王："本王奉皇上旨意，前来给董尔吉老福晋贺寿。老福晋在哪呢？"

万罕见裕王找自己的额母，急忙上前一步，禀奏说："回禀裕王，老母喜闻明皇爱妃在裕王的陪伴下要来本地，日夜祈盼，现正在后宫等候，臣这就派人去叫。"

不大一会儿，一位满头白发的老妇人在两个年轻姑娘的搀扶下，来到了大殿。老妇人跪地施礼，两位小姑娘跪在老人的后头。老妇人说："臣妾见过裕王千岁，见过娘娘千岁。祝裕王千岁千岁千千岁，娘娘千岁千岁千千岁。"

裕王抬手，说："起来吧。"老妇人谢过。

裕王说道："本王和娘娘此次来哈达部，就是奉父王之命前来给老福晋祝寿的。传父王谕旨。"

众人一听要宣皇帝的谕旨，急忙跪地接旨。

葫芦哥宣读圣旨："谕户部、吏部、工部拨黄金五百两、白银万两、锦缎一千匹、生铁千斛、蒙古骏马五百匹，作为朝廷对万罕慈母千寿的贺礼及对爱妃的盛情款待之忱。哈达要将最甜美的蜜酒、最艳丽的欢歌燕舞，献给宸妃与裕王。钦此。"

葫芦哥宣读完圣旨，万罕及他的臣僚们山呼万岁。

万罕激动地说："谢皇上给我们贫瘠的哈达土地这么多的恩赐！小王将竭尽全力，上慰万岁爷，下伺候好裕王及宸妃。小王肝脑涂地，在所不辞。"

说罢，率领他的臣僚们重又朝向西方的京师宫阙，山呼万岁，行九叩大礼。万罕接旨。

由于路途劳累，万罕请裕王和张宸妃稍做休息，稍后他要宴请朝中贵人。

裕王和张宸妃来到"颐安宫"下榻。这"颐安宫"是万罕侠倡宫建筑群中的阿房宫，过了八亭便是。平时里面藏娇三百，待御幼女一百，百花簇簇，香风阵阵，彩蝶醉落酒溪……

这里是园中之园，四周由红墙围绕，只见高墙不见人，现在除了伺候的下人，其他人都被遣走了，所以十分安静。由于裕王和张宸妃一路劳累，各自休息，很快便进入梦乡。

绕过"颐安宫"，就是所谓的后城，这里是董尔吉妈妈、万罕众妃及幼子所居住的地方，而且并排有四座宫楼，有"燕来楼""秋水楼""红叶楼"和"白玉楼"。其中白玉楼是用江南玉竹和京师当地的香山白桦相叠而成，所选白桦均为有百年树龄的上等木材，这里是万罕宠幸新人的地方。万罕的儿子虎尔罕等人都已经长大，均住在宫外，另有府第。

裕王和张宸妃经过短暂的休息，精神了许多。万罕那边的迎宾大宴也准备的差不多了。说来万罕为了办好裕王殿下驾临的迎迓大事，真是费尽了心机。自哈达部的侠倡宫建成以来，还没有迎接过这样的贵人，要知道这是大明皇帝的爱子与妃子呀！万罕除了上不能登天、下不能入地，江河湖海所有山珍海味都一并搜求净尽，并将哈达部最好的庖工师傅悉数延请入宫，为他庖制女真人名传海内外的北菜大宴，给一向风流倜傥的裕王和张宸妃一大惊喜。

说起这北菜，那可是女真人自古以来在荒蛮的漠北生活中所世代传承下来的烹饪特艺。万罕部落的北菜也独树一帜，更为讲究。下面，我们先介绍一下北菜的特点：

早时候的女真菜肴，以燔烤为主，燔烧百珍为席宴之魂魄，久而久之，形成了一种粗犷、豪放之风采，是其他饪肴很难攀及与比拟的。

制作北菜最主要的是烧工，也就是我们现在所说的火候。北菜烧工讲究用泥火、石火、木火、鬃毛火、枯草火、湿草火、骨火、水气火、炭火、灰火、油火、温火。木质火又分为松柞火、椴桦火、果木火、秧藤火、花草熏火、果藤熏火、平木熏火、甜木熏火，而在用法上又分为一炉火、双炉火、肆炉火、单壁火、双壁火、肆壁火、平炕火、双层炕火（夹板火）、地炕火、地沟火、天罩火、香烟火、花烟火、隔夜火、一日火、二日火、三日火、燎火、水火相济火、几袋烟火、几柱烟火等，时间往往是点燃茸绳，以其燃烧长度来确定。

烧烤禽兽以其部位大小来确定用什么窑，窑分泥平窑、石平窑、三步窑、五步窑、笼窑、圈窑、长蛇窑、小罐窑、磁罐、古镡窑、陶镡、石镡、泥镡、瓦镡、房镡、砖镡，而小禽小兽烧烤又分皮囊裹烧烤（俗名烧肉包）、鹿纸①裹烧烤、鬃羽裹烧烤、百花包裹烧烤、麝香包裹烧烤、药枝茎根花蕊裹缠烧烤、涂血涂香料黄酒烧烤。此外，北菜崇尚自然火，如日光火、月光火、星光火，即日晒、风干、阴干等方法炮制菜肴。

烧烤北方菜肴，还必须得水火相济。烧烤有一个秘诀，就是所烧之物必须先用汁水浸煨，缓滋慢渗，才能成为绝妙的佳肴。故清水与调配的汁水才是北菜的精髓，不可轻心妄为。水，必为清洁之活水，江心水、湖心水、深井水、江水融水（即为开江水）、天雨清澄水、海心水（深海水）。取来的水必须储存于石臼、木桶、瓦瓮等干净的器皿中，不能落入尘埃。另外，也不能使用隔夜水，如果要使用隔夜水，必须先将水煮开，然后再炮制各菜。烧烤时边看火候边用勺皿滴汁水，如此烧烤出来的肉嫩香而不柴，不硬焦难嚼，且保烤肉之本色。

烧烤用火用水的两技都要精湛，要善于随时观察火候，能辨认烟色与火色。火色有白、红、黄、蓝、黑，亮光迥异，热力迥异，随机应变，变幻无穷。

---

① 鹿纸，系指一岁小鹿之嫩皮，经过加工，制成的金黄色透亮的薄纸，可食，备做北菜各类佳肴之用。

烤料选肉很主要，大凡烧烤，讲究的都是鲜肉，禽兽虫鱼，不鲜不取，不青嫩不取，不壮健不取，而且要现杀现宰。宰杀的时候要大开膛，去除内脏，放尽体内淤血。血汁用皮囊、陶罐等器皿盛放，保存在阴冷的地方，也可用木槽盆蓄血，以保原汁原味。喝饮鲜血，可补力，剩下的血可以另作菜肴。开膛的时候必须用清水将膛内冲洗干净，否则烧烤出来的肉不香嫩，而且味也不纯鲜。

烧烤所用的鲜肉，对于储藏的要求也非常严格。一般夏天的时候要求是不过午，春秋的时候要求是不过夜，冬天天冷了就好办了，用雪把肉埋起来储存是最好，这样的肉不仅可以保鲜而且还不干裂，像刚屠宰的一样。

北菜所用的烤具，源于游猎生活，就地取材，石、木、陶皆可以为具。木多用柞、柳、榆、桦之干，或取石板、石臼、石筒、石条块等，或以土为坯搭建炉灶，后来亦有制成瓦片、瓦罐、瓦灶等，较为便利。

为了招待好贵客，万罕特命人准备了北菜中的精品，如烧仔鹿、烧仔猪、烧鱼蟹、烧熊掌、烧蛙营、烧猴头蘑、烤全羊、焙烤蛇肉、吊烧天禽腿、石管烧山鸡卵（火炼金球）等名贵菜品。

由于裕王和宸妃都是在江南长大的，根本没吃过这样地道的北方烧烤，闻着飘过来的阵阵香味，裕王忍不住夹起一口仔鹿肉尝了尝，不错，肉质细嫩、鲜美。裕王赞不绝口地说："妙、妙，本王从未吃过这等美味。"说罢，又伸筷夹了一口刚端上来的烧熊掌，同样是那样的鲜美、肥而不腻，入口即化。

看着裕王一块接一块的吃着，陪在一旁的万罕和他的姜室们都憋不住想笑，但又怕裕王降罪，不敢笑。还是万罕的小姜聪明，她命侍女将一盘烤羊肉放到宸妃面前，请宸妃娘娘品尝。宸妃娘娘尝了一口，确实不错。宸妃也禁不住连连点头夸赞。

下一道菜，是北菜当中的另一大菜系，蒸菜。

要说这蒸菜也可谓是北菜的又一奇工。蒸菜，传于金代。据传，辽天祚帝在春天举办头雁宴，强令女真户户渍制清水鹅，以鹅代雁。如果你做出来的菜品精细，不肥腻，就给你减轻税役；如果做出来的菜品油腻、粗糙，就把你抓入大牢。女真人没办法，为了活命，只好苦研蒸术。

怎么样才能使肥肉保持其鲜味、清淡而又不油腻呢？

于是有人研究出来一种方法：将大鹅放到箱里，箱底下有一大容器，里面放半下水，上面盖上盖，下面架火蒸，结果鹅汤色白若乳而不浊，鹅肉入口则化，小嚼即滑入胃。以此为据，女真人又掌握了各种蒸食禽鱼之方法，小者整体清蒸，硕大牲躯则选择肋条等精嫩少脂肉入箱，以热气煨之，使之软烂至极。而熊掌、猩唇、鲟唇、鼍肉等，多经洁净后一蒸、二蒸、三蒸、方上宴席，非常适合年迈脂高的人秋夏赏享。

北菜清蒸，制法精细，加松子、榆钱、黄瓜、香草等淡雅调味品，以别于汉菜，白淡、不入酱色。

给裕王准备的蒸菜有清蒸熊掌、清蒸甲鱼、清蒸仔鹿脯、清蒸哈什蚂、清蒸人参飞龙脯（鹌鹑、铁雀之属）、清蒸黄花抱河蚌、清蒸大海虾（海蟹之属）、清蒸鲫鱼①、清蒸海鱼肚②、清蒸海参。

望着这一道道制作精良考究的蒸菜，裕王有些不敢相信自己的眼睛，他做梦都想不到这些山野莽夫竟也能有这等技法，蒸出来的菜一点也不亚于中原御厨所做的菜，难怪父王一再嘱咐他到塞北要多看、多学，千万不可掉以轻心。

品尝完了蒸菜，又开始上炖菜。要说这炖菜，其作法也是非常有讲究的。当时人们大都知道北菜烧烤之妙，很少人知道炖菜之奇，那是因为各地皆有炖菜，而且有异曲同工之处，殊不知北菜的炖法与之相比还有较为独特的地方。故俗有"厨者能做烤工，难担炖工"之叹。

北菜炖煮百物，炖法有五：

一曰清炖，又称水炖③。如：白炖鸡、白炖鸭、白炖牛肉、白炖羊肉等，蘸各种香料、调料而食。油料尚有韭花、香油、酥油。此多源出祭礼。清炖，取纯洁之意。

二曰拌炖，又称合炖④，如枸杞、黄芪、人参、干贝、果酱、蜂蜜、花瓣、芝麻、榆钱、苏子、松籽、黄酒、椒类等，根据不同菜肴，自如调配，使炖肴除保持原肉性外，又渗入不同清香气味。炖法，除视火候、汁汤技艺外，尤善施调香、存储之述。此法功在扬原性，抑邪性、驱陈性。

---

① 清蒸鲫鱼，用加吉鱼，俗名"吉祥如意"。

② 鱼肚：鲸等海中巨鱼之鳔，洁净切割庖制后蒸食，为一大良肴。

③ 水炖：指用井、泉、江、河、湖水来炖熟百物。

④ 合炖：指除用请水外，加入牛、马、鹿、羊奶入锅。所用乳汁依菜肴不同而用不同乳汁。

三曰汤炖，又称羹汤入水炖，即先要烹调、存储好牛、鸡、鸭、飞龙、哈什蚂、龟、蛇等各种汤汁，依菜肴不同配汁蒸炖。不用清水，用"萨克达希勒"[1]炖之。

四曰果花炖，又称北料炖。此法多在庖制大肉类时，驱邪腥杂味，根据不同菜肴加入青蒿条、香梨囊、香蒲束把、山花椒枝、山芝麻枝、香椿木条、以及晒干之各种花瓣、罂粟花等，以扬肉香。

五曰蜜炖，北菜有甜肴。南菜挂浆，北菜蜜炖。炖后可长期干藏，为辽金名肴，蜜脯、乳脯、蜜炙腊肉、糖鹌鹑、糖仔羔等，即此法也。

总言之，北菜能炖煮天下之生熟百味，万肴归宗，均不脱上述五法也。

北菜还非常注重炖肴的器皿。炖器种类繁多，罐分瓦罐、陶罐、瓷罐，大小不一；锅分大中小及碗型，各式铜、铁锅；缸分大甑、中甑、小甑。炖肴有厨师炖的，亦有厨师先炖半熟，再搬入筵席，宾客边炖边填菜肴边食。

炖法，大多为先在容器中加配方料，适量汤汁，然后放入主料物。经过一段时间，闭封，盖严罐口，密封一段时间，使料味通散主料。冬夏四季皆可制用。罐内主料生熟、切割形体不一，依菜肴而定。食用时，取出再用火炖。炖时，又分原体炖和捆体炖。原体炖即将罐内主料不切割，经火炖一炷香、一时辰、一日、二日、三日或更多时辰，取出食用；捆体炖即将料物用蒲黄草、香茅草、马兰草、白茅草，经水泡柔软有韧性后，缠紧主料，入容器再施火炖。

昔时，尚有囊炖之术，兴传于辽金之世，其法古久，将洁好的禽兽肉和各种山菜用皮革包裹炖之。皮革多选用牛皮、老驼皮、老熊皮、老野猪皮，去毛，晒干，割取一方，再放进水中浸泡，缝制成囊状，包裹料物储藏，有汁亦不能外溢，两头紧扎，越紧越佳，呈皮囊型，吃时任选，放锅中炖熟烂食之。也有用香梨木、白桦木、栎木（柞木）、黄菠萝木制成长方形木槽的，加蜜蜂木盖，亦有呈筒状者，亦加盖，内装主料，放一大锅中火炖，食者围宴，现煮现食，踏歌畅饮，颇有兴致。

依据上述之法，万罕命厨房做了十道菜，其中有百芍人参鸡、枸杞

---

① 萨克达希勒：满语，老汤。

豌豆黄金肉①、海参烩鹿尾、罐闷关东鸡块②、群神大聚会③、炖三鸡④、参枸炖龟肉、北杞炖鹿肉、鳖甲炖鹌鹑、清炖三鞭。

裕王和宸妃那都是皇宫里出来的人，什么没吃过，什么没见过，可愣是见什么都觉得稀奇，都想尝尝。主菜上差不多了，侍者又晋献上依尔哈木克⑤。

早年，北民村寨常自酿饮品。夏天常用花水酿制，甜香适口，用以待客，为席间一绝；冬天则为冰饮，若凌冰，若虹雪，若梨汁菊汁冰坨。亦有制成人、兽、禽、花卉之形，风趣横生。花水之料，采于北方夏秋，以萨哈连⑥沿岸、松花江沿岸、脑温江⑦沿岸、虎尔哈⑧沿岸之野花、野菜、野果为主要取材之源，酸甜爽口，清心养肺，明目安神。北地寒苦，日照少，花期甚短，多集中在阳历七月——九月间，且不易久存，易霉烂。

数千年来，北民创造了巧制饮料、冰饮等特技，秋菜冬藏。北方大多有果窖，每当冬季降临，村村寨寨自制花水、冰饮，可一直饮用到次年旧历正二月间。大户人家往往还有深藏之窖，深窖冬暖夏凉，饮汁有在罐筒中深藏五七载者，久而甘醇，香气扑鼻，多饮可醉。称之谓"木克奴勒"⑨、"朱克奴勒"⑩。

哈达部就用这最原始的方法制作出酒水，它们有嘟柿饮、花红饮、山梨饮、草果饮（草莓饮）、雅格达饮⑪、枸杞饮、红灯笼饮⑫、葡萄饮、野菊山贝饮、参鞭红灯饮。裕王和宸妃喝着这酸甜可口、沁人心脾的花水，盖住了刚刚入口的菜味，清爽极了。

酒过三巡，菜过五味，侍者开始上干果。要说这北宴的干果也是有

---

① 黄金肉：猪、鹿、驼等肉皆可。
② 关东鸡块：又名诸申鸡块，亦名四块瓦。
③ 群神：诸禽之心、腰、腿肉。
④ 炖三鸡：又名三鸡赐福。三鸡：树鸡、野鸡、沙鸡。
⑤ 依尔哈木克：满语，草莓果水。
⑥ 萨哈连：今黑龙江。
⑦ 脑温江：今嫩江。
⑧ 虎尔哈：今牡丹江。
⑨ 木克奴勒：满语，花酒。
⑩ 朱克奴勒：满语，冰酒。
⑪ 雅格达：兴安岭产的树本野果，玲珑剔透淡淡绿色，大如黄豆，酸涩爽口、俗称灯笼果。
⑫ 红灯笼：指东北一种俗称"姑娘"的野果。

讲究的，一般按宴席规模分二、四、六、八碟，冬季可上冻干果，夏秋伴上冷藏冰果。由于裕王和宸妃来的时候正值阴历九月份，秋高气爽，是瓜果的成熟季节，上来的瓜果大都是用刚摘下来的鲜果制成，有糖缠榛子仁、糖缠核桃仁、糖缠松籽、糖缠菱角粉、向日葵籽、蜜姑娘、蜜草莓、蜜嘟柿、粘米奶糕、萨其马糕。

十几个女真沙里甘追，最大的两个刚满十岁，其他的小姑娘也就七八岁。这些姑娘们头扎盘云髻，髻上扎有凤展翅的小金簪，身穿洁白的鹤裙，手舞彩带，翩翩舞蹈，口唱乌春儿歌：

> "猛温色，图们色，
> 宁赊力吉赫，
> 乌勒滚吉赫，
> 呼突力吉赫。"

大概意思是："千岁、万岁，春来了，喜来了，福来了。"

天真烂漫的小沙里甘追们，穿着一身白鹤裙，在裕王和宸妃面前欢天喜地的唱啊、蹦啊，活像一群小白鹤，乐得董尔吉妈妈前仰后合，腼腆的宸妃也笑出了喜泪。

裕王一行一边看着歌舞，一般品尝着美酒佳肴，心情非常愉悦。由于第二天就是董尔吉妈妈的寿诞，加上裕王他们刚到，需要好好休息一下，所以迎宾大宴并没进行的太晚，便互相拜别安歇去了。

第二天一大早，侠倡宫里里外外就热闹开了，各屋的贵人跟仆人们分头忙碌，开始准备董尔吉妈妈一年一度的寿诞喜宴。

宴席格外讲究和隆重，处处显露出雄踞辽东的哈达部人杰地灵，百业兴旺，地域富饶，所有佳肴美味香型皆不同凡响，其庖工、雕艺、燔技、刀法让莅临者敬慕称奇，赞不绝口。

万罕率众妃众星捧月般奉迎着裕王和宸妃。宴间每上一道香肴名菜，万罕为表示恭敬，一改往常由庖工和礼宴官为贵客宣报菜名的老规矩，而由万罕自己亲报菜名，述说佳肴采撷和庖制的特色、轶闻和典故，妙语连珠，惹得裕王和宸妃笑得合不拢口。

弦乐声中，忽然门帘高挑，有四个头戴红毡小帽、身穿大红喜袍的庖工肩抗长竿，长竿之上放有一张小方桌，小方桌上坐着一尊金佛老寿星，站在两侧的四位侍人，高喊"老祖宗吉祥，福到喽！"然后将长竿

王杲罕王传

上的小方桌稳稳抬下来，摆上宴席高桌。

裕王、宸妃和董尔吉妈妈不约而同地凝望着席上新摆上来的这尊全部用花木香脂精心雕塑得栩栩如生、惟妙惟肖的金佛老寿星，心情非常激动。

这时，万罕缓步走来，恭恭敬敬地撩衣下拜，高声说道："欣逢我哈达部共祝我母百寿华诞，良辰吉日，裕王千岁和娘娘千岁齐来祝贺，哈达万民蒙福，山河生辉。小王我今献上金佛老寿星从阿布卡赫赫①那里取来的寿桃百枚，恭祝裕王、娘娘千秋百岁！恭祝我母福寿安康！"

万罕说完站起身来到宴桌前，双手拍掌，只见佛肚大开，从佛爷腹内源源不断地滚出鲜桃百枚。万罕亲手一一恭送给裕王、宸妃和母亲董尔吉妈妈，然后自己拿起一桃后，又让席上每人各领一枚寿桃。

金佛老寿星神像撤下。

八位身穿彩袖莲花裙的沙里甘居，手弹小铃鼓，跳起欢乐的莽式玛克辛，有人也情不自禁的起身，跟这几个沙里甘居一起唱着，跳着，呼喊着：

"妈妈沙比②！"

"妈妈果勒敏查拉芬③！"

"妈妈猛温色！"

"妈妈图门色！"

鼓乐声中，庖工们捧上一色用糖脂、花卉、蜂蜜、面筋精制和镂刻、雕塑而成的"鲤鱼跳龙门"。这又是女真北菜中另一集观赏、故事、传闻于一体的可观、可点、可吃的大型女真美味佳肴。

裕王过去曾吃过女真宴席，对哈达万罕的宴技还算满意。不过，宸妃可是头一遭来到漠北，真正大开了眼界，长了不少见识，渐渐地有些喜欢这里了。宴后，董尔吉妈妈嘱咐万罕一定要陪着贵宾裕王和宸妃，去西校场虎啸林观赏咱们哈达部女真人的比武表演。

---

① 阿布卡赫赫：满语，天母。

② 沙比：满语，吉祥。

③ 果勒敏查拉芬：满语，长寿。

大明皇子裕王殿下亲自陪同宸妃凤驾东巡哈达，哈达部要举行比武表演，那可真是千载难逢的盛事一桩。在这个节骨眼上，女真各部的人谁也不想怠慢，都争着抢着想竞睹一下皇妃的娇容美饰。此刻的哈达部热闹非凡，犹如群雄聚会。

万罕陪着宸妃和裕王，来到了西校场虎啸林里的比马箭场。这场子大呀，一箭射出去打不到边儿，南连树海，北依侠倡，西拦烽火三台，东靠涓涓淡水。校场一色用珠色兔眼江石拌白细沙，用夯石一块一块砸成的，远看像一面镜子。在那旮校场靶场的好坏，显示出一个部落头领的武功高低以及实力大小，所以有"一马二箭三校场"之说。

教军场中间有一点将台，台高二丈五尺，上有女儿墙；台的底部，东西长约有八丈，南北宽七丈；中间有拱门，门洞高二丈，门宽一丈五尺。东、西两侧战旗迎风飘舞。正中有二层楼，楼高二丈四尺，木椽飞檐，上下层有木制楼梯可通。东、南、西三面设有拱门，四面均系花窗。这是明朝派来的汉人能工巧匠修的。

赛场没有主人的允许，是不准外人入练的，就像是自己身上的手帕，不借外家一样。那旮女真人有个规矩，手帕是个人名号的象征，手帕上均刺有不同的标志，见手帕如见其人。互相礼赠、别离也以手帕互换。手帕又是互相联系、交往的凭证。女真少女少男，更以手帕做为相邀的印记。把校场比做手帕，可见把演兵场看得何等神圣！

万罕因为是明皇爱妃凤驾北来，又有裕王相随，跟随来的名宦勇将不计其数，一时兴奋，在老寿星提议下，一定要让南方的小美女看看塞外的弯弓盘马，长长见识，饱饱眼福，使之消愁解闷。万罕也为显示自己"强将手下无弱兵"，就忙派身边嘎什哈，迅速备办虎啸林中的演武场。

万罕登上点将台，破例宣布：凡习武者均可跃马试箭，不分尊卑，不分族姓，不分长幼，以马箭分强弱，以马箭定输赢，死伤不论。

比赛开始，战旗猎猎，鼓号震天，兵卒们迅速按哨令摆开了雄武的旌旗阵势，一霎时把虎啸林四周围了个水泄不通，惊起草丛中群群大马莲花斑蝴蝶，急速地扇扇着大彩翅，忽而东飞飞，忽而西飞飞。飞得累了，就落到正在林中吃草的百匹战马的耳朵尖上，远处望去，还以为是一片片树叶呐！骏马扬鬃甩尾，蝴蝶们只好又仓皇飞翔远去。

虎啸林校场北面，扎成一座三丈高台，四周兵卒护卫，个个执戈抱刀，戒备森严。兵将里面是三千彩女侍婢，各捧拂尘、香盒、水匜、果盘，各种乐器，八宝玉器，簇拥着，像花团簇簇，这花蕊中便是万罕母子和贵宾贵人。烽火台狼烟四起，三百里外征马驰骋，以警外扰之敌。

先上场的是哈达部的两位英雄，一个是矮个子，名叫"杜度"。"杜度"是"斑雀"的意思；另一位是高个子，名叫"库尔缠"。"库尔缠"是"灰鹤"的意思。一听名字就知道这俩人都灵活异常。二人向万罕行礼后，万罕按照女真人的习俗，让他俩先比试骑射。

两人互相谦虚一番，各自攀鞍上马。杜度在前，库尔缠在后，每人手持弯弓，身披箭囊，快马加鞭，飞驰三圈后，只见杜度拉满圆弓，飞马跑到点将台前，然后突然拨转马头，"嗖、嗖、嗖"，飞马连发三箭，均中靶心。全场响起一片喝彩声。

叫好声还未落，库尔缠的快马已急驰而至，只见库尔缠两脚紧蹬鞍镫，身子直立，弓弦拉圆，马儿连跳了三跳，连发三箭。头两箭均中靶心，第三箭嗖的一声，人们还没看清楚，就听"当啷"一声响，箭靶落地。喜得万罕直夸"好箭法，好箭法呀！"

原来这库尔缠第三箭把靶绳射断了，围观的人目瞪口呆，说不出话来。

这时杜度在马上向库尔缠打一躬，称赞道："阿浑好箭法！"

库尔缠谦逊地回答："哪里，哪里，你的箭法才真正了得。我只是碰巧而已，碰巧而已。"

杜度摇摇头，说："阿浑是真正的神箭手，小弟输得口服心服。"

杜度下去以后，又有人上来跟库尔缠比赛骑射，整整比了半天，也没有人能超过他。万罕请裕王给库尔缠脖子上戴上一支闪闪发亮的大野猪獠牙，它象征着库尔缠是真正的女真巴图鲁[①]。

午饭后，各路英雄开始比赛刀、枪、剑、叉等十八般武器，只见霎时间两匹马两个人在教军场翻腾如飞，你杀我挡，兵器闪光，耀人眼目。比赛整整进行了一下午。

---

① 巴图鲁：满语，英雄。

到了傍晚，比赛快结束了，万罕让自己的虎子——虎尔罕①贝勒上场了。虎尔罕果然身手不凡，他表演的飞马连弩更是与众不同，只见他前手抱一弓，后臂胳肢窝下又夹一藤子弓，向前射是虚射，向后射是实射。他与人比试的时候往往先是虚晃一招，假装败下阵去。对方如若追马赶来，他便连放臂下弓，五箭连射，再猛的勇将都要被射中心窝，摔落马下，立即被俘。

万罕不仅要显示一下自己的儿子，也是为了给宸妃逗逗乐子。不过他想到还有一位小英雄，当下那可是无人可敌，这就是自己的义子、赫赫有名的建州卫首领多贝勒之子——王杲。

万罕深知自己的儿子虎尔罕不是王杲的对手，不想让儿子在自己的眼皮子底下输得窝囊难看。另外，他也知道王杲是火爆脾气，沾火就着，真若是惹翻了王杲，俩人打起来，那可是老公鸡斗架，咬到一块儿拉都拉不开，不好收场。万罕鬼心眼多得很，他事先哄骗建州部首领觉昌安②把王杲叫到侧帐之中，命仆奴殷勤倍至，劝酒献肉，灌醉王杲。这酒是明皇亲赐的牛犊坛子酒，酒好，比过武二郎喝的酒，香得很。凡人平时喝不着，何况这些塞外野民了。王杲素喜好酒，用这酒缠住他，量他再有本事也打不起来了。

觉昌安起初没觉察万罕设计，后来他猛然觉得不对味，想到情况不妙，自己是王杲的长辈，怕王杲吃亏，便背地里将自己想法告诉了王杲，劝慰他，事事当心，不叫他逞能。王杲却不以为然。

觉昌安非常了解万罕，深知此人心胸狭窄，小肚鸡肠，时时窥视众部将，特别小心他们父子，因此觉昌安留了心眼，素有虎将不显绝技的涵养。于是，他事先就告诉自己的儿子礼敦、塔克世③及手下部将，不要外露锋芒，只管饮酒吃肉。

虎尔罕在校场上与报号上阵跤斗者比试，不少勇士败下阵来。跤斗有规则，连胜三跤，奖一杆帅字旗。虎尔罕此刻一连夺得三杆帅字旗，真如众星捧月一样，校场中哈达部的众兵卒，如雷鸣般地为虎尔罕喝彩。觉昌安也使劲儿地鼓掌拍案喝彩，向万罕祝贺。

俗话说得好：人到得意时，就容易忘乎所以露了馅儿。虎尔罕就是

---

① 虎尔罕：满语，刚出洞的小公狼的意思。
② 觉昌安：清太祖努尔哈赤之祖父。
③ 塔克世：清太祖努尔哈赤之父亲。

这种人。此时此刻，他简直不知自己肚子里能装下几碗干饭，膨胀得快要变成个球儿啦。他站在校场上，仰着脖子高声断喝道："呔，众位，虎尔罕我今儿个要给裕王和娘娘千岁好好儿露露我的绝技飞马连弩。"

下边众哈达部的将勇兵丁猛劲儿地为虎尔罕鼓掌欢呼，帮助造势，特意让觉昌安等建州部的人脸没处搁，气死猴！

说到这儿，我说书人书中暗表，虎尔罕为啥如此猖狂？他不知道那从不饶人的小王杲来了么？虎尔罕知道，他也很聪明，不过他事先得到阿玛万罕捎来的话儿："王杲已醉，你放开胆儿干吧。"所以，虎尔罕敢扯着嗓子大声嚎叫，底气那么足，架势那么强硬。

虎尔罕得意洋洋的这么一表演，气坏了觉昌安带来的建州英雄们。端坐在另一侧帐中的礼敦气得眼珠子都快鼓出来了，跳起来就要冲出去。觉昌安一把把他摁住，一再使眼色叫礼敦忍住性子坐住，不准胡来。

虎尔罕因知道王杲在醉卧之中，所以敢这么耀武扬威。早些时候，虎尔罕跟阿玛的义子、自己的磕头兄弟小王杲比试过。一比才知道，那真是青鹏比沙鸡，相差太悬殊，根本对不了！那小王杲专能破他的飞马连弩。虎尔罕的飞马连弩是跟王杲的阿玛多贝勒学的，王杲当然会破了。

若问王杲用什么破虎尔罕的飞马连弩呢？用的是他自己的坐骑"卷地龙"。

王杲骑的马叫"卷地龙"，这马不是高头大马，是蒙古八百瀚海里千马万马中生出来的一对"瀚海马"，女真人称为"恩都力莫林"，意思是神兽、神马。据传闻，此马一生就是双胎，而且是一雌一雄，同生同长。若其中一马死去，另马必死，故又同死同归。其快能追星赶月。小马其貌不扬，酷似怪兽。身纹色黑如墨，且亮若明镜，毛甚短，软且滑，眼红耳大，两鼻如花瓣，两耳若猫耳。鬃长甩地，马跑长鬃飘洒，宛如蹄踏行云。"卷地龙"尾粗，修长鬃尾与马身毛色一样，一色黑毛，没一点杂毛，夜间只见马眼闪光，像黑云一团，白天像黑风卷地。若催马追赶时，遇到箭雨来袭，卷地龙迅即四蹄伏地，如蛇扭动穿行，走起八字，俗称"跑梅赫"。女真语，即像长蛇那样左右跑动。这"梅赫步法"很厉害，能左右闪动，瞬间能躲过迎面飞来的任何箭雨，而且贴地疾行，又防治从头顶穿过的飞箭，射不着他。他很快钻入你的马下，拱翻骏马，杀死对方。其他烈马见了它，只会惊叫流尿，无心恋战。所以，王杲父子崛起于苏库苏护河，骑的就是这种马，很有声望。这王杲骑这样的马，本身就压过虎尔罕一筹。

单说小王杲此时正在酣睡中，忽然觉着耳边传来一阵阵呐喊声、呼喊声，又传来马蹄飞奔的"哒、哒"声。王杲猛然跳起，抓住身旁哈达部的一个小校问道："嗯？我怎么睡着了？外边在干什么？怎么这么吵？"

小校早吓得三魂出窍，哀求道："小爷，别管那些了，你就好好在这歇着吧！"

王杲厉声喝道："快说，外面在干什么？你要不说，我拧下你的脑袋。"

小校没办法，只能如实相告，说："是虎尔罕贝勒在表演飞马连弩。"

王杲听了暴跳如雷，举起酒坛子又仰脖喝了几大口。真是烈酒壮豪情，琼浆生猛志。王杲忘记了觉昌安的嘱咐，大吼一声，竟自侧台皮帐中，纵跳而出。

不料，打门后窜出五条大汉，王杲一看他们凶神恶煞的样子，就知道他们的来意。好汉不吃眼前亏，王杲笑吟吟地说："我出去看看，一会儿就回来。"说着迈步就往出走。

其中一人追上去，伸手把王杲拦住了，惊恐地说："小阿哥，你不能出去。你要是出去了，我们几个人可吃罪不起！"

王杲笑着说："别害怕，我悄悄出去，一会儿再悄悄地回来。"

那人摇摇头，说："不行，小阿哥，你这是让我们几人窜荞麦①呀！"

王杲还想往外走。

五个人一起挡住了去路，其中一个人说："我们额真②早就吩咐过，不能让你离开这帐子半步！"

"啊！"王杲大失所望。

那个人又说："小阿哥，你就委屈一下吧。我们也是没有办法呀。"

见此情景，王杲只好无奈地回到帐中。

令人没想到的是，王杲去茅房，这六个人居然也跟着，眼睁睁地看

---

① 窜荞麦：东北方言，为难。
② 额真：满语，主人。

着王呆上厕所，把王呆弄的哭笑不得。

王呆又一次无奈地回到帐中。

时间在流逝，眼看比武就要结束了，那六条大汉还寸步不离地站在帐外，把王呆看得死死的。

忽然，小王呆灵机一动，计上心来，他趴在了桌子上。不一会儿，传出了鼾声。

屋里的一举一动，屋外那六个大汉看得是真真切切，见王呆进入梦乡，他们这才放下心来。

其中一个人说："刚才这小子硬要往外走，真把我吓一跳。他要是出去搅了小王爷的局，咱们几个还有活命吗？"

另一个人接话说："是啊！刚才我也吓够呛！真怕他硬闯出去，咱们没法交差。不过好在他现在消停了。"

几个人不约而同地出了一口气。

不多一会儿，其中一个人嗅了嗅鼻子，说："你们闻到一股味没有？"

另外几个人都伸长鼻子闻了闻，没闻到什么味儿。

几个人七嘴八舌地说："哪有什么味儿？"

"是啊，我们怎么没闻到。"

"你鼻子有毛病了吧？"

那个人坚持说："不，不！我真的闻到了，有一种糊味。"

正说着话，另外一个人也嗅了嗅鼻子，附和着说："好像真有一股烧着了的味道。"

接着，另外几个人也闻到了烟味。

六个人赶紧都找这烟味的来源，找来找去，也没找到。有人朝帐子里瞅了瞅，哎呀，不好！王呆的帐子里着火了，可这小子还趴在桌上睡觉呢。

几个人赶紧救火，并叫醒王呆。

火被扑灭了，可王呆却不见了。几个人立刻慌了神。

原来王呆趁大家伙救火的当儿口，骑上他的"卷地龙"，溜啦。

此时校场上的虎尔罕洋洋得意，他正为自己的无人可敌高兴呢，王呆的快马就已经来到赛场外。旁观的人来不及阻挡，王呆就已经冲到虎尔罕跟前。急得觉昌安顿足叹息，喜得礼敦兄弟们拍手称快。

王呆骑在"卷地龙"的背上，醉酒惺惺地朝着虎尔罕大喝："虎子阿哥，别在那里像儿马子一样逞能，帅旗是我的！"

虎尔罕一见王杲到来，心里暗惊，思忖着：阿玛不是说王杲今天不来的嘛，可他怎么又出现了？虎尔罕心里有些害怕，但脸上还是堆着笑，说道："兄弟，你怎么才来呀？你看，帅旗已被为兄夺得，要不给你吧。"

王杲冷冷地说："我并不想让阿浑相让，咱俩还是比试一下吧。"

虎尔罕见此情景也不能说软话啊，只能硬着头皮打吧。

虎尔罕二话没说，双腿狠踹马肋。战马被踹痛了，怪叫一声，跳起来像利箭一般冲向王杲，两个人战在了一起。打了不分上下百回合，虎尔罕渐感体力不支。虎尔罕见形势对自己不利，便决定使出自己的看家本领。他打马便走，王杲随后追去。虎尔罕见时机成熟，回身拉开飞弩，三弩齐发直逼王杲额头。一般人在快马连弩之下必定迅即丧命或掉落马下，而此刻他面对的是骑着卷地龙的小英雄王杲，虎尔罕的动作就显得又笨又慢了。

就在虎尔罕连弩射向王杲的一霎那，王杲的卷地龙早已贴地穿跃到虎尔罕战马胯下。虎尔罕的战马被罩在卷地龙头上锋利的护头刺劈成两半，血肉横流。虎尔罕被摔了个狗啃泥，趴在了地上。王杲念在虎尔罕是自己干哥哥的情面上，手下留情，没去理他，给他留了一条性命。

虎尔罕知道自己小弟心狠手黑，也怕吃亏，不敢激怒他，赶紧爬起来溜走了。王杲跳下卷地龙，捡起地上虎尔罕留下的三面帅字旗，昂首阔步走上点将台。

万罕只好宣布："帅字旗归小将王杲，他才是女真巴图鲁。"

场内立刻像开了锅，礼敦等一帮小兄弟乐得直蹦高。觉昌安则为这样的结局深感不安。

王杲别看醉酒，礼节却不丢，他先拜过主位上的裕王、宸妃，接着又拜见老寿星董尔吉妈妈和万罕。

万罕见自己的儿子虎尔罕在裕王和宸妃面前栽这么大的跟头，真是一肚子火，可又不好直接拿觉昌安与王杲撒气。他眼珠儿一转，又有了鬼点子，何不用计引王杲上钩，杀杀他的锐气。

万罕满脸堆笑，高声说道："小儿王杲的箭术那可是盖世无双的，就让小儿为裕王和娘娘表演助兴吧。"

万罕这么一鼓动，哈达部的众兵将们个个都知道这是万罕设下的毒计。王杲刚才醉酒中与虎尔罕校斗，还没有歇气，再让他拉圆大木弓，那可是非有千钧力量不可的。王杲小小年纪，这回恐怕要丢脸喽。

觉昌安等人也早已看透，暗叫王杲不要应战。可是王杲偏不听邪，胸有成竹地劝告觉昌安和众位兄弟，你们都稍等片刻，看一看万罕老狐狸是怎么样与他儿子虎尔罕一样当众现丑的！说完，便重又走入场子中间，向众位抱拳，俯首施了个罗圈大礼，然后便让兵卒们给他拿来十把木弓和箭囊，供自己挑选。

兵卒们抬来了十把弓箭，王杲一连拿起七把弓，掂了掂，都摇头不称心，说："偌大的哈达部难道只有此等分量的弓吗？没有沉点的吗？"

万罕见王杲还有些力气，便命众兵士们速去兵器库里取来大型粗木弓。不大功夫，六十名兵卒抬来了三十张粗大的长弓。王杲走过来，仔细看看，又拿起来用手弹一弹弓弦，用双臂猛力左右分开弓弦。由于臂力过大，弓弦突然折断。

王杲一连拉断了三十三杆木大弓，怒声说道："不中，此皆童子弓，儿戏也。要不众位稍等，我回寨取我自己的硬弓。"

万罕气得脸都青了。

他怒气冲冲地说道："王杲，休要耍戏我哈达部。我有家藏二百多年的镔铁弓，非有五百八十石之力，方可拉开此宝弓。此乃我万罕家镇宅大披弓，多少大力士都没有拉开，量尔小儿亦无能为力，故未取出。"万罕的话，惊动了在场所有的人，都渴盼能目睹这张传世神弓。

王杲仰天大笑说："罕王，杲久闻此弓，朝思暮想已久，方才所言乃激将语，敬望罕王海涵。杲渴盼赐此宝弓一试臂力，万罕可否愿意？"

万罕命兵卒们再去兵器库抬取镇宅的镔铁宝弓。众兵卒很快抬来镔铁宝弓，王杲使足气力，大喝一声，将大镔铁宝弓拉得满圆，赢得满场喝彩。

王杲拿着这张镔铁宝弓，重又骑上卷地龙，箭射飞马靶、火鸡靶。箭不虚发，得到太子和宸妃的赞誉，破例宣他近前，裕王赐酒。

王杲谢过裕王殿下，然后接过侍卫递过来的酒，一饮而尽。

王杲这一上前，裕王和宸妃才看清楚了，原来王杲这么年轻、美俊、风流倜傥，就是在偌大的中原王朝也难找出几个像他这么漂亮的。裕王和宸妃暗暗为王杲的美貌所惊叹。

裕王和宸妃让王杲再把箭术表演一遍。

王杲精神抖擞，手持弯弓，背负箭囊，翻身上马，猛加一鞭，卷地龙立刻四蹄翻飞，在箭场上跑了起来。王杲拔出箭支，拉满圆弓，对准箭靶就是一箭，正射在靶心。

王杲连射三箭，箭箭都中靶心。

裕王乐得直叫好："好箭法，真是一员虎将！"

裕王破例让王杲与自己一同用餐。

这时，十几个人敲打着鼓，几十个人吹着悠扬清脆的笛子，一群女真格格唱着女真人特有的《鸥鹕歌》走到近前，宴会进行到了高潮。

万罕提议："咱们玩传木杓，好不好啊？"

大伙异口同声地说："同意！"

此游戏规则是大家坐在一起，传递一只木杓，另有人背对着大家击鼓。鼓停的时候，木杓传到谁手里谁就喝酒。也有耍赖不喝的人，人们就扭着他的耳朵，逼着他喝，"哎哟、哎哟"的叫喊声伴着人们的哄堂大笑。

三通鼓响，木杓传到王杲手中。

王杲站起来，拿起桌上的酒一饮而尽，直呼："痛快！痛快！"

突然，王杲发现酒席宴上不见了虎尔罕的踪影，于是他就问万罕："我的虎子阿浑呢？怎么一直没见他？"

万罕面红耳赤，解释道："这桌只有优胜者才能上来。虎尔罕今天输给了你，没脸来了。"

王杲笑了笑说："桥归桥，路归路。校场上我们一比高低，喝酒时我们还是好兄弟！"

在王杲的再三请求下，虎尔罕这才红着脸过来。这下可喜坏了两个人。一个是觉昌安，他为王杲给足了万罕面子而高兴；另外一个人是宸妃，她看到王杲不仅箭法好，而且心胸宽广，像个男子汉，心中不禁对王杲充满敬意。

这边王杲出尽了风头，急坏了那边的另外一位女真英雄。说来他也是有些来历，这个人是谁呀，他就是住在苏库素护河上游，五女山下的王兀堂，也有的叫他王乌昌。

要想讲王兀堂，还得从他和王杲的祖先李满柱说起。

明朝永乐年间，朱棣在燕京称帝，建了北京城。这期间，山海关外的女真人崛起，其中有一个剽悍的女真人，即建州卫女真人，部落的首领叫李满柱。李满柱，原姓古伦氏，没有名字，女真人就叫他格布①。因明成祖朱棣赐其祖父李姓，人们就叫他李格布，后改成李满柱。也有人讲，他的"李满柱"一名，是汉家人给起的。"李"是皇上的赐姓，"满柱"是"曼殊"的转音，也就是"朱申"的意思，也即是"满洲"的讹音。当然，这只是民间的一种传说。

李满柱凭着一身豪气和勇敢，也凭着他那火热的心肠，对弱小的零散部落恩威并施，不仅收服了附近小部落的噶珊达，而且附近许多自立为罕的部落长也纷纷投靠李满柱。李满柱的队伍越聚越大。

后来，这些女真人感到他们的居住地地面狭窄，树木稀少，衣食甚少，他们就想寻找一个美丽的富庶之地。于是，在头领李满柱的带领下，过了鸭绿江，寻到浑江上游。

夜里，头领李满柱梦到了一只白狐，白狐的嘴里含着一只带着绿叶的树枝。白狐一言不发，放下嘴里的树枝转身跑走。因头领李满柱是猎人，见到猎物哪有不追的道理。李满柱急忙追出去，追啊追啊，穿过一片密林，来到一座突兀的大山面前。此山方圆数十里，松林密布，四周是悬崖峭壁，而山之巅则是一片平川，约有数十里之长，遍地都是长着绿叶的小树。见这里景色如仙境，且参果姹红若红云，李满柱知是宝地。

于是，头领李满柱按照梦里白狐的指引，带着部落的人来到了这片神奇的土地，这就是美丽富庶的"孙扎沙里追阿林"，即五女山。可是，

---

① 格布：满语，名字。

在这片土地上却居住着另一支女真部落，部落的首领是孙扎哈哈女罕。李满柱率领部落的人打败了孙扎哈哈女罕，夺得这片高俊而平坦的松林古山，在山上建起了自己的部落。他们还在山的南北两侧，各开出一条像天梯一样的山路，只要有几个兵丁把守，纵使有千军万马，也难攻下这座天宫似的山寨。

在民间，关于五女山的传说有许多。

相传早年的苏库素护河上游，五百里羊毛细流，河网纵横。阿布卡恩都里[①]的五个侍女被贬到此，阿布卡恩都里命她们在此繁衍人类。五姊妹吃"红姑娘"（野果名），又酸又苦，吐在地上，变成了成千上万个男男女女，互相野合，有了现在的人类。所以，这里的人都尊这座山为五女山，是圣山，是母亲的山，妈妈的山。这五女后来被天上的云神贝子看中了，要抢娶五女为妾，劈雷闪电。五女舍不得留下自己的子孙，便化成五座陡峭的岩石山，矗立在苏库素护河的上游。这就是五女山——孙扎沙里追阿林的来历。

还有一个传说，说天神阿布卡恩都里的五个侍女卜凡到人间后，久居五女山。五女原为天上的五朵香花，异香扑鼻。恶魔闻了它便会昏迷；平常人闻了可延年益寿。就因为传说五女山中有五种仙花，千百年来引来各地方的人进山求花，五女山因此更加闻名遐迩。

五女山地势险要，能攻能守，有万夫莫近之利。这里气候宜人，物产丰富，宜于百兽生长。猎人若狩猎一日，打到的猎物够数日吃的，且山上百花盛开，尤其盛产人参，参苗也大，为人形参，人们称之为"五女参"。

五女山是交通要道，四通八达，南通大明，东连长白、董鄂诸部，西北连建州诸地，可以藏龙卧虎。山上只有一条鹿道。鹿道，是一条细条如蛇的小道，是野鹿在觅水草时常走的路，后成为人们骑马通行的捷径。此道从山隙中蜿蜒而行，非常隐秘，非寻常人可以找到，必须有猎人引路，方可安全通过，否则进山迷路，数日难以出山。

李满柱的部落在这座仙山上不断地发展壮大，年湮日久，人丁兴旺。人们皆知五女山，山上的首领叫李满柱。

五女山附近还有五路、特钦、王甲、哈钦等部落。后来，王甲、特钦、五路完全归附了李满柱。只有哈钦部，一直不肯就范。

---

① 阿布卡恩都里：满语，男性天神。

各位阿哥要问了，李满柱这么厉害，哈钦部为什么不怕他呢？

各位阿哥不用急，听我说书人告诉你吧。那时候苏库素护河沿岸有很多大大小小的山峰，这个哈钦部和李满柱他们一样，也占据着一座有陡峭悬崖的叫摩天岭的山峰，还有一个敢于和熊罴和猛虎搏斗的首领，人称"哈钦"的人。"哈钦"的意思就是勇敢。这个哈钦不仅勇敢，而且还是个大力士。他有一只八百斤重的柞木硬弓，十根熊皮拧成的弓弦，能同时拉开双箭，霎时间，力毙双熊。方圆百里，人人敬畏。

当时北方女真部落没有钱币，部落和部落之间，人和人之间都是以物易物，这样才能共存共荣。以打猎为生的哈钦部把打来的猎物换给大一些的部落，这些大部落把征战得来的战利品比如布匹、盐及日用品等换给哈钦部。哈钦部为了自己的安全，在附近林中、小路设置了不少哨卡、猎阱、地箭，一旦外人进入，只能是九死一生，遭擒无异。其中不少道路的名称听了都使你胆寒，什么千蛇岭（梅长达）、老狼窝（牛仓）、虎呲牙（它飞喝）、吊死鬼（布凡卡）、娘断儿（扒哈吉）……千奇百怪，什么都有。

哈钦常在附近山中打猎，但是他有个非常奇特的性格，非常像一支称霸一方的老熊，又仿佛是一支占山的猛虎，凡哈钦涉猎驰骋之地，不允许有第二个猎人染指或居住在山菩之中，不用说猎获烈兽禽鸟，就是蹲在哈钦行进过的林丛中，哈钦也当仁不让，必驱逐而后快。

俗话说的好，虎啸最易引来英雄汉。哈钦的嚣张、跋扈之气焰将世上狩猎奇才给招惹过来了。他就是不服这个气，而且他也颇有占山为王的个性和豪情。这个人就是建州卫的首领——李满柱。

李满柱单枪匹马闯入哈钦部，直接攀上摩天岭的顶巅之上，背靠古松，振臂高呼："阿布卡恩都里愿你作证，我是这山河的主人，有谁敢与我争锋比试，让他们来吧，我愿一一较量。赢我者，我退出鸭绿江；输我者，我不仅要占据鸭绿江，还要占据这附近所有的山峰！"

那桀骜不驯的哈钦，也是当地著名的凶狠猎手，也曾跟虎豹搏斗过。李满柱只身闯寨的事，早已听手下奴才禀报。李满柱站在高崖上的这番自白，他听了以后非常的轻蔑不服，微微撇笑。哈钦自报家门，阔步昂首，来到了李满柱的面前，还特意单脚独立、双手展翅。

李满柱望见哈钦单脚独立的姿势，也从心里暗暗佩服，要知道，摩天岭是当地方圆二百里以内最高的尖岭。在阴天的时候，阴云密布，根本看不着摩天岭的尖端，连飞翔云际的天雕都勉强飞到山巅的腰部，而且时间不长，就要下降到山腰的底部。俗语讲，山巅的风如钢刀，其推力相当于百个壮汉。这个哈钦可真能耐，居然能在这山巅上单脚独立，不摇不动，足见他的定力有多大。说实话，这种功力没有几十年的苦练是换不来的。

李满柱心想：我真还没在这么高的山上练过这种功，真要与他比试的话，自己恐怕不是对手。李满柱心生一计，自己苦练轻功几十年，最喜欢像飞豹一样，转瞬间捕捉驰兔，或傲立高枝，纵身滑翔，迅即扑捉到翩飞的小雀。哈钦定力如此之大，自己何不给他来个以己之长，搏彼之短呢？打定了主意，李满柱就有应对哈钦的办法了。

李满柱年岁比哈钦年岁大，经验多，久经风霜，按智谋远比莽撞的哈钦要强七分。这时的哈钦还仍然在那单腿傲立，时间长了，腿脚就有些支撑不住了，一阵阵打哆嗦。

见李满柱一动不动的瞅着他，也不说话，哈钦来气了，怒气哼哼地喊："李满柱，你他妈的到底想怎么的？要想打架就尽管过来；若是怕了，你就说一声，我也不讥笑你。你老让我这么站着，是何道理？"

李满柱沉着地大声说："哈钦，你单腿站着算什么功夫？你过来，我问你，你敢跟我比轻功吗？"

哈钦放下抬起的那只脚，走到李满柱跟前问："怎么比？"

李满柱说："咱俩都从这头朝下下去，只要你到底下以后没变成齑粉，就算你赢！"

哈钦一听吓一哆嗦，他在山中苦练多年，见过飞鸟雄鹰向下俯冲，可从来没听说过人像飞鸟雄鹰一样从山间冲向平地。人无翅膀，到底下岂不真要摔成齑粉吗？

哈钦瞪着大眼，张着大嘴，半天才试探地问道："李满柱大玛法，你、你、你，你在跟我开玩笑？不、不，咱们还是谈正事吧。我问你，你到底敢不敢跟我比试？"

李满柱拍拍胸膛，信心百倍地笑着说："哈钦，我怎么能跟你开玩笑。我李满柱说做就做，说办就办，何谈笑话？说吧，你究竟敢不敢跟我一起往下跳？"

没等哈钦回答，李满柱大步走向崖边，做出要往下纵跳的架势。

这时，头上的一缕流云掠过，山风吹得头涨涨地疼。李满柱俯视下望，数百只飞鸟像黑点一样，在下面翻飞。

李满柱大声地叫道："哈钦，快过来，跟我一起纵下！"

哈钦在山上住了多年，早已查看过山川的地势，想到自己偌大的身躯，要是从这么高的山上冲下去，急速冲击的下坠力量得有多大呀，纵使山崖间有伸展出来的红松的劲枝，也是支撑不住的。嗨，大丈夫就该坦坦荡荡，比不过就服输，想那李满柱也不会讥笑我的。

各位阿哥，哈钦的这些想法，都是他转瞬间的想法，我说书人为了坦露他的心理活动，才啰嗦了这么多。

其实李满柱早已心中有数，他故意造出这种紧张态势，就是想让这个莽撞人面对这高高的山，陡峭的涧，呼啸的风涛，喧嚣的飞鸟，知难而退，甘拜下风。

果不其然，正如李满柱的预见，在他似跳不跳的时候，哈钦大声喊道："行了，我的玛法爷爷，算你赢。是鞭打，是杀剐，随你的便。哈钦我不会喊叫一声。"说罢，单腿跪地。

李满柱早已转过身来，双手把将要俯身下拜的哈钦抱起，说："年轻人，能正视自己的不足，就是好样的。如果你不见外，我希望收下你这位大英雄，咱们齐心协力，大干一场！"

俗语讲，塞翁失马焉知非福。李满柱有幸得到了一位女真英雄，成为他的得力助手。

各位阿哥，说句实在话，李满柱在与哈钦的较量中，并不是与他进行武功的竞技，靠的完全是智战和心战。就凭着他的多谋多智和稳定的心态，赢得了这场角斗。李满柱在建州部中所以名传后世，威望甚高，族人甚至把他奉为神明，后世子孙以能做李满柱后裔为荣，就是因为他的多谋多智，才迎来了建州部的兴旺和发达。他的后世子孙王杲，直到努尔哈赤，一脉相承。这是后话。

随着时代的发展，到了明朝中叶的时候，女真人人口日多，才又出现女真右卫和左卫。

后来，李满柱承袭祖父阿哈出官职为女真都督佥事，掌管建州卫。开始的时候，李满柱认真地履行着自己对明廷的"守边之责"，而明廷对于李满柱的忠顺，也倍加关照。当建州女真人遭遇灾荒之年的时候，明廷依据李满柱的请求，令辽东都司及时地拨给粮米、食盐、布帛。李满柱本人及其属下人入京朝贡的时候，明廷也都给些赏赐。正统九年，根据李满柱的奏请，明廷授予他的儿子为千户，升李满柱为建州卫都督同知。明廷在厚待李满柱的同时，还谕令他监视蒙古各部的行动，适当的时候，对入掠辽东的蒙古部众予以剿杀，以此来安定地方。

但是，后来蒙古各部势力逐渐强大，建州卫女真部众与之抗衡越来越难，每当遭遇他们侵掠时，自身的安危都难以保证，何谈剿杀敌人。在大明景泰年间，李满柱迫于蒙古的武力威胁，不得已参加了蒙古部落的入边抢掠活动。李满柱的这一反常举动引起了明廷的震怒，许多要臣上疏明帝，要求朝廷调兵剿杀建州女真三部，以绝边患。

本来一心想效忠明廷的李满柱没承想自己在蒙古部众的胁迫下，闯下了杀身之祸。现在李满柱要防备来自于明王朝的打击，又恐惧蒙古诸部的不断侵扰。不久，李满柱就率领建州卫的部众返回到婆猪江流域瓮村居住。

尽管如此，李满柱率部犯边的行为，还是引起了明廷的不满。景泰六年，明廷下谕令，命其子李古纳哈接替其父亲的职务，任都督同知，统领建州卫事务，而李满柱的职务被罢免了。

建州卫的部众返回婆猪江旧地居住后，与朝鲜的矛盾日益加重，双方摩擦不断。建州左卫在董山的统领下，迫于经济生活的压力，屡次犯边抢掠，成为明廷在辽东的最大边患。成化年间，明廷对入京朝贡的李古纳哈、董山等人严厉讯责，不仅没有以往的丰厚赏赐，反而被明帝下令押解出边，遣返回建州。历来羁縻不驯的李古纳哈、董山等人如何能忍受这种处罚。当一行人被押解到广宁时，忍无可忍的董山意欲逃跑，遭到明军的杀害。李古纳哈则乘乱逃回了自己的属地。

董山等人的反叛行为，惹怒了明廷。明廷下令，派大将赵辅率军进剿建州女真。同时，命令朝鲜派出军队，全力配合明军。

在这场史称成化之役中，建州女真人蒙受了灭顶之灾，左卫的建州老营被付之一炬，芦舍无存，部众尸横遍野。右卫也遭受到重大损失。

朝鲜军大将鱼有诏率军攻破李满柱父子据守的山寨后，大肆斩杀。李满柱中箭后被鱼有诏所杀，其子李古纳哈也死于乱军之中，活下来的族众逃往别的部落。

李满柱虽然死了，但建州部还存在，后来孕育出统一天下的大清朝，这是后话。

单说有一阿哈的女人，他怀上了额真的孩子，在朝鲜军袭寨的时候，女阿哈为了活命，沿着河岸拼命地跑，偏巧河边有头老牤牛，女阿哈就爬到了牛背上，泅水来到了宽甸。上岸以后，女阿哈生下一子，而她自己却因难产而死。

婴儿的啼哭声惊飞起草丛中一只黄头白尾的铁脚芝麻雀，被附近狩猎的万罕家的家奴瞧见了。家奴觉得很奇怪，便赶了过去。边走边听到隐隐有婴儿的哭声，循声音找了过去，看见一个女人的尸体，旁边一个赤裸的男婴在凄惨地哭喊着。家奴把孩子抱回宫，众奴婢把孩子养大成人。这孩子便做了万罕家的砍柴奴。

因这个孩子是狩猎的家奴在宽甸岸边，见一只黄头白尾的铁脚芝麻雀飞起来了，然后才发现的他。所以，众奴婢们就给这个哈哈济起名叫"兀堂"，也有叫乌昌的。"兀堂"，女真语的意思是"怪谬"。

男孩长大后，由于是在万罕府里做砍柴奴，便随了主人的姓，姓完颜，称王姓，叫王兀堂。兀堂年年月月在山里打柴，跟虎豹鸟兽学会了爬树攀山跳涧扑斗等技能，而且勇力过人，尤擅摔跤。十二三岁的时候，小兀堂就能摔倒黑牛；与黑熊斗能摁倒黑熊。到了十六七岁，兀堂背柴都不用大轿车，而是把柴垛往肩上一驮，像背了个小山仓，疾走如飞。

一次，万罕领着家奴去打春围，来到侠倡山的黑熊沟，正巧遇见两只蹲仓的千斤棕熊。双熊拍死两个仆人，咬死四匹骏马，扑向黄骠马上的万罕。万罕这么有本事，可见到这么凶狠的两个庞然大物，也吓得当场昏死过去。

在这千钧一发之际，王兀堂恰巧砍完柴由山上下来，见此情景，他立刻朝这边飞奔过来。柴垛像一座小山，黑压压的就压过来了，随着一声大吼，震得枯叶落，新枝摇。双熊以为是山塌了，吓得放下万罕，扭身就要往山林里逃。王兀堂扔下黑团团的山柴，像猛虎一样，一跃而起，骑在一只棕熊的身上。这只棕熊拼命反抗。兀堂左手紧紧掐住熊的脊梁骨，右手俯身探入熊腹，一猛劲儿插进熊腔，掏出熊心，黑熊立刻倒地而死。

此乃一公一母两只黑熊，死的这只是母熊，另外一只是公熊。公熊见母熊死了，"嗷嗷"吼叫着，前爪抬起，后爪直立，像黑毛怪人一样，张着血盆大口就扑向了王兀堂。王兀堂就地一滚，黑熊扑了个空。王兀堂反身跃上熊身，右手又探入熊腹，揪出第二个血淋淋的小红窝瓜样的熊心。

这时，万罕还昏迷在地。一帮家奴早冲上来，呼叫万罕。

半天，万罕才苏醒过来，醒了以后，嘴里还一直叨咕："勒夫①玛

---

① 勒夫：满语，熊。

法，吓死人也。"

万罕睁开眼，见一少年站在自己面前，正生吃血淋淋的熊心，脸上、胸上都滴着血。

万罕惊问："巴图鲁，你是哪儿的英雄，本王我要谢你救命之恩。"边说边叫人把他扶起，纳头要叩。

王兀堂慌忙跪下说："罕玛法，奴才是您宫里的砍柴奴，叫王兀堂。"

惊魂未定的万罕一听，救命恩人原是自己的家奴，这才站起身来，命奴才把马牵来，爬上马，返回侠倡宫。

从此，万罕格外青睐王乌堂，赐为御虾①，留在身边。

在众女真猛将中，唯独王兀堂的武艺不是来自名师，而是在砍柴的时候学于虎、学于熊、学于兔、学于鹰、学于羊，故擅攀高，远跳，格斗，闪转腾挪，招数特别。什么虎跃、熊伏、鹰啄、豹滚、鹿弹等等，全为兀堂的绝技。

兀堂有时专去堵虎洞，虎平时没有指定的巢穴。母虎在下崽子的时候凶猛异常，人若距它百米之外，它就能嗅到气味，就要进攻。兀堂为了提高自己的技能，专门去堵有崽的母虎洞。母虎冲出来与他扑斗。兀堂跳跃躲闪，直斗得骑上老虎为止。不过那兀堂只是为了练本事，从不杀死母虎，任其远逃。

动物发情往往都是在春天，老虎当然也不例外。因为公虎的阳器在发情的时候硕大而坚硬，母虎害怕，不愿意跟它交配。那公虎能干吗，必然要追啊，所以，追个十天八天是常有的事。公虎追上母虎以后，母虎也不会轻易就范，反扑嘶咬，公虎必须治服母虎，斗败母虎，母虎才会哀嚎着，含泪与之交配。

正常情况下，女真人猎虎的时候，一般都不选择在公虎发情期，因为这个时候的雌雄二虎性情都非常暴躁，猛过神龙，伤人甚烈。可王兀堂就不信这个邪，他专在老虎发情的时候，寻找公虎，与之决斗。人家公虎本来想追逐情人，与之交配，突然被王兀堂挡住去路，自然非常生气，更是凶残万分，咆哮着扑向王兀堂。王兀堂能力劈雄虎，拳打母虎，力大非凡，俨如兽王。百兽闻到兀堂身上的气味，望风逃窜。

王兀堂因其武术路子不来自凡间，其动皆如兽，又手舞两个大车

---

① 虾：满语，侍卫。

轮，有万夫不当之勇，甚难对付。明朝的将领都怕他，给他起个绰号叫"活无常"，以谐王兀堂、王乌昌之音。意思是说他像"无常鬼"一样，索人性命。

王兀堂自从做了万罕的御虾之后，就一直跟在万罕的身边，随万罕东征西讨，由于他的武功独树一帜，而且力大非凡，所以一般跟他交手，用不了几招，就魂飞魄散，败下阵来。就这样，王兀堂屡创新功，很快升为马前三等校尉。万罕还特地赐给他一名从建州右卫掠来的美女，叫乌龙，后来兀堂娶她为妻。

说起这个乌龙格格可不能小觑。乌龙格格原名叫敦敦①，是一名很有能耐的女将。据说她小的时候，为了逃避哈达兵的搜掠，藏了五女山中，夜梦五女仙传授武艺，一夜出徒。她手使三尺镔铁花棍，舞起来若天女散花，到处是光，处处是棍，只听风声不见人影。都说王兀堂武艺高强吧，却斗不过她的妻子乌龙格格。

其实这个乌龙格格原来也是建州李满柱的后裔，追溯起来，还是兀堂的族妹。兄妹现在成了夫妻，亲上加亲，夫妻恩爱，蜜甜若胶。俩人生了三子一女。

乌龙格格知道兀堂是自己的族亲后，就劝说自己的丈夫："我们是建州部的后人，怎么能长期在哈达部，吃人家剩下的饭。当年我们祖上为了给我们争一席之地，不惜血溅辽东。我们现在这样苟且偷生的活着，岂不愧对九泉之下的列祖列宗。"

王兀堂听了妻子的话，立刻血往上涌，要杀回建州，重树新旗。乌龙格格也表示要助夫征讨，声震辽东。

他夫妻俩欲反之心被万罕手下的探子耳长听到，密报给虎尔罕贝勒。虎尔罕一听，忙带精兵五百，围住王兀堂的住舍。王兀堂夫妇怎么解释也不行，没办法，双方打到了一起。

无奈，好虎架不住群狼。礼敦父子、虎尔罕弟兄用擒虎丈钩，钩住了兀堂，要杀他。乌龙格格痛哭流涕，跪地为夫求情。万罕念王兀堂救命之恩，又喜小两口都是虎将，故宽恕他们无罪，但却将他们的三个儿子和一个女儿押入了"小儿牢"做人质。夫妻俩这才死心踏地在万罕帐下听令。

万罕为拉拢他，还派长子虎尔罕亲送五道大明敕书，又从明廷给他

① 敦敦：满语，小蝴蝶。

讨个指挥使的官衔。嘉靖四十年，还允许他到京师一游十日，皇帝赐酒。所以，王兀堂心更向着王台，向着明朝，更加与王杲对立，当然这些都是后话。

王兀堂这个人心胸狭窄，谋略远逊于王杲。一身禽兽艺与绝伦招法，只能为王台所用。

他夫妻俩双双回到宽甸以后，招兵买马，抢占四周大小部落，声势日大。

宸妃出塞，王兀堂夫妇也在万罕营中。虎尔罕飞马连弩，兀堂正坐在老树丫上鼓掌傻笑，并未看在眼里。王杲练罢，王兀堂大吼一声手抡双车轮也表演起来。只听风声呜呜，像天罩伞盖，罩住人影，滴水不入。乌龙格格手使花棍，像钉在身上一样，身前身后，身左身右，踢来踢去，也是刀箭难入，滴水难进。

两人表演完毕，点将台上的裕王、宸妃都啧啧赞叹，说："塞北真是精英如云！"

这边的小英雄们出尽了风头，那边的老英雄也不甘示弱。王杲的阿玛多贝勒就是其中的一个。

这王杲的阿玛名叫多霍洛，是个瘸子。这多霍洛性格粗野，力大过人，坐下一匹蒙古"黑缎兽"马，煞是威风，他的连弩神箭更是一绝。

多贝勒原居婆猪江边，以打猎为生，是个非常好的猎手，什么样的凶猛野兽他都不怕。别人出去打猎的时候往往是空手而归，或者只是打到一些小猎物，即使打到一两头野猪就不得了了。而多贝勒就不一样了，他不仅收获颇丰，而且常能打到鬃毛獠牙野猪。

鬃毛獠牙野猪就是人们常说的公野猪。这公野猪它非常护群，一只鬃毛獠牙野猪能领一二十头大大小小的野猪。它的嗅觉相当灵敏，只要把鼻子冲天，按照风向使劲嗅一嗅，就能发现几里地，甚至十里地外的猎人和猎狗。不管你是多厉害的猎人，哪怕脚步再轻，鬃毛獠牙野猪都能发现。如果发现敌情，它会立即发出哼哼地叫声，猪群中的母野猪便会率领大大小小的猪仔，迅即钻入林丛，藏匿起来。唯有鬃毛獠牙野猪独自一个傲然屹立，嘴里吐出白沫，两眼喷着红光，支着两只獠牙，显出一副要决斗的架势。就是这个架势，常常把前来的猎人给吓跑，猎狗也匆忙逃窜。野猪最厉害的要数它的攻击力和它的那两只獠牙，它的攻击力能有几千斤的力量，当它发现猎物以后，会以迅猛的速度冲向对方，把对方掀翻，然后再用獠牙刺穿你的身体，最后吃了你，所以说野猪非常凶残。而且野猪皮和脂肪非常厚，一般的武器根本伤不到它。民间有"一猪二虎三熊"的说法，说明连老虎和棕熊都不是鬃毛獠牙野猪的对手。

王杲的阿玛多贝勒狩猎还专挑硬的捡，这里所说的硬的就是豹子和公野猪。要说这豹子也够厉害的，虽说它不像公野猪那么凶残，但奔跑的速度相当快，它善于跳跃和攀爬，跃如猿猴，矫健如猫，忽而上树，忽而纵地，风驰电掣，令人左右难顾。一头豹子，十人难敌，所以豹子也是猎人最棘手的猎物之一。对于这些，多贝勒全然不怕，他还最爱抓豹子与伏鬃毛獠牙野猪，只有这样，他才觉得解渴、赶劲、痛快。

说来，董尔吉妈妈寿诞之日，多霍洛当然也是贺寿之人。他在万罕摆设的庆寿大宴上，因贪杯多喝了牛犊坛子香酿美酒，喝得酩酊大醉，伏在几案上，打起了鼾声。睡了一会儿，旁边的人把他叫醒，告诉他万罕在给裕王敬酒，众人理应陪同。

多霍络一听让自己敬酒，立刻喜出望外，也没问明白怎么回事，端起酒杯，晃晃悠悠地朝裕王就走过去了。

宸妃和裕王仔细打量着这位女真巴图鲁。只见这位女真巴图鲁长相奇丑，又是个瘸子，打老远就能闻到他身上皮袍子发出的臭味，宸妃和裕王以及众女侍官们早被薰得前仰后合，直往后退。宸妃坐在那里走不了啊，没办法，她只能捂住鼻子，把脸扭向一边。

多霍洛赶到桌前，打了个千，又叩了两个头，然后起身过去，竟在宸妃的脸上拧了一下，然后哈哈大笑。

他的这一举动吓坏了在场的各位，这还了得，这是欺君之罪，是要杀头的呀！

裕王不干了，万罕也吓得坐不住了。

辽东总兵李成梁下令众卫士捉拿多贝勒。众卫士一拥而上，抓住了还在狂笑的多贝勒。

多贝勒也没想到自己惹下这么大的祸，当众卫士七手八脚地把他按住以后，他才感到事情不妙。他挣脱了众人的束缚，打倒了几个卫士，然后骑上他的"黑缎兽"马跑了。这神驹，长尾长鬃一甩开，蹄子一蹬，一跑就是三百里。

多贝勒骑着"黑缎兽"像一阵风似的一直朝西跑下去，别看他喝多了，但他心里明白自己闯下了大祸，他怕连累自己的家人，所以并没有直接跑回古垎城，而是跑到古垎山边的榆树林中，才把马勒住。

明朝的兵马也随后赶到，可这些人哪是多贝勒的对手，他采用远来用弓、近处用刀的办法，杀死了一员偏将和十几个兵卒，就连保护裕王和宸妃的卫士也被他砍死十几个。吓得李成梁的兵马一个个拿着刀、枪、棍、棒，远远地围成了一个圈，但都不敢靠前。

螺角吹，人呐喊，多贝勒有些酒醒了，他知道自己已经惹下了塌天大祸，可是后悔已经来不及了。此时，明兵已经将多贝勒团团围住，眼看着包围圈越来越小，就要擒住多贝勒。

多贝勒刚逃出来的时候虽然是单枪匹马，可是，他的嘎什众将知道自己的额真有难，也都骑马追上来了。这些人杀开一条路，冲进了圈里，见额真正坐在笼起的火堆旁吃着马大腿，脸上毫无惧色。嘎什众将忙跪下请安，多贝勒豪笑着让大家快来吃烤肉，填饱肚子以敌明兵。多贝勒心想：干脆，给他来个一不做二不休，跟他们拼了！

正吵嚷中，哈达兵也到了，为首大将名叫包尔郎，是虎尔罕的先锋官。这包儿郎也是一员虎将，勇猛无敌。他身穿豹尾征袍，手使一对狼牙杵。

这哈达兵赶到以后并没有与多贝勒的手下交战，而是摆开一字队形。明兵见此情景，也马上分列两旁，闪开一处空地。

包尔郎打马冲入圈里，俯首请安，说："遵万罕口谕，请贝勒爷速速返回。"

多贝勒哪听他这个，大喝包尔郎让他快快退后，否则手上宝刀不留情。

包尔郎也是一个愣小子，与多贝勒性格一样，都是硬碰硬，他根本不理会多贝勒的话，打马就过来了。多贝勒见此情景，扔下正在啃着的马大腿，提着刀，就迎了过去。

俩人到一起就动起手来。这包尔郎虽悍勇过人，又在马上，但也不是多贝勒的对手。几个回合以后，包尔郎稍不留神，多贝勒身子一纵，一下就蹦到他的马上，然后反手立刀，从包尔郎头顶劈下。一刀下去，把人劈成了两半。宝刀落在马背上，痛得烈马一声惨叫，蹿出人墙，咴咴叫着逃跑了。

多贝勒擦擦宝刀上的血，看着包尔郎带来的这些人，意思是你们还有谁不服，不服就过来试试。

兵勇们没想到先锋官在几分钟之内就失去了性命，一个个吓得目瞪口呆，谁也不敢再上前试巴。

这时，虎尔罕率手下飞马赶到。虎尔罕冲进人墙，跳下征马，来到多贝勒跟前，说自己是奉父罕之命，请贝勒爷返宫，一切事情由父罕担承，管保多贝勒平安无事。

多贝勒根本不相信虎尔罕的话，于是问道："你说你是奉万罕之命，你连万罕的令牌都没带来，我凭什么相信你？"

虎尔罕虽惧怕多贝勒的能耐，可他向来目中无人，又仗着自己是万罕的儿子，经常狐假虎威地发号施令，眼下见多贝勒不肯听自己的劝告，便又说："如果你不跟我回去，你看这战将如云，英雄难敌众手，猛虎难敌众豺，任你有天大的本事也逃不出这古垯山。到那时，如果朝廷要治你的罪，我罕阿玛也不能替你求情了。依我看，你还是识些时务，速速随我回城吧。"虎尔罕说着，手摁刀柄，就要动手。

多贝勒从小到大还没被人这样摆布过，何况是这与自己儿子差不多大的毛头小子。他大骂虎尔罕胆大无礼，说着要提弓放连弩。其实多贝勒倒不是想杀了他，他只是想发支梅针箭钉住他拿刀的手，叫他动弹不得。

就在这时，一阵角锣重鼓，打远处冲过来一队人马，能有百十号人。豹尾旗旗纛上系了一条白带。

队伍来到近前，走在前面中间的一位骑着万里黄龙驹的老者抬手大喊："混账的虎尔罕，还不跪下。我的好兄弟，快住手，万万不要伤了兄弟之谊。"

你知道来的是谁？万罕。对，是万罕。

原来，多贝勒闯下祸跑了。宸妃却不干了，是啊，自己身为当朝天子的妃子，却被一个相貌丑陋，身发恶臭的山野草民给摸了一下脸蛋，那简直就是奇耻大辱，那能干吗？宸妃哭闹不止，裕王也非常生气，多贝勒侮辱的不是宸妃，而是他裕王，是大明朝啊，他犯的这可是欺君之罪呀！

裕王盛怒之下传令下去："立即回朝。"

他要禀明父皇，立即发兵，血溅辽东。董尔吉妈妈见此情景焦急万分，一股急火攻心，昏了过去。

就在万罕手足无措的时候，小探频频来报：追赶多贝勒的兵马到哪里了，死了多少人；多贝勒被围困在古垺山；后来又听报虎尔罕带领先锋官包尔郎前去追赶多贝勒，万罕大吃一惊，因为他知道多贝勒的脾气，而且他也知道自己儿子不是多贝勒的对手。如果儿子跟多贝勒来硬的，不仅捉不回多贝勒，没法向朝廷交差，弄不好还得搭上自己的小命。万罕顾不上宫里乱得像一锅粥，忙召唤众臣仆安排诸事，自己骑上他的万里黄龙驹，披挂妥当，带上部将百余人，像一阵旋风似的望尘赶去。

万罕打马紧追，很快赶到古垺山，正见多霍洛贝勒要箭射爱子，急忙呼喊："手下留情。"

多贝勒见万罕亲临，心顿时软了下来，扔下手中的银环金柄宝刀，上前几步，甩手抖袍，给万罕请安。

万罕跳下马，扶起多贝勒。俩人席地铺上熊皮坐褥、坐枕，摆上玉壶、银杯。万罕还命随从传告明兵："请明兵退回侠倡宫，诸事由万罕我一人担承。若明皇怪罪，万罕我愿献首级到京师。"

多贝勒心眼多实呀，他见万罕如此仗义，心里非常感激，后悔自己行事鲁莽，给万罕哥哥添了麻烦。

此时，明兵已退。万罕和多贝勒并辔而行，俩人亲热如常，朝哈达部而来。

单说多贝勒身边有两个亲信，是亲哥俩，一个叫沙里虎，一个叫达里虎，这两人心眼挺多。走着走着，他俩就觉得不对劲，贝勒爷闯了这么大的祸，万罕不仅一点没怪罪，甚至连一句责备的话都没说，态度反倒比以前更亲近了。哥俩就偷摸儿嘀咕，越嘀咕越觉得此事蹊跷，可又不好当着万罕的面说，怎么办呢？哥俩急得直跺脚。

突然，不知什么原因，沙里虎从马上跌落下来，满地打滚，头上汗珠直淌。众人忙下马搀扶，万罕和多贝勒也停下马，命人把他扶上马，以便继续赶路。说来也怪，达里虎也突然昏厥，汗珠直滴，满地打滚。不一会儿，又有十几个亲兵出现同样病症，痛苦不止。

多贝勒大吃一惊，随军萨满焚香祷告，神旨说此乃拦路五虎附身，暂且不宜出行，需在林中呆几个时辰。等天交五鼓，晓星东升的时候，拦路五虎退去，众兵卒病症就能好。听萨满这么一讲，万罕与多贝勒便命随行在林中搭帐，四周点上篝火，征马放在四野，待避过五鬼，再返回侠倡宫。

多霍洛贝勒陪万罕刚睡下，一个嘎什哈悄悄把多贝勒唤起，请出大帐。

多贝勒疑惑不解，只见沙里虎、达里虎领着众家丁跪在地上叩头，一个个精神饱满，疾病全无。

沙里虎跪禀道："贝勒爷，万万不可轻信万罕说的呀。万罕一向阴险狡诈、贪婪自私，他怎么会为贝勒爷您去承担罪责呢。奴才猜测贝勒爷此番回去，必定凶多吉少，贝勒爷不可上当啊！"

多贝勒一听大怒，大骂达里虎兄弟，说他俩是在挑拨自己与万罕的关系，并说万罕念及手足之情去求情大明宽恕他一野民，是诚心诚意的帮他解围，自己理应跟万罕回去。

其实多贝勒没全说实话，他之所以坚持跟万罕回去，还有另外一个原因，那就是女人。原来多贝勒自从打虎救了王忠以后，和王忠的关系一下就亲近了不少，来往也就多了，也就常到哈达部做客，有的时候就住在哈达部。时间长了，他就在哈达部安了一个家，并把他在外面掠来的两个小妾也安置在了这里，刚才自己跑的匆忙，忘了那两个小妾的事。打完仗，他一下想起来了，心里就开始惦记，他担心如果自己就这样一走了之，爱妾会被万罕父子夺走，所以当万罕提出让自己跟他回去，他爽快地答应了。

话说多贝勒在这里吵吵嚷嚷的，一下惊醒了万罕。万罕是个多精明的人哪，他一看眼前的场景，立刻就明白是怎么回事了。

万罕假惺惺地哭着说："我一片赤诚之心不被你们理解，我还有何脸面活在这世上？"说着，装腔作势地拔出腰刀要自刎。

多贝勒与亲兵忙上前拉住，并且不停地跪地给他磕头。多贝勒也请万罕原谅手下人不懂事，并表示他对万罕绝对信任，且令队伍马上出发。

沙里虎、达里虎兄弟见改变不了自己主子的决定，难过地说："额真的心比河水还清啊。可是额真为什么看不见河水中的毒蛇？我们哥俩先行一步，以报主子对我们的大恩大德。"说完，两人跪在地上给多贝勒磕头。然后，一起跳崖而死。

沙里虎、达里虎兄弟牺牲了自己的生命，却没能改变多贝勒的决定。多贝勒跟万罕回到了侠倡宫。

回到侠倡宫后，万罕好酒好肉地招待多贝勒，并一再表示儿子不懂事，请多贝勒多多原谅，并告诉多贝勒，朝廷如果怪罪下来，有他万罕顶着。

多贝勒被万罕的仗义所感动，跪地请罪。

万罕搀起多贝勒，说："你我乃兄弟，兄弟之间不言谢。"

酒足饭饱之后，万罕派人把多贝勒送回了古埒城。

可是在这之后没有多久，多贝勒就在哈达部的侠倡宫死了。

对于多贝勒的死因，真可谓是众说纷纭。传的最多的，说多贝勒是被万罕的毒酒毒死的。万罕为什么要毒死多贝勒呢？是李成梁出的主意。李成梁为什么那么恨多贝勒呢？说来这也是由于多贝勒平时口无遮拦造成的。多贝勒天不怕，地不怕的性格，皇上老子他也不放在眼里，对哈达部万罕、大明朝总兵李成梁那更不在话下，他甚至常常大言不惭地说："我多贝勒是个打狼人，只要我酒性大发，爱摘哪个狼尾巴就摘哪个。"意思是说哈达部和大明将领在他眼里就像狼尾巴一样任意宰割。

万罕对其直来直去谁也不怕的性格早已恨之入骨，李成梁也是表面奉承，暗地里早有了翦除之心。后来俩人一拍即合，只不过总是找不着一个稳妥的理由和合适的机会，一是因为多贝勒力大过人，有万夫不当之勇，二来他身边有一个聪明俊朗、能掐会算的小王杲。所以，如果没有十拿九稳的把握，他们不敢轻举妄动，反之打不着狐狸空惹一身骚。

这回多贝勒借着醉酒拧了宸妃，这真是犯了欺君大罪呢，李成梁和万罕决不会放过这个翦除多贝勒的理由。于是，李成梁上奏疏，状告多贝勒欺君之罪。

嘉靖皇帝龙颜大怒，三下谕旨缉拿多贝勒。万罕和李成梁接到圣旨以后，有了底气，不过他俩顾忌多贝勒武功高强，也没敢轻举妄动，只是他俩为实施计划在等待机会。

这一日，万罕打听到王杲到抚顺御史大人府上去了，便亲自带人到多贝勒家，对多贝勒说自己留有专为明朝皇宫进贡的贡酒三坛，请多贝勒前去品尝。

多贝勒自打上次在万罕的虎啸林惹了祸，也没见朝廷对自己治罪，他知道是万罕帮了自己，心里对万罕非常感激，总想去侠倡宫道谢，再说多贝勒这个人素喜好酒，现在万罕亲自来请，他自然是什么也没想，跟着万罕就来了。

万罕命人打开一坛酒，酒香立刻飘满大殿。多贝勒贪婪地闻着，吧嗒着嘴。万罕微微一笑，说："兄弟，今天这酒你管够喝。"

多贝勒高兴地直点头。

万罕给多贝勒倒上一碗，多贝勒接过来一饮而尽。接着，万罕又给满上。多贝勒仍旧喝下，就这样一碗接一碗。多贝勒没注意，这期间，万罕一口也没喝。就这样，多贝勒在万罕的颂扬声中喝得非常开心，却不知道自己喝的是毒酒。一代枭雄，建州女真人的英雄，就这样被毒死了！

再说此时，狡猾的李成梁也带着兵马悄悄地埋伏在侠倡宫外，只等万罕得手，他率兵冲上，拿下多贝勒。如果万罕被多贝勒识破，他尽早逃之夭夭。没想到，多贝勒果中毒酒计。

多贝勒死得很惨，他死的时候七窍流血，身边的三十余个嘎什哈全死于宫门外。他的两个小妾也没能逃脱厄运，都被虎尔罕霸占，最后双双悬梁自尽。

多贝勒死了以后，万罕怕他的儿子王杲日后复仇，对外宣称多贝勒是暴病而亡，并把多贝勒葬于哈达河边。古埒城内的牛、羊、马、骆和众奴婢皆被万罕和李成梁私分，古埒城变成一片废墟。那匹"黑缎兽"被万罕饲养，后罕王努尔哈赤出世，万罕以重礼将此马送给了觉昌安，祝贺他抱了孙儿。此马后又归王杲，王杲以"功马"在厩中饲养，不许骑，以香供之，并用它配育出九匹"黑缎兽"马。此乃后话。

万罕为了封锁消息，把王杲接到他的府上居住，每天锦衣玉食的招待他，不让他接触外界。

岂知纸是包不住火的，御史大人身边有一个小姜，原是万罕二女儿家的奴婢，后来万罕赠给了御史大人作姜。王杲在御史府的时候，经常见到这位御史小姜。他们两个原本就认识，他乡遇故知，自然又亲近了许多，再加上王杲英俊聪明，是个情种，与御史大人的小姜年岁相当，两个人趁御史大人出去巡查的时候，行了云雨之事。

一次，御史小姜在御史酒后的话里听出了端倪，在一次回万罕府的时候，偷偷地告诉了住在府上的王杲。真可谓冥冥中自有安排，妙哉！

王杲这才明白万罕把自己留在宫里的原因。王杲一想，自己的阿玛对万罕有救命之恩，万罕都能为了自己的利益，奉朝廷的谕旨把阿玛除掉。万一什么时候万罕反性了，再把他也杀了，怎么办哪？这都有可能啊！另外，阿玛就这样被人给毒死了，杀父之仇也不能不报啊！怎么报啊？在侠倡宫里除掉万罕，谈何容易。万罕身边御虾众多，自己单枪匹马地跟人家硬拼，根本不行，弄不好自己的小命都保不住，可就这样留在宫里也报不了仇啊。王杲想来想去，他做出了一个决定：先逃出去再说。

怎么才能逃出去呢？万罕安排了五六个御虾在王杲身边，名义上说是为了照顾王杲，实际是派来看着王杲的。王杲每到一个地方，都有人跟着，他根本没有自由。于是，他想到了万罕的二儿子三马突的媳妇。

说起这个三马突，他死的挺早，据说是被人用暗箭射胸而死的，但射箭之人是谁，谁也不知道。三马突死了以后，留下了他的媳妇和儿子。三马突的媳妇名叫二格格，也许在嫁过来之前是哪个王爷或贝勒家的二闺女，至于是谁家的闺女，具体叫什么就不知道了，只是大家都尊称她二格格。

这个二格格长得也很漂亮，一双水灵灵的大眼睛特别吸引人，但这个二格格性子特别刚烈。自从丈夫死了以后，她没再嫁人，而是一个人领着孩子呆在万罕府里。万罕府家大业大，也不在乎她那点吃的、用的。但令她别扭的是万罕这个老淫魔，专干偷鸡、摸狗、扒灰的事。三马突死了以后，万罕有事没事的总往她屋里钻，有意无意的摸一下、蹭一下，而且万罕不仅跟她这样，而是见着哪个女人都像个苍蝇似的往上叮，这让二格格特别反感。再说自己才二十多岁，而万罕已经近六十了，又是自己畏根的阿玛，虽然女真人不讲究什么辈分，但也不能儿子死了，又嫁给他阿玛呀，就因为这个，二格格心情非常烦闷。

后来王杲经常到万罕府走动，就认识了二格格。二格格非常喜欢这个白皙漂亮的小义弟，每次见到王杲，她都把王杲拽到她屋里去，跟王杲说话，给王杲做好吃的。

在这里说点故事外面的话，过去的女真人结婚都比较早，十二三岁结婚是常有的事，所以王杲虽然年纪小，但早就懂了男女之事。一来二去的，两个人就到了一起。

王杲阿玛被害的事，二格格也知道。她特别同情王杲，也特别憎恨万罕。当王杲把自己想逃出侠倡宫的想法告诉二格格以后，二格格二话没说，当即表示一定帮他。

二格格有个小儿子，年仅六七岁。这个小男孩非常聪明、淘气，深得万罕玛发的疼爱，常到万罕身边玩耍。

有一次，小男孩一个人在万罕的西暖阁里玩，看见紧贴墙角有一座张嘴的泥狮子，小孩儿就围着泥狮子玩。玩着玩着，小孩见泥狮子的眼睛锃亮的，挺好看，就伸手去摸。结果，泥狮子的嘴张开了，而且足能钻进去一个大人。小孩好奇，顺狮子嘴儿就钻了进去。谁知越往里走越宽绰，最后竟来到了一个很大很大用石头堆砌起来的地库中。这里摆放着各式各样的珠宝玉器，有很多是当今皇上赏赐给哈达部的，每一件都价值不菲。

二格格知道以后没敢声张，并告诉儿子不准告诉任何人。眼下王杲求二格格帮助自己逃出侠倡宫，二格格就想起了这档子事儿，于是便叫来自己的儿子，由他给王杲带路，趁天黑没人，来到那座张嘴的泥狮子前，顺泥狮子内膛爬到万罕后宫的地下"珠宝库"。

王杲盗出大明敕书二百道（这是万罕夺走叶赫部的）、山寨城堡千户铜印五十块，还得皇封"都指挥使"铜印一块。可叹二格格误中地箭，穿身而亡。幼子被护洞的毒蛇咬死，只有王杲得以脱身。

且说宸妃被多贝勒掐了一下粉脸蛋，羞愤不已，她哪儿受过这个呀。汉人跟女真人不一样，那时候的女真人，男人掐女人脸蛋根本不算啥事，就是抱一下，背在身上，抠抠摸摸，也都习以为常，但在汉人中就不行了，汉人讲究男女授受不亲，何况又是皇帝的妃子，被一个山野夷人给摸了，那哪行啊，再说这日后的闲言碎语她也受不了啊。宸妃百般不饶，寻死觅活，哭闹不止。众明宫女婢劝也劝不住。

裕王更是万分恼怒、焦燥，本来一路小心侍奉，又经武场观景，皇妃转愁为乐，自己正暗自高兴，谁想凭空闹出这等有失大礼的丑事来，更惧父皇降罪，忐忑不安，不知所措。李成梁也恨多贝勒斗胆，竟敢在大庭广众之下，戏谑皇妃，欺君大罪，死不容姑。此事早吓傻了万罕和众部将，他们一个个慌张站立，暗暗祈祷神佛护佑大事化小，小事化了，千万不要连累到自己的部落。

单说宸妃闹累了以后，情绪开始稳定下来。她不顾万罕和李成梁等人的苦苦挽留，执意要走。见宸妃态度如此坚决，众人也不敢违拗。裕王也怕夜长梦多，便依了宸妃的意思，准备择吉日速速南归。

裕王和宸妃要回京师，得有人护送啊。派谁去呢？李成梁不愧是念过书的人，心眼多，他怕路上再出什么乱子，就把这份差事推给了万罕。

此时万罕正忙着办丧事，怎么回事？给多贝勒办丧事吗？不是，是给老寿星董尔吉妈妈。

事情是这么回事，那一日多贝勒掐完宸妃脸蛋子跑了，董尔吉妈妈当时就吓昏过去了，到了晚上，虽清醒了过来，但却四肢僵硬，口吐白沫，说话含糊不清。万罕请来萨满跳神，也不见好转，最后竟于寅时归天了。

万罕一面忙着办丧事，一面张罗裕王和宸妃起驾的事，根本顾不过来。他想来想去，觉得让觉昌安贝勒父子护驾南归比较好。万一大明皇帝翻脸，也只能拿觉昌安父子撒气。万罕的用意很明了，他就是想借刀杀人，铲除辽东的又一大劲敌。

觉昌安父子也知道此去凶多吉少，但是没办法，不去不行。他们父子跟家人简单告个别，便带着队伍出发了。

简言直说，宸妃、太子车驾来到一处山崖下。宸妃要出去小溲，队伍只好停车轿，众女官陪同宸妃娘娘上山，来到一个僻静风少之处。众女婢用黄绫遮围，另有女婢捧来金盆漱皿侍候，还有女婢点起檀香，香味飘散满山。

裕王一行人就在山下等啊等啊。

忽然，几个女婢、太监慌张跑来，跪禀："娘娘跳崖了。"

裕王大惊，跌跌撞撞地爬上山，顾不得礼数，推开众女婢，来到近前查看究竟。

话说宸妃被多贝勒摸了脸蛋以后，一直羞臊恼怒、难过不已，想来自己小小年纪，就离开父母双亲，来到皇帝身边，过着笼中雀的日子，这回好不容易有机会出来散散心，看见从不曾见过的北疆风光，而且遇到一个真正关心自己、呵护自己的裕王，宸妃的心情好了许多。却不料命运多舛，在比武场上，遭到粗鲁野蛮的鞑夷的污辱，令自己颜面无存。为了保全皇家的颜面，她选择了离开这个世界，想到这些她不免难过起来。

宸妃这一路上始终泪流如注，后来假借要小溲，命车轿落下，自己边走边查看，最后来到了一处有几十丈高的悬崖边上，在这里选择了一块空地。宫女们脸冲外，手里扯着黄绫围成一个圈，宸妃则在里面小溲。因为宫女们脸都冲着外面，看不见里面的情况，宸妃趁其不备，突然推开人群，跳下悬崖。庆幸的是，宸妃落下去的时候，被半山腰伸出了一根树杈接住，这才没掉到崖底。

众卫士七手八脚地把宸妃救了上来。宸妃上来以后更是失声痛哭，如疯人一般，任凭管事妈妈千般劝慰，也是枉然。护送的卫兵车马前后长达十里，只好伫足等待。

这可急坏了觉昌安父子，这荒野林莽，方圆十几里地都没有人，在这里呆久了，若有强人来犯将如何应对？若是裕王和宸妃有一点点差错，他整个建州女真人的性命都将不保。

还是觉昌安的大儿子礼敦有主见，他在觉昌安的耳边如此这般这般地讲了一番，觉昌安听了挺高兴，便率部将来到车轿前，跪地说："娘娘，听附近的猎户讲，这里常有野兽出没。娘娘是千金之躯，断不能有什么闪失。娘娘，千不看，万不看，看在我们这些塞外野民的份上，请起轿前行。"

宸妃望着跪在眼前的这一地人，百感交集。其实宸妃也是一明白人，他虽怨恨多贝勒，但却爱这里的土民。塞北一行，改变了他对女真人的看法。平日只听说鞑子凶残食人，貌如恶鬼。此番见面，感受民风淳朴，心诚知礼，豪爽仗义，习俗独特，所以一见众女真人跪在轿幄外，心就软了下来。况且刚才跳崖未死，说明自己命不该绝，又见跪在前面的长者红颜慈目，忙问左右，方知是赫赫有名的觉昌安贝勒，很是敬重。宸妃叫众人起来，并传觉昌安上前回话。

觉昌安上前几步，等待宸妃问话。不想宸妃见了觉昌安，竟提丝裙彩带，漫步轻移，来到觉昌安面前，伏地下拜。觉昌安不知宸妃是何用意，吓得慌忙跪地叩头，连头都不敢抬起来了。

宸妃这才将自己的意思告诉觉昌安。原来，宸妃要拜觉昌安为义父，改异装做女真人，终生不再南归。

觉昌安哪敢答应啊，裕王也不答应啊。裕王慌忙阻劝，可宸妃心意已决，并扬言若肯依她，便可启程；若不依她，宁可死在此地，也不动半步。

裕王心肠好，又怜爱宸妃，不敢太逼她，也怕宸妃想不开，再出点什么意外。只要宸妃高兴，留在这里就留在这里吧。裕王只好准允。觉昌安也奉命收下这个干女儿。

觉昌安将裕王护送到抚顺，小歇一日，然后启程回京师。

到了京师以后，裕王奏禀嘉靖帝，说："坠崖身亡，尸首不见踪迹。"

嘉靖帝流了两滴老泪，又一头扎到道教长生不老的修行中，可怜宸妃小小年纪，就再一次远走他乡。

只说宸妃着女真衣随觉昌安来到赫图阿拉，觉昌安命族中所有妈妈[1]、福晋、格格和众女佣仆人来见，依序磕头，然后在堂子里正式摆设香案，杀了猪和羊。宸妃又以父子礼叩拜觉昌安及族中众长辈、兄弟，并受众侄子、侄女、女婢的叩拜。宸妃虽是汉家女，但梳上女真头发，穿上女真袍服、靴子等，还真跟女真人一样，一点也分辨不出来。

宸妃本就心慈明敏，举止温雅知礼，平易近人，还天天跟着觉昌安的三福晋学习女真礼俗，很快便讨得众族人的喜欢和赞叹，人称她为

---

① 妈妈：满语，祖母，后成为一种对女性的尊称。

"德里给①格格"，后尊称她为"德里给妈妈"。

觉昌安对德里给格格如亲生女儿，按照女真人习俗，姑娘到了及笄②的年龄，就要自寻配偶，行歌于途，还得和男的对歌相舞，诉家世，吐情肠，表心愿，盟誓言，展未来。觉昌安怕德里给格格一个人孤单寂寞，想给她说一门亲事，就把部落里的山音阿哥③召集到一起，让德里给格格从中挑选。没想到，宸妃虽然从装扮上把自己打扮成女真人，并且也起了一个女真人的名字，但汉家女子"好女不嫁二夫"的思想已经在她的脑子里深深扎下了根，况且自己曾经身为皇妃，所以更不可能再一次成为人妻。

德里给格格断然拒绝了觉昌安的好意，每日里教女真格格们刺绣描红，自造织机，采柞蚕茧织丝。觉昌安见德里给格格织锦技艺高超，便在城北扩出几幢房舍，供德里给格格居住，并拨给她三十个女奴，三十个男奴，辽东有了第一幢"织锦包④"。

努尔哈赤出生那年，觉昌安已经五十了。因为是五十得孙，觉昌安甚喜甚爱，视为掌上明珠。为了照顾好儿媳、孙子，觉昌安决定派一个精心、细腻的人前去照顾。觉昌安想来想去，唯一合适的人选就是宸妃，也就是现在的德里给格格。于是，觉昌安来到德里给格格的住所，跟她商量此事。

话说德里给格格自打来到觉昌安家，有众奴婢侍候，整天跟这些女真姑娘们学骑马、打秋千，玩花棍、玩嘎拉哈，心情甚佳。她有时也教这些女真主妇们做南菜、做汉服，学习汉文化。姐妹们都对她非常好，他们像一家人一样，不分彼此。德里给格格偶尔也会因思念亲人暗自落泪，但在昌觉安家人的关心和安慰下，日子过得还算舒心快乐。

这一日，德里给格格闻听阿沙⑤的宝贝儿子终于生出来了，她非常高兴，赶紧准备了几样礼物，想去看看刚出生的小哈哈济。正巧这时义父昌觉安来找自己，说起照看阿沙的事。德里给格格正愁自己在家无事可干，觉昌安阿玛话一出口，她立刻明白了什么意思。德里给格格自告奋勇，爷俩的想法一拍即合。

---

① 德里给：满语，南边。
② 及笄：女孩子到了成人的年纪。
③ 山音阿哥：满语，好小伙。
④ 包：满语，家、房子。
⑤ 阿沙：满语，嫂子。

女真人侍候刚出生男婴的方法跟汉人不一样，因为他们成长的环境十分恶劣，所以女真男婴生下来就用细丝布、白皮板、彩皮条裹紧，不得撒手撒脚。包裹时两臂要端平摆正，腕骨放直，为了长大拉弓射箭能瞄准靶心，双臂有力；两小腿要绑紧，两腿并严，骑马才有坐力；"小鸡"要摁平，不能抬起，长大后骑马穿皮裤子不被磨伤等等。这些常识德里给格格跟女真妈妈们很快就学会了。

有一次，王杲身边的爱将勒吉红来到王杲府内，见后室花院中德里给格格正在跟几个小女奴踢"行头"。（"行头"是女真人的一种玩具，也称"熊头"，即用牛马毛揉成的各种球，几个人互相踢，各方有城，看谁踢进对方之城者为赢。主要练脚力和机智勇敢）。勒吉红见德里给格格踢"行头"时更加好看，忍不住笑嘻嘻地贴上去跟德里给格格搭话。德里给格格见状，慌忙跑进内室。

打那以后，勒吉红经常借故来王杲家内室。德里给格格虽然从心里着实厌烦勒吉红的做派，可又不好意思明说，这样会拨了他的情面，可被勒吉红总这么纠缠也不是个事。聪明的德里给格格想出了一个主意，他要给勒吉红一点教训，让他知难而退。

于是德里给格格请人在院子中勒吉红每次来的必经之处挖了一口井，井里放一个用牛皮做的大口袋，女真人叫它女儿袋。据说，女儿袋是女真人的一种专门用来盛放女儿家用过的东西的，这里面包括月信布等。勒吉红掉进的女儿袋比别的女儿袋东西多，因为正赶上额穆齐在月子里，这女儿袋中装的除了额穆齐生产时的血布，还有孩子的屎尿布等。

勒吉红不知道啊，他又来了，结果一下就掉进牛皮口袋中。勒吉红还没明白怎么回事，伺候德里给格格的奴才们一拥而上，扎住了袋口。

正巧此时王杲出征，点兵派将，点到大将勒吉红的时候，连点了三次，无人应话。

就在这时，德里给格格派人传话，说勒吉红将军睡在了女儿袋里。

众人立刻明白了是怎么回事，不由得大笑起来。王杲也是哭笑不得，碍于德里给格格的身份，他只好请亚嘎哈前去求情，请德里给格格放出勒吉红。

其实德里给格格也只是想给勒吉红一点教训，见亚嘎哈求情，便让人放出了满身尿骚臭味的勒吉红。

可经过教训的勒吉红仍不死心，他找到王杲，请王杲去求觉昌安，打算重金聘娶德里给格格。觉昌安没办法，就把勒吉红的意思转告给德里给格格。德里给格格仍然不从，并捎来一把剑，勒吉红若再提及此事，她就以剑殉命。勒吉红这才死了心。

大明隆庆帝登基后，德里给格格随建州部女真人进贡团曾被宣召入北京皇宫，谁也不知道这个俊秀的女真格格是宸妃。她游玩数日后，仍返回塞外，抚育罕王努尔哈赤。因对罕王悉心照料，恩重如山，倍受罕王敬重，被称之谓"卓礼妈妈①"。

万历中年，德里给妈妈病死在罕王身边。罕王发迹后，于天命年宣布国中育蚕一事，这是因拜了德里给妈妈（卓礼妈妈）灵位后，罕王有所感，谕令国中女真人都来育蚕制丝，以慰妈妈之灵。

值得提及的是，自李成梁从哈达万罕处巧妙脱身，未承担护送裕王和宸妃的重差，就连捕捉多贝勒的差事也一揽子推给了万罕，回到辽阳府第，说与牡丹夫人。牡丹夫人听后甚是高兴，赞将军诸事办错，唯此事办得妥贴，令人称道。

说起李成梁的小妾牡丹夫人那可真是不简单，李成梁能出人头地，很大程度上靠的是他的这个小妾。

明妃返塞，牡丹夫人早算出此行将生闪差，请成梁静观好戏。

果不出所料，朝廷接到奏报："宸妃坠崖身亡，尸首不见踪迹。"

帝恸恻于大内，下谕令着李成梁等速剿狂夷，以抚朕怀。

李成梁等辽东臣将接到谕旨，甚为惊恐。李成梁回至府内，郁郁寡欢，不听众女弹笙，独自徘徊长吁。牡丹夫人见成梁此态，知有缘故，便打发走众奴婢，问个仔细。李成梁便将宸妃归阴，圣上罪责命其剿夷等事学说了一番。

牡丹夫人想了想，说："将军勿愁，此事颇有蹊跷，妾身感觉宸妃尚在。"

李成梁惊问："何以见得？"

牡丹夫人曰："将军你想，宸妃觅死，情有可原，然虎贲之兵前拥后卫，女真将佐黠勇多谋，况李公公与裕王依侍于侧，婢仆女宫委奉于前，宸妃觅死何等容易？更何况死后连尸首都无处寻觅，所以妾身以为宸妃未死。"

李成梁左思右想，觉得夫人所说在理，甚为惊喜，忙返身入内，唤

---

① 卓礼妈妈：满语，育蚕制丝女神。

书童研墨，他要起草奏文。

牡丹夫人忙制止说："将军且不可声扬，此事还应仔细斟酌。

李成梁瞅着牡丹夫人，面带疑惑。

牡丹夫人接着说："将军若此时奏明圣上，无凭无据，将军岂不犯了欺君侮夷之罪，而且此事也牵扯到裕王，若他日裕王临朝掌玺，你我难逃碟戮。"

成梁紧锁浓眉，捋着三缕黑髯，摇着头说："夫人，这左也不行，右也不行，你让本将军该如何是好？"

牡丹夫人绽开笑脸，露开两腮酒窝，胸有成竹地说："明日我携众亲随去苏水河畔找寻宸妃香踪，请将军在府上静候佳音。"

第二天，牡丹夫人带着亲随、女奴以打雁为名来到了佛阿拉，在后山见到一陌生女子，从其装束打扮上看酷似女真人，但行走待物甚为做作。因牡丹夫人常在塞外行走，会几句女真人的家常语，她突然冲这女子说了几句。果不出所料，这女子一时间竟张口结舌，不知所云。

牡丹夫人笑着自言自语地说："可叹，可叹，塞外女子不懂塞外语；汉家闺秀不认汉家妇。塞马思归，紫燕南翔，背乡忘宗不知其何也。"

这女子见牡丹夫人服饰、马饰、随从婢女均骑马上，知是汉家贵妇，而且听其话里话外语露讥讽，但又不敢详问，也不便多加解释，忙收起响铃角弓，带着女婢打马回佛阿拉了。

谁知这牡丹夫人紧追不放，一直追踪进寨。正巧觉昌安在府，忙迎入内，打千施礼。牡丹夫人进府后，推说自己累了，想借贵府小歇几日。

觉昌安哪敢怠慢，连忙点头答应，因自己夫人室内凌乱，不便迎迓，只好跟宸妃商量，请牡丹夫人在她屋里暂住几日。宸妃本是明事理之人，怎能不答应。于是，觉昌安就把牡丹夫人领到宸妃屋内。

牡丹夫人这才知道，原来她在后山看到的陌生女子是觉昌安的干女儿德里给格格，虽然牡丹夫人对这一身份有些怀疑，但表面上却不动声色。

牡丹夫人就这样在宸妃的屋里住了下来。她每天什么也不问，只是帮宸妃熟皮裁衣，聊聊家常，两人相处的很融洽。虽然牡丹夫人没说什么，但宸妃心里很清楚牡丹夫人是为自己而来。她每日里心神不宁，生怕露出什么破绽。

第三天晚上，宸妃实在挺不住了，她打发走身边伺候的奴才，邀牡丹夫人到院外赏山间明月。牡丹夫人也正想找机会跟宸妃好好聊聊,便爽快答应。

两人来到一处无人地,宸妃突然给牡丹夫人跪下。牡丹夫人慌忙俯身搀扶宸妃,并询问缘由。宸妃请牡丹夫人一定为自己保守秘密,如若不然,她绝不肯说出实情。

牡丹夫人点头答应,宸妃这才把自己的真实身份告诉了她。

牡丹夫人一听事情真如自己所料,眼前之人真是当今皇妃,慌忙跪地给宸妃叩头,请宸妃宽恕自己不知皇妃在此,未曾见礼之大不敬之罪。

宸妃摇了摇头,说:"宸妃早已死在那山崖之下,现如今我是觉昌安玛法的女儿,我将跟这里的女真人生活在一起,终老一生。只是不知道我的家人是否安好?我对不起他们!"说罢,宸妃痛哭不止。

牡丹夫人劝慰她说:"事已至此,回宫已无可能。只是你若想留在这里,一定要多加小心。明探甚多,女真内部也多奸人,偶有不慎,祸及千家,就连我家将军也不能幸免。若皇妃不弃,臣妾愿与你结拜成姊妹,咱们相互关照。日后若有机会,我一定帮你找寻你的家人。"

宸妃一听,感恩不尽,俩人当即对月入拜。牡丹夫人年长,是姐姐,宸妃为小妹,两人当夜同衾而眠。

第二天,牡丹夫人把与宸妃结拜之事讲与觉昌安,吓得觉昌安直个劲儿的跪地磕头。

在牡丹夫人指点下,除了让宸妃穿夷装,更由觉昌安的沙里甘教习女真语,懂女真礼俗。没多久,聪慧的宸妃妃成了一个地地道道的女真格格。

牡丹夫人乘马返辽阳后,将此事讲与李成梁。李成梁如获至宝,每每进宫见到裕王,都传报德里给格格的起居情况。裕王非常感谢李成梁,夸李成梁是神将,诸事都在他的掌握之中。裕王也常在父王面前夸赞李成梁为社稷重臣,李成梁得到重任。隆庆年间,李成梁更是平步青云。

这真应了女真人那句土话:要发家得有好骒马!

从侠倡宫逃出的王杲回到古埒后，发誓要为阿玛报仇。他重新竖起大旗，吹角盟誓，重振家威，自封"都指挥使"。他想尽一切办法，广招贤才能将，扩大自己的阵营。他还按千户铜印掠得万罕屯寨五十余处。万罕自知理亏，也不敢跟王杲太计较。王杲的地盘越来越大，又有大明敕书，声势日振。不少阿哈又重新聚集而来。只有阿哈们不行，还得有将才，有领兵的人啊，可这偌大的辽东，到哪里寻得良将呢？王杲终日苦思苦想，也想不出一个好招，只得借酒消愁。

一个秋天的晚上，王杲照旧喝完闷酒，和衣而卧。睡梦中，他梦见天空中一个大大的冯字奔自己来了，到跟前以后，一下扑自己怀里了，把他吓一跳。这一激灵，梦一下就醒了。

王杲感觉这个梦做的非常奇怪，梦见"冯"字进自己怀里来了，是什么意思呢？王杲会测字算卦啊，他就在那分析上了，"冯"字入怀，能不能是暗示他盼望已久的良将到了呢？而且如果把"冯"字拆开来看，"冯"字左边是两点水，右边是个"马"字，也许到有马、有水的地方就能寻到我梦寐以求的良将。哎呀，如果梦中暗示准的话，我的心愿就要达成了。王杲越想越高兴，越想越兴奋，连觉都睡不着了。

次日一早，王杲早早的起来，洗漱完毕，连饭都没吃，骑上马沿苏子河就往上走。他一路走来一路寻，看哪个像他要寻找的人。寻到两个河泡子边上的时候，看见河泡子边的一棵大树上捆绑着赤身露体的一个人。那个人连渴带饿，再加上蚊虻叮咬，已经昏死过去了。

在这里我说书人还要多说几句，草原和树林子里的蚊虻相当厉害，人被叮咬上以后，痛痒难忍，非常难受，而且有的虫子有毒，被它咬上以后，很快会失去知觉。如果把人扒光了，放到树林或草稞子里，任凭风吹日晒，蚊虻叮咬，用不上一天的功夫，人就不行了。说来这也是古代相当重的一种刑罚。

王杲亲自下马，帮那人解开绳子，众人七手八脚地扶着他，把他放到地上。王杲又命手下人拿来装水的皮囊，倒了一小瓢水，然后给他一点一点饮下。

过了许久，那人才动了动嘴角。

王杲等人非常高兴，轻声呼唤："兄弟，你醒醒，你醒醒。"

那人微微睁开了眼睛，看见自己正躺在一个白面书生模样的人的怀里，这人手里还拿着一个水瓢。他知道是这个人救了自己。

由于那个人体质好，所以恢复的很快。他挣扎着站起身来，给王杲深施一礼，感谢王杲的救命之恩。

王杲赶紧扶他坐下，他自己接过水瓢又喝了一些水，精神头立刻来了。因为不知道他多长时间没吃东西了，所以王杲不敢给他贸然进食，只是让手下人喂了一些奶干。

王杲问他："你是哪里人？怎么被绑到树上了？"

见救命恩人问话，这个人也不隐瞒，他一五一十地把自己的底细全都告诉了王杲。

原来，被绑之人叫勒吉红，也是女真人，从前是一名控马奴，也就是盗马贼。后来由于被官府通缉，被迫逃到了汉地，因为他会养马，就给一个贩马的客商做了伙计。这个客商看勒吉红武艺高强，为人实在，非常器重他，不仅升他做了饲马总管，还给他说了一个汉家的媳妇，并且有了孩子。

前几天，勒吉红与东家一起去蒙古买马，在苏子河边遇到一股土匪，这些土匪都是蒙古人打扮，能有一二百人。遭遇的结果是马匹被抢，东家被杀，虽然勒吉红奋力拼杀，但无奈对方人太多，他终因寡不敌众，被抓住绑在了树上。

勒吉红不知道，其实这些人并不是蒙古人，而是李成梁的手下。他们化装成蒙古土匪，到处抢掠，搜刮民财，夺"火牌"、"首饰"。"火牌"，是用烧红的铁条在木板上烙出一个"吉"字，是朝廷颁发的过往官衙、哨卡用的特殊通行证。

王杲救下昏死过去的勒吉红，把他收为部下，勒吉红为了感谢王杲的救命之恩，把他带到一个深山坳里，那里藏有老东家贩来的骏马五百余匹。

王杲非常会用人，勒吉红不是懂马吗，他就叫勒吉红继续贩马、养马，而且专挑黑马，组建起了一支黑马队，叫"马骑超哈"，也叫"黑风神"。

王杲为了笼络各方人士，利用自己会说汉语、识汉字的优势，经常出入开原、抚顺等地，化装摆摊，占卜测字。

有一明廷的备御叫徐逊，是李成梁身边的一员武将，专门擅长淬刀枪，冶炼兵刃。李成梁的大儿子李如松看中了徐逊的小妾"小金莲"，趁徐逊在烘炉司监看锻刀的时候，越墙钻窗潜入幽室。

当时刚过辰时，天还有些暗，小金莲正敞怀解裙在罗帐中偎身微睡。李如松见此芳颜，像渴夫觅池一般，搂抱上去。小金莲早知李如松乃李成梁的大儿子，是一位武功超群的大英雄，仰慕已久，能够得到英雄的垂爱，也是自己前世修来的福气，何况徐逊为赶制刀具，经常彻夜不归，小金莲正值妙龄，难耐寂寞。于是，小金莲半推半就，两个人一番云雨，无比畅快。

打那以后，李如松找机会就与小金莲幽会。徐逊感觉出小金莲有点不对劲，她跟自己不像以前那么好了，而且总是找借口不与自己亲近。

有一次，徐逊为给辽东兵部赶制兵器，在烘炉司监工，他已经一个多月没回了。这一日徐逊突然觉得身子不舒服，有些疲惫，就想回家休息休息。没想到，他在自己府上附近的街口与李如松打了个照面。李如松看见他以后，脸立刻通红，支支吾吾地说不上话，后来敷衍地说到这边来找一个朋友，然后慌忙走了。

徐逊当时就有些怀疑，他一个堂堂辽东总兵官的儿子，找什么人需要自己亲自出马呀？而且身边一个亲兵都不带，况且这附近也没有什么官宦人家呀。当他回到府上的时候，撞见小金莲衣衫不整地从内室里出来。

小金莲没想到徐逊会突然回来，神情极不自然。徐逊当时就猜个八九不离十，但苦于自己没抓着什么把柄，而且李如松有个当总兵官的父亲，权势比自己大，他是敢怒而不敢言。徐逊是既生气又窝火。

这一日，徐逊心里烦闷，信步来到街上。走到一个十字街口的时候，迎面碰见一白面书生。此书生身穿白色衣袍，相貌英俊，举止温雅，向他深深施礼作揖，说："徐备御，测字否？"

徐逊猜不出此书生是怎么知道自己身份的，也来不及细想，见对方施礼，自己忙还礼，心想：此刻心情愁闷，测一个字，排遣一下也好。

于是，徐逊来到书生测字摊前坐下，问："如何测？"

秀才说："请徐公任写一字，晚生从徐公字法墨迹中，可窥知福祸未来。"

徐逊心里想着小金莲的事，哪有心思问字，只是打了个叹声，信手写了一个"徐"字，然后不再说话。

书生看了一会儿，大叫说："徐公，恕我直言，此字凶多吉少！"

徐逊大惊，忙站起来，问："此话怎讲？"

书生以妙通诗礼之口讲道："徐公所书之徐字，笔迹忐忑若蛇行，可见公心中积有大愤，此乃情伤所致；从字中显见积怨难排，从字中又可见系为'三人事'而生，有一外来之人在欺压你。"

徐逊越听越觉得奇怪，此人讲的还真贴铺缠，是啊，我、金莲、李如松，我们不正是三个人吗。李如松仗着他爸爸的势力欺负我，这也对呀。徐逊心里不免暗暗佩服，但怕对方是在蒙自己，追问道："何以见得？"

那书生说："请看，你所写之徐字，左、右半部上边，皆有一个人字，而且此人正骑在徐公您的头上。不是吗？"

徐逊一听也对，自己现在确实是被人骑在头顶上啊。徐逊对书生产生了敬佩。他点了点头，屈辱的泪水止不住流了下来。

书生继续说："晚生还知道你为何愁烦，此事都因'余'字下边的那两个人哪。"

徐逊感到非常尴尬，厉声断喝："放肆，休得胡说。"

书生笑着说："徐公您别急嘛。您听我慢慢跟你说：你看徐字的右半部是个余字，上边是个人字，下边是个千斤的千字，这个千字就代表着女人，左右两边有两点，这说明有两个人都抱着她的脚。"

徐逊更加敬重书生，他低下头，不再言语。

书生接着说："徐公勿伤心勿羞怒，听在下继续给你解，从字面上看，你现在不仅有夺妻之恨，而且还有杀身之祸。"

徐逊一愣，说："这又是从哪儿看出来的呢？"

书生说："徐公请看，这余字倒过来，便是小土埋一人，必有杀身之祸。徐公，此地不可久呆，你要速速远去。"

徐逊听罢，忙跪拜求告生路。

书生说："'余'字下边三点，又近水字，你要找有水的地方躲藏，未来必有光明。"

徐逊问："哪里有水？"

书生说："你到苏库素护河上的古埒城，有个首领叫王杲。他专结交天下豪杰，何不投之？"

其实徐逊自打知道自己的处境以后，就有意出走，他也知道有个叫王杲的女真人，是个大英雄，只是苦于无人引荐，眼下书生与他想的不谋而合，于是点头说："你说的这个王杲我听说过，可是我不认识啊，而且也没人给我引荐呀？"

书生站起身来，把徐逊拉入内帐。只见书生脱下白袍，露出铠甲，拱手作揖，说："我就是王杲，知将军境遇，特来救你。"

徐逊喜出望外，原来此人就是大名鼎鼎的小英雄王杲。他急忙跪地磕头，拜见自己的新主人，跟王杲一起来到古埒城

王杲回到古埒，靠各种办法，召集了一些贤士，并很快发展起来，但他觉得跟相邻的几个部落相比，自己的势力还不够大，北关的叶赫部清佳砮、杨吉砮两兄弟那是雄兵在握，建州部又受到觉昌安的辖控，东边的兀堂夫妇虽然表面上对自己臣服，但暗地里总是跃跃欲试，万罕的身边有儿子虎尔罕助阵，而且又有明兵数万统管数千里地界，自己的阿玛被万罕毒死。要报仇，要驰骋千里，只坐守古埒绿水青山是不行的，是会重蹈阿玛之辙的。然而，如何能逢凶化吉，执掌霸业？

王杲这个人有个脾气，就是每逢遇到什么事，他都把大家伙儿召集到一块儿，听听大伙儿出的点子，当然这次也不例外。他叫来勒吉红、徐逊等众朋友，几个人一边在河边柳林里饮酒，一边闲聊。

有的说直接发兵攻打万罕，兴师雪仇；有的说先用兵于建州，安内然后北进哈达部；有的说西联图门罕王爷，送女成亲，学汉人结秦晋之好。

大家只管在一起呛呛，喝酒吃肉。王杲却咀嚼无味，心情郁闷。他站起来，信步朝河边走来。望着皎白的明月，他忽然想到师父教的神卦，何不问卜于天？于是，王杲命身边奴才唤来萨满妈妈，在河边摆神案，设香。神鼓咚咚，神铃晃晃，连响了三夜。

萨满妈妈请过祭祀众神，王杲率众将跪于神案前，申明心意。他在地上用木棍画出诸部落的方位图，祈神祇点示。

说来也挺奇怪，当时正是繁星点点，月亮当空。河边突然出现一位老者。这位萨克达①红颜白发、个子很矮，还没有桌案高。老人手捧一坛酒，话也不说，快步走到王杲面前，抱起坛子把酒倒在地上。这酒像白银闪光，倾泻而下。众人正奇怪，老头却转过身奔到河边，突然消失不见了。只见一只白毛尖水獭隐于水中。

萨满妈妈忙焚香磕头，用鼓声相送。王杲也觉奇怪，回头再看这地

---

① 萨克达：满语，老人。

上白酒像倒在斜坡上一样，很快流淌开来，酒流先流向北，把王杲在地上划的叶赫城团团围住，然后又南流围住了建州诸部，最后西流围住了蒙古沙漠。白亮亮的酒里，只有哈达城像个小小的蚁垤，凸露在外。

王杲见了，顿觉开朗，忙率众人叩拜水獭神，命萨满妈妈撤下神案。

就在这时，忽有探马传报："叶赫美女清佳努、杨吉努兄弟俩的胞妹聘于哈达。万罕父子为争妻欲大动干戈。"

王杲正愁不知如何走这第一步棋，就传来哈达部内讧的消息，真乃是雪中送炭。

王杲笑道："这正是斗转星移，哈达王陨落之前兆！"

第十章　王杲收将得神意

说起北关叶赫二努，清佳努、杨吉努兄弟俩，他们的祖先原是蒙古人，姓土墨忒。后来，他们灭了扈伦国的纳喇部，便以地为姓，改姓纳喇氏。明正德年间，叶赫部首领褚孔格率众南迁，来到叶赫河北岸定居，建叶赫国，俗称"叶黑、夜黑。"

叶赫部最早的祖先叫星根达尔汉，叶赫国成立不久，星根达尔汉就去世了。他的儿子席尔克明噶图继位，这时候的叶赫部还不强大，经常受到周围部落，特别是海西女真中势力最强的哈达部的侵扰。传到席尔克明噶图的儿子齐尔噶尼的时候，部落才发展起来，也有能力向明朝进贡了。传到齐尔噶尼的儿子褚孔革这一辈时，部落开始强大，但因褚孔革反明，被万罕的叔叔王忠斩于开原马市，敕书也被全部霸去。

褚孔革的儿子歹杵懦弱少才，庸庸而亡。歹杵有六个儿子，这六个儿子窝窝囊囊，什么本事也没有，整天只知道暴饮打猎。可是歹杵的弟弟台坦柱的两个儿子很有作为，他们分别叫清佳努和杨吉努，史称"二努"。

这清、杨二努跟他的几个堂兄不同，他们建立了叶赫东城和西城，声威日振。但因哈达万罕有明廷撑腰，所以二努虽有两世的仇恨，但也只能卧薪尝胆，潜忍于胸，在万罕面前唯唯称臣。

时间长了，清、杨两兄弟就忍耐不住了，可要这么硬碰硬的跟万罕干肯定是不行，得想个办法。想什么办法呢？想来想去，他们想到了自己一奶同胞的妹妹——温吉格格。

说起这温吉格格，年方十六，长得肤如白玉、妩媚动人，用貌若天仙形容一点也不过分。她是草原上的一颗明珠，有多少贝勒前来求亲，都遭到了温吉格格的拒绝。

温吉格格这也不嫁，那也不嫁，她要嫁什么样的人呀？难道她有意中人了？不对。这温吉格格呀心气儿高，"非王不婚，非王不嫁"。她曾央求辽东总兵官李成梁的小妾牡丹夫人牵线搭桥，请宫里的太监们给说说好话，希望能被选入宫中，陪王伴驾。

牡丹夫人那也是绝顶聪慧之人，知道叶赫部素来愿意违拗朝廷，明皇对他们早有嗔怪和防范，所以只是收下了清、杨二努的名马、土产等厚礼，却搪塞着并未给做这个皇媒。后来，清、杨两兄弟实在逼急了，牡丹夫人就推托皇上体弱不选夷女。温吉格格没办法，只好死了这条心。

有一次万罕的儿子虎尔罕出外打围，途经叶赫，天上正好飞过来一群大雁。虎尔罕一箭射穿了头雁的两只眼睛，引起阵阵喝彩。就在这时候，温吉格格也出外打猎，俩人马头碰马头，打了一个照面。当时温吉格格只是瞥了他一下，一笑而过，并未跟他搭话。可就是这一笑，令虎尔罕魂牵梦绕，系念于怀。

从此，虎尔罕对清、杨二努甚是敬重，不再苛求，而是处处讨好，其用意在于求娶他家的凤凰。清、杨二努知道虎尔罕的用意，也打算利用这个机会，发展自己部族的势力。兄弟二人与温吉格格一说，温吉格格也挺高兴。可谁知，二努将妹妹浓妆画像送到侠倡宫后，竟被那老色鬼万罕给相中了。他当即命人备财礼，要聘温吉格格为妃。

虎尔罕一听就火冒三丈，他自恃有兵将千员，牛马百群，阿哈上千，哪把父子之情放在心上，提马横刀要血淌阿玛罕宫，可吓傻了众随臣裨将。更何况礼敦、兀堂均在外地远戍，不在虎尔罕跟前，没人劝阻。

万罕仗着自己也有亲兵嘎什哈和众虾，所以宁死也不愿把叶赫美人撒手。双方磨刀霍霍，大有血溅宫楼之势！

要说这虎尔罕勇猛惯战，蛮悍若黑，有万夫不当之勇，但没有人性，而且非常喜欢杀人，杀个人就像杀只鸡那么简单、容易。女奴自到他身边寿命都不超过五年，男奴更是短命，如同蜉蝣！

虎尔罕有一个奶娘叫福额莫，是侍候他长大的。虎尔罕二十五岁的时候得了风寒，一病不起，就把福额莫叫来侍候。

福额莫说："你这小子尽好女人，伤了身体，最好以人乳乳之。"

虎尔罕说："我从小吃你奶长大的，至今仍想吃你奶。"

福额莫说："我年纪大了，早已不孕，哪儿还有奶？尽说傻话。"

虎尔罕坚持不止。

福额莫知道自己活不了了，拿出匕首，让虎尔罕剖腹取奶。

谁承想，这虎尔罕竟拿起匕首，亲手将奶母福额莫剖腹，拿出乳房，看里面是否有奶。福额莫身上的肉被肢解，仍站立不倒，死后两眼泪流不止。

虎尔罕有三个同胞兄弟，一个叫三马突，一个叫往失，还有一个叫那木台。这三人从小就得到万罕的宠爱，常呆在万罕身边。虎尔罕非常嫉妒，他怕三个弟弟长大以后跟他争夺罕位，便想法要除掉他们。

有一次，往失去河套牵马，恰巧遇到虎尔罕哥哥。

虎尔罕装做难过地说："我得了一个怪病，明天就要死了，以后咱们兄弟难在一起了。"

往失听了大吃一惊，安慰他说："哥哥，不要伤心，咱们去求萨满，祈祷神灵保佑阿哥长寿。"

虎尔罕说："我已经求过萨满了。萨满妈妈说了，只要吃自己弟弟的半块人肝就会好的。"

往失说："人肝咋能取呀？取了人不就死了吗？"

虎尔罕说："有神保佑，取了人肝人也不会死。好弟弟你就可怜可怜我，借我块人肝，日后我躲过厄运，就把我的人肝割一半还给你。"

往失正不知所措，虎尔罕早命人将他抱住，一刀刺去，杀了往失。

回去以后，虎尔罕哭报说："往失遇熊，搏斗而亡，尸体已火化厚葬。"

万罕不知真相，信以为真。

虎尔罕的二弟三马突，被他用暗箭射胸而死。四弟那木台则是被他引入山野荒火中烧死的。

虎尔罕扫清身边的一切障碍，步步青云。万罕让他执掌各路人马，人称大贝勒。虎尔罕早有取代万罕称尊之念，但万罕威严显赫，左右护卫甚凶，只能瑟缩而不敢动手。此刻，怀思已久的窈窕秀女又要被夺走，虎尔罕岂可放手？而且又久藏杀机，所以要拼个你死我活。

这爷俩为了温吉大动干戈，拔刀相向，使王杲找到了机会。

王杲决定以厚礼拜会万罕，然后见机行事。

此乃兵法云之：戢兵善谋胜于兵。

话说自打王杲从侠倡宫逃走以后，万罕每日里担惊受怕，惴惴不安，他知道王杲的脾气，也知道王杲的能耐，虽然自己地域广阔，兵强马壮，但若惹急了这小子，也够自己喝一壶的。眼下王杲非但没打上门来，还送来自己最最喜爱的名骥百匹。万罕欣喜若狂，赶紧出门迎客。

虎尔罕听说王杲来了，也出门迎接。

王杲不单武术超群，更有诸葛亮三寸不烂之舌。他首先恭贺万罕喜得爱妃，并说："罕阿玛塞北之王，功高天下，理应收妃，此乃顺应天意。叶赫献妃于罕阿玛，罕阿玛若拒之门外，岂不伤北关民心？罕父不可迟疑，不可逊让，一定要收小妾以得民心！"说完，献上苏水名骥三百匹。

万罕乐得走下虎榻，亲自扶起小王杲，且激动得老泪纵横，恨自己亲生子反倒不如义子懂得阿玛的心。

这虎尔罕坐在一旁，听王杲小嘴巴巴讲，越讲越不中听，气得他直喘粗气，但就是不敢吱声，因为他怕王杲啊。王杲不仅武术厉害，心计也比他够用，在这方面他不知吃过多少苦头，所以不敢造次，只是恨得咬牙切齿。

王杲忽然转过身来，手拉兄长，拜过万罕，竟往侧室而来。

虎尔罕不知王杲葫芦里卖的什么药，吓得手直哆嗦。他猜想，好小子，你讨了老色鬼欢心，卖了乖，我没吱声，难道又想要整治我不成？

王杲手拽着虎尔罕，像有九牛二虎在拉他前行。虎尔罕想走又走不开，想说又不敢张嘴，后来干脆闭上眼睛，蹲在地上不起来了。

王杲笑了笑，把虎尔罕扶起来，说："虎尔罕阿浑，小弟祝贺你！"说着，跪下与虎尔罕行抱见之礼。

虎尔罕见王杲这般样子，真是在云里雾中，晕晕乎乎的。他是又气又恨又伤心，千种滋味一腔积怨，最后竟哇哇地哭起来。

王杲问道："虎尔罕阿浑，你这是为何呀？"

虎尔罕怒问："我与你无怨无恨，你为何耍戏我，拆我良缘？"

王杲笑着说："虎尔罕阿浑，不要伤心，小弟正是为此事而来。"

虎尔罕疑惑地望着王杲。

王杲接着说道："小弟夜得一梦，梦见骑在阿浑你身上的一只狼在吞一只野鸡。小弟解得此梦乃为凶兆。阿浑你想：狼性贪，吞鸡不足，必将危害于尔。我坐卧不安，急命奴才们打探情况，方知你将大难临头，故此冒死前来救你。你却斥我不仁不义，真是个'呼嘟力'！"

王杲所说的"呼嘟力"乃是女真人传讲的神话故事里的人物：传说一次天神为了救地下的石头阿玛，将妖魔要把它化做泥浆的消息告诉了他，并让他快躲到草叶下边，免得被妖怪看见。哪承想，石头阿玛听了以后，不但没感激天神，反怨天神无事生非，惹得他不能安生。"呼嘟力"就是石头阿玛的名字。

因为虎尔罕也是女真人，所以关于"呼嘟力"的故事他也知道。虎尔罕想了想，觉得王杲说的在理，便表示说："自己决不做'呼嘟力'

那样的糊涂虫。"

王杲接着说:"叶赫二努与你家祖上有两代血仇,他现在用美人之计,意在让你们父子刀剑相争,他叶赫从中渔利。据我所知,温吉格格是有名的淫邪荡妇,她跟过的男人多过天上的乌鸦。她嫁入宫中,必来查看宫内之事。阿浑若伴她于枕边,岂不是为别人在自己身边安插了暗探?阿浑你不知道惜命,做弟弟的我还为你惜命呐。况且罕阿玛喜爱淫女,你不讨罕阿玛欢心,将来如何能接替罕位?马还能缺芳草地么?蜜蜂还找不到花堆么?你二十余载风风雨雨走到现在,岂能轻易地毁在一个情字上?"王杲说得在情在理。

虎尔罕被打动了,他不再怨恨王杲,反倒觉得王杲是自己的倾心知己,大有相谈甚晚之意。虎尔罕更恨叶赫清、杨二努居心险恶,也恨万罕阿玛荒淫,更加亲近王杲。

至此,王杲在万罕父子身边更加被器重。万罕感激王杲在关键时刻出手相救,使自己抱得美人归。为报此情,他将备御大权由虎尔罕身上转交给王杲。王杲从此不单是古埒城主,而且统管建州各部,从哈达以南西抵明朝抚顺、开原关,广袤沃土均受王杲节制。

虽说王杲给虎尔罕讲清了迎娶温吉格格的成破利害,虎尔罕也打消了这个念头,但虎尔罕为了父罕夺妃一事,始终耿耿于怀。

为了安慰虎尔罕,王杲返回古埒城后,特地把自己的两个干女儿嫁给了虎尔罕,并派车轿护送到了侠倡宫,成为虎尔罕的姊妹福晋。虎尔罕死后,二位福晋双双为虎尔罕殉葬。这是后话。

且说万罕娶了温吉格格,倒是风流快活了一阵子,但万罕毕竟六十几岁的人了,而那温吉是个淫荡风流的人,即使万罕每天吃鹿鞭、虎鞭等各种壮阳的补物,也满足不了她的欲望。

于是,温吉格格就把眼睛盯在了自己想嫁的人、年轻力壮、血气方刚的万罕的大儿子虎尔罕的身上。但虎尔罕记住了王杲告诉他的话,根本不理会温吉的挑逗和勾引。温吉没办法,就把眼睛盯在了尚未娶妻、万罕的另一个儿子——唐古鲁的身上。

话说这个唐古鲁跟他的几个哥哥们不是一个额母所生,按理说这也没啥,万罕尊为罕王,多娶几个妃子是正常的。可唐古鲁的额母却跟别人不一样,她死的非常惨。据说万罕年轻的时候,有一次外出狩猎,夜里醉卧在哈达河边的一个花奴家。这花奴是专为万罕养花的。花奴的老伴去世的早，只留下了一个女儿，叫依尔哈格格①。依尔哈格格当时年仅十四岁，长得水灵俊俏。万罕一下就喜欢上了她，要召她入宫。依尔哈格格舍不得丢下与自己相依为命的阿玛，执意不肯。万罕非常生气，竟命护卫把花奴绑在柱子上，然后在庭院中铺上豹皮轻褥，再把依尔哈格格扒得精光，四肢绑在几凳上，最后把众卫士轰到院外守护，让花奴眼睁睁地看着爱女被万罕蹂躏。一连三夜，老花奴气得咬碎舌腮，两眼鼓出，暴怒昏厥而死……

老花奴死了以后，依尔哈格格被捆入宫，住进了"柔香斋"，供万罕夜夜蹂躏。不久后，依尔哈格格有了身孕，万罕便让她住进了内宫。九个月后，依尔哈格格生下一子，名叫唐古鲁。依尔哈格格虽然为万罕生了孩子，但她时刻不忘老花奴临死前那愤怒的眼神。依尔哈格格茶饭不思、悲痛欲绝。在生完孩子不久，依尔哈格格趁女官、卫士不注意，把剪刀插进自己的心脏，自杀了。

依尔哈格格死了以后，唐古鲁因没人照顾，所以他没像其他几个兄弟一样与自己的额母住在一起，而是一直住在内宫，呆在董尔吉妈妈身边。

这个唐古鲁继承了依尔哈格格的基因，长得貌美英俊。等到他十二三岁的时候，已经出落成了体格健壮、风度翩翩的美少年了。由于唐古鲁从小到大一直呆在内宫，常与万罕阿玛的众妃嫔在一起嬉戏，有这些寂寞难耐的妃嫔们勾引、调戏，他这时候已经懂了风情韵事。

万罕的众妃因平时难有男人乘御，有这样一个年轻漂亮、体格健硕的小牛犊，就像是久旱遇甘露的土地，自然是争相饱饮，尽享空寂之欢。

后来，万罕娶了小爱妃温吉格格，她是叶赫国的长公主，美貌比过比牙格格（月亮娘娘）。可惜老万罕爱花却不能侍花，早为淫荡的温吉所怨。巧的是，宫中有个小贝勒唐古鲁与自己年岁相当，而且身强力壮，两人渐渐勾搭到一起。唐古鲁非常喜欢这个淫荡无比的姨娘，早忘了众嫔眷，夜夜只伺候她一人。两个人一有时间就在一起偷欢，只有万罕蒙在鼓里。

一天晚上，万罕正睡在温吉格格帐中，忽然感到脚下有东西在动，他大吃一惊，忙起身坐起，惊呼："谁在那里？"并下地拔出挂在帐中的

---

① 依尔哈格格：满语，鲜花公主，汉语名字为花娘。

腰刀就要刺。

温吉格格急忙拦住，说："罕王，不必大惊小怪，是我养的玉狮猫。"说着，果真从被窝里抱出一只长毛狮尾猫。

万罕见这只漂亮的狮尾猫，放了心，才又接着躺下睡觉。他哪知道，这是温吉早就想好的妙招，来专门对付这个老东西的。

原来，这几日万罕偶感风寒，身心疲惫，没到温吉这里过夜。温吉一见，高兴坏了，忙把唐古鲁留下来过夜。两个人正在一起缠绵，忽闻万罕驾到。唐古鲁逃不出去，就钻到了床帐下面。万罕年纪大了，再加上有病，跟温吉相欢过后，筋疲力尽，很快就睡实了。

等他睡着以后，这小唐古鲁忍不住又爬出来了。其实刚才万罕跟温吉同房的时候，他在床底下听到温吉呻吟声时，就已经憋不住了。唐古鲁迫不及待地拉着温吉到万罕脚下恩爱。两个人情爱正浓时，惊醒了睡熟的万罕，这才有刚才的拔刀举动。

谁知聪明的温吉早有准备，她先在帐中养了一只从京师买来的玉狮猫，解了她和唐占鲁的云雨之难。

在温吉格格的温柔乡里，万罕非常信任这个唐古鲁，这使虎尔罕异常嫉恨，兄弟多次剑拔弩张。父子争妻，变成了兄弟相嫉。

话说万罕将备御大权交给了王杲。王杲得封，觉昌安父子、王兀堂夫妇均受王杲管辖。而此时女真人已经达爷成千，扈伦成百，出现群星争斗的局面。势力最强的是哈达部，王兀堂部仅次于王杲部，叶赫稍优于王杲部。

觉昌安父子原与王杲阿玛多贝勒关系不错，他们之间常有交往。王杲自领苏水西域做魁首后，觉昌安父子还算听话；可兀堂夫妇却总想生事，特别是王兀堂，他总想跟王杲比试比试。夫妻两个夜里对坐商议，兀堂之妻乌龙格格与兀堂相比，还算是比较聪明的，也比兀堂有头脑。

王兀堂有个最大的短处，就是目光短浅，而且极其爱小。乌龙格格多次劝说："畏根哪畏根，千万别占王杲的便宜，他的便宜可不好占哪。他是一只坐地虎，眼睛尽盯大个的。你要是占他几垄地，拐走他几匹马，他不跟你计较。要是多了，早晚是个账啊。"

乌龙格格说的是真对，王兀堂确确实实就栽了这个爱小的跟头。在一个暴雨雷鸣的深夜，王兀堂正在饮酒庆祝自己才从王杲的地界悄悄划过来一片饮马塘，王杲的黑马神兵就杀过来了，只一个时辰的功夫，就连踏兀堂七寨，杀奴卒数百人，掠走牛羊数百头。兀堂做梦都没想到，王杲的黑马兵会这么厉害，吓得连声都不敢出，乖乖称臣。

开始的时候叶赫部也不服王杲，后来他们见王杲和解了万罕父子的相争，而且自打温吉格格嫁给万罕后，万罕对叶赫部倍加关照。叶赫部也开始扩大地盘，建兵立寨，生活渐渐富庶起来了。清、杨二努非常高兴，一致称赞王杲能力超群，也都听从王杲的调遣，王杲的管辖范围迅速扩大。

王杲有个特点，他打仗的时候，喜欢将被抓来的老弱男子杀死；壮者当奴才；幼童养育于寨内，长大以后做奴才；而被抓的女子则不同，她们被全部收养，这其中汉女、女真女均有。有些姿色的，王杲就留在身边，但因为王杲已经娶了东海窝集部突突布玛法的女儿亚嘎哈做老婆，所以那些留在他身边的女人，他也只能收为姜，有的收做义女。

说起亚嘎哈那也是非常有说的，她是东海窝集部人，悍勇、豪放、粗野无羁，令人胆怯。他俩是怎么认识的，这要从几年前的一次奇遇说起。

当年王杲从侠倡宫逃出，为了重振家声，需要广结天下豪士，有一次在开原马市闲游，正巧遇见明兵将佐六人，在搜查一个女真老叟装有金狐皮和白尖紫貂皮的皮囊，硬说老叟携带弓箭和匕首进入马市，违反了朝廷的禁令，还斥责他不该到开原马市，因为老叟的入市火牌是到抚顺关的，时间在阴历的逢五入市。借这个机会，几个人把老叟吊在钟鼓楼的女儿墙上，剥下皮裤打他的屁股，并把老叟的三桦篓大粒盐都扔撒到了地上，哈哈谑笑。

王杲是个仗义之士，最忌恨有人欺诈他人，每次遇到这样的事，他都不顾死活，拔刀相助。见有女真老叟受人欺负，王杲就要冲上去帮助老叟。他身边的勒吉红阿哥一把拽住他，叫他不要多管闲事，恐生乱子。

王杲把勒吉红往旁边一推，几步蹿上去，大骂明兵是强盗，竟敢在光天化日之下欺压老叟。说着说着，王杲跟明兵就交上了手。

勒吉红等人见王杲动手了，他们也不能在一旁看热闹啊，跟官兵也打到了一起。王杲打趴下十几个人，勒吉红等人也夺回了明兵手里的皮张，背起被打得半死的老叟，放到黑马身上。王杲见差不多了，吹了一声口哨，策马从围观的人群中穿过，离开了集市。跟随他的勒吉红等人，打伤了几名追赶他们的官兵，一行人就这样逃走了。

马市当时就乱了，明兵倾巢出动，缉捕王杲。总兵府又贴出告示，说王杲刀砍朝廷命官，有伤大明国威，杀无赦！活捉王杲者，赏大银五十两。

再说王杲救出老叟，骑马走了一段，后来到一片杨树林中。王杲放下老叟，见老叟下半身鲜血淋淋。王杲采来一些草药，用嘴嚼碎，给老叟敷上，然后又把自己的内衣脱下来给老叟盖上。几个人重又把老叟放到马上，一直驮回古埒城。

由于老叟受的只是皮外伤，所以恢复的很快。

这期间，王杲经常去看望老叟，询问老叟的伤情，也了解了事情的来龙去脉。

原来，老叟名叫突突布，是东海窝集塔墩部落的贡使，到开原马市给部落换些生活用品。没承想，被明兵发现了装在皮囊里的金狐皮和白尖紫貂皮。这些人哪见过这么好的兽皮，便想据为己有。他们借故突突布皮囊里有弓箭和匕首，而且又说突突布的火牌不对，便来抢夺突突布的兽皮。此事恰巧被寻将到此的王杲撞见。王杲全力相救，突突布幸免于难。

七日后，突突布伤病痊愈，跟王杲告别，并真诚相邀王杲等人去窝集部做客。王杲命勒吉红把突突布护送回窝集部。

其实王杲在结识突突布之前，对窝集部就有耳闻，相传那里由于交通比较闭塞，久栖海边，冬天的天气也不是那么寒冷，所以人们都喜欢裸露着身体。女人以露乳为美，男人以露阳物为美；后来他们跟外界有了接触，也逐渐地开始穿衣服了，但即便是穿衣服，也只是遮挡住阴部那一块，其他地方也还都裸露在外。窝集部的男、女都甚剽悍勇猛、粗犷豪放。王杲朝思暮想，想亲眼见到这世间的奇事奇物。

王杲应邀去东海窝集部做客，窝集部热情接待，敬为上宾。

一天酒后，王杲到林中赏窝集林海松涛，听东海山崖竞喧。正听的入神，忽然从树枝上、草丛中、花堆里，忽拉拉飞出一群像喜鹊一般的妙龄怪女。

王杲这回可大开了眼界。这些女子头上全戴着野花做成的花冠，上身无布无皮，双乳坦露丰润，下身一小块虎皮围腰。赤腿赤脚，脖围大银环，手串小铜铃，把个王杲都看傻了。

这些女子第一次见到王杲这样的装束，都觉得怪诞，而且王杲长得又英俊，白袍罩身，就像天宫神童下凡一般。

众女子呼啦啦上前将王杲抱住，不管王杲怎么挣脱，也是无用。她们把王杲硬生生拉到一个野百合花的花丛中，交给一个打扮得特别美丽的年轻姑娘，看样子是她们的头人。她们帮这女子把王杲衣裳一件一件扒下，扒一件，看一件，接着又往里扒，一直扒到精光为止。

王杲本是名武将，无奈在这堆艳妇中没有用武之力。她们这个摸，那个拽，这个用手掐，那个用脸贴的，甚至骑到王杲身上，把玩他的阳物。那王杲本是色中狂夫，又是女真人，故此也不为所羞。

等众女人都赏玩够了，女子们的头儿才用手中的刀赶散众野女，她自己爬到王杲身上，两人交融，游入新天。虽然他们言语不完全相通，但却两情相融、恩爱无比。

王杲在窝集部呆了一个多月，除了跟突突布的女儿相合外，还禁不住众女子背着头人女子的监护，暗里调情挑逗，与另外野女十数人相合过。

据传王杲走后九个月，窝集部先后产下一批孩子，他们都称王杲为父，因"王杲"之名是汉官给起的，"王"姓也是汉人的姓，这些野女记不住，只记得"杲"字，便给孩子起名叫"杲罕氏"、"古罕氏"、"古鲁罕氏"、"古鲁氏"，均与"杲"谐音。

王杲为了传播女真语，还在东海窝集部留下几名兵卒，后来东海窝集部流传开来的"王杲文"，"王杲语"，均为这时所留。

王杲走的时候，亚嘎哈一心要跟着王杲。王杲只好把她带回古埒城，娶进家中，尊称"大妃"。

大妃性格彪悍，豪放直爽，王杲发迹她出了不少力。东海的众野女有的跟她一起到了古埒城，她们为王杲建业立下汗马功劳。王杲给这些人起名叫"娘娘兵"，大妃亚嘎哈是娘娘兵的头儿。

"娘娘兵"平时身披白纱绢，骑马操练。打仗的时候把白纱绢脱掉挂于马上，马奔跑起来的时候白纱飘曳，似白云片片，白云上面赤条条的裸身女子似神仙下凡。她们一个个装扮艳丽，头上插着鲜花，两耳上各戴四个银环，脖项上、手腕上各有三道金色小铜铃。每当神女降临，先可听到一片嘤嘤悦耳的铃声，若仙乐飘荡。娘娘兵身上均佩戴香囊荷包，策马驰过的时候，留下一路飘香。

说实话，不用说敌人见到这些娘娘兵迷魂忘战，就连王杲的部下有时也垂涎三尺。无奈王杲军令森严，斜视娘娘兵者，将被赤身绑于墙上，由娘娘兵一刀一刀凌迟处死。

隆庆初年，大妃死于乱军之中，留下一子即阿台贝勒，豪情彪悍极似其母。

罕王努尔哈赤起兵攻打东海窝集部时，这些长大成人的孩子非常悍勇。被罕王捉到以后，详查其族源，才知是额母家族的后裔。罕王倍加器重，赐以官爵，加以抚慰。这是后话。

嘉靖三十六年夏季，王杲占得苏库素护河下游五寨，夜宿翁耳堡。此地当时属明朝巡边固守之域，明朝最忌讳女真人马犯边，年年都派官兵清寨逐房。当时明朝对女真人也真够狠的，他们清寨的时候常常是血洗，不论男女老幼，抓到之后统统杀掉，一个不留。

开始的时候，明兵把人杀了以后，割下头颅，向上报功，裸肢挑于高竿，名曰"赏皮影"，以此来恐吓女真人和那些不听话的人。后来杀的人太多了，拿着头颅来回走也不方便，这些人就不割头颅改割耳朵了。他们用麻丝把耳朵串起来，挑在车上。报功的时候，朝廷以耳朵的数量来划分奖赏等级。尤为发指的是，有的明兵竟将男女阴阳物割下，双双擎吊于风中，名曰"鞑子鞭"。还有的将女性乳头割下，摆到地上，以此数来计算杀戮女酋的数量。除上述这些被杀的，还有断一臂、断双臂、断一足、断双足、剜眼、断舌等酷刑，有的甚至更惨，其惨状还不如被杀的好。

夜里，王杲于亚嘎哈对酒聊天。当王杲讲到明兵对女真人"曝皮干鞭"一事时，亚嘎哈大怒，拔刀欲往，被王杲抓住。王杲苦苦相劝，亚嘎哈这才答应王杲不去报仇，但怒火却始终萦绕心头。

这一日，夫妻俩乔装改扮，穿上汉服，北上到了边塞，赏看明朝集市，其实王杲的目的主要是去找寻良将。以前明朝为了控制辽东的女真人，除了不允许女真人自由进出汉地以外，就连汉人也不允许自由往来。现在明朝对边汉人管的不是那么严了，他们可以出城四十里，打柴、狩猎、野游，而且有明兵保护，所以集市上人比较多，再加上明兵悬挂的这些战利品，招来不少好奇之人，他们像苍蝇似的聚拢过来。

王杲夫妇混在人群中。王杲自小在汉家长大，举止行为与汉家无异，丝毫看不出一点破绽。但是亚嘎哈就不行了，你想啊，她从小在林子里中放纵惯了，走起路来像野马似的，冷丁一下给她穿上彩缎丝裙，贴金丝的香罗飘带拖拉到地，头上的云髻银簪晃晃摇摇地，直打眼额，大脚丫子穿双小绣鞋，有如野猫啃脚，一点一点的往前蹭着走，贴身的内衣紧裹着身子，热汗出的身上似有百虫蠕动，这个难受啊！

尽管王杲和跟随的女奴不停地在她耳边小声叮嘱："迈小步，迈小步。"但当亚嘎哈见到血中的女乳头，黑干的男性阳物时，她终于忍不住了。

亚嘎哈"嗷"地一声暴跳起来，撕开衣裙，露出护乳熊皮和鹰羽短裙，一双整脚的绦花鞋踢向空中，光着熊掌脚，赤着臂腿，双手短刀一摇。早吓傻了众汉民，他们哪见过这样的女子。汉民们捂着眼睛的、吓跑的、呼喊的，像遇到恶虎一样四散奔逃。

王杲和暗里护送的众卫士们，只好拿出了隐藏在各处的刀枪棍棒，砍倒几个看守女真尸首的明兵。等大队的明兵赶来时，他们早打碎了栅门，抢走了竿上的僵尸和一挂挂男女阴物，骑上黑马，一溜烟儿地不见了踪影。

回到古埒城以后，王杲命众将卒按女真人的礼俗，火化了尸体和阴物。把骨灰装入土坛中，埋于河滨，称之谓"干肉坟"。

王杲后期的时候，女真人的尸体屡屡在此入葬，人们在夜里常能听到鬼魂哭泣的声音。萨满奶奶受王杲之托，到这里来跳神、上香，安抚这些无名无家的女真冤魂。

在古垎城的西侧，有一个寨子，叫三里堡。这个三里堡隶属于明朝的地界，有明朝安置的哨卡，卡子里的人专门负责监视附近女真人的动向，这使得王杲觉得很不自由。

亚嘎哈一心想为畏根除去这眼中钉，肉中刺，便与王杲商量，由她率领娘娘兵，拿下这讨厌的三里堡，并打赌说："如果拿不下来，我就给畏根生十个孩子。"

尽管王杲知道自己沙里甘的能耐，但他还是有些不放心。临行前，王杲搂着爱妻，说："你写个字，我测一下吉凶，看看这次行动顺不顺利？"

亚嘎哈啃着狍腿大骨，说："我哪认识啥屌字。你敢戏弄我，小心我掐死你。"

王杲笑着说："不用你写字，你只要身子动一动就行了。"

王杲说完，忙焚香，给西炕上的祖宗神龛叩头。

亚嘎哈见丈夫这般认真，笑了笑，随便用脚把王杲一蹬，说："你还当真了。"

王杲眼珠一转，立刻拍手大笑，给夫人半跪，说："祝夫人旗开得胜！"然后一跃而起，说："我去准备庆功宴。"

亚嘎哈不解，忙问："我还没迈脚呢，怎么能说赢了呢？"

王杲说："你一动脚，汉字系一'足'字，下有一人家，这就是说你将'人'踏于脚下，如入无人之境，能说不是旗开得胜吗？"

亚嘎哈非常崇拜自己的畏根，她开心的大笑起来，两人相握而别。

亚嘎哈初用娘娘兵，就在这三里堡。

据说这娘娘兵一个个赤身裸体，手持兵刃，身绕彩丝，出现在明兵面前。娘娘兵一出，明兵们都看傻了眼，他们哪见过这个，更没见过这么打仗的，七魂一下就被勾走了五魄，早忘了手中的兵刃。再说遇到这么漂亮的女人，哪还舍得下手？等明兵醒过腔来，娘娘兵早手起刀落，砍下明兵的头颅。其余明兵见状，立刻四处逃散。王杲连得塞外三寨。

开原游击张三夜，是个有名的好色之徒，汉家女、女真女被他糟蹋的数不胜数。只要是被他抓住的女人，他就要连睡三夜，三夜后或杀或卖。张三夜出征专抢美女。他帐下的官卒也跟他一样，欺男霸女。特别是那些被抓来的女真少女，把她们糟蹋完后，就卖到大明城内的富庶人家当丫头，或者卖到窑子里当妓女。这些女子背井离乡，好管教，死了也没人催逼抵命。所以，女真女子的卖价高，黑话叫"卖野鸡（妓）"、"尝野味"。

张三夜听说东海窝集一带有这等便宜事，就想饱饱眼福。他急切地叩见府承大人，说自己愿领兵征讨。府承大人准允，张三夜率领亲兵二百出寨，专门寻觅"神仙娘娘"。

俗语云："上梁不正下梁歪。"

张三夜的兵勇跟他一样，听说将要随主将讨伐王杲之妻窝集女酋，也以为可以捡到了大便宜，相互喝采祝贺，盼望能抓到一个天降神女，过过艳福。可谁知，当他们走到有野老鸹窝的榆树林中的时候，突然从背后刮来了一股凉风。凉风过后，一群骑马的娘娘兵就到了。没等张三夜和他的兵卒们瞧着艳景，就觉得脖了上一凉，到依尔门罕①那儿报到去了。二百多兵卒就这样稀里糊涂地全部被杀，陈尸荒野。

此后风传窝集"女怪"专索汉人性命，吓得抚顺、朝阳两地官员大惊失色，不敢出城。

王杲大宴众女杰。

嘉靖末年，李成梁起兵讨伐王杲于古埒城。大兵三千，将古埒城团团围住，连攻十日不下，双方僵持着。后来王杲想了计策，将黑马神兵隐藏于林莽中，又找来女子百人，最好是处于经期中的。古代素有遇女经女阴者生霉事。让这些女子全部脱光衣服，站在囚车之上。

这时候明朝已经有火炮了。据传火炮最怕见女子的经血阴物，只要见到，炸药就会在弹膛炸开，所以明将一见脱光的女人站在车前，吓得四处逃散，不敢点引信放炮。这时，王杲的黑马队杀了过来，官兵死伤两千余人。

王杲攻蒙古西番兵的时候，也用了这些娘娘兵。

蒙古西番台吉率领的兵马那真是凶猛异常，无人敢敌，而且西番兵下手也真狠，他们经过的地方常常是马过一片光，人死物光。可是当他们见到这么多赤条条、貌似天仙的娘娘兵的时候，都看呆了。他们一个个光想着去抢女人，哪还有心思打仗。

王杲的黑马神兵趁机大举进攻，打败了西番台吉，直冲科尔沁八百里瀚海，主要靠的就是这些娘娘兵。

---

① 依尔门罕：满语，阎王。

王杲为了扩大自己的势力，常把自己的爱女分赏给他的属下部将，做自己的门婿。婚礼由女方家出资备办。成亲后，男方住在女方家安排的府宅中，属女方家中人，干女方家中事，这也是女真习俗中的一种——要姑爷。

门婿通常都是在每年的旧历八月十五日设的比武场上选定，凡王杲属下将佐卒役，都可以入场比试。

选婿之前，族里先挑出最美的少女五人，然后在比武场里搭好"月亮台"。这月亮台是王杲自任工匠，带着亲选的众位美女女儿，和自己可心的匠师，在共同选定的山坡上两棵钻天古松之间，盖起的二层小楼，月亮窗建在小楼上层正面的中间位置。小楼要高过树梢，以便地上的人们透过月亮窗仰视天上的明月由东向西经过的时候，视线不被遮挡。月亮窗平时有两扇长长的黄纱遮掩。

选婿的时候，黄纱取下，待选少女坐在月亮窗中，怀中各抱一只养熟的喜鹊，在高台上放飞。参赛者要在场内指定的范围内骑马放箭。箭要那种钝头小箭，专射喜鹊的翅膀骨环。喜鹊中箭落地后，要在马上返身抓起伤鹊，端正骨环，放飞。喜鹊飞回女主怀中。射中者可身披红彩，到月台上去挑选自己中意的女子，扶下成婚。此环节戏称为"打喜鹊"。

比武不仅要比打喜鹊，还要比马上箭。马上箭分一马一箭、一马三箭、一马五箭、一马七箭、一马九箭。一马一箭我想诸位都能明白，就是参赛者骑在飞驰的马上一箭命中目标，这一点作为一般的参赛者都能做到。但一马三箭和一马五箭乃至一马九箭就不一样了，特别是一马九箭，要求参赛者不仅要手疾眼快，而且要臂力过人，否则马已驰过，而箭发不出去，或者箭发出去射不着箭靶。

觉昌安的四儿子塔克世来参加选婿比赛，不仅他来了，他的兄弟礼敦也来了。礼敦贝勒因打虎围受了箭伤，正在家休养。但因为塔克世要参加射箭比赛，所以礼敦虽有伤，但挂记弟弟的亲事，也来了。在他的指点下，塔克世射中喜塔喇氏额穆齐的白膀花脖喜鹊，独占鳌头。

说来奇怪，塔克世选得的少女，也是王杲的义女，被称之为喜塔喇氏额穆齐。额穆齐，意即第一个丫头。这额穆齐温文聪慧，姿色秀美。王杲甚为喜欢。

因额穆齐貌美，所以这次选将才门婿，被定为"五仙女头名"。事也凑巧，偏偏觉昌安的儿子塔克世夺魁选中。此事，大明嘉靖三十七年事也。

单说塔克世得了貌美娇妻，到了晚上，夫妻双双夜宿府内，甚是恩爱缠绵。不料想，塔克世与额穆齐虽然相爱，却不能同房。额穆齐非常痛苦，啼哭不止。塔克世也伤心哭号，闷闷不乐。

塔克世郁闷了十几日。他找到王杲，请他帮忙想想办法。

于是，王杲杀了乌牛白马，并请来萨满跳神，连跳了九天九夜。即使这样，塔克世仍进不了额穆齐的身。

王杲无奈，夜到苏库苏护河，跪地叩头，卜问神灵。但无论王杲怎么求卜，均不显卦象。王杲不解。

时月朗星稀，河面乌鸦阵阵，人们隐约看到从远处驶来一条小舟，舟上坐一人。到近前大家才看清，舟上之人乃是古埒城内年已七旬的大萨满。

塔克世便将自己连日来心中的疑问合盘讲给萨满师傅，请他指教。

老萨满沉思片刻，说道："将军，神灵告诉我：此女被阿布凯恩都力封身，要想破她的身，你必须到郭勒敏珊延阿林①寻找古洞。这个古洞中有一只巨蟒护着一株千年古参，你要杀蟒夺参，熬汤给额穆齐喝下。"

老萨满说完就无影无踪了。

塔克世明白这是天神在点化自己。于是，他辞别爱妻，携宝刀入山，历尽了千辛万苦，遇虎不退、遇水不怯、遇蛇争斗，终于找到了大山洞，力杀凶蟒，夺得宝参。

塔克世把古参带回家熬汤，刚给爱妻喝下，额穆齐的骨头节就发生了变化。夫妻从此如胶似漆，恩爱如蜜。

额穆齐终于有了身孕，但孩子在额穆齐的肚子中呆了十三个月，也没有动静；眼看要到十四个月了，仍没有生产的迹象。额穆齐疼痛难忍，受尽煎熬，几次昏死过去。

---

① 郭勒敏珊延阿林：满语，长白山。

觉昌安无奈，决定按女真人大山躲病之俗，把她送到山里去。

赶爬犁的老玛法见额穆齐可怜，不忍心额穆齐母子就这样被活活冻死，便依照额穆齐所求，给她搭了个小窝棚，并留下五张皮子。额穆齐千恩万谢。

老玛法走了，只剩下大腹便便、奄奄一息的额穆齐。此时，天色已黑，天上下起了鹅毛大雪。风雪中，跑来了五只老虎。额穆齐吓坏了，她顾不得疼痛，挣扎着往前爬。可此时的她已经筋疲力尽了，浑身没有一点力气。不料想，这五只老虎来到额穆齐身边，并没有伤害她，而是头朝外尾向内趴在了额穆齐的四周，守护者额穆齐。紧接着，又来了一群土貉子，它们盗走了额穆齐铺的熊皮褥子下面的积雪，并围着额穆齐，用身体温热着昏昏沉沉的额穆齐。

这时，天空中飞来三只雄鹰，它们在额穆齐的头上盘旋着、鸣叫着。额穆齐不疼了，渐渐地，竟伴随着雄鹰的鸣叫声睡着了。

就在额穆齐睡熟不久，从西天又飞来一只大白鹰，扇着翅膀，盘旋在额穆齐的窝棚上。鹰眼锐利的光芒像白色的光柱一样，护照着额穆齐的胸腹。

只见大白鹰的嘴里吐出一道红光，额穆齐的肚子裂开了一道口子，孩子裂腹而生。

接着，大白鹰嘴里又吐出一道白光。额穆齐肚子上的伤口被白光一照，竟合上了。大白鹰飞走了。孩子哭叫着，在群貉中伸手蹬腿，扬着小手，呀呀唱叫。

当时，正是大雪天，额穆齐怕孩子被冻死，便脱下身披的野猪皮大衫，把孩子包上，抱了回来。这个神奇的孩子，就是后金国主——努尔哈赤。

此时是明嘉靖三十八年，已未年岁初。

在关于罕王的许多传说和萨满祭祀中，都传讲罕王爷是天上的鹰神降世。在这里，我们就不一一细说了。

故事要想接着往下讲，咱们还得先说说嘉靖三十六年的事儿。

嘉靖三十六年十月，王杲命身边最得利的虎将塔克世父子率领一彪人马，他自己率古埒城的全部兵马，趁明兵戒备疏忽，兵力分散，从两路飞马偷袭抚顺城，掠得近百匹马市的骏马，抢得辎重十余车，获得大捷。

当时，抚顺守备王文洙仗势自己兵强马壮，根本没把王杲等人放在眼里，认为那些女真人都是一些山野莽夫，是一群乌合之众，不敢突袭他精兵护卫的抚顺城。此时他正和自己心爱的五个抚顺娼妓干着风花雪月之事。不料想，就是这些不起眼的乌合之众突然之间从天而降，夺去了他的性命，到死他都不知道谁是他的索命鬼。

抚顺被袭，使明廷大震。王杲这个辽东悍匪，引起了朝野上下的惊遁和惧怕，王杲名声大震。

进入嘉靖三十八年，王杲更是鹤立鸡群，成为大明朝的众矢之的。从皇上到各部大臣，都谈杲色变，辽东更有天塌地陷的耸人传闻。

明朝和辽东巡抚拨下丰硕的帑银，封赏将士，凡攻伐王杲有功者，不分大小，皆得赏赉。

单说抚顺守备王文洙的好友王国柱副将、把总温栾，自从酒肉兄弟王文洙死后，他们少了一个抢男霸女的头领和谋士，也不能再肆意贿赂朝廷官员，勒索民财，他俩便自报奋勇，讨得辽东巡抚的信任，被委任为浑河支流——上夹河的行营守备，掌控兵马三千，与王杲部形成对峙之势。

当时，抚顺、沈阳、辽阳呈三角之势，这是明朝抵御兵力日渐强盛的王杲的最佳形态，这三阵互相拱卫、互相支援。这王国柱和温栾所在的上夹河正是这三城的前哨，形势险要，是兵家的险要关隘。

王杲探得了王国柱等人的兵力部署情况，喜出望外。他说："朝廷这是聪明人办傻事，如果我们攻取三城，人单势薄，那是老虎吃天，无处下口。但此番他派出小小的一彪人马，窃据耳冲河，这简直是给我们送来一块大肥肉。"

王杲立刻叫来觉昌安等部将安排兵力部署，他要兵发上夹河，捣碎王国柱的三角之势。

于是，觉昌安遵照王杲的安排，在一个暴雪漆黑的深夜，身骑挂甲骏马，将士们各个拿着火把，风驰电掣般地冲上王国柱的前卫营。突然，一支毒箭朝觉昌安射来，眼瞅着就要穿进觉昌安的胸口，就在这千钧一发之际，一只神鹰从天而降，一下就啄住了射向觉昌安的毒箭。此时箭头已经划破觉昌安的衣甲，还未伤及皮肉，觉昌安躲过一劫。

这场大战，建州女真歼明兵五百，斩明将五员。

故此，王杲、觉昌安等人都认为这是神明在相助。正巧这时部落传来额穆齐喜生贵子的消息，王杲、觉昌安大喜。

额穆齐领着孩子在王杲府内居住。王杲常来光顾，对母子俩的照顾也非常周到。

塔克世见额穆齐生了孩子以后，姿色如前，且比以前更有风韵，心中思恋之情又如火炽。几年后，额穆齐又生下舒尔哈赤，也是裂腹而生，不走红门。

王杲和亚嘎哈十分疼爱自己的外孙——小罕努尔哈赤。他从小在姥爷家长大，深得王杲之喜爱。

额穆齐因在月子中受邪风患魔症。这魔症说来也怪，只要稍微劳累或心中不快，就容易犯起癔病，其症状表现为喜漫游，而不知返舍。王杲一再叮咛家人，务必要看好她们母子俩。

单说这一日，正逢盛夏，众奴才忙于洒扫院庭，无暇照看额穆齐。不知什么时候，额穆齐抱着努尔哈赤疯疯癫癫走出寨门。一时间群雀竞鸣，黄狗长吠，犁牛入河，鱼蛙闹水，惹得院中人一阵警觉，大家赶忙找额穆齐母子，可找遍府中犄角旮旯，也不见娘俩踪影。府上顿时大乱，全府上下，男男女女、老老少少、内庭外院的人全跑出来了，大家都知道她疯迷不定，神智不清，而努尔哈赤是外祖父王杲的心尖儿，爷爷觉昌安玛法的眼珠儿，每日里若众星捧月般地伺候，他若有个三长两短，举寨谁可担承？整个寨子里的人都慌了神了，都跑出来寻找额穆齐和小罕。

伺候小罕的女奴们吓得魂飞魄散，泪珠儿一串儿串儿的往下流。慌乱中，人们忽然听到空中百鸟鸣叫，众人寻声而去，行至山下柳林河滨，眼前情景令人目瞪口呆，只见额穆齐睡卧在河边的江石上，上身赤露，隆乳濡水，酣声如雷。小罕努尔哈赤一个人在水汀深处，小手拍拍，小脚蹬蹬，嘻嘻笑望岸上，玩水正欢，可吓坏了从远处气喘吁吁跑来的众家丁、众女奴……

说来奇怪，只见小罕在水中轻若游鱼，行动自如，没有半点怕水的迹象。几个会水的家丁跳入河中，踩水把小罕抱起。小罕哭闹不允，他张手指河，众人才发现水汀中有神龟一只。难怪小罕不沉水底，其原因是伏在龟背上。众人再俯视水中，巨龟随即不见。

眼泪纵横的大罕王杲来了，他二话不说，就把外孙子努尔哈赤一把抱到怀中。

后来，王杲福晋亚嘎哈来了。她从王杲怀中把小罕抢抱过来，又是亲又是啃……这是小罕努尔哈赤出生不久发生的事。

话说王杲自得志，顶了虎尔罕贝勒，将备御大权弄到手，成为女真各部之魁首，令旗令箭一拿，谁敢不听，谁敢不服？

单说铁岭东南有个三岔堡，是兵家必争之地。土寨石墙，由降明女真人约郎哈大将镇守。这约郎哈武艺超群，原系万罕家里的内庭护卫，对万罕尽忠尽职。万罕见其箭法和铁鞭招数不凡，特保荐于明廷，在明铁岭卫所做千总，后晋升为游击，又升备御，镇守铁岭东南门户。

这约郎哈六亲不认，见钱眼开，谁给的礼厚了，钱多了，谁就可以进铁岭互市；要是给的礼薄了，你就是亲额莫也休想过关卡。

王杲想要占领铁岭，打开通往开原的大门，不收服三岔堡石寨根本不行。可是，怎么治服约郎哈呐？王杲想来想去，有了主意，他决定打着万罕的令旗，以防范蒙古图门罕的名义，进入三岔堡。

这天，王杲的大兵浩浩荡荡来到三岔堡，在城下叫门。约郎哈一见有万罕令旗，立刻开城相迎。王杲令勒吉红、徐逊率兵将土寨围住，自己只带几名嘎什哈进城。互相寒暄过后，约郎哈摆酒相迎。王杲多会说呀，把个约郎哈说的是忘乎所以、五迷三道的。王杲还不停的劝酒，约郎哈喝得酩酊大醉。

到了晚上，王杲的部下杀了城内守城的明将，贴出了反语，并将万罕赏给约郎哈的两个爱妾也杀了，就连约郎哈平日喜欢的各种武器、兵刃，也全被翻了出来。王杲连夜修书给万罕，密告约郎哈谋反，杀了明将和你赏的爱妾，并且把反语和蒙古图门罕的两只箭送上，以证明约郎哈与蒙古串通。万罕大惊，急忙传令王杲代为惩治。

王杲接到万罕的密令以后，找到约郎哈，把万罕要除掉他的意思跟他说了，并申明明廷奢侈糜烂、骄纵腐败，万罕狡诈凶残，生性多疑，如果你长久的依靠他们，势必有被灭掉的可能。识时务者为俊杰，你不如随了我，咱们一起共谋大计，重振苏水女真之雄风。

约郎哈见大势已去，知道自己惹怒了明廷和万罕，已经没有退路了，只好跪地叩拜王杲。三岔堡石寨随即成了王杲的寨子。

三岔堡的东面是牛儿滩寨，寨主名叫多木噶，也是万罕属下的一员猛将，有万夫难敌之勇。多木噶手使一把铁飞叉，能刺穿双虎。

据说他小的时候，在长白山打猎，见路旁有一病饿昏厥的老妈妈。心地善良的多木噶忙解下新打来的狍子，割下狍子头，取出狍子热血，给老妈妈喝。老妈妈喝完狍血，精神好多了。老妈妈说："孩子，我老了，走不动了，你把狍子留给我吧。"多木噶二话没说，欣然把袍子给老妈妈留下。

过了几天，多木噶又进山，打到一只獐子。回来的路上，多木噶又碰到了那位老妈妈。老妈妈又要去了他的獐子。两次打到的猎物都被老妈妈要了去，多木噶还得去打猎呀，这次，多木噶打到了一只黑熊。多木噶扛着黑熊下山。走到半道，又遇到那位老妈妈。没想到，老妈妈见到多木噶扛着的黑熊，竟放声大哭，说："你把我儿子打死了，我还怎么活呀？"

多木噶疑惑不解，呆呆地瞅着老妈妈，没明白是怎么回事。

老妈妈哭了一会儿，打个咳声，说："咳，算了，你救过我两次，我也该报答你一次了。这样吧，你回去把这熊胆、熊肝生吃了，算是我感谢你的救命之恩。"

多木噶还是没领会老妈妈的意图。

老妈妈接着说："我是千年的熊神，领着儿子在长白山修行，现在儿子死了，我也该走了。"说完，老妈妈消失不见了。

多木噶这才如梦方醒。

打那以后，多木噶力气大涨，他能将铁飞叉抛过两个山头。王杲早知多木噶大名，加派兵力进兵牛儿滩寨。多木噶自恃力猛无敌，宁死也不肯归降王杲。王杲兵将一连打了数十日，也攻不下牛儿滩寨，

这天傍晚，王杲心情烦闷，他信步走出大帐，走着走着，前面是一片桦树林。王杲刚走进树林，便遇到一位采蘑菇的老妈妈。老妈妈招呼王杲和她一起采蘑菇。王杲正想释放一下心中的压力，便帮老妈妈采起了蘑菇，采呀采，采到半夜了，也没采满一筐。

王杲感到奇怪，问老妈妈："这筐咋这么大？为啥装不满？"

老妈妈说："别看筐大，谁也治不了，你要是把筐吃了，筐就再也不大了！"

王杲听了半天，也没听懂，他正琢磨老妈妈话里的意思，老妈妈突然不见了，桦树林也没有了。

王杲发现自己正坐在大帐外的熊皮帅椅上。王杲多聪明呀，他立刻

就明白了。对呀，多木噶是女真语，汉语的意思就是桦皮筐，这是神人点化我，叫我给多木噶送桦皮筐，只有桦皮筐才能降住多木噶。

王杲忙命人采了一些蘑菇，用桦皮筐装着，派使者送入牛儿滩寨。多木噶见到这筐蘑菇，心里一惊。他想起就在他生吃熊胆那夜，也有一位老妈妈送给他一小筐蘑菇，并嘱咐他："日后你若见到同样的一筐蘑菇，那便是阿布卡恩都力前神童的化身，你要听他调遣，不得违拗。"然后老妈妈就不见了。

这么多年过去了，多木噶常回忆起小筐之事，但始终未曾相遇。今日得见桦皮小筐，多木噶又惊又奇，打听来使，知是王杲所派。多木噶忙令开寨门，迎请王杲入室，拜见，升王杲大旗。

牛儿滩寨西十里有加奇石寨，寨主叫百林布，也是万罕手下一员大将。百林布的女儿聘于万罕为嫔妃，故万罕非常器重百林布，命其镇守西疆，远控铁岭诸地，助明廷安抚边患。百林布立过不少战功，斩杀蒙古图门罕部下首级六十，得备御之职，妻子被明廷封为三品诰命，甚是殊荣。

王杲自得三岔堡、牛儿滩寨后，又假借万罕之令，兵发加奇石寨。这百林布与约郎哈不同，他虽见万罕令旗，但仍不肯开寨门。因万罕事先与他有约定，不见万罕和虎尔罕面，谁来都不要开城门。

这万罕也是极端奸诈狡猾之人，他虽将西域大权交给王杲，但心中对王杲尚存戒心。故此，王杲虽有万罕令旗，但百林布就是不开寨门。约郎哈、多木噶两员大将为给王杲一个见面礼，率兵登城。二将熟悉城寨机关，多木噶飞叉更使城上守将胆战。故此，城门很快被攻破。王杲进城以后，杀了百林布全家老小七十余口，只百林布单身骑马逃走。

王杲乘胜前进，一连平了苏子河北岸数百里十七寨，又南渡苏子河收服数寨。王杲威名大震，飞豹大旗令数百里震慑。

万罕坐在侠倡宫中，听到探子传报，大惊。探子一天十报，都是王杲夺城平寨的噩耗。万罕正惊急中，丈人百林布不等通报，哭哭啼啼闯进宫，禀告三岔堡、牛儿滩、加奇石寨全被王杲所占。

万罕惊得从虎榻上滚落在地，被众婢女搀扶。虎尔罕在旁埋怨罕阿玛不识真假人，被王杲所骗。万罕身边有不少谋士，有个姓柳的文士，是尼堪人，进士及第，在万罕处当幕僚，管管文书典章事宜。

柳先生献计道："万罕千万不可用兵。王杲此时已非少年，他统辖罕王的西域五百里疆土，有兵卒数百，战将数十。罕已杀其父，王杲定刻记在心，若再动干戈，各部会倒戈相应，南北夹攻，哈达则不保矣！"

万罕听后惊慌不已，忙问如何整治为好？

柳先生说："要想收服王杲，唯有智取，不可用武。"

万罕就问了："先生所说的智取，到底是怎么个智取法呀？"

柳先生说："万罕与王杲同属女真，且与其父又有旧谊，若动武杀杲，必为天下人耻笑。何不假手除之，以平积怨？"

万罕不解，柳先生紧走几步，凑于耳边，小声耳语。

万罕听了心中甚喜，忙命柳先生拿过文房四宝，给辽东巡抚修书，讲王杲跳梁，边患又兴。哈达兵力不支，请明廷速命将佐东征，以绝酿患。

此时，忽然传报，王杲来使呈书函给哈达罕。万罕命人将书信呈上，使者送入驿馆安歇。

万罕展示来书，命通事诵念、释解。

书中王杲历陈数月来代万罕平叛治乱、安抚诸城详状，一一详介，历数各寨城丰欺男霸女，明服万罕，暗蓄兵戎，私铸印鉴，密藏汉女，与哈达争兵饷，暗资异己等罪状。杲为阿玛罕重托之任，寝不安席，食不甘味，抛妻舍子，宿露荒茅，天人共鉴！吁请万罕屈驾西行，亲睹诸城安居乐业之盛况，亲察贪小不忠之将的鬼魅行径，以正视听。书信写于疆场，王杲叩拜。

万罕见信，火气渐消，而且听王杲所言，觉得百林布等禀报为虚，王杲乃用兵奇才。

柳先生劝解说："王杲诡诈，不可轻信。"

万罕正迟疑难定，忽报：王杲派丁勇护十三车辎重金帛献于万罕，并有呈文一件。

万罕大喜，清点过送来的辎重，又读呈文。文中详禀王杲剿哈达之诸寨，剿得金帛十三车送归万罕。现各城百姓安乐如常，由新任之寨主镇守诸城，西疆众心归哈达也。

万罕最为贪财，得宝物就忘却了一切，心中更喜王杲，不少疑虑顿时全消了。书中又讲："王杲请万罕玛法，体察平西之功，代王杲向明朝讨封，正式荫封杲为都督。叩谢！"

万罕火虽消了，但提到封爵一事，心却一动，一时拿不准主意。

身边柳先生说："罕玛法，王杲诡计多端，千万不要轻信他的鬼话。依我看，这封讨杲的文书还是得上报朝廷。"

万罕老奸巨滑，既不想得罪明廷，又怕王杲势大，故而一面修书给大明，答应朝廷，自己一定对王杲严加防范；一面又修书给王杲，慰问他平西有功，并许诺为他请封。

只苦了百林布等丧家犬，家破人亡，寄宿于侠倡宫内，苟延残喘。

再说王杲自得了数寨，兵势更强，又趁生小外孙之机，在古埒城大办"百岁酒"，为小罕戴长生锁。王杲请来各部首领，明廷碍于面子，也派人祝贺。这可乐坏了觉昌安、塔克世父子，对王杲感恩不尽。

古埒、赫图阿拉两地大摆酒宴，古埒城更是热闹非凡。万罕派儿子虎尔罕带着厚礼前来祝贺，古埒城大贺三日，尽情而散。

说到此，众位一定要打听王杲爱妻——东海女酋亚嘎哈这些日子哪去了？她为何不见面？原来呀，东海女酋有孕，于冬月临盆生二子阿亥后，因王杲连续领兵夺寨，无暇照顾女酋，况女酋又喜欢吃东海窝集之肉食，便带着众女婢回东海窝集部将养身子去了。

额穆齐生产后不久，亚嘎哈因牵挂王杲，留下小儿，匆匆赶回。正巧遇上古埒城办"百岁宴"。亚嘎哈率众女将并带一车车飞龙、狍脯、鱼干等特产归来，喜坏了王杲。

话说虎尔罕到了王杲的古埒城，名曰贺子百岁，其实是奉万罕、柳先生之命，暗访王杲城寨，找出王杲反明之证据，以寻机惩戒。

王杲早猜到虎尔罕的来意，故意邀请他与自己同宿一帐。虎尔罕乘机盗得一支令箭，藏于内衣，王杲佯装不知。虎尔罕回哈达后，报于万罕，说自己在王杲处未发现异常，王杲"待阿玛如生父"，说完，从自己内衣里取出王杲令箭一支，交于万罕。

柳先生看后大喜，让万罕箭试王杲。于是，命虎尔罕部下十人穿王杲兵装，选黑马十匹，装成王杲属下部将，手执令箭，到勒吉红据守的古埒城西寨，命勒吉红速速带兵北上，夺哈达属下的那丹山寨。

谁料想，勒吉红见到令箭后，竟将持令箭的小将拦腰砍断，并大喝道："王杲贝勒有令，谁反哈达罕，神人共诛。贝勒令箭只当安抚西疆而用，不当攻城之用。攻城令箭唯万罕令旗为凭，尔等定系明廷细作，挑拨我们与哈达部的关系，巴图鲁们，给我杀！"

勒吉红骑上黑马，象旋风一样，带头杀来，众兵卒也包围上来，将哈达部化装来的十人杀死九人，只留一人回万罕处报信。万罕听后甚喜，伸拇指曰："王杲，是我股肱，真英雄也！"

王杲向万罕提出一定替他在大明皇帝前举荐，封他为都督，最小也得是都指挥使。万罕怕王杲坐大，成为自己的心腹之患，便表面应允，暗地里不但没替王杲求封，反奏告明廷要戒防王杲，称其有褚孔革、董山反明之心。

其实，万罕把大权交给王杲，实属他的欲擒故纵之计。他早派细作多人，密察王杲举动，只要发现王杲有反明举动，立即报于朝廷。虎尔罕本愚顽之人，他哪晓得万罕阿玛的计略，只是一味地暴吼不服，要发兵攻打古埒城、夺王杲的帅旗，被万罕发现，将虎尔罕缚于阶下，杖八十。

时过仲春，封赏之事渺茫，王杲非常生气。就在这时，忽听西域图门罕为迎娶哈达女，车轿如长蛇在渡浑水。王杲闻听大喜，忙派徐逊、咬乌郎、李指挥、李乔等选精兵八百，四百扮作明兵，四百扮作哈达兵，两路剿围车轿。

图门罕猝不及防，伤亡惨重。眼看就要全军覆没了，王杲率一彪人马杀了过来，逐退二路犯军，救下图门罕。王杲把图门罕和仅剩的几名护卫接入古埒城，厚礼盛宴款待。

席间，王杲阔论鼎足之势，言曰："欲守祖业，必联合起来以御哈达、防明兵。云聚则生惊雷，土垤则出山岳，盖力聚结而灭敌也。"

王杲说这话的时候，两位奴才抬上一方盘刚烹熟的整羊走近宴桌。羊肉散发着热气，肉香扑鼻。王杲放下手中的巨觥，用手将全羊从头到脚撕开，分给众位客人品尝，并说道："众英雄刚才见到的一只整羊，现在被我分解了头尾四肢，还有羊么？这就好比我们古埒城和你们蒙古西域，如果古埒与西域合兵，则能大显其威，无人敢敌；若分割拆散，互不相助，有朝一日终将被哈达、大明分割吞噬。大罕与我王杲还复存在吗？"

图门罕边啃肥羊边点头称道，从长满黑髯的咀上直滴达油。王杲在宴席上说说通了蒙古大罕，愿拨马队、骆驼队五百，听从王杲调遣。

于是，在大雨滂沱、伸手不见五指的黑夜，王杲除选本部黑马神兵五百单骑外，又带蒙古五百驼马兵，攻打浑河屯寨，斩明兵首级五十，民户八百人，掠入蒙古和古埒城。此嘉靖三十九年，庚申年夏事也。

就在王杲联合蒙古西域与万罕抗礼之时，兀堂夫妇回到五女山（又称兀喇山城），大兴土木兴建墙寨，开拓地盘，又因有万罕帮助，所以兵马数目很快增多，外有兀堂之勇，内有乌龙格格率领众门丁猛将日夜操练，兀堂势力日渐强大。

120

万罕怕兀堂被王杲控制，就用金衣美女拉拢兀堂，给兀堂纳粮草、纳银两，还派来三位汉使给兀堂做师爷（即幕僚），名义上是帮助兀堂出谋献策，实际上是万罕派出的三个暗探，是来监视兀堂的。所以王兀堂虽惧怕王杲，但心却向着万罕。

王杲这个人非常傲气，对于王兀堂这样的小部落根本不愿意去结交，更没把他放在眼里。所以，就在王杲联合蒙古时，王兀堂在三位尼堪师爷的筹谋下，又有万罕支持，迅速北进，掠得浑江流域之土寨十二处，建州暧阳附近之大片土地，均被王兀堂夺去。因此地原归觉昌安所属，觉昌安慌忙报于王杲。王杲此时正忙于与西域联兵，无暇南顾。他知是万罕怂恿，就把一腔怒火都对万罕而来，进一步逼压万罕封荫之事。

叶赫二努此时坐山观虎斗，也在积极的扩充兵力，操练兵勇。因叶赫出美女，于是二努便将杨吉努的女儿嫁给了蒙古扎萨克图罕的二儿子，两家结为秦晋之好。

王杲知道后，非常生气，一再对扎萨克图罕讲二努之妹乃淫妇，蒙古不要收叶赫女，收后必有大灾，并讲自己已卜算出杨吉努女儿乃狐妖，应该即刻用火焚烧。

扎萨克图罕闻言大笑，他不想得罪王杲，可内心却真喜欢美貌温柔的儿媳妇，所以只是点头应允，实际并未按王杲说的去做，

说起来蒙古与叶赫联合已经有一段历史了，褚孔革之所以被杀，就是因为褚孔革献美女于蒙古达拉逊罕王（扎萨克图之父）。达拉逊罕王得美女后，非常感激褚孔革，并与褚孔革联军反明，后被明兵击败。褚孔革被缚，枭首。

因此，扎萨克图罕与二努之间的关系是王杲所不能离间的。王杲虽然有气，但也无可奈何。后来王杲被杀，叶赫二努依靠蒙古之力重兴辽东，挥戈南下，直到罕王出世，才治服了二努，叶赫为罕王所控。这是后话。

话说王杲屡屡扰关，明辽东副总兵杨照闻信后急忙奏于朝廷。

皇上下旨："命哈达万罕约束各部，严控王杲，若再寻衅滋事，扣罚援哈达新岁饷银。"

万罕没办法，只好派部下到王杲处，好言安抚王杲，并承诺一定替王杲向大明天子讨封。这还不算，万罕怕他再惹是生非，把自己宫中存有的"都指挥使"印拿出一枚，封赏王杲。

王杲来哈达接印时，从忙碌着的奴才们口中，得知万罕正亲点名将随臣五百人，趁八月塞北土产丰收时节，赴京师朝贡。王杲见到万罕，哀求万罕带自己一起去京师。

万罕讲道："你父乃朝廷重犯，况且你前些日子又联西蒙触犯明廷。我要是带你去了，那不是明显的与朝廷相背离嘛，此事万万不可！"

见万罕这里不行，王杲又找到虎尔罕，叙讲旧日联姻之情。王杲的几句好话，就把虎尔罕一腔恨水泄光光的了。王杲又讲自己熟悉东海窝集，能选上乘之品，进贡的贡品就包在我名下。

虎尔罕正愁此事，听王杲这么一说，就答应了王杲所求，但条件是只能王杲一个人跟随贡车进京，多二个人都不行，到了京师以后观光数日，不打不闹，早早回来。

王杲这个高兴啊，他乐颠颠地回到家。一进家门，亚嘎哈就看出王杲与往日不同，但不知是何缘故。王杲跟亚嘎哈说，让她帮助寻找大鳇鱼。

亚嘎哈便问王杲："你要大鳇鱼做什么呀？"

王杲避而不答。

他越不说，亚嘎哈就越问，三问两问，问出破绽来了。

王杲见瞒不住了，只好如实相告，但王杲告诉她："自己能跟哈达部进京实属不易，不能带爱妻你去，若惹下事端，不但面君之事告吹，就连虎尔罕也都给装里边了。"

亚嘎哈那能干吗，当然不能了。亚嘎哈一心要与王杲同行。她命娘娘兵轮番看守，把王杲看得死死的，就连出厕也有人跟着。王杲深爱窝

王杲罕王传

集女，更爱她与自己出生入死，患难与共。前些日子亚嘎哈回窝集部坐月子，把个王杲想的是坐立不安，而且他也不愿舍下爱妻，自己一个人去，但又怕这娘娘性爆手黑，看不惯大明与万罕，惹出事端来，可王杲经不住亚嘎哈的再三缠磨，"也罢！荷包还得系在身上放心。"最终还是同意了。

不过，夫妻二人在内暖阁炕上，边温存，王杲边给亚嘎哈规定了几条：凡事听王杲指挥，不可任性胡来，亚嘎哈笑而颔之；凡遇尼堪好酒好菜，不可手抓狼吞，以失女真颜面，每餐我派人给你送美餐美酒，你只管一人享用，亚嘎哈亦笑而颔之。王杲又讲：京师乃皇家圣地，兵备甚严，你随我进京，咱俩都要藏于贡物之中，不可抛头露面。

王杲刚说到此，亚嘎哈火儿"腾"地一下就起来了。她一把抓住赤裸裸的王杲，从炕上举起，吓得王杲大叫："住手，住手！"

亚嘎哈怒道："你百般不叫我去，好歹说通，你又立这些屌规矩，前两条我可以忍了，这第三条我万万不应。路途遥远，你让我藏在贡物之中，难道你要憋死我不成？不行，不行，你说什么都不行！"

见爱妻如此动怒，王杲只得好言劝解，细言成破利害，并详讲："你若不听我安排，再闹出开原城外'曝尸乾鞭'的事来，你我就都进不了京了。"

亚嘎哈自小长于林莽，与百兽为伍，到苏水之滨亦算饱享眼福，见识大增。久闻天朝福地，视若仙宫，梦里都不敢求，今日喜从天降，畏根微服入京，野女也可同去，岂不神赐！见畏根如此恳求自己，亚嘎哈点头答应。

亚嘎哈为夫妇能同去京城高兴的睡不着觉，丑时更衣，起床焚香磕头。

王杲也难入寐，他承诺为虎尔罕备办进京之贡品，可送什么好呢？他起身披襄衣出室，巡察更哨后，返屋见妻焚香，便拉起她，共商去东海窝集部找岳丈，备办虎尔罕相托贡礼之事宜。

其实进京的贡礼万罕早已备下，只是虎尔罕受父命，再精选几件奇珍异宝，以献当今皇上。王杲为上京师，将差事大包大揽了下来，可奇珍异宝哪儿那么好弄的？

于是，亚嘎哈率几个贴身女奴，飞马回窝集部。本来从古埒城到窝集部要走十天，可这几员女奴都是武将，昼夜兼程，仅见到三次弯月，便回到千里之外的突突布酋长之皮舍。

亚嘎哈说明来意，突突布老夫妻又喜又急，喜的是他们的心肝宝贝林中野女能上天朝一睹天颜，这是东海亘古未有之事；急的是莽莽林海，何处去寻觅这奇珍异宝？

正巧，部落族人囚得一虎，其大如小丘，女真语称"安班达斯哈①"。虎皮斑斓，虎须就有小草茎粗，虎耳中竟能卧鼠，虎爪印痕猫能蹲坐之中，可谓东海神虎。于是，这镇山之王就成了王杲献给朝廷的贡品。

时隔数日，乌拉部老贝勒塔顿布派长子多琪贝勒到东海窝集求婚。突突布盛情款待。突突布老夫妻将身边小女，即亚嘎哈之妹聘给多琪贝勒。多琪贝勒所携见面礼中有三条松阿哩乌拉②之鳇鱼，这鱼长如桦皮舟，鱼身粗比黄牛，称之谓"衣寒尼玛哈③"，极为罕见。这牛鱼有个特点，鼻子尖，头大、嘴大、肚子大、尾巴大、劲儿大，在水中长尾击浪滔滔，用十三股的粗牛皮条捆锁，还会挣断，又用十三股椴木皮加牛筋搓绳做了鱼笼头，才算锁住。

亚嘎哈带小妹同赏鱼精衣寒尼玛哈，这鱼精在水中见了美女，哗啦一下伸鼻张口要吞二人。亚嘎哈手疾眼快，将手中玩耍的石球抛入鱼鼻。鳇鱼立刻疼的冲天而起，肠断而死。

说起鳇鱼的鼻子，还有一段故事哩：

相传，在早些时候，鳇鱼长的比较小，没有现在这么大，于是，它经常受到同类的欺负。有一天，鳇鱼流着眼泪到龙王爷那里告状。

龙王爷看它胖乎乎、老实可怜的样子，便把自己的拐杖送给了它，并让它插到自己的鼻子上，还告诉它："谁要是欺负你，你就用拐杖戳它。"

当鳇鱼按照龙王说的，把拐杖插到鼻子上的时候，它的身体立刻变大，而且力气也变大了。从那以后，鳇鱼再也不受欺负了。

但有一点，就是鳇鱼的鼻子尖尖的像根棍，而且不能碰，这是它一个致命的弱点。

突突布老人对女儿亚嘎哈说："这几条鳇鱼给你。你明日就起程回寨，以免爱婿挂念。"

---

① 安班达斯哈：满语，大虎。
② 松阿哩乌拉：满语，松花江。
③ 衣寒尼玛哈：满语，牛鱼。

亚嘎哈把嘴一撇，说："这还不够呢。"

突突布老人说道："那怎么办，窝集部再没有什么稀罕玩意了。"

亚嘎哈对突突布老人撒娇地说："你只要把海东青借我一用，剩下的宝贝我来准备。"

突突布老人痛快地答应道："好，把海东青借给你。这孩子，还改不了在家时爱放鹰的习惯"

亚嘎哈与突突布一起来到鹰棚。亚嘎哈一看到鹰架上威风凛凛的海东青就喜不自禁，和突突布说了声："我走了。"然后就架鹰飞马而去。

亚嘎哈催马加鞭，直奔天鹅的栖息地伊曼①河方向驰去。到那以后，亚嘎哈找了个隐蔽地躲藏了起来。不一会儿，几个紧随其后的族中少女赶来了。亚嘎哈示意她们前边不远处有一群白天鹅。几个少女悄悄走过去，将白天鹅团团围住。亚嘎哈见一切准备就绪，示意其中一个少女举旗，其他几个少女一齐敲打扁鼓。响声将天鹅惊飞。亚嘎哈撒手放出海东青。神鹰一出现，天鹅纷纷掉落下来。就这样，亚嘎哈不费吹灰之力，得到了十只完整无损的白天鹅。

由于神虎被囚，死于地穴笼中，突突布命众奴才剥下虎皮，里面用干草填满，如活虎一般。因皇家主要要的是虎皮，不是活虎，所以即使送只死虎皮过去，朝廷也不会怪罪。

就这样，亚嘎哈带着一张老虎皮，一条死牛鱼，两条活牛鱼，十只活天鹅，回到了建州部。

王杲见到这些贡物非常高兴，对亚嘎哈说："你我藏身之处天神已经安排好了。"

亚嘎哈不解。

王杲拉着亚嘎哈的手说："你看，这虎皮这么大，虎肚子又是空的，你坐在里面完全可以。这鱼肚子是扁圆的，我躺在里面。鱼嘴和虎嘴又都是张开的，从这儿可以进空气，也可以从这儿给咱俩送水送饭。你说，这难道不是天神为咱俩安排的吗？"

亚嘎哈一听王杲为了能和她一起去京师，也和她一样躲到鱼肚子中，便痛快地答应了。

书中交代，王杲去京师是虎尔罕默许的，万罕不知道。亚嘎哈去京师，只有王杲知道，虎尔罕亦不知晓。一起准备完毕，虎尔罕率队

---

① 伊曼：满语，牤牛。

出发。

因虎尔罕性喜奢华，平日出征都有美妾相随，这次进京也不例外。虎尔罕的众妾室均乘坐华丽的车轿。这种彩轿，传袭久远，出自中原唐宋以来，后传入女真人。轿子由两匹马拉着，轿子很美观，也很舒适，在里面可以食宿。每只彩轿只乘美妾一人，供虎尔罕尽享其欲。

在早北方不兴彩轿，而是用白山黑水之树柳及其皮和兽皮等围车架棚。满族、蒙古族、鄂伦春族、鄂温克族、女真人等都喜用大轮车，车辕用松柏围以细柳为骨架，上面用白桦皮和鹿、熊等皮为棚，非常舒适保暖，俗称"游动的房子"。蒙古人及女真人管这种车叫"色珍包"，即"车上的家"。不少游牧民族的人就住在这种车上过日子，他们边猎边牧。后来，女真人把车和轿结合起来，又发明了一种新的车轿。

虎尔罕带着众妾室，一妾一车轿，他自己有专轿，也有乘骑，高兴时就可以到这些美妾的车轿中歇息。

王杲此次进京是虎尔罕私下应允的，所以王杲只需在刚出发的时候，为了不被万罕发现，才藏于鱼腹之内，只要出了哈达地界，王杲就可以出来了。但亚嘎哈随同他们一起进京，虎尔罕是不知道的，所以王杲把亚嘎哈安排在虎皮囊里，但王杲心疼爱妻，若一路之上总将亚嘎哈困入虎皮囊中，别说凭娘娘之刚烈性格，就是一般人，也绝不甘心蔽忍于内。所以，王杲凭着他那聪明的头脑和灵巧的双手，悄悄在虎腹内做了秘密机关。他命人在尽量不破坏虎外形的前提下，用柳条围成架，架子外面包上羊皮，放进虎腹中，把里面支起来。这样，亚嘎哈在里面不至于太憋闷。

由于贡队的人马众多，车辆逶迤数里，王杲又联络好身边的众随从，只有在虎尔罕巡察贡队或入京师的时候，亚嘎哈才藏匿起来，平时的时候亚嘎哈都是呆在外面的，只是装哑不说话。虎尔罕发现不了，他也想不到。其实王杲只是怕虎尔罕在路中发现，才不叫亚嘎哈出来，真要进了京师，也就不怕了。

路过开原的时候，虎尔罕命身边侍女敬树上的小花鼠子。那小花鼠子，比松鼠还小，小黄毛、大尾巴，身上头上都几条黑道道，非常机灵顽皮，喜逗路人。它还能远纵远跳，女真人叫它"兴格里居居"，即耗子的小儿子。女真人认为小花鼠是天神阿布卡恩都力的地使、地兵，能通神。它能在树上飞来飞去，跳来跳去，比耗子还厉害，故称耗子们的小儿子，意思更受阿布卡恩都力的宠爱，是小宝贝。女真人包括北方各族，途中若见到花鼠子，要下马停车，烧香磕头，意思是天神的使者来了，要祈求天神，保佑旅途安宁。

小花鼠这种小动物甚是有趣儿，它最喜欢看衣着华丽的人，最喜欢看和听热闹，很好奇。故此，它若见到毛色美丽的鸟和兽，就从树洞里钻出来，在树上跳来跳去，抖抖身上小黄毛，蹲拜，点头，小尾巴翘得很高。若见到树下有衣着艳美的人路过，它也蹦出来，好像不服气，与人比美，睥睨小圆眼，逗你不停。

虎尔罕路过见此情景，一定要焚香叩拜山神。鼓声号角一响，侍女们一起叩拜树上的小花鼠子……

一路上，大伙儿都风尘仆仆地赶路不表。

话说贡队进京以后，人们就张罗着往下卸贡品，亚嘎哈被当做老虎被抬到了专门存放各地进贡贡品的珠宝库里，不管了。

亚嘎哈藏在虎肚子里，被奴才们抬来抬去，折腾的难受，再说在那里也憋得慌啊，到后来没动静了，亚嘎哈就把虎嘴给掰开了。她看见那些宫女、太监、侍官们正在偷吃贡品饽饽，偷藏土产贡品礼。

亚嘎哈来气了，她用力一扭身，甩起来的虎尾巴正巧打在了一个小太监的身上。

这下可不得了了，宫里的人吓得四下逃散，还边跑边喊："虎神爷爷显灵了！虎神爷爷显灵了！"

亚嘎哈见状，索性来个一不做二不休，她张口舞爪，满宝库撵着那些宫女、太监们跑，后来把个管事太监摁住了，用牙啃咬那太监的头。

王杲闻听人们的喊叫，就知道一定是爱妻那里出事了。他赶紧跑来，喊道："塔塔琴必！塔塔琴必！"女真语，意思是"别胡闹、别胡闹。"

听见王杲的喊声，老虎安静了下来。

亚嘎哈一见自己的畏根来了，"噌"的一下扯下身上的虎皮，上前一把抓住王杲的脖领子，嗷嗷大叫。

王杲也怕把事情闹大，不好收场，一再安抚亚嘎哈，并好言相劝，可亚嘎哈根本听不进王杲的话，大吵大闹，而且要冲进内宫，找皇上评理。众侍卫急忙拦阻。

王杲气急了，上前打了亚嘎哈一巴掌。那亚嘎哈也是说一不二的主儿，能受这屈儿嘛，她连吵带喊，跟王杲打到了一起。

话说早在亚嘎哈大闹珠宝库的时候，裕王安插在皇宫里的心腹太监就悄悄将消息告诉了裕王。裕王也怕自己做事不利被父王责怪，便命侍卫先带虎尔罕等人去驿馆休息，然后匆匆赶去珠宝库查看究竟。

裕王上次在哈达部跟王杲打过几次照面，所以他认识王杲，但那个女人他不认识，不过对于王杲之妻——悍妇亚嘎哈，他也是略有耳闻的，所以当裕王看见吵嚷声是由王杲和一个女人发出的时候，他大吃一惊。因为按照朝廷律例，没有皇家谕令，女真蛮夷是不准进京，更不准踏入皇宫的。虎尔罕进宫是朝廷允准的，可朝廷并没有准许其他女真部落的人进京啊。眼下突然出现的这对野人，一定是采取了什么手段，哄骗虎尔罕带他们来的。这还了得，擅闯皇宫禁地是要犯杀头之罪的。

裕王刚想喝令侍卫将这对不知死活的男女拿下，但转念又一想，如果眼下将王杲治罪，不单会牵连到哈达部，使哈达部蒙上乱宫之罪，而且本王早些年瞒报父王说张宸妃葬身崖底之事，万一被这对愚人说出，这欺君之罪自己可是担当不起的，此刻只能好生安抚，不能再让他们惹出祸端。

裕王那是极为聪明敏锐之人，且睿智远超过只会炼丹修道的嘉靖爷。他立刻转换笑脸，大步走向他不认识的、张牙舞爪的亚嘎哈和后边紧追上来的、喘着粗气的王杲，大声说："欢迎远道而来的贵客。何必走的这么匆忙，小心玉石地太滑，伤着你们。"

这时，跟随裕王的几个太监怕这两个野人伤及裕王贵体，纷纷站到了裕王的周围，将裕王保护起来。

真奇怪，裕王的笑脸和太监们的卑躬屈膝的奴才相儿，竟把张牙舞爪、怒气满胸的亚嘎哈一下子给造愣了，只见她全身的莽劲儿顿时消失，只瞪着两只圆圆的大眼睛，红红的大嘴，呆呆地望着裕王。亚嘎哈想起了他在东海的额莫和阿玛，每当她撒娇时，面对她的就是这副慈祥的笑脸。

想到这儿，亚嘎哈坐在地上，哇地一声，大哭起来，也不管裕王是不是皇子，把满腹的委屈向裕王述说起来。

裕王耐心地听完亚嘎哈这一顿诉苦，笑着说："放心，本王给你做主，以后没人敢欺负人。"

亚嘎哈本是一个单纯善良之人，没有那么多花花肠子，见当今皇子给自己撑腰，立刻咧开大嘴笑了。

王杲这才有机会上前跪地磕头，给裕王施礼问安，并代妻请罪。

裕王免去他们夫妻擅自进京和大闹皇宫之罪。

王杲和亚嘎哈磕头谢恩。

当晚，裕王命自己的心腹李芳将王杲夫妇悄悄领到自己书房后面的一处僻静的馆舍安顿下来。他怕王杲夫妇白天大闹的恶行，被哪个太监为讨好父王而告密，父王追究下来，故而先将他们藏匿，等过几天风平浪静了，再让他们夫妇俩出去游一游，逛一逛，也不枉来一趟京师。

据说亚嘎哈这次大闹珠宝库，吓病了三位御前哈番，吓疯了一个太师玛法（即大臣）。

后来这事被虎尔罕知道了，他也没办法，也不敢话语太重，怕激怒王杲夫妇，再惹出什么事来，只是心里暗暗叫苦，后悔自己当初不听阿玛的话，眼下只能好言劝慰、安抚王杲夫妇，少捅乱子，否则回家不好向阿玛交待。

两天以后，裕王见父皇那里没什么动静，便派李芳密告王杲领着亚嘎哈到外面去逛一逛，但一定要悄无声息，不要惹任何麻烦。

王杲带着亚嘎哈逛起了北京城。哪知道，亚嘎哈对北京城里巍峨壮丽的亭台楼阁一点都不感兴趣，而且很快就叫饿了。王杲只得带她进了一个门脸比较大的饭馆。

店小二走过来沏好了茶，然后询问二人："客官，想吃点什么？"

王杲看了看亚嘎哈，意思是让亚嘎哈点菜。

亚嘎哈头一次进京师，他哪知道汉人都吃什么菜呀，见店小二相问，便想都不想地大声嚷道："你只管挑好的给我上。"

不一会儿的工夫，店小二们端上来好多菜，把他俩眼睛都看花了，特别是亚嘎哈，她哪见过这么多的五颜六色、摆着各种花样的菜儿呀，她就在那一样一样地数，一共十二盘。

王杲就问店小二："能不能给我们报一报菜名啊？"

店小二爽快地回答："好嘞，这是十二个冷盘。"

然后依次介绍道："酱鸭、酱方、扎肉、冻鸡、羊羔冻、盐水鸭、素火腿、素烧鸭、鱼松、肉松、蛋松、色拉。"

亚嘎哈听完，心里不禁对汉人竖大拇指，就连王杲这个经常出入抚顺御史大人府邸的人，也没想到汉人在吃上能琢磨出这么多花样来。

王杲给亚嘎哈斟了满满一碗酒，然后又给自己倒上一碗。接着，王杲举起酒碗，一仰脖儿喝了下去。亚嘎哈当然也不认输，同样将一碗酒一口气喝了下去。他俩将每样凉菜都品尝了一口。嗯，味道真是不错。

凉菜上完了，又开始上热菜。这回店小二聪明了，不等王杲发问，就主动介绍说："这是炒里脊丝、炒鱼丝、炒鱼片、炒肉丁、炒猪肝、炒腰花、炒菊红、炒虾蟹、炒大肠、炒肚丝、炒三鲜、炒合菜……"

王杲夫妇又将每道菜一一尝了个遍，啊，真的是人间美味！

眼看端上来的菜已经摆不下了，店小二还在不住地往上端菜。这回端上来的有：宫保肉丁、虾子蹄筋、五查全鸭、京东全鸡、贵妃鸡、凤凰腿……

　　王杲夫妇在京师大吃一顿后，被裕王安排在书房后面的馆舍歇息，一连好几天都足不出户，吃饭、喝水都有专人伺候，吃的是山珍海味，穿的是绫罗绸缎，过上了皇家的日子。虽然这样，王杲却高兴不起来，因为他此行的目的并不是吃穿，而是要见皇上，现在看来他的这个目的还远未达到。

　　这日，王杲闲得无聊，不顾裕王府家奴的阻劝，信步走出馆舍，来到了满是朱墙碧瓦的皇宫内院。他穿过两道月亮门，看见很多人都兴致勃勃地往一个方向走去。王杲虽然是头一次进皇宫，但宫里的规矩他懂，像这样兴师动众地聚集这么多人，一准儿是发生了什么重大的事儿。

　　王杲拦住了一位同样急匆匆走着的管事太监，问他："发生了什么事？这些人往哪里去啊？"

　　管事太监瞅了瞅他，奇怪地问："你是哪个宫的？怎么连这个都不知道？"

　　王杲撒谎道："俺是裕王府的，为裕王爷去果子楼甄选给皇上晋献的鲜芒果，这不刚回来嘛。"

　　管事太监点了点头，说："啊，难怪你不知道。前些天，辽东哈达部给皇上进献了三条牛鱼，一只用头排虎皮做的活灵活现的虎模型。哎呀，咱家活了几十年了，还头一次见着这么大的鱼和虎。这不，皇上下旨：赏各宫的嫔妃、宗族至亲、朝中宦官以及大臣们进宫瞧瞧，眼下大家伙儿都往那儿奔哪。嗨，不跟你说了，我得到那边帮着张罗张罗去。"

　　王杲一听来气了！啊，我晋献给皇上的牛鱼和神虎变成他哈达部献的贡品了。转念又一想：可也是，他虎尔罕能放过在朝廷面前邀功请赏的机会嘛。算了，他把我偷偷带到宫里，也算得上是功劳一件，我就不跟他计较了。对了，百官都去观赏神虎和牛鱼，皇上能不能去呢？想到这儿，王杲加快脚步，紧跟管事太监，往人们聚集的方向走去。

　　王杲跟管事太监走了好一阵子，最后竟来到皇宫大内的宝地——御花园。这里的景致让王杲耳目一新，园中央高高的假山上摆放着硕大的鱼缸，南方诸省晋献的各色彩头金鱼儿在水中缓缓戏游，引得众王公、嫔妃们一个个驻足俯视，连连惊呼赞美。

王杲注意到，在喧哗的人群中，裕王正在御花园西角落谈笑风生地向朝臣们侃侃讲述着什么。在他旁边的角落里，数名侍卫和太监在看守着一个木栅虎笼和一个装载牛鱼的庞大木槽。

这时，只见有两个太监肩挑一大坛子窖封御酒走了过来，放下酒坛，口中高喊："吾皇万岁，赏赐御酒一坛。"

御花园中的众臣纷纷拜谢，个个三呼万岁，感激涕零。

众臣边观赏牛鱼和神虎，边畅饮御酒，讴歌九州，生此奇物，乃本朝祥瑞之兆也。真可谓盛况空前，热闹异常。

王杲不喜欢这类场合，又不想搅乱裕王的情趣，便悄然隐在一处欣赏诗文。一些汉学名士，赋诗弄毫，赞颂明皇之德，有文臣用庄子《在宥》篇"出入六合，游乎九州，独往独来，是谓独有，独有之人，是谓至贵"的言词，书成条幅，在晴空中尤显气魄。

王杲深知庄子《在宥》篇寓意，乃谋辨管理国家之策，与观赏牛鱼和神虎风马牛不相及，驴唇不对马嘴，令人哭笑不得。

王杲蔑视这群不事朝政、只会阿谀苟且之徒，便来到为观赏牛鱼和神虎之人临时歇脚所搭设的柳林帐篷。帐篷内有数张桌椅，并有宫女侍奉茶点与酒酌。见王杲进来，侍人甚有礼节，忙上前询问品茶还是饮酒？

王杲回应："来一杯酒。"

王杲本来心情不爽，便大口大口地一连喝了几杯，微微有些醉意。桌上正巧摆放有文房四宝，王杲提笔，挥毫在丝幛上写下了"驾龙辀兮乘风雷，载云旗之委蛇"。王杲这两句本出于屈原喻指当今权贵们一味借皇威喷云吐雾，声若阵雷，打着明廷大旗荼毒黎民，看似耀武扬威、声名赫赫，其实皆属酒囊饭袋之徒！

王杲写完，弃笔走出帐篷，拂袖而去。可谁知，王杲此番举止却惹下了祸端。因王杲挥毫抒情话语中，有"驾龙"二字，犯有欺君之罪。明眼人看到，忙告于朝中御前太师。御前太师大惊，急命寻找此人。

此时，王杲酒醉，早往宫中深巷走去，走着走着，前面出现一幢小院，高高的围墙，门是用黄琉璃做成的，上面雕着一些龙腾图案，特别的富丽堂皇。王杲不知，此即明宫大内潜龙之地——黄门楼。

黄门楼是皇家的一处深宫内院，在乾清宫的后侧，修缮的极为考究，院中小路铺上白理石，如玉带环绕，路两旁种植翠柏斑竹，为行人遮风挡荫，满院的牡丹、百合，竞相开放，池中卧莲、游鱼，相互映衬，如神仙洞府一般。它是明朝自永乐之后，历代皇帝的养心宫所，是皇帝每日上朝完毕，在此小憩的地方，也是嘉靖皇帝修丹练道的宝地，唯有皇上、东宫太后和每日侍寝的嫔妃进入，其他人等不得入内。这即为了使众臣不搅扰皇上的休息，也为了防备出现不轨之徒，闹出弑王之祸。

王杲刚迈进一只脚，呼啦一下拥出几个侍卫，搭腕抱腰，来抓这位擅闯内宫的歹徒。王杲起先并不介意，任由他们推拉扯拽，他一动不动。几个人见怎么也弄不动王杲，竟然伸手要打。王杲不干了，只见他胳膊一伸，脚一蹬，挡住了就要落到身上的几只拳脚，然后大声质问围过来的几名侍卫："为什么动手打人？"

吵嚷声惊动了观赏奇珍的大臣们，他们也一齐围了过来。

王杲见事已至此，便不再反抗。侍卫们先把他拉到宫中武备府，后拉到刑部，最后又拉到太师玛法的大堂。

王杲申明来京之意，讲明自己要亲睹天颜，倾吐心中的肺腑之言。

有的朝臣听王杲说要见皇上，鄙视地说："当今万岁乃真龙天子，非五品以上朝臣不得相见。你乃区区一鞑夷，皇上岂能随便召见于你。"

王杲大怒，说："天者天下人之天也，月月年年，周而复始，何日不可见天？天离地，天离众黎，若屋棚之失柱，天将塌也。"

王杲还说："人仰观可睹之六合之气曰天，人立之八荒之土曰地。若天地相离，四极相分，安有天地人？世乱矣。边垠夷人千里求仰天颜，不见天容，久而久之，其民必寻新天矣！"

王杲认为：天子、皇上就像头顶上的"天"，这是本应该天天都可见到、人人都能见到的事。若皇上离开了百姓，就像房子没有支柱，是会塌的，而且天和地是不能分开的，如果边塞夷民许久见不到天容，是会寻找新天的。

王杲在刑部大堂侃侃而谈，不料想正在禅堂打坐的皇上听心腹太监说有人闹事，深感惊诧，未曾换下道服，便由侍卫们护着来到此地。

刑部尚书正要呵斥王杲，给王杲治一个大不敬之罪，想不到平时难得一见的皇上来了，赶紧起身行三拜九叩大礼。

王杲一见日夜期盼的皇上来了，知道自己这次来京城的目的可以实现啦，不觉笑出声来。

嘉靖帝对刑部尚书等人的大礼有点不耐烦，摆摆手说："让他继续说下去。"

王杲一听皇上都让他说了，这下来劲了。他清清嗓子，对皇上申明朝廷在辽东民穷兵疲之害，又说了当下的辽东将领不思亲族事朝、膏食丰衣的后果……

王杲越说越来劲儿，说："古之圣明帝王均知'水可覆舟'之喻，吾自幼读汉史，桀作璇室象廒，纣为倾宫鹿台，惟宫室是饰，必有危亡之祸，言不切至，伏维明鉴。"

王杲流利的汉话和对古史的熟悉，使嘉靖帝大为赞赏。

王杲被嘉靖帝一鼓励，神情也放松下来，继续说道："朝廷要有为四疆诸夷送火之襟怀，像我们女真人的拖亚拉哈恩都力那样，必会赢来世代诵歌。"

嘉靖帝知道，"恩都力"是女真语"神"的意思，那"拖亚拉哈"一定是名称，所以他追问道："拖亚拉哈？什么意思？"

王杲告诉他："'拖亚'，是我们女真语'火'的意思。拉哈，也是女真语，是'墙'的意思。拖亚拉哈可解释成'送火者'"。

嘉靖帝继续问："你们女真人一定很崇尚这位神吧？"

王杲答道："是的，我们女真人不仅在火祭中祭拜这位女神，而且还专有传讲拖亚拉哈大神的神话故事哩。"

嘉靖帝颇感兴趣地说："那你给朕讲讲。"

"好！"王杲答应道。

刑部大堂鸦雀无声。

王杲讲起了女真人世代传讲的一段神话故事：

"在没有人的宇宙洪荒时代，北边处处是冰雪。冰像天那么高，像地那么大，万物不能生存。拖亚拉哈本是天神恩都力头上长出的'其其旦'即小肉瘤，后被雷神西斯林盗走，结成夫妻。后来，因风神爱她，把她抢走了。她来到地上，变成个美女即拖亚格格。由于她美丽冷艳，脚踩红火云，身披彩霞似的红星火衫，远望像一面红墙，所以又叫她拖亚拉哈女神。

拖亚格格有孕，因大地冰雪酷寒，若育人生子，必先孕生春天。于是，拖亚格格偷来天神阿布卡恩都力心中之火。只有有了火，大地才有光明，才有朝霞，才有春夏秋冬。拖亚格格宁愿自己受灼热的热火熏烤，也不退缩，将偷得神火藏于心中，怕火种熄灭，她拼命地奔跑，为迅疾赶往大地，她将双手变成了双爪、双脚，快步如飞。冰山路滑，她化作兽身，穿云御风。最后她变成一只虎目、虎尾、豹头、豹须、獾身、猞猁狲耳、鹰爪的奇兽身形。她四爪踏火云，口喷星光，驰如电闪，光照大地。

她不停地吐火，为大地逐雨、逐雪、逐寒、逐霜、逐冰，大地开了化，北方有了春天，有了生物，有了绿色。这就是深受北方诸部民众尊崇的拖亚拉哈女神。火种，就是她留给人间的……女真各部年年祝祭她，崇拜她，感戴她，说她是女真人生命热源之女神。"

王杲沉重地说："北方女真诸部多么盼望朝廷能像送火女神那样，抚爱女真诸民。女真诸民岂能不感恩戴德，以奉天朝，怎能还有箕豆相煎，刀兵之泪耶？"

嘉靖帝连连点头。

王杲还面谏嘉靖帝说："勿学车其克①恩都力，只知在九层天上的金楼子里安卧育子，不知九层天下金楼子的柱角已摧，应尽早改弦更张，亡羊补牢，也不晚矣。"

王杲接着说起天神阿布卡恩都力身边的小侍女车其克恩都力的故事：

古时候，天神阿布卡恩都力怕恶神耶鲁里带着丑妻乌辛阿林②偷盗天水，便派车其克恩都力到很远很远的天河边去守护万顷天河。谁料想，车其克恩都力嫌看守天河孤单寂寞，竟爱上了云神，而且还背着阿布卡恩都力在九层天的金楼子里絮巢育子。一窝小神雀整天叽叽喳喳，唱个不停，把车其克恩都力都喜得忘了护河，朝天蹲在雀巢边上看，怎么看也看不够。云神则守护其左右。谁知恶神耶鲁里与丑妻偷渡天河，砍断金楼子的四柱，天河水涌了出来。车其克恩都力惊飞了，爱子被水淹死了。从此，年年有了涨水泛滥之事。据说车其克从此总是喳喳喳、喳喳喳叫个不停，就是为此事而懊悔不已。

王杲用此喻明廷不要坐在深宫自满，多体察下情，以防美巢溃决之险。

嘉靖帝若有所思……

---

① 车其克：满语，雀。

② 乌辛阿林：满语，北方的一座大山名。

王杲还讲了一个"毕达户①"变小的故事：

毕达户是一种产在萨哈连乌拉、松阿哩乌拉中的一种小扁鱼，长度像小牛眼睛大小。

相传"天宫大战"时，它是阿布卡恩都力身边一个叱咤风云的巴图鲁，叫巴丹额真。它长着鱼形，身上有鱼鳞，有鳃，是水中之王。大地刚有生命的时候它最大，最有能耐，谁也斗不过它。为什么？因为它天天都喝水奶，所以有劲。后来，恶神耶鲁里来到他身边说："你敢不敢不喝水奶与我厮斗？"

巴丹额真摇晃一下大身子，得意地说："那有什么？就是不喝水奶，我也能打败你的！"

耶鲁里与巴丹额真打赌，一连四十个日落日出，不喝水奶，可耶鲁里却偷着喝巴丹离不开的水奶。最终，耶鲁里打败了巴丹额真，霸占了两江。从此，两江水常常泛滥，而且水里有妖怪，人畜经常被害，就是因为耶鲁里藏在里边了。而可怜的巴丹额真不喝水奶，身子越缩越小，变成世界上最小最小的扁鱼，沦落河岸，受江潮拍击。

王杲通过这女真人世代传讲的神话故事，来比喻明廷不要高傲自大，要善于分辨恶人，否则体大可以变小，叱咤江河的巴图鲁也会变成弱小的受害者。

嘉靖帝被这些故事深深吸引啦……

王杲讲完这些故事说道："大明要求洪武之治，必须废苛政，废歧夷制夷之策，求资夷安夷，则边疆永宁矣！"

嘉靖帝深感王杲说得有理，便破例赏他敕书二十道，春秋与哈达部同享入京礼制。

王杲这才实现了进京的主要目的。裕王也更加赏识王杲，将夫妻俩安抚于裕王宫中。裕王妃是个贤良有德之女，即后来的万历皇帝之母。女真人很敬重她。她当了皇太后以后，女真人（包括罕王努尔哈赤）均称之谓"万历妈妈"，这是后话。

亚嘎哈与裕王妃很是投缘，俩人一连三宿同卧一帐。娘娘听亚嘎哈讲东海之奇珍轶事，竟忘记了宫中更漏报时，月下青楼，红霞染衾。亚嘎哈也在裕王妃的劝导陪伴下，收了不少野性。

亚嘎哈在裕王妃的陪伴下，来到八达岭长城。亚嘎哈讨厌前呼后拥

---

① 毕达户：满语，小扁鱼。

的跟着一堆人，她觉得不痛快，便提出只有她们两个结伴微服出游。裕王妃怕路上遇到强盗，不敢去。

亚嘎哈拍着胸脯说："不要怕，娘娘，有我亚嘎哈在，我看哪个兔羔子敢对你无礼？"

裕王妃诧异地瞅着她，问："你？行吗？"

亚嘎哈咧着大嘴，哈哈地笑着，说："娘娘，你就放心吧！"

裕王妃到底是年轻，被亚嘎哈说动了，两人微服到了八达岭。

亚嘎哈与裕王妃行至下口，举目观看，见两旁山脊上，依山而建的城墙，蜿蜒起伏，烽火台相随而立，矗立在几十里的山谷中间，甚是威严。

两人走下长城，见在这深山幽谷之中，清溪萦绕，草木葱茏，珍禽飞鸣，果树成行。蜜蜂在花丛中穿梭，百鸟鸣哨歌唱，这一大自然的美景简直把她们看呆了。

走过这片树林，前面是一道沟壑，宽丈余，深数丈。望着这深深的沟壑，裕王妃心跳加速，心都快跳到嗓子眼儿了。也真是怕啥来啥，就在这时，"呼啦啦"从树林里一下蹿出五名壮汉，将她俩团团围住。几个贼人见她俩一个个眉清目秀，齿白唇红，眼睛都看直了，愣呵呵地瞧着她俩发呆，有的人过来就要动手。

裕王妃从来没有见过这架势，只吓得瑟瑟发抖。

亚嘎哈大声质问："你们要干什么？"

贼人头子嬉皮笑脸地说道："干什么？这你还不明白吗？跟我回去，给我当老婆呀，哈哈哈……"

亚嘎哈气得血往上涌，厉声断喝："要是不给你们点颜色，你们也不知道姑奶奶的厉害。"

说着话，亚嘎哈将脚上的鞋一脱，身上的汉服长裙扯下，一探身，抓过贼人头子，没等他明白过来，就已经将其举过头顶，接着又转了几圈，最后用力扔了出去。只听这家伙"嗷"的一声，便没了动静。

亚嘎哈这一连串的举动把那几个人都看傻了，他们做梦也没想到，一个年轻女子，居然有这么大的力气，轻而易举地举起一个二百多斤重的人，而且还能转几圈，自己这身子骨要是落到他手里还不被她捏零碎了呀。

想到这儿，几个人你看看我，我看看你，不约而同地撒腿就跑。

望着贼人们的背影，亚嘎哈开心地大笑。

裕王妃还亲自陪亚嘎哈逛西山、品玉泉，皇家侍卫护卫其左右，甚是威风。这样做是裕王夫妇为安抚王杲夫妇使的手段，一来是讨王杲夫妇欢心，使之在其面前俯首帖耳，心甘情愿称臣；二来也是给朝中众臣看看，他裕王确实能抚夷，是一个有道之王。

　　单说亚嘎哈到西山卧佛寺进香。当时寺院佛身因被雷击，有一臂震裂，朝廷正派人监修。这野女人哪见过佛呀？更未见过这么大，而且还卧在神榻上的佛。她觉得非常奇特，竟不顾众太监、监军、寺内众僧住持在焚香、磕头，竟然跳上神案，要像骑马一样跨步骑上。

　　这还了得？此寺乃当今嘉靖娘娘的御佛堂，连裕王到寺都要远远下马。亚嘎哈不管三七二十一往神案上这么一跳，大殿上就已经乱了，她再迈腿要往上骑，就更不行了。大殿上立刻钟也响，磬也敲，和尚口诵金刚经，冲上来几个住寺的监军，硬把亚嘎哈扯下案头。

　　这亚嘎哈能答应吗？她握拳蹬脚就要动手。就在这时，机智的寺院住持不知从哪儿弄来一群白脸弥猴，跳到人群当中。紧接着，又有几只寺中养熟的八哥站在寺内画梁上，说着："佛门重地，笑，笑，笑，一笑百气消！""女真英雄长寿无疆！"

　　这亚嘎哈与王杲生活在一起，王杲喜用汉人奴婢，而且王杲平常也经常教她一些汉话，所以对于汉话她并不陌生。眼下突然见人群中出现了一群从没见过的白猴，又见到会说尼堪话的神鸟，这更是她从来都未见过的。亚嘎哈大为惊奇，她忘记了卧佛的事，立刻丢了怒脸，走向这些新奇玩意儿。她身边随来的这些宫女都是裕王妃贴身使唤的，一个个聪明机灵，不住地在旁劝解、逗趣，把个亚嘎哈哄得眉开眼笑，乌云尽消。

　　相传，如今在卧佛寺后山上有两块巨石，说是当年她来寺时，见众小僧开山建庙，甚是辛苦。亚嘎哈便力推双石，开出一片空地，匠人们很快在此建起三幢佛堂。被推动的石头被称为"东海石"，其实不是来自东海之石，而是因为东海窝集女搬动过此石。

　　据说亚嘎哈在京的时候，裕王妃赐绢衣缎裙五袭。她穿汉服逛京师，其态姿甚俊美。裕王妃见了笑着说："哟，哟，哟，九天神女进京来了，这要是俺那王爷见了，也会稀罕得不得了哦！"

　　亚嘎哈看尼堪女人小脚走路觉得有趣，所以裕王妃在前面走，她便在后边跟着学。裕王妃回过头来要扭打她，亚嘎哈一把把裕王妃搂住，然后像举小孩儿似是把裕王妃举起来，放到自己的肩膀上坐着，把个王妃羞得满脸通红。众奴婢都吓得跪在地上不敢抬头，亚嘎哈笑得前仰后合。

亚嘎哈在京数日，和裕王妃同吃同住，她们亲若姐妹。裕王妃收亚嘎哈为义妹。

当王杲从裕王口中知晓德里给格格真实身份后，又惊又喜，惊阿玛所戏之人就在觉昌安府内；喜宸妃娘娘人刚烈无比，委身夷地，视女真人为手足，世上罕见，真乃可钦可敬可赞，故王杲甚敬重。

裕王密告王杲，想办法助宸妃来京师，与其见上一面，并实现自己答应宸妃帮助其母子相见之诺言。王杲慨然答应，一定促成两人相见，以慰裕王相思之苦。

话说王呆自打从京师回来，就张罗送德里给格格进京见母的事儿。因为上次进京他是跟虎尔罕的贡队一起去的，而且是藏在鱼腹里，所以只能轻装上阵，可这回就不一样了，这回他是得了裕王给的火牌，一路上的关卡都必须放行的，所以他命人给德里给格格准备了进京见母的礼物。同时他又以照顾大女的名义，让亚嘎哈把德里给格格接来，当面向她解释自己的阿玛当初并不是戏辱她，而是对明廷有怨恨，憎恶当今之荒淫，才行此无礼之事，还请德里给格格海涵。而且为了表示诚意，自己将亲自护送她去京师。

为了打消德里给格格的顾虑，王呆将裕王捎来的手谕拿给她观瞧。手谕中，裕王用《哀郢》中"鸟飞返故乡兮，狐死必首丘"词句，表示希望她南归，留在自己身旁的思念心情。裕王还让王呆捎来了宸妃当年坠崖时遗落在地上的罗裳，并告知她裕王准备把宸妃母亲接到京师恩养。宸妃睹物思亲，百感交集，泪如泉涌。尽管如此，德里给格格还是拒绝了王呆的好意，并请他转告裕王，自己心意已决，断不能跟王呆回去。王呆凭着自己的三寸不烂之舌，苦苦相劝。宸妃也深感裕王对自己的真挚情感，同意南行。

王呆设宴款待德里给格格，到哈达部借来汉妓舞女，和古埒城有姿色的众女儿一起作舞，并请出裕王派来的琵琶琴师父女二人，席间十女十男作莽式舞。酒兴致，王呆与众将也下席作舞。德里给格格由觉昌安福晋沙克达妈妈以及众姑娘指教，也跟着跳起女真舞来。这使得德里给格格与王呆、觉昌安等女真人的心贴得更近了。

那时候的女真莽式舞，不像后期清代宫廷的莽式舞，宫廷莽式舞追求的是婀娜多姿、悠缓绵绵、情意婉婉，而王呆他们跳的女真莽式舞更具有原始、朴实、粗犷、豪迈的尚武之气。

女真莽式舞分男、女莽式。女莽式舞有雁阵舞、摇车育婴舞、喜鹊舞、水中仙人舞、鱼舞、云舞、风舞、月舞、花舞、荷包舞（爱情舞）、手帕舞（爱情舞）；男莽式舞则有猎舞、战舞、牧马舞、牧羊舞。

除此，尚有男、女合舞：其中包括喜庆舞、祈祷舞、祝神舞、百兽舞等。

席间琵琶师弹奏悦耳的《燕归》曲，三五个抒展彩绸的少女，一边翩翩伴舞一边咏唱"有鸟自南兮，来集汉北"以助兴。

一切准备完毕，德里给格格在王杲等人的护送下上路了。

要说王杲也真会来事儿，他深知德里给格格乃是裕王的心上人，为讨裕王欢心，他专门派了一百名娘娘兵护送，还定制了七顶颜色相同的流苏彩轿。这种流苏彩轿做工非常精细，外罩黄缎轿幄，轿顶雕有三只能旋转的小金鸡，金鸡嘴里衔着朱色小宫灯。轿幄四角各镶有一个小铜铃，走起路来嘤嘤作声，若百莺竞鸣。当然做这些轿子的款项皆由裕王所花。

要说裕王用情也够深的了，他为了能见到宸妃，终日里冥思苦想，最后终于想出一计：接宸妃母亲进京恩养，然后再接宸妃来京探视，到时再以心相鉴，或可成就百年之好。由此可见裕王用情是何等挚真，大有唐玄宗爱杨贵妃之情焉！

于是，裕王从春日起就筹办迎迓凰归之事，但碍于宸妃是父皇的女人，所以此事必须要做到万无一失。打定主意以后，裕王一面加紧改造地宫，一面密派心腹找到吴江巡抚。此巡抚乃裕王在朝中的亲信，官至礼部员外郎，后被外放到吴江做了巡抚。此巡抚接到谕令后，忙到宸妃故里寻找宸妃母亲的踪迹。

书中交代，明代选妃，凡入宫承恩者，其家族均按明礼赐赏；若入宫逆死、叛失、淫乱者，其家族亦按明法惩戒。这宸妃家本为桑民，被封妃后，得赏赐甚厚，就连州府大人都要下马过礼。谁知天有不测风云，宸妃殒命塞外，全家罹难。唯宸妃母亲带着小女逃出。幸亏这吴江巡抚一心效忠裕王，把全家老小都派出去寻找宸妃的家人。老天不负苦心人，巡抚家人终于在长江边上的草莽里寻到宸妃的母亲和小妹。此时这母女俩已经几天没进饭食，病入膏肓，奄奄待毙。

吴江巡抚将母女俩接到自己府内，并请来吴江的名医进行诊治，巡抚夫人又亲奉汤药。母女俩调养了一个多月，身体才见好转。为了不出意外，巡抚大人亲自护送，并派数十名家丁跟随，千里迢迢的把母女俩送到了裕王府邸。

裕王见到宸妃母亲像见到自己的母亲一样行大礼，并将其迎入内室。按理说这对母女乃朝廷要犯，若是被官府抓到是要被下大牢的，所以当宸妃母亲得知自己是被接到裕王府后，吓得只是跪在地上叩拜，根本不敢抬头。在裕王百般安慰下，她们才算心安。就这样，母女俩在裕王府住下了。

当时裕王的势力很大，府中都是裕王的心腹，所以关于宸妃母亲的事外界根本不可能知道。裕王也没告诉母女二人实情，只是说当今皇上感谢你献女于宫中，特接你来享天伦之乐。

宸妃的妹妹叫招弟，年仅十三，虽然年纪小，但其娇美程度丝毫不逊于其姐宸妃，姐俩简直宛如一人，以至于裕王初见招弟时大惊，竟忘了身份，从虎椅上走下来，边说："宸妃在此，宸妃在此。"边要拉招弟的手，把这母女吓得连连后退。后细一打听，方知此女乃宸妃之妹。裕王虽然也挺喜欢招弟，但也代替不了他酷爱宸妃之心。

为了自己不背上欺君的罪名，裕王始终恪守秘密，任何人都没告诉，就连他的妃妾也不知道。而且在佛阿拉城，也只有觉昌安玛法和沙克达妈妈知道德里给格格的真实身份，其他人一概不知，此次宸妃进京，也是以德里给格格的身份住在馆舍里的，同行的众家丁也早就命人给准备好了住处，除赐锦衣玉食外，还允许他们在京师闲游七天，并可到马市自由买卖，不必有敕书与火牌，就连进妓馆、茶馆、戏园等地，任何人都不得阻拦。

王杲进京当日，裕王就召见了他，谢王杲成人之美，并赏珠宝玉器，然后命李芳领王杲到驿馆安歇。

一切安排妥当，裕王召德里给格格入宫。

见到自己朝思暮想的心上人，裕王心情无比激动，但他还是努力克制住自己，不被旁人察觉。德里给格格以女真礼（抚鬓蹲拜）叩见裕王，并含泪感谢，表示自己死后化作清烟，也不忘裕王的大恩大德！

裕王把自己宫中的众妃请出，见过女真格格。裕王还把德里给格格带到母后宫中见过母后，母后夸赞女真人中竟有如此通晓明礼、美貌如仙的女子（此母后便是嘉靖之正妃）。裕王苦缠母后，此事万万不可告诉父皇。母后答应下来。

次日，吉时吉刻，德里给格格在裕王宫中重着汉装，此装即离开吴江别母时所穿之白纱罗裙。回想当年，德里给格格不由得一阵阵泪洒粉腮。裕王轻声嘱她拭去。

此刻宸妃母亲及小妹已经在裕王府中的地宫等候。

明代的时候，不论是朝臣权贵还是阉党门第，几乎家家都有地室、窖室、幽室，而皇家则称为地宫，大都用来避暑，不仅如此，地宫还可

142

存珠宝，设园艺、藏娇恣乐。所以裕王府有地宫，亦不为奇。

裕王府地宫设在后花园与寝宫相连的地方，是由藏珠库改建而成的，非常阔绰和讲究。地铺红毡，墙悬珠灯（灯形若珠，点油），棚顶粘贴琉璃瓦，瓦上绘有奇花珍木，鸣禽吼兽，梁木为云贵之擎天楠木，昆明湖畔之大理石，泰山顶上的翠松，雕龙凤、八宝图、百美抚琴图、仙翁盘道图、洞宾戏牡丹图。再入幽室画雕全为春宫秘画，分男裸图案，女裸图案。这在明季也甚寻常。明廷腐败，在画风上颇有南北朝时春宫图，宫诗与金瓶皆可上墙，堪称时风。

墙悬珠灯，灯形若珠，内燃獾油，彻夜幽明。洞两侧有鼓轩，歌师舞妓所在，古曲沉沉，若有美人从洞穴而入，望之恰如仙姬降凡。筑此地宫，约时六个多月乃成，太子堪谓匠心也。

宸妃母亲与小妹是从后花园那面的洞口进来的，宸妃则是由太子寝宫中所留的洞口进来的。两拨人都往洞中白玉宝殿方向去。此刻白玉殿香烟缭绕，灯光幽暗，宸妃走过时烟云飘飘，若隐若现，视之若仙。

宸妃母亲惊呆了，忙喊宸妃小名："媛儿、媛儿。"

宸妃母亲以君臣之礼给宸妃见礼。三拜九叩之后，宸妃起身走下台阶，宸妃母坐于侧座，宸妃再以母女之礼拜见。叩拜久别多年之慈母，母女俩抱头痛哭。宸妃小妹也跪地叩拜姐姐。母女三人抱成一团，痛哭不止。

宸妃昏厥泣血……

叹苍天悠悠，骨肉离散，朗朗晴空竟只能在幽府相会！

母唤子，子唤母，洞中无人不催泪。尤其是众侍女，均系明廷选召之人，触景伤情，个个忧肠满腹，哭成泪人一般。

裕王曾有言，因宸妃思母之心感动天神，特命仙府中之宸妃下界与母相见，时辰一到，便返回天廷。裕王之所以如此安排，是因为宸妃怕母亲与己相见后，难解思子之心，所以便假指神仙帮助，使其母认为其女已逝。明妃不带其母北去，皆因北方寒苦，南人不服水土，不忍相携尔。

宸妃乃有刚骨之人，性甚刚强，怕连累母亲，与母相见后，出地宫，仍到裕王宫中，将觉昌安阿玛和沙克达妈妈给自己带的礼物：牛羊皮张各五十（共百张）、参茸十柳篮、黄蜂蜜五坛、哈什蟆乾肉五盘、鹿脯五盒、飞龙和鱼干五筒，全转给母亲；王杲送给德里给格格的大玛哈鱼干十挂、鲟鳇鱼籽五桦皮篓也全都转给母亲。当然，这些东西全都是以裕王名义赏赐的。

宸妃决意早返塞北，但又挂念母亲和妹妹，肯求裕王帮自己把小妹带到塞北，与己同住。老母在裕王宫中有女婢侍奉，倒也随心安适。

裕王执意苦留，并请自己的爱妃劝解，怎奈宸妃去意已决，裕王泣作"南燕行"曲，抚琴歌之；宸妃以在吴江采桑时所唱民歌答之："吴江水东兮，揭波千里；碧海浩渺兮，不知忘返"。

裕王宴请宸妃，均以双数为席，双鱼、双鸡、双蟹、双莲、双虾。席中舞谱均咏关雎之调。宴罢，裕王陪宸妃赏花榭、游鱼、燕廊、地宫……

裕王的一片赤情，宸妃早就知道，无奈身份有别。在裕王府中，宸妃趁裕王妃入内时涕泣叩拜，感激裕王恩宠，裕王亦泣拜不起。

宸妃表示："妾有生之年，不忘裕王大恩。天地有极，妾感裕王恩无涯也！"

宸妃再哭拜，求请裕王送己归。

裕王见其意已决，不忍违拗，洒泪命人请王杲，备乘，即日起程返北。

临行时，裕王牵马挽辔不忍离去，随轿出关，泪送四十里。

行在溪水溢泉处，宸妃命轿落，下轿，苦请裕王返宫。

裕王跪拜，泪流不止。

裕王曰："小王愿与妃结为兄妹，手足相亲，相隔天涯若咫尺也。祈王姐自爱，相逢有期。"再拜而别。

后裕王登基太极殿，建隆庆，宣召德里给晋见，赏赐不少朝廷封禁的货物，如盐、铁、胶、铜及纺纱器械。德里给把这些赏品带回赫图阿拉，助罕王创基立国，功显尤著，甚得罕王敬之，尊为德里给妈妈。此乃后话。

宸妃重返塞北，其母未送，其妹也未送。是勒吉红请命护送的。勒吉红知其是汉家女，晓大义留到塞北，十分敬重，向宸妃致歉，并说要学关云长，送嫂到觉昌安处。

裕王在送走宸妃后，在春节前后派人把宸妃小妹送过去了。名义上说其姐死在塞北路中，妹去为姐填坟。女真人感其姐恩，会很好款待的。小妹招弟思姐心切，表示愿去塞北凭吊。

招弟到了佛阿拉，在女真群里认出了姐姐，大梦方醒，急忙跪地叩拜，感谢上苍，原来胞姐健在！

宸妃小妹走了以后，裕王因甚爱宸妃，爱屋及乌，一腔柔情化作了敬老孝心，待其母如生母。其母在裕王宫中颐养天年。

　　嘉靖四十四年秋，宸妃母亲病危，将招弟唤回。弥留之际将招弟献于裕王，令其委身裕王，作奴作婢亦不可惜，以报答裕王的知遇知恩。招弟哭着受命。

　　宸妃母亲死后，裕王命人将其厚葬于芦沟河畔，封招弟为常在。

　　裕王于嘉靖四十五年冬登大宝，封招弟为贵人，可惜招弟一直膝下无子。三年后遭谗言，被裕王妃用毒酒夺去了性命。当时裕王正在灵幢出游，回来的时候招弟已经离世，裕王悲痛万分，大哭一场，后令人将其厚葬。

第十七章　德里给地宫见母

我们在前段书中说过，王呆凭奇谋赢赚万罕玛法，拔寨换旗，讨封索印，窝集女归故里求神贡。王呆得裕王赏识，声名威振塞外，拥兵苏水，西连土蛮，漠北众酋相继臣服，皆以隶呆麾下为耀焉。

女真人当时有句土谚，说："呆罕家如喜鹊窝；万罕宫似秃鹫巢。"以此喻王呆处门庭若市，喜事频传，人畜兴旺；而万罕的俵倡宫则是秃鹫栖枯枝，孤影寂寂然。万罕知道王呆现在的态势自己已无法阻挡，亦谦让三分。

嘉靖三十六年，王呆率领建州女真部众，到抚右关贡市，明朝抚顺守备彭文洙因王呆所带来的马匹中有十六匹又老又瘦，拒绝交易。在饮酒中，王呆佯装酒醉，出言不逊。抚顺关抚夷厅官兵听不下去了，起身与其打到了一起。王呆率部众乘机大闹抚右关市，杀死守备彭文洙，同时掠夺东州、会安诸堡。

王呆杀死朝廷命官，掠夺边堡，在朝廷引起极大的震惊。众阉臣就与兵部大臣商议，他们共同呈上了一份奏折，上面写道："建州逆呆嚣张跋扈，岂可不靖之？"

更有阉臣袁公公久读古书，有谋臣之略，素得嘉靖爷赏识，曾览兵部荐奖大将黑春征西疏文，甚悦，向嘉靖帝慨然荐曰："今有勇将黑春，幼生北荒，谙晓夷风俚语，武进及第，骁具叔宝之勇，略及伯温之才，堪可大用。黑春奉旨平西，英风慑震于甘陕，帅纛风靡于回寨，斩关弭骑未有御者。今凯歌回京，朝野欢动，此正勤王安业，革戡刁风，惠泽遐迩，天赐良臣也。若万岁爷委以辽东扫北军务，北陲可平矣。人心向夷之弊，所关匪浅，呆桀骜之气尤除，伏祈鉴纳耳。"

兵部奏疏中所荐黑春，乃非常人。此人嘉靖年间名噪朝野。他身高九尺，虎背熊腰，手使三百斤重的镔铁三楞狼牙大刀，有万夫不当之勇，实为捍城之上将。

黑春孩提时常在女真人中嬉戏，粗通女真语，因少有管教，酷似野儿，颇有虎狼之勇。

他原是兵火离乱中一弃婴，后被人所捡，抚养成人。黑春长大以后，武艺超群，相传其拳法乃梦中异人所授，后考武举，武进士及第，录辽东总兵官下牙将、把总，后擢游击、指挥、都督金事、副总兵官，三秋连升五级，可谓有明以来未能与之比肩者。

黑春通兵法，擅用兵，于嘉靖三十八年秋，勤王入豫南，平小白孤之乱，斩首万级，残杀无辜良民如削草芥，真是千里无鸡闻，白骨蔽于野，称之谓"黑煞神"。

因平西安回叛有卓功，朝廷破例允其率师在京师恣游十日。黑春十字披红，头插金花，钦赐蟒袍玉笏，骑马游街，彩灯锣鼓，执事旌旗，宛若状元及第，好不威风。众兵将也均受赏有差。

黑春自得皇家鉴赏，目空无人，渐傲无度。其兵勇在京津诸地恣意挥霍，妓馆歌楼、茶棚宴馆、戏班赌场均开市招待，纵其欲，乐其兴，所需铢锱均由国库内帑开销，其兵欺男辱女，夜宿民宅，弄得多少人家女子投井而亡。

黑春在京，百官朝贺："黑春在，国事安"。竟有一大臣给黑春送额匾，上书"固国门神"四个字。匾有一人高，其字半里外都可以看得真切，而且是嘉靖帝的御笔亲书。众士宦酒肉款待，一个个弹冠相庆，皆认为黑春为大明中兴之将，远非岳鹏举可比。

书中暗表，王杲在京城的时候就听说了黑春的大名，后来探子又报说黑春大帅在京师得到"固国门神"金字匾额。

王杲性格刚烈，恃才傲物，素来不服。他心中早就有算计，一定要好好会一会这位大明朝新出世的豪杰。

王杲有一句处事格言：抚夷切忌兵戎，民不畏死，奈何以死惧之？宜修政宣化，文远德迩，边患息止矣。

因此，黑春北征（扫北）早为女真所怒，王杲尤其懊恼，这是后话。

黑春在京尽兴消磨够了，皇帝授尚方宝剑，率师荣归辽东，授辽东平夷大将军、总兵官、皇门御典钦命安抚使。出京之日，朝野名臣、百姓名流，箪食壶浆，鼓乐动天，敬送几十里。

这个举动，在朝廷内部有争议，阉党之流纯系虚张声势，因黑春是他们翼下干将，一丘之貉；而裕王与众贤臣则斥憎这种摊排铺张，再三申明大义，贺黑春平西功可，然不可大肆宣扬其扫北之举，势将激怒边陲女真，树敌北疆，此安邦之大忌也。

裕王亲入内直谏父皇。

嘉靖帝因刚喝过太监新奉的参汤半碗，正闭目养神，无心回话。

裕王泪跪半个时辰，退下。

此时众朝臣正侍黑春上马游街，前呼后拥，数百人相随，真如天上掉下一个活神仙，人人争看，个个雀跃，焚香长巷若云雾，大明数十年来未遇之盛况。

黑春有不少的豹狼弟子，徒弟收了无计数，关内关外都有他的心腹和弟子。其中，在辽东比较出名的弟子有杨五美、王三接、李二拐子，张三夜也是他的徒弟，包括门将章烧鸡和平日所拢的爪牙们。

说来杨五美那可是员勇将，他在家排行老五。其父母盼生美男子，起乳名五美。说来也怪，此人小时候长的还有个人模样，可随着年龄的增长越长越丑，两个长耳朵，一对三角眼，再加上脖后长个肉瘤子，五美成了五丑。

王三接是体魄修美的武将，外表像个书生，但却武艺超群。此二人是黑春的左膀右臂。其余众将、指挥、游击等也是追随黑春于疆场，东征西讨，立下汗马功劳。

明代武将有个习惯，就是攀个名将做他的幕僚，便可飞升几级，即使不能厮杀于疆场，也可荫官受爵，赏赏从优。因此，有不少人都以成为黑春之弟子为炫耀的资本。黑春本人也不知自己有多少徒弟，反正有一个算一个，来者不拒，多多益善。

黑春率师回辽，应在嘉靖四十一年初春，旧历年三十前后。京城中曾有文士赋诗曰："瑞雪送春师"的诗句。

俗话说的好：什么样儿的将带什么样儿的兵。黑春狂妄自大，他手下的的兵卒也一个个的趾高气扬，不可一世，尤其在平回征战中没打过败仗，就更加的得意忘形，此次返故乡，他们是走一路，抢一路，扰一路。扰的屯屯不得安生，寨寨鸡犬不宁。

黑春谋略逊于李成梁，然黑春逢时，朝中有阉人，又有文人骚客，鼓唇弄腮，把个黑春吹捧得犹如生了三头六臂，盖世无双。黑春蛮直，哪有管仲之才、诸葛之谋，经众人一捧，如入云里雾中，不晓得自己究竟吃了几大碗干饭，有多大能耐，信口胡诌，夸下海口，声言自知北地无奇人，女真雪寨均系玩驽马、逐熊虎的山野愚氓，不通兵书，不解战法，不达世理。扫北如逐獐狍，会弄弓箭的七岁小儿均可上阵，不足惧也。

黑春率师由广宁出发，出抚顺，直奔辽东。这一路上，号角齐鸣，兴师动众，未见有一个女真兵马，心中更觉女真兵无能之辈，耻笑历来之明廷将佐，为何竟被边氓扰得丢官的丢官，掉头的掉头，叹朝廷竟用庸才！

书中暗表，黑春兵发辽东时，王杲正在京师忙裕王之事。勒吉红、李乔、徐逊、咬乌郎及觉昌安父子等诸将早得到探子传告。几个人商议后一致认为：不可轻举妄动，一切等杲罕回来再定夺。

勒吉红跟王杲多年，也学了不少兵法，深知"避实待机"的兵家战法。于是，勒吉红一面派兵将固守石城，一面加派探子刺探黑春动向。

黑春却误以为自己大兵压境，无需动作，就足以威慑众酋，这也助长了他的骄气、傲气、杀气和胆气，使其在大军刚驻扎在抚顺关外，还未歇脚，便筹谋扫北方略。

他手下的谋士们告诫黑春，不可小视女真人，尤其不可轻看了黠酋逆杲。此人有卜算神功，用兵如神，非寻常女真野氓可比；且帐下勇将百员，降官若云，远超万罕之上；其妻乃窝集部悍女，"娘娘神兵"有迷魄夺魂之术，头颅掉了尤念芳魂，万不可当儿戏！况且眼下女真又连兵土蛮，兵强马壮，非同凡响，更不可小觑！

黑春哂然一笑，毫不在意，说："三夜惨死野女刀下，这笔账早该还了！况且黑爷爷我还要亲睹女酋芳容，看看她究竟有何等法力？"

稍作停顿，黑春又说："王杲联兵土蛮，你们说，我是先用兵王杲，还是先兵发土蛮？"

众将议论纷纷，有说先兵发土蛮的，斩断王杲的羽翼，使其孤立无援，然后再消灭他；有说先兵发王杲的，擒贼先擒王，抓住王杲，土蛮兵群龙无首，当然不堪一击。

正在此时，探马来报："土蛮四百骑兵，扰掠浑河，兵困辽阳。"

黑春决定先派王三接等率轻骑五百，驰援辽阳。他随后带兵马从外围偷袭土蛮扎萨克图罕，使土蛮扎萨克图罕腹背受敌，以解辽阳之围。灭土蛮后，再回师灭杲。

黑春当夜安排调动兵马，人衔枚，马嘴包皮罩，蹄包皮，在黑得不见星星的雪夜里兵发辽阳。

你道这黑春原与王杲往日无怨，近日无仇，为何行辕初到抚顺，便急不可耐地召集众将商议平杲之策？

原来，王杲曾假借万罕之名，巧夺三寨。加奇石寨寨主百林布逃到万罕处后，越想越不甘心，他就找姑爷万罕，请他帮忙夺回石寨。可万罕也不敢轻易地招惹王杲，就没答应他。百林布一气之下，偷偷地来到古埒城，他要夜杀王杲，以报前仇。

百林布过去曾到王杲府中拜见，在府中吃过小宴，故而知其所居之内舍。于是，他乘月牙之光，攀后山入山寨，翻墙摸入王杲所居之内宅。

这内宅珠廊画栋，甚为讲究，是王杲与亚嘎哈所居之室，共分三间。东间是书房和佛堂；中间一间是客室，以备王杲接见手下部将所用；西面那间有对面两铺炕，是王杲夫妻所居之室。此时因王杲夫妻去京师，命亚嘎哈身边的三个小女婢在此洒扫庭院，烧炕暖屋，以备王杲夫妻回来。

谁料想，百林布夜里摸到王杲内府，借着星稀月光，他用刀尖撬开大门，进入院中，听听东间，无人，再来到西间窗下，见里面有灯光，隐约还听到男女的嬉笑声。

各位阿哥要奇怪了，这是怎么回事？王杲夫妇的内室怎么还有男人？

不要急，听我说书人告诉你：

原来亚嘎哈身边的一个小女婢与人私通，但碍于在主人面前，不敢造次。现如今主人走了，这两个奴才的胆子就大了，男奴乘黑摸入小女奴守护的王杲内室，脱衣上炕。两个人正哼哼唧唧的行云雨之事，根本未想到能有人来。就在两个人神魂颠倒之际，百林布的刀已经落下来了，做了王杲的替死鬼。冤入冥府，还不知所谓何缘！

天亮以后，众丁卒仓促报于勒吉红和徐逊等首领。众人大惊，忙到王杲府中细细查看，见西屋炕上死了两个人一男一女，赤条条的，血汁洇满被褥，不忍目睹。

勒吉红与徐逊忙叫众兵卒收拾尸体，并告诉大家不许声张，更不许外传，额真回来也不许讲。

徐逊又吩咐兵卒搜遍全寨，未见强人踪迹，只发现一趟血脚印一直出城，通往抚顺方向。

勒吉红与众将商议，此贼走向抚顺，必是抚顺城里的人，此刻应该尽快派人出去查访。可派谁去呐？大家商量来商量去，一致认为徐逊在抚顺任过游击，对那里的情况比较了解，派他去是最合适的人选。徐逊也不推脱，满口答应下来。

徐逊打点了一下行装，辞别众弟兄，匆匆上路。因徐逊仍穿的是汉服，而且他在抚顺当游击时为人很好，众将卒都很敬重徐逊，见了他当然放行了。

徐逊进了抚顺城，找到几个原来跟他一起在衙门里做事的朋友，把情况简单说了一下，当然了，徐逊并没告诉他们自己现在在王杲手下做事，只是说受朋友之托，请他们帮助寻找贼人的下落。哥儿个平日里都受过徐逊的恩惠，此番徐逊相求，当然责无旁贷了。

第二天晚上，打探的人就回了消息，杀人者乃加奇寨主百林布，现投奔在黑春的徒弟杨五美的帐下。徐逊谢过众兄弟，只身一人来到杨五美的军营附近等待百林布的出现。

可一连等了三天，也没见那百林布的踪影。徐逊想：百林布一定是躲起来了。我这么等下去也不是个事。杲罕不在，寨子里还有很多事要处理。也罢，君子报仇十年不晚。我今天暂且回去，等来日遇到那狗日的再取他性命也不迟。

徐逊打定主意，几天来紧张的情绪一下放松了许多。他信步来到街上，见街上人来人往，各个作坊的商牌幌饰随风摇摆，小贩的叫卖声此起彼伏，这一切都是那么的熟悉。徐逊触景生情，无限慨叹。他走进一间小酒肆吃了一盘葱拌羊肚、喝三两清州老窖。几杯烈酒下肚，徐逊两腮微红，心里也更加舒暖十分。

徐逊付过酒钱，在街上闲逛起来。逛着逛着，他来到了一条小巷，这条小巷又窄又长。徐逊走着走着，脚步逐渐慢了下来，前面出现的一幢熟悉的两层木质小楼，是自己当游击时候的家，那里曾经住过和自己恩爱无比的小妾"小金莲"。可如今楼仍在，情义无。徐逊望着窗外竹竿上晾着的红裙，犹如万箭穿心。他满眼含泪，伤心欲绝。咳，大将军也有断肠时！

猛然间，徐爷心中涌起无限怨恨。他心想：今天既然来了，就应该了却了和这淫妇的孽缘。

想到此，徐逊的心平静了许多。他抖抖精神，按了按胯下的腰刀，缓缓走上了小楼。屋门没关，徐逊推门进去。徐逊打定主意，若是李如松在此，就先一刀宰了他，然后再跟那薄情人算账。

没想到，徐逊进去以后，屋里只有小金莲一个人。小金莲正偎坐在凳子上，手剪着窗花。

经常干活的人，特别是干手工活儿的人都知道，干手工活儿和写字一样，讲究的是一气呵成，所以小金莲听见门响，知道有人来了，但她以为是李如松来了，所以并未抬头，而是继续剪着手里的窗花，嫣笑着说："公子，你怎么现在才来呀？"

徐逊并未答话。

小金莲觉出了不对劲儿，这才抬起头来，猛然见面前站一铁塔，怒目横眉地瞅着他。

她吓得扔掉了手里的剪子，呆呆地望着他，说："怎么是你？"

徐逊冷冷地问："你说该是谁呀？"

小金莲意识到了自己失言，也看出了徐逊脸色不对。她马上把脸一变，哭诉曰："夫君你一走就是几个月，把奴家抛的好苦。夫君你坐着，奴家去给你烧茶。"说罢起身就想走。

徐逊一把抓住小金莲，把她提拉到自己面前，问："说，你刚才以为是谁来了？"

起初小金莲还想抵赖，可看到徐逊那犀利的目光，吓得也不敢撒谎了。她一五一十地把自己和李如松的丑事都交待出来，并招认自打徐逊走后，李如松夜夜与她交欢。

徐逊气冲斗牛，手起刀落，血刃淫妇。徐逊又来到李如松府宅，恰巧李如松奉旨去了朝鲜不在家，躲过一劫。徐逊杀了李如松的小妾和他的一个儿子，拿了一些财物，回古埒城去了。

话说百林布杀完人后，只身逃往抚顺，拜在了杨五美的帐下。

这百林布与杨五美、王三接、张三夜等关系不错，他们都是妓院里的朋友，来往的也非常密切。百林布虽不是黑春大帅的徒弟，但由于杨五美等人的关系，所以间接地也能跟黑春沾上点边。当时在抚顺一带，亲不亲都以与黑春的关系远近为尺度，此乃同气相求之理。

百林布为雪前仇，拜倒在杨五美膝下，他痛哭流涕，大骂王杲凶狠、残暴、没有人性，说王杲心怀叵测，在女真人中散布说黑帅是"勒夫①胡突②"，即"吃人的熊鬼"，并且想要杀尽黑帅帐下众将。

杨五美与张三夜本是同门师兄弟，早为三夜的死迁怒于王杲，只是由于师父入关未回，所以不敢妄动。今大帅班师回程，奉命讨逆酋王杲，正合五美心意，故而大喜，盛宴款待百林布，安抚其静候捷音，并收百林布在其帐下为监军，总理兵备。

---

① 勒夫：满语，熊。

② 胡突：满语，鬼。

百林布原是一寨之主，身怀武艺，其寨与建州女真接壤，熟悉女真人的风俗，对王杲的兵力等情况也略知一二，也算是一名难得的人才，故而重用。百林布感激五美的恩德，废寝忘食，尽心尽力。

黑春从京师回来，五美率百林布等拜过恩师后，便向黑春猛灌王杲如何暴虐和凶残，如何杀戮朝廷官员，添油加醋，从中挑唆，把个黑春气得在酒席宴上暴跳如雷，拳击桌案，誓与杲酋决雌雄，平杲以安社稷。

百林布为攀高枝儿，将逃难到万罕处的十六岁小女给黑春做了小妾。百林布被辽东女真人讥讽为"熊鬼丈人"。

王杲本不想与黑春结仇，也为了践行与明廷争辩之志，所以他虽恼怒黑春目中无人，但从长远打算，又因与裕王相交，冤仇宜解不宜结，故而王杲从京师回来以后，听属下人报告黑春之动作后，并未派兵马与其交锋，而是强压心中的怒火，任由黑春张狂。

黑春兵发土蛮之时，土蛮罕用羊骨传信告急。那时候女真人中还没有文字，平时有什么事的话多以绳来记事或记年。遇到战事的时候多用兽骨传信，有时用被抓的俘虏传信，其法以重金收买投诚之徒，在铅皮刻上密息，外包羊肠，缝入臀内，静养十日，伤口愈合。因此处肉多，行走方便，不被外人注意。此法传信甚是灵验。

还有一种方法是沿用辽、金以来的通讯方法，即互相养育对方的狗，一有急事就在狗脖颈或后大腿上挂一骨牌，骨牌内里镂空，可装信息；或在其臀、大腿部，藏入铅板；或将密信吞进其腹内，待其到达目的地后，剖腹得信。此方法比马与人传信都准、快。

王杲接到土蛮罕的告急信后，并没有派兵救援。结果，黑春兵大胜，斩杀土蛮数百兵卒，掠得牛马羊畜无数，得铠甲夷器无算。黑春自鸣得意，忙报捷于京师。明廷下旨，奖赏黑春讨逆酋有功。

王杲之所以收到土蛮罕的信而不出兵，一是因为当时的气候不合时宜，当时正是冬天，天气寒冷，寸草不生，如果急于出兵的话，战马的草料都是问题；二来也是为了助长黑春兵的骄纵之气，使之连克数寨，兵将开始骄傲起来，不守兵法，也不择战地，视女真、土蛮兵若追逐獐鹿，出师即胜。

王杲如此筹划，黑春果然中计，不备不防，入土蛮寨如入无人之境，一连掠获土蛮数千头牛羊后，黑春决计攻杲。

就在这一年的五月下旬，王杲正在古埒城率众将、家人、妻妾、儿孙做五月"射柳之戏"。

所谓"射柳之戏"即在五月至六月间做的一种游戏。此时江岸群柳丛生，白绒绒的毛毛狗正绽开笑脸。届时，王杲命家人在江岸选平坦草坪，采毛毛狗数把，紧束于百步外的木桩之上。王杲率众以针箭射把，看谁射毛毛狗最多，最多者为优胜者。此戏为"射柳之戏"。

众人玩的正在兴头上，探子来报："黑春小部兵马将至。"

王杲不慌不忙，命勒吉红率人马御之，得小胜。

黑春兵退，王杲暗命勒吉红秘密刺探黑春动静。

勒吉红回报王杲："黑春兵马屯兵林中，并未远退。"

王杲闻听甚疑，回想黑春日前狂言，知不日必有大战，便夜入堂子，请萨满跳神卜占。

祭毕，王杲重入神堂，焚香祭拜，这是王杲素用的"占卜法"。

此时香烟袅袅升起，不见任何卜象。王杲甚惊。

就在这时，身穿长衫的亚嘎哈从外面进来，在桌上的鞑子香前面一过，风吹烟动，竟现出一女人头像，然后又化作一个大圆圈，飘渺中散去。

王杲暗自思忖：卜像现"女"、现"口"，难道此次用兵与女人有关吗？

王杲立即想到，自己所占据的古埒城位于辽东抚顺关的丘陵地带，四周群山环绕，比较出名的有媳妇山与核桃山。媳妇山位于古埒城北侧二百里，大小山峦连绵不断，山形奇特，地势复杂，很多当地的猎手和土户都不能辨认方向，入山则迷路，不辨东西，不辨走向，若被仙女迷魂一般，故称"媳妇山"，意思是谁到此山都被留住，像妻室留夫，难再远行。而"核桃山"在媳妇山的东南方，其形状也像媳妇山，都是一些小丘陵，宛若核桃。此二山可攻可守，向为兵家必争之地，诸兵家莫不觊觎焉。

王杲立刻明白，这是神灵在暗示我：在媳妇山吃掉黑春。

王杲迅疾命人找来媳妇山和核桃山的地形图，仔细查看后，心中已有部署，派勒吉红联络土蛮罕，令其率师来会。

各位阿哥要想了，土蛮扎萨克图罕给王杲发信告急，结果王杲没派兵，致使扎萨克图罕损失惨重，现在他又给扎萨克图罕发信，让扎萨克图罕率师前来，扎萨克图罕会听他的吗？

关于这个问题还是我说书人告诉你吧：从金、元以来，蒙古兵频繁袭辽东，掠浑水、苏水，远近无能敌者。但因蒙古兵从沙漠深处不远数百里而来，一路风尘劳顿，到达攻占之目的地后，不要说人，就连马都疲惫不堪。而且蒙古兵数百里驰来，数百里驰去，死伤也是甚大。再加上明从成祖起，加强戍北兵力，又修边墙，北疆稍许平静些。

王杲的古埒城地处浑水、苏水之域，是入抚顺、进辽沈的咽喉要地，又是南下建州、北上哈达的必经门户，若与王杲结盟，扎萨克图罕骑兵便可以在古埒山寨附近为歇脚之地，联王杲就等于打开了进出南北的关口。这是土蛮罕多年梦寐以求的，故此当王杲提出联军之策，土蛮罕当然欣然从命。

第十八章　杲罕智取媳妇山

话说土蛮扎萨克图罕，体格健壮，颇有雄略。其父乃鞑靼达赉逊可罕，在蒙古颇负盛名，病逝。扎萨克图是达赉逊可罕的长子，承袭父王罕位，英悍酷似其父。他身边有乌巴珊巴图鲁和叔巴珊巴图鲁，此乃兄弟二人，甚勇敢，手使百石硬弓，可射穿双牛。

乌巴珊和叔巴珊兄弟幼年时，其母将他们生于荒野，母亡。兄弟二人在天鹅羽翼下得以活命。沙漠中，两只白狼小崽被风沙掩埋而死。白狼夜夜哭嗥，疯奔中偶遇两名弃婴。白狼赶走天鹅，将弃婴衔于洞中，舐之、乳之，精心饲养。俩弃婴渐渐长大，白狼长啸而别。白狼走后，兄弟二人推开洞口石门，像狼蹄跃状，行走于荒漠中，只会嗥号，不会人言。正巧遇见蒙古达赉逊可罕王爷猎羊归来，得此奇童，抓住绑在了皮帐之中，百般询问，不通人言，不晓人理，其目其态若野兽一般。

王爷见状惊诧万分，收于帐下，带回部落，教习蒙语，与儿子扎萨克图一同习武，同操弓马。时间久了，兄弟二人呀呀学语，学会了蒙语，武术也甚强，尤有奇能，跳跃、行走如快马，连跑数十里都不吁喘一声。扎萨克图甚是喜爱，让他俩做自己身边亲随，授以巴图鲁称号。土蛮罕每与王杲联兵出战，多系乌巴珊与叔巴珊率兵前往，每战必克。勒吉红也非常喜欢兄弟二人，与他们结为兄弟。

土蛮罕命乌巴珊、叔巴珊兄弟二人攻打辽阳前，王杲早已探知朝廷新任总兵官黑春的情况，密告土蛮罕要严加小心，此人勇猛过人，切不可草率妄进。

土蛮罕正在迟疑，没把黑春放在眼里的乌巴珊、叔巴珊兄弟二人，争着带兵前往，于是，土蛮罕在四月初发兵侵袭明辽阳诸寨。黑春命王三接为开路先锋，自己率师督阵，迎了过来。

土蛮乌巴珊兄弟再勇猛，哪是黑春大军的的对手。土蛮兵像牛群一样黑压压一片往前冲，能胜则胜；若败则又如雪山塌溃，遍野逃兵，让总兵黑春杀得惨败。

乌巴珊和叔巴珊兄弟无颜回去见王爷，带残兵复攻凤凰城。这兄弟二人一心想转败为胜，两人一商量，有了，都说王杲兵马厉害，明兵最怕，何不改装易服，借王杲名杀败黑春兵马，夺回失去的辎重武器，回到扎萨克图罕处交军令状。且杲罕是主子扎萨克图大罕的密友，借用一下他的英名，打败明军，想来杲罕和大罕也不会怪罪，还会夸咱们哥们有智谋。

于是，他俩来到山中，精选了四十余匹黑马，化装成女真人模样，口喊："王杲部将来也"，杀奔凤凰城。

你想，黑春兵马无其数，旌旗若云，哪怕这几十人的马队，乌巴珊兄弟的马队被打得七零八落，但黑春也损失不小，被乌巴珊等砍杀数百首级。

黑春不知此股黑马队乃土蛮罕部将乌巴珊等乔装扮成，真以为是古埒城王杲来驰援土蛮罕来了。黑春早有先治土蛮罕后平王杲之夙愿，见王杲自投罗网，而且王杲兵将并非像传说的那样神勇。他又气又喜，命杨五美率兵五百，由百林布带路，他要巧夺古埒城。

黑春部将杨五美率部突袭王杲寨，王杲急命勒吉红轻骑御敌。杨五美狼狈败遁。王杲深恶黑春偷袭古埒城，像恶心人的苍蝇拍不尽，又轰不走。只有剪除黑春，才能以绝后患。可黑春是当今朝廷非常倚重的一员骁将，又拥兵近万，要想彻底铲除也绝非易事。

王杲坐立不安，信步亭中，夜观天象，突见北斗平西，流星闪耀，星空中有一道紫云游曳东天。紫云即紫气，紫气，乃祥瑞之象，为大吉兆，喜兆，祥兆，见紫气者必万事顺意。

王杲大喜。他大步返回大帐，命嘎什哈拿来古埒城周边媳妇山和核桃山的地势图，仔细观阅，左右思忖。许久，生出良策。我古埒城力单，要想剪除黑春，必有蒙古雄骑相助，堪成大事。王杲连夜派勒吉红飞马出寨，造访蒙古土蛮罕。土蛮罕素来信任和敬佩王杲之智勇，对其言听计从。

双方当即议定：土蛮罕出骑兵三千，赶着牛羊，以马头琴、弦歌、舞蹈为乐，边走边弹边唱，用歌舞、牛羊、辎重逗弄黑春。然后与黑春兵交战，佯装败北，诱引黑春重兵向媳妇山方向而来，最后进入媳妇山群山瓮中，形成与黑春七千兵马对垒之势。杲罕则带二百黑马轻骑秘密埋伏于媳妇山中。待黑春兵马入伏后，土蛮兵即可回师，其余事情，皆由杲罕安排。

一切都按王杲预想的进行，黑春果真中计。

黑春重兵兵分两路，一路由核桃山口进，一路由媳妇山西北进兵。

可当兵马进入媳妇山后，霎时陷入崎岖山道里，行动十分迟缓。王杲兵马也不闲着，站在密林山崖上，一个个冲着黑春的兵马，摇旗呐喊，只听一个声音："黑老鳖，黑老鳖，瓮中捉老鳖！"

黑春一听，更气得在马上暴叫，速命大军夺路前行，必擒王杲绥靖辽东。可是这媳妇山和核桃山地方，都是崖陡路窄、森林密布的难行路段。黑春每路三千多兵马，像巨蟒钻入了狭小的洞窟，龟缩难奈，蹒跚着攀援而进。林路崎岖，征马不前，众军只可下马挽辔缓行。黑春兵气吁作喘，怨声载道，唯听到林中有蒙歌传来，更气得黑春咆哮如疯，不住地在后面挥鞭催动兵勇前行，人多路窄，拥堵不前，人马踏死无数！

忽然间电闪雷鸣，暴雨滂沱。山峦雨雾迷蒙，悠悠若神境。黑春兵分不清东西南北，像掉进白烟葫芦里。突然，山崖崩溃，滚滚山洪从高崖喷下，数千人马相撞、相搏、相踏，顿时淹没在浪涛和山谷中，可怜不知所向。再细听，蒙古土蛮兵的歌舞全无，只见白雾细雨、林涛澎湃。原来土蛮兵早按王杲事前吩咐，事成迅即撤出。黑春见此惨景气得口吐鲜血，晕厥倒地。

此时响起一阵号角，红、白、黄、蓝、黑五旗一起摇动，王杲兵马包围了黑春身边仅剩的三十几个人马。黑春爱将王三接挺死勇救主将黑春，黑春得逃。王杲率部追杀王三接的兵马。王三接阵亡。

王杲围剿了黑春两天两夜，在第二天深夜，磔死黑春与部将田耕等三十员将卒，将他们戮成血泥……

王杲兵越战越猛，又在山口设伏，歼杀杨五美一千骑。黑春此役七千兵马，水溺过半，余者自相踏死甚多，残敌又遭杲部追杀，败逃者廖廖无几，全兵皆溃矣！

此役杲有言：凡为将者，要善观天文地理，出奇制胜。战法应如天地云雷那样变幻无穷；像江河那样迅疾奔流不竭。流水能把石头漂游，雄鹰于九天之上可搏击鹿兔，皆因其神速也。吾卜媳妇山可为迷宫，足可吞噬黑春之众，此山助也；吾观天生紫云，必酿暴雨，与数日所验证浑河水上漂游白水沫子相合，预示山中有雨，必有山洪之险。设计巧引黑春兵入瓮，水淹伏兵灭其锋锐，此水助也。吾以二百轻骑巧灭七千虎狼之师，岂谓野人不谙兵法乎？

黑春死后，消息传到朝廷，明廷大震，颁令哀诏国殇（国殇在六月），京中五日不准有鼓乐。王杲闻讯忙派专使李乔进京，密见裕王，执意吊丧，并直陈黑春非杲所杀，系黑春求功心切，杀杲自亡，乃咎由自取。杲怜之，哀之。

王杲还亲派勒吉红入媳妇山将血泥挖了一罐，装殓好，按女真习俗，打白幡送入抚顺关。一路上，勒吉红等哀哭甚恸情，明关众将卒气愤不已，虽不见完尸，但还得谢其送尸肉归。

在京师，裕王读杲奏折，从吊丧祭文和进献的厚礼中，深知王杲之用心。但其余明官均咬牙切齿，就是生吞了王杲也不解他们心头之恨。没办法，裕王只能命人保护李乔，准其吊丧、祭拜。众臣虽恨王杲，怎奈有裕王出面，也不好太过阻拦。

如此一来，朝中有些大臣转变了对女真人的看法，认为黑春之所以丧命，皆因为其嚣张跋扈所致。女真人是个晓礼义的民族，不可轻视也。

其实早在王杲初得黑春来犯密报时，就左右犯难，在卧室徘徊了很久，碍于裕王情面，他不想与明廷发生正面冲突，便亲笔修书，送京师裕王处，陈述详情。偏巧此书被扣押在侍官太监处，裕王未悉真情，干戈生焉，终使明朝宠将黑春丧命。岂非冥冥中自有安排，恶有恶报乎？

王杲联合蒙古骑兵，将蒙古拉入自己一边，统一其它小部落，一致对明，这确是良策，收到风靡辽北的战功。只可惜王杲无长远计划，用者联，不用则散，终未形成一体。罕王长成后汲其姥爷王杲的经验，在统一诸部中积极联合蒙古，与蒙古通婚，处处以礼待之，从而得到帮助，为其击败明廷找到了中坚力量。清朝通好蒙古，实际是王杲所创。

在击败黑春的这场征战中，还有一个人的功劳那是功不可没的，他就是王杲的部将咬乌郎。

要说这个咬乌郎也是一个不同寻常之人，他生于五女山下，其祖上原属于完颜部，后归服建州部，其父系沙里虎、塔里虎二将之奴（前书讲过，二虎为劝阻多贝勒，双双跳崖而死）。"二虎"为主先殉，其贴身奴才白音里哭埋"二虎"，待赶到哈达，万罕已用毒酒杀死多贝勒。白音里走投无路，骑马只身逃回古埒城，此时小主人王杲在抚顺尚未归来。

白音里夜守孤城，召集多贝勒之散卒，筑垒以待，誓与哈达、明兵决一雌雄，至死也不离额真多贝勒之地。王杲返回残垣，白音里哭诉前怨，决心辅佐幼主重兴古埒。可惜白音里不久后因病而夭。

白音里临亡前，手抚幼主王杲，将子咬乌郎（时年十八岁）交于王杲，曰："奴才此世扶持先主，蒙主不弃，赐以女奴，得生此子。奴愿以子相交，终生扶持小主以成业焉，奴死九泉以慰先主也。"

王杲泪如泉涌，完全忘却了自己的身份，同咬乌郎同跪于阖目长逝的白音里玛法身前。白音里葬于古埒城外，春秋享祭。

咬乌郎从此随杲起事，征战沙场。

咬乌郎个头不高，长发披肩，上身穿水獭皮小背心，下身穿黑鱼皮战裙。赤脚裸臂，手使牛角双匕，腰中有石弹，可投掷杀人兽，怀揣苇管，潜水中可用以换气。因常潜水，故此装束。

咬乌郎这个人老实忠厚，又因是奴才之子，时刻铭记阿玛的教诲，在王杲面前惟命是从，虽然王杲不把他看作是奴才，但咬乌郎也还是处处谨慎。咬乌郎因随父侍于多贝勒，活动于水滨，擅使舟船，水性甚好，能在水中潜水三日不死，故咬乌郎常被派出做暗探，潜苏水以探明情。

黑春兵马七千直指古埒时，咬乌郎就潜在苏水中，对黑春兵马的动向看得是一清二楚，直等到黑春兵马在河边造饭，他才密返古埒报于王杲，也才有王杲以蒙古歌舞引黑春入媳妇山之策。只是书中未表。

王杲与亚嘎哈到京师之时，勒吉红总欺负咬乌郎老实厚道。别人在家饮酒，他却让咬乌郎到离古埒城三十里地的苏水，密察明兵动向。咬乌郎受命后，纵有万般辛苦，饱受风寒，一身湿水，归来后酒宴已终，只能以残羹剩饭填充空腹，也从不发一句怨言。咬乌郎铭记父言，佐幼主成大兴宁苦也乐也。

咬乌郎不会说不会道，也不争名夺利，故甚少得奖赏，但咬乌郎从不抱怨。

王杲这个人有个优点，就是善于识别人。他深知咬乌郎的为人，非常敬重他，凡有美食，他都想着咬乌郎，偷偷为之留藏。咬乌郎也尤敬护王杲。

在杀杨照战的战役中，因战于蒲莲滩，属水战，咬乌郎大显神威。

咬乌郎寿命长，是王杲部中唯一幸存者。罕王努尔哈赤收咬乌郎于帐下，化名秘养内庭，享年八十。

其实黑春败亡，皆因其刚愎自用。黑春自讨伐土蛮与王杲联军之日起，夜夜军中艳妓作唱，庖厨豕羊哀鸣。天虽大晓，黑春仍酒醉未醒。

随军监军御前太监陈公公曾婉言苦劝："阴风凄凄，劳师缓近，小心陷伏于罟中。"然黑春泰然不纳，后果然陷入重围。

见此情景，黑春部将飞马急告抚顺关，乞求援兵救春。抚顺关闻讯

王杲罕王传

飞马传报京师，皇上宣召李成梁出兵解围。

单说自黑春官拜副总兵率师来辽时，李成梁的夫人牡丹就告诉他："黑春破回有功，京中又贺功十日，现已忘乎所以，不可一世。他哪知女真之地非狂妄之人可以久留。依妾身看来，黑春此次前来即使不被'轰走'，也要掉头。老爷，你就坐在家里等着听信吧！"

李成梁看着自己的夫人将信将疑。

果真不出牡丹夫人所料，黑春兵发不过十数日，便陷入重围，官兵死伤无数。当噩耗传入京师，朝廷便下旨命成梁设法替黑春解围，救出黑春。

当时李成梁虽闲赋在家，但他在辽东的实力却是其他几任总兵官不能比的，因为当时女真各部跟李成梁的关系都比较好，都比较信赖他，所以解媳妇山之围，非李成梁莫属。

可李成梁接旨以后却并不急着召集众将领商量解救黑春之事，而是赶紧回府找夫人牡丹。

要说这李成梁也是一员武将，行为果敢，做事干练，是一名有作为的朝廷官员，可这次怎么放着正事不做，而是回家找夫人呢？

其实李成梁不是不干正事，他回家找夫人牡丹正是为了黑春。原来这黑春的头房夫人是李成梁一奶同胞的妹妹，后来嫁给了黑春，并且生了一个儿子。黑春脾气暴虐，酒醉之后把夫人给踢死了。成梁听到信后痛哭不已，责怪黑春。黑春反唇相诘，故此二人虽有姻亲，都出生于辽东，又都通晓兵法，但却因为黑春打死李成梁妹妹的事心有仇怨。后来黑春投靠了京畿内臣，步步青云，而李成梁则闲赋在家，每日里与牡丹扶几弹琴，谈古论今，两家人从不来往。

此番黑春载誉荣归，又坐拥副总兵虎帐，按理说李成梁应该前去拜望，可李成梁却坐在家里一动没动。眼下朝廷下旨让李成梁去解救黑春，这可让李成梁犯了难，救还是不救？一时间李成梁难做决定。于是，李成梁急忙找夫人牡丹商量。

多智多谋的牡丹夫人思忖半刻，说道："看来此事只有我出面去求王杲，只要他不与黑春交战，这事就好办了。只是成与不成还两说着，我试试吧。"

说完，即刻命人备下车轿，乘月夜赶往古埒。牡丹夫人想先见德里给格格，然后再见亚嘎哈。没想到，两人结伴到佛阿拉走亲家去了。牡丹夫人只好按兵丁指的路，朝媳妇山而来。正赶上风紧雨骤，路滑山陡，牡丹夫人又是女流之辈，兵丁不敢催鞭，行动有些迟缓。等牡丹夫人赶到山下的时候，黑春兵马早已所剩无几。王杲正班师下山，在路上巧遇牡丹。

当王杲得知牡丹夫人是为黑春之事而来的时候，笑着说："黑将军已魂消苍山，何劳夫人亲自前来吊丧。"

牡丹夫人见状只能为黑春叹息，无奈的下了山，往辽阳而去。

各位阿哥可能要纳闷了，李成梁作为明朝的武将出仕辽东，不是与王杲没打过照面，可为什么不见他们之间有争战，反而还要去求王杲呢？这话还是得从李成梁的爱妾牡丹夫人说起。

那还是在王杲刚刚发迹的时候。有一次，牡丹夫人受大明皇帝嘉靖爱妃的姐姐一品诰命夫人之邀，去她府邸陪着闲聊解闷。这不仅因为侯王府邸贴身丫鬟们总是侍奉不好沉疴中的诰命夫人，惹得侯王爷恼怒，更因为牡丹夫人聪明伶俐、善解人意，又擅琴棋书画，尤工水墨丹青，故皇宫达官家眷们总好十里相邀。牡丹夫人也是逢请必到，逢场作戏，谈笑风生，忙的不亦乐乎。

得知诰命夫人有病，牡丹夫人急忙打点好了行囊，带着几名贴身的丫环和老奴李富，由三十名护兵跟随，启程赶往京师。一行人晓行夜宿，不知不觉来到了一片林莽之中。此处树木茂盛，遮天蔽日。人马穿行在钻天古树之中，林外松涛震耳，林里湿暗寂静，一只只小花鼠子在枝干上窜上窜下。牡丹夫人被这林中奇趣给迷住了，好在当时天正当午，牡丹夫人便命家丁落轿歇息，歇歇脚，吃几口点心。

众家丁早盼着能歇歇脚，喘口气，听牡丹夫人这样一说，个个非常高兴。众家丁忙着吃饭，牡丹夫人带着几个姑娘上山采撷野花，插头饰胸。几个人越玩越高兴，越玩兴趣越浓。家丁们眼瞅着牡丹夫人越走越远，也不敢上前阻止，又因牡丹夫人不让跟随，所以他们只能远远地跟在后面。

牡丹夫人顺着溪径走进树林里寻觅香花。也是该着，前边草丛中突然飞起三只大如牛耳的七彩粉蝶。牡丹夫人越看越喜欢，竟忘了身后急赶慢赶的丫环们，追着彩蝶跑进了椴树林里。

那三只七彩粉蝶像故意逗牡丹夫人似的，飞飞停停，一直带着牡丹夫人来到密林深处，然后突然一下向空中飞去。牡丹夫人眼巴巴地瞅着七彩粉蝶向远处飞去。等她回过神儿来，再看身后，已不见了跟随的众家丁和女婢。她一着急，脚一跺，不料却"咕隆隆"一下掉暗井里去了，紧接着，头上的翻板"咔"的一下就合上了。

牡丹夫人还没弄明白怎么回事，就被几个壮汉像捉小鸡一样，捉到了洞里，然后扔到了一块大石板前面。

石板上坐着一位身服白袍的美貌公子，你道这是何人？我想不用我说各位也猜得到，他就是本说部的主人公，神出鬼没的王杲小贝勒。

王杲怎么跑到大明境内来了？原来王杲为了更多的掌握明兵情况，常常带亲随换汉装，到大明境内，探军情，抢辎重，神出鬼没，闹得辽东各路总兵官只听传报，但连影子都没见到。这次王杲正是借离明边关相近之便，带兵卒潜入要路口林中，设下埋伏，想要捉拿明廷钦差、抚台传递之文书役。

事也凑巧，此番竟捉住了一位女儿家。几个兵卒不问青红皂白，稀里糊涂地把牡丹夫人装入牛皮口袋，往大轱辘车上一扔，上面再盖些马饲料，不知情者根本看不出来。就这样，牡丹夫人被拉回古埒城中。

王杲见牡丹夫人穿着打扮和言谈举止，料定此女非寻常人家尤物，便登堂仔细盘问。牡丹夫人嘴还挺硬，闭口不提自己是成梁之妾，只说是官家女为母到奉安古刹上香。王杲甚晓汉礼，并不欺侮牡丹夫人，而是让女奴打扫出一间上屋，专供这女人居住。

牡丹夫人从伺候的奴才们口中得知自己原来是被王杲捉来。牡丹夫人在成梁口中久闻王杲之名，更知其在张御史家习读汉文，不是冥顽之夷。此次自己被拘于府内，王杲款待有礼，心甚赞佩。别看牡丹夫人是名女子，单她不同于流俗之辈，爱民爱国，更喜接近夷民，辅佐成梁为女真人做了些好事。

牡丹夫人在王杲府上一连住了快十天了，也没见着王杲的面，只是每日里有丫环们佳肴珍馐的伺候着。牡丹夫人不知王杲何意。有一天，王杲从牡丹夫人住处的窗下走过。牡丹夫人以为王杲是来见她，忙正装等待。谁知王杲径直而过，连瞅都没瞅她。牡丹夫人实在耐不住了，竟在墙上用指甲刻出了一只展翅欲飞的小鸟。

王杲闻听，亲去卧室观画。看罢，反身给牡丹夫人打了一个千，施女真之礼，说："野民不知夫人驾临，敬望恕罪！"

牡丹夫人甚觉奇怪，忙问："你知道我是何人？"

王杲说："屋中生鸟，系为凤字。龙凤之躯乃王侯之象。辽东塞外，凤今来兮，唯有李将军之尊夫人牡丹格格受过皇朝诰命，也唯有夫人配用凤饰为衣珮。敢问您难道不是牡丹夫人吗？小王不知夫人驾到，多有冒犯，恕罪，恕罪！"

几句话，把牡丹夫人说得惊诧不已，只好将去京师原由一五一十地讲了出来。女儿家泪多流，牡丹夫人又哭涕悲切地求王杲开恩，放自己一命，日后绝不忘王杲的大恩。王杲也猜到她可能是传说中的是牡丹夫人，也素知牡丹夫人之能力，只是自己没有办法证实其身份，故而将牡丹夫人委困若干日，逼她说出实话，更因英雄爱才女，故不加害于她，以贵人礼待之。

王杲亲自护送牡丹夫人四十里，她们直奔京师而去。

据说此事后来被李成梁所知，因李成梁非常怀疑王杲的品行，便猜忌牡丹夫人与王杲有私情。牡丹夫人让众奴婢作证，李成梁才知王杲厚待自己爱妾十几日。李成梁为谢王杲以礼之情，不管明廷谕令如雪，放纵王杲在辽东跃马十年，不与之动干戈，使王杲得以坐大。

直至隆庆末年，王杲怒杀李成梁爱将，再加上牡丹夫人为救罕王努尔哈赤而亡。李成梁认为恩已报，才挥师剿杲。如果牡丹夫人不死，王杲后裔阿台等必能得其帮助，王杲亦不会为李成梁所创，惨死藁街。

美哉贤妇为女真所念！

李成梁未救出黑春，自然是有口难言，更得罪了大内宦官，故李成梁直到幼帝即位才有出头之日。

后黑春之子在李成梁帐下为将，在王杲被抓后亲到京磔王杲尸，终报了杀父之仇，此乃一报还一报。

王杲智取媳妇山，大明折一戍北名将，朝野惊慑。朝廷原受边关庸吏愚瞒，均视女真人如塞外野人，不堪一击。此次春帅受戮，如当头一棒，令朝廷猛然警醒，虽然王杲派李乔赴京吊丧，但满朝文武恨王杲依旧恨的是咬牙切齿，平北灭杲的决心也更加坚定。

王杲刚回到古埒城，就有探子来报：为防建州部掠扰，朝廷从大名府长刀营调来五百人戍驻哈达，并且还从内库拨出七万两银子沿辽东修城筑寨。

各位阿哥，有些事需要说书人在这里多说几句，关于朝廷从内库拨银子和从大名府调人的事是不假，而且那七万两银子本是救济豫西受蝗害的百姓用的，但由于辽东事急，国库枯涸，只好挖东墙补西墙。可七万两银子拨是拨了，但其中的五万两被嘉靖皇帝下旨买了云贵龙诞香，用于祭醮修道场，剩下的二万两被众宦官狗狼争吞，所剩无几，所以说所谓的拨七万两银子沿辽东修城筑寨，也只是纸上说说而已。

咱们再说说从大名府调兵驻戍哈达部的事，当时确实是调了五百人，哪承想，这些兵马吃不了一路上的苦，中途偷偷溜了二百多人，到哈达部的时候只剩下三百来人，也就是说只剩下五百人中的一半。

即便如此，王杲得到此信后也是非常的愤怒，但一想到自己与裕王的情分，更主要的是他没把明朝兵将放在眼里，我所以也就未动干戈，而是整日与勒吉红、徐逊、李乔、咬乌郎等人饮酒射箭，习武弄拳，享手足之乐。

王杲的大福晋亚嘎哈虽为女流，性如悍男，对王杲之左右臂也视如兄弟。王杲之所以起的这么快，全仗着他们大家齐心协力，拧成一股绳。

觉昌安父子、王兀堂夫妇虽也听王杲指令，但终因自己也有个地盘，也是一地之主，所以也都有自己的小算盘，暗打算。其实关于这些王杲都知道，所以他通过恩赏、助战、赐地、赐女、联姻等策略结交众部，但其亲密程度远不能与勒吉红等众兄弟相比。

王杲虽未对朝廷动怒，但勒吉红不干了，他说："哥哥，朝廷视你如眼中钉，肉中刺，咱们不可不防。依我看，咱们何不弄些铁来打造兵刃。如果咱们有了武器，朝廷就不敢欺负咱们了。"

各位阿哥可能不相信，那昝女真人用铁十分困难，明廷严控盐与铁器入辽东互市，有敕书方允许购一定数量的铁器。女真人多用竹箭、石斧、石锤、石刀、石弹、竹枪打仗、狩猎，像原始时代的野人一样，让人难以置信，直到清初的时候还是这样。

王杲部将咬乌郎便是双手使两柄百斤重的大石锤；勒吉红石弹专击兽眼，百发百中。王杲使竹匕刺杀驰鹿，锋利竹匕直透驰鹿心脏而亡。这些神技，均因缺铁兵刃，逼练而成。女真各部用铁全靠争掠或重金购买。明廷有不少边官因与女真人私通铁器，夺官丢头，倾家荡产。

勒吉红的提议得到了王杲的赞同，但王杲又说："可现在铁贵如银，而且关卡如林。大明兵卒的武器尚缺，出战常有两卒使一刀、三卒使二斧之事。他们都如此，你我能有什么办法？"

王杲话一出口，引出了亚嘎哈的情趣，起初她只顾大口吃肉，大口饮酒，畏根他们说什么，她也没注意听，但无意中听畏根说起缺铁之事，亚嘎哈忙说："要铁有什么难的，畏根你忘了李芳阿哥了？"

王杲经爱妻这么一提醒，一下就想起来了，对呀，要想解决缺铁之事，找李芳啊。王杲拍膝大喜，真乃山穷水复疑无路，柳暗花明又一村。

亚嘎哈说到的这个李芳是谁呀？为什么她一提到李芳，王杲就如同找到救星一般高兴呢？各位阿哥不要急，听我说书人慢慢告诉你吧：

亚嘎哈说到的这位李芳乃是裕王载垕身边的一个太监，二十多岁，长得白净俊美，高挑细个儿，眉清目秀，他若穿上女孩儿的衣服，会被称为是"仙女下凡"。这个李芳比裕王小两岁，裕王视他如亲兄弟，但更喜欢称他为"妹妹"。"李芳"二字就是裕王给起的。

在这儿我再讲一讲大明朝的情况。大明朝自朱元璋打下天下，建立明朝以来，他的子孙们是一代不如一代，都十分淫纵。

嘉靖帝共生有八个儿子，五个女儿。长子朱载基，生下两个月就夭折了。二子朱载壡，与朱载垕乃一母所生，嘉靖十八年立为太子，二十八年染上风瘟，也夭折了。

嘉靖帝疼彻心扉，发誓不再立太子。所以自朱载壡死后，一直到嘉靖帝离世，也没有再封太子。就这样，皇位继承人的位子始终空缺着。

嘉靖的三儿子朱载垕从小侍读于内宫，陪伴在嘉靖爷左右，被其父皇嘉靖帝封为裕王。嘉靖这个人特别风流，嫔妃无数，像什么陈贵人、徐贵人、李贵人等，多如牛毛，多过宫女。

嘉靖二十一年的时候曾发生了这样一件事。嘉靖爷像往常一样，住在自己的后宫，侍奉他的是他非常宠爱的一位姓曹的妃子。由于嘉靖爷对这位曹美人宠爱有加，引起了其他妃嫔们的嫉恨。一位姓王的妃子买通了其他的宫女，在嘉靖爷和曹美人睡熟之后，悄悄溜进了他们的寝宫，拿出事先准备好的绳子，套在了嘉靖爷的脖子上，准备勒死这位至高无上的君王。由于动手的是一位连鸡都没杀过的宫女，慌乱中把绳子系了一个死结，结果行动失败，参与的几个人均被处死。史称"宫闱之变"。

朱载垕就生长在这样的后宫之中，还多亏了几个好太监，也是他幸运，他虽未正式封为太子，但因嘉靖两个儿子都夭折了，心里非常悲痛，又加上众方士启奏，认为神冥谴责之故，所以一心崇信道教，脱俗求仙，不问朝事，口封载垕为裕王，一应大事全推给户部、礼部和阉党。

太子问政，在前几朝也是少有之事，但因众臣无主，载垕以唯一皇子身份出现在宫内，又是裕王，所以不管立不立载垕为太子，大行皇帝早早晚晚有归天的一天，裕王就要面南登宝，故大多数的朝臣和阉党也都不去招惹他，更多的对他是谄媚奉迎，百般讨好，以皇太子之礼待之。这也是朱载垕在朝中之所以有威望的原因。

裕王靠谁给他出谋划策呢？靠的就是李芳。各位阿哥，你们别看李芳年纪小，但却是一个有心计、有阅历的人。他原在嘉靖身边，传说他是嘉靖与一位侍奉他母后的绿衣宫女私合而生。宫女怀孕以后，肚子越来越大。嘉靖不敢承认，因为他俩的身份不般配。绿衣宫女被杖刑拷打，任凭慎刑司怎么拷打，宫女就是不说致其怀孕的男人是谁。最后，宫女被逐出宫门。

被打得遍体鳞伤的宫女，跟跟跄跄地来到一条小河边，投河自尽。该着她命不该绝，被一李姓渔翁所救，收于房中。没过多长时间，宫女产下一名男婴。因渔翁姓李，孩子就姓了"李"姓。

当时正逢瘟疫之年，乡亲们病死的病死，逃难的逃难，寨子里几乎都走空了。粮缺衣少，渔翁本就年迈，又添了两口人，日子更加难过。绿衣宫女为了保住自己苦命孩儿的一条命，偷偷撞崖而死。临死前，她将自己从宫中仅带出的一根八宝白兔簪，别在了孩子的襁褓上。

渔翁可怜这苦命的女人，将其埋葬，并承担起了抚养男孩儿的责任。爷俩相依为命，靠乞讨为生。行至昌平的时候，正巧赶上嘉靖帝到天寿山寻求自己的建陵地址。

远远地看见山林中有一群绿色的鸟儿在鸣叫，叫声悦耳动听。此鸟绿羽修尾，名曰"绿锦"，非常美丽。

嘉靖帝为鸟所迷，策马进了山谷，走着走着，见地上躺一老翁一动不动，背上有一小孩酣睡不醒。嘉靖帝下马，命众宦官搀扶起老叟。哪知老叟因饥饿多日，已经长眠了。再看他背上的小孩，哎呀，这小孩这个漂亮，粉白的小脸，白白胖胖的，嘉靖帝从心里喜欢。嘉靖帝知道，老叟定是把吃食全给了这孩子，自己才被饿死的。

猛然间，嘉靖帝看见襁褓上的八宝白兔簪。他大吃一惊，这是自己宠幸完绿衣宫女所赠之物，怎么会在这孩子身上，难道他？嘉靖帝什么话也没说，命侍卫抱回宫中，恩养。嘉靖帝非常喜欢这个小男孩，等他长大一些了，就把他留在自己的身边，伺候自己。

阿哥们都知道，历朝历代宫中的宦官都得受宫刑，然后才能进宫伺候皇上和嫔妃们，但李芳就没受此宫刑，由此可见嘉靖帝对李芳有多喜爱。

后来，嘉靖帝又命李芳陪伴载垕学习礼乐诗章，朝中的文武百官皆不解皇帝为何给李芳如此大的殊恩。载垕也非常聪慧，待李芳犹如自己的亲弟弟。李芳呐，又聪明、又貌美，词文也做得好，远高载垕一筹。又因久在嘉靖帝身边，常听众大臣谈议朝政。耳濡目染，甚有韬略和远见。裕王深敬之、爱之、亲之，两人竟同床共枕。裕王许多待人处事，例如对待女真之策、对成梁、王杲之好，多出自李芳之谋。裕王在朝中左右逢源，奔走于狂澜之中，亦仗李芳执舵焉。

李芳是裕王宫中内事外事总管。裕王当时也很揽权，暗中笼络几个大臣，成为他的心腹，就连外地州府也有裕王的人。在李芳的筹谋下，裕王在河南洛阳有瓷窟，产青花瓷全国闻名，瓷窑称"洛阳兰花"。瓷品几乎控霸江南，窑主是裕王心腹，乃李芳所派，朝中不知真情。

辽东有个铁厂，厂主也是裕王，由李芳所派。李芳成了大明朝出名的内大臣，又是出名的大商贾。李芳时年仅二十余岁，足显其才，且事事细微周到，上下和乐，隐密行事。国人不知瓷窑、铁厂产主是当朝嘉靖皇爷之子——裕王载垕，更不知在载垕身边、彬彬有礼、温雅美俊的小侍卫李芳。

后来裕王继承皇位，李芳为近臣，屡谏帝过。裕王大怒，又怕李芳篡位，把他下了大狱。此乃后话。

亚嘎哈怎么认识的李芳呢？

要说王杲与亚嘎哈认识李芳，还得感谢虎尔罕，要不是那次虎尔罕偷偷带王杲进京，王杲和亚嘎哈也见不到裕王，见不到裕王也就见不到李芳，也就不知道李芳是裕王的亲信和谋士。

李芳也非常亲近王杲夫妻，席间几次张口举杯，唇开舌动，欲言又止，似有难言之隐。王杲甚是奇怪，问李芳有何难事？女真人有句俗话：给牲口饮水要找能看清河底的河；跟生人交友要选能坦露胸襟的人。你有难事只管讲，为了裕王，我们夫妻愿两肋插刀。

夫妻俩再三表达女真人对裕王的感激之情，李芳这才敢将裕王秘密在辽东开铁厂，控制北方冶铁专利，造兵刃的铁源掐在裕王手中之事告知王杲夫妇，并坦言："近年土蛮兵常犯辽沈，火烧百寨，铁厂奴工躲难逃散，银柜遭抢，金元宝丢失四十三个（都是一两重的足色纯金，宣德年铸的小元宝，非常珍贵），铁厂濒于败落。裕王忧虑无策，暗自流泪。喜闻将军虎驾来朝，铁业兴隆可望，退藩兵全赖将军，裕王将不胜感激！”

王杲听后，暗暗敬佩裕王运筹帷幄之能力。

没等王杲张口，坐在一旁的亚嘎哈心直口快，说道："怪不得天下铁缺，原来都在裕王手里。我们着天使用竹刀、木盆。女真人家没有铁，翁姑玛法（曾祖父）用的铁锅，到了曾孙子这一辈还在用。"

一席话把李芳造的满脸通红，不知说啥好。王杲又不好阻拦。

亚嘎哈也没瞅他俩，又接着说："那天皇妃陪我去西山，问我们缺啥？稀罕哈？你跟裕王说说，我们有弓没箭头，缺铁！"

李芳忙说："只要将军肯助裕王，铁不是问题。"

王杲甚喜，下决心帮裕王这个忙，帮了裕王也就解了自己少铁之苦。

王杲等人历来气恼大明禁铁入女真境内之策，长日求门无路，不想铁菩萨就是裕王，真像大海里得到神针，早乐得忘了酒醉，满口应承。

李芳出计说："辽东边卡甚严，朝廷严禁铁器入夷地，圣训不敢违。将军可否派一员通晓汉习的心腹来驻铁厂，以铁厂雇佣贩铁器奴工身份出入抚顺，躲过卡哨，将铁运回去，可否？"

王杲夫妻频频点头赞同。

李芳酒宴中又千叮万嘱要为裕王守密，并命人取来银牌一块交与王杲。这银牌是块薄银压成，上铸有"辽东贩铁"四个字，凡贩铁奴工有此银牌才能购铁，沿途放行，畅通无阻。

夫妻二人一一接受，返回古埒城。

王杲临行前告诉李芳："只管放心冶铁，有我王杲在，藩兵不敢再犯铁厂。"

果不其然，从那以后，土蛮兵再也没掠扰铁厂。铁厂的生意越来越火。

如今亚嘎哈提到李芳，王杲当然记得。他心想：看来，自己当初的想法果真高明，这块银牌终于派上用场了。

王杲取出银牌，他要选一个人驻扎铁厂。派谁去呢？

勒吉红等众兄弟都争抢着要去。王杲思来想去，决定将银牌交付徐逊。

徐公，字文启，名逊，号"徐指挥"，抚顺人。徐逊这个人脾气温和，少言寡语，有勇有谋，通晓战法，每战身临前敌，又通铸锻神工、冶炼之术，在弟兄中颇有威望。唯有文韬略逊于李乔，而且不擅交际。

因为徐逊是汉人，通汉习，遇事沉着稳重，又熟悉抚顺一带的情况。勒吉红等人一见杲罕派徐逊前去，一个个不再吱声。

王杲命徐逊佐助李芳，在辽东请冶铁名师，重振矿业。徐逊欣然受之，酒醉归室，打点行装，凌晨便上路了。

厂中掌房师爷早得通知，知有高人不日即将驾临，所以当徐逊一到黑头山下铁厂，拿出银牌，师爷便远接近迎，把徐逊让入内室，摆宴洗尘。徐逊也不休息，第二天一早，便与师爷重新安排奴工内外人员，修整设备。

徐逊果然不负王杲之重托，不出数日，矿业重开。厂中人等均知徐爷是东家新聘燕地铁师，不知为女真勇将。

王杲自打从京师回来，就用狗传书，告知自己结识新朋友的经过，只不过隐瞒了裕王和李芳等人的身份。扎萨克图罕得讯后，自然高兴王杲能结识辽东铁业界的朋友，文告属部以后入辽东绝不扰犯辽东铁矿区，而且还将所掠得的数名冶铁师傅及其妻小、财产，用专兵护送，交与王杲。王杲又转交徐逊。铁厂万分感激，财源兴旺。裕王、李芳均念杲德。

铁厂开始正常生产，徐逊要告别掌房师爷。因掌房师爷事先得到李芳令，满足徐逊提出的一切条件，所以，掌房师爷根据徐逊的要求，专选十印大铁锅六十口，分七车装载，与王杲派来的数十名兵卒一起，各佩短刀暗器，扮成大明盐铁总监辽东分理司奉旨贩铁的官商，浩浩荡荡出了抚顺关。

队伍行出十余里，进了山中松林，徐逊才脱下官服。此处早有王杲派来的马队接迎，矿中护送人等及所用车具、马匹全部返回，互相道别。

徐逊平时喜好穿汉军服饰，但这次破例改成女真将领打扮，上身穿紫袍圆领箭袖，下穿鹿皮战裙，脚蹬皮靴，腰系红缎带，两旁挂着香囊，烟黄色和白玉串饰，左肋下有一口镶铁虎头柄腰刀，背上斜挎长弓，右肋下牛皮箭囊里装满梅针细箭，此箭专为防身近攻之用。头上戴软巾大沿防蚊凉帽。这身装扮是当时建州兵将夏日常穿之服饰。

徐逊之所以这样打扮有他自己的考虑，因已进入女真地界，山高林多，常有占山的匪患，也偶有逃散的明兵，他们成队结伙，出没山林，掠抢客商。这些人不怕明朝兵马，却甚怕女真兵马，说女真兵骁勇敢杀，十个汉男子不抵一个女真兵，遇女真人如遇镇山虎。徐爷用女真人装扮，可保一路安宁。

徐逊满以为神不知、鬼不觉就将七大车铁从明边官眼皮子底下运出来。岂不知，自打徐逊从抚顺城四十里外换了女真装束勿勿赶路时起，就有几个暗探在后面尾随，一直跟了二十余里，直到徐爷停车饮酒。

徐逊等人行至浑河旁一高岭的时候，见这里花开鸟鸣，景色甚美。徐逊便命众兵丁将车马赶进林中，任马啃青。兄弟们席地而坐，烤牛腿、山鸡、野兔，痛饮从抚顺买来的"状元红"酒，吃饱喝足，好回去请功。

一路跟踪而来的暗探就藏在离他们不远处的榛柴林里跷足盯望，监视动静。你猜这几个人是谁呀？明廷暗探吗？不对，是建州右卫宽甸名酋王乌昌的手下。

王兀堂夫妻蒙万罕资助，回宽甸五女山下坐地称霸，是万罕东陲重要守将，很得万罕赏识。王杲兵起日强，王兀堂几次想反王杲均被王杲治服。其妻乌龙格格敬佩王杲仗义直言，不畏贵势，有骨气，又有心善性烈的内助，总盼着自己的畏根也能像王杲一样，做个凛然正气的女真酋罕。乌龙格格经常劝慰王兀堂少惹事端，一定要结好王杲。可惜王兀堂是个扶不起来的蠢汉，无才无衔，还好惹乱闯祸。乌龙格格没办法，总得替畏根圆场讨过，收拾残局，弄的乌龙格格啼笑难言。王杲杀黑春后，王兀堂办了件自认不凡的事：

万罕受大明之命游说王杲，要安分守己，不要与朝廷作对。万罕领命回来就犯了愁了，谁去当这个说客呢？万罕自己肯定不能去，万一王杲不给面子，那不是下不来台嘛。虎尔罕也不行，他对王杲心存怨恨，也说不过王杲，王杲几句话就能把他造没嗑了。万罕思来想去，觉得只有乌龙格格能担此重任，可怎么跟乌龙格格说呀？万一乌龙格格不肯帮忙，怎么办呢？

万罕正愁怎么说呐，傻乎乎的王兀堂跳出来了，他毛遂自荐，要去古埒城说服王杲。

兀堂话已出口，乌龙格格想要阻止已经来不及了，把个乌龙格格气得退出熊皮大帐，跺脚长吁。

岂知王兀堂这回粗傻人也有傻心眼。原来，王兀堂踞守宽甸、瑷阳一带，王杲自与土蛮联兵后，瑷阳、阴山、汤河等地便成了蒙古马队经常出没的地方。王兀堂无力拒敌，只得远躲。

兀堂怕王杲势力日大，吞了自己地盘，心甚惶恐。万罕又时常向兀堂施加压力，让他和王杲对着干，并以不给粮饷相要挟。此次王兀堂主动请缨，说服王杲是假，实为讨好王杲手下留情，使其锋芒指向明廷与万罕，保存他的弹丸之地是真。王兀堂心里明白，我不怕，我有厉害的俏夫人，惹出乱子来她会兜着，所以当众把这个谁都不愿意干的差事揽了下来。

乌龙格格也明白自己的畏根醉翁之意不在酒。但王杲是那么好游说的吗？别人都不敢揽的差事你敢，你有什么本事？乌龙格格又气又恨。帐议一散，小两口就吵了起来。

万罕闻信匆忙赶来，劝住已经吵得面红耳赤将要动手的两个人，又好言好语哀求乌龙格格，请她不看僧面看佛面，帮助玛法我解水火之急。乌龙格格也不好再说什么，只得应允下来。

乌龙格格带着厚礼来到王杲处。她先见了亚嘎哈，续了一段姐妹情，再求亚嘎哈在王杲面前说说好话，请王杲不要紧逼明关，缓和一下矛盾，我们女真各部都愿听杲罕调遣。乌龙格格还以宽甸围场相许，答应王杲若不出兵攻明，使瑷阳一带得以安宁，愿将围场送给王杲夫妇。

宽甸围场自唐以来甚是有名，山高林密，数百里绿海，是百兽名禽繁衍宝地。相传唐王李世民征东时，曾在此射穿一虎，明成化后宗室贵戚来辽东，都要来此策马试箭，围猎七天。王兀堂夫妻靠这块宝地得到不少权贵的赏银丝帛。乌龙格格要把这块围场给王杲。王杲婉言谢绝，说：“明不辱我，我不犯明，岂为一地争耶？杲不夺人之爱。”王杲夫妻未受这一重礼。

王杲非常敬重乌龙格格，见乌龙格格如此诚心和慷慨，又有爱妻在旁边说情，便答应了乌龙格格，表示自己从今往后练兵修寨、垦荒耕田，并劝好土蛮，不再违逆天朝。乌龙格格回去将王杲的意思跟万罕一说，万罕非常高兴，备厚礼馈谢乌龙格格。乌龙格格也更亲近亚嘎哈。

因乌龙格格从中周旋，王杲与王兀堂的关系也较近了一些。可是不久以后，王兀堂又惹出事端来。这又是怎么一回事呢？还是得我说书人告诉你吧：

话说王兀堂见周围众部落互不相让，纷纷独立称王，他也着急了，于是，王兀堂积极的整修武备，扩充兵力。可整修武备说起来容易，做起来就难了。

明廷严格控制铁制品进入女真部、蒙古部等其他北方部族的数量，是花钱也买不到的宝贝，所以这些部族仅有的铁兵刃，大都是万罕从本部中淘汰下来的破旧兵器，然后再高价卖给他们的。这些兵刃均锈旧无光，就是这破旧兵刃，与万罕不亲近的部落都摊不着。万罕用明朝给的银子买造兵刃、充实本部。就为这，王兀堂到处张罗铁，他要自铸铁器。

乌龙格格听畏根说自己要去弄铁，她撇了撇嘴。乌龙格格根本就不相信兀堂能弄到铁。他这回跟乌龙格格较上劲儿了，想在自己的沙里甘面前干一件漂亮的大事，省得总让沙里甘给自己擦屁股。于是，王兀堂偷偷带着自己的兵卒，去抚顺关内买铁。

可是，凭王兀堂的交际哪能弄到铁。结果他白白带着厚礼跑了十多天，两手空空，连个铁疙瘩都没弄着。王兀堂心甚愁然，怎么办呢？自己曾在沙里甘面前夸下海口，要是就这么回去了，面子上也不好看哪。王兀堂信步走出了窝棚，在河边的柳树林子里喝起了闷酒。

就在这时，手下探子来报："由抚顺城方向来了一队车马，车上装着铁锅，奔东方而来。"

兀堂大喜，忙叫细探看清楚护铁者是民还是官？是尼堪还是女真？护卒几名、将佐几名？

不一会儿，探子又报："是女真人的黑马队，护卒仅有十几名，一个领头的。"

王兀堂一听来人是黑马队，他心中一惊，如果真是女真人的黑马队那一定是王杲的部下。王杲那可是个不好惹的主儿，怎么办？王兀堂想了又想，他决定先看看再说。

于是，王兀堂跟着探子来到山坡上向下观望，远远地望见十几匹黑马拉着十几辆大车，每辆车上都驮着满满的货物。王兀堂看着自己梦寐以求的宝贝就在眼前，也就顾不了那么多了，他决意把东西先抢到手，抢到手以后再说。

就这样，王兀堂带着手下冲下山去。徐逊做梦也没想到会有人敢抢他的东西，也怪他放松了警惕，结果寡不敌众，七车铁被抢走了。

王兀堂这个乐呀，没想到，天上掉下个大馅饼，想什么来什么，虽然我损失了十几个兵卒，但这七大车铁锅可真是好东西呀。它不仅解决了部落的缺铁问题，更主要的是我也可以在我的沙里甘面前扬眉吐气一回了。王兀堂一路上得意洋洋，笑逐颜开。

回到寨子以后，乌龙格格看着这满满的七大车铁锅感到有些意外，这是在哪儿弄来的这么多铁呀？而且看车马的行头好像还是女真部落的，自己的畏根不会又闯祸了吧？

乌龙格格就追问王兀堂："你这铁到底是在哪儿弄来的？"

起先王兀堂还故意逗弄乌龙格格，不告诉他实情。但禁不住乌龙格格一再追问，王兀堂就把事情的经过讲了一遍，最后还洋洋得意地说："以后想要什么就跟我说，我一定给你整来。"

乌龙格格一听就傻了眼，这可咋整？前脚刚跟王杲把关系缓和了一些，畏根后脚就又闯了大祸。王杲要是知道铁是被兀堂劫走的，还不得打上门来呀。乌龙又气又急。她决定在王杲没来兴师问罪之前，自己亲自登门代夫还铁，代夫请罪……

咱们再说说王杲那边，当王杲得知铁锅被人劫走，而且从徐逊等人的口里得知是兀堂干的，便猜测是明臣唆使兀堂所为。要不怎么这么巧，我刚弄着几车铁，就被他给劫走了。于是，王杲便指责明廷背信弃义，挑起事端，并发兵讨明，首先拿下了抚顺关旁的西河寨，杀了寨主花大胡子；又攻克了王大人寨，杀了寨主单花枪。

明廷大惊，忙派使臣问责万罕。万罕也是丈二和尚摸不着头脑。

忽然，守城的兵卒来报："王杲率兵杀来。"

朝臣和万罕正不知所措，兵卒又报："西边又来了一彪人马，后面跟随着不少车辆，马上女将乃乌龙格格。"

朝臣和万罕更是茫然。

怎么回事？乌龙格格不是到古埒城还铁去了吗，怎么跑到侠倡宫来了呢？是啊，乌龙格格是到古埒城还铁去了，可当她到了古埒城才知道，王杲已经带人奔侠倡宫去了。乌龙格格怕把事儿闹大，不敢耽搁，跟亚嘎哈打了声招呼，便马不停蹄地赶往侠倡宫。

乌龙格格见到王杲，下马叩头请罪。

王杲还没来得及说什么，从西边又跑来一彪人马，马上女将是亚嘎哈。亚嘎哈打马到了近前，把乌龙格格搀起来。乌龙格格一个劲地给王杲赔不是，并说自己的畏根有眼无珠，被魔鬼迷了心窍，冒犯了杲罕，还请杲罕原谅。

王杲见七车铁被原封不动地还回来了，而且兀堂夫妇也是真心认错，又有亚嘎哈从中斡旋，便表示不再计较。王兀堂跪拜王杲，右卫两酋从此和好。

王杲得到铁锅、碎铁以后，入炉冶炼，锻打利刃。徐逊自杀了黑春以后就再不出阵，只在古埒城两红土崖沟里筑烘炉五座，选烘炉工百员，专门打造兵器。后来徐逊在此铸造成"红锋宝刀"，其刀锋芒无比，摧金断玉，色如血色，寒光烁目，在辽东闻名。宝刀风靡一时，就连明将都争相高价购买，此乃隆庆三年后事也。

李芳密供王杲铁，直到隆庆末年，其实这也是明廷中始终未解的一个谜。明廷一直严控铁器流入女真地界，而王杲兵勇利器究竟从何而来？就是因为有李芳暗中相助，相互默契也。

王杲运得的铁放在古埒山东沟大库中。直到万历初年，王杲败亡，其铁犹存如垛。罕王努尔哈赤起事也全仗有此铁铸兵刃，此皆史中秘事。

第二十章　亚嘎哈私结李芳

王呆名威震辽东，不料他的额母却病重，很快就米水不进，把王呆急得吃不下睡不着，幸亏牡丹夫人及时派亲兵送来了几盒朱砂、犀角、羚羊、琥珀等明宫专用的奇药，又派自己的贴身乳娘前来问诊。在这位乳娘的精心治疗下，王呆额母的身体好了许多。

一天，王呆在烘炉山寨侧依獭椅，足踏狸墩，凭窗眺炉火熊熊，跷待勒吉红送来新冶炼出来的镔铁样品，而心系念额娘的安危，眛①了一小会儿。一阵凉风临窗吹来，王呆醒了，顿觉沁心畅爽。突然，他脑子里蹦出一个字来。

王呆忙从獭椅上跳起，走至卧虎桌前，拔笔疾书。你猜什么字？王呆挥笔写下一个"風"字。

王呆素有测字神工，他拿起刚写的字像童子拜佛似的凝神细望，又像神童看玉女百般相看，久久不移。他越看越喜，越看越爱，最后竟喜不自禁，拍案叫绝起来。

怎么了？

你说怎么了？

原来王呆测出这个"風"字为上上吉卦。

怎么看出的这个"風"字是一个上上吉卦呢？

各位阿哥请勿急，听我说书人给你解释：此乃奇门遁甲中吕仙幻字诀。凡为卦者，突生某字，字象即为卦象，必巧以幻字诀破之。王呆谙此神术也。

首象，"風"乃凌云之气。"風"字中间有一"虫"字。此"虫"绝非一般的虫，非龙即蛇也。龙蛇入怀，乃玄武降室。玄武主北，主镇凶妖，必为镇宝投怀；

再象，"風"字中间有一"中"字，外有三方相卫，若破此"風"字，必先除外卫三方，才能得"中"字。

象三，"風"字中凌云之气，气源一"虫"。然"虫"属阴，性御

───────────

①　眛：东北方言，瞌睡。

176

风，则畏阳，遇天阳可破，可"平"，可伏之，可逢凶化吉。

故此"風"字解法：

虫可御风，必为龙蛇成妖，独占宇宙，可见其凶，本为凶兆；然，"虫"上有一横，意其可平（伏），可化凶为吉，化险为夷，吉兆。

释义：既为龙蛇御风，属玄武，主北方，北方为水，为黑色，为镇凶煞之神。玄武管刀兵，玄武入怀，属锡赐御戈之宝，主得神器。

卦结：既为龙蛇御风，属妖气，必有邪秽，不可不防其凶。凡事否吉泰来，凶极变吉；吉极化凶，诸事不可不乐中有备。

从"風"字测之，内有"虫"字，又可视其内有一"中"字。此字中正，外有三方相围相护，破外三方，可得"中正"的"中"字，妖气可破，可成栋梁之材。

王杲甚为奇怪，缘何出此奇卦？不过从这个"風"字幻卦分析，也有邪气恶煞侵入，不得不防，但一时又预卜不出此兆应于何处。

正在思忖中，忽有李乔来报："城外有兀堂引名匠、三女求见"。

王杲心里犯起了嘀咕：王兀堂很少闲逛，能亲来烘炉山，想必定有要事或是受人指使而来。

王杲边想边走出寨门，远远就瞧见王兀堂大摇大摆地向他走来，口里还不停地大声喊叫着："都指挥使，我给你请来能人了！"

只见王兀堂身后紧跟着一个年过半百的长者和三个打扮很妖艳的女人。王兀堂走到近前，手拉着男子的手，给王杲介绍到："都指挥使大人，我给您领来一个朋友。他是会造铁的匠人马神师，原来是给总兵府锻炼兵刃的。我听说指挥使在这山上炼铁，就把他给你带来了。"

王杲一听这个乐呀，这可真是雪中送炭！眼下山上就缺会炼铁的高人，而且铁匠马神师的大名他早就听说过，那是赫赫有名，如雷贯耳呀，只是自己无缘得见，眼下兀堂把人给领来了，他能不乐嘛。

王杲快步上前，一把抓住马神师的手，激动地说："欢迎，欢迎啊！"

然后抱住王兀堂，说："我的好兄弟，谢谢你，谢谢你！"

王兀堂咧着嘴傻笑着说："不用谢。"

两人正说着话，王兀堂身后的三个女人等不及了，没等王兀堂引见，就快步走上前来，倒身便拜，说："大将军啊，您老万福金安。我们姊妹闻听将军的额莫身子不适，特来诊治，顺便跟将军讨个吉祥。"

王杲瞅着眼前的三个人，心里涌出一种莫名的不自在，而且看这三个人的眼神也是贼溜溜的。王杲心想：我额莫这些日子重病是不假，而且也需要请人诊治，但看这三个人不像是行医之人，那么她们到这儿来是什么目的呢？碍于是兀堂领来的人，便没说什么。

王杲让李乔先把王兀堂和铁匠马师傅领到后室，一定要好生招待，等这三个人给额莫看完病，他亲自敬茶。

王杲带着三名女子来到大堂，让嘎什哈上茶，然后跟三女子攀谈起来。他仔细询问了她们各自行医的师承、用药方剂、丸散膏丹名称与禁忌歌诀等等。这三个女子本是江湖混子，哪在医门呆过，本以为王杲将军这里也像万罕处一样，只需买通府里的总管，就可以每天吃香的喝辣的，有银子花。

三女子见王杲问的如此详细，干脆直说了："我们不是看病的郎中，我们是专看阴阳八卦、驱邪拿秽的。"

王杲见事情果真如自己所料，这仨人确实不是看病的郎中，继续问道："好啊，我自幼拜吕祖为师，诸葛亮禳星看阴阳、刘伯温马前课，我皆有承继。请问你们属哪宗哪派？师承何人？"

为首的女人身穿狐狸皮大氅，打扮得非常妖艳，她上前一步说："说就说，没有弯弯肚子也不敢吃镰刀头。我是跟一个老道学的。"

王杲问："那老道叫什么名字？"

女人说："不知道，只知道他是一个四处游走的道士。"

王杲见这女子不肯说实话，知道再和她啰嗦也没什么用，便叫人把她先看押起来。

第二个女的只是一个劲儿地哭，问她啥也不答话。王杲见问不出什么名堂，也只能看押起来。

剩下第三个女的了，王杲把她叫过来，并不问话，只是用眼睛盯着她看了半天，直把她看的毛鸭子（东北方言：心情慌乱）了……

王杲还是一言不发，点上一炷香，焚香祈祷，请晨官前来，然后亲占一卦，晨官一看是神卦，复卦六爻一，六爻皆阴；复卦第一爻为阳，表示阳气剥尽而复，属七日来复。便向王杲贺喜说："此卦甚吉。"

那女的见遇到懂行的高手，心里就更毛（东北方言：心里发慌）了。王杲这才和颜悦色对那个女的说：只要你说真话，天大的事我都替你担着。

那女的"扑咚"一下跪在地上，磕头如捣蒜，痛哭流涕地说："实不相瞒，我们三姊妹从小没爹没娘，被哈达兵裹掠为奴。因貌美收于帐下，为捶臂女，赐名春风、夏风、秋风，后在万罕佛堂做净室女佣。万罕闻知大将军额母有疾，便命我等谎称治病郎中，假借诊病之机，用乌头汤毒害将军额母。"

王杲听了，不觉倒吸了一口冷气，忙问："乌头粉藏在哪里？"

女子回答："在大姐春风身上。"

王杲说："我现在就派人去搜。你要是敢撒谎，我决不饶你。"

女子说："小女子说的句句都是实话，绝不敢欺瞒大将军。请大将军饶命。"

说罢，那女子一个劲儿地磕头。

王杲说："好吧，如果你说的都是实话，我饶你不死。"

女子还不肯罢休，说："将军，你不仅要饶我不死，还要饶我们三姐妹都不死。"

王杲一时犯了难。

那女子见状，头磕的更快了，说："请将军放过我们。我们三姐妹就留在你们建州部，再也不回去了。"

王杲痛快地说："好！只要你说的都是实话，我就留下你们。"

王杲让自己的福晋亚嘎哈去搜春风身上的乌头粉，春风一见自己的妹妹把什么都交待了，知道自己再顽抗下去只有死路一条，便主动将胸前暗袋里的一小袋白色乌头粉交了出来。

王杲饶恕了这三个女子，并把她们留在了建州部。

咱们在前面书中讲过三鹰五虎护小罕以及小罕戏水的故事，下面我再给各位阿哥讲上几段小罕鲜为人知的事儿：

一眨眼，小罕努尔哈赤四岁了，小罕的出生地佛阿拉东沟位于鸡鸣山下。该处有千亩草场，杂草丛生。觉昌安带着他的兄弟们撒种了玲铛麦籽，作为牲畜饲草。这是祖上留下的牧场，这一带遍生野芥菜，人们又叫它"它卡包"（即满语，野芥菜的家）。

宸妃这时已有了女真名字——德里给格格。她自从落脚到觉昌安家，常来此牧场玩耍，就连李成梁的牡丹夫人也曾在花香若榻的大牧场上搭建的香帐中小憩过几夜。

女真妇女喜欢用这里的野花做头饰，尤好采野凤仙花，捣成汁，加盐、矾石，染手指甲，姹红艳人，久久不掉。

额穆齐体弱多病，小罕常常哭闹，德里给格格就和看护他的安班妈妈[1]们商量后，带着小罕和四个贴心女奴到大牧场赏马。

德里给格格一行来到牧场，正好碰到小罕的父亲塔克世率众家丁驯马。只见那马个个生的膘肥体壮，凶若猛虎，野性十足，尤其正是初夏时节，是马儿发情的时候，儿马觅偶，母马闹群，长鬃飘飘若银带抖擞。连几十只狼组成的狼群见了这样的马群，都惊慌逃遁。群马若见有人来，凶狠异常，成群冲来。一马被缚，众马踢咬，如果不松开那匹马，则会被踹成泥浆。因为女真人有一个说法：家旺才养凶顽的骏马。所以女真人家里都喜欢有这样马群，还专门有人驯这样的马，只有这样，才能说明水足草旺，人健马壮，乃吉祥之象。

塔克世受觉昌安玛法之命率家丁在此驯马，吃住在帐篷内，已经十数日。所驯出之马不过五六匹，且已有几个家丁受伤。塔克世正愁眉不展，心急如焚，再过几天就得返回赫图阿拉受命守边去了。可眼瞅着今年雨水足、野草肥、无马灾，小驹已达千余，可马群却难伏难驯。

那一日，围中马忽然闹得很凶，咬圈木、长啸、踢咬，搅得人心神

---

① 安班妈妈：满语，大奶奶。这里指看养努尔哈赤的女仆首领。

不安。塔克世叫众家丁把圈门打开，放出五百匹生马，谁若驯服一匹马赏银三两。众家丁见幼主发话，都想方设法抓野马。这群野马被从圈中一放出，立刻四蹄蹬开，朝山野中驰去。一时间尘埃蔽空，地动山摇。众家丁骑马追逐。

此时，德里给妈妈正带着小罕和奴才朝牧场走来。她们边走边采摘野花，根本没注意打远处冲过来的马群。要说这塔克世眼神好，他打老远就望见马群冲去的方向有人走来，细看是一群采花女子，他知道这准是自己家的沙里甘追儿们又来采野花玩了，但他没想到这里有德里给格格和自己的虎子努尔哈赤。

德里给格格此时听到了马蹄声，也看见前面飞奔而来的群马。眼瞅马群就要冲到她们几个面前，要跑已经来不及了，女奴们吓得哭喊着抱住努尔哈赤，不知所措。

谁料，努尔哈赤挣脱开女奴们搂抱他的手臂，张开小手，大声喝马。只见马群中一匹高大的白鬃白蹄黑儿马，猛然对空长嘶一声，众马立即扬鬃跷尾，四蹄蹬地，忽拉拉全都站住了，并且像见了熟人一般围住小罕努尔哈赤，有的用嘴轻吻衣衫，有的用鼻子上下喷嗅，亲昵无比。

待塔克世与众人骑马赶到，一见原来是德里给格格和小罕，塔克世暴怒了，他怪女奴们胆大包天，竟敢带子出游，险生大祸，举起鞭子刚要责打女奴，但一考虑带子出来的有德里给格格，她是皇妃，又是阿玛的爱女，自己平日里甚为敬重，如果一鞭子打下去，德里给格格的面子岂不挂不住，于是，塔克世举起的鞭子又放下了。

德里给格格见过阿哥，女奴们给塔克世叩头，小罕也给阿玛叩头。

说来也怪，此时这群生马像已驯好的一般，吃草、饮水、互相咬着脖颈，不踢不闹，静候额真调遣……。

从此，女真部落中流传出"小罕驯百马"、"百马接主"的故事。

小罕努尔哈赤五岁时，就能射杀苍狼白兔。。

女真人自古就有射猎之习，就连几岁的小童也都练习弓马弦弩。大人教授弓马术时甚为严格，对儿辈尤为苛求，其目的是为了他长大以后能娴熟的掌握狩猎技巧。射猎也就是射物，射物分为射静物与射动物。射静物就是射立在那里不动的例如靶子之类的物件；射动物就是射活鸭、活鸡、活兔之类的，尤喜欢让孩子射野兔之类的小动物。因为大草原上野兔甚多，且野兔非常活泼，跑起来一蹦一跳的，不容易射到，对学箭很有益处。

　　小罕五岁时，这一年的春天，草原上草茵如毡，垂柳生烟，野兔繁衍非常旺盛。觉昌安玛法想看看小罕箭练得怎么样了，就叫奴才们陪着小罕来到郊野。此时正打"白兔围"。家丁们的马队夹击驱逐，从山谷平地中赶来白兔近百只。小罕搭弓放箭，射杀了十几只白兔。忽然，家丁们又赶来苍狼三只，礼敦抱起小罕，让他拿好手中的弓箭，一箭射出，苍狼应声倒地。奴才们拾起苍狼，发现箭是从苍狼的右眼睛穿进去的。

　　当时女真人都有一个习俗，就是用自己射得的猎物皮给自己做一件衣服穿，表示自己再不靠家人，能主宰生活了；也可把猎物皮送给最亲的人，这礼物比金子还珍贵。安班妈妈用小罕射死的白兔皮做了一件银斗篷，给小罕穿了；苍狼皮做了一双护膝给了王杲郭罗玛法（外祖父），喜得王杲像办喜事一样庆贺，并把护膝供在堂子里，舍不得穿。

　　王杲逢人便夸："小罕五岁掌弓，能给外祖父打来皮张，非凡童也。"

　　又有一次，王杲亲自带着小罕，由德里给妈妈陪同，骑马驰入林中打猎。被嘎什哈们围赶过来的是一只牛熊，黑若土丘，吼声动地。王杲一箭射出，牛熊"噢噢"叫着轰然倒于榛柴丛中。众将齐贺杲罕神箭。王杲非常高兴，他想看看小外孙的胆量，就叫德里给妈妈把小罕抱下马来，并给他一支箭，叫他去射此牛熊。王杲等人都以为牛熊已死，所以就没戒意，任由努尔哈赤一个人走向牛熊。只见他拿着小弓，一步步往榛柴丛中走去。就在离牛熊只有几步之遥的时候，牛熊"哞"地一声，突然拔地而起，张着血盆大口，前两爪张开，后两爪蹬地，直向小罕扑来……

　　众将大惊，德里给妈妈吓得一个劲儿的哭，王杲疾步奔向努尔哈赤，亚嘎哈也跳下马哭叫着跑来，众人乱作一团……

　　可不管人们怎么做都已经晚了，因为大家都站的离小罕挺远，要想阻止牛熊伤害他根本不赶趟，如果用箭射杀牛熊又怕伤着小罕。就在这千钧一发之际，只见努尔哈赤毫不畏惧，搭弓放箭。与此同时，忽然从林中飞来三只黑鹰，像三支利箭，啄瞎了牛熊的双眼。此刻小罕的箭也正好穿入熊口，牛熊翻身倒地而死。这一切几乎是同时进行的。王杲、亚嘎哈等人飞奔赶来。

　　小罕挽弓笑望，再看天空并无神鹰，而是三片树叶落入熊眼，众人无不称奇。亚嘎哈嗔怪王杲，德里给还在那里哭个不停。

王杲哈哈大笑，将外孙子抱入怀中，说："哈哈济胆量超凡，且有神助，此儿非常人也。"

努尔哈赤六岁时，便有"擎天树"之称。

女真古俗：男孩长到六岁，生日那天要夺宝铭志。

小罕随母亲额穆齐、德里给格格在古埒城居住。努尔哈赤六岁生日那天，王杲也过生日，只是努尔哈赤的出生日与王杲的出生日虽然同日同季但不同年，故有"罕王生日两万寿"之说，即指有王杲一个万寿节。

小罕生日那天，王杲命李乔在朝鲜以重金买来一株红珠元宝九尺玉树，实际上就是珊瑚树。女真人敬崇神树，认为树乃天神所居之处。天神的侍女每日化做神鹊，飞往东海，采神石以修天。每次往返时神鹊均要在神树枝头落落脚，歇歇气，然后再登九天。这神鹊均为妙龄美女，抓鹊人若在群星满天时登上神树，用托里（神镜）照着正在树上歇脚的小喜鹊，托里反光，照得喜鹊睁不开眼睛，就能把喜鹊抓住带回家。到家后，用苫有红布的铜锣把喜鹊盖上，抓鹊人退到门外，用托里对着喜鹊照，喜鹊就能化为人形。抓鹊人便可与神女成婚。故女真人爱抓喜鹊，称之为"抢喜"、"抓喜"或"抢亲"，满语叫"沙图兰必"。

王杲命李乔仿女真人神话故事，用红珠元宝九尺玉树做成九天神树，用珍珠做成九只玲珑喜鹊，逼真动人，栩栩如生。在寿诞这天，王杲将神树立于西炕炕桌上，珠光烁烁，满阁生辉。王杲还叫来族中童子（哈哈济）四人，其中包括小罕、觉昌安身边老奴之子安费扬古（与小罕同龄）、塔克世侧室所生之穆尔哈齐（比小罕小两岁）、亚嘎哈弟之子"亚沁"（小灰鼠）。兄弟四人皆是王杲喜爱的晚辈。王杲命他们几个给神树叩头求喜，又让自己身边的亲随李乔、徐逊二人之子也来叩头求喜。

王杲平日里非常严肃，对部下要求的也严。王杲生日，众人都怕做错事惹恼了王杲，每个人都小心伺候着，就连孩子们也都怕做错事，一个个规规矩矩，按王杲的吩咐去做。按照风俗，主人可以求喜求福，可以上炕撷取神树一叶、一枝、一鸟为念。众童皆争先给王杲叩头，给亚嘎哈叩头，给觉昌安、塔克世、德里给等人叩头后，又给西炕神龛叩头，给神树叩头，然后去撷摘自己的福喜。

李乔、徐逊二人之子各摘了一个珊瑚宝树，叩头退下；安费扬古慢慢走过去，轻轻摘了一片用细珠拼砌成的翠叶，也叩头退下；亚嘎哈坐不住了，叫过亚沁，耳语了几句。小亚沁走过去，叩了头，爬上炕，竟摘下一个小喜鹊，抱在怀里，下炕叩头，跑到王杲怀里。王杲笑着点头赞之。穆尔哈齐走过去叩了头，只摘选宝叶三片，捧下叩头；王杲边捏盏痛饮，边见众儿喜得福枝，笑得前仰后合。一堂笑语，千桌酒香。

只见小罕站在王杲身后，笑看众弟兄取枝，不急不忙。觉昌安、塔克世、德里给三人眼见别人家的孩子皆取来福枝，不见小罕迈步前移，不由得急得直跺脚，可又不好像亚嘎哈一样催小罕取宝。

谁料想，小罕在弟弟穆尔哈齐取下三片树叶后，走上前去，叩了头，伸手抓住九尺宝树树干，往上一拔，竟全都抱下炕来。四座大惊。王杲酒醉惊醒，怒嗔努尔哈赤怎可如此造次。

小罕王叩谢说：“郭罗玛法[1]，你让我们弟兄求福，没规定只准拿啥。众兄弟们认为福在稍头叶片，而我以为福在树干，故取来了。”

王杲惊得醉意全无，举起小外孙儿，喜泪纵横道：“此儿有九天之尊乎?”

此即为小罕在六岁时，独得九天神树。

小罕长到八岁时，便会分马识金。

觉昌安命二子额尔衮（小罕的二大爷）将新由土蛮得来的骏马三群，围于东沟圈中。因此马来自数百里外的三个山地牧场，久与人畜隔绝，甚暴烈，互相争咬，日夜不宁，一夜之间，竟有四十匹骏马踢咬惨亡，牧人不敢靠前。

额尔衮慌报觉昌安。觉昌安命速将来自三个牧场的马分开饲养，以免伤残。额尔衮忙与众家丁分马。可烈马嘶咬正凶，鞭打不开。可主人发了话不办，是要挨家法鞭子的，众人一时无了对策。额尔衮急的满头大汗。

正巧小罕来牧场玩耍。小罕从小就喜欢骏马，除了因为他阿玛塔克世严厉，他不敢跟着来以外，只要是他的那些叔叔、大爷们来牧场，他就吵着闹着要跟着来。叔伯们都拗不过小罕，又都喜欢他，只好派女婢小心护从，来到牧场。

这时小罕站在圈边正在看热闹。圈里的马正嘶叫跳闹，眼见又有马被踢死，人人想不出分群之策。

---

[1] 郭罗玛法：满语，外公。

小罕不慌不忙，仰仰头，对额尔衮说："阿玛哈①，三群马来自东西南三个山头，只要打开东西南三门，三群马不就各自往自己牧场的方向跑了么？马自然就分开了。咱们再在前面派人一堵，就把马带回来了。"

　　小罕的话好比炎天逢甘雨，全场愁云皆散。是啊，别看小罕人小，想得还真对。老马识途，只要把马放开，它们自然而然地就会跑回自己的原地。

　　小罕这么一说，把额尔衮等人乐坏了。额尔衮直拍脑门，怨恨自己被马给闹糊涂了，这么简单的常识竟让一个八岁的小孩给说出来。于是，额尔衮命人赶紧照小罕说的做，三群马很快被分开了，再也没有因踩踏撕咬致死现象发生。马群很快繁衍壮大起来。

　　后来，这事被觉昌安知道了，他高兴地说："别看努尔哈赤人小，但他遇事能做到坦然自若，沉着应对，道眼远超众人之上，长大以后肯定是人中龙凤。你们这些小兔羔子都白吃饭了，还不如一个孩子，我罚你们每人挨九鞭子！"

　　还有一次，觉昌安与尼堪帛商交易，他用五百张紫貂、青貂皮换回江南织帛三十疋和十五个小金元宝。觉昌安听人说，尼堪奸商常制假元宝，内铸红铜外涂金粉以假充真。女真人常换回一堆"红铜锞子"一文不值，等其发现再寻尼堪商时，尼堪商人已远遁难寻。

　　觉昌安看着这十五个小金元宝，瞅着成色都很好，可拿起来掂量掂量分量好似有微许的差异，可惜家中银匠被王杲叫去古埒城，识金人不在，又不能将小金元宝切开，怕被尼堪商人讹诈。怎么办？

　　觉昌安坐在暖阁里边抽旱烟袋，边犯愁。他身边的安斑妈妈也叹气自己没有办法帮玛法识金，只能劝他暂放几日，待银匠回来再验不迟。

　　就在这时，小罕蹦蹦跳跳地从大女房中跑出来，走进玛法房中，见一堆小金元宝，甚是喜爱，便趴在炕上赏玩。

　　觉昌安见了努尔哈赤，突然转愁为喜，说："孙啊，玛法考考你，这几个小金锞子不知成色足不足，你有啥法儿，能验出是真还是假？"

　　努尔哈赤天真地说："那还不容易。"

　　安斑妈妈撇了撇嘴，嗔笑着点着他的小脑门说："你啥都能。"

　　小罕跑出屋，捧来一口黑瓦盆，里面装满水，又跟觉昌安要来家藏

---

① 阿玛哈：满语，叔叔、大爷。

的小金锞子两个，用一块木板放在水盆里，放上这两个小金锞子，木板立刻沉入盆底。然后又放一板，一个一个验检那十五个小金锞子，最后有三个只沉入水中一半。

小罕抓起三个金锞子对觉昌安说："玛法，这三个是假的，是假的！"

喜得觉昌安夫妇亲不够小罕。

努尔哈赤九岁时，就能调兵点将。

九岁的小罕住在姥爷家，常见王杲用令牌遣将。王杲有意培养自己的外孙，不少兵事特意让小罕听，有些用兵歌诀也让小罕背。亚嘎哈常埋怨王杲不该在小罕面前老提打仗的事儿，兵兵刀刀的总在他跟前，有何好处？女儿额穆齐有病，其父又有新欢，小罕一旦有个三长两短的可怎么办？还是送后堂让众婢好生服侍为好。王杲不允，更不听亚嘎哈之劝，故此小罕总呆在自己身边，其祖父觉昌安，父塔克世皆在帐站立，而小罕却坐在王杲的獭椅旁的小虎椅上，闹来闹去。勒吉红等人看不惯，无奈杲罕喜欢，也只好由着他的性子来。

一天傍晚，王杲与众将议事，欲征东南九十余里的塔安部落。此部原也是女真人部，其地及祖上均系建州左卫。塔安寨有千余众，散屯有三十余处，除女真人外，尚有逃难及不堪明廷徭役的汉民七百余众，老少孤寡啼饥号寒。塔安寨主喜姆花玛法，祖上系福满家将，因与觉昌安等不睦，带人远走，另立门户。因当时女真部正与明廷交恶，无暇顾及喜姆花玛法，故喜姆花玛法来到三不管的立锥之地，联络周围数屯，立旗建部。

哈达部万罕得信后，为给古埒城埋下钉子，故未用兵讨平，反而资助自立，与古埒、建州抗衡。王杲早知塔安寨为万罕耳目，有意铲除，故与众兄弟密议，约定好夜半发兵，趁塔安不备，削平塔安，然后挥师北进，掠哈达数寨，以解万罕助虐之恨。谁知弟兄几个一边商议一边饮酒，结果都喝醉了。王杲退帐安歇去了。

天交七鼓，太阳已上东天。王杲酒醒，想起昨晚议定之事，慌忙起身出帐，见天已大亮，要想发兵已来不及。王杲恨自己贪酒误了战机，没办法，时辰已过，只好再选良机。

王杲想着待会儿见到众弟兄怎么陪礼认罚。他去找亚嘎哈，亚嘎哈不在；再找勒吉红等人，这些人也不在。王杲慌忙跑入大堂，见小罕坐在獭椅背上，旁边有亲兵护立。

见王杲到来，军鼓敲响，号角齐鸣。小罕跳下椅背，来到王杲面前，拉着王杲的手上了石阶，坐在獭椅上。

王杲正莫明其妙，有探马奏捷："塔安已降，军中未死一卒一马。塔安城中亦未伤一民，尽归杲罕。勒吉红将军、亚嘎哈娘娘将很快班师回寨。"

王杲大惊，小罕叩拜说："玛法，军令是我发的！全按昨夜玛法密议行事，并传告全军不准杀一降民。孩儿以为杀者结仇，抚者相亲，乃自古常理。"

王杲还在惊叹，不知如何回答，外边征马嘶鸣，亚嘎哈等提鞭入室。

进入帐中，众将齐说："今晨二鼓（二更），吾等夜站堂外候令，然久不听杲罕发令牌，甚急。三鼓方过，忽听堂上传来童音：'兵发塔安，按议行事，然兵不可骄杀恋战，不可动火攻，抚城恤民，功成受奖。'并当即扔出令牌。吾等以为大哥让小罕学语发令，故不生疑。谁知大哥身为戎帅，竟痴酒惰职，应受鞭笞，功勋应归小罕，此孩儿可堪称神童！"

王杲惭愧难语，自愿脱衣领罚。勒吉红等忙给穿上衣裤，搀起。众兄弟喜笑簇拥小罕，齐入后堂赏女真舞。

王杲此后尤厚爱小罕。

关于罕王努尔哈赤还有许多故事，例如万历妈妈悬梁救小罕、乌鸦传信、黄犬救主、智斗尼堪外兰、十三副盔甲起兵、萨尔浒首战告捷，等等，等等，都将在《王杲罕王传》后传《努尔哈赤罕王传》中向众位续讲之。

第二十三章　李乔直言谏王杲

讲过小罕的童年故事，咱们再回过来继续唱讲本部说部中的主要人物之一——李乔。

李乔是王杲身边一位非常重要的心腹和挚友，因他为人耿直，多次直言劝谏王杲，被王杲猜疑。

李乔，字举川，世居昌州。明代初期他的祖先入仕，官至昌州通判，因廉正刚直被严党进谗言，被贬谪回祖籍。

李乔的父亲原是昌州贡生，但在路过昌州河的时候，不小心掉到河里淹死了。家里只剩下李乔的母亲带着孩子，她们孤儿寡母的，日子实在过不下去了。没办法，李乔的母亲只好到府丞大人的府里，靠给人缝缝补补、洗洗涮涮、干些零活贴补家用。当时正赶上连年干旱，赤地生烟，饥民相食，朝廷斩了府丞大人，李乔的母亲也未能幸免。孤苦伶仃的李乔混在乞丐堆儿里，靠要饭出了关。这是嘉靖三十年发生的事。

这一年，大批的难民饥饿难耐，纷纷逃往关外，强掠辽沈，结果被明兵抓住全部屠杀，血沃荒壑。李乔随着众人走到古埒城边，饥渴交加，实在走不动了，躺在那里奄奄待毙。

当时正赶上王杲从哈达部归来，见满地的僵尸堆的像小山似的，惨不忍睹。王杲可怜他们，命令将卒打开城门，把这些逃难的人放进来，并拿出储存的粮食分发给他们。逃难的众人无不感激王杲的大恩大德，纷纷表示愿意留下来。王杲把这些人均收入寨内。

突然，王杲发现在尸体堆里有一衰羸书生，手足抽搐，用手一探，尚有气息。王杲不顾书生满身泥垢，俯身将其抱回家中，调鹿糜（小肉粥，女真饭），用匙一点一点的喂，就这样照顾了十几天，书生康复痊愈。

王杲细问书生姓名，书生报号李乔。两人聊起天来甚为投机。王杲非常敬佩李乔的学识渊博，俩人常常同席共枕，彻夜不眠。王杲势力大起来以后，李乔更是他离不开的心腹智囊。每当王杲和李乔商议事情的时候，李乔说出的见解和看法都特别合乎王杲的心思，他就像王杲的老师一样指引着他。王杲大有相见恨晚之意。当然李乔亦深感王杲的救命之恩，曾发誓誓死不做明儒，不思南归，并与王杲、勒吉红等人结为金兰之好。

李乔本是进士出身，满腹经纶，才高八斗。王杲所敬重和佩服他的人唯有李乔，所以李乔自打跟随王杲，王杲以厚礼相待，赐女真女为妻，并生了二个孩子，长子已五岁，次女还在襁褓中。

李乔的妻子神勇而贤惠，她本是哈达部的人，后来被王杲掠来，收为义女。所以李乔与王杲既是朋友，又是婿丈。李乔也是个知恩图报的人，自打他入伙古埒，宵衣旰食，为王杲筹谋，虽不习武，但其笔有神，与明廷、哈达众部之文书疏言，皆出自李乔之手。王杲敬之如老师，赏赐尤丰。

王杲的阿玛多贝勒刚去世的时候，王杲为了替父报仇，曾想投靠在万罕麾下借势生势。

李乔献策说："鹫巢难居众雀，虎穴岂有完鹿。兄长欲成霸业，兴诸申百代乐土，宜独享古埒地利，扬先汗黑马神威，叱咤南北，兵联东西，昔年宋金之势可待矣。唐李义山曾有诗云：'历览前贤国与家，成由勤俭败由奢'。吾侪勤兵俭政，勿妒小肥私，勿霸女欺贫。四海兄弟，礼遇各族，何愁古埒寨小，辽阳城大乎？"

王杲觉得李乔说得在理，便采纳了李乔的建议，大兴古埒，甚得民心，众人来归，杲声日壮。

其实在黑春兵马偷袭古埒的时候，王杲当时正与家人在游戏赏舞，听到探兵来报说，王杲大怒，斥探兵迟报，拔刀欲砍。

李乔忙制止说："天下有大勇者，猝然临之而不惊，无故加之而不怒。敌骑来攻，帅者不知，兄长过也，何迁怪于吏卒乎？"

王杲甚为惭愧。

在王杲的兄弟当中，数李乔最为英俊，他修身柳腰，脸若敷脂，美若秀女，年龄又在诸弟兄中是最小的，而其才又远在诸兄之上。亚嘎哈非常喜欢他，对他心生爱慕，然而李乔心纯若水，行为举止稳重端庄，对嫂子亚嘎哈更是敬重有加，故两人之间无有闲话。

勒吉红一生征战，孑身一人，一生并未纳妻。他曾笑搂李乔说："俺要娶个像举川兄弟这样的美貌的沙里甘，就算福满九天哩！"

就在王杲得"风"字，测后喜曰："凶中有吉，为上上卦，此为吉卦。"

当时正巧李乔进入，也来测之。测后，李乔说："我测此卦为凶卦。"

王杲正在兴头上,听了李乔的话又惊又恼,非常不高兴。他认为李乔好显露自己,爱耍小聪明,更不喜欢有人揭他的短,便细细追问:"何以见得?"

李乔说:"我测此卦为凶、吉、凶,所以最后为'凶'卦。兄长请看:'风'字除三邪,中间是个'中'字,可以说得一栋梁,然而"中"字又可以理解为'箭射一口',也就是箭杀一人,所以请兄长一定要小心谨慎,切不可手足无措也。"

此字王杲最为忌讳,现被李乔道出,所以非常生气,王杲一言不发。李乔见状,默默地退下。

王杲因势力日渐强大,便目中无人,骄纵起来。他常在众兄弟面前口出狂言,说:"天下难有能敌古埒者!大明糟糠之躯,万罕老气横秋,杲乃日升中天也。"王杲借解释自己的汉名,比喻自己是日上中天,光照宇寰。时间久了,李乔实在听不下去了。

一日,王杲与众人兴趣正浓地谈论自己的名字,李乔站起来了,说道:"大哥的名字以我测之,吉凶兼可,贵在人为也。"

李乔话一出口,众人瞠目视之。

王杲的脸立刻拉了下来,问道:"何以见得?"

李乔答:"杲,木上见日,此乃白日,明也。天明,才可见林木之上有日,日照万木则明。此字偈曰:兄长若名照宇内,时时切忌不可忘日。失日则暗,失日则不能明。日月之光,失去日光,只能暗淡,人入阴则败则亡。故此,兄长不可骄,尤不可轻明,若时时以大明系念,不与之交恶,前途无量,否则凶多吉少也。"

王杲大怒,污蔑李乔,说李乔因为是汉人,所以才说出这番长大明志气,灭古埒威风的话来。王杲说完,回到了内室。

众人见此情景,忙劝李乔给杲罕赔礼道歉。

李乔不肯,言曰:"忠言逆耳。罕病生痈疽,不用刀不可根除也。"从此,王杲有些冷落李乔。

王杲因喜收神匠马师傅,又借给小罕过七岁生日,特冬狩于苏水头,会众弟兄、众女眷、众兵卒,且宴请王兀堂夫妇、李成梁夫妇(李成梁有事未来,牡丹夫人光临)等贝勒、王爷,实际他是想显示一下自己的实力。

万罕虽然没接到请帖,但他知道信儿后,为了探信,也为奉迎威震

190

辽东的王杲，特派长子哈达兵马大将军虎尔罕率众弟兄带着厚礼，拜谒了王杲夫妇。叶赫二努兄弟莅临，土蛮扎萨克图罕因在病榻，派二台吉代父拜杲。

王杲盛宴款待，同众人一同来到苏水之滨，兵阵若云，旌旗若林。马蹄踏地如风卷浓沙，战鼓角号若海浪击岸，声闻百里，其况、其情、其盛无可比者，明廷也未有此盛况。

王杲也是第一次见到如此之气势，竟忘乎长叹曰："吾非王乎！"

此言一出，惊杲了同行的人，从此有人开始渐渐远避王杲。觉昌安父子也开始轻待王杲，后来引出王杲醉鞭觉昌安，礼敦兄弟代罚，两族开始生隙。

王杲为了显示自己的威风，命女奴在大雪中弹弦做舞。有的女奴被冻死在帐外。亚嘎哈苦劝，王杲不听；李乔劝，王杲仍不睬。

王杲有三只细毛犬，常随王杲出游。雪雾中兵卒追赶众鹿群入围，三只细毛狗挣开几个"狗篷女奴"的绳子，也随群狗冲入鹿群中。兵卒不慎，射杀了一只细毛神犬。王杲闻听暴怒，刀砍兵卒，且命三个"看狗女"殉葬。

众将官求情，均言有外客在旁，家丑不可外扬，恐被耻笑，待事后重重发落就是。王杲不纳众言，跳下帐，强拉跪在雪地上哭叫的看狗女，举刀便砍，被李乔一把抓住。王杲大怒，刀一抽，正切入李乔衣袍，鲜血顺着胸膛往下流。

勒吉红等人见状，冲上去拉住王杲。徐逊、咬乌郎等人把李乔搀入轿车，飞马送回古埒医治。

亚嘎哈是一个心地善良之人，有着火一样的烈性。她怒不可遏，从女儿帐中飞身跳出。牡丹夫人虽然心里对王杲的做法也是不满，但碍于面子，只好上来劝阻亚嘎哈。

亚嘎哈的力气多大呀，这几个女人哪能拽得住她。只见她一步蹿到王杲面前，暴叫一声，抓住王杲的腰部，然后举起来，摔入雪窝之中。王杲被摔的入雪二尺，半天才摇晃着出来。

众将卒齐上前要扶起王杲，亚嘎哈手一叉腰，像根柱子似的往那一站，大声喝道："谁敢过去，别怪我不客气！"

徐逊等人皆知亚嘎哈乃张飞性子，均不敢多言。

虎尔罕等早恨透了王杲，这回可有人给出了气，心里这个乐呀，但表面上还不敢露出来。他装出一副同情王杲的样子，从帐中伸出头来，说："妹妹手下留情，我替王杲兄弟告饶了！"

叶赫二努头次见此光景，早吓得缩入帐内，不敢大声吭一声。好端端的冬狩盛会，叫亚嘎哈这一嗓门子给震散了。

话说亚嘎哈虽然不知道这翁婿俩到底是为了什么，使得畏根这么大动干戈，但她知道李乔一定是为王杲好，再加上她对王杲近日来的傲慢架势也看不惯，今日他不仅伤了女奴，更可气的是伤了兄弟李乔。亚嘎哈的火儿再也压不住了，于是就出现了方才的蛮事。

还是小罕努尔哈赤聪敏，他忙到亚嘎哈身边说："郭罗妈妈①别生气了，快让我郭罗玛法起来吧。我郭罗玛法都快冻死了。"

经小罕一提醒，亚嘎哈这才回过神儿来，赶忙叫人把王杲扶起。

王杲心中甚是恼怒。他命人牵来自己的黑风马，不管众人和亚嘎哈，自己一个人上马，"哒、哒、哒"地径直返回古埒去了。

勒吉红命人鸣角收兵，兵马浩浩荡荡返回古勒。

亚嘎哈叫人将被冻伤的众女奴抱入暖室，又探望了看狗的女奴，嘱咐其不要害怕，要好生伺养两只细毛神犬，杲罕如果还不肯饶恕你们，就去找我亚嘎哈，然后又带着奴才来到李乔家中。

我们在前边说过，李乔的媳妇本是王杲的义女，是王杲赏给李乔的。李乔受伤被众人搀扶回来，她急忙搀扶李乔躺到炕上，然后给李乔找治红伤的药。

亚嘎哈来探望李乔，李乔媳妇起身叩拜相迎，进伙房去煮马奶。

亚嘎哈坐在了李乔的病榻前，询问李乔的伤情。亚嘎哈平日对王杲的这些弟兄像自己的手足，加上她本人是窝集女，心地纯洁，无拘无束，随便惯了。

亚嘎哈平日里也甚敬重李乔，眼见李乔有伤，闭目不语，嘴唇有些干燥，便唤女奴倒了碗水，她一勺一勺地喂给李乔，又低下头来查看李乔的神色。

正巧此时王杲推门进来，见亚嘎哈正脸对脸地看着李乔，非常生气。他刚要开口说话，李乔这时睁开了眼睛，猛然见亚嘎哈在自己面前，急忙要起身坐起，就在他将要起身的功夫，又看见推门进屋的王杲，李乔一着急，起得猛了些。

此时只听王杲大吼一声："李乔，我待你不薄，你竟敢如此轻薄。"

---

① 郭罗妈妈：满语，外祖母。

李乔身子一震，伤口的血立刻又涌出来了。李乔疼的汗如雨下，倒在皮褥子上晕厥过去。

王杲见此情景有些后悔。亚嘎哈气得起身便走。王杲未能拦住。亚嘎哈回去以后，打点了一下自己的东西衣物，然后带着自己的娘娘兵，骑马回东海窝集部去了。

李乔因有刀伤，又加上受了风邪，四肢麻木，没过几天，突然病情加重。勒吉红、徐逊、咬乌郎等人前去探望。

李乔哭诉说："我李乔乃燕山布衣，穷困无依。喜遇杲罕，如入青云，赏我以妻室，天赐我荫子，死有何惜？不敢瞑目者为与众兄长共图大业耳。弟兄手足如亲。俗言，仕可杀不可辱。乔为杲业大辱能吞。今刀伤入内，死在旦夕，望众兄弟相亲，铭记刘玄德白帝城所言：'勿以恶小而为之，勿以善小而不为'。'惟贤惟德，能服于人'。望众弟相携自爱，速迎窝集女来归，杲之贤内助也。今后戒征战，勿伤天廷。开疆拓业，抚恤万民。心德抚之，以谦让之；率土来归，王业可兴矣……"

李乔话未说完，就气绝身亡了。

王杲病榻前得知李乔悲亡，痛哭欲晕，跟跟跄跄地跪拜在李乔陵椁前，泣不成声，呼喊："杲无颜也！杲无颜也……！"

李乔厚葬于古垺东山苏水滨。

李乔死后，王杲再析"风"字，均与前事吻合。虽最后收了三妖女，得马氏神匠。谁想，乐极生悲，乐痴生骄，遗忘李乔曾有"成由勤俭败由奢"之嘱，冬狩夸富，妻走友亡，反乐成悲。

俗言："骄风如利箭"，竟杀贴心之人。哀乎哉，王杲大愧！

为了弥补自己的过失，王杲将李乔五岁的儿子和襁褓中的女儿均收为义子，并将其母子留在古垺城，善待恩养。

王杲逃难的时候，李乔的妻子和孩子均随王杲逃至哈达部躲藏。王杲被杀，万罕将李乔妻、子与王杲家人一起都杀了。

李家自此绝后矣，惜哉！

嘉靖四十一年，明廷下旨封杨照为辽东总兵，督师东进，讨伐北方反明的女真部落。

杨照的小妾原是万罕的妃子，后转赠给了杨照。那还是当年杨照在辽阳当游击时到过哈达部，万罕为了巴结杨照，巩固自己在辽东的地位，请杨照到自己的侠倡宫任意挑选自己的美妾，做杨照之妾，用土话讲，把自己的媳妇送给人家做媳妇，自己却毫无醋意，其谄媚之法可谓亘古未有。杨照为此更加亲近万罕。杨照此番出任辽东兵马大帅，消息早传报给了万罕。万罕去了贺贴。

嘉靖四十二年春二月，旧历年未过，王杲因亚嘎哈出走，李乔亡故，众兄弟只是悲悲戚戚，古埒城的防卫能力大降。

这时，德里给妈妈受亚嘎哈临行前之托，把小罕努尔哈赤带回他的祖父觉昌安处。王杲只能一个人孤孤单单、凄凄凉凉，每日里借酒浇愁。

话说早在亚嘎哈来古埒的时候，带来一侍女，年方十九，长的甚有姿色。王杲早就有意收入房中，只是慑于亚嘎哈的威严，才不敢妄动。事也凑巧，亚嘎哈走的时候，因还有许多细软和贵重物品未来得及整理，便留下贴心侍女代为看护。另有王杲从城外掠来逃难的汉女三人，与亚嘎哈侍女同住一室。

王杲闲的无聊，于夜黑时分来到她们住的屋子。亚嘎哈侍女知道杲罕的心思，早就做了准备，她都夜夜合衣而眠，等王杲来的时候，早将松明、糠灯点燃如白昼一般。侍女又叫三个汉女捧上酒来，为杲罕解思亚嘎哈之苦。

王杲命三汉女退下，他想强要侍女。

侍女哭着跪下，哀求道："请杲罕不要为难奴才？难道杲罕不记得娘娘的情义了吗？"

王杲根本听不进去侍女的话，继续拉扯侍女。

侍女见状，说："罕爷不要着急。你稍等片刻，待我进内室解衣，再招呼罕爷进去。你看怎么样？"

王杲很高兴地答应了，侍女起身进入内室。等了很久，也没听见侍女招呼。王杲非常诧异，推门进入内室，只见侍女已悬梁自尽。

此时杨照派部将王小靰子率五百骑兵来攻，因王杲没有防备，五百骑兵如入无人之境，连破三小屯寨，掠得黑马三百匹，杀死兵卒百姓不计其数。勒吉红跑来通报战情。王杲无暇顾及，叫勒吉红赶紧派人收拾女尸，不准声张，他自己逃回了住处。

徐逊、勒吉红、咬乌郎等人见杲罕似鬼迷心窍不理政事，甚为着急，几个人一起来到神堂求神佑助。众兄弟都知道，要想说服王杲，唯有按李乔遗言，早早接回亚嘎哈，只有她才能治服王杲、扭转败局，挽救古埒城。

可有啥法才能让亚嘎哈回来呢？众人想来想去，唯有一步棋，就是王杲认错，亲去东海窝集部接妻，可怎么能说通王杲去接媳妇呢？大家苦思苦想，最后还是徐逊出了个主意。

什么主意呢？

原来女真人有个习俗，冬月里吃酸菜。

酸菜是怎么腌成的呢？

相传金太祖完颜阿骨打起兵伐辽时，太祖有一名结发夫人叫"布苏格格"，人称"大夫人"。她貌美手巧、心地善良，与太祖相亲相爱。太祖还没起兵时，她就帮太祖传递信息，饲养征马，为太祖身边的将士采野菜蒸煮饭食，人人称赞布苏格格。太祖起兵后封她为"大夫人"或"布苏夫人"

金代的时候，男人当兵在前方打仗，他们的女人就随军跟在后面，专门管理治伤、造饭、缝补征衣。这样行进的队伍往往似一字长蛇阵，浩浩荡荡。大夫人随太祖出征，太祖领兵打仗，她统率女眷们在后面采摘野菜，为前方兵卒提供食用，日夜操劳。

金兵在攻打黄龙府（今吉林省农安）时，大辽王天祚帝派千员兵马抵抗。当时正是月黑秋深时节，双方厮杀在了一起，金兵杀死辽兵无数，辽兵败退，太祖率兵追击。混乱中，大夫人被乱军砍伤了一足，瘫倒在野地上，呼救无援。金兵、辽兵全不见了，只有血泊中的人马僵尸……

苏醒过来的大夫人布苏格格心系自己的丈夫和众将士们，忽然她看见地里长着一片片的野芹菜、野白菜、野芥菜、野葱、野百合，就挣扎着用马鬃黄泥缠抹住伤口，然后在地上爬来爬去，采摘野菜。布苏格格完全忘记了疼痛，她不停地采呀，采呀，采下来就扔进身后的一个石坑中。

日子一天天过去了，布苏格格从深秋采到落雪，石坑都填满了。布苏格格因失血过多，失去了生命。她死后，身子正好压在了坑口上。

这期间，太祖曾多次派人出去寻找夫人，均未找到。

快到第二年过年的时候，仗已打到最关键的时刻，将士们已经饿了许多天没有吃的了，太祖派兵卒返回到白城（今黑龙江省阿城）取粮途中，在路过一片雪地的时候，征马呼叫不走，并且不停地用前蹄刨雪。众人非常惊奇，扒开深雪，见到了他们的大夫人的尸身，尸身下面的雪水中泡着一石坑野菜。

太祖阿骨打命人安葬了布苏夫人，并命人从坑中取出野菜。野菜因有水泡着，吃起来特别清香，酸爽可口。众金兵已经跟辽兵打了数月的仗了，一个个累的精疲力竭，可是吃了这石坑中的野酸菜，个个精神抖擞，斗志顿生。阿骨打率领这群虎狼将，杀向大辽天祚帝占据的隆安堡。辽兵大败，天祚帝只身远遁，大金国得了天下。

太祖完颜阿骨打为纪念布苏夫人，封布苏夫人为"渍菜神"，称这种菜为"布苏给"。这就是北方酸菜的制法。后来有了白菜，人们又用白菜渍酸菜。布苏夫人死后入金代堂庙，年年月月享后人的香火供祀。女真后人也祭此神。

完颜阿骨打曾对僚臣们说："今后凡对功女不敬不轨之人，令其先食渍菜，常忆其功，以儆后非。"后来在金代就形成习俗，吃酸菜，敬女神。

徐逊提醒勒吉红，杲罕敬重祖规，敬祖甚虔，若使他回心转意，认错回头，别无它法，唯用神祈开导他。勒吉红于是想到了金帝的规定，想到了女真古习，便也弄了碗酸菜，里面放了些肥猪肉，和哥几个一起端着来到王杲处。王杲也是通晓民俗古训之人，望见碗中的酸菜，叩头跪拜。

王杲深解勒吉红等人的用心，他拉着勒吉红的手，说："哥哥错了，众弟兄有话尽可以讲出来。"

勒吉红便将李乔临终遗言讲于王杲，并告诉他："必须先接回亚嘎哈阿沙，兄弟、夫妻同心同德，才能重振军威。"

话说间，徐逊、咬乌郎等亦拉门入室，兄弟们拥抱在一起，慨叹不已。

王杲罕王传

王杲采纳了众弟兄之言，留下徐逊、咬乌郎守城，他自己带着勒吉红在第二天早晨起身，前往窝集部，接亚嘎哈回寨。

单说亚嘎哈回到窝集部，见了阿玛突突布，哭诉王杲无情无义。

突突布夫妇劝慰女儿，又怨亚嘎哈不该回来，杲罕有错，理应规劝，怎能脱身不管，会被外人耻笑我们窝集人不通情理。

亚嘎哈本是有口无心之人，而且跟王杲感情深厚，在娘家呆了一段时间后，又开始想念王杲、想念众兄弟，开始有些呆不住了。

突突布夫妇也猜到王杲必来接妻，为了教训王杲，他们嘱咐亚嘎哈："一定要等到王杲亲自来接，并且告饶才肯回去。"

果不其然，没过几天，王杲带勒吉红来东海窝集部（这是王杲最后一次来东海窝集部）。突突布以礼相迎。王杲跪拜突突布夫妇，给亚嘎哈认错。夫妻俩言归于好，亚嘎哈带着她的娘娘兵跟着王杲返回古埒。回来时，突突布又将窝集部男丁五百交给王杲，助他征战。

为了给亚嘎哈赔礼道歉，庆祝夫妻言归于好，王杲回城后还特意筹办了一场宴席。宴席上，王杲升徐逊为指挥，也就是军师，接替李乔。从此，在王杲老营中，徐逊坐上了第二把水獭椅。

就在这时，守城的兵丁来报："李芳、李大人派人前来贺喜。"王杲一听李芳派人来了，赶紧率众人出门迎接。

来人进门以后，跟王杲、亚嘎哈等人寒暄了几句，便传达李芳的意思：让徐逊尽快把喜事办了。

来人一说话，给在场的人造一愣，怎么回事？办什么喜事？大家把目光投向了徐逊。

徐逊有些不好意思，在众位弟兄的一再催促下，这才将事情的原委讲了一遍：

原来徐逊在李芳处管铁时，李芳颇为赏识徐逊的才能，更敬佩他的为人，便将自己的妹妹聘给徐逊为妻。

不知诸位还记不记得，我们在前面说了，李芳是个孤儿，现在怎么又多出一个妹妹呢？要想知道这个妹妹是怎么回事儿？还得我说书人告诉你：

话说李芳因代裕王管理盐铁等务，经常奔走于中原各地。一次去晋西索求银两时，途中遇见几个难民，其中有一个老妇吊于高枝，寻了短见，另一少女痛哭不止，欲随母而去。李芳将少女救下，且拿出碎银分给周围逃难的人。众难民纷纷跪地磕头，感谢李芳的救命之恩。

李芳救下的小姑娘年方二六，无依无靠。眼见别的人都走了，她却无处投奔。李芳见她可怜，想起了自己的身世，便将她收下，另备马车把其带入宫中，并告知了裕王。裕王答应了李芳的请求，准许她留在李芳的身边。李芳把她收做义妹，养于内庭。

此时小姑娘已经长大，到了该嫁人的年龄，李芳便把她聘给徐逊为续妻。徐公此时年已四十五，得此花容少女，怎不高兴。不料途中失铁，徐逊心中懊恼，无意将此艳喜告于呆罕，接着又闹出冬狩误伤李乔、致使李乔绝命等事件。悲事一件接着一件，徐逊早将此事忘于脑后。

王呆将亚嘎哈接回，摆宴谢罪时，李芳派府上心腹求见王呆与徐逊，催促徐逊抓紧时间把喜事办了。

众兄弟这才知道徐指挥原来还有这等艳事。勒吉红等趁酒醉逗趣儿说："想不到哥哥明去取铁，暗里是讨阿沙去了。今后我们也到外头找活干，得不到沙里甘追儿，能寻个老太太也好"。

众人捧腹大笑。

徐逊脸红一阵、白一阵。

王呆笑着喝住众人："休要在这里取笑徐公，快替徐公备办喜宴。"

当即择日，徐公亲接秀女回古圬完婚。

徐逊有一子，单名一个旻字。取此字，皆因测字时正逢秋日，以此为念。徐逊每日教儿子武艺。徐旻非常刻苦，像他父亲徐逊一样手使单枪，勇猛超人。王呆征杨照时，徐旻年近十三岁就随父亲一起披甲出征。

前面我们讲到辽东副总兵官杨照，二月出师战王呆，获胜。捷报京师，明廷大贺，册封杨照为辽东总兵，挂太师衔，众将赏赍有差。万罕亦因佐照有功，赐锦衣记功于明勋册。

一天，宫中设宴，众将进谏说杨照兵贵神速，应乘胜直捣呆巢，给王呆以迅雷不及掩耳之势。

杨照太师捋髯笑曰："呆乃女真魁杰，非鲁莽武夫。此次呆受打击，焉有不防之道理？近闻探报，王呆夫妻失和，儒乔夭亡。兵法曰：乘虚而入，正适时也。然王呆乃有志之士，不可小觑。汝等恪守吾命，厉兵秣马，屯粮利器，骄堕斩勿赦。"

帐下众部将慢然。杨照待兵严如父，且有尚方宝剑，个个喏喏称是。

其实杨照此刻不出兵，并非是惧怕王杲，而是在等待时机。他命人日夜查探王杲动向，夜夜召集部下密议军务，常灯笼高挑，握笔依几而眠。将士们身生虮蚤而不嫌，夜餐凉馍而不怒，与他们一起风餐露宿，甘苦同享。

到了癸亥七月的时候，中天酷暑，热风如炽，盖数十年未遇之炎夏也，时有"七月流火"之喻。行人出塞晕厥，征马卧圈吁喘，鹅凫潜水不出，明吏将佐轮番下河解暑，花间柳荫裸身倦睡。

杨照扎裙赤臂巡卡，仰视天穹，喜曰："祝融降尘，此兴兵讨虏之时也。"

然后迅疾返回中军，擂鼓三十，角号动野。兵卒们在昏懒中惊起，在太阳下集合。

杨照宣布："准备出发"。

众将士纷纷不解，怨声可闻，都说骄阳似火，人马倦顿，此时驱兵打仗，不战自馁，肯乞太师等到秋天再兴师讨伐逆酋王杲。

杨照怒斥道："养兵千日，用兵一时，岂可踟蹰？中天暑热，吾兵畏暑，夷虏亦畏暑，且诸夷擅马战，天热马不前。吾军同仇敌忾，赴汤蹈火，岂可不操胜券乎？众将卒功成，吾奏朝廷品升三级，退缩避敌者斩满门。"

杨照一声令下，五千兵马分五路杀向古埒。杨照又命兵使驰往哈达，一路上征马疾跑，炸肺毙亡三匹，赶到侠倡，急令万罕和虎尔罕分别率一千人马分两路包剿王杲，七路大军杀奔而来。

王
杲
罕
王
传

且说王杲接回爱妻，又带回东海窝集众男女强兵。到了夜里，亚嘎哈千责万怨畏根，王杲一味热语温存，浓情爱抚，两解离别之渴。

蜜语恨夜短，天很快就亮了，亚嘎哈还在酣睡中，王杲披衣出室，来到院中新建的六檐画栋的"览云阁"。此三字乃李乔遗笔，王杲见字不觉潸然泪下，心情烦闷，凝望东天，忽见晨霭中有黑雾升起，几颗残星隐入雾气中。王杲大惊，他知道：晨见雾气非吉即凶，定有大事发生。

王杲疾步反身下楼，穿朱阁，绕石桥，过月门，来到前堂议事大庭。此时堂中有徐指挥、勒吉红等在俯案叙谈，见王杲到来，忙起身相迎，互相寒暄后，王杲将方才所见天象出黑气之事说与二人。

三人正猜疑中，咬乌郎跑步而来。原来咬乌郎受王杲之命，早潜于苏水中暗观动向。

王杲与徐逊指挥早算计到明兵会来入犯，只是不知发兵时日，特叫咬乌郎领三个兵卒出城五十里暗查动静，已有风吹草动，立刻来报。

咬乌郎便将杨照他们早晚进兵，中午炎热的时候进林中歇息，并且因为天热将士们都没骑马等情况叙述了一遍。

勒吉红、徐逊等听了大惊，王杲倒没感到惊讶，他早算到杨照会发兵的，也算到杨照必在酷暑日发兵。

要说这杨照也真是狡诈，他深知明兵不擅骑马，而王杲和土蛮兵均擅用马，行军打仗大半都靠马来取胜，所以他利用天热马不愿前行的特点，使王杲的骑兵发挥不了作用，他才能乘机取胜，使王杲败北。徐逊等之所以着急，是因为明兵来得甚急，土蛮兵马远在开原北，报信联系已来不及；可若不及时传报，土蛮兵马也将受害。众人无有对策。

王杲想到杨照为雪黑春之耻，夺盖世之功，必欲踏平古埒，屠女真、土蛮众百姓，自己万万不可轻敌。可怎么能引走杨照兵马，使之不祸害古埒良田沃土呢？王杲反复思忖。

正愁闷间，忽听城寨牧羊老人在窃窃私语："这只死羊只顾乱窜，有朝一日我把你们统统赶到水泡子里，看你还老实不？"

说者无意，听者有心。王杲顿时想出了一条妙计，忙说："有了，咱们不如将计就计。"

众人不解，杲忙命人传报亚嘎哈入堂。亚嘎哈慌忙赶来，王杲跟她耳语了一番。亚嘎哈得令走了。

王杲又唤过咬乌郎，同样耳语了一阵。咬乌郎也领命走了。

王杲对勒吉红也同样耳语传命，勒吉红受计匆匆而别。

接着，王杲命徐逊坐帐中军，在老营节制各军催督兵马，依计而行。又命徐逊选"穿骨箭"送于军前。王杲又传令牌，命速报赫图阿拉觉昌安父子率兵一千，受勒吉红随时调用；并传令乌龙格格，命其守住兀堂，不要驰援哈达。然后辞别徐逊，走入后室，不知去向。

单说杨照大军分成七路，左三路北上，包剿土蛮汗之蒙古兵；右三路东征古埒，想围剿古埒城；一路垫后做他的亲军。大兵浩浩荡荡一眼望不到边，刀枪如林，旌旗蔽空，鼓声号角震天动地，震得鸟兽相撞坠崖。

大军来到几座黄土山前，忽见前面半山腰的草坪上，坐着三五个穿鹿白板皮短裤的女真人，他们袒胸露臂，头盘辫髻，正在那里猜拳行令，旁边的篝火上烤着一只滴着油的大黄羊，酒肉香随风飘下。众兵卒一个个嗅着鼻子，贪婪的不想离去。这几个女真人头也不抬，也不瞅山下源源不断的兵马，只顾可嗓门的喊。

杨照忙命通事（明清时代对翻译者的称谓）攀援而上，询问土蛮兵马行踪并打听捷径。

只见其中一头戴大沿薄纱凉帽的美貌壮年，站起来施汉礼说："不知是太师玛法的兵马到了，奴才们给您磕头了！我们遭土蛮罕、王杲逆酋之扰，有家不能归，逃至山野过此茹毛饮血的日子，盼太师早夷辽难，诸申幸甚也。"

通事翻说，在马上的杨照听了自然高兴，忙问道路。五个女真人表示愿引路前往，杨照大喜。五女真人均乘家驯马鹿，穿山过崖如履平地，众人难追。

五女真人放慢鹿步，杨照打马追上。因天气灼热，马身如洗。

杨照命跟随兵卒骑马打伞盖前行，行至杨树林上，钻天杨高入云天。林中微有小风，稍觉得凉爽些。杨照忙命摆酒备菜，款待五女真人。只见那位中年男人十分大方，提酒仰脖痛饮，不呷一菜。杨照赞其酒量，见此女真人汉话说得十分流利，非常高兴，一边饮酒，一边向其打听辽东边寨的诸多事宜，中年人畅所欲言，对答如流，两个人说得非常投机。

中年人问杨照："太师玛法，督军北进是讨土蛮么？"

杨照一时兴起，又觉得这些人都是女真草民，根本没有戒备，说："讨土蛮事小，实为擒王杲逆酋。"

中年人笑着说："听说王杲近来不曾冒犯朝廷，又承蒙万岁爷在京师召见，为什么要抓他呢？"

杨照说："你有所不知，这个王杲下欺诸申，上辱朝廷，前些日子杀了黑帅，近又联土蛮南下，是我等心腹大患。尔等若知其下落，速速报来，本太师必有重赏！"

中年人甚喜，说："太巧了，昨夜我见王杲与妻婢宿于塞外蒲苇滩。此处水中芦苇丛生，鹅鸭成群，塘中香菱满泡，肥鱼沃水，原系我们哈达部的地方，硬让王杲霸了去。万罕无能，我辈受殃。今太师若兵发蒲苇滩，七路大军围剿包抄，灭了王杲。王杲要是没了，土蛮汗就如断趾的猛兽，必死于太师之手。"

中年人越说越兴起，竟拍手雀跃，像孩童一样。杨照尤喜欢女真人天真淳朴的性格，跟传说中的狡猾难交大相径庭。

此时，中年人说："我们的鹿快，就先走一步了。太师只要朝蒲苇滩的方向去，必能抓到王杲和他的家人。祝太师旗开得胜！"

杨照非常高兴，庆幸途中遇到亲明的女真人，自己不必再劳师分兵，只需七路大军齐指蒲苇滩，便可铲除逆酋。于是，杨照命令队伍速速前进，落伍掉队者斩。

杨照也是一名久经沙场的老将，他心中早有打算，虽然明着依中年人所言，七师并进，但也怕其中有诈。于是，他又派贴身心腹十数人，速走于大军之前，到蒲苇滩打探情况。

几个探子乔装成卖盐的商贩，先行七十里，来到蒲苇滩。蒲苇滩向东绕行可与哈达兵相会，回身又可进兵赫图阿拉和古埒，是一道难得的天然屏障。

只见蒲苇滩一片静寂，苇塘中鸭鹅欢唱，此均属野凫天鹅、丹鹤之类，若有大军埋伏，群鸟早已惊遁。探子仔细查看后，放了心，骑马回报杨太师。杨照这才放心督师前进。

大军围着苇塘四周转了大半天，也不见王杲妻婢的踪影。杨照狡猾，他知道此蒲苇滩有十几里长，一眼望不到边，里面就是藏十万兵马也不被外人发现，所以他不敢轻易进兵，只是领兵围着苇塘转圈。

此时，天已过午，兵马已经劳顿。杨照只好命令队伍就地歇马造饭。

就在此时，忽听苇塘中鼓号齐鸣，放眼望去，苇塘中闪出一排排白色的旌旗，一色的蒙古银鬃白马，马上全是披着白羽斗篷，手握雕弓的女兵，她们个个如天仙一般。队伍向东走去，很快就隐入苇塘中；过了一会儿，又是一阵鼓号齐鸣，苇塘中又闪出一排排绿色旌旗，旗下是身披绿羽斗篷的女兵，一色骑着黄膘马，手握雕弓，也向东走去，同样隐入苇塘中。紧接着，又出来红衣女、黄衣女、黑衣女，这些女兵一个个美貌无比，她们同样朝东边的苇塘中走去。

这下子，把个明兵都看呆了。

杨照也百思不得其解，他身边的谋士告诉他："此女一定是王杲夫人的'女儿兵'，请太师千万不可上当。"

杨照也早就闻听过"女儿兵"的大名，知道这些"女儿兵"非常了得。于是，他命大军速速埋伏好，切勿暴露踪迹，迂回西行，躲过"女儿兵"。

西边也是清一色的苇塘，杨照只好命众兵持械前行。在苇塘深处，突然出现几个骑鹿的女真人，正是给他们指路的那几个人。杨照一见大喜，急忙大声呼叫。然而那几个女真人好像没听见，根本没站脚，依旧不紧不慢地在蒲苇中走着。杨照急忙领兵在后边追，可不管怎么追，就是追不上。杨照生气了，命令兵卒迅速追赶，追上以后抓来问罪。

就在这时，就听有人唱起了女真古歌：

天上黄的鹰啊，空齐，空齐，

地下白的鹅啊，空齐，空齐，

要逮鹰和鹅啊，空齐，空齐，

小心啄瞎眼啊，空——齐——

杨照正闻古歌，大军已走入一片如繁星一般的湖沼中，人马陷入污泥。

杨照惊问："此地何处？"

亲随答："葡萄泡子。"

杨照大惊失色，知道自己上当了，久闻葡萄泡子是有名的烂泥塘，人马到了那里可陷入三尺，动弹不得，臭泥水蛭，蚊虻如撒糠，一喘气都能吸入小蚊，人不能睁眼，小蚊小咬咬到头、身、脖颈，奇痒攻心，少时身脸红肿，头大如斗，是个进得去出不来的地方。杨照这个气呀，恨不能立刻抓住王杲活剐了他，只可惜他没有这个机会了。

杨照急忙命令将士勿动勿躁，怎奈队伍已经大乱，根本没人听他的话。杨照无奈，怒杀了数十名兵卒，可众将士们还是不听令。就这样，五路大军在蒲苇中如瞎眼蚊蠓东窜西跳，相冲相撞，人马死于泥浆中能有近千人。

忽然，有天鹅于苇中惊鸣三声，顿时四面鼓角齐鸣，火把四起，亮如白昼。杨照朝最亮的一处望去，几乎惊落马下。只见远处有个红罗伞，伞下有个头戴大沿凉帽、身穿白绸战裙的年轻大帅，正是先前给他们领路的那个人。

杨照大惊，略微有些明白过来了，但他还是不太相信，大声问道："你是何人？"

只见年轻大帅微微一笑，说："我就是你们要找的逆酋王杲。"

杨照一听，知道自己完了，他们已经成了女真人的活靶子。他后悔不已，抱头痛哭。

就在这时，四面弓箭齐发。杨照身中数箭而亡，其兵卒也死伤过半。此时苇塘中人尸塞路，马根本不能前行，只能任人宰割。就这样，剩下的这四千兵马有大半惨死于葡萄泡子，活着的兵将四下逃散。

杨照这次打的败仗比黑春那次还惨，除了部分兵马死于泥水中、马踏死或被刀砍死，绝大多数死伤于透骨神箭。此神箭便是王兀堂领来的铁匠马师傅锻造出来的三千"透骨倒须箭"。此箭箭矢入骨后唯有碎骨方能取出，且箭矢因有丹田经气所吹，入骨髓中生冰寒，骨髓紫黑霉烂，百药不可解。故此不少兵卒中箭后虽然逃回，但因神箭穿进骨中取不出来，所以只能断骨截肢，但神箭上的铁锈随着血液已流入全身，不久即溃烂流黄水，不出十日皆亡。

杨照五千兵马几乎皆葬于蒲苇滩中之葡萄泡子，后人呼之为"骨尸泡"。数十年后，此处人骨仍然清晰可见，夜夜啼哭不断，犹闻刀戈相击声、马匹嘶鸣声。两世罕王努尔哈赤只好在此立"亡魂碑"，以慰鬼魂。此处才安宁如常。

朝中众臣惊闻杨照殉国，无不惊骇。京师三日无乐，臣僚个个愁容满面，苦叹天下无大将，辽事日炽，谁能拜印勤王？黑春死，有国殇；杨照死，个个不敢声张，怕民心浮动，国事不稳。只传皇喻，封杨照少保左都督，荫一子，建祠享祀，名登大明英烈簿中，以昭后人。

王杲罕王传

再说万罕正催赶大军往西进兵，忽然得到探兵来报："太师有令：兵发蒲苇滩。"

万罕觉得奇怪，不知杨照是何用意，但军令已下，不能不执行。于是，万罕只好命队伍拐向蒲苇滩方向。队伍正走着，忽听鼓角齐鸣，前面出现了一支黑马队，为首战将正是勒吉红。勒吉红手握长枪，堵住队伍的去路。

万罕大惊，忙催马到前，喝道："大胆勒吉红，玛法在此，胆敢无礼！"

勒吉红大声说："万罕休出此言，我勒吉红奉大哥之命在此等候多时，请万罕速速勒马止步，我大哥很快就到。如若不然，我勒吉红的黑马神兵就不客气了！"

说着，勒吉红手舞白腊杆子长矛，像要挥兵前进的样子。

吓得万罕忙喊："罢，罢，罢，我在此不动就是了！"

见万罕不动，两路兵马也不敢动了，一个个只能乖乖地站在日头底下，等着王杲的到来。

直到天黑下来了，王杲才来。

王杲来了以后，将手上提着的人头往万罕马前一扔，说："我把杨太师的首级给你拿来了。"

万罕吓的差一点从马上掉下来，战战兢兢地问："我儿这是何意？"

王杲笑着说："朝廷想灭我王杲，我要让他们看看我王杲不是好欺负的。"

万罕一听，忙陪笑说："阿突罕，义父听说杨太师要发兵古埒，特带兵前去解围，没想到，我儿已得胜而归，义父要祝贺你呀！"

王杲将计就计，笑着说："义父既要贺我，以何为礼呀？"

万罕在马上吁吁不能回答。

王杲下了马，先打千施礼，然后走近万罕，扯下他胸前的三个珠印，说到："儿子的要求也不高，这三个珠印就行了，儿子我谢过义父。"

万罕大惊，可又不敢发作，窘态百出。

各位阿哥不知道，这三个珠印不是一般的东西，是各个堡子的印鉴，就像咱们现在的地契一样。万罕怕人抢夺，特地将各种印鉴制成珠型，戴在胸前。王杲手中拿的珠印是万罕三个心腹之地：北山堡、柳林堡、齐家堡，此三地均属谷中沃野，而齐家堡本是兀堂属地，却被万罕霸占着，一直不肯给兀堂，没想到，今天却被王杲所得。

王杲谢过万罕，命手下速速放万罕他们走，并请万罕将杨照首级转于明廷，告诫明廷勿再生事。

至此，王杲未借土蛮一骑，以计大获全胜。

众人问王杲何以取胜？

王杲回答："吾知杨照用兵如神，故多设迷阵诱其入彀；杨照以为吾必用骑兵取胜，然炎夏对骑师不利。吾知蒲苇滩万里之阔，屯兵苇中敌不可知，故诱照奔数百里，陷照于泥沼中，以百人箭杀五千之众。"此计即由王杲与徐逊而设。

杨太师一死，万罕逃回哈达，并将杨照首级装入木笼箱中。杨照首级是被王杲部将拦肩斜臂砍削下来的，鲜血淋淋，好不凄惨。

万罕回去后，心里总是害怕，得了惊悸症。他一闭上眼睛，就看见杨照那怒目圆睁，张嘴吐舌，狰狞恐怖的样子。万罕每日里茶米不进，日夜惊呼。众侍人没办法，只好通宵守卫，可就是这样，万罕也难以控制自己。

虎尔罕原本想借此机会显功扬名，于是他亲自率师助战。没想到，名没扬成，还赔了三城。虎尔罕这个窝火呀！万罕有病，他也不闻不问。可架不住柳先生等人一番苦劝，再有温吉格格与康古鲁等苦泪哀求，虎尔罕只好代父上奏，乞求天朝开恩恕罪，并申奏杨将军讨夷仙逝，为国损躯。我辈哀痛，山岳痛悼！

要说万罕此番十分倒霉，赔了齐家堡等三城给王杲不算，在明廷没有任何赏赐，自己又害了惊悸症。此病时好时犯，请了很多名医，吃了很多仙药也不见好，一直陪伴万罕到死。

此次兵败使虎尔罕势力在哈达部内得以抬头。他趁势强持兵权，强霸明廷二百道敕书。康古鲁年纪小，没有虎尔罕那么大的野心，只知道与温吉格格调情，结果让虎尔罕占了上风。

其实虎尔罕能有此心计，实际都是柳先生柳色夫暗中给出的主意。柳先生与虎尔罕有莫逆之交，柳先生能来哈达是虎尔罕引荐给父罕的，故此柳先生深感虎尔罕之厚恩。柳色夫到哈达后，一步青云，万罕奉之为师，名赫南关，无人不晓柳先生，如此殊荣使柳先生感戴虎尔罕之德。故此万罕一死，虎尔罕一个粗鲁好色无能之辈，竟胜过众弟兄，夺得罕位，均柳先生积年面授机宜，苦心经营之果。此为后话，不提。

　　话说嘉靖皇帝日夜苦思成仙，选三千童男童女苦求秘坤宗法，妄想通过仙助，蜕化为万寿不死之躯，永葆青春。

　　他身旁的陶老道、李大仙人等也都在积极地帮助皇帝求取女阴坤经，养丹田之气。然而，此时的嘉靖皇帝气已竭，精已亏，体已衰，血已无，苟延残喘，力不从心，已经没有任何办法可使之回春。道士们焚香祷告的一顿折腾，又说北方有神龟出世，若讨得神龟入宫，万岁可长生有望。于是，道士们将此奏折报于嘉靖帝，嘉靖帝怡然准奏。

　　圣旨一下，可愁坏了众位朝臣。因此时杨照的死讯已传到京师，京中再无人敢挂帅辽东。既然无人敢去，还怎么能讨回神龟？

　　于是，众朝臣匍伏在宫门外，从子时乞到亥时，跪地磕头，求万岁爷收回圣旨。

　　皇帝不允，暴怒，竟抬足踢翻了金銮殿上的玉龙神案，摔碎了成祖年间造的丹漆宝瓶两个。众大臣见此情景，只好退下照旨行事。

　　大臣们绞尽了脑汁，也想不出一个可以入辽东讨神龟的妙法，只好百般奉迎陶老道和李大仙人，恳其帮忙，以解燃眉之急。

　　陶老道提出："还有一个办法：当今气功之鼻祖就在辽东，即马门仙师，其丹田之气可摧金断玉，吹木如朽，吸石若水，能采日月三阳之气，能纳万物坤水入丹田，可化万物之精以滋生。若能请得此高人，陛下必龙颜大悦，炼长生不老之药如探囊取物耳。"

　　众臣闻之甚喜，急命密访。

　　不久以后探子回报："辽东确有马神师其人，原寄于辽东参将李二拐府中，为总兵府锻炼兵刃。后被王兀堂拐骗至古埒，现已成辽东逆酋王杲之座上客。"

　　众臣大惊，无有对策。

　　苦思许久，有一人心生一计，说："何不在宫门外张贴皇榜以示天下，若谁能搬来马仙翁，功高盖世，位列三台，皇封荫子，世代永享富贵。"

　　众曰："此计甚妙。"

于是，堂堂的大明朝，竟在天安门外华表之下，立高台，张皇榜，招奇人去辽东寻找马神师。

路人见了，暗自笑谈：“明皇竟然也学说书先生里的故事，奇哉，奇哉！”

单说事也真巧，当天夜里，真有二人揭下皇榜，自称知马仙翁踪迹，并有献仙师到京之能。宫中众臣如释重负，美味珍馐小心侍奉，并厚赏了丝帛金银。可二位只喜酒宴，不收厚礼，并声言自己原辽东兵卒，后随参将徐逊归服王杲。然身为明臣汉将，并不想与逆酋为伍，所以早有回头之意。今日到京偶见皇榜招贤，所以二人冒着被杀头的危险，挺身而出，揭下皇榜，将功折罪。

这二人的嘴是真能说，把朝臣们“唬”的团团转，大家也不知这二位究竟有多大能耐，都一口一口称其为“老爷”，敬重万分。

可不管怎么说，在这紧要关头，天降二将，解了皇家的燃眉之急。众臣一起对丹墀叩拜，感谢上苍，救明有望矣！

话说这两人确实是王杲部下，一个叫赵四，一个叫王大炮，原隶属于徐逊管辖。自从跟随徐逊归附王杲后，二人奸懒馋滑，又好偷鸡摸狗，早为女真人所恨。徐逊虽几番怒斥，但可怜其随己来降，不忍加罪，然赵四和王大炮不思悔改，屡次辜负徐逊之恩。

徐逊受命带人陪马神师在密室炼造兀术刀和倒须透骨箭。徐逊选人时就把二人留在古埒守老营，没让他俩一同前去，就是怕他俩有二心。二人记恨徐逊，便偷了裕王让李芳送来的元宝。

有了钱以后，二人到京师上等妓馆，各包了四个窑姐，隔上个把月的就偷偷跑到京师光顾一番。此番二人又憋得难受，就又跑到了京师。没想到，赶上皇家张榜招贤，二人揭下皇榜得了皇差。回到妓院以后，两人各搂四美，梦想着能过上王侯之尊的日子。

就这样，二人在京师混了若干时日，每天过着神仙般的日子，无奈朝廷每天派人催促他俩速返辽东密办马神师之事。眼看不走不行了，俩人这才傻了眼。要知道，王杲炼铁之处，兵马里三层，外三层，戒备森严，且炼铁之地如在云里雾中，神仙难寻！别说说服马神师，就是寻到炼铁地，都比登天还难。想到这儿，二人的脸上不由得汗珠直淌，头发怵栗抖抖。

二人想来想去，猛然想到在老营中兵丁曾传讲王兀堂携马神师、三女拜见王杲的事儿，那就是说宽甸矮子王兀堂一准儿知道炼铁的地方。

想那兀堂爱小，又缺心眼，若能用话套出炼铁地点，此事就成功了一半。

暂且放下二人一夜密谋不提。次日凌晨，二人辞别了八美。八美当然又是一番泪眼相送，依依惜别。此时二人已无心男女私情，说了几句安慰的话，便告别上路。

他们俩晓行夜宿，直朝宽甸五女山而来。

此时王兀堂因得知万罕将自己管辖的齐家堡白白送给了王杲，正心中不悦。要说这齐家堡可不能小瞧，是方圆百里的一座名山。它原名叫"七家堡"，后改名"齐家堡"。

相传最早这座山不叫七家堡，而是因为山上来了七户女真人，他们被此地山色所迷，便留下来不走了。但他们不知道，他们的举动惹恼了雷神和风神，因为此山尖是雷神和风神居住的地方，现在被他们霸占了，雷神和风神能答应吗？当然不能了。于是，雷神和风神经常跟他们捣乱。无奈，这七家女真人为了开山垦地，日夜与风雷搏斗。

雷神阿克占恩都力大施淫威，日日用九千九百九十九个雷鸣闪电击打，七家人威武不屈。但最后，这七户人家还是没能躲过去，纷纷被雷电击中。七家人化做七个山头，每个山头都像一个骑马舞刀与天厮斗的女真人。人们称这座山叫"那丹阿林"，或叫"那丹包①"。后来女真人逐渐接受汉文化，又管这里叫"七家堡"，直到后来的"齐家堡"。

这齐家堡山高林密，是天雕的繁衍生息之地。齐家堡山尖上产的天雕，身披褐色毛有白雪花点，体大凶悍，唳声尖厉。叫起来百禽皆惊，可擒小鹿和幼獐，其翅可做羽扇，名贵程度誉满黄河南北，是女真人进京朝圣的珍贵贡物，尤为汉官所喜爱。汉商纷纷出高价购买。王兀堂早就垂涎此地，几次恳求万罕开恩赏给他们，万罕就是不给。而且万罕在此地专辟出"雕场"，闲暇时率众子女、妃妾来此射猎，捕捉雪花天雕，消遣享乐。

此番齐家堡归了王杲，兀堂怎能心安？何况齐家堡又在兀堂身边。王杲得齐家堡如虎入院庭，家宅不宁矣！

乌龙格格心胸比较宽广，她愿意王杲夫妇离自己近些，这样能互相帮衬着，那万罕老鬼也不敢随便欺侮他们，明廷也会另眼相待，只是王兀堂却转不过来这个劲儿来。

_____

① 那丹包：满语，七家子。

这天，王兀堂正坐在家里烦闷，突然来了两个人找兀堂，声称要兀堂带路去王杲炼铁之处寻找马神师，若成皇家有赏，让兀堂先挑先得；兀堂做梦也没想到天底下还有这样的好事，既可以报自己失寨之恨，又能得皇家赏赐，这两全其美的事上哪里能找得到，便爽快地答应了。

由于怕乌龙格格阻挠，所以王兀堂没敢告诉她。三个人背着乌龙格格悄悄走了，很快就来到了古埒城。他们以为自己做的神不知鬼不觉，岂不知三人的行踪早被徐逊察觉，并命探子报于王杲。

王杲下令："抓住兀堂，放进二鬼"。实际上，王杲让抓住兀堂，是想给他留下一条性命，这也是看在乌龙的面子上；"放进二鬼"则是要择机杀掉。

但兀堂等三人不知王杲设计，当他们来到炼铁炉附近时，前面出现一片密林。赵四和王大炮叫兀堂在后面跟着，表面上是关心王兀堂的安全，实际是他们已经知道地方了，兀堂现在没用了。

三人就这样有前有后的正走着。王杲兵放进二鬼后，用鹰网罩住了兀堂。鹰网是猎人专门用来抓野兽的，一般都是先在地上挖好大坑，坑上面盖有翻板，翻板上铺上丝毛细网，最后网上覆以枝叶嫩草。此网是用鸟毛和牛羊筋制成的，能粘衣裤，人畜百禽若不小心踩到上面，被网罩住，挣脱不掉，而且越动缠得越紧，更何况下面挖有一匹马深的大陷坑，被困者根本无法逃脱。

兀堂在网中拼命挣扎，但不管他怎么折腾，就是无法挣脱。突然，兀堂看见坑壁上有一个洞，洞里露出一丝光亮。于是，他就想从洞中逃走，好歹爬到了洞口，头过去了，身子却又被一个树窟窿卡住了，身宽体胖的王兀堂卡在枯树上，出不来也进不去，弄得满脸都是泥土，气得王兀堂大喊大骂，痛骂王杲绝子绝孙，想出这个损招儿来害我兀堂。

王兀堂骂了一阵，又大哭起来，恨自己不该听这二人的话，要是自己卡死在这里，人不知鬼不觉的，乌龙怎么办？王兀堂哭了一阵儿，又骂自己糊涂，为何上二人的当。王兀堂哭的时候，王杲就站在坑上边看着他，他身边还有勒吉红等人。

等王兀堂哭够了骂够了，嗓子也哑了，也累够呛，王杲才上前搭腔问了声："兀堂好。"然后命兵卒将兀堂救出。

王兀堂出了洞，边哭边笑，骂王杲不停。王杲也不搭言，亲自扶兀堂绕过后山，进帐内叙旧。

咱们接下来再说说赵四和王大炮。话说二人正往前走着，听到兀堂

王杲罕王传

呼救声，也不理会，而是径直往前走。

这时从树上跳下来两个人，穿着黑色的衣服，把二人引入一个泥洞中，详告二人说他们系朝廷暗探，因知王杲早有防备，特来搭救。二人拜谢。

书中暗表，此二黑衣人是李芳的手下暗探，在京师时见二鬼揭榜后进入妓院。二探觉得奇怪，偷偷跟随二人也进了妓院。然后佯装选妓，夜宿另一室，从木板缝中探得二人各守一室，每室中均有四美，四美均赤裸身子躺于香帐中。

赵四、王大炮二人亦赤裸祖露，痛饮数杯，玩一女而抚三女，一夜玩遍四女。八美均哀求赎身之事，谈及赎身银两，每人身价五百银，共计四千银两。这四千大银，把众女子吓哭了，哀叹出苦海无望，不如死于君前。

王大炮正在性浓酒醉，说着："美人勿哭，吾兄弟有皇家元宝……"

话刚说了半句，赵四光着身子闯进来，捂住了他的嘴，说："兄弟，斗胆！什么黄家李家的，小心被割了舌头……"

尽管这样，也已经来不及了。他们的话早被二探听得清清楚楚。二探返回宫中，密报裕王。

裕王大惊，忙传告李芳，速破此案，不可声张。

二探遵芳命，追踪二人至辽东古垆，明日助二人夺仙翁，实为破案除祸。

这四十三个小金元宝，系皇家宝物，为宣德年间稀世珍宝，属宫中大内库存，宝钥由裕王保管，结果却被裕王私自弄出，准备开办铁矿。没想到，铁矿还没开，元宝却丢了。这事要是传出去，皇上必追问裕王，故裕王甚恐慌。李芳也深知此事重大，故乞徐逊助办。

徐逊曾听巡更兵卒报过，说赵四、王大炮曾在睡梦中说过"元宝、元宝"的梦话。徐逊记于心上，派人偷偷查访，却没有任何线索，不过二人从此不被重用。二鬼百无聊赖，再次出走京师，徐逊派人跟踪。

王兀堂被王杲请到后山帐内以后，经王杲细问，兀堂只好傻里傻气讲了事情的原委。

王杲大笑，他知道兀堂就是这样一个傻人，要不也不能把马神师给自己送来，又看在美丽聪明的乌龙格格的面子上，万怒皆消，以酒宴款待兀堂，又命人速报乌龙来古垆接夫。

话说乌龙格格自打发现畏根不见了，就赶紧派人四处寻找。但派出去的人找遍了整个寨子，都没发现王兀堂的踪迹。乌龙格格十分担心。

就在这时，守寨的兵卒来报："古埒来人求见。"

乌龙格格一听，赶紧起身把人迎进大帐。当得知自己的畏根现在古埒，而且王杲让自己去接畏根，乌龙格格又气又喜，赶紧备好马，安排好寨城诸务，然后带两个女奴飞马到了古埒。

乌龙格格先拜见亚嘎哈，再到前堂拜王杲，并给王杲赔罪。

王杲搀起兀堂夫妇，将齐家堡的印鉴给了他们，也就是说王杲将齐家堡送给了王兀堂。王兀堂羞的无地自容，竟当着众将的面跪在了乌龙面前。气得乌龙格格捂着脸，跑进了亚嘎哈的屋。

话说二探与赵四、王大炮密谋：夜入古埒，劫走马神师。

当时正值亚嘎哈在城中为值日总兵，男将都随王杲到炼窑忙碌去了。于是，四人登楼台，高呼："马神师被劫了、马神师被劫走了……"

亚嘎哈闻报大惊，她从来是百战百胜之女将，战功总在诸将之首，岂可在她值守时丢了神师？于是，亚嘎哈急忙披挂，提刀率众女巡遍各房舍街巷，渺无踪迹，再到神师所居住的两层楼的深宅内院中，依稀可见风静花香，四周一片寂静。亚嘎哈悄悄来到月亮窗前，望见马神师正在灯下闭目养神。

亚嘎哈匆匆退出，怒斥手下军纪不严，夜中竟有谎报军情者，待天明严惩不怠。不过为了保证马神师的安全，亚嘎哈还是加派人手在院外保护。

等亚嘎哈巡完城回到家，手下忽然来报："神师被四个黑影掠走了。"

亚嘎哈大惊，急令鸣云板金角报警。一时间，全城号角齐鸣，倾城出动搜索贼人，可搜了半天，也不见贼人的影子。

此时王杲与勒吉红已闻讯催兵赶回。

见王杲到来，亚嘎哈主动认错，说："想不到我亚嘎哈也有失误的时候。我甘愿受罚！"说罢，放下手中的刀，让部将捆绑自己。

王杲手一挥，说："先不说那些，捉贼要紧！"

咬乌郎带人追了一段儿，发现四贼已入明城，没办法，只得带人返回。

单说四人将马神师带入京城，被李芳保护起来。裕王之所以同意把神师抢到京师，也是为了能面见父皇，直陈利害，以图中兴。

李芳命赵四、王大炮交出被盗走的四十三个小金元宝，后杀人灭口。

　　朝野众臣本欲把神师引荐给皇上，无奈仙翁意懒，整日里昏昏沉沉，若痴若呆，颠颠狂狂。众臣怕犯欺君之罪，一直瞒着嘉靖帝，推说仙翁未找到，正派人四下查访。急得嘉靖帝日日呻吟，对空长吁，渴期仙人早降，长生有期……

第二十六章　枭罕抓放王元堂

光阴如梭，进入明万历元年末，古埒城兵威日壮，王杲两个儿子阿台、阿海也都已长大成人，各掌兵权，成为他身边的铮铮虎将。长子阿台尤胜于阿海，聪颖智勇，秉性酷似王杲，倍受王杲宠爱。何况王杲身边又有悍将勒吉红等一心护佐，明廷慑惧。此时王杲越加的狂妄，曾六犯明关清河，如入无人之境，掠获人畜财货甚巨。

明嘉靖年开始，王杲入抚顺关市。进入万历年，王杲自恃雄长建州各部，开始骄横起来，常常坐骂关市。在马市贸易中，王杲无视明廷抚夷长官，强行索要赏银，稍不随意，便出口不逊，并多次借酒醉之机，痛骂关市抚夷长官，全不将明辽东边官放在眼里。再加上明边吏在验马时贪得无厌，虽得了王杲的贿银，却又借口马匹太瘦，把马给退了回去，这更加引起了王杲的不满。新上任的边官贾汝翼到任后，王杲依然借酒坐骂关市。贾汝翼命军士将王杲逐出关市，由此更加激怒王杲。

自明隆庆年间以后，王杲多次调动属下头目，从东州、抚顺入边，烧杀抢掠，掠得人畜及财物无数。在王杲率部入边抢掠后，明朝曾多次准备进剿古埒城。然而，每次发兵前，都因王杲将所掠之物归还，并表示愿听从招抚而化解。

明万历二年七月，王杲部下奈儿秃等三十人投降明朝，为明边官收纳。王杲多次向明边吏索人，无果。七月，王杲的心腹勒吉红向边吏索人，被抚顺游击裴承祖拒绝。勒吉红在城外抓走明边"夜不收"（即岗哨）五人作为交换。裴承祖亲率三百骑兵追到勒吉红寨（今古楼村西），强行要人，双方正剑拔弩张之时，王杲由抚顺马市赶回，并与勒吉红一起来到裴承祖帐内。

王杲对裴承祖说："仓促间闻听将军赶来，没能远迎，还望将军恕罪。我部将领都想见一见将军，不知将军可否愿移步前往。"

裴承祖往帐外一看，发现王杲兵已将自己团团包围，他立即命令军士准备迎击。见裴承祖如此顽固，勒吉红大怒，挥刀将备御裴承祖、百户刘仲文砍死在大帐之内。明把总刘承奕听到消息，迅速前来营救，也陷入重围，被杀。双方较量的结果是大部分明兵被杀，部分人被俘。

时任明辽东巡抚张学颜鉴于双方关系恶化，急请明廷关闭辽东马市，并下决心要除掉王杲以安天下。他召集总督杨兆、总兵官李成梁来府密议，声言万历帝龙颜震怒，命其速安定辽东，以慰帝念。

为了缓解建州逆酋王杲的反明之势，朝廷下旨暂时解禁抚顺等地马市，准允王杲、王兀堂等部入市换取粮米盐铁，以此来麻痹逆酋，乘机除之。张学颜最后还特别赞颂李成梁一番，夸奖他不像其他将领那样瞻前顾后、拥兵自守，有大将军驰骋疆场、以报皇恩的忧国之志。

单说那一日，李成梁回府，面有愁容，被细心的牡丹夫人瞥见了，问道："将军近日又遇上啥难事，为何愁眉不展？"

李成梁并未答话，而是返身回到自己的书房，他想静静独坐片刻，思忖安边除夷之事。回想自打开禁贡市，表面上与辽东诸夷少了许多征伐之事，可实际上反助诸夷趁机增补给养，使其坐大，而不利自己兴兵进剿。如此看来，开禁贡市绝非万全之策，到头来还得由自己去收拾古埒城这个扎手的刺猬，可如果一旦失手，明皇降罪，李氏阖族将面临灭顶之祸。成梁也怕牡丹夫人为自己担心，不想跟她讲。

哪知牡丹夫人竟悄悄跟了过来，见李成梁连水獭斗篷都没脱，便仰头靠在了太师椅上，若有所思起来。

善解人意的甜嘴牡丹夫人，急忙走到近前，手握李成梁的手，含情脉脉地说："将军如此郁闷，让妾身今夜怎可安生？将军不妨跟妾身说上一说，看看妾身可否能为将军解忧？"

李成梁一向喜爱这位足智多谋的牡丹夫人，而且牡丹夫人也确实帮他解决了不少难题。于是，李成梁便将在张学颜府上所定密计，一五一十地学说了一遍，并讲出自己的一腔疑虑。

牡丹夫人思忖了片刻，当即说道："将军，当今辽东兵势，能指点山河者，系将军一人耳。妾身问一句，将军是保名位还是放王杲？"

李成梁说："我乃朝廷命官，当然是保名节了，可王杲乃人中枭雄，要想铲除也绝非易事，故此烦恼。"

牡丹夫人想了想说："妾身有一计，不知可否？"

李成梁答道："愿听夫人明示。"

牡丹夫人不假思索，侃侃而谈："将军，兵法云：骄兵必败。苍蝇不叮没缝的蛋。巧计中伤，机不可失，不做必憾。"

牡丹夫人言简意赅的几句话，使李成梁头脑顿觉清醒。他马上从太师椅上跳了起来，一身轻松地走过去，拉住牡丹夫人手，说道："夫人虽深居闺阁，确有巾帼之才，就依夫人所见!"

李成梁为了使王杲的古埒军成为真正的骄兵，不仅开禁马市，而且给王杲送去五十道敕书，欢迎他来马市。

马市交易是女真人生活里最离不开的，尤其现在古埒城人强马壮，更需要靠马市交易来补充给养。开始的时候王杲怀疑其中有诈，十分小心，但马市繁荣和平的景象，使王杲紧绷的神经逐渐开始松弛下来。

一天，王杲正领人在马市里交易，看着这些新购进的布匹、盐巴将要运回部落，王杲的心里甭提有多舒坦了。

这时，一个书生模样的人走过来，递给他一份请柬。王杲接过一看，是李成梁总兵请他到府上去喝茶。面对这份请柬，王杲真是心里有点犯嘀咕，他杀了这么多明军辽东将领，李成梁不但不杀了自己，还要请自己到他府上喝茶，八成是李成梁设的鸿门宴吧；但如果自己不去，会让李成梁小瞧了自己。王杲考虑来考虑去，决定带着勒吉红等人前往总兵府。

李成梁听门馆传报说王杲等人求见，亲自到大门外迎接。他拉住王杲的手，亲切地说："女真人的大英雄光临寒舍，幸会，幸会呀!"

王杲等一行人被请进李成梁府中花园，那时正是春天时分，春草绿绿，杨柳青青，桃花盛开，蝴蝶飞舞，令人心情愉悦。李成梁领着他们来到花园中间的凉亭里，亭子中间有一个大桌子，桌子上摆满了各种点心、水果和蜜饯。

李成梁笑着说："前些天万岁爷赏了我一些杭州知府新进奉的今年的春茶，味道不错，所以我邀请都指挥使大人一同品尝。这几位既然已经来了，就坐下来一同品尝吧。"

说着话，李成梁对府上的管家说："把前些天万岁爷赏给我的西湖龙井沏上一壶。"

管家领命下去。

李成梁笑着对王杲等人说："喝茶对人的身体有很多好处，古代《神农本草经》中就说到：'神农尝百草，日遇七十二毒，得茶而解之'。汉代名医华佗则认为：'茶能轻身换骨，还童抵枯，明目益思，延年益寿'。唐朝茶圣陆羽说：'宁可终身无饮酒，不可三日无饮茶!'"

王杲惊讶地说道："原来喝茶对人还有这么大的好处。"

李成梁接着说："采摘茶叶有春、夏、秋、冬之分。春天采摘的茶叶，枝脉幼芽，香味醇厚，茶汤明澈，甘鲜宝色，回味佳香。夏天采摘

王杲罕王传

的茶叶虽浓带涩；秋天采摘的茶叶，叶薄不耐泡，其味生香而不甘醇；冬天采摘的茶叶，茶水清澈，仅次于春茶，可惜采摘量太少。"

这时管家已将茶沏上来，分别给李成梁、王杲各斟一杯。

李成梁呷了一口，直巴哒着嘴说："好茶！好茶！"

王杲等人也喝了一杯，刚喝下时有一些微苦，但咽下之后细品嘴里有些甘甜的味道。

李成梁说："品茶人讲究的是活、甘、清、醇。他们认为醇而不清是凡品，醇而不甘是苦茶，甘而不活不能称之为上品，只有具有醇、清、活为一体的茶叶才能称之为上品。我们今天喝的就是上品的春茶。"

喝完茶，李成梁又请王杲等人吃点心。

李成梁又对桌子上的点心，耐心地给李成梁做着介绍有酥排岔、开口笑、酥皮饼、碗蜂糕、蜜篦子、脆麻花、佛手卷、脆火烧、枣合叶、开花馒头等等，对这些点心的特点李成梁也是如数家珍。

王杲拿起一个脆火烧咬了一口，真是又香又酥、入口即化。

就在这时，几个军校押着两个商人进来，请总兵发落。

李成梁细问情由，原来这是两个坑害女真人的奸商。

当时大明朝为了遏制辽东诸部，特别是女真人势力的发展壮大，严格控制进入辽东盐、铁的数量，而女真诸部又恰恰需要这些来充实自己的部落，没办法，他们只好拿人参、貂皮、北珠等很珍贵的东西到开原、抚顺等马市上跟明朝这边的商人进行交换，往往一铁锅的人参、貂皮、北珠才能换回一个铁锅。这两个奸商囤积居奇、低价买进高价卖出倒还罢了，气人的是他们的铁锅居然掺杂使假、以次顶好。女真人刚交换回去的铁锅，锅耳朵就掉下来了。这是李成梁总兵严厉禁止的。

李成梁听了以后十分生气，命令属下将这两个奸商各打一百大棍，然后到马市游街，又罚他俩在马市扫地一年。

李总兵一声令下，那两个奸商被打得呜嗷乱叫。王杲一行感到非常痛快，非常敬佩李成梁，期盼明朝的官员要是都像李成梁这样就好了。

回到古埒城以后，王杲越想越敬佩这位李总兵，感觉到他对女真人比较友善，不像其他明朝官员那样欺压女真人，便放松了对朝廷的戒备，但岗哨还是有的。

同年十月，那年冬天来得比较早。王杲见天比较冷，又出于对李总兵的敬意，把岗哨全都撤了。谁料想，总兵李成梁乘其不备，率领六万大军讨伐王杲。这六万明军西出抚顺关，疾驰前往。王杲联合蒙古、女真诸部出兵迎战。

古埒城地势险要，北面峰峦起伏，为天然屏障，南面是湍急的苏子河，东西两面有重兵把守，城坚堑深，易守难攻。李成梁见该城坚固，不易攻取，便采取了火攻的方法烧城。双方激战多日，王杲兵抵抗不住明军的攻击，被斩杀一千一百四十余人。王杲乘乱带着他的两个儿子逃脱。王杲部将勒吉红、徐逊、咬乌郎等战死。李成梁将俘虏用绳索捆了有数里长，献于辽东巡抚张学颜。

王杲化名科勺，藏到了左卫阿哈纳寨内。但明廷并不肯就此罢休，发下檄文，命辽东各地方官搜捕王杲，捕获者有赏，知情不举者同罪。

王杲虽然藏在阿哈纳寨内，但他不甘心自己的失败，妄图东山再起。王杲纠集残部再次犯边，被明军包围。阿哈纳不顾自身性命安危，身着王杲装束，乘王杲所骑之马，冲出明军包围，引明军而去。王杲则身穿阿哈纳的衣服，从相反的方向逃了出去。王杲逃到了跟其一向交好的哈达部长万罕处，也就是王台处，躲藏了起来。

万历三年，李成梁扣押了王杲的亲家觉昌安作为人质，令其子塔克也寻查王杲归案。七月，觉昌安的属下探得王杲躲在王台处。

张学颜当即密告李成梁，迅速到王台处，讲清利害关系，并求其相助。

哈达部长王台同他的儿子虎尔罕，抓捕王杲及其随行人等二十七人，献于李成梁。

王杲不减当年的英雄气概，见李成梁不肯下跪投降。李成梁再三保障，只要王杲服输，以后在李成梁帐下听令，能保住性命，不把他交予朝廷。但王杲宁死不屈，李成梁只得把他押解到广宁。

辽东巡抚张学颜知道王杲被俘后大喜，但他怕有变故，急令千总柯万，当夜以槛车押解王杲赴京师，献于朝廷。

万历皇帝大悦，亲自登上午门云楼，集结百官朝贺。

万历三年七月甲子，旧历二十九日，王杲被磔死藁街，终年四十有七。

王台因缚送王杲有功，明朝封赏为龙虎将军，升其二子为都督金事，赐金二十两。巡抚张学颜、总兵李成梁等，各赏银有差。

辽东总兵李成梁为了瓦解分化建州女真，将王杲的属地拨给姑爷塔克世。明廷又以塔克世对明朝比较忠顺，讨伐王杲有功为由，授职建州左卫指挥。

大英雄王杲惨遭诛戮，辽东巡抚张学颜等人弹冠相庆，喜形于色，大宴五日。对明廷说来，多少年来王杲名贯京师辽东，如痈长背，如鲠在喉，闹得大明朝上下四十余载没得过安宁。如今王杲终于化为了齑粉，一世枭雄烟消云散，古埒城群龙无首，辽东总该平定了吧！

其实啊，这纯粹是张学颜之辈的痴心妄想，痴人说梦。

想必各位阿哥都知道，进入嘉靖至万历年间的辽东，可不比早些年啦！这期间辽东群雄并起，女真人称王争长，互相厮杀。强凌弱，众暴寡。达爷成千，扈伦成百。女真人在辽东除有日益强盛的建州左卫反明势力之外，还形成叶赫、哈达、乌喇、辉发等扈伦四部，与明廷亲疏不一，相互分合聚散，制约对峙。特别是进入万历十一年，辽东并不因强罕王杲被杀，反明势力就会声威消沉，恰恰相反，气势反而更加震撼，如火如荼。

现如今，女真反明核心势力，其最有代表性的风云人物，恰恰就是辽东建州左卫后起之秀——王杲外孙儿小罕努尔哈赤。

小罕努尔哈赤，明嘉靖三十八年生。母佟佳氏，史书中常写成喜塔喇氏，名额穆齐，是阿古都督王杲之女，嫁于建州指挥使觉昌安第四子塔克世。佟佳氏生二子，长子努尔哈赤，次子舒尔哈齐，可惜佟佳氏寿命不永，年仅三十岁就因病早逝。

努尔哈赤兄弟二人，从小常随额母到外公家，深得外公王杲的喜爱，带他玩耍狩猎，练就了一身好功夫。王杲博才，努尔哈赤所有女真文、汉文、卜筮、兵略以及桀骜不驯的智勇，皆承袭于王杲。

努尔哈赤从小性格倔强，肯吃苦耐劳。自打十岁时额莫佟佳氏病逝，塔克世娶了哈达部万罕的义女纳喇氏做续妻。这位纳喇氏为人刁钻、刻薄，对塔克世前妻所生的孩子进行百般虐待。努尔哈赤被迫带着弟弟在山里猎取野禽，采集人参、松籽、木耳等山珍，用动物皮做衣服。兄弟俩艰难度日。

尽管这样，这位纳喇氏也还是容不下努尔哈赤兄弟俩。终于在努尔哈赤十五岁的时候，将他们兄弟赶出了家门。他们只好寄居在外祖父王杲家。

就在这一年，王杲不计后果，诱杀了明廷备御裴承祖，引得明廷合兵讨杲。次年，李成梁提兵火攻王杲寨。王杲终被李成梁联合哈达部王台所杀。

王杲有三子：长子阿台，次子阿海，乃早年王杲掠哈达女为妻而生，阿台和阿海，从小一直跟随阿玛王杲，抢关夺寨，性如饿豹，生死不惧，摔打成凶狠的野性，饥餐渴饮时，敢啖活人血。这第三个儿子叫王太，尚小，是东海窝集女所生。窝集女一共生了两个孩子，第二个孩子夭折了。

王杲死后，其子阿台、阿海在危难中逃脱而去，后阿台回到古埒寨，成为寨主。回到古埒城以后，阿台重整兵马，聚集残部，先北联叶赫，后西联土蛮，想与李成梁鏖战。

万历十一年二月，李成梁以"阿台未擒，终为祸本"为由，督兵从抚顺出塞百里，攻打古埒寨。古埒寨寨势陡峻，三面壁立。李成梁麾军火攻两昼夜，未能攻克。

阿台一有机会时，还从城内出奇兵突袭山下的李成梁部。李成梁兵马丧失甚多。机警的阿台，靠山势与李成梁兵马周旋。李成梁无能为力，望着古埒城跺脚兴叹，非常恼火，最后只好以重兵围困古埒。

为了尽快制服阿台，李成梁派亲信传图伦城的尼堪外兰快快来军前听命。这尼堪外兰，可是李成梁为分化女真各部，在辽东多年物色到的一个女真猎人。他生性懒惰、好色好酒，被李成梁收到帐下，做了自己心腹。李成梁还拨给他一些兵马，并拨给他一块地盘，协助其建起图伦城。

尼堪外兰平时为辽东官兵带路，或做做通事，也常为李成梁偷着传递一些女真人的情报和反明动向，是女真人中的败类。尼堪外兰本来不是他的名字，是辽东女真人讽刺他给他起的名字。"尼堪"是女真语，汉人的意思。"外兰"亦为女真语，是田野中一种擅叫的鸟。以此来比喻他是一个会替汉人说漂亮话的人。

不过这样一来，李成梁在辽东可有了千里眼和顺风耳。现如今，李成梁与阿台对峙在古埒城下，就把尼堪外兰从图伦城叫来，想通过他与古埒城内的阿台联络，劝阿台不要和朝廷作对。

当时随阿台一起造反的女真诸部有王兀堂部、觉昌安及其子塔克世部，他们虽然表面上没有像王杲那么反明激进，而且巧妙地维护与明朝和辽东总兵官李成梁的关系，但心却向阿台。因王杲之女嫁给了觉昌安的四儿子塔克世，是觉昌安的儿媳妇；觉昌安又将自己的孙女儿嫁给了王杲之子阿台，阿台又是觉昌安的孙女女婿。两家是亲上加亲。

觉昌安见古埒寨被围日久，想救出自己的孙女，又想劝说阿台归降，就同儿子塔克世到了古埒寨，劝告阿台要以女真生灵为重，不要与明朝兵马硬拼。阿台怒吼不听。

这时，尼堪外兰在李成梁的庇护下，用女真人身份，骗过坚守古埒城的阿台族人打开城门。尼堪外兰为显示对大明一贯效忠，竟率兵放火焚烧了古埒城。城中火光冲天，哭声一片。李成梁趁机率军杀入城中，血洗古埒城。在此灾难中，努尔哈赤祖父觉昌安和父亲塔克世及众亲人均未幸免于难。阿台逃跑时被乱箭射死。阿海也在大火中被明兵找到，乱刀砍死。

古话讲：时势造英雄。

自打万历三年，王杲被哈达贝勒王台父子骗醉，缚执于明朝，旋及押解北京午门杀之，到现在的万历十一年，这期间努尔哈赤早已经与弟弟舒尔哈齐，跟父亲塔克世的兵马大帐离居，到佛阿拉另辟地盘，招兵建寨，收拢和联络有志于反明的英雄豪杰，如费英东、何和礼、额亦都等，发展迅速，渐成规模。为雪耻父祖被害的大恨，也为名正言顺地伐明，努尔哈赤慷慨激昂，以十三副遗甲起兵讨明。努尔哈赤时年二十五岁。

努尔哈赤首先以迅雷不及掩耳之势，迅速攻破尼堪外兰的图伦城，俘虏城内所有人畜，尼堪外兰预先得知消息，携妻子逃脱。

努尔哈赤的女真兵马人强马壮，所向披靡，首次在大明朝军前展示了威风，极大的震慑了明廷。明朝为安抚努尔哈赤，赐给敕书十三道，马十三匹，并将原来其祖父觉昌安建州左卫都指挥使称号，转袭给努尔哈赤。努尔哈赤如虎添翼，名正言顺地成为辽东建州部的当然首领，与明朝和女真诸部周旋和交往。

努尔哈赤声威日振，八月乘胜攻下萨尔浒城。万历十二年正月，努尔哈赤取浑河部兆嘉城，六月率兵攻取马尔墩城，九月攻取翁鄂洛城。万历十三年二月，努尔哈赤取巧界凡。

万历十四年五月，努尔哈赤攻取浑河部薄尔浑寨。七月招服哲陈部托木河城。本月，明朝将逃匿的女真人尼堪外兰，不得不交给努尔哈赤。努尔哈赤当即以女真隆重古礼，设坛笼九堆圣火，酹酒叩奠父祖并女真亡魂，火焚恶徒尼堪外兰，以谢天地。

万历十四年，努尔哈赤取哲陈巴尔达城和洞湖城，统一了建州女真五部。

万历十五年，努尔哈赤为了兴基立业，扩展势力，兴建佛阿拉城。

就在这一年的初春时节，戍守在五女山一带的努尔哈赤的嘎什哈们，在一片茂密的森林里发现一个看样子能有六十多岁，瘦矮长髯、"青袍宽带"、"身背布囊"的老人。看样子老人在山里已经转悠了多日，身体非常虚弱。嘎什哈们上前盘问，老人说因与向导失去联系，在山里迷了路。嘎什哈们他领到佛阿拉城，不但给他饭水，还让他在茅棚里安歇数日，这事后来被罕王努尔哈赤知道了。他感到很蹊跷。

当时努尔哈赤已经完全控制了长白山一带东部地域，与驻在抚顺的明朝辽东总兵官李成梁各据一隅。长白山地域物产丰饶，自古盛产人参，是珍贵皮张、中草药的天然宝藏。元明以来，就诱引多方人士纷至沓来，采集乡邦稀品。

单说，关内由明朝辖地出关到辽东，在长白山脉五女峰一带采集方物的人很多。为了自己的兵情不被对方掌握，李成梁和努尔哈赤严密盘查进出关卡的人。特别是李成梁，凡要进入建州部辖区的人，不论是汉人还是女真人，都必须严刑拷问，稍有嫌疑，便关押土牢、秘密处死。而努尔哈赤一方，因急需明朝控制的铁和盐，对来自关内的人给予优惠待遇，奖励银两。故此，关内的汉人常冒着风险，身背朝廷禁止携带的物资，穿过抚顺关，来到女真地方，以获赏银。

罕王爷想知道老人是通过什么渠道进入建州部的，便与老人亲切交谈起来。经过努尔哈赤热心的关照和盘问，这位老人很受感动，他告诉努尔哈赤："我是一名南医，是专门给人看病的。我来到建州部，就是想采集长白山的山参，为世人治病。"

这位老者怕努尔哈赤不信，还把自己随身携带的筐篓打开，里面装的全是各种山中草药，除了几件衣物和一个陶水壶外，并没有其他东西。

老人被抓到佛阿拉的时候，正赶上佛阿拉寒暑无常，女真兵患腹泻症者甚多。罕王正一筹莫展时，在前山巡逻的嘎什哈们带进来这位衣着汉装身背篓筐的沉稳老人。

老人温良谦恭、朴实健谈，只跟罕王说自己是一名南医（汉族医生），叫"东壁"。

"东壁"被掳期间，用自己的医术为女真人治病疗伤，救了好多人的命，他还用药汤为努尔哈赤洗腿。为了给女真人治病，他常常熬药制药到深夜；女真人不懂医术，他就帮着辨认中草药，并制成标本；晚上没有病人时，他就在獾油灯下整理图谱和文字材料。他的行动深得女真人好感，努尔哈赤也对他十分尊重，称他为"斡克多玛法"，即"医生爷爷"。

当时女真人挖参采用"大拉网"式的方式，也就是不论大参小参都挖出来，也不注意保护根须，挖出来的人参好的卖坏的扔。"东壁"看了十分心疼，真诚地教女真人挖参，教他们挖大留小，还教他们储存人参的方法。

这年中秋过后，"东壁"先生执意要回故里。努尔哈赤见留不住他，只好派人护送。"东壁"先生带着在长白山搜集到的上百株人参标本和一些动物的毛皮入关，从此再无音讯。

临行前，"东壁"建议女真人不要囿于种族之见，要邀请汉人出关帮助他们种植和采挖人参。

"东壁"走后，女真人仍对他念念不忘，称之为"神人"。为了纪念他，女真人根据记忆，用长白山的松槐榆柳木质，精雕出一位身穿长袍、腰系布带，身挂行囊的走方郎中形象，供在自家的神案之上。

万历三十年后，女真人采纳了他的建议，以优厚待遇邀请了直隶、河北、山西的"参虎子"（种植人参技术人员）出关，帮助他们栽培人参。

1644 年，清顺治帝由沈阳迁都燕京，清廷定鼎中原。东壁先生的声名和影响，在女真人中更加炽烈起来。在京师和八旗劲旅所到之处，常常可以见到溁洲旗民们所建的各类祠堂。在祖祠中，除供奉祖先神祇以及保婴的佛多妈妈外，更增加一位汉人装束的郎中形象。降清的一些著名明臣，如范文程、洪承畴、李永芳等人，见了这类神像，都不约而同地惊叹说道："这不是蕲州名医濒湖先生李时珍嘛！"

赫赫有名的大明朝名医李时珍，到长白山采集人参，对建州赫图阿拉的罕王努尔哈赤给予莫大帮助的佳话，不胫而走，世代传诵。到了有清一代，李时珍的名声与日俱增，深受万民敬仰，与唐代药圣孙思邈同享烟火。

各位色夫阿古，朱伯西我所讲述的《王杲罕王传》，到此全部完结。欲知后事如何，请听《两世罕王传》下部《努尔哈赤罕王传》。

经过近两年的时间，一部最具影响力、最有研究价值的满族著名说部《两世罕王传》之一《王杲罕王传》终于完成脱稿了，心里感到由衷的喜悦。

刚得到富育光先生《王杲罕王传》讲稿资料卡片的时候，我就被文中栩栩如生、性格鲜明的人物所吸引。当时我就暗下决心，一定要把王杲这位风流倜傥、文武双全且具有传奇色彩的大英雄的故事整理出书。当我把想法告诉王宏刚兄长的时候，得到了他热情的鼓励和支持，宏刚兄当即表示，他会尽全力帮助我把《王杲罕王传》整理出书。

然而天有不测之风云，在我刚刚开始整理《王杲罕王传》的时候，宏刚兄突患重病，后经过多方抢救，终于脱离危险。尽管行动受阻，宏刚兄继续表示，一定协助我把《王杲罕王传》整理面世。我被宏刚兄的顽强毅力所打动，义无反顾地开始了整理工作。

还真应了那句话：福无双至，祸不单行。2012 年 4 月 8 日，我爱人突发脑出血，两天后不治身亡。这突如其来的打击差点击垮了我，是我的亲人和朋友以及富育光先生、宏刚兄给了我莫大的关心和帮助，使我重新鼓起了勇气和信心，重又开始了工作。

由于富育光先生在搬家及朋友借阅过程中，遗失了部分卡片资料，为了保证故事的完整性，我曾两次南下上海，请王宏刚先生凭借记忆，回忆早年在富育光先生那里看到的卡片内容，对本书加以补充。王宏刚先生带病给我讲述卡片内容，甚至用左手（他病后右手基本不能工作）亲自修改、补充。在这里我还要感谢王宏刚先生的学生张安巡女士，张女士最先将原来凌乱的卡片资料打印成电子文本，使我们在整理的工作中节省了大量的时间。

由于自己的水平有限，整理中难免有缺点和遗误，敬请读者赐教。

整理者　王慧新

2014 年 3 月 20 日

　　富育光，满族。1933 年 5 月生，黑龙江省爱辉县人，1958 年毕业于东北人民大学（现吉林大学）中文系。毕业后被分配到中国社会科学院吉林省分院文学研究所，投身于民间口碑文学挖掘、搜集与研究工作。1984 年 9 月，由吉林人民出版社出版了其搜集整理的满族传说故事选《七彩神火》。这是建国以来，我国最早一本满族传说故事选，受到国内外好评。1986 年 2 月，由中国民间文艺出版社出版了其与他人合作整理的《康熙的传说》。1989 年 2 月，由中国文联出版社出版了其与他人合作整理的满族传说《风流罕王秘传》。

　　富育光曾任吉林省民间文艺家协会理事、副理事长。现为吉林省民族研究所研究员、中国社会科学院民族文学研究所萨满文学研究中心顾问、长春师范学院萨满文化研究所名誉所长、吉林省民俗学会名誉理事长。1993 年起享受国务院颁发社会科学有突出贡献政府特殊津贴。曾承担和主持国家"八五"、"九五"萨满教研究课题，参与国家"十五"社会科学基金项目《满族史诗〈乌布西奔妈妈〉研究》。独立或合作出版萨满文化研究专著及论文集六部、民族文化研究编著二十余部、论文七十余篇。

　　王慧新　女　汉族　1962年9月生，吉林省长春市人，1983年毕业于长春市机械工业学校。1989年毕业于长春光机学院函授班。本人自幼受外祖父和父母的影响，酷爱文学，在富育光、王宏刚等先生的帮助下，整理满族、汉族民间传说故事，余暇时写小小说等文学作品。1983年，将母亲孙玉清讲述的满族神话传说《白云格格》整理后，收入上海文艺出版社出版的《满族民间故事选》，1991年收入中国文联公司出版的《中国新文艺大系》。从1986年起，在《江城日报》、《吉林民间故事》发表《春天的脚步》（散文）和《勇敢的阿浑德》等满族传统民间故事。2001年，协助富育光先生整理中国北方《萨满英雄传说故事集锦》。2004年4月在《北方民族》发表论文《浅谈萨满神柱文化崇拜》。2003年整理完毕并出版满族传统说部《雪妃娘娘和包鲁嘎汗》。2009年，整理完毕并出版满族著名萨满史诗《恩切布库》。2012年，整理完满族著名传统说部《鳌拜巴图鲁》。

王宏刚，男，上海市人，1949年5月出生，1969年作为知青下乡到吉林省珲春县，1972年毕业于延边大学中文系。1980－2000年在吉林省社会科学院文学所专攻东北民族文学与文化研究，任实习研究员、助理研究员、副研究员、研究员；2000年4月至今任上海社科院宗教所研究员、阿尔泰民族宗教文化研究中心主任。

自1981年以来，在中国东北、新疆，俄罗斯远东地区、韩国、日本等地对阿尔泰民族文化进行了二十余年的田野调查，与程迅、富育光等共同收集了满族说部《萨布素将军传》、《红罗女》、《女真谱评》，整理出版了满族传说集《康熙传说》（主编之一）、《女真传奇》（合著）、《乾隆故事》（主编之一）。主持全国艺术科学规划重点课题《萨满教舞蹈及其象征》等国家、省市课题6项，出版《满族与萨满文化》等著作12部（包括合著），其中《鄂伦春萨满教》（合著）一书在日本第一书

局出版，发表《萨满教女神神系与欧亚大陆的史前"维纳斯"》等论文一百二十余篇，其中《满族萨满教女神神话》等十余篇论文在美国、日本、韩国发表。曾经到俄罗斯圣彼得堡大学、韩国汉阳大学、日本千叶大学、加拿大渥太华大学等国外二十余所大学讲学。

图书在版编目(CIP)数据

两世罕王传·王杲罕王传 / 谷长春主编.

长春:吉林人民出版社,2016.7

(满族口头遗产传统说部丛书)

ISBN 978-7-206-12618-5

Ⅰ.① 两…

Ⅱ.① 谷…

Ⅲ.① 满族—民间故事—中国

Ⅳ.① I277.3

中国版本图书馆CIP数据核字(2016)第168674号

两世罕王传·王杲罕王传

主　　编:谷长春

责任编辑:林　毅　于二辉　　封面设计:张　娜

制　　作:吉林人民出版社图文设计印务中心

吉林人民出版社出版　发行(长春市人民大街7548号　邮政编码:130022)

印　刷:天津画中画印刷有限公司

开　本:787mm×1092mm　　　1/16

印　张:15.5　　　　　　字　数:250千字

标准书号:ISBN 978-7-206-12618-5

版　次:2016年8月第1版　　印　次:2021年1月第2次印刷

印　数:1-1 500册　　　　　定　价:78.00元(全两册)

如发现印装质量问题,影响阅读,请与出版社联系调换。

谷长春／主编

满族口头遗产传统说部丛书

两世罕王传·努尔哈赤罕王传

该说部讲述了清太祖努尔哈赤不平凡的一生,文中既描写以十三副盔甲反明的壮举,也有爱新觉罗家族内部的激烈冲突;既有金戈铁马的战争场面,也有细腻生动的宫闱秘闻,向人们提供了一幅完整的波澜壮阔的满族历史画卷。

傅英仁／讲述　王松林／整理

吉林人民出版社

满族口头遗产传统说部丛书

爱新觉罗·启骧恭载

满族说部是我国
非物质文化遗产的瑰宝

周巍峙 题 丙戌年

满族说部是北方民族的百科全书

九十三翁贾芝

丙戌之春

努尔哈赤时期——甲胄　　　　　辽宁省新宾县赫图阿拉城内城遗址　赵东升摄

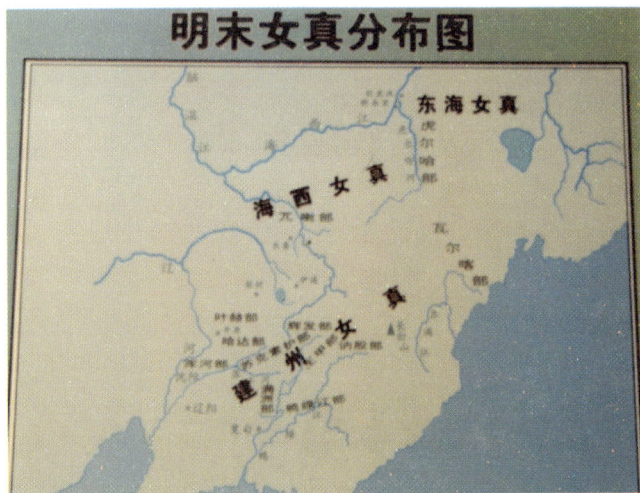

明末女真分布图

辽宁省新宾县费阿拉城遗址

汗王井

汗王剑、汗王刀

汗宫大衙门

努尔哈赤故居

辽阳古城门　荆宏翻拍

金銮殿——努尔哈赤议政殿

本书照片除署名外皆刊登于《清前故里》一书

满族口头遗产传统说部丛书编委会

主　编：谷长春

副主编：林　君　马少红　吴景春
　　　　荆文礼

编　委：（以姓氏笔画为序）
　　　　于　敏　马少红　孙桂林
　　　　邢万生　邵　干　谷长春
　　　　吴景春　林　君　林　毅
　　　　金旭东　荆文礼　赵东升
　　　　曹保明　富育光

编辑部主任：荆文礼（兼）

总序

　　《满族口头遗产传统说部丛书》在文化部和中共吉林省委、省人民政府的领导与支持下，经过有关科研和文化工作者多年的辛勤努力和编委会的精选、编辑、审定，现在陆续和读者见面了。

　　中华民族大家庭中的满族，同其他民族一样有着自己独特的文化源流，作为非物质文化遗产的满族传统说部，是满族民族精神和文化传统的重要载体之一。"说部"，是满族及其先民传承久远的民间长篇说唱形式，是满语"乌勒本"（ulabun）的汉译，为传或传记之意。20世纪初以来，在多数满族群众中已将"乌勒本"改为"说部"或"满族书"、"英雄传"的称谓。说部最初用满语讲述，清末满语渐废，改用汉语并夹杂一些满语讲述。在漫长的历史进程中，满族各氏族都凝结和积累有精彩的"乌勒本"传本，如数家珍，口耳相传，代代承袭，保有民族的、地域的、传统的、原生的形态，从未形成完整的文本，是民间的口碑文学。清末以来，我国社会发生了翻天覆地的变化，由于历史的、社会的、政治的、文化的诸多原因，满族古老的习俗和原始文化日渐淡化、失忆甚至被遗弃，及至"文革"，满族传统说部已濒临消亡。抢救与保护这份珍贵的民族文化遗产已迫在眉睫。现在奉献给读者的《满族口头遗产传统说部丛书》，是抢救与保护满族传统说部的可喜成果。

　　吉林省的长白山是满族的重要发祥地。满族及其先民世世代代在白山黑水间繁衍生息，建功立业，这里积淀着深厚的满族文化底蕴，也承载着满族传统说部流传的历史。吉林省抢救满族传统说部的工作始于20世纪80年代初。在党的十一届三中全会解放思想、拨乱反正精神的指引下，民族民间文化遗产重新受到重视，原吉林省社会科学院有关科研人员，冲破"左"的思想束缚，率先提出抢救满族传统说部的问题，得到了时任吉林省社会科学院院长、历史学家佟冬先生的支持，并具体组织实施抢救工作。自1981年起，我省几位科研工作者背起行囊，深入到吉林、黑龙

001

江、辽宁、北京以及河北、四川等满族聚居地区调查访问。他们历经四五年的艰辛，了解了满族说部在各地的流传情况，掌握了第一手资料，并对一些传承人讲述的说部进行了录音。后来由于各种原因使有组织的抢救工作中断了，但从事这项工作的科研人员始终怀有抢救满族说部的"情结"，工作仍在断断续续地进行。1998年，吉林省文化厅在从事国家艺术科学规划重点项目《十大艺术集成志书》的编纂工作中，了解到上述情况，感到此事重大而紧迫，于是多次向文化部领导和专家、学者汇报、请教。全国艺术科学规划领导小组组长、中国文联主席周巍峙同志，文化部社文图司原司长陈琪林同志，著名专家学者钟敬文、贾芝、刘魁立、乌丙安、刘锡诚等同志都充分肯定了抢救满族传统说部的重要意义，并提出许多指导性的意见。几经周折，在认真准备、具体筹划的基础上，于2001年8月，吉林省文化厅重新启动了这项工程。2002年6月，经吉林省人民政府批准，省文化厅成立了吉林省中国满族传统说部艺术集成编委会，团结省内外一批专家、学者和有识之士，积极参与满族说部的抢救、保护工作。

这项工作，得到中国民间文艺家协会以及黑龙江、辽宁、北京、河北、吉林等省市民间文艺家协会和有关人士的认同与无私帮助，特别是得到了文化部和有关部门的鼎力支持。2003年8月，满族传统说部艺术集成被批准为全国艺术科学"十五"规划国家课题；2004年4月，被文化部列为中国民族民间文化保护工程试点项目；2006年5月被国务院批准为第一批国家级非物质文化遗产名录。这使我们增强了责任感、使命感和克服困难的信心。根据文化部和中国民族民间文化保护工程国家中心有关指示精神，我们对满族说部采取全面的保护措施，不但要忠实记录，保护好文本，还要保护传承人及其知识产权；不但要保护与说部的讲述内容和表现形式相关的资料，还要保护与说部传承相关的文物，从而对满族说部这一口头遗产进行整体保护。我们坚持保护为主、抢救第一的原则，以只争朝夕的精神，组织科研人员到满族聚居地区深入普查，扩大线索，寻源探流，查访传承人，利用现代化手段，通过录音、录像、文字记录等方式采录传承人讲述的说部。在记录整理过程中，不准许增删、编改，只是在文法、句式、史实方面作适当的梳理和调整，严格保持满族传统说部的原创性、科学性、真实性，保持讲述人的讲述风格、特点，保持口述史的原汁原味。

几年来的工作，使我们深感"抢救"二字的重要。目前健在的传承人多已年逾古稀，体弱多病，渐渐失去记忆。就在二三年前，我们刚刚采录完傅英仁、马亚川讲述的说部，还没来得及进一步发掘其记忆宝库，他们就溘然长逝了。一些熟悉往昔满族古老生活的长者和说部传承人，如二十多年前我们曾经访问过的黑龙江省的富希陆、杨青山、关墨卿、孟晓光，吉林省的何玉霖、许明达、关士英、赵文金、胡达千、张淑贞，辽宁省的张立忠，北京市的陈氏兄弟、富察·庄净，河北省的王恩祥，四川省的刘显之等先生都已相继谢世，使其名传遐迩、珍藏在记忆中的说部无以名世，成为永远的遗憾。今天出版这套丛书，也是对他们最好的纪念。

《满族口头遗产传统说部丛书》所选的作品，都是满族各氏族传承人讲述的优秀传统说部的忠实记录，反映了满族及其先民自强不息、勤劳创业、爱国爱族、粗犷豪放、骁勇坚韧的民族精神，具有很强的思想震撼力和艺术感染力，可以说是我国民间文学中的宝贵珍品，具有较高的科学价值。它的出版，不仅是对弘扬我国优秀民族文化遗产，建设社会主义先进文化的贡献，而且也为世界非物质文化遗产保护工程增添了一分光彩。

一、满族传统说部产生的历史渊源

满族及其先民是一个有着悠久历史的古老民族。满族的先民肃慎人自古就在白山黑水一带繁衍。据《山海经》载："东北海之外……大荒山中有山，名曰不咸，有肃慎氏之国。"据《孔子家语》卷四载：肃慎就以"楛矢石砮"为信物贡服于周天子。而后，汉、魏、晋、南北朝之挹娄、勿吉，隋唐之靺鞨，辽宋之女真，明清之满洲，这些同属于肃慎族系，只是不同朝代称谓不同罢了。唐朝初年，靺鞨人曾建立"渤海国"，是北方少数民族的地方政权，史称"海东盛国"。辽代以降，满族先世黑水女真部迅速崛起，其首领阿骨打，承继祖业，敏毗韬晦，扫平有二百余年历史的桀骜恃强的庞然大国——辽王朝，建立了雄踞北方的大金王朝。到金世宗乌禄时代，在文化和经济等诸方面均达到了鼎盛时期，史称"小尧舜"。明末，建州女真首领努尔哈赤统一女真诸部，建立中国历史上又一个东北少数民族地方政权"后金"。其后人又从建立大清国，到打败明王朝，定鼎中原。满族及其先民绵长的一脉相承的历史，是满族传统说部赖以产生的客观基础。

满族是一个创造源远流长、光辉灿烂文化的民族。满族及其先民女真人作为北方边远的游牧、渔猎少数民族，能够两度逐鹿中原，建立政权时间长达420年，对统一中国版图，形成多元一体的历史格局产生了深远影响，做出了重要贡献，这是与其以自己的文化养育顽强、坚毅的民族精神分不开的。一方水土养一方人。满族及其先民历经三千余年的风雨沧桑，世代生活在广袤数千里的山林原野，征伐变乱的砥砺，苦寒环境的锤炼，培育了自己的民族精神与品格，使他们成为粗犷剽悍、质朴豪爽、善歌尚勇、多情重义，"精骑射，善捕捉，重诚实，尚诗书，性直朴，习礼让，务农敦本"（引自《盛京通志》）的民族。渤海的武人颇喜角斗，以骁勇为荣，有"三人渤海当一虎"（引自宋·洪皓《松漠纪闻》）之谚。靺鞨人盛行歌舞之风，其渤海乐不仅传入中原王朝和日本，而且在民间不断延续流传。金太祖完颜阿骨打在对辽作战相当激烈的时候，便命开国元勋完颜希尹创制女真文字，在金朝建国不久的太祖天辅三年（1119年）正式颁行，当时被称为国书。女真有了文字，促进了文化的发展，以歌伴舞在民间广为盛行。有些贵族子弟为求佳偶，常"携尊驰马，戏饮其地，妇女闻其至，多聚观之，闻令侍坐，与之酒则饮，亦有起舞歌讴以侑觞者"（见《三朝北盟会编》卷三）。这说明，女真民间一直保持先祖古朴的风俗习惯。随着北宋灭亡，金人大量入关，女真民间歌舞很快传遍中原大地，甚至在金、元杂剧中广为传唱。满洲统治者从建立后金到入主中原，注意保持满族及其先民尚武骑射和语言风俗方面的独立性，努尔哈赤时期创制满文，皇太极时期改革老满文，推动了民族文化的发展。康、雍、乾等几代皇帝，在强调"国语骑射"为治国之本的同时，也注意各民族之间的文化交流与融合，特别是积极吸收汉文化。这是满族传统说部得以滥觞的文化根源。

几度争战几度崛起，几度鼎盛几度衰落，漫长的历史充满着可歌可泣的英雄人物和壮烈悲怆的故事，构筑了深厚的文化根基，从而孕育和产生了古朴而悠久的满族民间口头文学——传统说部。满族说部的形成与传播，历史相当久远。满族先民，在从肃慎、挹娄到靺鞨以及创建大金国的历史过程中，各氏族、部落迁徙、动荡、分合频繁，到明中叶以后，随着女真社会内部矛盾日益尖

锐，强凌弱，众暴寡，各部落之间互相争雄，连年战乱，及至进入清代，内部争斗不断，外患与内祸迭起，这使各个氏族都无法选择地交织在历史的漩涡里，涌现众多的英雄人物和感人的业绩。满族及其先民凭借自己对善恶美丑的感受和对社会现象的审视，把一桩桩、一件件值得传诵、讴歌的人和事，详细地记载在各个氏族世代传袭的口碑之中，以此谈古论今。为此，不遗余力地随时积累、记录、采集、传扬本氏族的英雄故事，以光耀门楣，激励族人。满族诸姓氏间，都以据有"乌勒本"而赢得全族的拥戴和尊重，"乌勒本"令族众铭记和崇慕。

满族传统说部的广泛流传得益于"讲古"的习俗。满族及其先世女真人，是一个讲究慎终追远，重视求本寻根的民族。他们通过"讲古"、"说史"、"唱颂根子"的活动，将"民间记忆"升华为世代传承的说部艺术。讲古，就是一族族长、萨满或德高望重的老人讲述族源传说、家族历史、民族神话以及萨满故事等。元人宇文懋昭所撰的《大金国志》中说，女真金代习俗，"贫者以女年及笄，行歌于途。其歌也，乃自叙家世"。这说明在女真时期就有"行歌于途"，"自叙家世"的讲古习俗。据《金史》卷六六载："女真既未有文字，亦未尝有记录，故祖宗事皆不载。宗翰好访问女真老人，多得祖宗遗事。"从中可知，金代初期民间讲古的习俗就很盛行，已引起上层统治者的重视。据《金史·乐志》载：世宗不令女真后裔忘本，重视女真纯实之风，大定二十五年四月，幸上京，宴宗室于皇武殿，共饮乐。在群臣故老起舞后，自己吟歌，"上歌曲道祖宗创业艰难……歌至慨想祖宗音容如睹之语，悲感不复能成声"。世宗及群臣参与"唱颂根子"的活动，势必张扬民间讲古的习俗。满族先人的故事在"讲古"中传播，在传播中又不断被加工、修改或产生新的故事。讲古不单单是本氏族内部的事，各氏族间互相比赛，场面十分热烈。据《爱辉十里长江俗记》中记载："满洲众姓唱诵祖德至诚，有竞歌于野者，有设棚聚友者。此风据传康熙年间来自宁古塔，戍居爱辉沿成一景焉。"由此可见，满族早年讲唱"乌勒本"，是相当活跃的，甚而搭棚竞歌，聚众观之。此景与我国南方一些民族的歌圩相类似。

满族及其先民将"讲古"、"说史"、"唱颂根子"的"乌勒本"，推崇到神秘、肃穆和崇高的地位，考其源，同满族先民所虔诚信仰的原始宗教萨满教的多元神崇拜观念，有着十分密切的关系。原始先民在漫长的社会劳动和生活中，由于生产力的极端低下，无力与强大的自然力抗衡，于是幻想在人的周围有一种超自然的力量主宰一切，并认为自然的东西都有灵魂，是他们控制着人类，给人类带来幸福，也带来灾难。正如恩格斯所说的，"由于自然力被人格化了，最初的神产生了"。这就是万物有灵论和原始神话。原始先民有了原始信仰和原始神话，便利用各种方法举行祭祀，向神灵祈祷、膜拜，于是产生了原始宗教，即萨满教。在萨满教诸神中，除自然神祇、动物神祇（包括图腾神祇）外，最重要而数目繁多者便是人神，即祖先英雄神祇。宗教与民俗从来就是形影相随的，"讲古"的习俗与萨满教的祭祀仪式结合了起来。满族及其先民以讲唱氏族英雄史传为中心主题的说部艺术，正是依照传统的宗教习俗，对本族英雄业绩和不平凡经历的讴歌和礼赞。人们对祖先英雄神，供奉它，赞美它，毕恭毕敬，祈祷祖灵保佑族众，荫庇子孙。萨满教极力崇奉祖灵，亦包括对本族历世祖先和英雄神祇的讴歌与缅怀。所以，在萨满祭祀中，有众多歌颂和祈祷祖先神祇的神谕、赞文、诗文和祷语，亦有叙事体的长篇祖先英雄颂词。满族及其先民的"颂祖"、"讲祖"礼俗，世代承继不衰，是因为把勉励子孙铭记祖先创业艰难，承继祖德宗功，继往开来，奋志蹈进，作为祖先崇拜的根本目的和信条。特别是乾隆十七年颁布的《钦命满洲跳神祭天典礼》，统一了萨满祭规，使萨满祭祀变成家族祭祖活动，把祖先崇拜推向高峰。经年累世，各氏族在集体智慧的滋育下，赞文日益丰富扩展，情节愈加凝炼集中，使之逐渐升华为长篇祖先颂歌。这也成为满族传统说部的一种源流。

二、满族传统说部的本体特征

满族传统说部经过千百年来的创作、传承和演变，形成了独特的表现空间和表现形式。满族先民自古"无文墨，以语言为约"（《太平御览》卷七八四），所以，说部是以口头形式产生和传承的，讲唱内容全凭记忆。最初记述手段，用一缕缕棕绳的纽结、一块块骨石的凹凸、一片片兽革的裂隙，刻述祖先的坎坷历程。这便是说部的最古老的形态，也叫"古本"、"原本"、"妈妈本"。满族人将这种"妈妈本"尊称"乌勒本"特曷。古人就是通过望图生意，看物想事，唱事讲古的。随着社会的发展，氏族中文化人的增多，满族说部的"妈妈本"逐渐用满文、汉文或汉文标音满文来简写提纲和萨满祭祀时赞颂祖先业绩的"神本子"。讲述人凭着提纲和记忆，发挥讲唱天赋，形成洋洋巨篇。

满族传统说部内容丰富，气势恢宏，它包罗天地生成、氏族聚散、古代征战、部族发轫兴亡、英雄颂歌、蛮荒古祭、生产生活知识等，每一部说部都是长篇巨著。满族说部之所以如此厚重，主要有以下三个方面的因素：

（一）关于记录和评说本氏族所发生的重大历史事件的说部，具有极严格的历史史实约束性，不允许隐饰，以翔实的根据来讲述；

（二）说部由氏族中德高望重、出类拔萃的专门成员承担整理和讲述义务，整理和讲述时吸收了众人谈资，所讲内容全凭记忆，口耳相传，无固定文本拘束，因而愈传愈丰愈精，是群体创作的累积；

（三）具有民间口头文学的生动性。说部多由一个主要故事为经线，辅以多个枝节故事为纬线，环环相扣，错综复杂，又杂糅地域的、民俗的奇特情景，加之口语化的北方语言，因而有深厚的文化积淀和感人的艺术魅力。

据我们掌握的三十余部满族说部来分析，从内容上可分为四种类型：

（一）窝车库乌勒本：俗称"神龛上的故事"，是由氏族的萨满讲述，并世代传承下来的萨满教神话和萨满祖师们的非凡神迹。窝车库乌勒本主要珍藏在萨满的记忆与一些重要的神谕及萨满遗稿中，如黑水女真人创世神话《天宫大战》、东海萨满创世史诗《乌布西奔妈妈》、爱辉地区流传的《音姜萨满》、《西林大萨满》等。

（二）包衣乌勒本：即家传、家史。如富察氏家族富希陆、傅英仁从爱辉、宁安传承的姊妹篇《萨大人传》和《萨布素将军传》（又名《老将军八十一件事》），黑龙江省双城县马亚川先生承袭的《女真谱评》，河北石家庄王氏家族传承的《忠烈罕王遗事》，乌拉部首领布占泰后裔赵东升先生承袭祖传的《扈伦传奇》，富氏家族传承的《顺康秘录》、《东海沉冤录》，傅英仁先生传承的《东海窝集传》等。

（三）巴图鲁乌勒本：即英雄传。满族说部有关这方面的内容很丰富，可分为两大类：一是真人真事的传述，如金代的《金兀术传》，明末清初的《两世罕王传》（又名《漠北精英传》）、《雪妃娘娘和包鲁嘎汗》，清中期的《飞啸三巧传奇》等；一是历史传说人物的演义，如《乌拉国佚史》、《佟春秀传奇》等。

（四）给孙乌春乌勒本：即说唱故事。这部分主要歌颂各氏族流传已久的历史传说中的英雄人物，如渤海时期的《红罗女》、《比剑联姻》，明代的《白花公主传》以及民间说唱故事《姻缘传》、《依尔哈木克》等。

满族传统说部在长期流传中形成了自己独特的风格，凝聚了有别于其他口头文学的鲜明特征。主要表现在：

（一）讲述环境的严肃性。各氏族讲唱"乌勒本"是非常隆重而神圣的事情。一般在逢年遇节、男女新婚嫁娶、老人寿诞、喜庆丰收、氏族隆重祭祀或葬礼时讲唱"乌勒本"。讲唱"乌勒本"之前，要虔诚肃穆地从西墙祖先神龛上，请下用石、骨、木、革绘成的符号或神谕、谱牒，族众焚香、祭拜。讲述者事前要梳头、洗手、漱口，听者按辈分依序而坐。讲毕，仍肃穆地将神谕、谱牒等送回西墙上的祖宗匣子里。这一系列程序表明有严格的内向性和宗教气氛。不像平时讲"朱奔"（意为故事、瞎话）那样随便地姑妄言之，姑妄听之。

（二）讲述目的的教化性。满族传统说部与萨满祖先崇拜的敬祖、颂祖、祭祖观念密切相关。讲述祖先过去的事情，都是真实地记述，是对祖先英雄业绩的虔诚赞颂，不允许隐瞒粉饰和随意编造，否则则认为是对祖先的不敬。讲唱说部的目的，不只是消遣和余兴，而是非常崇敬地视为培育儿孙的氏族课本和族规祖训，是对族人进行爱国、爱族、爱家的教育，起到增强氏族凝聚力的作用。因此，讲述内容、目的以及题材艺术化程度，均与话本、评书有较大区别。

（三）讲述形式的多样性。满族传统说部多为叙事体，以说为主，或说唱结合，夹叙夹议，活泼生动，并偶尔伴有讲叙者模拟动作表演，尤增加讲唱的浓烈气氛。从《萨大人传》和《飞啸三巧传奇》中我们可以看出，有说有唱，甚至还记录了讲唱的曲谱。讲唱说部关键在于说，说讲究真、细、险、趣四个字。真，即真实，故事情节合情入理，真实可信；细，即细腻，绘声绘色，细致入微；险，即惊险，突出关键的地方，有悬念，有艺术魅力；趣，即语言要风趣幽默，使人发笑。说唱时多喜用满族传统的以蛇、鸟、鱼、狍等皮革蒙制的小花抓鼓和小扎板伴奏，情绪高扬时听众也跟着呼应，击双膝伴唱，构成跌宕氛围，引人入胜。

（四）传承的单一性。满族传统说部的承继源流，主要以氏族中的一支或家庭中直系传承为主，虽有师传，但多半是血缘承袭，祖传父，父传子，子子孙孙，承继不渝，从而保持了说部传承的单一性与承继性。《萨大人传》是富察氏家族的祖传珍藏本，其传承顺序是：富察氏家族第十一世祖、清道光朝武将发福凌阿传给长子、爱辉副都统衙门委哨官伊郎阿将军；伊郎阿又传给长子富察德连；富察德连又传给其子富希陆和其侄富安禄、富荣禄；富希陆又传给长子富育光。一般来说，讲唱人大都与说部所宣扬的事件及其主人公有直系血缘关系，他们既对本氏族历史文化有一定的素养，又谙熟说部内容，并有组成说部题材结构的卓越能力和创作才华。《扈伦传奇》的传承就是很好的证明，其最早的传承人乌隆阿，纳喇氏第十一代，他把家史传给曾孙德明（五品官，通今博古），德明经过梳理后传给其侄十六辈霍隆阿（笔帖式），再传给十七辈双庆（五品官，精通满汉文），下传伊子崇禄（八品委官），二十辈的赵东升继承祖父崇禄先生，对家史进行整理。这些传承人都有高深的文化和创作才能。他们把记忆和传讲自己的族史视为己任，当做崇高而神圣的事情，世代不渝。他们在氏族中自行遴选弟子或由自己的后裔承继传诵。传承的方法是口耳相传，心领神会。所以，传承人在满族说部的纵向传承与横向传播的过程中，为保存民族文化遗产做出了应有的贡献。可以说，没有传承人，就没有满族说部。

（五）流传的地域性。满族说部在一些地域流传过程中，深受广大群众喜爱。因此，有的说部逐渐脱离原氏族的范围，被众多氏族传承诵颂，如《尼山萨满传》、《红罗女》、《飞啸三巧传奇》、《双钩记》（又名《窦氏家传》）、《松水凤楼传》、《姻缘传》等，在长期传诵中，已成为该地域更多姓氏甚至外族群众讲述的书目，并代代传承。

满族传统说部和其他口头文学一样，在流传过程中也有变异性。在传播中，传承人根据自己对讲述内容的认识和理解，不断加工、升华，从而产生新的故事纲目。特别是，随着氏族的繁荣，分出各个支系，每个支系都有自己的传承人，在讲述内容和形式上也有了变化。所以在不同的支系、不同的地域出现了不同的传本，如《红罗女》在黑龙江省牡丹江一带流传《比剑联姻》、《红罗女三打契丹》，而吉林省的东部就有《银鬃白马》、《红罗绿罗》等不同传本，这是正常的现象。说部在传播中演变，获得新的发展，并吸收汉族的评书和明清小说章回体的特点，这正是满族传统说部具有顽强生命力的表现。

三、满族传统说部的价值和意义

满族传统说部，是满族及其先民在一定历史时期、一定社会中的一种意识形态的反映，其中蕴藏着丰富、凝重的社会、历史内容。

满族传统说部具有历史学价值。满族传统说部大都是以古代英雄人物为中心、以历史事件为背景编织而成的，是述说满族及其先民各个部落、氏族的兴亡发轫、迁徙征战、拓疆守土、抵御外患等"先人昨天的故事"。如《萨大人传》、《东海窝集传》、《扈伦传奇》等所讲述苦难的经历，不朽的宗功，都从不同的侧面反映了各个氏族充满血泪、卓绝斗争的雄浑壮阔的历史。从各个氏族的说部中，能使人更好地了解到满族及其先民是怎样从遥远的过去走过来的，经历了哪些曲折坎坷和历史沧桑，而且比起正史有更多底层人民群众的历史活动和当时社会各层面的具体细节。高尔基说："如果不知道人民的口头创作，那就不可能知道劳动人民的真正历史。"说部的历史价值在于它是原生态的历史记忆，是"那时"民间留存下来的口述史。满族的先世在没有文字时，许多史实都靠各个氏族的说部代代相传，据《金史》卷六六载："天会六年（1128年）诏书求访祖宗遗事，以备国史。命勖与耶律迪越掌之，勖等采撷遗言旧事，自始祖以下十帝，综为三卷。"金代统治者重视采集民间遗闻旧事，并根据民间传说给始祖以下十帝立传，编入金史，这是满族说部为民间口述史的很好证明。满族说部是满族及其先民用自己的声音记述自己的历史，对各个部落、氏族重大事件的生动描写，细致记录，很多实事是鲜为人知的，有的补充了史料之不足，有的供专家研究或可匡正史误。说部以浩瀚的内容、恢宏的气势展示北方民族生动、具体的历史画卷，提供了各个历史时期活生生的人文景观。在《两世罕王传》、《扈伦传奇》、《雪妃娘娘和包鲁嘎汗》中记述了明朝与女真的交往、马市的内幕、东海窝集部与乌拉部的关系、扈伦四部争锋角逐、努尔哈赤创建八旗对女真的分化等等，都是各部族祖先的亲身经历。这对满族史、民族关系史、东北涉外疆域史的研究，都有见证历史的特殊价值。

满族传统说部具有文学审美价值。满族传统说部之所以能够世代传承诵颂，因为它具有独立情节，自成完整结构体系，人物描写栩栩如生、有血有肉，是歌颂克难履险、不畏强暴、能征善战、疾恶如仇的英雄的壮丽诗篇，充满了对英雄的崇敬，对美好生活的向往。说部中讲述的故事曲折生动，扣人心弦，语言朴实无华，简洁明快，具有感人至深的艺术魅力。许多说部都展现了浓郁的民族风韵，朴素、剽悍的独特风格，贯穿了反抗强权、除暴安良、保家卫国、急公好义、扶危济贫、知恩必报的积极主题，突出体现了满族及其先世的人文精神。它对启迪人们的智慧，端正人们的品格，鼓舞爱国主义思想，增强民族自豪感，有着潜移默化的作用。满族传统说部中反映的内容，与人民息息相通，因而受到北方各族群众的欢迎和享用。像《尼山萨满传》、《萨大人传》、《雪妃娘娘和包鲁嘎汗》、《松水凤楼传》等故事早已在达斡尔、鄂温克、赫哲、鄂伦春、锡伯以及汉族中广泛流传，只是过去没有被发掘而已。说部的创作不排除有被流放到北疆的高官和文化人的参与，如《飞啸三巧传奇》把北方民族抗俄守边的斗争与宫廷斗争相联系做了具体生动的描写，就可见流民文学的影子。满族传统说部创世神话《天宫大战》，反映了原始先民与自然力的抗争，歌颂了掌管日月运行、人类繁衍的三百女神与恶神进行惊心动魄地鏖战，是我国史前文化的重要遗迹，可以同世界诸民族的古神话相媲美，丰富了世界神话宝库。满族传统说部中的史诗《尼山萨满传》和有着六千余行的萨满史诗《乌布西奔妈妈》，以北方民族的独特语言，瑰丽神奇的情节，宏伟磅礴的气势，歌颂了萨满的丰功伟绩，具有很强的震撼力。可以说，满族说部是满族及其先世的史诗，是民族文化的精华和古卉，是我国和世界学术界研究满族及其先民历史和文化的不可或缺的宝贵资料，填补了我国民间文学史的空白。

满族传统说部具有民俗学价值。满族及其先世，在长期社会生活中，主要靠口碑传承生产、生存经验。在《飞啸三巧传奇》、《雪妃娘娘和包鲁嘎汗》中介绍了用桦树皮造纸、皮张的熟制、不同兽肉的制作和保鲜、鱼油灯的制作过程等古老工艺，还介绍了北方各种草药的药性和采集，北方少数民族的海葬、水葬、树葬等民俗。在《天宫大战》中介绍了祭火神，"跑火池"，在《两世罕王传》中记述了明末清初一种娱柳活动——"跑柳池"等等。因此满族传统说部，为我们展现了满族及其先民等北方诸民族沿袭弥久的生产生活景观、五光十色的民俗现象、生动的萨满祭祀仪式和古时的天文地理、航海行舟、地动卜测、医药祛病以及动植物繁衍知识等，特别是有关生产知识，操作技艺，往往通过故事中的口诀和韵语得以传承。这为研究北方诸民族的人文学、社会学、民俗学、宗教学等学科提供了具体、真实、形象的资料，使这些学科得到印证、阐明和补充。所以，有些专家称满族传统说部是北方诸民族的"百科全书"，其言不为过誉。

满族及其先民，数千年来，在亚洲阿尔泰语系乃至通古斯文化领域里，做出了不可泯灭的贡献。特别是有清二百六十余年来，为世界文化保留了浩瀚的满学典籍及各种文化遗产，满语的翻译历来为世界各国学者所青睐，满学已成为民族学、语言学的重要学科。满语因久已废弃，现存满语仅是清代书面语的沿用。近年来，我们采录了黑龙江省孙吴县78岁的何世环老人用流利的满语讲述的《音姜萨满》、《白云格格》等满族说部，它向世人重新展示了久已不闻的仍活在民间的活态满语形态，这对世界满学以及人文学的研究是弥足珍贵的。除此，在满族传统说部中还保留着大量的环太平洋区域古老民族与部落的古歌、古谣、古谚，故而具有丰富世界文化宝库的意义。

满族传统说部作为民间口述史，其中对历史的记忆也会有不真实、不准确的地方，但它毕竟是民间口头文学而不是史书，作为信史虽不排斥传说但不可要求口头传说与史书一样真实可信。满族及其先民由于受历史的局限和各种思想的影响，在说部中难免有不健康的东西和封建糟粕的成分，但这不是主流，它和所有非物质文化遗产一样，自有其存在的价值。我们把满族传统说部原原本本地奉献给广大读者，相信在批判地继承民族文化遗产的原则指引下，一些不健康的东西会得到剔除。我们在采录、整理、校勘、编辑过程中难免有所疏漏，敬请读者批评指正。

我们抢救、保护和编辑、出版《满族口头遗产传统说部丛书》，是为了贯彻落实党的十六大精神和"三个代表"重要思想，传承中华文明，发展社会主义先进文化，为建设社会主义精神文明和构建和谐社会尽绵薄之力，希望这套丛书的出版能发挥它应有的作用。

谷长春

2006 年 6 月

满族著名传统说部
——《两世罕王传》传承概述

富育光

考察满族往昔脍炙人口的耆老口碑传说中，属于王杲罕王和努尔哈赤少年时代小罕的传奇故事，颇有声誉和影响，最受人们喜爱，流传广远。当年，在关东一带的民间，有口皆碑地传颂着这类民谚："说老罕，讲小罕，先有王杲，后有教场安"，也有"先有王杲，后有皇陵"等谚语。据考此类民谚的含义，颇有意思，都是意在渲染或追忆大明嘉靖年间曾在辽东创造了惊天勋业、最后磔死京师菜市口的一代枭雄王杲，以及在其卵翼下崛起于辽东苏子河畔的建州部首领觉昌安和其孙努尔哈赤。这些民谣皆是辽东古代风云史的缩影。由此可知，民谣中所说的"教场安"，是满汉兼词语，即努尔哈赤的祖父觉昌安谐词。民谣中的"皇陵"，系指大清立国后突起的昌瑞山清室皇陵。王杲是努尔哈赤外公，两家既是姻亲关系又是建州部政治和军事势力的承袭关系。这些民谣的含义，恰是追本溯源，在深情诉说满人的发迹皆因有早年建州左卫王杲的奋勇开拓，方有觉昌安之孙努尔哈赤的统一女真建立后金国定鼎燕京，有了大清朝的一统天下。早年在满族传统的"乌勒本"说部故事中，就以上述观念和创作构思，形成了传世名篇——《两世罕王传》。

《两世罕王传》大约形成于清初年间，最早都是用满语讲述的长篇大故事。满族话叫"朱录汗额真乌勒本"，或叫"朱录汗玛法朱奔"，其汉意就是"两世罕王传"，或叫"两世大玛法故事"。所谓"两世罕王"，即指当年在辽东苏子河崛起的女真建州部两位英雄人物，一位是指盖世枭雄——王杲；另一位就是清太祖努尔哈赤。

《两世罕王传》的故事早在明中叶乃至清初之际，就在北方民间广泛传颂，深得民众的喜欢和颂扬，津津乐道，家喻户晓，妇孺皆知。首先，它因揭示关外辽东一段重要的历史风云变幻而著称于世，受到各界的关注，多方人士都能从《两世罕王传》中，获得丰富的人生启迪和受益。再者，《两世罕王传》又因其所包容之波澜壮阔、扑朔迷离的历史风云故事，而令听众所沉醉和倾倒。在《两世罕王传》漫长的传播过程中，糅入了众多讲述者的厚爱和智慧，塑造出众多个性鲜明、栩栩如生的历史人物，形形色色，新颖离奇，跌宕曲折，沁人肺腑。故俗有"辽东列国传"的赞誉。

凡植生于民间沃土的口碑文化，反映着人民的喜爱和期望，历来都是社会的晴雨表，是社会生活的镜子和时代的人文映象与忠实的记录。这恰恰正是满族传统说部"乌勒本"艺术，所特有的无限生命力和时代价值的魅力所在。满族传统"乌勒本"说部是民族的记忆史，保留众多满人为了生存与恶劣环境抗争的顽强呐喊和豪迈足迹。《两世罕王传》也可以称其谓民间记忆的清前史，有诸多史学的参证价值。

本说部开篇申明本书发端的来龙去脉。说书人的开篇书引子，讲得十分清楚，《两世罕王传》早年有不少传本，有些本子因传的人住的地方不同，也因为年代太久了，互有不少差异，但总的故事中心还都是讲王杲和努尔哈赤两代的英雄谱。

《两世罕王传》的传承，陈姓家族是很重要的传承人。陈姓家族，分布在北京怀柔、十渡和西山诸屯，多在庭院里种着柿子树，每到盛秋，黄柿染林，别有一番风味。族人们便喜欢在辟建的青砖瓦房里，有的人家还外带个小院，修的扇子门也挺讲究，摆开几张小凳，专做全族的书场。清代和民国年间，族中长辈常在这小院请来满汉齐通的色夫，办着塾学，说着家常，或者请本族德高望重的叔爷爷，讲他最擅长拿手的《两世罕王传》，消磨时光。直到咸丰、同治年以后，社会萧条，旗人家境衰落，不少院落被当了出去，到民国年间最终也没有赎回来。族里人啥玩艺都可丢，就是祖传的《两世罕王传》没有丢，族里族外的乡亲们，都以说几段满洲书为乐，振振精神，联络感情，或者请色夫们来挑段演讲，可是终没有个像样的场地。尽管这样，叔爷爷从不烦气，老人家因受祖上传统的说唱习俗影响，不论长短，说任何一段，只要有人请他讲，都有求必应，从不要一文钱。叔爷爷的名声在北京郊区，越来越响亮。不过，大清国亡了以后，京城里的旗人可就遭殃了。俗话讲："殃及池鱼"呀，大清国皇帝退位，凡属满洲人不仅要剪辫子，而且被挨门挨户抄家搜查，吓得满洲人不得不编说自己的足迹，硬充河北的蓟县人、山西的大同人、山东的蓬莱人，家有女儿的，想方设法嫁给汉人。叔爷爷心很宽，闲来无事，为消愁解闷，图个热闹，就在巷子里聚拢旗人邻里，讲罕王传。邻里们像汉人爱听三国、水浒、说岳一样，爱听罕王传。不仅满族旗人爱听，更招来许许多多汉族哥们也听得格外入心。《两世罕王传》谁听谁都觉得很有瘾呢，最后就这样传开了。

令人难以忘怀的是，民国二十六年秋末，叔爷爷夜晚让他儿子从西墙凹里，将他收藏的《两世罕王传》书匣取下，让儿媳妇烧好温水，取来白毛巾，亲自擦洗书匣，小孙儿帮着爷爷端盆倒水，儿子、儿媳不知老人家何意，老人又不让两人插手，并让儿子、儿媳带着小孙儿到下屋入睡，说自己还要翻阅一下过去讲唱的书本，不必管他。老人家身体康健，精神矍铄，儿子、儿媳也就没有在意。谁知天亮以后，儿子、儿媳起来，进到上房，见叔爷爷坐在牛皮沙发上，怀抱《两世罕王传》书匣，已经逝去。老人无病而终，终年八十。

上世纪八十年代初，我在中国社会科学院民族研究所贾芝先生处进修民间文学专题课期间，我采风实践基地，就是调查访问北京郊区西山、潭柘寺镇等地，满族同胞待我亲如一家，承蒙他们无微不至地关照和帮助。在民间采风期间，我有幸征集到满族陈氏家族传袭下来的《两世罕王传》。1983年秋回长春后，我在诸多论文中，揭示和评述《两世罕王传》的史学和民族学、民俗学的不朽价值。吉林省社会科学院历史研究所清史专家张璇如先生、清代扈伦四部乌拉部布占泰后裔赵东升先生，都曾全部或部分审读过《两世罕王传》文本手抄卡片，均认为我国清前史研究专家除有我国著名学者孟森先生外，日本圆田一龟先生对清前史研究，亦颇有开拓与贡献，《两世罕王传》的搜集，是民间记忆资料的可贵补充，对古清史研究必有裨益，给予很高评价。1984年秋，宁安县志编纂办公室主任傅英仁先生到长查阅资料，见到《两世罕王传》卡片，爱不释手，对其清前史学术价值也给予充分肯定。傅老满腔热诚地表示愿意参与《两世罕王传》的整理工作。临别时傅老将《两世罕王传》中的努尔哈赤部份卡片资料带走，回宁安整理；而我因有家传的满族说部《萨大人传》、《雪妃娘娘和包鲁嘎汗》、《飞啸三巧传奇》、《恩切布库》等需要整理，所收藏的《王杲罕王传》资料一直存放家中，由于搬家和朋友传阅，有些资料遗失。1997年交王慧新存藏文稿，后她告诉我已商妥与王宏刚先生合作整理。两位先生经过近两年的精心梳理、史料核实和文字修润，终于圆满整理完毕，得以问世，深表敬佩和感激之忱。

2014年2月18日

话说在中国东北，有一座长白山。从长白山发源三条大江，从东、南、北三个方向辐射而下，图们江东流入海，鸭绿江汇入西朝鲜湾，松花江北流又与黑龙江汇合流入鄂霍次克海。

这长白山气势雄伟，高耸入云，山上有许多温泉和巨大的火山口，形成星罗棋布的湖泊。湖里碧波荡漾，景色迷人。特别是春夏之际，树木葱郁，百鸟争喧，风光绮丽。

这天，正是一个明媚的春日。柳绿花红，蜂飞蝶舞。一阵银铃般的笑声，从山间传来。只见从林间的路上，马蹄哒哒，三匹高大的骏马飞驰而出。每匹马上都坐着一位妙龄女郎。这三个女郎，一个着绿装的是大姐，名叫恩库伦；一个着红装的是二姐，名叫飞库伦；一袭白衣，长得最俊美的是妹妹，名叫佛库伦。她们在马上相互嬉笑着。

三位骑马女子，都是女真装束，正是布尔胡里寨寨主干木尔的三个宝贝女儿。恩库伦二十一岁，已经嫁了丈夫，飞库伦二十岁，也说定了婆家。只有佛库伦，美貌绝伦，又冰雪聪明，还是小女儿，父亲不肯轻易许人。

不一会儿，他们来到一处温泉。恩库伦提议："咱们下去洗澡吧"。飞库伦欢呼起来："好啊!"只有佛库伦说："你们洗吧，我要去猎几只野兔，好给父亲下酒。"说罢，打马跑向山后。这大姐二姐也不管她，径自宽衣解带，赤条条地跳入水中，说笑嬉闹，洗浴多时。

单说佛库伦信马由缰，来到郊野，忽见前面出现一只兔子，飞也似地往前跑去。佛库伦不禁大喜，纵马追去。这兔子也怪，竟跑的比马还快，一忽儿没了踪影，一忽儿又现身形。佛库伦几次抬弓搭箭，都被它灵巧地躲过。追到一个山口后，兔子彻底没了踪影，却被一只黑熊拦住去路。

一般情况下，黑熊是怕人的，见着人它就逃走，可这只黑熊却两眼露着凶光，向佛库伦迎了过来。佛库伦倒不害怕，可是座下马却吓得惊叫一声，直立起来，把佛库伦甩了很远，然后跑到林子里去了。

这黑熊被马吓的停了下来，两眼瞪着佛库伦。佛库伦想，我不能被它吃了，她忍着被摔的疼痛站起来，迅速地跑到一棵碗口粗的枫树前麻利地爬了上去。

黑熊立刻追过来，张口咬住了佛库伦的裤角。幸好佛库伦使劲蹬了它的鼻子一下，它才负痛松了口。佛库伦乘机爬到了树的上边。凶恶又狡猾的黑熊气急了，大吼一声，用尖利的牙齿咬树干来了。

"完了！"眼看树干要被咬断，佛库伦绝望了。

这时，不知从哪里来了一个青年，大喝一声："那畜牲，着箭！"一只雕翎箭射进黑熊的左掌。这黑熊气得拔掉箭头，转身向青年扑去。只见这青年毫无惧色，左躲右跳。黑熊几次扑咬，都没伤到他一根毫毛，黑熊气的吼叫不已，力气也渐渐地弱了下来。好青年这时腾出手来，从背后掣出腰刀，一跃身跳到黑熊背上，挥刀向黑熊砍下，只见黑熊脖下血像箭一样射出。当它要翻滚扑压那青年时，那青年早已闪身躲开。几个展闪腾挪后，那黑熊的身上已是伤口淋漓，血流如注，最后轰然一声，倒地死去。

这一切，被树上的佛库伦看个真真切切，她喊了一声"乌拉特"，就跳下树去，向青年深施一礼，说："谢谢你，谢谢你救了我！"

原来这被称作"乌拉特"的青年，是邻村梨皮峪村村主的儿子。梨皮峪村跟布尔湖里寨有世仇。梨皮峪村主，名叫猛哥，年已六旬，膝下只有一子，就是乌拉特。这乌拉特是个英雄才俊，武艺高超，智勇兼备，又是相貌堂堂，一表人才。前年，布尔湖里村抢了他村的骆驼，去年，他村抢了布尔湖里村的骡子。两个村寨，抢来抢去，每抢一次就要械斗一次。前不久，布尔胡里村人从布库里山经过，被梨皮峪村民探知。猛哥便领人去抢骡子，乌拉特自然是急先锋。两村的人各有数百，全聚集到山前，刀光剑影，杀气腾腾。那边是猛哥、乌拉特带队，这边是干木尔、三姐妹领头。几场厮杀，布尔湖里村渐渐落败，放弃骡子，退回村里，村民死伤很多。杀红了眼的乌拉特被佛库伦的美貌吸引了。他认识她是干木尔的女儿，她也认识他是猛哥的儿子。她知道他勇猛，便打马退去。他却紧追不舍。眼看就要追上，佛库伦知道自己必死无疑，便停下马来，闭目等死。

乌拉特打马追来，见佛库伦俊目紧闭，粉面如花，肤如凝脂，朱唇皓齿，不觉呆呆出神。佛库伦睁眼一看，知是不肯杀她，便说："要杀便杀，要砍便砍！"乌拉特笑了，说："谁能舍得杀你这美人儿，好好回村吧！"说着，掉转马头，跑回去了。佛库伦心中万分感激。就是这次，两个人心中都留下了深刻的印象，尤其是乌拉特回到村寨后，对佛库伦是日思夜想，只恨她是个仇家的女儿。

今天也是机缘凑巧。乌拉特独自一人上山，想打点猎物。行在山口，见黑熊正要咬断树干，吞吃心上人。这还了得，便使出浑身力气和智慧，救了佛库伦。

见佛库伦施礼言谢，乌拉特一时很激动，忙说："不用谢，不用谢！"

佛库伦向他微微一笑，转身就想离开。

乌拉特赶紧上前拦住："我们两个寨子结了仇，这是老辈人的错误。冤家宜解不宜结。我们年轻人应该抛开仇恨，冰释前嫌。"

佛库伦一双深情的大眼望着他，点了点头。

乌拉特又说："我觉得不杀你和这次救你，都是应该的。其实，从打见你那时起，我心里就喜欢上你了。"

这一席话说得佛库伦心如鹿撞，已是及笄之年，又是渐懂风月，面前有个英俊美少年，岂有不动心之理。但她想了一想，说道："前次蒙你不杀，这次逢你搭救，我都感激万分。我常常思慕你，佩服你是个英雄。不过，我和你可恨是世代仇家，这段姻缘就等来世吧！"说完就哭泣起来。

乌拉特赶紧劝慰，一边给她擦泪，一边说了无数的安慰话，终于使她破涕为笑。二人温情软语，已是有些依依难舍，便相约了再会的日期、地点，才恋恋不舍地告别。

恩库伦、飞库伦洗浴多时，不见妹妹回转，便四处找了一番，就骑马回家了。当夕阳西下时，妹妹佛库伦才风风火火地赶回，见她拖回一只大黑熊，父亲和两个姐姐才一块石头落了地，高高兴兴地炖起熊掌汤来。

从此，乌拉特和佛库伦便常常私下幽会。谁想少年男女，情好殷殷，几月之后，佛库伦红潮无信，已是暗结珠胎。纸里包不住火，日久天长，她跟乌拉特的事已被两个姐姐看出来了。她们连哄带劝，佛库伦只好全盘招供。佛库伦的肚子一天一天地鼓起来，腰围渐粗，她怕父亲和母亲知道，每天愁肠百结，以泪洗面。恩库伦和飞库伦也替她着急。经过一番谋划，三姐妹编出了一个流传至今的偷吞仙果的神话。

说是有一天，三姐妹在布库里湖洗浴。一只灵鹊口衔红果从天上飞来，轻轻地把红果放在她们的衣服上就飞走了。三姐妹上岸后，大姐拿起红果看了又看，把它交给二姐，这二姐看了又看，也喜爱非常，又把它交给妹妹佛库伦。佛库伦看那红果，莹光灿灿，明润圆滑，放在鼻前一闻，香馥无比，便不禁张开玉口亲它一亲，哪成想那是一只灵巧的仙果，竟会自动钻入口里，滑溜溜跑进肚中。这佛库伦却不在意，倒把两个姐姐吓了一跳："妹妹，也不知中不中吃，是甜是苦，你怎么就吃了。"佛库伦说："我没想吃它，谁知它自己会动，竟跑到我的嘴里，还没等我咬它，就跑进我的肚里去了。"说完，微微一笑，招呼两个疑疑惑惑的姐姐穿衣，骑马回家。从那以后，佛库伦就身怀有孕，腰围渐粗。

这一篇神话编得天衣无缝，竟使干木尔两口子信以为真，认为女儿腹中的孩子是天生，固然贵不可言。又过了一段时间，佛库伦怀胎十月期满，孩子即将出生。

那天祥光普照，瑞气千条，忽然从山上飞来无数喜鹊，叽叽喳喳，聚在干木尔家。不一会儿，佛库伦腹中作痛，只听"呱呱"数声，生下一个男孩。这个男孩就是雍顺，因为是在布库里湖感孕而生，被称为布库里雍顺。佛库伦的父亲干木尔两口子以为无夫而孕，又是仙果，又是灵鹊，喜鹊，又是祥光、瑞气，以为是天物出世，欢喜异常。佛库伦生下布库里雍顺一年后，就悄悄地离开父母，找到乌拉特，二人双双失踪，不知归于何处。

欲知后事如何，且听下回分解。

布库里雍顺在外祖父干木尔的养育下渐渐长大了。八岁时，他的聪慧灵敏就超过平常儿童，他天生的神力，相貌英俊，颇有乃父之风。跟别的女真孩童一样，他跟着外祖父学习骑马射箭，使枪弄棒。到他十五六岁时，他能百步穿杨，百发百中。

这天，布库里雍顺带着一伙经常在一起的小朋友练习摆兵布阵。一位白胡子老爷爷上前夸道："别看孩子小，志向倒不小。"他接着跟布库里雍顺说："在布库里的下游，有一个三姓地方，总是打打杀杀的，等着你们去治乱呢！"老人说完竟飘然离去，布库里雍顺猛然想起母亲佛库伦曾跟他说的话："你是天生，总有一天要到一个叫三姓的地方治乱兴家！"想到这里，他决定到这三姓地方，去干一番事业。

怎么去呢？他便一天天在河边折柳树，说是要编一只柳船。终日编船，人们都笑他。有志者，事竟成，编了几月后，一只大柳船竟被他编成了。他把柳船放入水中，这柳船却在水中丝毫不漏。布库里雍顺非常高兴，就把柳船划到急流里。船在水中左右摆动，缓缓漂流，两岸观看的人都拍起手来。

正在欢笑的时候，突然狂风大作，波涛汹涌，那柳船箭一般射入水中，向下游飞去。布库里雍顺吓得大声喊叫，岸边的人也是心急如焚，怎奈风大水急，船行迅速，人们也是无可奈何。布库里雍顺已吓得昏倒在船上，不省人事，听由柳船飘向远方。不久，风平浪静，水流迟缓，船速也慢了下来。来到一处河湾，船停下了。

河湾的岸边上，一位头梳高髻手提红桶的女孩正要汲水。猛抬头，见有一只船停在河内，里面还躺着一个十七八岁的青年，很是吃惊。她连忙打上一桶水，走上岸来，想快些回去告诉父亲，但刚迈了几步，又掉头走回来。她是想到，这无缆的柳船，要是再起大风，又不知会被吹向何方，常听父亲说，"救人一命，胜造七级浮屠"，我今天救这男子一命，也是我的功德一件。于是打定了主意，走到岸边，看那船离岸还有几尺，凭她的手再长也是够不着的，忽然心生一计，就到河边一棵树上，折下一根树枝，向水里划着，那船便轻轻向身边移来。姑娘非常高兴，双手抓住船边，一纵身跳上船来。仔细一看那男子虽然两眼紧闭，但脸部轮廓俊美异常。姑娘不觉起了怜惜心肠，便抓住他的腰带，使尽平生力气，将他拖上岸来。

姑娘累的娇喘吁吁，歇了一歇，见这男子依然未醒，便坐下身子，把他的头枕在自己的腿上，再一次观察起他来。只见他额上还有点点汗滴，姑娘掏出手帕为他擦汗。这时，他面色转红，越发英气动人，真是眉清目秀，棱角分明。姑娘见了，不觉心中一热，偷眼一看，见四面无人，忍不住在他唇边甜蜜地吻了一下。布库里雍顺只觉得鼻内一阵异香，顿时从昏睡中清醒过来。

布库里雍顺见自己躺在一个陌生的女子怀里。这女孩活脱脱的美人形貌，那真是沉鱼落雁，闭月羞花，不禁又惊又喜，只是眼神不住地上下左右地看个不够。

那姑娘被看得羞涩万分，就想站起身来逃走，却不想裙子被他身体压住，竟是站立不起。布库里雍顺，见姑娘脸对着脸在自己面前羞成一朵红花，越发娇美得可爱，便忍不住向姑娘唇边还了一吻。

姑娘娇嗔地挪开他的身子："你是哪里来的野小子？为啥到我们这三姓地方来？"

布库里雍顺一跃而起："这里是三姓？"

姑娘点点头，他一把抓住姑娘的手："太好了，我就是要到三姓来！"

姑娘害羞地甩开他的手："你还没回答我的话呢？"

布库里雍顺说："我是布库山布里尔胡的人，我母亲是佛库伦，她吞吃仙果后生下了我。我叫布库里雍顺，今年十八岁了。因编柳船成功后在水中玩耍，不想被一场大风大浪，弄得我不省人事，飘到这里。"接着，他又说："好姑娘，你叫什么名字？是你救的我吗？你是怎么救的我？……"

"咯咯咯……"姑娘放出一串银铃般的笑声，"你是天生的吗？我叫白哩。以后我把一切都告诉你。你在这等一会儿，我去找父母来请你！"说完，姑娘又撒下一串银铃般的笑声，跑远了。

原来这白哩姑娘，是这三姓地方百里挑一的美人。父亲名叫情多哩。三姓本是百多户人家的小镇，有三姓大户互相不服，经常打打杀杀，因情多哩为人厚道，处事公正，三大姓的首领就推选他做寨主。

却说白哩姑娘回家走得匆忙，脸色发白，娇喘吁吁。父亲情多哩一向宠爱她，因在她出生后，她的母亲就一直病着，再未生育。情多哩就这么一个宝贝女儿，而且长的天仙一般，虽然二十岁了，由于没遇上般配的青年，至今还没有选定婆家。情多哩一见白哩的神情，就走上前关切地问她："你的脸咋这么神情，是被野牲口吓的么？"白哩定了定神说："女儿在河边汲水，忽然从河上坐船来了一个男人，说他是天生，我看他像个英雄，咱们村可没有这样的奇人。父亲，你快去河边，请他来家聚谈吧！"

情多哩连忙带人来到河边，见一位俊美青年在河边发怔。情多哩走到他身边，大声地问："小伙子，你就是那位天生的巴图鲁吗？"布库里雍顺见问话的老人仪表堂堂，赶忙恭敬地回答："我叫布库里雍顺，我没有父亲，母亲佛库伦吃下灵鹊衔来的红仙果，感孕有胎，十月后生下了我。我在布尔胡里生活至今，我的外祖父是干木尔。我因编柳船玩耍，不幸被风浪吹刮到贵地。"情多哩听了大喜，说："小伙子，原来你是天上送来的一位英雄，这是我们三姓地方的福气呀！快请到我家里去。"布库里雍顺说："刚才我见到一位白哩姑娘，老人家，她是你女儿吗？"情多哩说："正是小女！"布库里雍顺一听，赶忙跪下行礼："侄儿拜见伯父！"情多哩说："请起请起。"拉着他的手，一行人高高兴兴地回到村里。

听说情多哩家来了异人，村民们都来到家里一睹异人风采，一时间家里人员济济，热闹非凡。布库里雍顺又施展开伶牙俐齿，只听得人们乐而不返。情多哩也万分高兴，摆酒做饭，款待乡亲。从此，布库里雍顺就在情多哩家住了下来，人们见他与白哩双出双入，砍柴打猎，情融欢洽，都暗暗称赞真是美满的一对。情多哩对布库里雍顺也是十分的满意，但他不知这对青年的心思，有心把他们的婚事办了，又怕违拗了二人的心意。

这天，情多哩老人在山间闲游，停在一棵树下边吸烟，边想心事。这时从树后传来了轻轻的说话声。情多哩悄悄地往前走了几步，原来是布库里雍顺和白哩姑娘偎在一起，他搂着她的脖子，她握着他的手。他说："姐姐，我从见到你的时候，就被你的美貌吸引了，现在看你比那时更美，真叫我心里爱……"说到此，他把嘴凑近了她的耳朵，声音小的情多哩听不清，只见白哩姑娘面起红花，娇羞地说："我情愿跟你一辈子，永远不分离！"然后，两个人不约而同地亲了一个嘴。这一切被情多哩看在眼里，听到耳里，这心里一下子乐开了花，他笑得前仰后合，从树后走出，只吓得两人羞愧万分，低头不语。情多哩说："孩子们，不要害羞，你们的心思俺看明白了。你们的婚事，我是最满意的了。你们以后成了亲，我就是死了也放心了。"说完后哈哈大笑。白哩姑娘高兴地抱住了他的脖子，在他的脸上亲了一口："阿玛，你真好！"

却说情多哩高兴得回到家中，急忙换了衣服，到集市上买了些蔬菜回来，又到村中请来了十多个老头子。烫上烧酒，端上肉菜，一桌子的人就吃喝起来。酒过三巡，菜过五味，情多哩老人站起身来，他高举一杯酒，开口说道："女儿白哩，年已二十，至今未说定婆家。自从布库里雍顺来到村上，我就有心把小女嫁他。我看他们郎才女貌，很是般配。今天把大家请来，一来是请大家喝杯喜酒，二来是告禀各位一声，我要选择个黄道吉日，就让他们拜天地成亲，也了却我一桩心事。"这些老人家一听，齐声道好，陪他一起干了一杯。白哩姑娘一听自己要做新娘子，又羞又喜，就往屏后跑，正与在屏后偷听的布库里雍顺撞了个满怀，两人就势搂抱在一起，高兴得又蹦又跳。

话休繁絮。过了几天，情多哩广发请柬，备办酒席。只见附近乡邻，远道客人，贺喜的人把个偌大个院子挤拥得水泄不通，人们争相一睹一对新人的神采。不一会儿，一对新人被搀了出来。布库里雍顺头戴乌绒大帽，穿了一件黄缎长袍，天青马褂，绣着碗大团花，脸上乌眉俊目，更显得雄姿飘逸，英气逼人。白哩一身红袍，衣襟上绣满金色碎花，粉缎绣鞋，头上缀满珠翠，脸上略施脂粉，打扮得艳丽万分。他俩朝着正座一起跪下，拜过天地，父母，又夫妻对拜，喝了交杯酒。然后是开席畅饮，真是鱼肉果蔬应有尽有，众人举杯同贺，直吃到夕照衔山，尽欢而散。那布库里雍顺和白哩自然是同进洞房，共入罗帏，成了百年夫妻。从此，布库里雍顺就随了岳家姓爱新觉罗。

布库里雍顺被视为天生，一来到三姓地方，就受到人们的敬重。他与白哩结婚后的第二天，三姓的三个大姓家族的族长来到情多哩家，与情多哩商议，劝他把寨主之位让与女婿布库里雍顺，改寨主称贝勒，共同议定，公推布库里雍顺为贝勒。布库里雍顺初时不肯，后来推辞不过，就被拜为贝勒。他被推为贝勒后，恩威并举，管理有力，把个三姓地方治理得繁荣昌盛。白哩福晋也是持家有体，持内有条。不几年，布库里雍顺在三姓东部发现了鄂多里城，觉得三面临山，一面临水，地势险要。便重新加以修筑，建了贝勒府，大操场，瞭望台等，然后，把三姓居民都移居到鄂多里城，一时市井繁盛，人烟稠密，成了一个偌大的城池。布库里雍顺选民练兵，威严镇守，旁边的小部落都望风来归！有不服的部落，布库里雍顺就带兵马去杀他个落花流水，不得不归顺。因而鄂多里城是越来越繁荣强大，威名远扬。

　　欲知后事如何？且听下回分解。

第二回　怜英雄　白哩许芳心

　　　　洽三姓　雍顺开基业

却说雍顺在明朝的长城以外，东冲西杀，疆界日益扩大，人人慑服。过了许多年，布库里雍顺贝勒、白哩福晋相继去世，由小贝勒继位，一代一代相传不绝。到了明朝中叶，明朝边境把个长城以外地界胡乱划分为三卫，邵海西卫，朵颜卫，建州卫。这建州卫就是由鄂多里城发展而来，族众是女真遗族。却说雍顺之后有一代贝勒就有一番侵东掠西，致使周边地方恶感愈结愈深，同种寻仇，不相上下。

俗话说，富裕之家，三世而新。到了富尔察贝勒这一代，几乎把整个雍顺家业丧失殆尽。富尔察时，各族仇杀已甚，他仗着祖父的基业打打杀杀，扩充地盘，也播下了仇恨的种子。偏偏这富尔察又喜欢觅祖归宗，非要查出个天女遗迹，红果感孕的遗事。这天，富尔察便带领三百多兵马，顺河而上，来到布库里湖。那时由于各族争战，村屯间防范甚严。这支兵马刚到布里尔胡，只听呼哨一声，火镜乱发，箭似飞蝗，把这支人马打得是人仰马翻。富尔察赶紧叫人喊话，说是雍顺的孙子来认祖归宗。这不说还好，一提雍顺，这布里尔胡村人是"野种杂种"的骂声不绝，攻杀更甚。把个富尔察兵马杀得落花流水。富尔察带少数兵马赶紧逃走，又被布里尔胡人随后追杀。只剩富尔察单人独骑飞速逃跑，没想到又马失前蹄，陷入泥坑。富尔察眼见追兵已近，只好弃马步行，见前后有一古树，便藏在树旁。

富尔察刚藏到树旁，也是天不灭曹终是有救，正这时一只灵鹊落在他头上的树枝上，就吱吱喳喳叫个不住。这后面追兵一见灵鹊在上，定然不会藏人，便一哄而过，不久就打马返回。幸亏这灵鹊救得富尔察性命，保住这大清血脉。富尔察虽然没寻到天女遗迹，没寻到红果感孕故事，但有了这灵鹊救命一节，便对天女之事更是坚信不疑。

却说富尔察保住性命，赶回建州，没想到祸不单行，邻近部落早已打听到富尔察领兵远走，就借机赶到他的城池，把财产抢个精光，然后又一把火把城池烧个精光。可怜富尔察，堂堂一个贝勒一时间在建州卫的势力完全化为乌有。他幸好留得残生，躲到一个荒村僻壤，学那越王勾践故事，韬光养晦，直到他的孙子猛哥帖木儿出世，才敢东山再起，重新出头露面。

猛哥帖木儿贝勒自幼威武有力，又蒙富尔察精心教诲，从小他就立下重振爱新觉罗神威，收复以往失地的雄心大志。他重整旗鼓，东侵西掠，从前祖宗的仇人皆被他讨擒诱杀。只几年功夫，他的马队成为建州卫最强大的武装，真是一声呼哨，铁骑千群，声势浩大。

明朝的永乐皇帝，慑于猛哥帖木儿的声威，担心他们冒犯边界就敕封猛哥帖木儿为建州卫都督。这建州卫以后就从贝勒改为都督管辖，并世代承袭。这猛哥帖木儿是建州卫的第一代都督，也是载入清史的"肇祖原皇帝"。他死后，传位于福满；福满年老后，传位于董山，以后又传位于觉昌安。

这时，都督府已从鄂多里迁移到赫图阿拉城。这里原是一个座落在群山之中的小山寨，发源于长白山西麓的苏子河就在山寨下流过。依山傍水的自然环境，使赫图阿拉成为女真人渔猎、耕作的宝地。在福满做都督时已把赫图阿拉建成为一座坚固的城池，后又改名新京。

话说这觉昌安英雄无敌，一共弟兄六人。这兄弟六人因崇拜佛教，造了一座七级浮屠，叫做宁古塔。这座宁古塔，起造成功，金碧辉煌，高耸云端，日光照在塔顶，金光闪闪，彩焰千条，辐射一二百里，连这赫图阿拉城全在那佛光普照之中。佛经有云，起造宝塔，功德无量。因此六兄弟是声名远振，谁都知道宁古塔贝勒个个英雄，人人出众。附近村屯部落，都是望风归顺。只有西面的索色纳部落，因酋长有几个儿子，学得一点武艺，偏偏不服宁古塔贝勒的管辖。有一天，觉昌安的侄子纳屋齐格，领着兵马，把他打得一败涂地。从此，岭东苏克苏浒河以西的百里地方，统统归建州卫管辖。这且慢表。

觉昌安当建州卫都督时，有着强大的势力。他的五个儿子，个个勇武有力，武艺高强。他的大儿子名礼敦巴图鲁，二儿子名额尔衮，三儿子名界堪，四儿子名塔克世，五儿子名塔克篇古。五个儿子中数礼敦巴图鲁最为骁勇，在千军万马中取上将首级如探囊取物，附近的城池多为他收复。四儿子塔克世有勇有谋，善用谋略取胜于人。不久，明朝皇帝为了笼络建州女真，又封觉昌安为建州左卫都指挥使。

五位贝勒已有三位娶了福晋。大贝勒礼敦巴图鲁早生下一位格格，名叫爱金。这爱金虽然只是六七岁，却长得千娇百媚，不但她的父亲爱她，便是祖父觉昌安也视同掌上明珠，要替她攀门高亲，择个爱婿。

此时，满州已兴起了一门望族。这望族家住古埒山。这古埒山又叫作鼓楼山。山上筑了一座城，名古埒城，又叫作鼓楼村。单讲古埒山在浑河右岸，离沈阳县不远。这沈阳便是明朝边界，属苏辽总督管辖。历代明朝总兵都以不生事端为无上政策，所以古埒城主是前明边吏着意联系的一个对象。又因为明朝历来奉行以夷治夷的战略，见建州左卫都指挥使的势力渐大，就要设一个势均力敌的对手加以牵制。这古埒城主正好起这个作用。话说这城主被明朝封为都指挥，亦能行使建州。城主姓喜塔腊氏，名王杲，同那觉昌安位置相当，资格相似，年纪相仿。这王杲年将半百，膝下只有一双儿女。女年十六，尚未许配婆家。儿子才十岁，他生得眉清目秀，叫作阿泰章京。当时有替阿泰议婚的，王杲总以不门当户对而推辞。这王杲听说觉昌安有个孙女，名叫爱金，就托媒人为儿子提亲。

媒人是翻山越岭来到赫图阿拉城，觉昌安赶紧迎进都督府。媒人一提亲事，觉昌安连忙摇手说："不行不行！"媒人问："为什么不行？"觉昌安说："那王杲与我官阶平等，年纪相仿，比如我有女儿倒可以嫁给他的儿子，他有女儿也可以嫁给我的儿子。怎能将高就低，他的儿子做了我的孙婿？不妥不妥！"没等媒人回言，四贝勒塔克世在旁说道："阿玛，有啥不妥？人家愿俯就咱们，如果不答应，人家不是太没面子了吗？何况咱们受人家庇护已是不少。记得上年苏辽总督派人到咱赫图阿拉调查长白山的物产，索取一大批人参、东珠，还要咱们年年进贡，多亏王杲一句话，不就免了吗？他既愿意俯就咱们，咱们不正好反过来把他做泰山之靠吗？"当时大贝勒礼敦巴图鲁也站立一旁，故说道："这事四弟既以为可行，咱的女儿便由四弟做主是了。"觉昌安见他俩一唱一和，也就答应。当即修书一封，意即同意婚事，过几日由塔克世到古埒城送上聘礼。媒人持书信归去，报告王杲，王杲自是高兴万分。

几日后，塔克世带着聘礼，领着两名家兵，取路径投古埒城，来见都指挥王杲。哪知红鸾照命，喜事重重，青鸟传书，好音叠叠。塔克世今年一十八岁，生得一表人才，仪容出众。既晋见过王杲，当下交出庚贴，收聘回礼，算是完结正事。偏偏王杲要留塔克世盘桓两日，偏生这两日塔克世兴高采烈，要显他的武艺技能。客事稍闲，他就带了弓箭，骑了一匹黄骠骏马，趁这秋高气爽，疆丝一带，便转过山坡。

这古埒山是奇峰突兀，树木桠杈，鹰鸟排空，獐鹿逐地，是个很好的行猎所在。塔克世精神抖擞，瞄准空中一只孔雀抬弓搭箭，在欲发未发之际，箭未离弦，却见那只孔雀已是中箭下坠。他心中暗想，这是谁跟咱争这个彩头。他便将双膝一磕，那匹座下黄骠马仿佛腾云驾雾，直穿过去。这一穿不要紧，猛地从树丛中传来一声娇叱："谁个杂种……"塔克世赶紧勒住黄骠马，只见对面而来的一匹马走得过急，收束不稳，已是滚下山崖，从马上飞出一只花花绿绿的大蝴蝶被挂在前面的一棵树枝上。

那么真是一只大蝴蝶吗？非也。书中交待，这大蝴蝶原来就是王杲的女儿哈连。这哈连十六岁了，尚未订亲。她的母亲佟氏平日很疼爱她。她长得齐鬈丰颜明眸皓齿，很有点福相。所以佟氏常对王杲说："将来儿子的婚事你作主，女儿的婚事要我作主，非得个英年俊品，我是不会放手的。"如今，儿子阿泰章京同爱金格格做亲，巧的是塔克世前来王杲在客厅会客的时候，佟氏太太在屏后窥见。她见塔克世一副俊容，不由得心花怒放，恨不得把哈连立刻交与他。

妇人家的心理倒是爱才如命，等得客厅事毕，王杲回屋后，佟氏太太就笑嘻嘻提及此事。还是王杲有点分寸，连连摇头说："不行不行！"佟氏转笑为怒说："放着一个俊品不要，以后上哪找去？"王杲说："我非不知，但是我们儿子聘定他的侄女为妻。我的女儿又要嫁给他为妻，这辈份不合，岂不是胡闹吗？"佟氏说："各叙各亲，有何不可？"王杲听了，忙把袍袖一拂，不再理会，而且走开去了。这佟氏暗自生气，巧的是哈连姑娘过来问安。佟氏便说："妮子，你的婚姻，娘是做不了主了，算了算了！"哈连因自己婚事父母呕气，不能动问，心中也是闷闷不乐。

欲知后事如何，且听下回分解。

话说第二天，哈连姑娘想出个解闷方法。原来她平日熟习弓马，武艺超群，习惯于打猎。吃过午饭，她就花花绿绿地打扮起来，然后带着金背弓和雕翎箭，骑着一匹胭脂马，随同几个仆从，就从后花园跑了出来，直奔深山。她打马如飞，几个仆从被落得不见踪影。她转过一个山弯，却见一棵树枝上有一只孔雀，便拈弓搭箭，却偏偏孔雀惊觉，冲天而飞。好个哈连，边催动胭脂马紧紧追赶，边掣满弓弦，瞄了个准，一箭发出。只见孔雀一个筋斗从天上倒坠下来。这时，哈连就见对面树林中有人要争这个彩头，不禁怒从心头起，恶向胆边生，一声娇叱，打马飞驰，哪承想旁逸斜出的一棵树枝挂住了她的衣服，把她凭空悬在了那里。胭脂马收脚不住，滚下了山崖。对面的塔克世一愣，收住马缰之际，就见掉下山崖去的一匹马，而眼前飘起了一个花花绿绿的蝴蝶，再一细看，这大蝴蝶却是一个漂亮姑娘。那姑娘的身体飘飘悠悠，还在挣扎，看去非常危险。这遇险的姑娘正是哈连。救人要紧，塔克世纵身跃起，抱住哈连，一个轻纵，瞬间功夫摘下挂住的衣服，轻轻地落回马背之上。

塔克世俯首一看，怀中姑娘已是吓昏过去，一瞥之下，觉得怀中的姑娘美若天仙，便轻轻地跳下马，轻轻地坐在草地上，轻轻地把姑娘的头放在自己的腿上。过了一会儿，姑娘苏醒过来。这哈连姑娘苏醒过来，发现自己躺在一个俊美男孩的怀中，不觉得又羞又恨。她知道自己的救命恩人就是这个小伙子，想要挣脱这怀抱，又怕救命恩人不高兴，只好娇声问道："谢谢你救了我！你是谁？"塔克世把身世说了一遍，说得哈连又惊又喜。哈连虽然昨天听见了父母为自己婚事的争吵，却未见到塔克世，今日一见，真是个貌美的英雄，不觉间心中就生出几分爱意。塔克世也是一见钟情，听了哈连的叙说，更是万分倾心，真是郎才女貌，彼此有意。直到这时，哈连的仆从才追到这里。哈连就和塔克世一起回到古埒城。

纸里包不住火，尤其是二人的行迹，被那些仆从看个一清二楚。哈连姑娘平时受父亲宠爱，这回心里装满了对塔克世的情爱。姑娘一有心事，脸上自然是娇娇羞羞，被她的母亲看出眉目。一问之下，哈连就一五一十合盘托出。再说，塔克世回到古埒城见到王杲。王杲自然是重整佳肴，再设宴席。就餐之前，王杲对塔克世与哈连在山上的事情已听一个仆从报告过。但王杲不露声色，席间诱引塔克世说出一番大丈夫的宏图壮志，心下对塔克世甚是喜欢。

却说晚饭之后，佟氏见到王杲，就把哈连打猎遇险，被塔克世所救的故事，还有二人私订终身的事情，是一五一十全都说给了王杲。王杲已知此事，席间又听得塔克世一番宏论，对这门亲事已是同意，只是碍于前日所谓辈份的愚昧之见，不好自打耳光。佟氏旧话重提，见丈夫不再作声反对，就又说一番各自论亲，不必拘泥于辈份的道理，这王杲便就坡下驴，欣然同意了。佟氏说："你既然同意这门亲事，咱不如就把塔克世招赘咱家，赶紧把亲事办了。"王杲说："好，待我运作。"

这王杲连夜把塔克世找来，试他对哈连的情义。塔克世说："都指挥大人连日对在下盛情招待，已是感恩不尽。今日蒙您下问，在下更是心存感激。您家格格，金枝玉体，品貌一流，又有一身好武艺，在下是心中万分仰慕。"接着便把搭救哈连，彼此已蒙爱意，私订终身的经过叙说一遍。然后说："承蒙大人厚爱，在下愿与哈连结成连理，终生效鱼水欢，亲她爱她给她一生幸福，望大人成全。"这一番话说得王杲心花怒放。就马上修书一封给觉昌安，信中写了把哈连招赘塔克世之意，派人快马送去。觉昌安收信大喜，满口应承，修书回送。这样，几天后择个吉日，王杲就把哈连和塔克世的喜事，在古埒城办了。真是迷离两兔，原系同心，颠倒鸳鸯，可谓共命。蜜月以后，塔克世就携哈连回家。不消说得，觉昌安又是置办酒席，一番招待。

过不几年，大贝勒的女儿爱金长大成人，真是貌若天仙，一表人才，自然是履行婚约，被阿太章京吹吹打打娶去。这且不表。

单说塔克世与喜塔腊氏——哈连，恩恩爱爱过着甜蜜幸福的生活。塔克世由于富于谋略，长于征战，而且与附近部落的外交频繁，越加得到觉昌安的器重，威望日高，哈连性格温和，持家有方，劳碌不辍，和气待人，在家族中很有人气，颇受尊敬。

一天夜里，哈连梦见天眼大开，看见从天上飘来一朵五彩祥云，云上端坐一位披着野猪皮的仙人，到她面前。只见那仙人从彩云上飘然走到她的身边，对她说道："我乃天上北斗下凡，望你好自珍重！"说完，就化作一团白光，钻进她的腹中。不久，哈连就怀有身孕。

十月怀胎，一朝分娩。转眼到了哈连临产的日子。那天，红光满室，异香扑鼻，一道白光直冲北斗，不一会儿，一个男孩呱呱坠地。觉昌安一家是高兴万分。塔克世知道妻子梦见北斗的奇事，便对哈连说："你梦见的天神披着野猪皮，就让咱们的孩子叫野猪皮——努尔哈赤吧！"

说来也奇怪，努尔哈赤小的时候就与别的孩子不同。他长得凤眼大耳，面如冠玉，骨骼雄奇，身材高大，声音洪亮，过目不忘，博闻强记，虎箭龙引，举止威严。他，跟从母亲哈连学文，因哈连虽然生在满族之家，自幼就十分喜欢汉学，读了许多儒家书籍，这给了努尔哈赤很深的汉学影响。他跟从祖父觉昌安习武，觉昌安见他骨相奇特，知此子必成大器，便在武艺上多赐技艺。

不久，觉昌安由于年已老迈，大儿子礼敦巴图鲁，二儿子额尔衮也相继去世，便把建州左卫都指挥使的职位传给了四儿子塔克世。

话说前明在边关以外建设三卫，一为建州卫，二为海西卫，三为朵颜卫。所分设都督官制相同，职权相仿。单说这海西卫都督姓乌拉纳拉氏。名叫王台。这海西地方，位于长白山东方，与朝鲜国接壤。朝鲜是明朝属国，对明朝是极为恭顺，什么事都不敢自己作主。这哈达部也就跟朝鲜国一样，认为做的是明朝官，应该受明朝节制。不象爱新觉罗氏，雄心勃勃，大有统一中原之志。但没有大志的人，做事往往莽撞孟浪。王台由于包庇纵容部下胡作非为，引起众怒，弄得惹火烧身。哈达部族竟勾引忽拉温的野人围攻王台的都督府。王台是毫无准备，趁着黑夜率众逃走。逃到一处，这王台喘息稍定，是叫苦不迭。真是有家难奔，有国难投，正是走投无路。

王台有个女儿，名叫阿那。她生得明慧多知，年龄只有十九岁，还没有说定婆家。见父亲急的无计可施，她便说："父亲，咱们要想恢复家园，不如向建州卫借兵。听说觉昌安英雄盖世，他家五个贝勒以塔克世最为有名，如果能让建州卫发一支兵来，再由塔克世出马，包管马到成功，恢复我家地界。"王台听了，连连点头说："好个妮子，能替父分忧，想出这条计策，不错，不错！"随即写封急信，派个得力干将，星夜赶投赫图阿拉城，来见觉昌安。觉昌安拆信细看，看罢心想，这王台来求救，正好借机收服哈达，做我个左膀右臂。信中既然点名让塔克世去，不如就叫他带兵前去。想到这里，觉昌安说："快叫少都督过来！"不消一时，塔克世到了。

觉昌安就把信上言语和自己的心意跟塔克世说了，父子俩一拍即合。塔克世转身出府，点齐兵马立刻开拔。这满洲马队来如飘风，去如骤雨。找到王台，由王台带路杀回。满洲长于战阵厮杀，塔克世又擅于用计，只杀得哈达部落尸横遍野，大败而逃。王台受塔克世帮助收回家园，真是感激涕零，大摆宴席，犒劳友军。席间高谈畅饮，甚是愉悦。

酒过三巡，菜过五味。一番畅谈，王台更觉得塔克世英雄年少，气度不凡，便意欲以爱女阿那嫁他。王台有此心又不好启齿，就悄悄安排一位部下做媒。这部下跟塔克世一说，塔克世满口就允。满族婚俗向来一夫多妻，这事也是顺理成章，无可非议。王台派人快马传书，又征得觉昌安同意，就在海西卫大摆宴席，把塔克世和阿那结成夫妻。隔了几日，塔克世还师奏凯，用桃花骏马把阿那驮回。从此，塔克世两位福晋，家庭生活倒也其乐融融。此时，哈连已生过三个孩子，除努尔哈赤，还有二弟舒尔哈赤，三弟雅尔哈赤。不下三年，这阿那福晋也生下两个儿子，一个名叫巴雅赤，一个名叫穆尔哈赤，龙生龙种，凤育凤雏，真是爱新觉罗家族的福运。

在努尔哈赤十岁的时候，他的母亲哈连因病去世了。从此，不幸降临在兄弟三人的头上。

开始是阿那恃宠独尊，常常给努尔哈赤白眼。努尔哈赤自然是龙种难驯，就更是备受虐待。日久天长，塔克世也受阿那挑唆，对前妻生的儿子看不顺眼，非打即骂。只是偶尔到爷爷觉昌安面前，才能寻回一点亲人的温暖。

或许是偏狭自私，或许是女人多妒，二福晋阿那把兄弟三人视如眼中钉、肉中刺。她开始公开地嫌弃他们，甚至无缘无故地指责他们。惑于妇言，塔克世也不明视听，把种种不睦归咎于无辜的努尔哈赤。努尔哈赤生来不苟言笑，父亲的冷漠，使他更加勤奋地练武。他心中暗想，家中没有温暖，就到外面走走吧。

一天，努尔哈赤带着弓箭走进了山林。他准备打点猎物。刚进林子，他就看见许多人围在一棵大树下，努尔哈赤不知这是些什么人，在干什么，就走过去想看个究竟。

欲知后事如何，且听下回分解。

第四回　喜事连连　塔克世走马娶双妻

祥瑞重重　努尔哈赤横空出世

却说努尔哈赤走到树下，才知道是董鄂部的一个神箭手在表演武艺。对这个神箭手，他早有耳闻，便也要试试自己的射箭本领，与这个神箭手切磋箭技。那人站在百步开外，对柳树连发五箭，中三箭，且上下交错。努尔哈赤也连发五箭，不仅全中，且五箭环绕，形成一个圆环。围观的人掌声如雷，赞不绝口。

努尔哈赤谦虚地说："我这是偶然碰巧了。"说完，他走到那神箭手面前攀谈，探讨一些武艺方面的问题。那人见努尔哈赤箭技高超，又很谦虚，就问："小兄弟，你箭技过人，将来有何打算？"努尔哈赤笑了，说："我要做改天换地的大事。"那人说："要做大事，光靠射箭不行。"努尔哈赤告诉他，自己还会使枪弄刀和拳脚功夫。那人听了直摇头："你这本事做不了大事，充其量能当个将军。"努尔哈赤忙拉住那人的手，请他指教。那人说："古来做大事的人，不光是武艺超群，关键要掌握兵法和韬略，那就能一人统领天下，运筹帷幄，决胜千里。"努尔哈赤说："那么，跟谁能学到这些呢？"那人见他挚诚，就拉着他的手，指着远方说："老弟要想学本领，就到九鼎山也叫南集山，在离这一千里远的南方，看见大海就到了。"

听了那人的一番话，努尔哈赤连声感谢。他告别那人后，不想打猎了，转身就往家走，心里想着去找七星老人学艺的事。不觉间来到家门，一眼看到塔克世气呼呼坐在椅子上，二福晋阿那寒着脸，二弟舒尔哈赤和三弟雅尔哈赤跪在屋地上。见努尔哈赤进屋，塔克世指着他的鼻子吼道："死哪去了，才回来？"阿那也跟着挖苦说："两个弟弟偷吃，哥哥又心野乱跑，是嫌家里水浅，养不下他了。"塔克世大怒，对兄弟三人说："你们全给我滚，滚得远远的，我再也不要见到你们。"阿那也是吆五喝六："你父亲话说一句，快马一鞭，你们还不收拾东西走人！"努尔哈赤一气之下，拉起两个弟弟，走回自己住处收拾东西。

觉昌安听说塔克世把三兄弟赶出家门，知道是阿那挑拨，心里很不好受，又不好出面拦阻。转念一想，说不定他们在外面历练历练，会有大出息。觉昌安就偷偷地给了努尔哈赤一些银两，嘱咐一番，祖孙就分手告别了。

兄弟三人拿着各自的包裹，走出了家门。走了一天后，他们来到了一个三岔路口。三个孩子把祖父给的银两平分，大哭一场，然后各奔前程。这一年，努尔哈赤年方十五，舒尔哈赤年方十三，雅尔哈赤年方十一。

努尔哈赤沿着山路，向南行去，心想，我要去九鼎山，找七星老人学艺去！一天晚上，他在一家小店住下来。开店的是夫妇两人，男的脸上有火烧的疤痕，女的模样有点俏，都是四十岁左右。女店主看见努尔哈赤，说："小客官，你要吃点什么？"努尔哈赤说："随便吃点就休息，明天还要赶路！"不一会儿，女人端来了饭菜，努尔哈赤大嚼大咽一番。吃饱后，他把行李往床上一放，倒下就睡。朦胧中听见夫妇发生了争执，原来男的要杀努尔哈赤，妇人在劝他不要做傻事。努尔哈赤听出这是一家黑店，就悄悄地从后窗跳出去，趁着黑夜逃跑了。

天黑乎乎的，努尔哈赤稍微辨了一下方向。就顺着南边往山顶上爬去，山高林密，他已分不清路径。爬到山顶，往下一看黑黑的，像是树林，又像水池。他想，管他呢，走吧。便往前一迈步，哪知前面是个悬崖，他一脚踩空，掉了下去。幸好在崖半腰被一棵树枝弹了一下，掉到崖底摔得不重，但也昏了过去。

不知过了多久，他睁眼一看，有一位老人坐在他的身边正在喂他喝参汤，他赶紧坐起，向老人致谢。原来这是一位采药老人，孤身一人住在深山里。这天夜里，他听见有一个高大的人在山顶上喊救人，便从家门走出去来到了谷底，才发现了昏过去的努尔哈赤，等老人把努尔哈赤背回家中，那个喊救人的高大身影已经无影无踪。老人对这事觉得奇怪。不过只闪过一个念头就全心全意救护努尔哈赤了。

采药老人连忙让他躺下，问："你是从什么地方来的？"努尔哈赤听了，像见到爷爷一般的亲切，禁不住大哭起来，然后把自己的遭遇向老人诉说了一遍。采药老人听了，唏嘘不已，说："好孩子，你就在我这儿住一阵子，身体养好了再去九鼎山也不迟。"努尔哈赤就这样住下了。

努尔哈赤身体渐好后，就下地四处活动了。他发觉老人有很多书籍，还有一些古玩，而且老人谈吐不俗。他觉得老人决不是个等闲之人。他就主动和老人攀谈，并请教一些问题。时间长了，他了解到这采药老人原来是明朝的进士，曾在朝中做官，因看不惯官场的险恶和欺诈，才避居深山，不问世事。一天晚饭后，努尔哈赤一下子跪在老人面前说："老人家，我想求您教我学汉文。"老人把他扶起来，几天的相处，老人已经喜欢上他了，又想起山顶上喊救人却忽然不见了的人，觉得这个十五岁的少年身上有一种不凡的力量。老人说："只要你愿意学，老夫随时都可以教你。"以后，老人认真教他识字写字，还给他讲解中华民族的历史，从先秦到西汉，从李世民到朱元璋，使他增长了见闻，扩大了知识视野，丰富了阅历，坚定了战胜困难的信心。又过了一段时间，他就辞别老人，继续往九鼎山行进。

这一天，努尔哈赤来到了镜泊湖边，他刚要坐在湖边的石上歇息，忽然看见一位白发老人跌进湖里去了。努尔哈赤自幼就熟悉水性，他立即跳下水去，把老人救上岸来。老人从袖中掏出一捧豆粒，报答努尔哈赤的救命之恩。努尔哈赤很恭敬地说："老大爷，我救你并不是为了让你酬谢我，这豆粒你留着吧。"

可是老人家两手还是捧着豆粒不放，非给他不可，并一劲儿说豆粒儿不值钱，就算留个纪念吧。盛情难却啊，努尔哈赤就从老人的手里捏了一小捏，放在手里一看，不多不少正好七粒，顺手就放在衣兜里。然后告辞老人继续前行。

晚上，努尔哈赤要睡觉时，豆粒从衣袋里滚了出来，一下子把周围照得亮亮堂堂。他这才明白，原来这是夜明珠。他喜欢的不得了，从此就一直向南行去，闲时就从怀里掏出来看一看。

这天天黑时，努尔哈赤来到珲春城南，见河边有一些人正举着灯烛在淘金。这些人见到努尔哈赤通身放光，其中的一人就说："好兄弟，把你怀里放光的东西借给我们用用行吗？"

努尔哈赤看到夜明珠在黑夜里放出光亮，心里早就知道是宝物，舍不得把夜明珠借给别人，可是他见淘金的人很辛苦，就把夜明珠掏出来，交给了他们。人们把夜明珠放在一块平展展的大石上，就象七颗明星立刻放出异彩，把这儿照得通亮，淘金的人们十分高兴，一边淘金，一边唱起歌来。努尔哈赤也非常高兴，人们劝他回淘金人的营地去休息，他就往营房走去了。

半路上，有一个人拦住努尔哈赤的去路，说："你是得到夜明珠的那个人吗？"努尔哈赤说："正是。"

那人说："我出大价钱，把珠子卖给我吧。"

"你就是给我一座金山，我也不会把别人给我的纪念品卖了的！"努尔哈赤嫌那人啰嗦，转身就走。

那人又拦住他说："那让我看看，开开眼还不行吗？"努尔哈赤告诉他："珠子被我借给珲春城外的淘金人了。"那人才不再拦他，转身向河边跑去。努尔哈赤走了几步，一想恐怕要有事发生，就悄悄地跟在那人后面，要看个究竟。

要买珠子的那个人赶到河边，把夜明珠抢在手里说："努尔哈赤已把珠子卖给我了。"说罢就要离开。淘金的人不相信他的话，把他围住了，不放他走。这时努尔哈赤也赶到了。

努尔哈赤挤进人群，大喊一声："你好大的胆子，竟敢来骗珠子！"那个人抬头看见他，吓得一抖，七粒珠子掉在了地上。那人弯腰去拾，努尔哈赤上去一脚把珍珠踩在脚下。可是等努尔哈赤挪开脚，珍珠却不见了。人们怎么找，也没找到。那人可惜地说："努尔哈赤，你真没福呀！谁得了那七粒珍珠，谁就能当皇帝。"那人说完，就悻悻地走了。

那个人一走，淘金的人觉得很对不住努尔哈赤，就一齐动手，掘地寻起珍珠来。可是挖了三天三夜，把地挖了一个大坑，也没有挖出珍珠来。那坑挖得太深了，从地下冒出水来，就形成了今天的七星泡。

那么，珍珠哪里去了？原来，被努尔哈赤踩进脚心里去了，他自己还没觉察到。他因为急着寻师学艺，就跟淘金的人们告辞了。

欲知后事如何，且听下回分解。

第五回　努尔哈赤被救　学习汉文化

努尔哈赤救人　偶得夜明珠

努尔哈赤饥餐渴饮、晓行夜住，行有一月有余，才来到临近渤海的九鼎山。这九鼎山秀丽非常，有九座高峰兀然而立，山峰皆陡峭如削，山上树木参天，山中多泉多洞，风景奇美，确是仙家所居之地。

努尔哈赤一见，心中大喜，劲头大增，紧走几日，来到山脚，前面正好是一家饭庄。四个酒幌随风轻舞，从饭庄里飘出的饭菜香气分外诱人。努尔哈赤肚中正是十分饥饿，他便要走进饭店吃上一顿。

他正要走进店去，忽见店前躺着一位老乞丐，衣衫褴褛，邋里邋遢。努尔哈赤心生善意，从怀中掏出几个铜子，交到他手上，又扶起他来，说："老人家，这几个铜子不成敬意，您用它去饱饱地吃一顿吧！"那老者脸目虽脏秽，看不分明，但目光锐利，一抹长寿眉微微一动，面露些许微笑，说："小伙子，难得你如此善心。我已是病入膏肓的人了。不用管我，你去吃罢！"努尔哈赤说："不行，您就跟我一起来吧！"那老乞丐就不再客气，跟他走进饭庄。

一屋子客人，见努尔哈赤与老乞丐进来，有的掩鼻，有的皱眉，有的挥手说："去去去，要饭也不找个地方！"努尔哈赤和老乞丐全不理会，径直往里走，想找个空位坐下。这时，店小二过来，他把努尔哈赤也当成要饭的了，把手一拦："两个臭要饭的，我们这里没有剩饭搭兑你们，快滚吧！"努尔哈赤气上眉梢，道："你做的是买卖，我们吃完饭，给钱就是！"店小二见他相貌端正，声音洪亮，气质非凡，心想："人不可貌相"，便换了一副笑脸："好好好，里面请！"

努尔哈赤把老人让到上位，让他点菜。老人似乎好久没这么荣光了，眉开眼笑，伸出右手食指，口若涌泉，滔滔不绝，一口气点了十个菜，全是佳馔美珍，而且声音沉厚有力。这些菜不光努尔哈赤没听过，就连店小二也闹的瞠目结舌。愣了半天，店小二想："今天真是遇见高人了，明明是要饭的，怎么说出的话比财主还财主。"这店小二再不敢怠慢，陪着笑脸说："老人家，小店菜蔬粗鄙，没有您要的这些名贵菜，实在对不起的很！"老人说："那就拣你家最上等的酒菜端来，十菜一酒，不可少了一样！"店小二唯唯离去。

努尔哈赤把这一切看到眼里，心想这老乞丐绝非一般，但也看出事态发展于已不利。心想自己身上钱财无多，这顿饭恐怕吃不起。老者无钱付账，自己的钱不够付账，这可如何是好，不觉间就忧上眉间。老者星眸闪烁，早把他心事看在眼里，拍拍他肩膀："小伙子。不用担心，我自有妙计，你尽管吃喝就是了。"努尔哈赤心中犹疑，面上却不好意思地点点头。

不一会，店小二尽店里的材料，把十样菜端了上来，果然是鸡鱼肉菜一应俱全，又端来了店里唯一的竹叶青酒。老人见酒开怀，给努尔哈赤也满上一杯，然后自己手捧酒坛全当酒杯。一老一少，大口吃肉，大口喝酒。老人谈些风趣雅事，逗得努尔哈赤也是心情大悦，全然忘我。努尔哈赤起始还对老人怀有戒心，怕自己醉酒误事，再者还不明老者身份怀着小心，谁知相遇投缘，性情放开，便也与老者开怀对饮。然而他毕竟年幼，毕竟不胜酒力，几杯酒下肚便醉的人事不知了。

等努尔哈赤醒来，他发现自己睡在一个山洞里。那位老者已换了洁净的衣服，长眉善目，鹤发童颜，正坐在石桌前，就着一盏豆油灯，在研读着一本古籍。

努尔哈赤已完全清醒过来，不敢打搅老人，只是眼睛往洞内不住观看。只见洞内装饰十分简朴，自己睡的是石床，却温暖如炕。洞中，除石桌外，有三个石椅，老人坐在一个石椅上。靠洞里石床旁有一个石箱，想必是老人装衣物的。墙上挂些木刀木剑之类，十八般兵器应有尽有。他正在好奇观看，只听老者说了一声："小伙子，睡好了。"

努尔哈赤赶紧起身，跪在地上："老人家，您是世外高人，我年幼无知，打扰您了！"

老者放下书，扶起努尔哈赤："孩子，你快快起来说话！"

努尔哈赤站起来，但眼中抹不去无尽的疑团，老者已看出他的心思，便道："昨天有缘聚饮，不想你醉得一塌糊涂，本老人家又大喝大嚼一气，便背你回来了！"

"那么多的饭钱？……"

"无需担心，本老人家还能没钱吗？"

努尔哈赤自然相信，但他还是迟疑地问："那，您为何作乞丐打扮？"

老者先是哈哈大笑，然后收敛笑容说："那天，我掐指一算，将有能人来到。我想试试你的品行，便故意化为老丐，躺在饭庄前。一试之下，知你心地仁厚，真是令本老人家心中甚慰呀！"

努尔哈赤心想，原来昨天的一切，竟是老者布的一个局。看来这人就是七星老人无疑了。但他不想冒然相问，便委婉地说："刚才您说将有能人到来，我不明何意？这暂且不说，我想请教一事，就是这九鼎山可有一位名叫七星老人的世外高人吗？"

老者是心中雪亮，心想："这小子真是鬼精灵！"他又是一阵大笑，然后说："实不相瞒，七星老人就是在下，但，并不是世外高人，都是以讹传讹罢了。其实，我说的能人就是你呀！"

努尔哈赤半信半疑，又问："您怎么知道我要来拜师学艺呢？"

老者微微一笑，说："那天我做了一梦，见一仙人说：'北斗七星临凡，正应你们七星师徒之数，望善待之！'所以心中已知此事。你叫努尔哈赤吧？孩子！"

努尔哈赤万分惊疑，连忙二番跪地，口称："师傅在上，受徒儿一拜！"

七星老人赶紧上前："徒儿请起！"接着又道："孩子，目前天下纷争，女真不可久居人下，你应天顺人，将来必有一番作为！"

努尔哈赤说："弟子谨遵师命，一定好好学艺，不负所望！"

从此，努尔哈赤就师从于七星老人三年，大到治国强兵，小到拳脚棍棒，无所不教，无所不学。

三年后，七星老人见努尔哈赤已学有所成，文武兼备，智勇双全，便想放飞爱徒，让其下山成就功业。这天，师徒二人张罗了一桌好酒好菜，畅饮一番，把话说开，然后是依依难舍，洒泪而别。

努尔哈赤下山壮返，归心似箭。一晃儿三年了，他的心思又飞回赫图阿拉。父亲塔克世虽然听信阿那挑拨，但毕竟是生身父亲，努尔哈赤很想念他。更令努尔哈赤想念的是祖父觉昌安。老人该有七十岁了，每当被阿那辱骂、被父亲打骂，总是祖父保护自己。特别是兄弟三人离家的时候，老祖父送银子作盘缠，这大恩大德怎能忘怀？还有，两个弟弟也不知怎么样了？

在采云山下，努尔哈赤结识了女真大汉额亦都，家住叶赫部。额亦都的父母被仇人所杀，九岁时从师于长白山的一位老人。现在老人已去世，他要返回叶赫，报仇雪恨，额亦都性情刚毅，嫉恶如仇，侠骨柔肠，努尔哈赤一见就喜欢上他了。采云山上，两人结成八拜之交，努尔哈赤十八岁为兄，额亦都十七岁为弟。二人相约，三年后再聚，同兴大业。然后是洒泪而别。

努尔哈赤一路壮行。

在抚顺关铁刹山上，努尔哈赤看见一只老虎，张牙舞爪正要扑向一位老人。努尔哈赤不敢怠慢，一手托弓，一手托箭，说声"着"，一箭射去，早把老虎射翻在地。努尔哈赤便像武松似的骑在老虎身上，一顿拳脚打死了老虎。

这老人被救，赶忙上前感谢不迭。原来抚顺关有一座佟家庄园，这被救的老人正是庄园的主人。这老人名叫佟万顺，抚顺市上的人都称他"佟太爷"。

却说佟太爷走上前来，向努尔哈赤拱了拱手："谢壮士救命之恩！"

努尔哈赤连忙客气地说："举手之劳，不算什么的。老爷爷，您是怎么来到山上的，这多危险呀！"

佟太爷说："我已年过古稀，老伴早已故去，生有两个儿子五个姑娘。我这人命苦呀，大儿子新婚不久去打猎不幸摔死了，大儿媳也自尽了，二儿子娶了妻子兀娅，生下个女儿名叫春娅娜。可我这二儿子也是短命人，被蛇咬了，不久也死了。我的五个姑娘也已出嫁。现在家里就剩下我这个糟老头子、儿媳妇和孙女了。这不，今天是清明节，我寻思上山给儿子烧点纸，就碰上老虎了，幸亏遇到你呀，要不早就没命了。"

努尔哈赤说："老人家，不需说提！"

佟太爷又问："小伙子，你不是本地人吧？为什么也来铁刹山呢？"

努尔哈赤就把自己的身世和经历一五一十全告诉了老人家。

老人说："你也是个苦命的孩子呀！这样吧，天也晚了，你先到我家里去，我要好好谢谢你！"

努尔哈赤随着佟太爷，扛着老虎走进了佟家庄园。庄园里的长工纷纷称奇："这人莫非是神人，能打死老虎，那是当今的武松呀！"

佟太爷的儿媳妇兀娅出来迎接，佟太爷说："要不是这个努尔哈赤打死老虎，恐怕你就见不到我了。"

兀娅就到努尔哈赤面前道个万福："壮士受我一拜，您救了我公公，就是我们全庄园的大恩人。"

努尔哈赤扶兀娅坐下，说："大妈，这不算什么的。"

大家正在说话，从门外走进一个十八九岁的少女，口里说着："让我看看打虎英雄！"她身着旗袍，乌发高髻，面如白玉，弯眉杏眼，瞧上去分外俊美。努尔哈赤心想，我长这么大，头回见到这般好看的姑娘。

这少女就是佟太爷的孙女春娅娜。这春娅娜一看，努尔哈赤身材高大，高鼻阔嘴，浓眉俊目，不由心生敬意，说道："努尔哈赤大哥，谢谢你救了我爷爷！"说完，深施一礼。

努尔哈赤微微一笑，不好意思地说："这不算什么。"

春娅娜看了努尔哈赤一眼，嫣然一笑，然后转头对佟太爷说："爷爷，应该摆酒设宴，对努尔哈赤大哥表示欢迎。"

佟太爷立即应允："孙女说得对！"

不一会儿，一桌酒席摆上了。

欲知后事如何，且听下回分解。

却说佟太爷为报救命之恩,特意摆席致谢。努尔哈赤也不推辞,便与佟太爷一家人畅饮起来。

席间,兀娅问道:"壮士,你今年多大?"

"十九岁了。"努尔哈赤说。

春娅娜说:"原来大我一岁呀!"说完一伸舌头,脸一下子红了。

佟太爷说:"你学了一身武艺,是想回家吗?"

努尔哈赤本来就是想回家的,如今见问,就说:"我是想回家,但后母不欢迎我回去,我想到别处找点事做。"

春娅娜赶紧说:"大哥不要走,我们这里就是你的家。"

佟太爷和兀娅也说:"对,你就留下来吧!"

这样,努尔哈赤不再推辞,就在佟家庄园住下来了。

佟家把努尔哈赤当成高贵的客人,每天热情款待。春娅娜后来与他熟悉了,便主动去找他,两人在一起有说有笑的。

佟太爷和兀娅把这一切看在眼里,便有心把春娅娜许配给努尔哈赤。

这天,春娅娜征得爷爷和母亲的同意,跟努尔哈赤一起上山打猎,那天艳阳高照,春气盎然。他们一人骑一匹高头大马,打马如飞,直奔铁刹山而去。春娅娜穿了一身红衣,骑了一头白马;努尔哈赤一身白装,骑了一匹红马。这二人走在路上是心情愉悦,边走边说笑。不觉间来到铁刹山上。

忽见前面有一只小兔,春娅娜抬弓搭箭,刚要射去,却见小兔倒地死去。春娅娜好奇地抬起兔子,没发现它中了什么器械,身上也没发现伤口,再一细看,兔子身后红了一块,知是被石块打中而死。她撒目四处观瞧,没发现其他的猎人。

这时努尔哈赤走上前来,说:"你在想什么呢?"

"这是谁把它打死的呢?"

"不是你射死的吗?"

"不是……原来是你用石块打的。"春娅娜忽然醒悟过来,掣出小拳头捶打着努尔哈赤宽阔的胸膛，"你坏，你坏……"

努尔哈赤憨厚地笑着，顺势把春娅娜搂在怀里。两人的心都扑通通一阵紧跳，接着，他们就顺势滚进了一片草丛里。一对钟情的青年成就了好事。

太阳快要落山时，努尔哈赤和春娅娜回到了山庄，佟太爷见他们猎回了许多的野兔和山鸡，高兴地说："这回够吃许多天了！哈哈哈。"老人是捋着长须放声大笑。

兀娅高兴地问："都是谁打的呀？"

努尔哈赤抱拳说："都是春娅娜姑娘打的。"

春娅娜说："哪里，都是努尔哈赤大哥打的。"

看见二人互相维护，佟太爷和兀娅相视一笑。

晚饭后，佟太爷把努尔哈赤叫到自己的卧室，努尔哈赤因白天的事已被老人知道了，心里有些忐忑不安。

佟太爷慈爱地望着努尔哈赤，说："孩子，告诉爷爷，喜欢春娅娜吗？"

努尔哈赤羞红了脸，使劲地点点头。

"那好。明天，我就派人给觉昌安和塔克世两位都督捎封信去，信函的内容就是征求你祖父和父亲对这一婚事的意见。若是两位都督同意，咱们近日就把婚事办了。你正好不愿回家，就招赘在我家。我老了，也正好有个依靠。"

努尔哈赤说："老人家放心，就是我家不同意这门亲事，我也会像您的孙子一样好好地照顾您！"

却说老少都督接到佟太爷求亲的信函，真是高兴万分。一来是分别多年的骨肉有了消息，二来是抚顺关有名的富户主动求亲。对这门亲事更是十二分的满意。觉昌安就亲自写了回信，交给一名手下，随同佟太爷派的人来到佟家山庄答礼。这事就算定了下来。

过了几日，佟太爷早早领人骑了牲口，到抚顺市上办了些喜物，又叫人杀了牛羊猪鸡，择定了吉日，广发喜帖。到了吉日那天，锣鼓喧天，贺客盈门。佟太爷富甲一方，又乐善好施，结交甚广，如今他招孙婿，谁能不来庆贺。

这天，春娅娜打扮得分外艳丽，她身披天蓝色纱巾，雪白的婚纱掠地，脸上蛾眉浅笑，凤目含春，给人一种宛如临凡仙女的感觉。乌黑的长发在头上挽成云鬓飞髻，面带娇羞，漾着幸福的微笑。努尔哈赤也是盛妆打扮，浓眉俊目，神采飞扬。二人先在院子里拜了天地，再到屋里拜祖宗拜长辈，然后夫妻对拜，喝了合卺酒，就被送进洞房，你恩我爱，成了夫妻。努尔哈赤人赘佟家后，一心一意帮助佟太爷料理内务和外务，日子过得祥祥和和。

却说明朝总兵名叫李成梁，有些好大喜功。他有五个儿子，长名李如松，次名李如柏，三名李如桢，四名李如桂，五名李如栋，被称为李家五虎，都是英勇出众，才略过人。五只猛虎踞守边关，想要立些劳功。父子五人一商量，要立军功，只有破坏满洲的团结了。

在万历初年，势力逐渐起来的王杲，自以为羽翼丰满了，加上又有与觉昌安家的姻亲关系，便要跟明朝对抗。他不顾明朝边疆的禁令，经常领着部下扰乱边境。李成梁多次撞见王杲，意欲劝他少生事端，息事宁人，但王杲不听，一意孤行。

李成梁知觉昌安跟王杲是亲家，就召见觉昌安，让他去做王杲的工作，但王杲傲慢自大，目空一切，对明朝边界的骚扰变本加厉，不把觉昌安的话当一回事。觉昌安担心李成梁不会善罢甘休，将对王杲不利，王杲却满不在乎。觉昌安在李成梁和王杲之间左右为难，但还是姻亲为上，亲近王杲的。

王杲不仅扰边，而且残暴淫乱，专门祸害处女，谁家婚嫁迎娶，必须让他享受"初夜权"，而且一不如意就把新娘杀死或是让士兵轮奸。这等恶行，致使怨声载道。觉昌安多次规劝他改邪归正，但王杲置若罔闻，一意孤行。

百姓们不甘屈辱，见塔克世都督管不了王杲，就找明朝抚顺总兵李成梁告状。李成梁心想，机会来了，正好让我设一妙计，用"以夷治夷"这策除去王杲。

那时女真中势力较强大的，除了觉昌安和王杲外，还有海西哈达部的王台。王台想发展自己的势力，一味巴结李成梁，三天两头到总兵俯去，送来贵重的东珠、皮革等礼物，因而甚得李成梁欢心。李成梁就让王台捕杀王杲。

王台甘为李成梁驱遣，就派使者去见王杲。使者见到王杲，说："李成梁恨你扰边，要派兵攻你，你虽强大，怎么能跟更强大的明朝抗衡呢？"王杲说："我可以招兵买马。"使者说："明朝大兵就要攻到，招兵买马还来得及吗？"王杲说："那我就联合女真各部共同对付明朝。"使者说："这就对了。我家都督王台，知你跟觉昌安有亲，想来建州部一定会帮你。我们王台都督说了，在共同对付明朝方面愿意跟你联合起来，不知你意下如何呀？"王杲听了，大喜道："正合吾意！"使者说："那么说你是同意了。那好，我们王台都督正有妙计与你相商！"王杲说："好，我这就跟你去哈达府！"说罢，王杲就跟那使者一起骑马来到哈达府。

在哈达府前，王台亲自下阶来迎，一番寒暄之后，王台和王杲相迎走进大厅。只见大厅之上，已摆了数桌酒席。二人来到前排的一个桌边坐下。这时，王台站起身来说："弟兄们，今天建州卫指挥光临寒舍，真是蓬荜生辉呀。来，为欢迎王指挥的到来喝一杯！"王杲完全沉浸在两部合作的愉悦之中，没想到三杯酒后，王台忽地变脸："王杲，你知罪吗？"王杲一听，一下子怔住了！"我何罪之有？"王台说："你罪大恶极！"说完，把一只酒杯摔得粉碎。随着酒杯碎裂的声音，几名大汉从账后冲出，扭住王杲，把他五花大绑。王台说："王杲，我奉抚顺李总兵之命来擒你，你还有何话说？"直到此时，王杲才知上当，他是跺脚大骂："王台，你这女真的叛徒、败类！"王台哈哈大笑了一阵，说："怪你有眼无珠！"然后一挥手，"把王杲押下去！兄弟们，继续喝酒！"

第二天，王台把王杲带到李成梁面前。李成梁拍着王台的肩膀说："好兄弟，我一定奏明皇帝，为你请功。"王台说："谢总兵大人！"王杲看见"呸"了一口。李成梁说："王杲，我三番五次劝慰你，你却一意孤行，今天的事是你咎由自取！"王杲一听，说："哼，随你们便，杀了我，你们会后悔的。"李成梁说："等着瞧吧！"过了一日，李成梁就把王杲打入监车，亲自押送北京。后来，皇帝宣旨将王杲于北京菜市口斩首示众。哈达部王台因诱杀王杲有功，经李成梁写表申奏朝廷，被皇帝封为龙虎将军。

觉昌安、塔克世听说王杲被杀，十分痛心，又十分气愤，但又不敢起兵反对李成梁，不过心中不免怀恨。为了笼络建州，李成梁把王杲的属地全交给觉昌安、塔克世管理。见塔克世勇略有为，而且效忠明朝，就表奏朝廷，由皇帝下旨正式任命他继承其父觉昌安的都督职位。

塔克世继任建州都督后，悉心治理建州，要成就一番功业。每天早出晚归，除了处理政务，还非常注重演习武艺，训练队伍。

却说努尔哈赤结婚后，小两口举案齐眉，相敬如宾，日子过的像火炭般红火。

佟太爷见春娅娜小两口恩恩爱爱，非常高兴。兀娅见女儿有个好归宿，平时笑得合不拢嘴。

佟太爷早年读过《三国》、《水浒》等小说，闲来无事，他就把这些故事讲给努尔哈赤和春娅娜听，努尔哈赤一下子被书中的人物吸引住了，春娅娜对这些故事更是百听不厌。这小两口一有空就缠着佟太爷讲故事。后来，佟太爷见他们真是喜欢这些英雄，就把家藏的《三国》和《水浒》送给了他们。努尔哈赤和春娅娜如获至宝，他们开始是读故事，后来就变成研究谋略和战阵了。这两部书，可以说是努尔哈赤的兵书，他还把它跟师傅七星老人传授的治国布兵之道结合起来，使自己在后来成为杰出的军事指挥家。

一年后，佟太爷和兀娅先后去世，这个佟家庄园，就由努尔哈赤独自掌管。

一天，努尔哈赤对春娅娜说："好男儿应建功立业。"春娅娜听了，问："你要求前程，就放心大胆去做，我会全力支持你的。"夫妻就商量出一个计划。次日早上，努尔哈赤让管家去找来工匠，在庄园外面，他对工匠说："我想把这庄园扩大一倍。"说完，他把自己设计的图纸交给了工匠，二人一起勘察了庄园周围。

欲知后事如何，且听下回分解。

第七回　情投意合　春娅娜喜配英雄
　　　　『以夷治夷』李成梁计赚王杲

却说努尔哈赤跟工匠一起勘察庄园后，过了两天，庄园扩建工程就开工了，努尔哈赤天天在工地监督施工。

努尔哈赤觉得有些力不从心，需要人才，特别是助手。他想到了额亦都，就写一封信，派人前往嘉木湖寨，嘱咐他一定要亲自交到额亦都手里，并一定要把额亦都带来。送信人走后，努尔哈赤想，当初约定三年见面，如今已经是时候了，额亦都见信一定会来的。

一天，守门的侍卫报告说："有一个名叫洛寒的人求见。"春娅娜未待努尔哈赤开口，急着说："快请他进来。"她告诉努尔哈赤，这人的爷爷和父亲都是庄园的老管家，佟太爷曾写信让洛寒来。

这时，洛寒进了屋子，流着泪对春娅娜说："我来晚了，未能见佟爷爷最后一面。"春娅娜也落泪了："老人年事已高，再说生死无常呀！"洛寒又走到努尔哈赤面前，施了一礼，说道："小弟见过姑爷。"努尔哈赤说："不必拘礼，都是一家人，以后叫我大哥就行了。"春娅娜对努尔哈赤说："你不是正缺助手吗？小弟很能干，就让他跟着你吧！"努尔哈赤高兴地点点头。

原来洛寒姓陆，父亲叫陆家鼎。其父经商有道，又善于理财，被佟太爷邀来做管家。佟太爷的二儿子被蛇咬伤抬回庄园，陆家鼎用嘴吸蛇毒，不想亦中毒，两人相继不治而亡。洛寒母亲因思念故土——北京，领着洛寒离开庄园。洛寒在庄园住了十多年，与春娅娜处得很好，像亲姐弟一般。后来，佟太爷听说洛寒的母亲去世了，便捎信让洛寒来庄园居住。这次就是按信上要求来的。洛寒是认了兀娅干妈后改的名字，他的原名叫陆寒。他曾教过春娅娜汉文。

洛寒成了努尔哈赤的助手后，使庄园的工程进度明显加快，在庄园四周建了一丈五尺高的围墙，在庄园南建了能并排跑五匹马的大门。围墙四角，还建了带有瞭望孔的城垛。围墙外，挖了五丈宽两丈深的护城河，河里植荷，养有金鱼。河与墙之间的空地种有各种果树，在河外种了杨柳树，形成了一道绿色屏障。河上设了吊桥，距桥二百米外，还建了一千多平方的练兵场。

努尔哈赤在工程即将完工时，带着洛寒查看工程完成情况。洛寒提

032

议把铁刹山的水引入护城河，让死水变活水。努尔哈赤受启发，又决定在城墙四角留水口，以便灌溉庄园里的农田。为防河里金鱼逃掉，在水口上装了丝网。

这些办完，努尔哈赤决定让洛寒领着操练护庄队，洛寒曾学过拳脚，就高兴地答应了。

正这时，从广场那边走来了额亦都，努尔哈赤飞跑着迎上前去，两个久别的兄弟高兴地拥抱在一起。

洛寒和额亦都的到来，使努尔哈赤如虎添翼，他跟春娅娜说："我还要接纳更多的人才，还要招兵买马，非要干出一番宏伟大业不可。"春娅娜说："我支持你，好男儿不该久居人下。"

一天，努尔哈赤跟额亦都和洛寒说："两位好兄弟，佟家庄园地处偏僻的山林地区，对屯兵积粮很有利，咱们不能总受人摆布。"

洛寒和额亦都说："大哥说得对！"

努尔哈赤接着说："当今明朝的皇帝昏昧不堪，官吏腐败无能，百姓怨气冲天，就连我们女真族都如同一盘散沙。我们应该团结女真各部，像陈胜那样揭竿而起！"

额亦都说："大哥，我拥护你当我们的头领！"

洛寒也说："我也拥护大哥，不过要从长计议，谨慎从事。"

努尔哈赤说："当年刘备、宋江也是慢慢拼出来的，咱们要揽招天下贤才，搞好团结，没有办不成的大事！"

过了几天，努尔哈赤为额亦都办了婚事，娶莫愁姑娘为妻。

扩建庄园等又花去了大批银两，努尔哈赤担心今后的资金，因而回到家里也是愁眉紧锁。春娅娜见了，问："你想什么呢？"努尔哈赤说："这些天花了很多银两，这些钱你是怎么筹措的？"春娅娜说："这都是庄园以前的积蓄。"努尔哈赤说："那现在还有多少？"春娅娜说："也就是二三千两了。"努尔哈赤说："这钱不够了。我想收购点猎物，然后到沈阳去换些银两回来。"春娅娜笑了："不用，我还有私房钱呢！"努尔哈赤忙说："不行，哪能用你的私房钱呢？"春娅娜说："我的钱有上万两银子呢，你要干什么事业尽管去做，我会全力支持你的！"努尔哈赤高兴地把她拥到怀里。

洛寒接受组建护卫队的任务后，不几天就选出了22名护庄队员。他每天都在练兵场上练队形，教他们拳脚。后来训练的差不多了，洛寒就给他们分了工。这些队员中有两人特别出色，都长得魁梧高大，一个名叫孕拉，一个名叫希沙，都是当年佟太爷收养的孤儿。洛寒就让二人做护庄队的正副队长。他们选出管理大门、负责升降吊桥的两人；选出暗探两人，专门探听抚顺、沈阳的消息，及时向努尔哈赤汇报；每个城垛由两人放哨，日夜轮班；其余人员随叫随到。两个队长日夜去围墙上巡查。这样，佟家庄园壁垒森严，警戒工作做得非常严密。洛寒由于干得出色，越加得到努尔哈赤的器重，不久，努尔哈赤知道他会蒙古文，又派他到蒙古科尔沁部落去买马。

每年的五月五日至十日，是佟家庄园的赛会，在赛会上，要举行赛马、射箭、摔跤比赛，还要举行打擂活动。每逢这时，数十里方圆的青年男女都要聚集到佟家庄园的广场上，彩旗飘飘，锣鼓声声，是一番你争我夺的角逐，也是一番友谊的交流。

今年的赛会，经努尔哈赤和额亦都商量，要通过竞赛活动，广交天下豪杰，扩大庄园的影响和声望。努尔哈赤负责并组织射箭活动，额亦都负责组织打擂的比赛活动，春娅娜和孕拉、希沙等人负责后勤、搭高台，扎彩棚，忙得不亦乐乎。洛寒作为管家，负责各种物品的采购，他是商人出身，自然把这一活动，当作营商的一次绝好机会。佟家庄园的盛会，已拉开了帷幕。

比武中，安费扬古等人表现出色，他们武艺超群，深得努尔哈赤青睐。努尔哈赤大摆酒宴，为众人夺魁庆功。在酒宴上，他们倾吐了复兴和统一女真的共同愿望。努尔哈赤说出了要举大业急缺人才的遗憾。安费扬古说："明天打擂，我们可以假装败阵，引出更多的英雄！"努尔哈赤连说："好好！"额亦都也说："就我所知，台下还有扈尔汗等英武豪杰，他们忠厚老实，而且武功高强。"努尔哈赤说："好，明天让他们都能站出来，让我们都能结成好兄弟！"果然，第二天，扈尔汗在比武中夺冠。这些人后来都成为努尔哈赤开疆扩土、建国称帝的功臣。

却说努尔哈赤从十几岁离开赫图阿拉，一晃十几年过去了，非常想念自己的祖父觉昌安。据探马回报，觉昌安也是十分想念几个孙子。这天，他让仆人送信给爷爷，说过几天要回去看望他老人家。

这天，春光明媚，百花盛开，努尔哈赤和春娅娜一人一骑，回到了久别的故乡。这下可乐坏了满头白发的觉昌安，老人望着已经长得英俊潇洒的努尔哈赤和俊美贤惠的孙媳春娅娜，高兴地流下了泪水。塔克世毕竟是父亲，今见大儿子回来，也是万分激动，拉着努尔哈赤的手，半天舍不得放开。努尔哈赤心中早已原谅了父亲，望着他那灰白的头发，眼中已盈满了泪水。他跪在爷爷和父亲面前："孩儿不孝，让二位老人家挂心了。"觉昌安说："好孩子，起来，起来！这十来年的历练，你已成长为一个威武强悍的巴图鲁，爷爷高兴还来不及呢！"塔克世也说："孩子，你小时候，爸爸待你不好，还忌恨爸爸吗？"努尔哈赤放声大哭："孩儿想死你们了！"春娅娜望着这一场面，心里也是感动极了。不一会儿，后母阿那过来，她想起以前对努尔哈赤的虐待，又羞又愧地说："孩子，都怪妈妈，让你离开这么些年！"努尔哈赤说："妈妈，不怪你，这都是命呀！"然后赶紧招呼春娅娜："快过来，见过各位亲人！"春娅娜赶紧见过祖父、父母行礼致安。这一家人当晚是大摆宴席，洽谈欢饮，吃了一顿真正的团圆饭。

当晚，努尔哈赤安置春娅娜与后母同睡，自己便与爷爷觉昌安一起睡。祖孙二人原就最为亲近，努尔哈赤便跟爷爷谈了要与明朝对抗、统一女真，然后再统一中原的宏大志向，听得觉昌安满脸是笑。觉昌安说："孩子，这正是爷爷的希望。"接着，觉昌安说："孩子，要想成大事，必须要有自己的兵马，你现今在佟家庄园已创下了一个基业。这很好，但兵马少一些。这样吧，李成梁手下有千军万马，你不妨听爷爷给你设一个计策。"努尔哈赤赶忙说："愿听爷爷赐教！"

觉昌安说："李成梁当着辽东的总兵有千军万马，你到他的手下当个军士，然后再混它个指挥使什么的，不就可以有兵了吗？"努尔哈赤高兴地说："对呀！"觉昌安说："你在佟家庄园大设赛会广招英雄的事，我想李成梁一定知晓，你就静观其变，回庄园后等着他召见你的消息吧！"努尔哈赤点点头。

在赫图阿拉盘桓了两日，努尔哈赤和春娅娜依依不舍地离开了亲人，回到了佟家庄园。

却说佟家庄园英雄大聚会的消息，很快传到驻在抚顺的辽东总兵李成梁耳里。李成梁想，防微杜渐，防患未然，我要见见这位名叫努尔哈赤的传奇式人物。次日，他就修书一封，派人送到佟家庄园。

努尔哈赤收到李成梁信函，心想，祖父果然神机妙算。便与额亦都、春娅娜、洛寒、莫愁、安费扬古、扈尔汗等人商议，决定自己先去李成梁府，作当兵的打算，庄园的事，大家要齐心协力一定办好。额亦都说："我跟你一起去，以便彼此有个照应。"努尔哈赤说："好。"第二天，他们二人告别庄园，跟李成梁的使者上路了。

欲知后事如何，且听下回分解。

却说努尔哈赤来到李成梁的总兵府，坐在客厅里，他和额亦都都不禁四处打量一番。这客厅是坐北朝南的三间大瓦房。一把披着虎皮的太师椅放在正中，背后是一幅猛虎啸日图。太师椅旁，胡乱地放了几十张大椅，想是与手下议事坐的。

正这时，门外响起了李成梁沉稳的脚步声，随即人到话到："啊，佟庄主远来，失迎，失迎的很！"

努尔哈赤和额亦都都立即站起来，向李成梁施一礼："参见总兵大人。"

李成梁上前一步，拉住努尔哈赤的手，从上看到下，又从下看到上，心里很喜欢，说："真是个年轻英俊的后生！你就是那打虎英雄努尔哈赤？"

努尔哈赤说："正是在下。"

李成梁随后看了一眼高大勇悍的额亦都，说："这位是……"

努尔哈赤说："这是我的兄弟。"

额亦都抱拳说："在下额亦都！"

李成梁显得很高兴："好好好，"然后指了指木椅，"随便坐！"

二人坐下了。李成梁告诉他们，听说庄园英雄聚会，很是敬慕，只是想认识一下庄主。正谈间，侍卫进来报告："总兵大人，宴席已备好！"李成梁便邀二人到餐厅赴宴。

桌上已摆满佳肴，还有两瓶杜康酒。三人边饮边谈，很是融洽。过了一会儿，李成梁说："听说佟庄主武艺高强，可否让本总兵开开眼界！"

努尔哈赤说："在下不才，都是别人虚传谬赞了。"

李成梁说："就在这餐厅里，把你的拳脚功夫让我见识一下吧！"

努尔哈赤想起爷爷的计策，心想，必须让他知道自己的武艺。就向李成梁深施一礼："请大人指教，在下献丑了。"然后走向侍卫，耳语了几句。

只见努尔哈赤随手拿起一张木椅，舞得风声呼呼，人影闪现，左冲

两世罕王传·努尔哈赤罕王传

右杀，回旋翻飞，只一会功夫，看不见人和椅子，只见一团白光。这时，刚才的侍卫端一盆水进来，向白光泼去，只见水花四溅，水珠向外飘飞。又过了一会儿，白光消失，又看见了人影。

努尔哈赤停下身形，放下木椅，走到李成梁面前，说："请大人验验，看我身上可有水滴、木椅上可有水滴？"

李成梁见努尔哈赤练了半天，气不长出，面不改色，再一看他的衣上、椅上无有一点水珠，心中大奇，竖起大姆指，说："庄主真是英雄了得，水泼不进的功夫，老夫还是第一次见到。"

然后三人继续饮酒，闲谈一番后，李成梁举起酒杯："目下，明朝正在用人之际，你们二人有着高强的武艺，到我的总兵府帮我练兵如何？"

努尔哈赤和额亦都赶紧站起："感谢大人对我们的信任！"

这时，李成梁说："我这里已有一位英雄在负责训练兵马的事，以后他就做你努尔哈赤的副手，额亦都，你也做努尔哈赤的副手。"随后，李成梁召呼侍卫道："快去喊舒尔哈赤来！"

努尔哈赤心中一喜，难道是二弟。等来的人进屋，果然是二弟舒尔哈赤。舒尔哈赤冷丁看见大哥，亦是非常惊异。只见快步走到一起，互相拥抱而泣。

李成梁和额亦都都不知什么原因，努尔哈赤向李成梁说："我们兄弟失散多年，没想到能在总兵府团聚，真要感谢总兵大人！"

李成梁知道兄弟重逢，也非常高兴，说道："好，我新招的五百兵丁就交给你们仨人了。"这一晚，几个人一直饮酒，直至东方吐白才散。

第二天，努尔哈赤、舒尔哈赤和额亦都就去练兵场训练兵马了。

却说努尔哈赤训练兵马，使这五百兵丁武艺大进，深得李成梁赏识。一个月后，凤凰城边婆猪江酋长兀尔汗起兵，攻占明朝边城。这酋长稳扎稳打，攻一地占一地，攻至鸦儿河岸时，立刻据山守城，安营扎寨，欲休息休息再战明朝。这事引起万历皇帝注意，命李成梁率兵镇压。李成梁就亲率大军连夜赶到鸦儿河岸，却没想到大军刚走到岸边，立即遭到兀尔汗的猛烈攻击，一时箭如飞蝗，使明军寸步难行。当晚李成梁坐在军账里，忧心忡忡，食不甘味。他找来各路兵马推选的有谋之士，前来献策。

军账里挤满了谋士。努尔哈赤也被推选进来，他进账后找一个角落坐下。不一会儿，李成梁手托水烟袋站起，说："目前我明军与叛匪隔河相望，他们凭借一河之险，拒我于城下。如今我军既无军船，又无训练有素的水兵，很难渡河。因此，请各位共商攻敌之策。"

众多谋士，一时面面相觑，冷场了一会儿。这使得李成梁有些急躁："养兵千日，用兵一时，现如今敌匪逞强，难道你们是吃干饭的，竟然无计可施吗？"这时努尔哈赤慢慢地听着，不动声色。有几个谋士终于献策了，有的说造船，有的说训练水军，都被李成梁否了。见再无人献计，李成梁有些失望了，他疲倦地坐在垫着虎皮的太师椅上，连连打着哈欠。这时他听见有人叫他，便睁目观瞧。

只见努尔哈赤站到他面前："总兵大人，小人有一计，不知当讲不？"

李成梁应付着说："啊，讲讲无妨！"

努尔哈赤语气坚定地说："兵法有云，知己知彼，百战不殆。以小人之见，此战应以我之长，攻敌之短。我明军人多势众，只要打到城下，敌人就宣告失败！"

"空谈！"李成梁不耐烦地说，可是他想了一下又说，"努尔哈赤，你说的有道理，但问题的关键是怎么过河？"

努尔哈赤见李成梁专横跋扈的样子，本不想再说下去。但转念一想，要使自己在军中树立威信机不可失，于是又慷慨陈词地说："三国时诸葛亮能草船借箭，大破曹军，我们也可以先收箭，再攻城呀！"

李成梁有了兴趣："收他们的箭？怎么收呀？"

努尔哈赤侃侃而谈："我们攻城的最大难题，并非是水深浪急，而是敌人的箭如飞蝗。如果我们能使敌人箭尽粮绝，岂不可以轻易过河，稳操胜算吗？"

李成梁高兴万分，把他请到内账。在内账里，李成梁为他倒了一杯热茶，努尔哈赤全面具体地陈述了自己的计策。

于是，各路军马紧急行动，割草，扎草人，忙了一个晚上，扎了一千二百个草人，都在拂晓前送到岸边。寅时未过，金鼓齐鸣，杀声震天。

兀尔汗听到对岸的呐喊声，以为明军要过河攻城，连忙命令："快射箭，给我阻住。"霎时，万箭齐发，射向对岸。未到天明，李成梁命令手执稻草人的明军退下，然后把新鲜羊血洒到河岸和水里。清晨，兀尔汗远望对岸，见血流成河，暗自惊喜，就杀猪宰羊，犒劳弓箭手。

李成梁见眨眼工夫弄来敌人六七万支雕羽箭，万分高兴。这样，一连佯攻三天，使敌匪丧失了二十多万支箭矢。三天后，李成梁叫人找来努尔哈赤，说："佯攻何时结束为好？"努尔哈赤胸有成竹地说："据小人到宽甸马市私访，听说兀尔汗近年到处买铁，共买了万把斤生铁。我算了笔账，每个箭照一两生铁计算，他总共不过十六七万支箭，如今他已失去二十多万支，就说明连平日积攒的箭头都用上了。大人如若把敌人射来的箭细看，今早射的箭尾羽毛已变色，略可闻到霉味。就是说，敌人今天已是翻库倒箱，已近箭尽粮绝了。今天如果我们在晚上佯攻片刻，便可乘胜攻城。"李成梁高兴地点头，说："好，就这么办！"

　　当晚，月牙初上，李成梁集结十万重兵，将搭好的浮桥一一横于河面，佯攻片刻，见敌人再无箭射来，便轻而易举地渡过鸦儿河。明军云梯林立，很快将四个城门攻破，十万重兵涌入城内，把那些婆猪江部的人马砍瓜切菜一般，杀个净尽。

　　几个月后，李成梁召集各路将军说："皇帝找一名术士算了命，说是有一个脚踩七星落地的混江龙，要夺我大明天下。这脚踩七星，就是脚底下长有七个红痦子的人。大家要细心查访，一旦发现，马上报告。"努尔哈赤听了，觉得明朝这昏庸皇帝也该有人推翻了。但这个混江龙会是谁呢？当晚，他洗脚的时候，特意看了看自己的脚底。这一看不要紧，他自己先就吓了一跳，原来在自己的脚心板上端端正正长了七颗红痦子，排列得正像北斗七星。努尔哈赤赶紧擦净脚，穿上袜子。这天晚上，他睡不着了，他想起了那七颗珠宝，想起了自己踩在七颗珠宝上的一脚，想起了那人说的"谁得了那七粒珍宝，谁就能当皇帝"的那句话。难道我真是混江龙？接着他又想，不管咋样，我要统一女真，为女真民族造福。如有可能，我要统一天下，为天下苍生造福。

　　第二天早上，额亦都来找努尔哈赤。他说："庄主，李总兵发下命令，要在明天上午，统一验看脚底，看谁有七颗痦子，你说可笑不可笑？"努尔哈赤听了，心里就是一惊。额亦都看出了努尔哈赤的担心，就说："庄主，怎么了？"努尔哈赤就把事情跟他说了。这时，舒尔哈赤也走进屋来，一听说哥哥的事情，心里又高兴又着急，他想了一下，说："大哥，有办法了。"努尔哈赤和额亦都一听，乐了："快说，什么办法。"舒尔哈赤说："我知道一种草药，只要抹到皮肤上，皮肤上的痣、痦子等就都看不见了，皮肤显得特别的白，也特别的干净，不过，只能用一天，一天过后又恢复原样，而且再抹这种草药也不管用了。"

额亦都说："一天就可以了，只要明天上午蒙混过去就行了。"努尔哈赤说："是呀！二弟，你能找到这种草药吗？"舒尔哈赤说："能，大哥，你就等我的好消息吧。"

欲知后事如何？且听下回分解。

两世罕王传·努尔哈赤罕王传

却说舒尔哈赤走出去，不一会儿就拿了那种草药回来。原来他已经把药泡在一个瓶子里带来了。舒尔哈赤见到额亦都守在努尔哈赤门口等着，就一起走进屋去。把瓶子交给努尔哈赤说："大哥，这药水给你，只要明天早上起床后抹上，保你这脚，一整天都白白净净。还有，为了让人看着一样，你要两只脚心都抹上了啊！"努尔哈赤听了，说："好弟弟，谢谢你！"舒尔哈赤说："兄弟之间不言谢。"努尔哈赤："二弟，你怎么知道这草药的？"

舒尔哈赤笑着说："说来也是凑巧，自从那时咱们兄弟三人分手后，我就来到抚顺，在街头流浪时，被街头一卖艺老人收养，那老人教我武艺，还教我一些生活常识，那时因为在外面行走，长了脚气，老人就配了这种药水给我上。第一次上药水后，我的双脚变得特别白，原来有的黑痦子都不见了，所以我知道这种药水的好处。后来我的脚气病好了，这种配治药水的方法我可没忘。"

再说次日早晨，努尔哈赤把两脚涂了药水，等到李成梁验脚时总算蒙混过去。这件事过后，努尔哈赤怕夜长梦多，脚踏七星的事若被发现，那将是前功尽弃，他找舒尔哈赤和额亦都一商量，三人一致决定，返回佟家庄园。

这样，过了几天。正赶上李成梁来看望努尔哈赤，努尔哈赤就说："李大人，我刚刚收到庄园一封信，庄园的事情需要我和弟弟，还有额亦都一起回去办理。李成梁对这三位青年另眼相看，一时有点舍不得，但还是同意他们回庄园。临别时，李成梁还为他们摆了饯行酒宴，然后依依而别。

三人打马如飞，往佟家庄园奔去。

却说塔克世继任建州都督之后，决心整顿军政事务，整天在都督府里操劳。这天，有探马报说，哈达部王台担心王杲的儿子阿太亲京报仇，去联络李成梁，要一起攻打古埒城。塔克世便急忙回府与父亲商量对策。这时，又有探马来报："李成梁与王台合兵一处，不只攻打古埒城，还派兵攻打建州卫的宁古塔部落，还有图伦城主尼堪外兰，也派兵攻打古埒城。"觉昌安和塔克世听了，觉得这些人欺人太甚，觉得如果再不出兵，实在是无颜见人。于是安排好守城将士，觉昌安和塔克世顶盔戴甲，在教场点齐了兵马，急奔古埒城而去。

再说这次攻打古埒城，李成梁和王台各揣心腹事。王台是怕阿太亲京报杀父之仇，又怕觉昌安、塔克世找麻烦。李成梁是希望王台和建州间互相征讨，以削弱女真的力量，然后坐收渔人之利，当王台去联合他攻打古埒城时，他当然一口答应。

图伦城主尼堪外兰是个忘恩负义的人。十年前，叶赫部打破了图伦城，害了他的父亲，并把他和家小全都俘虏带走，是觉昌安领着五个贝勒冲进叶赫的队伍，救了尼堪外兰，使他继承父位，担当了图伦城主。这次王台拉拢他，他竟背叛建州卫，投向王台。

觉昌安父子带着队伍，星夜赶往古埒城，半路上正遇到阿太亲京派来求援的使者。他们便跟着使者来到古埒城。

阿太亲京的古埒城，兵员很少，而且多是老弱残兵。他父亲王杲活着时还有几千人马，他父亲死后，那些兵便四散了。阿太亲京年轻，又从未上过战场，一听说李成梁和王台要来攻城，已经吓坏了。因与建州有姻亲，就求救于建州卫。

只一会儿工夫，阿太亲京听见城外的枪炮和喊杀声，他站在城头一看，建州的兵马如潮水般冲来，把围城的李成梁和王台的军队冲得七零八落。

原来，王台和尼堪外兰用了奸计，他们把没有战斗力的兵丁设在外围，强兵猛将都在里面以逸待劳。塔克世大展神威、觉昌安老当益壮，救人心切，又怀着一股愤恨之气，便见人就杀，气势猛烈。建州卫的军队一路远行，已经人困马乏，一到城下又发起猛攻，不久之后便锐气大减，士气低落。

敌人一看建州卫军队攻势减弱，立即拉出二线的精兵强将，对建州的兵马反杀过去。建州再也无力抵挡，一下子败退下来。军队退下来后扎住营寨。这觉昌安、塔克世是欲救不能，欲罢不得，心中甚是急躁，这样过了两日，却忽见李成梁、王台和尼堪外兰的兵丁全都撤走了。两个建州卫的老少都督却弄了个一头雾水。

却说古埒城主阿太亲京见救兵被打败，知道自己无论如何也对抗不了强大的明军，就修书一封，派个使者前去求和，因王杲在时，曾抢占图伦城东北一带庄田，这封信上就明确表示退还土地，并求尼堪外兰做个解铃系铃人，把求和之意上达李成梁，并表示永修旧好。

尼堪外兰得信，欢喜非常，就急忙去见李成梁和王台。王台说："现在他们正是穷途末路，不如我们乘胜消灭他们。"李成梁："此事应该从长计议，我们可以暂时依允了阿太亲京。因为建州的觉昌安、塔克世英雄盖世，不可小瞧了他们。"接着李成梁眼珠一转，说道："我们可以答应他退兵，给他来个将计就计，措手不及。我们一退兵，觉昌安他们势必进城。两家相聚，势必大摆宴席，这样，他们就疏于防范了。而我们的退兵是假退，不是真退，咱们只要如此这般。"说完，三人嘿嘿嘿奸笑了一阵，就下令退兵了。

尼堪外兰得了李成梁授意，就脱下戎装，另换了一身便服，于次日早晨骑着黄骠马，带着三四名卫兵，来到古埒城。

阿太亲京见尼堪外兰轻装简从，早已迎接出来。彼此握手为礼，登堂坐定。尼堪外兰笑说道："先前的事咱们误会了。李成梁经我疏通，现在已经退兵。王台和我的所有兵马也都撤退了。"阿太亲京亦说："是真退吗？"尼堪外兰又笑了一下，说："怎么能假呀？"阿太亲京说："依着外祖和姐夫的意思倒要跟姓李的决个雌雄！"尼堪外兰又笑说道："奇怪，难道满洲人马已到。令外祖觉昌安、令姐夫塔克世已经来了吗？"阿太亲京说："当然来了。"尼堪外兰又笑说："既这样，咱们还是应该去拜会拜会！"说到这里，屏风后忽的钻出个人来，剑眉朗目，广额丰颐，黄马褂子，二蓝袍子，头戴纬帽，红顶雀领，正是塔克世。原来当李成梁撤军时，塔克世早赶着进了古埒城。此时，塔克世见了尼堪外兰，忙嚷着说："你是来做说客的，还是来做奸细的？"尼堪外兰听了，不觉哈哈大笑说："是啊，是啊。送殡的人，你须埋他下土。既如此，咱可不管这事！"塔克世说："那可不行，你来得是去不得。如今咱们大营扎在后山，你有胆子尽可去见识见识！"尼堪外兰笑说："老贝勒驾临，当然禀见，不需多讲！"塔克世把手一挥，部下牵马过来，他就跨上雕鞍马，尼堪外兰也就笑嘻嘻地上马同走。不到片刻，到了满洲大营，两人先后下马，进得大账。只见觉昌安踞坐床上，塔克世忙上前禀安告说："图伦城尼堪外兰现随孩儿来。"说到这儿，尼堪外兰也赶紧跪地请安。觉昌安见了，把马蹄袖子一扬说："你好，你好，你为何引了明兵来仇杀同种同族！你不算是个败类吗？咱这里是容你不得！"尼堪外兰嗤的一笑说："咱要仇杀同种同族，还敢从中调和吗？那李成梁要要下马威，不过借看圈地问题兴师问罪。其实王杲活着时候，同明边自结恶感，与咱无关。虽然如此，明兵也是虚张声势雷大雨小，由咱三言两语，已经云消雨灭。如今好歹给他个面子。他既退兵，这边也尽可解甲，犯不上大动干戈！"觉昌安点一点头，说："只要他不小觑咱们满洲，尽可省事无事。"尼堪外兰笑说："着呀着呀，如今明兵已经退了，那边令孙女盼望悬悬，该去安慰安慰！"觉昌安未及答言，塔克世却摇头说："去是该去的，万一咱们起身，明兵乘机扑来，不是好玩的！"尼堪外兰仰面大笑不停。觉昌安忙问："你笑个啥？"尼堪外兰说："咱不笑别的，笑的是咱们见的到，姓李的见不到。"觉昌安因对塔克世说："咱们不必过虑，好歹咱们三个人是一阵同行。天色不早，就可赶去瞧瞧。怕的爱金要两眼望穿了。"尼堪外兰笑说："着呀着呀，快莫耽搁，走吧！"觉昌安、塔克世、尼堪外兰各自跨上坐骑，一起出了大营，只见外面静悄悄的，明兵早已退的看不见踪影。尼堪外兰笑吟吟地把手一指说："咱说的话可有虚伪吗？"觉昌安也就信以为真，不再防备。不到一刻便进了古埒城。阿太亲京听说岳祖父到来，自然是敲锣打鼓迎接。这一欢迎不要紧，哪知道半天空忽然响一声信炮，大家正在出神，忽然东一处西一处鼓角齐鸣，再找尼堪外兰早已不知去向。原说觉昌安父子前来探亲，不做准备，这时急切切慌着跨马回营。哪知满城中已是鸦飞鹊乱。说时迟那时快，一座古埒城已被明军围个水泄不通。原来李成梁的计划是让尼堪外兰做个幌子，种种诡诱，只是为了骗觉昌安、塔克世来到古埒城，好用一举全歼的办法。

另外，李成梁的儿子如松、如柏带领三个兄弟分头埋伏。如桢、如桂埋伏后山，阻断满洲的救应。如栋抄出北门，如松抄出东门，如柏抄出西门。李成梁顶盔带甲，骑了一匹八尺高的枣红马，手握一根丈八神矛，怀中揣个信炮，预先约定，炮发兵起。一路上跟从着探马，对尼堪外兰进城出城至往来满洲大营，同着觉昌安、塔克世来古埒城等许多行动，都被探马瞧见，一起一起地飞马报告，所以等到觉昌安父子进城，城里吹打起来，李成梁就掏出信炮点着，信炮直上天空。这信炮就是命令，四面人马自然是鼓角齐鸣，一层一层地包围过来。却好尼堪外兰已从城中逃出。你道他如何逃得出来？他趁着大吹大擂的时候，人不介意的当儿，拨马走开。原定李成梁进攻南门，他便一马闯出，恰巧碰着李成梁，不由地跳下马来，笑得前仰后合。李成梁也笑着说："你去，你去，看我收拾这几个鞑子。"李成梁就催动坐骑，挥起丈八蛇矛，见人就杀，逢人就刺，一霎时冲入城围。三个儿子如松、如柏、如栋也是如虎添翼，猛扑进城。

却说觉昌安、塔克世跃马进城，还没跟阿太亲京和大孙女说上几句话，忽听得号炮连天，杀声四起，再一看，尼堪外兰已没了踪影，情知上当。众人毫无防备，不知明兵从天而降，纷纷扰扰，叫苦连天。觉昌安的兵士没带兵器，被砍瓜切菜一般杀得死的死、伤的伤。塔克世忙着指挥兵士抵抗，没想到一支箭飞过来，躲闪不及，正中胸口，坠马毙命。阿太亲京背后被刺一矛，死于非命。可怜觉昌安抱着孙女，二人骑着一匹马在包围圈里左冲右杀。忽的前面伸出抓钩，把孙女硬是抓落马下，被砍成肉酱。老都督气得大吼一声，抱过一把刀，朝着众兵砍去，有十数只脑袋落地。毕竟是七十多岁的老人了，久战体力不支，看看众人围上，难得脱身，就狠了心肠，举刀自尽，一代英雄的老都督与世长辞。

这一战役，只杀得尸横遍地，血流成河。觉昌安所余不足的五千名兵士全部被擒，其余一万余人全被杀死。战斗结束，尼堪外兰同着李成梁、王台一起计点战果。

李成梁是洋洋得意，把五千满洲兵和一万多匹战马划归尼堪外兰节制，算是对他行奸施骗的赏赐。那些建州卫兵士本不肯降服，只是迫于形势，不得已俯首投降。尼堪外兰吩咐清理尸首，出安民告示，盘查仓库，挑选美女，搜罗宝物。次日，明朝总兵李成梁、哈达将军王台与尼堪外兰是备酒庆贺。然后，除王台留一支兵马驻扎古埒城外。三人是各回本部。

却说尼堪外兰唱凯返城，忽听探马来报："觉昌安的孙子、塔克世的儿子努尔哈赤带领兵马，口口声声要报父祖之仇，正在向这里杀来。

欲知后事如何？且听下回分解。

却说努尔哈赤回到佟家庄园后，每日领着小兄弟们演练，这些兄弟本来的功夫就很了得，这样一来就更上一层楼了。

努尔哈赤还把《三国演义》和《水浒传》让兄弟们传阅。闲暇时，大家对书中故事进行评论，都非常欣赏关公的义气、诸葛的智慧、武松的神勇和吴用的谋略……

这样过了一段时光，佟家庄园是繁荣兴旺，歌舞升平。努尔哈赤也已有了女儿东果和大儿子褚英。一家人欢欢喜喜，尽享天伦之乐。

这天，探马来报："哈达部的王台，联合明朝李成梁，正在集结军队，准备攻打古埒城。"

努尔哈赤听到这一消息，不仅为古埒城担忧，而且担心建州卫的安危。古埒是建州的姻亲，若逢危难，一定会求援建州，建州又焉有不救之理。再说李成梁狼子野心，又拥有大军，建州岂不危险。我们必须要有所行动了。当前兵是练差不多了，马匹也有洛寒购回的大批良马。目前，最关键的是缺少兵器。

努尔哈赤找额亦都和洛寒商量。

额亦都说："若是到沈阳和抚顺去买来钢铁，再找个能干的铁匠就好办了。"

努尔哈赤说："我有个结拜兄弟，名叫龙敦，一家有好几十人哩，其中就有会打造兵器的铁匠。他家住在龙凤山。"

额亦都说："这样吧，我去接龙敦一家。"

努尔哈赤点了一下头，拍了一下额亦都的肩，说："跟我想到一块儿了，去行动吧！"

这时，洛寒一直在旁边笑眯眯地看着他们。额亦都一走，他就跟努尔哈赤说："大哥，把买铁的任务交给我吧！"努尔哈赤说："好！"

过了几天，龙敦一家被请来了，钢铁也买回来了。佟家庄园开起了铁匠炉，乒乒乓乓，一件件合手的兵器打造出来了。

这天，额亦都来见努尔哈赤，说："大哥、王台、李成梁和尼堪外兰已经聚集几十万人马，正奔古埒城杀来，还扬言要同时灭了建州卫。"

两世罕王传·努尔哈赤罕王传

"欺人太甚！"努尔哈赤一拳砸在书案上。稍顷，把情绪稳定下来，告诉额亦都通知舒尔哈赤、洛寒、春娅娜、安费扬古、扈尔汗等人开会。

会上，努尔哈赤说："王台、李成梁和尼堪外兰狼狈为奸，合谋消灭古埒城，进而再攻打我的家乡建州卫。古埒城是我家姻亲，唇亡齿寒。所以，最近几天，我想和弟弟舒尔哈赤回故乡一次。再有，大家要抓紧打造兵器，喂好马匹，以备战时急需。"

额亦都说："你们兄弟好久没回建州卫了，应该回去看看两个老都督的意见，然后再决定我们这支人马的使用。"

这时，莫愁说："大哥，你就放心去吧，这庄园的后勤全由大嫂和我承担了。"

龙敦也说："放心吧，兵器的事我保证办好！"

听了大家的话，努尔哈赤非常高兴，说："好，有了大家的共同努力，我一百二十个放心。"

努尔哈赤与二弟舒尔哈赤打马如飞，驰向建州卫。

到了建州卫，进了都督府，放眼四望，努尔哈赤与二弟不禁感触万千。全家老少听说兄弟二人一起回来，慌忙迎出来。

兄弟俩拜见了伯父、伯母、叔父等，各诉别情，唏嘘不已。然后兄弟俩又去拜见后母阿那，她见兄弟俩仪表人才，又学了一身武艺，想起以前事情，心中愧喜交加。

听说祖父和父亲已经去救援古埒城，努尔哈赤心里稍稍稳定了些，并表示明天兄弟俩要去古埒城一趟，若是打起仗来，兄弟俩可以助一臂之力。大家听了，都表示赞成。

刚要休息，门外传来急切的马蹄声，哒的哒的哒的，敲的人心都要跳出来了。原来是建州卫的探马。只见他跳下马来，上气不接下气地说："不好……了，尼堪外兰骗取了古埒城，老少都督以及阿太亲京夫妇全都……遇难了。"

努尔哈赤一听到这噩耗，不觉大叫一声，晕倒在地。

一时间，全府男女老少，哭声一片。过了好一会儿，努尔哈赤止住悲声，在全府悲悲切切一片混乱之时，站起身形，说："各位前辈和兄弟姐妹们，大家要节哀，人死不能复生，我们要化悲痛为力量，搭灵棚，糊纸宅，自觉守灵，寄托哀思。这血海深仇，我一定要报。大家放心，不报此仇，我誓不为人。"然后，对二弟舒尔哈赤说："你在这里速到校场点兵，抓紧巡练，我就回佟家庄园，搬来救兵后，咱们合兵一处，找尼堪外兰报仇。"说完，他翻身上马，直奔佟家庄园。

再说佟家庄园，这几日在额亦都的主持下加紧训练兵马，同时飞檄各处，召集众兄弟集结待命。

这天，西方大道上一片尘土飞扬，不到一刻工夫，那批人马来到面前，已准备迎战的额亦都一看，原是安费扬古领着他们珊齐寨的五十名护寨队员前来，不觉大喜。兄弟俩就合兵一处继续训练。

过了一会儿，见东边和北边大道上，同时有人马开来。不一会儿到了面前，原来是扈尔汉领着一百多人马赶到。

傍晚，五人刚回到庄园里面，忽见努尔哈赤赶回来了。一见到妻子和众位兄弟，努尔哈赤放声大哭。

春娅娜见丈夫去了两天便回，知道其中必有变故，便问他何故这样痛哭，他便把祖父等被害情形说了一遍。

春娅娜说："尼堪外兰实在欺人太甚，咱们应该想办法报仇。安费扬古等五位兄弟带了足有五百人马。"

额亦都接着说："大哥，你尽管放心，咱们兄弟之间情同手足，咱们应该先去报仇呀！"

努尔哈赤收住眼泪，跟五位兄弟和春娅娜一一点了点头，说："大家帮我，我从心里往外表示感谢，客气话就不说了。这次攻打古埒城，害我祖父他们的有三支人马，尼堪外兰，李成梁和王台。我们先去找谁好呢？"

安费扬古说："自古出师有名，刘邦和项羽是反秦始皇，咱们要找准仇人才行。"扈尔汉说："明朝李成梁是总兵，我们不好现在就跟他打仗；王台距离远，势力比我们大，只有尼堪外兰人马少，距离我们近，势力也弱。"大家便都认定先打尼堪外兰好。有人担心攻打尼堪外兰，李成梁和王台会不会救，大家又一致认为不会。

努尔哈赤激动地说："谁救尼堪外兰，谁就是咱的敌人，都要不惜一切打一仗。"大家一致赞成，表示一定要同仇敌忾。正这时，龙敦一家领着六十多人马也到了。

次日，努尔哈赤留下龙敦守护庄园，跟额亦都、安费扬古、扈尔汉一起，领着五百兵马，奔赫图阿拉而去。

到赫图阿拉，舒尔哈赤汇报说："咱们建州卫，二伯父礼敦的兵马不听咱指挥，此外，只有五百人马。这样，两支兵马合到一块，已经有上千人了。"为了确保打仗，努尔哈赤与众兄弟共同商量，不管礼敦，要带好给养。

在赫图阿拉歇了一夜，努尔哈赤彻夜难眠，他思绪万千，想起死去的祖父和父亲，还有至今杳无音讯的三弟雅尔哈赤。他想，应该先到古埒城，好好安葬祖父和父亲，再说古埒城离赫图阿拉最近，去图伦城正好路过。主意已定，他才睡去。

次日清晨，努尔哈赤被一阵笛声惊醒，他走出门去。在门口，他见到了一位俊俏的贝勒，瞧去有些面熟。这贝勒见了努尔哈赤，赶紧上前施礼，口称："大哥，好想你呀！"说着落下泪来。努尔哈赤愣住了："你是谁?"那人说："我是雅尔哈赤呀。"努尔哈赤"呀"了一声，兄弟二人紧紧拥抱在一起。原来三弟雅尔哈赤与两个哥哥分手后，走到一处名叫白山的地方，遇见了七星老人的师弟怪岩老人，收为徒弟。这次听说祖父和父亲被害，怪岩老人就让雅尔哈赤下山，帮助努尔哈赤成就功业。努尔哈赤一见之下是喜出望外，二人相见罢，又领着雅尔哈赤见了舒尔哈赤以及族人的长辈。

族人中伯父礼敦年岁最大，为人胆子最小，总怕努尔哈赤闯祸，给族人带来麻烦。努尔哈赤找到这位身为族长的伯父，询问城里可还有什么武器。礼敦说："再也没有什么了。"说着领他到了库房。在库房里努尔哈赤找到了十三副盔甲。礼敦说："不过，我是坚决不同意你去报仇的。"努尔哈赤没吱声，看见祖父留下的这十三副甲，努尔哈赤一阵伤心，随后又下了坚决复仇的决心。

一阵钟声敲得甚急，赫图阿拉的兵马全都聚集在操场上，排成整齐的队列。努尔哈赤健步跨上土台，大声说道："各位兄弟，我努尔哈赤自幼离家学武，在佟家庄园成亲，不觉间故土相离已十余载。不想这次父、祖蒙难古埒城。大丈夫立于天地间，若不报此仇，有何颜面苟存于世。承天之幸，这几年，我得遇十几位情同手足的兄弟，为我的事揭竿而来，我努尔哈赤在这里感恩于五内，致谢于八方。今天，我找到了父、祖遗留下的十三副甲，我就把这十三副甲发给我这十三位同生死共患难的兄弟。"说罢，让二弟一一把盔甲发给额亦都、安费扬古等人，自己和二弟、三弟、四弟也都穿戴齐整，然后，努尔哈赤接着说："可恨尼堪外兰，奸诈小人，勾结王台和明军，攻打姻亲阿太亲京，父祖去援，不幸蒙难。今天，我们要举复仇大旗，征讨尼堪外兰，不报此仇，誓不回师，一定要用尼堪外兰的人头祭奠我的父祖！"这一番话说得正义凛然，激昂慷慨，士气被鼓舞起来了。士兵们手举刀枪，"不报此仇，誓不回师"的口号，响彻天野。随后，努尔哈赤大手一挥："出发。"一支千人大军浩浩荡荡开拔了。在奔往古埒城的路上，又有兄弟带了队伍投奔而来，这样共聚集了十七个小兄弟。

却说礼敦始终不同意努尔哈赤报仇，这次就更是百般阻止，见没能拦住，便组织族人准备去古埒城找王台的部下讲和，同时讨回觉昌安、塔克世尸体。在努尔哈赤带队伍走后，便也领人奔古埒城而去。

努尔哈赤领兵，不一会儿来到古埒城。古埒城的王台守将，见努尔哈赤来势汹汹，便高悬吊桥，四门紧闭。努尔哈赤和兄弟们商量。退兵二里，麻痹敌人，待其放松防备，把几名兄弟扮成百姓混进城去，举火为号，打开城门。王台守将果然中计，被努尔哈赤一阵猛冲猛杀，被杀得屁滚尿流。但王台守军毕竟久经战阵，稍稍惊慌一会儿，便稳定下来，组织反攻。这一场好杀，双方各有损失，最终是把王台守军全歼，但自己也损失了五百多兵马。收拾战场时，有士兵来报，发现了觉昌安、塔克世棺木。

努尔哈赤和二弟、三弟，还有四弟穆尔哈赤赶紧走了出去。四弟穆尔哈赤为后母阿那所生，但跟大哥努尔哈赤的感情一直很好，在大哥、二哥和三哥被妈妈赶走后，曾经为此很恼恨妈妈。这次大哥报父祖之仇，穆尔哈赤便执意跟了来。

四位兄弟来到棺木前，是抚棺痛哭，决定带着棺木去攻打图伦城。图伦城乃小城，因尼堪外兰带兵攻打古埒城后到离城五十里以外的一处所在游山玩水，城里兵力空虚，被努尔哈赤一阵攻打，很容易就被攻破了。努尔哈赤杀了尼堪外兰的一家老小，然后用人头来祭奠父祖，和姐姐姐夫。尼堪外兰的财物，也被努尔哈赤一起用车运走。图伦城的百姓久被尼堪外兰欺压，对努尔哈赤攻打尼堪外兰后都非常高兴，有的还给努尔哈赤的队伍送来烧酒、鸡蛋、毛皮等物。努尔哈赤推选出了城主，便四处打听尼堪外兰行踪，驱兵赶去。

却说尼堪外兰正在游山玩水，糟蹋百姓，玩得正在分外高兴之际，忽听快马报说图伦城已被努尔哈赤袭取，并攻占了古埒城，抢去觉昌安、塔克世尸首。这尼堪外兰恨得牙直痒痒："努尔哈赤，我要杀你个有来无回！"说罢，领军直奔图伦城。

努尔哈赤队伍行了二十余里，迎面碰上尼堪外兰的队伍。两军对阵，忽然从敌军中跃出一骑，打着"尼堪外兰"的旗帜。努尔哈赤认识此人正是尼堪外兰，真是仇人相见，分外眼红。努尔哈赤恨得咬牙切齿，举枪迎面扑来。

这尼堪外兰把枪架住，笑盈盈地说道："你的祖父和父亲都被俺略施小计，败在俺的手下死了；你的姐姐姐夫也死了；你的建州卫、宁古塔也快要投降俺了。你这乳臭未干的小儿，俺还放在眼里吗？你为何袭取古埒城，打破俺的城池？快快下马受降，俺饶你不死。你要再行糊涂，你别怪我绝你建州卫老根珠了。"努尔哈赤听了此话，不觉三尸神暴跳，七窍里生烟，咬牙切齿骂道："你这负心贼，俺祖父同你往日无冤，近日无仇，你竟下此毒手？俺要挖你心，吃你肉，替我祖父报仇！你不要得意，回去看看你的城池，看看你的父母、妻子。"说着一枪刺去。尼堪外兰听得家眷不保，也大怒起来，仗着自己有数千兵马，忙令兵士们上前迎敌。他虽有近万人马，但有一半是建州卫的降兵。兵士见努尔哈赤英勇善战，皆倒戈相向。这一场好杀，双方的兵士几乎全军覆没。战场上是枪口见血，鬼哭狼号。十七个小伙伴已杀红了眼。尼堪外兰见自己的士兵降的降，死的死，知道大势已去，忙转马头，落荒逃走。十七名小将随后猛追，奈何尼堪外兰骑的是一匹宝马，转瞬便跑无影无踪。这场战斗，尼堪外兰全军覆没，只剩得独自一人，亡命在外。

再说努尔哈赤，除了十七位兄弟之外，也是再无一个士兵，可见战斗的惨烈。只可惜逃了尼堪外兰，小伙伴们一个个惋惜不已。努尔哈赤说："为今之计，咱们先回赫图阿位，再从长计议。"于是，十七个少年英雄，带着觉昌安、塔克世的棺椁，往赫图阿拉回返。

欲知后事如何？且听下回分解。

　　却说努尔哈赤率领一群小伙伴，走在半路上，大家一合计，带着棺椁恐怕被族人抢去，就在一棵老松树下，匆匆忙忙地将二老入了葬。回到老城，立即动手立起二位老人的灵牌。他们个个身穿重孝，跪在灵牌前，努尔哈赤嚎啕大哭。边哭边说："玛发，阿玛，二位老人，在天有灵，保佑你们的子孙吧！这奇耻大仇，我若不报，生有什么意思，我一定豁出去这条命，也要为二老报仇。"

　　身边的小伙伴们也都痛不欲生，一齐跪在灵前，齐声说："从今天起，我们愿意和少贝勒同生共死，报这不共戴天之仇。"

　　大家哭了半天，努尔哈赤站起身来，向众伙伴二番跪倒，满脸热泪地说："众家兄弟能和我同心协力，共报此仇。我努尔哈赤替死去的二老感恩莫及。这奇耻大辱，决非一念勇气能够完成的，还得靠我们兄弟同心协力，再把全族人等和邻近一些盟部，共同联合起来，才能雪此仇恨。"大家赶忙扶起少贝勒。安费扬古提议，我们十七个兄弟应该结拜成交，对天盟誓，才能十七人一条心对付敌人。大家齐声说好，就这样，十七个人在二老灵牌前，刺破左臂，十七股鲜血淌在一个酒盆里，十七位英雄一齐二番跪倒，齐声说："阿不凯恩都哩在上，我们弟兄十七人，为了消灭杀二老的贼人，愿意有罪同当，有福共享，不杀死尼堪外兰，誓不偷生。皇天、神祖，多加庇佑。今后任何人有三心二意，不得好死。"

　　尼堪外兰这个阴险狠毒的坏蛋，他本名不叫尼堪外兰。尼堪外兰用汉语翻译是汉奸、走狗的意思。满族还给他起了个名叫窝郎吉，意思是坏蛋、野犊子。他本是苏克苏护部的二辈奴，到塔克世那代他给塔克世当控马奴。这控马奴的差事说容易也容易，只是每天管好塔克世的马就行；说难也难，你还真得有识马的能力。这小子对识马还真有点眼力，不管什么样的马，只要从他眼下一过，管保能看出好和坏。再骑上遛它几圈，就能断定是不是好马。因此，塔克世很喜欢他。有一次，哈达部要送给塔克世一匹马，讲明在马群中任意选一匹。尼堪外兰在马群中走了三圈，最后挑出一匹骨瘦如柴的枣红马。塔克世暗暗着急，心中想，真是穷命鬼，好马千千万，偏选出这么一匹划外的马。哈达贝勒便满口答应。尼堪外兰说："既然贝勒同意给，请立个字据，不许反悔。"哈达贝勒哈哈大笑说："可以，可以。"忙命人在木牌上写道："我家这匹马，情愿送给塔克世贝勒，永不反悔。"尼堪外兰接过木牌，高兴地牵了回来。塔克世瞪了他一眼，心想，可恨的东西，竟选出这么一匹不中用的马。

哪承想，尼堪外兰喂养了一个多月，再一看这马，真是体壮身灵，一上鞍子鬃尾竖起，真是一匹日行三百夜行五百的好马。塔克世问他："为什么这马变得这么快？"尼堪说："千里马要吃千斤粮才能施展出真实的本领，它在马群，只能和群马吃一样的草，用一样的料，怎么能吃好？吃不好，又怎么能千里飞驰！"

自从得到这匹马，尼堪外兰不由起了野心。总想偷出去换些黄金白银，就在一天夜里，借放马之机，偷出这匹马，到叶赫部换了五十两银子。这件事被觉昌安发觉了，本想把事压下。心想我们力量小，得罪一些仇人没啥好处。可是塔克世是一个火星乱冒的人，越想越生气，把尼堪外兰下身衣服剥个精光，挂到大树上，用鞭子痛抽一顿。尼堪外兰一气之下抢了二个女奴，跑到李成梁那里。李成梁没收，又跑到抚顺部，当了一名游击小官。以后明朝想利用他挑起女真人内讧，才叫他当了一个图伦城主。

十七名小英雄中，安费扬古为人足智多谋，始终是努尔哈赤的谋士。

额亦都外号叫傻爷爷，还叫巴愣阿。他是一位千斤力士，为人直率，办事很粗鲁，千八百斤对他来说，能轻而易举地举起。据说他和人家打赌，曾举起过一支八百斤的大铜佛，绕殿一周又放回原地，气不长出，面不改色，真是一位力大无比的英雄。他比努尔哈赤小三岁。

这十七位英雄中特别一提的是巴孙小阿哥，他有眼力，善于侦察，待人和气，是努尔哈赤身边一位很好的谋士。

其他还有努尔哈赤的弟弟舒尔哈赤和雅尔哈赤，是努尔哈赤一母所生的弟弟；穆尔哈赤是努尔哈赤的继母所生的儿子。另外还有常书、巴奇兰、西拉布、博虎锦，都是努尔哈赤平素结交下的生死兄弟。

他们刚盟完誓，努尔哈赤的二伯父带着全族人等也从图伦城赶了回来。原来他们走的是大路，小哥儿们几个走的是小道，小哥儿们把尸体抢到手了，他们才走到半路。结果到图伦城扑了空，才气冲冲地空手而回。当他们知道打跑了尼堪外兰，塔克世父子已被安葬，更是气上加气。看到他们十七位弟兄立灵牌祭奠，在灵前歃血为盟要出兵讨伐尼堪外兰时，个个吓得面如土色，齐声说："二爷，你千万别再叫努尔哈赤出去惹祸。他一个人死了倒是小事，那尼堪外兰是受明朝加封的官，一旦惹怒了他，勾结明兵杀向我们苏克苏浒城堡，岂不白白葬送全族人性命！"

努尔哈赤的伯父礼敦是全族的穆昆达，一听大家议论，想到明朝的强大和尼堪外兰的权势，气得他浑身发抖。大声喝道："该死的混账东西，你天上祸不惹，偏惹地上祸，这次得罪了尼堪，他一定去找李总兵。再说大明朝李总兵在他的后面坐镇，你有多大力量削平尼堪？我是一族之长，要听我的。从今天起，再不许你提杀尼堪报二老之仇之事。"努尔哈赤一听二伯父的一番话，不由跪倒在伯父膝下痛哭流涕地说："大阿玛，你老开开恩，答应了吧！孩儿报不了二老之仇，决不甘心。我知道尼堪外兰有势力，有靠山，可是阿不凯恩都哩会帮助我们除奸的。我誓死也要报杀玛发和阿玛的仇。"

老穆昆达叹口气说："孩子，不是二大爷不让你报仇，可咱们和人家比，好像小鸡和老鹰，山兔和老虎。你纵有天大本领，一块铁能捻几根钉呢，千万不要给全族人闯祸。小祖宗，赶快对天盟誓，永远不要提及报仇之事，叫咱族人过个平安的日子吧。"

努尔哈赤低着头，半天没有说出话来。这时，族内一些人以为努尔哈赤已经低头认错，都高兴地说："你放心，既然你先把二老的尸体安葬，这建州卫都督当然是你的。咱们忍个肚子疼吧！那尼堪行动比兔子还快，黑心比天上星星还多，咱们斗不过他。最近听说明朝要封他为满洲国主，还要派大兵保护他，咱们可不能鸡蛋往石头上碰。不如归降，咱们还有生路可言。"努尔哈赤一听这些议论，猛的一抬头，两只眼睛发出愤怒的光来，那魁梧的身躯，像一座宝塔似的挺立着。他大声说道："众位爷儿们，那尼堪外兰杀死我阿玛和玛发，杀死阿太章京全家，我们若乖乖投靠他，有何脸面见我先人。人活百岁也是死，如果众位不肯帮我这个忙，我们十七个弟兄愿意赴汤蹈火，誓报此仇。"说完回过头来和小兄弟们说："兄弟们，不能再等了，行动起来吧！"这时，十六位小阿哥齐声说："海枯石烂，报仇的心永远不变。"

老穆昆达一看这情形，知道用好言劝说是不行了，就沉下脸说："好你个大胆的奴才，好话说了千千万，你还是当做耳旁风，你没大没小，目无尊长，我是一族之长，看来不动家法你是不能认错了。来人！把家法鞭请出。"

建州卫是爱新觉罗家族，有两种家法：一是祖传宝剑，用它可以斩族内坏人，杀族内叛逆之人；一是神鞭，专打那些犯了族规的人。平时供在堂上神祖桌前，只有穆昆达才有权力动用。族里人立即请出神鞭，全族人拜了几拜，规规矩矩地站在一边。努尔哈赤满脸泪痕，倒金山倾玉柱拜了家法，昂首跪在神鞭前，面向全族人高声说："我努尔哈赤一没有违犯族规，二没有叛离祖宗，难道为玛发和阿玛报仇就受家法责罚？难道我们族规有这样的规定吗？如果实在要打我，我只好跪领，但这只能打我身，却打不变我报仇雪恨的心。"说完他脱去衣服，跪在地上，向穆昆达说："请二伯父行刑，打这个为二老报仇的不忠不孝的阿哥吧！"这一番话说得全族人目瞪口呆，说的穆昆达举起的鞭子又放了下去。半天，穆昆达打了个唉声说："小冤家，本想狠狠教训你一顿，看你死去的二老面上，原谅你一次。可从今以后，再不许你胡作非为、惹是生非。"说完，转过身说："把我的卫队三百人叫来，看住这个冤家，把他关进地牢，什么时候认错就什么时候放出来。"就这样把一位报父仇雪祖恨的小英雄关了起来。

这可难坏了其他十六位兄弟。人无头不走，鸟无头不飞。关起少贝勒。咱们怎么行动。大家跑到一棵大树下，你看看我，我看看你，说不出一句话来。可干着急想不出解救的办法。额亦都一看这种情形，气的他拔出一棵小树，闷声闷气地说："我实在忍不下去，不如咱们杀死穆昆达，反了吧！然后再去报仇。大家要不敢干，我一个人也能杀他个人仰马翻。"说完抽出腰刀抬身要走。

这条硬汉子谁也不怕，就是尊重努尔哈赤，用他的话说："天下就属我大哥是英雄，他料事如神，我不听他的话，听谁的话。"他这一发作，大家都不敢拦。这时巴奇兰赶忙说："你先别发火，我管保有办法能把大哥救出。"大家忙问用什么办法，巴奇兰说："咱们冲到地牢门口杀死守牢人，砸开牢门，抢出大哥，远走高飞成大业立大事。诸位弟兄你们看如何？"大家一想也对。

就在当天夜里。十六位兄弟，悄悄地靠近地牢，准备冲向牢门。可是，刚要动手，只见从地牢那边来了一伙人马，到跟前一看，正是老穆昆达。他骑着马，手执马鞭。老穆昆达一看这些小英雄，气呼呼地说："好你们这些小兔羔子，想来劫牢，有我在此，谁敢动手。"说完举起马鞭狠狠地抽了舒尔哈赤和雅尔哈赤儿下。回头和守牢的士兵说："你们一定要好好看守，真要出个差错，通通要你们的命。"说完气呼呼地走了。额亦都早就按捺不住，抽出腰刀就要追上去。大家又拽又拉，好不容易把这位傻二爷制住。气的他砍倒几棵小树，踢平几块卧牛石，仰天长呼："阿不凯恩都哩，你睁睁眼睛吧，为什么一位为二老报仇的顶天立地的巴图鲁却遭受这不白之冤啊！"说完坐在石头上眼望地牢，嚎啕痛哭。其他一些兄弟也个个泪流满面，只好垂头丧气地回到住处。

半夜了，月亮从云缝里露出一张肃穆而洁白的脸，窥探着这栋小屋。不一会儿，只见门"呀"的一声开了，里面悄悄出来一个人影，在月光下，那人手拿一把钢刀，闪闪发光，直向地牢方向走去。不一会儿，又见两个人影也从屋里钻了出来。又过一会儿，室内亮起了油灯。

原来这正是十六位小英雄的住处。额亦都翻来覆去睡不好觉。心想，努尔哈赤待我恩重如山，他在地牢里受罪，我却安然睡在炕上，这怎能叫我睡好。一想我额亦都生来怕过谁，我就不信救不出大哥。想到这，他悄悄爬起来，要只身探虎穴救出努尔哈赤。这件事被安费扬古和博虎锦知道了。安费扬古偷偷捅了一下博虎锦，二个人也悄悄爬了起来，跟了上去。

离地牢不远的小树下，三个人会了面。额亦都圆睁二目恨恨地说："你俩赶紧给我回去，用我一个人的性命去拼，能成就成，不成就死我一个人。你们这一来，倒耽误了我的大事。"安费扬古小声说："单丝不成线，孤树不成林。走，要干咱们一起干，难道你豁出性命，我们俩就舍不得这一百多斤吗？"额亦都没招，只好答应他们同往。

三个人来到牢门口，一看，嚇，灯笼、火把、亮子油松照如白昼，五人一班，手执腰刀的哨兵，前后不断，再一看那地牢四外，木桩一个挨一个围成一圈。牢门牛头大锁、锁得结结实实。真是水泄不通，插翅难进。三个人来到牢门前，刚要动手，忽然被六支巨手狠狠地捏住了三个人的脖子。回头一看，原来是舒尔哈赤、雅尔哈赤和巴孙三个人，他们没容分说，把三个人拽到僻静之处，狠狠地打了额亦都三个人几拳，然后说："你们也不想一想，这地牢外围都是兵丁把守，即使你们能战过他们，那牢固的牢房任凭你有多大力气也很难砸开。一旦救兵一来，不但保不住你们三个人的性命，恐怕更加重了大哥的罪状，咱们还是赶快回去，从长计议为宜。"这第二次营救也落了空。

再说老穆昆达自从撵走了十六个小兄弟之后，心里总是七上八下，不知咋办才好。他心里知道，努尔哈赤的行动是完全正确的。不应该关入地牢，可是一想到尼堪外兰的势力，明朝的总兵，真是不寒而栗。何况族内一致反对努尔哈赤，致使这位老穆昆达无计可施。就在他闷闷不乐的时候，大阿哥陆虎进来禀报："阿玛，全族都在大厅议事，请您去作个主张。"老人一听，知道又在合计努尔哈赤的事情，于是，慢慢地走出住室。

大厅内灯火通明。人们都坐在那里争得脸红脖子粗。老穆昆达在贝勒中排行老二，大家都称他为二贝勒，这个人虽然心地倒也善良，可是他生来胆小怕事，耳软心活。老贝勒觉昌安在世的时候，总是说他长一身软骨头，是耗子做的王爷——见不得天日。

他刚一到屋，大家七嘴八舌地说了起来。有的说，只有把努尔哈赤处死，才能全族太平；有的说处死与理不合，不如软禁他三年五载，一直到他回心转意为止；也有的干脆不言语。

老穆昆达慢慢坐下来，又听了一会儿，只见族中有两三个青年阿哥站起来向穆昆达请了安说："像努尔哈赤这种败类，只想到他二老如何，根本没想到全族安危，如果他要一时得逞，还不得杀了咱们满门家眷。再说他要活下去，再加上十六个虎兄弟发起性子来，岂不是咱全族的心中大患。请穆昆达发话，我们马上治死他。望穆昆达以全族的安危为念。"说完抽出腰刀，跃跃欲试。

穆昆达看了看这几个小阿哥一眼，忙说："大胆的东西，也在老人面前亮兵刃，还不给我收拾起来，小心你们的屁股。"吓得那几个小伙子只好溜溜地退到一边。

这时，界堪站起身来，大声说道："努尔哈赤胆大包天，惹是生非，本应剪草除根，不留后患。怎奈他除了替二老报仇，抢尸夺位之外，再也找不到他的毛病。依我之见，再派人劝说一番，三天内若不改悔，再杀不迟。"大家一听也有道理，同意界堪劝说一次，界堪是显祖塔克世的三哥努尔哈赤的三伯父。平素对努尔哈赤感情很好，可是想到自己的身家性命，也不同意把这条老虎放出来惹是生非。

三天后要杀努尔哈赤，这消息传得很快。

第二天，十六个小兄弟得到了信儿，急得像热锅上的蚂蚁，不知如何是好。事又凑巧，不知什么原因舒尔哈赤肚子疼了起来，大家都忙着给他热姜汤。穆尔哈赤却哈哈大笑起来，并拍着手说："好了，好了，大哥有救了。"大家看他这一举动,不知葫芦里卖的什么药。穆尔哈赤把如何搭救努尔哈赤脱险的妙计和大家一说,都拍手称好。这才引出,救出英雄报家仇,活捉尼堪外兰。

欲知后事如何,且听下回分解。

前回书说的是穆尔哈赤一看有人喊肚子疼，他就想出一条巧计，解救罕王脱牢。他和众兄弟说出这个计策之后，大家都拍手称好，一一依计行事。

穆昆达这几天被努尔哈赤的事情，弄得寝食不安。刚到掌灯时分，只见舒尔哈赤慌慌张张地跑了进来，气喘吁吁地说：“大阿玛，可了不得了，我去给努尔哈赤送饭，刚到地牢小窗口，只听大阿哥在牢中嚎叫，一看在地上直打滚，手捂肚子直不起腰来。喝水吐水，吃饭吐饭，没有一袋烟的工夫，躺在地上已经昏迷不醒。在昏迷中还说：‘大阿玛，我本想在你面前行行孝心，可是你侄儿已经不行了，快来看看你这要死的苦命侄儿吧！’”

穆昆达一听，大吃一惊，忙问：“为什么不找大夫看一下？”舒尔哈赤哭丧着脸说：“您老人家下了令，除了送饭外，一律不许入牢，违令者斩。这道禁令一下，谁敢带医治病。”老穆昆达立即站起身形，手拿开门钥匙，匆匆向土牢走去。

众兵丁一看大爷驾到，忙闪开一条路，这时十六位小兄弟都心急似火地站在那里，一见大爷都凑到身边。齐声说：“老贝勒快快打开牢门，看看少贝勒吧！”老穆昆达急忙拿出钥匙打开牢门。这牢门里黑洞洞、湿漉漉寒气逼人。当老穆昆达刚一进牢门，就见十六个小兄弟，个个身轻如燕，抢先蹿了进去，没容分说，拽起努尔哈赤就跑。

当穆昆达知道中计后，十七位兄弟早已逃得无影无踪。穆昆达气愤地说：“这些混账东西，竟敢欺骗到老夫头上。”气得他命令兵丁敲起云牌，吹动牛角号。顿时，甲兵全部集合到牢门前。穆昆达立刻传令追拿十七个小英雄。可是这些兵丁谁敢真的动手擒拿，都虚张声势地喊了一阵，回去复命去了。

穆昆达正在气愤的时候，只见北山腰上，亮起了十七个火把，并且高声喊道：“大阿玛，不要生气，我们决不再进城。好汉做事好汉当，我们报仇决不连累你们，请老人家放心，如果真要紧紧追捕我们，逼得我们实在没有出路，那我们将要对不起您老人家了。”

努尔哈赤高声说："我为二老报仇，老人留下的栖鹰阁暂时借我们用用。"说完，他们高举火把向栖鹰阁走去。

这栖鹰阁是当时觉昌安养鹰的地方。当年这个地方，由人工养育不少老鹰，也孵育鹰雏。为了喂鹰还用专人饲养一些山兔。这栖鹰阁还有一段有趣的历史呢。

据说觉昌安在世的时候，最喜爱山鹰。曾驯养过一二百只山鹰。这群山鹰专听觉昌安的口令。一声口哨几十只山鹰排成一队，在觉昌安头上盘旋。再吹一声口哨，群鹰立刻展开双翅向四下飞去。可不一会儿，又都纷纷飞回来，有的叼着山兔，有的噙着山鸡，一一放在觉昌安面前，然后静静地等着主人分点。当主人把一些捕来的猎物分给他们时，这些山鹰每十几只围成圈子，吃了起来。好像胜利聚餐似的。更使人惊奇的是，这些山鹰，每夜十几只蹲在觉昌安的住宅房顶上，打更守夜，一旦来了生人，他们群起而攻，敲打着门窗报警，真可以说是一群忠实的卫士。

日子一长，这些山鹰竟在栖鹰阁安了家，产了卵，竟孵出下一代来。渐渐地栖鹰阁从简陋的三间土房竟发展成鹰房，育雏室，山兔棚，育鹰人员的值班室。

因为这栖鹰阁是建在一个小土山上，站在这里，放眼一望，可以看到很远的地方。为了使山鹰安全生活，又在小山四周修起了高高的围墙。从外面看，围墙陡立，在里边看，却平坦起阁，真正是一所理想的自卫城。因为这件事，觉昌安贝勒还有个美称叫山鹰贝勒。

自从觉昌安故去以后，山鹰死的死，散的散，被偷的被偷。一个群鹰栖居的地方，很快变成空荡荡的空阁。

栖鹰阁的后面有山有树，还有几眼甘泉，倒也是个风景优美的好地方。

他们小哥几个占据栖鹰阁以后，就通知春娅娜和龙敦，洛寒把佟家庄园的几十号人悄悄带了过来。原打算不叫别人知道，可是哪有不透风的墙。日子一长，有些觉昌安这一支族人和奴隶都暗暗投了过来。没有几天工夫，投向努尔哈赤的人有五十七人。他们一看来的人一天比一天多起来，心中很高兴，除了安排他们生活以外，还在一起练练弓箭和刀法。

日子一长，族里人听说努尔哈赤的队伍不断扩大，都感到害怕，尤其是界堪。他是三贝勒，论起来是努尔哈赤的三伯父。这个人虽然弓马不熟，可是嫉妒心特别大。在平辈中他倒不敢使威风，对下边一帮晚辈总是摆出老子的架子，说说这个，训训那个，总在穆昆达跟前挑动是非。

他听说努尔哈赤的人数一天比一天多了起来。偷偷地和穆昆达说："大哥，小罕这孩子，翅膀越来越硬，如果不尽快除掉，要成为全族的祸害！一旦他兴师动众，惹翻了明朝军队，攻打咱们宁古塔，到那时，咱们就悔之晚矣。趁他羽毛还没长齐，不如趁早斩草除根，免生后患呀！"

这一番话，说得穆昆达半天说不出话来。看了看界堪问道："依你之见怎么办？"界堪打了个唉声说："这件事，不是你我二人能做主的，还是开个全族会议，叫大伙想办法，再做定夺。"穆昆达也觉得是个理，便点点头说："要是这样，你就替我通知一下，明天在大厅里聚会。"界堪暗暗高兴，告退出去。

他先找平辈，把自己的想法和穆昆达的主张添油加醋地和大家又挑动一番，竟得到大家的赞同。

第二天，前大厅南北炕和外屋地上，挤满了人。穆昆达在案桌后面坐下之后，一些老辈人都坐在炕上，晚辈在长凳上也坐了下来。奴隶们端上茶水，给老一辈人装了烟，便退了出去。

穆昆达看看大家说："众位哥们儿爷们儿，自从老贝勒遇害之后，我是日夜盘算以后苏克苏浒这个城怎么保，全族人怎样过平安日子。大家都知道咱们要和尼堪外兰比，真是相差太远了，只有投靠他，才能保安全。可是努尔哈赤这个逆种，不听长辈人的话，不守族规，竟挑动一些人成帮结伙要去报仇。还事先抢去老人尸体，有了继承的大权，对这个人不想办法制住，可是咱们的心头之病啊！今天请大家来，想个办法才好。"

穆昆达说完，全厅人顿时议论起来。有的说劝劝他；有的说还是抓回来押在地牢；有的主张干脆杀掉以免后患。大家议论一阵后，界堪拦住大伙的议论，高声说："我看咱们先礼后兵，把努尔哈赤叫来，在大庭广众之下好好训斥他，他若听话，就万事罢休。要是不听劝，当场就抓起来，打入地牢；要是他抗拒不来，咱们就以讨逆的名义兵围栖鹰阁，只要把努尔哈赤掌握到手，他就得听咱们的处理，反也反不了。"大家一听，觉得很在理，就决定派人通知努尔哈赤弟兄三人，明天午时到大厅议事。

努尔哈赤他们接到信之后，额亦都大声喊道："大哥，可不能上他们的当，这是调虎离山计。"安费扬古也是这个看法。舒尔哈赤眼盯着大哥没说一句话。

努尔哈赤看了大家一眼说："我的心是正的，我办的事是合乎天意的。凡是合乎天意的人，无论办什么事，说什么话，都能得到天的庇佑。既然他们请我去，我当然得去，看他们摆的什么阵势。汉人写的《三国志》里诸葛孔明斗倒江东群英，难道咱们就不能秉公处事，陈述大义吗？我决定明天午时按时赴会，看他们岂奈我何？"穆尔哈赤说："大哥，我也跟去。"努尔哈赤点点头。额亦都也吵吵要去，努尔哈赤也表示同意。其他一些兄弟都为这件事捏着一把汗。

第二天中午，大厅里布置得很严肃。西炕供上神祖，升起达子香，神祖前放着有黄绫子色的家法剑和鞭。地上靠西炕沿放一张挂着桌裙子的案桌。案桌两旁是两条大条桌，桌上摆着茶壶和扣碗。没到巳时，全屋就挤满了人，等着这一场文战武攻的议会。屋里气氛有些紧张，有的人暗暗说，这场戏唱不成，小罕子比谁都聪明，他决不会上这个圈套；也有的人估计，他不敢不来，咱们人多力量大，上有家法，下有全族，天大胆子也不敢不来。正在这时，只见外面家人禀报："少贝勒已经进城。"

大家一听，立刻紧张起来，乱了一阵之后，穆昆达赶忙坐在案桌中间，其他老一辈人，坐在大条桌后面，并约定好：一切看穆昆达动作行事，正在这时，家人慌慌张张又来禀报，少贝勒现在门外手捧皇上敕书，叫全族拜见敕书。原来大明给的豹印和敕书，自从安葬父祖之后，已经完全落在努尔哈赤的手中，他们所以要害于他，一来怕他报仇牵连全族，二来也是要夺印信敕书。当他们一听接敕书，这要比家法大，谁敢不依，都你看看我，我看看你，只好乖乖地出去行了拜见礼。

努尔哈赤手捧一道敕书公然走在前面，进屋之后，竟在正座端然坐好。大家又做了拜见礼。因为敕书是皇上颁发的证件，谁也不敢坐下，只好站立两旁，听候吩咐。

努尔哈赤看看大家，然后郑重地说："咱们先论国法后，再论家法。自打嘉靖皇帝对先祖敕封建州都检事以来，诸多大事，都是由先祖裁决。今天既然由我承袭，只好告个罪领先了。现在我公布栖鹰阁是都检事办事的地方，今后有关国家大事，用这道敕书调遣诸位父老。"

这一招，出乎众人意料，本想先发制人，却被这突如其来的接敕书举动打乱了他们的部署。

努尔哈赤说完之后才走下来，一一拜见长辈，并和诸平辈行了见面礼。然后恭恭敬敬地问穆昆达："大阿玛，不知把小侄叫来有何吩咐？"问完之后，又深深向大阿玛请安说："大阿玛，我先告个罪，因职务在身，不得不在座次上领先了。"说完又向神祖拜了几拜，公然坐在正位上。

这些弄的大伙张口结舌，全厅鸦雀无声。呆了半天，界堪发了言："先祖自创业以来，深以全族兴旺平安为怀。今遭不幸，被尼堪外兰暗害，是我全族人等之大不幸，本应兴师问罪，以报家仇，以壮部威。但孙子兵书云'知彼知己，才能百战不殆'。今建州兵不满千，甲不满百，战马疲惫，粮草不足，不但没可战之兵，也缺指挥将领。再看尼堪外兰有精兵数千，盔甲数百，战马个个膘肥体壮，外有明朝作援，内有金城据险，战将数十，谋士也比建州多几倍。一旦兴师动众，不但不能取胜，反会家园难保，族人遭受不必要的苦难。祖宗在天之灵，将会怪罪于我。这种盲动行为，实在是害死全族的祸根。"这一番话，引族人共鸣，一致说，四贝勒说的对呀，多大的弓，射多大的兽。弓小打大兽，反被大兽吃。是傻人干的事情。

努尔哈赤看看大家，转头向界堪问道："依你老之见，应该如何安排？"

界堪一听，心中暗暗高兴，以为努尔哈赤听到我的主张大概有些活心，便接着努尔哈赤的话说："依我看，君子报仇十年不晚。想当年祖先被一些野人撵得无立足之地，只好退居会宁。可是仅用几十年的时间，又重振家业，执掌建州，总算也有了安身之处。如果轻举妄动，恐有亡国亡家之祸。我方才说过……"没等界堪说完，努尔哈赤接着说："尼堪外兰手中有一两千兵马，还有李总兵做为后援，又听说最近明朝还册封他为满洲国主。可是咱们兵不过三百，甲不足五十，既得不到大国的支援，也没有盟军的同情，如果一旦战斗起来，犹如以卵击石。"

界堪一听，不由得心花怒放，连连称赞。"不愧是聪睿贝勒，真是料事如神。我看，既然贝勒看到这点，不如咱们派人和尼堪外兰讲和，投在他们部下。我想尼堪外兰也不会计较前仇，会允许咱们归服。咱们趁这时候养兵牧马，一旦强大起来，再雪杀父之仇。"

努尔哈赤看看大家。然后圆睁两目，大声说道："你们只知其一，不知其二。我们声讨外兰，是为了报杀父祖之仇，是为了雪这奇耻大辱，这上随天意，下合族心。另外尼堪外兰，夺我城池，杀死阿太章京全家，害死玛发、阿玛，这阴损卑鄙行为，各部贝勒共睹，我们出师问罪，各部起码不能援助尼堪外兰吧！此乃我出师必胜之一。那李总兵乃是没有奏明圣上，私自动兵，假传圣旨，一旦真相大白，他也免不了欺君之罪。我们一旦出师，他决不会再胆敢袒护，这是我必胜之二。我们虽然兵微将寡，可是只要我们同心协力，和他决一死战，即使为此而死，为此而亡，也算尽我子孙之孝心，也安心。上次我们讨伐尼堪外兰，攻了古埒城，夺了他的城池，灭了他的队伍，他只是单身出逃。可见外强中干。我们奇耻大辱不报，反认贼作父，我努尔哈赤死不从命。至于说君子报仇，十年不晚，这是一种苟延残生的奴才主张，请各位想想，那尼堪外兰比狐狸还狡猾，岂能容许我们养兵蓄锐，把要吃他的老虎当做看家狗。这岂不是天大笑话。如果各位父老不想出师，也请不要阻拦我报仇血恨。一旦失败，我努尔哈赤决不牵扯你们。可是话又说回来，我还是拜求父老兄弟和我同心作战才好。"说完，小贝勒含着热泪向祖先神恭恭敬敬地叩了几个头。给大家深深请个安，大义凛然地步出大厅。

大家被努尔哈赤这一番言语，说得哑口无言，你瞅瞅我，我瞧瞧你，半天却没说出话来。这时，界堪走到穆昆达面前，气愤地说："老哥哥，你看见了吧，这小罕狂妄到什么程度？简直是魔鬼缠身真要照他的马跑，不但捉不到獐狍野鹿，还要迷失方向吃了大亏。你可要拿定主意，别把大家领进火坑啊。"这一番话，把一个耳软心活，没有主见的穆昆达说得不知如何是好。这时，一些胆小怕事的人，非常赞同此主张，异口同声地说："穆昆达快拿主意吧！快领着族人讨个生路吧！"

老穆昆达打个唉声说："我也不愿意看着族人眼睁睁地被尼堪外兰吃掉。假若真的投靠外兰，如果一帆风顺，那真是神佛保佑。可是一旦有个三长两短，我可担当不起呀！"

大家一听这番言语，都异口同声地说："愿听穆昆达吩咐。我们愿意在堂子里对阿不凯恩都哩和祖先神前明誓。"

堂子是供奉祖先神的地方，凡属满族，每逢遇到为难的大事，或出兵作战，共同要做的大事，都要到堂子里面向神祖致祭或宣誓，求得神佛作证，神佛保佑。他们为了共同对付努尔哈赤，不得不举行这最高仪式了。

他们集合在堂子里，由萨玛举到抛盏仪式之后，由穆昆达躬身敬香，然后率领大家跪在神前，庄严宣誓说："阿不凯恩都哩，各位祖先玛发，你把福禄送给我们，把灾难降给努尔哈赤，我们齐心协力，若有三心二意，天诛地灭。"说着，大家共同饮了血酒。就这样一个反努尔哈赤的团体形成了。

再说努尔哈赤从场面里回来之后，又听到全族人在堂子里宣了誓。他冷笑了几声，心想这些人都是胆小鬼，可是又一想，他们处在敌强我弱的情况下，产生这种思想和行动是在所难免的。不管他们如何，终究是一个祖宗留下的后代呀！想到这，他一个刚露锋芒的一代英雄下了最大的决心，宁死也要报仇。对族人，宁可他们不仁，我努尔哈赤不能不义。不但没削弱报仇之心，反而更增强了他的决心和毅力。

这几天，努尔哈赤心情很乱。他是一位马上的硬汉子，从来没被困难吓倒过，他感到目前处境棘手，他独自一人步出城外。城外正值盛夏，浓浓的树叶遮住阳光，一条细细的小河向苏子河流去。他仰天长叹一声，暗自想着尼堪外兰逃到哪儿，怎么寻找，今后如何讨伐尼堪外兰。正在这时，就觉得身后有风声，赶快回头一看，只见背后一个人影，用黑布包着头部，只露出两只眼睛，手使一把明晃晃的钢刀，直扑努尔哈赤。努尔哈赤一闪身，抬脚一踢，正好踢在手腕上，只听那人"哎哟"一声，将刀落在地上，吓得他撒腿就跑。努尔哈赤知道这一定是族里人派来的刺客。他并不追赶还大声说："混账东西，拦路抢劫也不看看我是谁，赶快把刀拣回去。"说完大步回到城内。这件事，他进城之后，只字没向众兄弟透露。

第三天，刚吃过早饭。小弟兄们正在养鹰房闲谈，忽然门军禀报："启禀贝勒，大事不好，老城发来二三百人马把咱全城团团围住。"大家一听，都气愤地抽出腰刀，一致说："贝勒爷，快发话吧！这简直是欺人太甚。"努尔哈赤看看大家严肃地说："不要乱动，我先出去看看究竟。"说完走出屋子，来到墙头一看，只见几支族人都带着家人骑马张弓，虎视眈眈。努尔哈赤立刻挺起胸膛，圆睁二目，大喊一声，从墙内飞身跳出。这一跳犹如猛虎下山，苍龙出水，又好像一尊天神从天降下似的，没等落地，早把大家吓得倒退半里。这就是历史上有名的罕王孤身吓退群敌的故事。

其实，族内有很多人同情努尔哈赤。因碍于穆昆达之命令，不得不来，谁肯认真动刀动枪，就这样努尔哈赤没费一兵一卒，没说一句话，二百多士兵溜溜地退回老城。

正义的行为是会得到一些人的赞助的。努尔哈赤除了手头执掌豹印、敕书外，更依仗他出师正义、心胸坦荡、不忌族仇、对人谦逊。没出多久，四外一些小部落先后都归附到他的身边。

又有一次，离围城这件事约有一个多月。努尔哈赤所管辖的一个小部落叫瑚济寨。这个寨子离栖鹰阁有好几十里，背靠小山前有小河，是一个很闭塞的部落。全部落还不足百十口人。是安费扬古的家乡。忽然一天夜里，不知从何处冲进百十口兵马，把屯子抢掠一空，并把他们的葛珊达全家抓去，并扬言要他们用十八头牛，二十五只羊换回。如果过了九天不去，要把葛珊达满门问斩。

原来这些歹徒，是努尔哈赤的族叔康嘉派的。自从努尔哈赤众兄弟抢帅夺印以后，总是时刻算计努尔哈赤，除了在界堪和穆昆达耳旁不断吹风外，还不断和外部贝勒联系，因此也花费了不少族中在他家存放的银两。日子一长，害怕一旦族里要提取这份公款，偿还不上，要受族法惩办。这件事简直成了他的心事。左思右想，猛然想起洋河部北嘉城长理岱来。他们过去曾在一起干过一些抢劫小部落财物的勾当，何不找他商量一下，再大干一场，掠些财物，不但偿还族中债务，而且自己也能得到一些外财。想到这里，他急忙预备几样礼品，带领二个奴隶奔北嘉城走去。

北嘉城长理岱论起来在一百多年前和爱新觉罗本是一家。这个人专把打家劫舍当作收入。个人是只要来财，什么伤天害理的事都敢做。

康嘉这次拜访，真是屎克郎见瞎粪杵子，臭味相投。两个人一合计，事倒是好事，可是这些年各部落势力一天比一天强大，如果单靠咱两家的兵力，是远远不足的。目前势力最大的共有三家，都是八马王。一是哈达万汗，二是叶赫，三是乌拉。研究来研究去，决定到八马王哈达万汗那里请些兵马，助此一臂之力。可是到万汗那里怎么说呢？康嘉有些犹豫不定，理岱笑了笑说："我有一条妙计，管保万汗出兵。"说完向康嘉耳边低低地嘀咕一番，康嘉一听，大喜，连连点头说："妙计妙计。"

这才想出一条伤天害理计，弄巧成拙，自吃苦头，这才引出安费扬古斩群贼，众英雄起义追杀尼堪外兰的故事。

上文说到理岱附耳献计，康嘉一听，连说"三音、三音"（好、好）。

提起哈达部地近明朝边境，在东北满族各部属于大的部。万汗被明朝封为王位。有八马之疆土，左右各个小部落都附属于它。

理岱和康嘉见到万汗行了拜见之礼之后，康嘉献了礼品，并送上两名能歌善舞的女奴。万汗大声地问道："不知二位来此有何要事相商？"康嘉请了个安说："启禀罕王，我族努尔哈赤竟目无长上，想要吞并各部，他的部下瑚济寨也打算偷袭汗主边城。我俩实感不平，曾出兵拦阻过，他不但不听，反而和我们为敌，我俩兵微力小，难以抵抗。特来请罕王拨给一支人马。卑职愿带兵征讨，以保汗主边界平安，并壮哈达国之声威。"理岱接着说："这瑚济寨主还说了些很不中听的话。"

万汗一听，低头想了一下说："这么一个小寨，竟敢如此猖狂。努尔哈赤贝勒理应管束才对，为何纵其胡来。不知他说了哪些不中听的言语。"

理岱急忙站起身形说："他说的话实难出口。"万汗说："只管如实讲来。"

理岱说："他说，万汗害死其弟，霸占他的产业，我要集合诸部讨伐此贼。"

这一句话正说到万汗的疼处。气得他拍案大叫，一定要踏平这个小寨不可。气冲冲地说："我可以拨给一些人马，替我讨伐这个逆贼。"就这样，他俩骗取军队向瑚济寨杀去。

瑚济寨是个小寨，怎能抗得住大兵的劫掠。结果被理岱和康嘉抢掠一空。他们还掠去该寨的寨主全家做为抵押，并勒令用牛羊赎回。

他们掠到大批财物以后，退到红松林里。准备分赃的时候，想到这人质没法分开。理岱又出了一个坏主意，就地审问，追究寨子还有什么财物。然后，再杀回去二番洗劫。这两个人立即问话，把寨主叫到跟前，威胁说："你老老实实说出你们寨子还有哪些财宝，说的属实，可以收你当个偏将，若其不然，别说我们不客气。"

这位寨主一听，气得浑身发抖。高声骂道："你们这些强盗，我瑚济寨与你们何仇何恨，竟光天化日抢劫行凶，我生不能为寨民报仇雪恨，死也变成恶鬼勾你们的魂，叫你们不得好死。"

寨主被打得遍体鳞伤，虽然这样，还是骂不绝口。正在这时，只听树林东头一声怒吼，"大胆的狂徒，怎敢明火抢劫。今天非教训你们不可。"只见从林外冲过来一人，骑一匹黑色宝龙驹，身着鹿皮衣裤，头戴一顶护肩狍皮帽，往脸上一看，这人高鼻梁，大眼睛，四方海口，面部黑里透红，手使两把腰刀。来人原来是安费扬古大将。这位大将他本是瑚济寨人。这一天，他闲来没事，带着十一个随从到山里狩猎，顺便也想回瑚济寨看看。当他走到林内，就看见瑚济寨主被人鞭打的情况，又看到康嘉、理岱正在分赃。气得他一声吼叫，冲了过来，其他十一名将士，也紧跟冲进贼人队伍中，这一番厮杀，只杀得敌人只有招架之功，没有还手之力。

安费扬古把寨主放了下来，一同去见努尔哈赤，努尔哈赤好言安慰一番，并请他们要加紧练武加强防卫。从此努尔哈赤暗暗加强了提防。

努尔哈赤把瑚济寨主安排妥当之后，立即着手准备征讨尼堪外兰的行动。

明万历十三年（1585年）五月。努尔哈赤只有兵马一百人，盔甲从十三副凑足三十副。他们在出师以前，努尔哈赤和众人说："我们兵不足百，甲才三十，我打算求萨尔浒城主诺米纳出兵相助，诸位以为如何？"安费扬古说："诺米纳虽然盟过誓，可是该人耳软心活，胆小怕事，恐怕未必真心来助。"努尔哈赤点点头，说："你看得很对，不过应该知道，如果约他，他不到，是他背信弃义，将要受到众人的耻笑和责备；我们不去约请他，他将会把责任推在我们身上，当然不能依靠别人完成报仇大事。我们要加紧操练，准备出征。我到萨尔浒城走一走。"说完只带两个随从向萨尔浒城走去。

萨尔浒城也属于建州卫管辖的一个小城。因为土地比较肥沃，水草也很丰满，所以人们还很富裕，有甲兵八十多人。

努尔哈赤到那见到诺米纳一说借兵，他满口答应，并双方订了会师的日期。努尔哈赤心里很高兴，很佩服他信守盟约。立即拜辞，回去做出兵的准备。

再说诺米纳有个弟弟叫奈喀达，平素和界堪很要好，这一天，他正在和诺米纳一同准备队伍定期出发的时候，忽然兵卒来报，说界堪前来拜访。奈喀达赶快把客人让到自己屋里，仆人倒上茶水装上烟，两个人就谈了起来。奈喀达把和努尔哈赤定期会合攻打尼堪外兰的事和界堪讲了出来。

界堪一听，不由大吃一惊。原来他和康嘉三天以前曾到尼堪外兰那里去了一次，一再表示决不忌恨前仇，甘愿投靠在他的名下，尼堪外兰说："既然你二位能真心依附，我很高兴，可有一件事要先讲清。上次努尔哈赤破了我的城，此仇一定要报，听说努尔哈赤正在养兵蓄锐，还要和我做对。如果你能把他制服或给我送来，我将禀报李总兵封你两位为建州卫都检事。"二人一听更加高兴，赶快站起跪倒谢恩。并保证回去联络萨尔浒城主联合一起攻打努尔哈赤。

临走时尼堪外兰还给他俩几副甲和其他一些东西。

两个人辞别尼堪外兰之后，康嘉回家做攻打努尔哈赤的准备，界堪才来到这里。

界堪听完奈喀达如何备兵准备协助努尔哈赤征讨尼堪外兰的时候，不由心中暗吃一惊，心想真要他们出兵助战，一旦获胜，岂不给老虎添翼，他都检事职务更属难成。想到这里，他假装大吃一惊。忙说："按理说，你们协助努尔哈赤，作为我是他的本家，理应高兴才是，无奈你们只知其一，不知其二。那尼堪外兰自从努尔哈赤把他打得只身跑出城后，见到了李总兵重新受到李总兵器重，代为奏明皇上封为满洲国主可以管辖珠申各部。李成梁还向他交底，一旦有人发兵伤害于他，立即出兵援助。这样一来，别说一个努尔哈赤，就是一百个努尔哈赤能顶住大明朝和满洲国主？你们出兵，岂不自找苦吃。到时候，城破家亡，悔之晚矣，望你转告长兄三思而行。"这一番话说得奈喀达毛骨悚然，万分感激界堪的金玉良言，并急忙把界堪的一番言语转告了诺米纳。诺米纳一琢磨，觉得很对，立即命他弟弟练兵。哥俩决定一不帮助努尔哈赤，二不帮助尼堪外兰，咱们坐山观虎斗。

再说尼堪外兰，自从用奸计害死觉昌安、塔克世父子，被努尔哈赤杀得落荒而逃之后，他是日夜担忧，怕努尔哈赤再来发兵报仇。为此，他再拜求李成梁派兵马驻守图伦城。他还把古埒、沙济二城居民、兵士尽数纳入图伦，以为这样能兵多人众壮大自己的力量。他又派人给哈达部主送信送礼，请他协助。可是事与愿违。各方面都持一种谨慎态度。

明朝李总兵李成梁，本以为借尼堪外兰的刀，杀掉觉昌安、塔克世能够镇住东北各族，并且通过这一行动，推行他的以夷治夷的政策，借此可以在皇帝面前讨个好，升升官，发发财。可是明朝的意图与他恰恰相反，主张尊重各卫都检事的主权，叫他们按时进贡，安于职守，互不侵占，不能无端挑起纷争，有损明朝对他们的信任。

李成梁这次挑尼堪外兰杀二主是没有奏明皇帝私自做的主意，他又奏明皇上把尼堪外兰说的如何忠，如何勇，如何受到各部的崇敬。皇帝信以为真。竟封他为满洲国主。

可是纸里总是包不住火。李成梁无故挑动内乱的消息传到京师，立即引起朝臣不同的议论。有人说李成梁不应该背着朝廷私自动兵挑动尼堪肇事。理应奉明圣上严加惩办，并派人安抚建州卫平息这次无端挑斗；也有一部分人认为，李成梁做得对。对那些夷邦野人不能讲文明讲道理，应以武力镇压，利用他们互相厮打，削弱他们的势力，然后一举全部消灭。

其实，李成梁这一举动确实成了燎原之火。他对东北女真人估计过低，认为一旦刀兵相见，他们就会乖乖听命。岂不知安抚一方单凭武力是解决不了根本问题的。只有心心相印，用诚心相待方为上策。

以后李成梁竟变本加厉用皇帝敕书封他为满洲国主，还赏给他红花绿叶的官服，这更助长了尼堪外兰的野心。就在这时，朝廷下道圣旨，大意是：

"尼堪外兰不应杀害建州都督。又闻努尔哈赤兴兵报仇，事关重大，不得轻举妄动，不得偏于一方，朝中已派人安抚建州，尽快平息此事，以安圣心，钦此。"

不得偏于一方，这对李成梁来说是一个重大的责备，他预感到事关重大，不是像起初想象的那样，从此他再也不敢过分的支援尼堪外兰。

尼堪外兰第二个失策是，不应把沙济、古埒二城居民完全驻入图伦城内。这二城居民和他们的城主情同手足似亲骨肉。城主在尼堪外兰的屠刀下，受着各种折磨，心中怎能不起仇恨之心。实际是在他身旁自己放着两座遇机待发的火山。

再说哈达部主，虽然对爱新觉罗哈拉有些旧仇，一想到觉昌安的为人忠正，对哈达部出了不少的力。今朝努尔哈赤要报祖、报父之仇，本应出兵相助，但考虑到尼堪外兰求救于此，想到李总兵的兵力，就下了一个决心，一不帮努尔哈赤，二不助尼堪外兰。决定给图伦城多少送点应急物资。并答应如有余力可以尽力协助。

放下尼堪外兰不表，单说努尔哈赤于万历十一年五月率领小弟兄十六人和一百名士兵，个个穿白挂孝，在堂子里杀一头牛，两只羊，告祭上天和各代祖先，点起三声大炮杀向图伦城。并派人通知诺米纳准时出兵。

当努尔哈赤兵临图伦城时，诺米纳派来使者说："我城兵力不足，准备不周，不能前来援助，万望聪睿贝勒海涵。"这釜底抽薪之计，气得额亦都破口大骂，并请求带二十名士卒，踏平萨尔浒，努尔哈赤急忙阻止说："不要妄动，应该用一切力量攻破图伦城，捉住尼堪外兰为要。至于诺米纳我自有主张。"额亦都恨恨地说："有朝一日，非得生吃他的肉不可。"

努尔哈赤立刻下令说："我们不能四面围攻，可以集中力量专打南门。并命令只许放炮擂鼓，暂不搭梯攻城。"大家都感到莫明其妙，只好依计而行。顿时南门外号声振天，战鼓齐鸣，再加上兵士的喊杀声，使城内的人们吓得不知如何是好。尼堪外兰亲自到南门守卫。这时沙济和古埒二城的穆昆达来到南门单腿请安说："我们自从投靠国主收养之后，未立寸功，实在感到于心不忍。今天努尔哈赤攻城，我们愿效犬马之劳，给国主分担一些困难。"

尼堪外兰一听，心中大喜，忙吩咐道："尔等可以领兵守住东、北二门，多带弓箭、礌石，不要放进一兵一卒，违令者斩。两个穆昆达连连行礼，请安退了出来。尼堪外兰站在南门城上一看，努尔哈赤的军队，虽然不多，却阵容整齐，盔明甲亮，个个英姿勃勃，人人精神百倍，早吓得他不知如何是好。派到李总兵和哈达求援的两名使者竟毫无消息，更使他心惊胆战，坐立不安。正在这时，只见报马气喘吁吁地来报："启禀国主，大事不好，沙济、古埒二城居民竟打开东北二门，安费扬古和费英东已经率五十甲兵侵入城中。"尼堪外兰一听，好像晴天打了个霹雳，枪也没顾带，带着妻儿向甲版城逃去。

努尔哈赤进城之后，对尼堪外兰的一切亲属全部杀死。并协助沙济、古埒二城居民回到旧城，把图伦城的一半财产分给二城。其余人马和财物全部没收。

为什么这两城居民事先早有准备呢？原来在出师以前，努尔哈赤派四名得力侍从，假扮沙济、古埒居民混入城内。和两位穆昆达已经商量好，做了充分的准备。才有两穆昆达请战开门，引入努尔哈赤的甲兵进城的计策。

这次战斗获甲一百副，掠人五百多口，牛羊不计其数。他们得胜凯旋而归。

本年秋八月初，努尔哈赤攻打甲版城要活捉尼堪外兰。

这尼堪外兰自从图伦城逃出之后，如同丧家之犬，夹着尾巴仓皇逃到甲版城。进城以后，立即督促城中百姓，不分昼夜地加固城池。每天心惊胆战，甚至连睡觉都大吵大喊，真是食不甘味，寝不安席。这一天，刚吃完早饭，忽然门军来报："萨尔浒城主诺米纳特来求见。"尼堪外兰知道诺米纳是夜猫子进宅，无事不来，赶紧出屋降阶相迎。到屋落座之后，尼堪外兰不住感谢诺米纳没有援助努尔哈赤之恩，并保证一定在李总兵面前多加保奏。诺米纳连连感谢尼堪外兰提拔之恩。然后小声说："小的有一件机密军情想要报给国主。"说完看了看侍候的一些仆人。尼堪外兰明白其意，赶忙斥退手下仆人，此时屋里只有他们二人。

诺米纳凑到尼堪外兰耳边悄悄说道：

"启禀国主，那努尔哈赤在最近几天要出兵甲版城，请国主早加准备。"

尼堪外兰一听到努尔哈赤四字，早吓得浑身发软，战战惊惊的说不出话来。诺米纳一看这种情况，也不敢久留，告辞回城。

当努尔哈赤大兵到来之前，他早就弃城出逃，直奔抚顺，想从其东的河口台地方进入明朝边界。这样，一则可以避难，二则可以请李总兵出兵援助。

努尔哈赤收了甲版，气得他跺脚捶胸，恨恨地说："要不是诺米纳通风报信，那尼堪外兰早已被我捉住。"立即指挥全军尾随其后。

这尼堪外兰带着家属和几名亲信金命水命不要命地向明朝边界跑去。就在这时，只见从抚顺方面过来一伙兵马，尼堪外兰一见大喜，赶忙人声喊道："快来救我，我是尼堪外兰。"

这明朝官兵一听，立即摆开阵势，大声喝道："尼堪外兰，听真，我们奉总兵之命，在此守护边界。根据圣训，双方人等不许越界。为此请你转逃他处。明朝界内不许你私自闯入。"尼堪外兰一听，早吓得魂不附体，下了马屈腿请安苦苦哀求，明兵还是不许进边。

事又凑巧，当他和明兵对话的时候，努尔哈赤带兵赶到。一看明兵在此，以为是接应尼堪外兰的军队，忙下令停止前进。只拿住一个仆人，策马带兵返回甲版。

到了甲版，立即把仆人带来审问。那个仆人愤愤地说："为什么聪睿贝勒不追赶尼堪外兰呢？那明朝兵马不是援助尼堪外兰的，而是阻止他进入明境的呀！如果那时追赶上去，一定会捉住他。"

努尔哈赤一听，对诺米纳更加愤恨。他抽出腰刀恨恨地砍倒门前一棵小树，大声发誓说："不消灭诺米纳，就不能捉住尼堪外兰！"

努尔哈赤把甲版城安置一番，住了三天，班师回苏克虎河畔。大军正行至萨尔浒边界准备借路回师的时候，这时诺米纳及其弟奈哈达以为努尔哈赤要侵占他的抗甲和扎库木二路。便带兵阻于途中，高声喝道："聪睿贝勒听真，东佳和巴尔达两城是我们属地，决不容许你任意侵占。"

努尔哈赤一听，拍马冲在前面，满面带笑地说："你弟兄二人背信弃义，不出兵援助，反而阴告我出兵日期，致使尼堪外兰逃跑，本应和你决一死战，可是我们共同盟过誓，保证互不侵犯。不管你怎样，我还要看你行动。如果允许我们借道回师，我决不忌恨前仇，仍然和你言归于好。"

诺米纳一听，冷笑一声说："既然你有言归于好的决心，你可以替我把对我有仇的东佳城和巴尔达城夺过来交给我，我就可以借道，还保证今后永远和好。"

努尔哈赤知道这是借故挑动我和二城的关系，这时气的噶哈善、哈思虎、常书、相书等英雄眉发竖起。高声喝道："这两个不知死的兔崽子，何必和他费话，干脆和他拼了。"努尔哈赤瞪了他们一眼，喝道："不许乱说，我自有办法。"大家只好忍气吞声站在一边，听候吩咐。

努尔哈赤带笑说道："既然如此，我可以把兵马驻扎在此，和你一同进城，从长计议，你看如何？"诺米纳一想，他一个人进城，料也无妨，便点头应允。

三个人打马向城内奔去。

萨尔浒城地处东北到关内的要隘，这地方比较险要，真要把住此关，纵有千军万马也难以闯过。努尔哈赤进到城内一看，大厅两侧刀枪密布，兵士个个虎目圆睁。努尔哈赤回头对诺米纳说："诺米纳，你这是什么意思，难道这是欢迎我吗？如果是欢迎我，还应该配上海螺号角和各色军旗再不然就是在我面前摆一摆阵势，用这种手段显示一下你们的力量，这些举动只能吓倒那些胆小鼠辈之人。凡是心地善良的人，遇见多大的危险，也决不畏惧。"说完，公然步入室内。这一番言语说得诺米纳面红耳赤，无言以对。

两个人在大厅内本来是各揣心腹事，尽在不言中。诺米纳首先欠了欠身说:"聪睿贝勒是当今智勇双全的人,您如果稍施小计,就能取下东佳、巴尔达二城,真的夺下这两个城池,愿将东佳一城送给你,不知意下如何?"

努尔哈赤心中暗想,你不要用借刀杀人的办法坐享其成。我可以略施小计,叫你城破家亡,死无葬身之地。想到这微微一笑,说:"你叫我帮助你攻打二城,从我们共同盟过互相帮助的誓,我应该出点力协助你。依我看,你先率甲兵攻打,我在后面支援,你看如何?"

诺米纳哈哈大笑说道:"不愧你是聪睿贝勒。不过,你这花招是欺骗不了我的,你以为我在前面攻打,你在后头兜我后路,想叫我全军覆灭,办不到。若是真心帮我,你应该打先锋才是。"

努尔哈赤笑了笑说:"彼此都有这种心理,难道把我的军队放在前面,你就不能兜我的后路吗?这是你的地盘,即使你没有害我的心,能保住别的人不干这害人的勾当吗?"诺米纳手拍胸脯说:"我诺米纳说话算话,并且我宣布所有我的人,都要看我的军杖行事,谁敢违反军杖指挥,小心他的脑袋。"努尔哈赤摇摇头说:"军杖是明朝皇上赐给的,当然谁也不敢不服从。可是人心隔肚皮,做事两不知,你用军杖制止甲兵,不加害于我,这完全可以办到,可是,你用军杖指挥甲兵消灭我的队伍也不是不可能的,我看还是你打先锋为好。"

诺米纳一心想夺城,一心想除掉努尔哈赤。忙站起身来,打开神匣,取出虎头军杖说:"你要不信,我可以把军杖交给你,这你该放心了罢。"刚要交军杖,正好奈喀达闯进来,一看哥哥要交军杖,不由高喊一声:"慢来,不要受骗。"努尔哈赤假装没有看见似的站起身来和诺米纳说:"奈喀达说的也在理,这军杖不能轻易交给别人,一旦军杖到我手中,我可以用军杖指挥你的兵马,岂不军权落在我的手中,还是请你三思。既然你不借道,我可以绕道取二城,那时可别说我努尔哈赤独吞了。"说完,就要往外走。就在这时,奈喀达冷笑一声说:"好一个努尔哈赤,你打算凭你三寸不烂之舌,骗取我们的军杖,你居心何在?"说完抽出腰刀直向努尔哈赤砍去。

不知努尔哈赤性命如何,且听下回分解。

话说努尔哈赤正和诺米纳议事，忽然奈喀达闯入，没容分说举刀便砍，努尔哈赤早有提防，他站起身形，飞起一脚把奈喀达手中刀踢落，然后又笑容满面地拣起刀来。奈喀达吓得直往后退，努尔哈赤说："奈喀达，我念你是一介武夫，决不加害你，还给你刀。若要不服，可以二次进刀。"说完把刀扔了过去。这时诺米纳一看努尔哈赤武艺并非一般之人可敌，赶忙斥退弟弟，把军杖交给努尔哈赤，并约定明天由努尔哈赤兵马打头阵，攻取二城。

诺米纳到底是个粗心大意之人。他没想到几次失信，一再告密，已构成双方敌对形势，努尔哈赤何等精明，岂能误入他的圈套。一旦军杖到手，那诺米纳失掉兵权，就好像雄鹰折翅似的，纵有天大本领，也无法调遣了。

结果，努尔哈赤没费一兵一卒，占了该城。努尔哈赤一气之下，把他兄弟二人和全体士兵完全杀死于城外。城内居民一一做了安抚。有一些逃跑回来的民众，也善意安抚，还给他们财产和妻儿子女。

萨尔浒暂时平静下来。

努尔哈赤凯旋回来之后，仍然日夜整备军马。

却说大将安费扬古自从和努尔哈赤起兵之后，到处寻访能人，推荐给聪睿贝勒。这一天，正是夏季最热的时候，他骑着马，本想到河边走走。可是不知什么原因，这马一声嘶叫，四蹄蹬开，直奔北山跑去。安费扬古本是一位驯马能手，可是这回怎么吆喝这马根本不听，一气跑有三个时辰，才停住脚。安费扬古抬头一看，只见有两伙人正在厮杀。带头的一名小将，一位骑白马，身着白鹿皮大哈，足蹬猪皮靴子，腰间扎着黄色腰带，往脸上一看，不由使你大吃一惊，黑里透亮，两只眼睛更赛铜铃，看年岁也和自己相仿。另一个人长得五短身材，穿着猪皮短衣，手使一条白腊木的滴答枪，还不住喊着："你小子别不识抬举，留下你的财富和奴仆，我就放你过去，要不听良言相劝，别说我手下无情！"两个人一来一去打得难解难分。安费扬古一看就知道，那五短身材是劫道的强盗，不由怒气横生，正要拔刀相助，只见那位黑脸大汉大喊一声"看刀！"把那个劫路之徒砍于马下。那些劫路的同伙想要逃跑，黑大汉手下众人个个冲上前去，一顿厮杀，有五六人当场毙命，其他一些同伙跪下求饶。可是那黑大汉已经气得不知如何是好，举起腰刀一个也没留。可惜这帮想要害人的，却被人害死。

安费扬古一看，这位是个英雄，赶忙下马，深深请个安，恭敬地问："敢问这位英雄尊姓大名，意欲何往？"那黑大汉看了看安费扬古，瞪了他一眼说："怎么的，你想打抱不平吗？你是谁？"安费扬古笑了笑说："我是聪睿贝勒驾下的安费扬古。"那人一听，慌忙滚鞍下马，纳头便拜。连连说："恕我冒犯之罪。"安费扬古赶忙把他扶起，两个人坐在树下交谈起来。

原来这位名叫哈斯虎，是北面一个小寨寨主，常受外人欺侮。听说聪睿贝勒礼贤下士，宽宏大量，便率领全寨众人投奔努尔哈赤。没想到途中遇见这伙强盗，才气得刀斩群贼，结识安费扬古。

安费扬古一听大喜，两个人并马而行回到栖鹰阁。

努尔哈赤一听安费扬古又找到一位英雄，不由得喜出望外，亲自整衣出迎。见到哈斯虎抢先跪拜。这可把哈斯虎弄得不知如何是好，心想，一位四海扬名的贝勒爷，竟能屈膝跪拜一个白丁，感动的跪在地上，热泪盈眶。努尔哈赤把他让到上房，两个人整整谈了一天，还在教场上比试。哈斯虎纯熟的武艺，使努尔哈赤衷心高兴，决定把同母所生的妹妹，许他为妻。

努尔哈赤自十三副甲起兵只几个月时间，攻图伦，取甲版，歼灭萨尔浒，逐渐声威大振，再加上一些小的城寨纷纷投靠，兵力一天比一天多了起来。这一来，气坏了本族诸人，生怕努尔哈赤反过手来报族内之仇。由界堪、康嘉等人带头，把族人又召集在堂子。康嘉向大家说："努尔哈赤自起兵以来，招降纳叛，加害于四邻，使许多城寨对我们苏克苏扈部抱一种仇视态度。尤其是哈达部和明朝李总兵，扶持尼堪外兰为满洲国主，更时刻盘算要消灭我们，有努尔哈赤一天，咱们就不能安宁。再说他兵力一天比一天强大。如此下去，咱们外受人欺，内受努尔哈赤暗算，我们这块土地和诸位恐怕不能长治久安了。"

这一番话，说得大家感到像大祸就要来临，你看看我，我看看你，半天说不出话来。界堪这时按捺不住站起身说："要想平安无事，只有除掉努尔哈赤，别无他策。如果咱们同心协力，找机会把他囚禁起来或者杀掉，就可以转危为安。"族内一些不明真相的人都一致赞同。就这样，全族在堂子里杀牲祭祖，共同盟誓。这些盟誓同谋的主要人员有努尔哈赤伯祖父刘阐、索长阿、叔祖宝实等子孙，自此他们不断对努尔哈赤进行谋害。

就在当天夜里，他们派一名刺客，潜至栖鹰阁城，将要登城。正赶上努尔哈赤在城上巡查，一看有人搭梯登城，知道这一定是派来的刺客。有心把他捉住杀掉，又一想这刺客决不是外人，定是族内派来的，不由得很伤心。伤心的是族人听信几位老人的挑动与我为仇，挑起族内之争。真要把他杀死，岂不更加深了双方的敌对情绪。想到这便大喊一声："什么人胆敢深夜扒墙，小心我的箭。"说完，拿起一根秃头箭，吓得刺客出了一身冷汗，暗暗敬佩聪睿贝勒的宽宏大量，向城上拜了几拜，跑回老城。

努尔哈赤有一义犬叫唐乌哈，这个义犬能引路，能探消息，能送信，能看家，努尔哈赤爱如掌上明珠。在九月的一天深夜，努尔哈赤正在屋子里阅读兵法，唐乌哈忽然从桌子下面蹿出来，狂吠不止。努尔哈赤知道有人暗算，急忙把长女及两个儿子藏了起来，手持腰刀，在屋里大声喝道："外面什么人，如果有事，为啥不进屋里，你要再不进来，小心我的腰刀。"说完故意敲打窗户。并假装用脚踢窗，暗示要从窗户出去迎敌。那人吓得撒腿就跑，正赶上洛寒要见努尔哈赤，不幸被敌人一刀砍死。努尔哈赤并没有追赶，对洛寒的死伤心不已，好好安葬。

几天后，努尔哈赤与安费扬古、哈松虎等议事，一名刺客窜进努尔哈赤的家中，春娅娜为保护孩子不幸被杀，幸好额亦都赶来，杀跑了刺客，保护了东果、禧英和代善，努尔哈赤为此伤心了好多天，常常回忆春娅娜。

类似这种谋杀事件，经常发生，气得大家几次请示努尔哈赤出兵和他们决一死战。努尔哈赤严肃地说："以诚感人，方为上策。人能立心公诚，以诚感人，人必附我。何况自家伯叔，虽一时不明，加害于我，有朝一日，还都是我的得力之人，不能因小事而乱大谋。"这一番话说得大家心悦诚服。

再说众族人见屡害不死更为惧怕，有的人偷偷地投奔尼堪外兰或哈达部藉以避祸藏身，以保妻小。努尔哈赤听到后，捶胸大恸，说："我努尔哈赤一不能报父、祖之仇，二不能庇护族人安居乐业，实在愧对祖先。"从此，再加发奋，日夜练兵不息。

万历十二年（甲申 1584 年）正月。北嘉城长理岱自从瑚济寨被逐之后，对努尔哈赤更加愤恨，恨不得一口吃了他的肉。但又惧怕努尔哈赤兵强马壮，又不敢轻易动手，只好又厚着脸皮去求哈达汗主，请他再发兵助战。

哈达部主最近也耳闻努尔哈赤近一年多，不但兵多将广，而且附近一些城寨归附他的也一天比一天多。哈达部主很觉不安，也想要找机会斩草除根免留后患。正好理岱前来求援，心中不免高兴。暗想正好利用他们同姓之争，省得我出头露面。立刻答应他的请求，借给他五百多兵马。理岱大喜，带着兵马回到北嘉城。哪承想，这支军队一到北嘉城竟吆五喝六地胡作非为起来，抢劫奸淫，无所不干，弄得北嘉城鸡犬不宁、寝食不安。可是理岱却心安理得地看他们的胡作非为，还教训着众人说："人家是支援我们的，应该体谅他们才行。"

这件事被努尔哈赤知道了，不禁大怒，命令全军整装待发，并说："理岱是我们同姓兄弟，为了加害于我，竟引进外部，这种反叛行为岂能容忍。"

他们出兵那天，正值天降大雪，征讨北嘉城必须登噶哈岭。不下雪的时候都不太好登，这一下雪，山陡路滑，攀登更加困难。一些本家兄弟劝阻暂不进攻，努尔哈赤毅然决然地说："北嘉民众正处于水深火热之中，再说，我们已经对天祈祷过，怎能违天行事。"说罢，他脱去棉甲，走在最前头，用锹镐开山通路。大家一看主帅如此，都悄悄地拿起锹镐边开路边进军。雪越下越大，铺天盖地下个没完，人还能勉强登山爬岭，可是马匹却进一步退两步，没法前进。这时，额亦都忙叫大家闪开，他脱下外衣，拿上大绳，一头绑在马身上，一头搭在肩上往上拽，马匹被这一拉很轻快地过了岭。额亦都就这样拉上八十匹战马，其他士兵都十几人拽一匹马，拽不到十匹就累得气喘吁吁，一个也拽不上来。就这样，总算用一天的工夫使人马全部过了岭，大家对这位力大无穷的猛英雄无不称赞。

兵到北嘉城时，一看城内早有准备，四门紧闭，城墙上站满士兵，个个手持弓箭。努尔哈赤心中纳闷，为什么他预先知道我进攻呢？原来努尔哈赤准备征讨北嘉城的消息被界堪知道了，他立刻派心腹之人给理岱送信，叫他加意防备。

努尔哈赤立即命令士兵登城，只见五架云梯向城墙搭来。

努尔哈赤自领兵以来，研究了一种登城工具"云梯"，这云梯高约四丈，用四轮推动梯脚，有轴能立能卧，三十人为一架队，这三十人身披重铠，头戴铁丝面罩。他们一听鼓声立即冲出，如果其中有人死亡，后梯队立即补上，一直到把云梯竖起为止。这种工具给努尔哈赤攻城夺寨立了很大功劳。

却说努尔哈赤一声令下，十几架云梯像猛虎似的一拥齐上。没用半个时辰，早已竖起七八架。努尔哈赤大喊一声，挥刀首先攀梯登城，各位英雄也都争先恐后抢登云梯。哈达兵本来无心恋战，何况他们从来没见过这样如狼似虎、不怕死的士兵，早吓得弓也拉不开、箭也射不出。城中人众一听，努尔哈赤已登上城头，都纷纷躲起来，理岱吓得躲在后房门后一动不敢动，后来被搜房的士兵，抓了出来，交给了努尔哈赤。

北嘉城收复了。努尔哈赤立刻传令不准私入民宅，不许抢掠物品，不许奸淫妇女，并晓喻各户不要骚动，城里秩序很快恢复平静。

努尔哈赤叫人把理岱带上来。理岱早已吓得体如筛糠。瘫在地上，一动也不敢动。努尔哈赤立刻站起身子，亲手解开绑绳，两眼垂泪地说："咱们本是同族兄弟，何必自残骨肉，怨我军事太忙，没有经常看望于你，还希望大哥多多包涵。"说完，深深地给理岱请了一个安，并命人给理岱看坐端茶。理岱真是又羞又愧感动得热泪盈眶，不住地用拳头狠狠地打着脑袋，连连说："为兄罪该万死，还请聪睿贝勒狠狠地教训我吧！"说罢，又站起身来，脱去上衣，二番跪在努尔哈赤面前。努尔哈赤赶忙跪倒扶起理岱，安慰说："过去彼此不知心，难免有些误会，但愿我们携手并进，光宗耀祖。"理岱被努尔哈赤拉了起来，并给诸兄弟一一做了介绍。从此，理岱归附努尔哈赤，他的后代都为清代立过不少功劳。

有一天，阿那的胞兄萨木占前来看望妹妹，界堪一看好机会到了，忙和他说："努尔哈赤现在好像老虎添翅膀一样，长此下去，你妹妹的生命可难以保证，最近他把妹妹许给大将哈思虎。这哈思虎勇猛异常，听说他要袭击我城捉拿你的妹妹，以报虐待之仇。"萨木占一听，拍案大骂道："好一个不知进退的东西，竟敢替努尔哈赤充当爪牙，我非杀死这个混种，以保证我妹妹平安无事。"说吧，愤然离去。

萨木占是个很粗心而又很残忍的人，他要想干的事，谁劝也不听，八个老牛也拉不回来。

有一天，哈思虎正在自己屋子里修理弓箭，只见有一个士兵拿来一封信交给他，他打开一看上面写道：

听说你是一位了不起的英雄。如果你真是英雄，敢不敢在明天到通往苏子河的路上，咱俩比试比试，你要是狗熊，就千万别来。下面属名萨木占。

哈思虎是性如烈火的人。一见此信，恨的他两眼冒火，三把两把撕毁信件，赶忙到院子里准备马匹，准备明日迎战。这件事被努尔哈赤知道以后，立即赶了过来。劝导说："哈思虎，你千万不能去，他们是设的圈套，恐怕要加害于你。"哈思虎气愤地说："我哈思虎从来没受过这样的窝囊气，就是刀山火海也要挺身前去。"努尔哈赤再三劝解，他一声不响地走进屋里，努尔哈赤临走时嘱托他妹妹要加意防范，千万不许出去。哪知道天还没亮，哈思虎偷偷地骑上马，奔苏子河方向走去。

第二天清晨发现哈思虎不见了，赶忙通知努尔哈赤，可是没等努尔哈赤行动，士兵探马来报哈思虎被埋伏的敌兵杀死。这一噩耗传来，努尔哈赤哭得昏了过去。好半天才慢慢苏醒过来，痛苦地边哭边说："哈思虎是我害了你呀！是我的军纪不严，置你于死地。"

努尔哈赤哭了一阵，决定出师报仇，收回尸骨。可是一些族人和界堪及士纳哈氏有过密谋，谁也不肯出兵。努尔哈赤长叹一声，要亲自率他的近卫人员和十几名同时起兵的小兄弟收尸。

他有一位族叔叫棱敦阻止说："聪睿贝勒，还是听我良言相劝吧，咱们族中都仇恨于你，不然怎么能设计害死你的妹夫，如果你去收尸，一旦发生意外，那时后悔也来不及了。"努尔哈赤垂泪说："叔父的金石良言，我感怀莫及，不过正义的行为是无所畏惧的。"说罢骑马疾奔南横岗。

努尔哈赤到哈思虎尸前抚尸痛哭，气得他拉弓引箭，向天空连射三箭，大声喝道："有想加害我的人，不管有多少，赶快出来试试。"他连喊几声，声若巨钟，振动山谷，吓得城里的仇人战战兢兢，不敢露面。努尔哈赤把尸体安全运回驻地。

当时满族人有一种风俗，外姓人死了之后，不准停在屋内。努尔哈赤打破旧规，把哈思虎尸体停在西上屋，并以昂贵衣冠装殓厚葬。

自从哈思虎死了之后，努尔哈赤感到兵马越来越多，可是军队纪律不严，将令不听，各自为政，互不服气的现象时有发生。甚至一次战争结束，由于分战利品和奴隶不均，互相打骂起来。为这件事他想了很久，便和两个弟弟和安费扬古等人共同拟出军规五条。这就是八旗兵以前的老五条。这五条是：

一曰 兵听将令，将听帅令，违令者斩。

二曰 一切胜利品一律交公，按功劳大小分配，私藏胜利品及人奴者斩。

三曰 不抢不夺，不奸淫妇女，违犯者斩。

四曰 鸣角为进，鸣锣则退，如果违犯严惩不贷。

五曰 行军战斗不许饮酒。

这五条公布以后，为了端正军纪，也杀了一些目无纪律的人。从此军纪有了好转，战斗力更强了。

努尔哈赤虽然整顿了军纪，扩大了队伍，可是别的部也在不断壮大。其中发展最快的是叶赫部。叶赫部的部主是杨吉努，他的弟弟杨佳努都是当代很出名的英雄，哥俩年青时曾和一位游僧学过武艺。这位游僧，在东北女真各部很有名望，他教了不少高徒，都是女真人，用他的话说，方今天下大乱，治世明主应该出在东北，因此他培养了许多徒弟，准备扶持新主。他所教的徒弟个个武艺精明，就是不留姓名，徒弟之间也互不认识。这哥俩都是手使镔铁银环刀，曾经打遍松花江两岸成为有名的叶赫二努。就在努尔哈赤起兵的时候，哈达万汗年已七十开外，更兼屡次用兵，势力已经今非昔比了，就此机会叶赫日渐兴起，居然由四马王发展为八马王，和哈达成了对峙之势。哈达部越来越受到叶赫部的威胁。

尤其是最近几年，叶赫招兵买马，积草囤粮。哈达的敕书，也被叶赫夺去很多，公然自封王位，成为扈伦和海西各部首屈一指的八马之王。

努尔哈赤深深知道单靠自己的力量是不能扩疆建土，不能兴大业报家仇的。于是和安费扬古等弟兄商议之下，决定拜访叶赫部互通友好。因为觉昌安在世的时候，曾和杨吉努称兄道弟，交情很深，此番拜访即使求不到一兵一卒，也能和他们共盟互不侵扰，起码不能成为敌人。

就这样，努尔哈赤决定出访叶赫。

他们准备一些上等好马和一些老山参，紫貂皮等土产，绕过哈达直奔叶赫。

到叶赫城一看，可真不像前几年阿玛塔克世来时那样了。原来是土城外面套一圈木城，可现在里外两道城，南门还用砖修一座城门楼，进外城一看，买卖铺商也比以前多了起来，著名的叶赫马鞍铺的门面也扩大了。

努尔哈赤率领家人直奔内城。一些把门的士兵都认识他，很远就迎上来，恭恭敬敬地给努尔哈赤请个安，引向正宫杨吉努住的地方。

杨吉努的住处也翻盖一新，三层大院左右配房东西月亮门。第一层瓦房七间，是会客议事大厅。努尔哈赤来到正门立即请门军通禀。不一会儿，只见从里边出来两个衣冠整齐的仆人，把努尔哈赤接到院内，他抬头一看，院子也比以前讲究了，四棵柳树几池花竹，中间甬路也用方砖铺得整整齐齐，这上屋是前出廊的房子，朱红抱柱，配上淡黄花栏更显得富丽堂皇。努尔哈赤心想，几年不见，叶赫竟发展得这么快。如果我要不奋发努力，早晚也要被他吃掉。正想到这儿，忽听台阶上一声云板响，杨吉努亲迎出户外。努尔哈赤赶忙抢上一步以晚辈礼拜见这位王爷。杨吉努赶忙命人扶起，爷俩携手进入大厅。

这大厅布置得也很讲究，南北炕上都铺着虎皮坐垫，放着四圆的小桌，西炕前放着一张雕花大条案，旁边还有两支大明皇帝赐瓷狮子。

入座之后，仆人看上茶来。努尔哈赤谢了茶，这才细看一下这位王爷。

只见他头戴一顶球帽，一颗鲜红的珊瑚顶子格外醒目，身穿一件暗花袍，外罩宣青素花短马褂，项上挂一串玛瑙念珠，显得倒也庄严，再一看面上已不像前几年那样丰满了，两腮有些消瘦，但两只眼睛很有神。

杨吉努喜爱抽烟，据说他大小烟袋也有几十个，烟荷包有几百只。仆人装上烟送了过去。

杨吉努边抽烟边打量努尔哈赤。只见他二目有神，体魄魁武，坐在那里像一口古铜大钟似的，端容正貌，心中不由暗暗夸奖，不愧名为聪睿贝勒。观他穿白挂素知道这是给他父、祖戴孝，不禁暗暗佩服。

杨吉努首先向努尔哈赤询问了二老不幸的遭遇。努尔哈赤赶忙站起来表示感谢，然后双手送上礼单，单腿点地说："小侄几年来忙于报家仇，未能前来问安，今天特地带点薄礼恭请二位老人身安。"

杨吉努赶忙接过礼单，笑吟吟地说："咱们父一辈子一辈的交往何必还这样破费，既然送来，我只好拜收了。"

杨吉努这时心想，你努尔哈赤早不来，晚不来，偏在你要扩疆建业的时候来我这拜访，一定是有求于我，我先试试这小伙子为人如何，能力如何再说。想到这，他看了努尔哈赤一眼，随便似地问道："听说聪睿贝勒最近疆土扩大了，有些城寨都归附了你，真是发迹的景象呀！"

努尔哈赤欠欠身说："哪里，哪里，不过都是些女真同族，他们有的明抢暗劫，有的被人欺侮，既然投奔过来，小侄我怎好不收，况且据为侄想，共同联合起来比互相仇视，互相残害好。因此愿意和他们合在一起共图大业。我们女真各部自金以后，犹如散沙一样，幸亏您大展宏图，振兴祖业，这是女真人的荣幸，是各小部落的幸福。"

两个人正在谈话的时候，杨佳努从外面走了进来。努尔哈赤拜见以后，杨佳努郑重其事地说："听说你最近几次为报家仇追赶尼堪外兰两迁其地，真是使人佩服。不过，依我之见，要适可而止，方为上策，事态一旦扩大，造成族内怨恨加深，与你不利，再说，尼堪外兰受到明代敕封为满洲国主，真要加害于他得罪了明朝，那可对你不利。据多年观察，谁反对明朝，谁要自取灭亡，请聪睿贝勒慎之慎之！"

努尔哈赤喝了一口茶微微一笑说："二老的金石良言，理当遵命，不过小侄也有初浅见解，愿在二老面前陈述。"

努尔哈赤说道："我深受明朝皇帝封赏加功进印。我本没有反明之意，本意是恪守双方誓言，各安其守。怎奈明朝近世以来，内政不修，外事不举，几代皇帝荒于酒色，致使阉党专政，群小掌权，忠臣不能施展救国之才，勇将难伸报国之志，上下猜疑互不信任，贪官污吏，层层盘剥，使民众不安，百业俱废，盗贼蜂起，天下不宁。尤其甚者，他们采取以夷治夷的手段，扶一方灭一方，造成边境各族互相残杀。终无宁日，造成天下不幸，万民不幸，此情此举，怎能袖手旁观而不问。再说李总兵竟假传圣旨，支持尼堪外兰杀害忠于明朝的命官，杀害了我的玛发和阿玛，我所以追杀尼堪外兰，一是杀外兰报家仇，二是教训李总兵不要挑动是非，自取灭亡。我努尔哈赤不是那种软弱之辈，正义在我这一方。上天会加佑于我。"

二努听了这一番阐述，心中暗暗佩服，真是闻名不如见面，见面胜似闻名。

杨吉努若有所思地问道："贤侄一番言语，顿开老朽茅塞。不过，我想知道贤侄今后还有何打算？一旦势力增强，对邻部将采取什么对策？"

努尔哈赤知道他们探听是否今后加害于叶赫。他郑重地说："小侄现在报仇心切，还没有这方面的打算。不过我始终认为，失了群的孤雁终归要死亡，掉了队的野猪会成为老虎的美食。目前各部纷争，弱肉强食，终非好事，天下事都是互相尊重，互相友爱，才能兴旺发达。小侄日后若有发展，也将以此为鉴，达到互相帮助互相联合，不但女真人联合，还要和蒙古人、尼堪人联合，没有一个真正的联合，天下是不会安宁的，百姓也难于脱离水火。"

杨吉努叹了口气说："联合倒是好事，可是难啊！你想联合，他想吞并，这还了得。就我说前些年人单势孤常受别人凌辱，多亏和游僧学艺使一口镔铁银环刀，才杀出这样一个局面。可是哈达万汗仗明朝势力，时刻想吞掉我们，这岂不是你想联合，他却想吞并么。"

努尔哈赤笑了笑说："这件事小侄知道一些，不过像哈达万汗依仗明朝势力，发疯似的吞并别人，依我看，他终究会失败的。我主张的联合是谁也不许欺侮谁，统一起来，共推一位能治理各部的能人作为首领，那时不但统一各部，也无敌于天下。你老是八马之王，东靠辉发，西临土默特，南有哈达，北靠乌拉，沃野千里，战马千条，雄兵勇将，粮食充足。只要练好兵马，广囤粮食，何愁不成大业。你们两代受明朝的威胁和迫害，其原因是——"努尔哈赤说到这，没有往下说，杨吉努赶忙追问道："贤侄，但讲无妨。"努尔哈赤慷慨地说：

"我十三副甲十七个人敢和李总兵豢养的尼堪外兰决一死斗，您身为八马之王，要重振家业立于不败之地，主要应该广施仁政，布教四方，称雄于一方，拱手而成。"

这一番议论说得杨吉努五体投地，长叹一声说："可惜我这辫子触地的老人还不如年青阿哥。"

努尔哈赤在叶赫住了十几天，杨吉努兄弟是盛情款待，并挑选几名美女送到努尔哈赤的卧室，努尔哈赤立即婉言谢绝。并和杨吉努解释说："二老盛情，我只好心领，如今我重孝在身，大仇未报，决不贪图安逸，哪有闲心做儿女之事，小侄惟一愿望是恳求二老给以支援，此恩，此生将永记不忘。"

有一天，杨吉努请努尔哈赤到新建成的小花园饮酒助兴，就在这时，只见从内堂走出两个姑娘，大的有十四五岁，小的有十一二岁，两个姑娘长得姿色都很出众。努尔哈赤口说不接女子，一则是确实重孝在身，二则也是故意装出不爱女色的样，取得叶赫部主的尊重。当他看到这两个姑娘长得美丽的时候，心里不觉一动。杨吉努笑了笑说："这是我两个爱女，如果聪睿不嫌，愿将二女儿许你为妻，不知意下如何？"努尔哈赤心想，为啥不把大女儿许配于我是何道理，不由迟迟没作答复。杨吉努看透他的心思，忙解释说："老夫不是舍不得大女儿，这孩子论才华论智慧论人品远不如他的妹妹，这二姑娘是我掌上明珠，我看你不是等闲之辈，才许配给你。"努尔哈赤这才明白，立刻倒头下拜，拜见岳父和岳叔父。

杨吉努并答应等孩子长到十四五时一定送亲上府。

努尔哈赤这一行不但和叶赫定了联盟之约，还作了一门亲事。这位叶赫二格格是努尔哈赤第四个妻子，是清太宗皇太极的亲生母亲。这里还有一段神话传说：

据说努尔哈赤降生的时候，有三鹰五虎护驾，努尔哈赤被遗弃到雪地的时候，有一只母鹰为他衔草作窝，用翅膀给他扫雪，以后被生母看见，以为是老鹰要害孩子，飞起一锤衣棒，把老鹰活活打死，把他放在猪口袋里。母鹰的魂飞到天上，阿不凯恩都哩骂她没完成保护任务，罚她二次投胎，投到叶赫王杨吉努家中，成为二格格。二格格等儿子做了秉承大业皇太极以后，夭折归天，总算补上护努尔哈赤没完成的任务。

努尔哈赤临走时，叶赫二王一一答应了他的请求，给兵给马给盔给甲。努尔哈赤嘱托二王说：

"希望二老不可轻信谗言，挑唆西部关系，只要我们两家合起来，谁也不敢欺侮咱们，对待明朝要特别慎重，千万注意他们离间之计。李成梁是一个枭雄，千万请二老不可轻易用兵，尽量从顺，切勿硬拼，要退而避之。"

可是当努尔哈赤走后，他们的野心更为扩展，一心想吞掉哈达，进一步夺取辽东，这才引起关帝庙二努被害，雪血恨外兰伏诛。

万历十五年（1584 年）秋九月，努尔哈赤怀着得胜的心情，从叶赫回来。自是国势日强，成为一个正在兴旺发展的不可忽视的力量。他这一发展，引起哈达万汗的不安，尤其听到和叶赫联姻，更感到这两处联合，将对他产生莫大威胁。

哈达部当时在女真各部是一个势力很大、地位很高、资格最老的汗国，号称八马王。又加上历代对明朝很恭顺，因此，明朝把他当作心腹可靠的外围。也想利用他，征服其他各部，因此哈达万汗提出什么要求，都是尽量满足。

自从得知叶赫和努尔哈赤联姻友好之后，哈达万汗心中不由大怒。暗想："你叶赫经常与我为敌，今天又扶持努尔哈赤，如不尽快铲除，会妨碍我的发展。"那万汗是专门会暗中害人的能手，他想了多日，终于想出一条妙计，何不用明朝之手，消除这一隐患。想到这，立即备了一些礼品，率领一些仆人，去找李成梁以报告军情为名，密告叶赫。

他对李总兵说："叶赫二努早有叛心，自立为八马之王，他夺去我一些城寨，抢去我十道敕书，最近他又联合努尔哈赤扩军练武，意在攻明，因事关重大，特来禀报。"

李总兵最近也发现女真诸部，除了哈达可以信任之外，叶赫日渐兴起，乌拉势力也很强大，尤其担心努尔哈赤要报杀父之仇，更使他火上加油。又一听哈达的禀报，更深感不安，忙问道："依你之见该如何对待为好？"万汗一听正是机会，忙说："叶赫兄弟自幼和一位高人学艺，手中镔铁银环刀，可以说天下难敌，如果不设法铲除二努，祸害不小。如果祸害铲除，其子纳齐布禄是一个很忠顺于明代的人。如果以他为王，我们联合一起，努尔哈赤必然孤立，然后再以重利把乌拉也拉过来，三部合一，共同对付努尔哈赤，岂不易如反掌。"其实李成梁并不主张女真各部统一起来，他认为分而治之，以夷攻夷最为上策，不过，铲除二努，另立新王倒合乎他的心意。两个人这才暗中定下奸计，要加害二努。

有一天，杨吉努兄弟二人正在大厅议事，外边门军来报，李总兵派人下书，两个人一听心中一愣，只好整衣出迎，把下书之人请到大厅。来人把李总兵书信呈上，信中大意是："为了共同繁荣富强，特备素酒薄菜于关帝庙，邀请哈达部主及您主共聚一起，畅谈友情，并备敕书十道，奉送部主，外有彩缎百尺，官瓷百件，以表友谊之情，望乞届时光临是盼！"

两个人一见请书，心中大喜，正要复信答复，忽见一人从门外闯入，大呼我主不可轻易赴宴。二努一看，原来是侍卫巴克图。这人有七十开外，是一位忠心耿耿的老臣，自幼跟随老主，东挡西杀，立过不少汗马功劳，他不但武艺超群，也颇智慧，因年纪大啦，二努对他很尊敬，有事也经常听听他的见解。

二努一看巴克图闯进，心中有些不高兴，便沉下脸说："为何不可？"

巴克图二目圆睁，气呼呼对明朝来人说："你们的诡计只能欺骗三岁顽童，什么叙友情，分明是要加害我主。"说罢回头来对二努说："请汗主三思，勿坠奸人之计。如果他们诚心侍主，可以到叶赫国中，我们将以上宾礼待之。何必到关帝庙相聚。"

只见那下书之人冷笑一声问道："不知这位老人何许人也，竟敢在主公面前如此无礼。"这句话说得二努面红耳赤，只好说："这是我的有功老臣巴克图。"下书人哈哈大笑说："老将军只知其一，不知其二。我家总兵本意想亲到府上，奉送礼品，无奈哈达部主也邀请总兵到他部里求他从中说合，愿结叶赫哈达之好。我家总兵考虑到二虎相争必有一伤，为了给你们三家和好，这才设此宴，至于为什么在关帝庙设宴，这个道理也很明显。如果在总兵府招待二部，显得总兵不能礼贤下士，想到在叶赫哈达举行，又恐怕各有猜疑，对联合不利，因此选择一处适中地点，共议大事，方为上策。没承想，我家总兵一片诚心，却被老将军看做圈套。实在辜负总兵一片热情。再说，总兵此举是有利于贵部。请想，如果和哈达暂时和好，解除后顾之忧，可以集中兵力扫清四围，使国势日增，何愁大业不成。"说完又转过身对二努说："既然臣下有此疑心，我们也不便勉强，只好上复总兵，说你二位公事太忙，不能应时赴宴。"说罢，便要起身告退。二努一听慌忙站起，拦住送信之人，并大声喝道："你这老奴，念你对老主有功，重视于你，今天你竟敢干预政事，岂能容你！"喝令来人，把他推出斩首，巴克图涕泪交流地喊道："老臣一死是小，可惜二主的头也要落在奸细之手。"二努更加愤恨。骂道："你这个该死的奴才，竟敢在我出行之前，说这种丧气话。"命令下边人立即行刑，可惜一位两代忠臣老将，一旦死于刀下。

万历十五年冬，叶赫二主带着丰盛的礼品，领着几个家人到关帝庙赴约。

关公在女真人心中是很受敬仰的。据历史可查，远在金朝就已经奉为上神。到后金时各族又把这位关圣帝君作为堂祭中的一位主要神祖称为关公贝子。一些大的部还建立关帝庙，春秋举行大祭。这座关帝庙是在哈达、叶赫交界地方，庙宇虽然不大，修得倒也很有气魄，前门马殿供着关公赤兔马，正殿三间供奉身着女真人武将服饰的长髯红脸的关公圣像，左右分别塑有关平、周仓侍像，东西各有三间配房，正殿后面还有一块空地种着四季花竹，中间还按照尼堪人修建一座八角凉亭，这在漠北来说也算一处清幽去处。

话说叶赫二努离关帝庙不远就看李总兵的迎宾队伍，雁翅排在两旁，鼓乐齐鸣，彩旗招展，不一会儿，哈达万汗和李总兵并马前来迎接，双方见面都互相滚鞍下马道了寒暄之后，携手步入庙内。按女真人习俗，大宴设在西配房。宾主进屋之后，李总兵让过了茶，首先发了言，他说："这次请二家部主，主要是为了和好，共扶皇上安定边陲。"哈达万汗也接着说："我万汗早就有心和二位贝勒畅谈友谊，深望你我，不念旧恶，同心协力，共保明主，不应稍有三心二意。"杨吉努一听，微笑了一下说："这次李总兵盛情款待，愿咱两家和好。至于我叶赫部自祖辈以前深受皇恩莫及。我弟兄秉政以来，仍然遵循祖训，视皇上如亲父没有半点二心。不知万罕王爷何出'不许三心二意'之言。"李总兵赶忙接过话头说："二位所言极是，都是皇上忠义之臣，这一点末将早已奉明圣上，不日要加封于你们。"杨吉努不好再往下申述，又闲谈一会，话头谈到努尔哈赤和尼堪外兰的问题上。杨吉努情不自禁地说："想那尼堪外兰竟利用奸计害死觉昌安父子，努尔哈赤为报此仇不止一次出兵追讨，这应该是名正言顺的事，万望总兵应予支持他的行为，以免因此事挑起更大的争执，将对大家都不利。"李成梁明知这是说他祖护外兰，心中暗暗想到，若不铲除这两个人，将来我要受他的害。心里虽然这么想，脸上却笑容满面连连说："说的极是，说的极是。不过，明朝皇帝已经安慰了努尔哈赤，封发加赏，我想他应该感恩才是。"

这时万汗等的不太耐烦，连忙说："酒宴已经摆好，请赴宴。"

酒席间万汗满满斟了一杯酒，高高举起送到二努身边。高声说道：

"愿我两家同归于好，共保大明。"二努猛然想起万汗害死他弟兄一事。不由暗想，这酒可是好酒？正在犹豫的时候，闯进十名彪形大汉，没容分说，冲到二努身边，二努知道不好，赶忙要拔刀抵御。可是已经来不及了，他只好用赤手空拳还敌。这二位部主倒也勇猛，足足战有几袋烟的时间，这时二努已经遍体鳞伤，手足都被削掉，他俩破口大骂。厉声喊道："我生不能报仇，死也要变成厉鬼和你算这笔血账。"万汗冷笑一声说："你二位请放心，我万汗决不吞并叶赫，一定奏明圣上，保纳齐布禄仍然做叶赫国主。"二努气得咬牙切齿，大叫道："小罕呀，小罕……"一世英雄的二位叶赫贝勒，竟没听努尔哈赤的忠实良言，死于奸计之下。后世有人评论二努的遭遇时，都感叹地说："二努所以惨遭不幸，主要是心粗胆大，遇事不善于思考，对真假分辨不清。"这些议论虽然不够全面，但也说出二努死的主要原因。

二努死后，李总兵和万汗又把纳齐布禄扶持起来，从此叶赫和努尔哈赤的关系也就日渐恶化，终于酿成敌对双方。

话说努尔哈赤听说二努被害，深感惋惜，他对二努的简单头脑误入圈套的结果，向全体官兵进行了一次分析：

"凡人虽贵财力，勇猛，可是没有查天时、地利、人之丑恶之才能，到了危难时候，只凭一时勇气，是解救不了危机的。所以说，无大智之人，是没有真正的大勇。"

从此，努尔哈赤除了日日操练兵马外，还教导下边将领遇事要多思，善于应变。这对今后屡战不败，打下了一定基础。从此，人们对努尔哈赤更加崇敬，尊他为淑勒昆汗。至此也就被称为罕王了。

万历十二年六月，罕王为报妹夫之仇，率兵四百攻取萨木占、纳申、万济汉等四城，凯旋而归。

自万历十二年六月至翌年七月，罕王先后征讨黄鄂部、瓮敦部，击败四国之兵，率兵五百又抗御托漠河、章甲、巴尔达、撒尔浒、界凡等五城之兵，攻克安土瓜尔佳城、洋河部、博几洋。

真是屡战屡捷，但也经历着几次智勇斗敌的生动场面。

在万历十二年夏，董鄂部长阿哈巴颜召集各贝勒议事时说："在十几年前，宁古塔贝勒，借哈达万汗之兵，夺去我五寨一城，现在他们又因叶赫二努和理岱借兵等事，关系恶化成仇敌。再加上他们内部多有不和，借此机会何不攻打他们，夺回城寨以雪前仇。"大家一致认为，正是出兵索寨的好机会，他们立刻着手准备制造一些蟒毒箭，作为攻城工具。就在这时，阿哈巴颜一个远方叔叔叫果尔太，早有篡夺部主的野心。当天夜里，他找几个知心人在一起一合计，计划他们出兵之后立即动手。哪承想，在研究这件事的时候，被一个女奴听到，连夜跑到阿哈巴颜那里密告了此事。阿哈巴颜一听，不由大吃一惊，厚赏了那个女奴，叫她不动声色地回去观察动静，随时报信。

第二天，阿哈巴颜还和往常一样，准备战前的工作，并扬言明天正式出兵。并就当天夜里，那个女奴又来报信说："他们已经招集五十多人身披暗甲，准备部主领兵一走，他们就手夺位。哪知道就在当天夜里，阿哈巴颜领二百名精兵包围了果尔太的住宅，双方展开了厮杀，一夜工夫把果尔太全家杀死，五十个甲兵也一个没留，阿哈巴颜也死伤三十多人。这次内乱使他们暂时停止了进攻宁古塔贝勒领地。

这件事被罕王知道以后，怒不可遏地说："董鄂竟敢这样无礼，他们认为我现在软弱无力要趁势打劫，何不将计就计，趁他们内乱之机，一举消灭他们，以除后患。

就在秋九月，罕王亲率五百大军，攻打董鄂部。可是阿哈巴颜早就听到消息，因为内乱方息，不能迎敌。他采取坚守城池的办法，以逸待劳。

当罕王兵几次围攻城池均未得手之时，天忽然降落大雪，更没法作战，气得他放火烧了城门楼和城外一些村屯，抢走一些牛马，收兵返回。

当大兵行至半路时，遇到王甲部贝勒孙扎泰，抬着酒肉迎接，并把罕王请到城内赴宴。在宴席间，孙扎泰涕泪盈眶地说："南边瓮部落经常侵入我的边境，抢掠人畜财产，请聪睿贝勒借我一支兵马，夺取瓮部，以报他抢掠之仇。"

这瓮部地处王甲南部，他四周都是罕王属地，罕王几次派人说服。叫他们归附过来，可是这个部落虽小，却很顽强，说啥也不同意归附。因罕王忙于诸事，没来得及解决此事。这一听孙扎泰的请求，也正合心意，立即应允并答应要亲自督兵征讨，并决定连夜行军。

哪承想墙里说话，墙外有耳。孙扎泰有一侄子叫戴度墨乐根。父亲早亡，孙扎泰抚养他成人。他游手好闲，不务正业，为这事孙扎泰没少管教他。可他却忌恨在心，曾几次勾结瓮部落偷抢财物。他一听叔父借兵要攻打瓮部，偷偷地溜出来，跑到瓮部透露了这个消息。瓮部立即把兵力完全集中到城内。紧闭四门，备足了弓箭和滚木礌石。

就在子时左右，罕王大兵紧紧围住城池，并令士兵高喊："你们归附罢，聪睿贝勒是仁慈的贝勒，一定会很好地照顾你们。"

瓮部落早已下定决心，他们高喊道："我们决不能投降，城在人在，城亡人亡。"说罢箭如雨下，打退了罕王第一次进攻，罕王的兵伤亡很大。

当第二次发起攻势的时候，罕王站在屋顶，亲自指挥作战，四下云梯，一齐拥向城墙，号炮连天，喊声振耳，用火箭射中城楼，顿时浓烟四起。眼看着要攻破的时候，城内有一名神射手，叫鄂尔果尼，抬弓搭箭，射中罕王后颈，深有一寸多，血流不止。罕王大吼一声，拔出箭头，搭在弓上反手一箭，立即射死一名敌人，这时箭伤处流血不止。众将士劝阻罕王退回调治伤口。罕王说："行军作战主帅不能离阵，这样才能鼓起士兵勇气，这微末之伤岂能后退！"说罢仍然指挥战斗。由于城内防守甚严，再加上罕王受伤，二次也没成功。刚要收兵休息，只见罕王重新整顿盔甲，包扎了伤口，三次带头，冲向城墙。这时四面城楼全被火箭射中起火，烟雾四起，罕王站在高处连发二十多箭，射死敌兵20多人。敌人中间有一名城守尉叫罗科，正面对罕王。他大声喊道："聪睿贝勒，快奔这来，我给你开城。"罕王以为他说的是真话，竟驱奔向城门。哪知道，刚离城门不远时，烟雾四起，罗科突然射出一箭，正中罕王项部。罗科射的这种箭，是带有倒勾的箭头。罕王咬紧牙关，又将箭拔出，带出核桃大的肉块，血流如注，痛得罕王几乎昏倒。众将官大惊，想要扶到后面，罕王立刻严厉地指示说："不许扶我，一旦敌人看我中伤，将会冲杀过来，我军有全军覆灭的危险，你们可率兵后退，我在后面慢慢退出，方为万全之计。"众将官只好垂泪依计而行。罕王身负重伤又连发几箭，才一手用力堵住伤口，一手拄着弓，慢慢退了下来。众将官赶忙迎了上去，扶着罕王退了出来。

依着众将的意见，应该赶紧回到栖鹰阁调治伤口。罕王立刻制止说："不能退兵，我从来没打过败仗而归，就此扎营调治，以候再战。"说罢血又流出，立刻昏倒在地，一直到第二天未时，血才止住。大家总算松了一口气。罕王这次负伤是他平生最重的一次。

调治几天之后，伤势有些好转。众将士几次劝说回宫，罕王执意不从，就在十月中旬，罕王带伤又整队二次攻打瓮部。

由于罕王这种临阵不惧，英勇作战的毅力与气魄，大大鼓舞了全体将士的士气。他们个个奋勇争先，把生死置于度外。因此，这次攻城仅用了半天的时间，一鼓作气，攻下了瓮部落。

罕王兵马一哄进了城，这支猛虎般的生力军，带着无比愤恨的心情，对待城内的所有居民，他们哪管什么军纪，混杀一顿，城中大半人众全被杀死。罕王领的这支部队直捣城主的住处。可是到那一看，早被先头突城士兵，一扫而光，杀得没剩一人。正要追出，只见草堆中像有什么东西在动。安费扬古用滴答枪挑开一看，正是射伤罕王的那个神箭手额尔果尼。气得穆尔哈赤咬紧牙关，圆睁二目，举起腰刀狠狠地说："你这该死的东西，险些害了我家贝勒。"就在他举刀要砍的那一刻，猛听罕王大喝一声："住手，不许杀死。"穆尔哈赤不由一愣，看看罕王。罕王慢慢走到额尔果尼跟前，二目狠狠地盯了他几眼，额尔果尼直挺挺地站在那儿。呆了半天，他扑腾一下跪了下去，口称"聪睿贝勒，你杀了我吧。"罕王弯下腰来，扶起了额尔果尼，安慰他说："不要怕，快起来，我收养你。"说完告诉士兵把弓和箭交给他。罕王笑了笑说："来！咱俩比试比试！"罕王连发三箭，三箭皆中一点，相差没有一分。额尔果尼怎好和罕王比箭，可是罕王再三要求，只好深深请个安，站起身来也连发三箭，真不愧是神箭手，三箭皆中一点，相差只有三分。罕王连连点头说："好箭法。"说完给他找了一匹马，与罕王并马而行。回到驻营地，一些将士埋怨罕王说："你不该留下他。"罕王语重心长地说："额尔果尼射我，是为了保他的主子，这难道不对吗？今天他归顺于我，难道就不能为我射死敌人吗？这样忠勇之士，我们应该欢迎才对。"说得大家心服口服，当他们退出时，把瓮部全部夷平。带着俘虏的人众回到栖鹰阁。这次战斗，缴获瓮部全部人畜和财产，可是罕王兵也死伤不少。

由于罕王这种不记私仇的大公之心，将士们深受感动。额亦都从队中走了出来，向罕王大声说："贝勒大哥，你说的对，我已经把第二次射伤你的人罗科也逮住了，听候你发落！"罕王大喜，赶忙把罗科带了进来，解去他的绑绳，赏给他衣服和马匹，立即提拔他二人为牛录额真统辖二百人。

万历十三年春二月的一天，罕王正在大厅和诸将议事的时候，有人透露消息说："界凡城主要偷袭罕王驻地。"罕王大怒，和大家说："界凡实在无理已极，既然有意攻我，倒不如趁机夺他城寨，免除后患。"众将都一致称是。

二月中旬，罕王率领甲兵七十五人，攻取界凡寨。到寨一看，是个空寨。罕王知道他们早有戒备。正要回师，只见来路忽然蹿出撒尔湖、界凡、东佳、巴尔达四城之主合兵四百向罕王杀来。罕王一看地势不利，立即将兵马撤到界凡地南太兰岗，摆开阵势。罕王回过头单人匹马向敌人队伍冲去。大声喊道："你们的四城有何惧哉！如果你们要有胆量是真正的巴图鲁，敢不敢先出来一个和我比试比试，如果能胜我，我甘愿退兵投降于你。"那四城主中有界凡城主纳申，他也是游僧的高徒，一拍坐骑，冲了出来，大声喝道："努尔哈赤，少要张狂无理，我早就想要和你较量一番。"说罢，举刀就砍。罕王刀法也是高人传授，两个人像走马灯似的战了起来，真是棋逢对手，将遇良才，看得两边将士一个个目瞪口呆。战有半个时辰，罕王心想：我的兵少，不能恋战。于是，故意败了下去，拨马向回跑去。纳申贪功心切，大声喊道："努尔哈赤，留下你的脑袋再走。"当纳申的马靠近时，罕王左手举起马鞭向纳申狠狠抽去，纳申赶忙用刀一挡，将鞭梢削掉，岂不知这招是个虚招，他迅速左手举刀，找个破绽一刀向纳申背上砍去，纳申再想闪开，已经来不及，只听"哎呀"一声，死于马下。就在这一刹那之间，巴穆尼城主拍马赶来。罕王早有提防，只回手一箭，将巴穆尼射于马下，毙命。

两个城主被斩，敌人阵脚立刻大乱，纷纷地退了下去。

罕王领着六个人埋伏在山沟里，故意把盔上的红缨露出山岗，并把一些旗帜插在山的背处，也露出旗角，晃来晃去。

四城之兵一看，罕王的兵撤走，立即大喊一声追了上去。刚走到岗下，一见旗角晃动，盔缨外露，吓得没敢前进。并大声喊道："努尔哈赤，你的花招，我们识破了，妄想埋伏起来却露了马脚，我们不会上你的当，众将士给我收兵回营。"便都撤退。罕王没伤一兵一卒，巧退四百敌人，安全返回老城。

夏四月，罕王率五百士兵计划攻取哲陈部。军队行至途中，天忽降大雨，不能前进。罕王立即将主要兵力遣回，只和五祖色郎阿的孙子扎亲率八十甲兵，准备继续前进，探听一下哲陈部情况。哪承想，这件事被加哈城苏枯赖虎知道了，他赶忙冒雨到托漠河城，把罕王带兵向这个方向奔来的消息，告知了该城城主。托漠城主一听，大惊。心想：我是个小城，万一罕王向我这方向攻来，岂不要被努尔哈赤吃掉。他想到这，立刻敲动云牌，吹动号角，好在这地不大，没两袋烟的工夫，众甲兵已经披挂整齐，站在院内听候吩咐。托漠河城主也披挂整齐，对大家说："努尔哈赤要攻我们城池，他们兵多将勇，一个城的兵力是抵挡不住的，现在派四个快骑甲兵，拿着鸡毛令牌，赶快通知章甲、巴尔达、撒尔湖、界凡四城急速出兵御敌。原来这五个城，自从罕王扩大，他们日夜担心怕吞掉，为此这五城之主在托漠河共同盟誓："一城遇敌，四城驰救。谁要袖手旁观，天诛地灭。"并规定无论哪个城，一旦发现敌情，以鸡毛箭为令，调动各城兵马。没到天亮，五城兵马八百多人，埋伏在托漠河城西山坡。哪知道，罕王在半夜时，已经过了此地，一探听努尔哈赤兵力才八十人，立即吹起号角，指挥八百兵向前追去。

再说罕王率八十人直奔哲陈方向，刚过托漠河，罕王命令兵士停止前进，守住后路。他只带弟弟穆尔哈赤等四人，继续前进，探听哲陈部的情况。

五城之兵赶到东方冒红，发现罕王兵士正在准备做早饭。这八百兵士，一声呐喊杀了过来。桑古礼本是个胆小怕事之辈，一看敌人黑压压一大片冲来，已经吓得体如筛糠，一箭没发，解下所有盔甲，扔了粮食四散逃走。桑古礼跑得如丧家之犬，不辨方向，乱跑一阵，正在走投无路的时候，后面追兵眼看要到眼前。他躺在地上，大叫道："吾命休矣。"忽听有人喝道："躺在这里做什么？你的军队哪里去了？"又听那人怒气冲冲地喊道："你睁眼看看我是谁？"桑古礼这时才敢睁开眼睛，一看，正是努尔哈赤兄弟二人，还有两名偏将，羞得他低着头一声不吱。

罕王叹口气说："你平日对兄弟、子侄、邻里乡亲作威作福，可是遇见敌人却像个老鼠似的，真是丢咱们祖宗的脸。要不念你是同族兄弟，非杀死你这个窝囊废不可。"这时敌人已围了上来，只见罕王抽出刀来，大吼一声向敌阵冲去。舒尔哈赤、侍卫颜布禄、兀凌葛，也像三只猛虎似的随同罕王向敌人扑去。这一顿厮杀，只杀得敌人人仰马翻，没用半个时辰，杀死敌兵二十多人。这五城兵不知罕王带多少兵，再一看仅仅这四个人，就杀死二十多名，谁还敢恋战，五路兵向五路逃去。

罕王见兵退了，连气带累，浑身汗如雨下，热得他顾不上解甲带，手狠狠一撕，解开了铁甲，掏出手巾边煽边擦脸上的汗水。这时卫士颜布禄上前问道："是不是乘胜追击消灭他们？"这时一些逃散的兵，渐渐找了回来，罕王一看他们更是气上加气。立即重新整束一下盔甲，率兵渡过浑河，赶上敌军又一气力斩四五十人。敌人惊慌向南逃窜，罕王和穆尔哈赤又赶到吉林岗，在岗顶微风吹动盔上红缨，他怒目而视着敌人的队伍，真像是一尊古铜的英雄塑像。正在这注目而视之时，有十五名敌人偷偷向岗上袭来。罕王怕被敌人发现，摘去红缨，将身隐在草丛里。只见有一个人首先登上山岗。罕王立即发射一箭，正中来人脊背，敌人立即身亡，其余十四人，不择道路向悬崖跑去。罕王又手持腰刀在后面追了过去。结果这十四名敌人都吓得跳崖摔死。罕王未伤一兵一卒，以四人杀退八百人的进攻，这在古今战争史上也是极为罕见的。

自万历十四年九月到十五年七月，罕王先后在不安土爪尔佳城攻浑河的博尔浑寨，二次攻取哲陈部，又逢大雨收兵，以后派人招抚，终于归顺过来。

收兵以后，罕王用二十多天的工夫整顿兵马，率族内兄弟子侄和众位大将，在堂子前向祖先做了告祭，择吉日整装待发，追捕尼堪外兰。

尼堪外兰自从逃出甲牌，遁河台口，躲入鹅尔浑城之后，天天提心吊胆，白天不敢出门，晚间不敢在一个地方睡觉，尤其听到罕王一年多连攻十几个城寨，打退两三次四五个城的联合进攻，军威大振，将士猛增，已经成为建州诸部的劲旅，他更是吓破了胆，三天两头到明朝李总兵那里求援求救。李总兵哪还敢收容他，只是给点空心的定心丸，告诉他不要害怕，鹅尔浑城是明朝边城，努尔哈赤不敢轻易来侵。尼堪外兰只好硬着头皮躲在城内，并督促满汉民众，加固城池，日夜严守。

再说罕王率兵四百，为了减少中途麻烦，绕过那些敌对的城寨，直奔鹅尔湖挺进。

鹅尔湖城也是个小城，城内杂居百十户汉人和女真人。自从尼堪外兰逃来，这些民众偏听尼堪外兰的谎言，都对罕王之兵惧怕万分。这次来攻，没等作战，早就吓得腿肚子转了筋，怎能抗得住罕王的健儿攻打，没半天工夫，攻克了此城。

城内有四十多人逃出城外，罕王一看人群中有一个头戴毡笠身披青绵甲的人，罕王以为是尼堪外兰，真是仇人见面分外眼红。他狠打几下战马，直奔人群。哪知道这四十多人都是披甲之兵，见罕王奔来，立即众箭齐发，罕王肩、背中了三十多箭，仍然在人群中酣战不退，以敌人射来的箭，反手射出，先后八人被射死。大家从来没见过这样不怕死的勇士，吓得纷纷散去。到城内一打听，才知道尼堪外兰于昨天到总兵那里没有返回。

气得罕王二番进城杀死十几个汉人，又抓住射他的兵士七人，用箭插进他们的背部，把他们放进明朝界内，叫他们转告明朝将官，立即把尼堪外兰交出，否则杀进明朝境内。

这七个被刺箭的人，只好把原话转告明朝守边军官。

其实明朝守边军官早已接到总兵军令。"如果努尔哈赤追击尼堪外兰时，不准袒护，任其追捕勿阻。"

其实尼堪外兰于昨日到边防明朝军营，一来是逃避危险，二来打听一下总兵能否允许他永住明朝境内。本打算当天返回，由于明朝官员留他饮酒，因此没有回去。一听说努尔哈赤攻下鹅尔湖城，赶忙哀求将他送到内地。这些守边官员虽然和尼堪外兰平素交往很厚，可是谁也不敢放他逃跑，便假装着急的样子说："你赶快躲进柳树林内。"尼堪外兰也只好躲到林内。

罕王兵临明朝边境，大声喊道："明将听真，赶快把尼堪外兰交出！"

守边的明兵回答道："尼堪外兰既然投靠我们，我们怎忍心动手抓他，如果你们要，自己进来捉拿。"

罕王愤怒地说："你们诡计太多，我不能轻易进边。"

明兵答道："何不派几个人到里边捉拿，即使中我们之计，死亡也不算多，你可以放心，派人捉拿，我们决不阻拦和加害。"

罕王立即派斋萨率四十名甲兵进入明境，尼堪外兰一看来人捉他，他慌忙地企图逃进边界烽火台上。可是明朝将士却把登云梯子撤了去。尼堪外兰大声呼喊，明兵假装听不见，尼堪外兰一看，四十多人已经围了上来，他破口大骂明朝总兵背信弃义。就在这时，斋萨一刀砍断了尼堪外兰双足，又一刀削去双手，立即捆绑起来，驮在马上，胜利归来。

两代人的仇恨，今朝才算得报，这才引出明朝皇帝派钦差吊孝，罕王摆祭大报血仇。欲知后事如何，请听下回分解。

罕王带着尼堪的首级班师回城，筹备着举行祭奠二祖亡灵的盛典。

再说明朝万历皇帝，由于接到边关报急，陕西、河南饥民四起，几次出兵镇压也不见效，国库银子像流水似的往外流。可是国势还是不见好转，心中很是不乐。他坐在养心殿里，案前堆放着各省奏折，他只是翻翻看看，无心细细研读。窗前挂的从外藩贡进的鹦鹉不时地唱出"我主万岁"的词句，他只是看了一看。正在这时，传书太监手捧折子又来呈送，万历只是淡淡一拭目光，传书太监早已会意，但是明廷有个规定，凡属重要奏章，内府都在上面贴个黄签，提请皇帝注意。传书太监低着头双手呈上之后，退后几步，垂手立在一旁，万历只是微微摆摆手，太监赶忙退出殿内。

万历皇帝一看送来的奏章上贴着黄签，赶忙拿过来一看，是山海关李总兵送来的奏折。奏折大意是：

"努尔哈赤已将尼堪拿获斩首，不日即将举行牺牲大祭，并宣布罕职。臣不敢擅自裁决，跪请皇上御批。"

万历气呼呼地把奏章一摔，心中暗暗恨道，李成梁私自作主，挑动尼堪外兰害死建州都检事，惹出努尔哈赤兴兵动武，造成漠北局势不安。本应该严惩不贷，念他过去有功，才免去惩处。如今努尔哈赤又送来讣文，这将如何处置？

心中更为烦闷不安，回想太祖朱元璋创业以来，经过几代先祖的治理，天下有了安定。可是为什么近二十年里，刀兵四起，年景荒旱，大有民不聊生之势。想到这，他轻轻叹了口气。万历有一个怪脾气，遇见难解决的大事，总是一个人坐在屋子里，冥思苦想。他认为只有一个人静坐冥思，才能感动玉帝教给你治国安邦大策。可是最近国情日繁，他不知为国家大事冥思多少次，玉帝也没有降下御旨，指示他治国安邦大策。和一些老臣研究吧，那些老臣多是唯唯诺诺，开口是皇上圣裁，闭口皇上洪福齐天，说一些恭维动听的废话，这份李总兵的奏章，真使他左右为难。按惯例，凡属外夷头领死亡，只是派人送去一份吊礼就算完事，可是这件事情如果处理不妥，将会引起更多的麻烦。他想了半天，也没想出一条妙计，向窗外一看，天已经到了巳时，他缓步步出养心殿，准备到御花园散散心。

盛夏的御花园正是百花盛开、群芳争艳的季节，再加上湖石假山，小桥流水，亭台楼阁，真是相映成趣，庭院生辉。他刚一进御花园，只见一个小太监匆匆向园外跑去，险些撞到万历怀中。他一看是万历皇帝，吓得他哆哆嗦嗦地跪在那里，不敢抬头。

"大胆的东西，竟在大内这样莽撞，成何体统？"万历皇帝瞪了他一眼，刚要斥退，一看小太监手捧一个锦盒。忙问："盒中何物，送往何宫？"小太监慌不迭的吞吞吐吐地说："这是哈达部主送给陈老公公的礼品。"万历皇帝打开锦盒一看，里面装有上好的珍珠，最少也有一百多个。万历看到这些，心中不由大怒。心想，好个大胆奴才竟敢私受贡品，真是无法无天。本想立即传见，可又一想，也许陈太监不知此事，万一知道他是我贴近太监要送礼通融一下，以使办事方便。想到这，他摆了摆手，命小太监离去。

这件事引起他很多猜疑，为啥哈达要送给陈太监一盒珍珠，实在使他费解。他已经再没有游园的兴趣了，又默默地步回养心殿。忽然小太监奏禀陈老太监求见。

这位陈太监是宫内两任老太监。由于受到皇帝的重视，因此在宫内他成了第二个皇上，别说宫娥太监，就是那六院贵人也惧怕他几分。在朝中他也是红极一时的风云人物，满朝文武都得拜在他的门下，因此他的干儿子一天天多了起来，至于有多少，他也不太清楚，只要谁送给他足够的厚礼就可以收为义子，只要是陈太监的干儿子，那真是平步青云了。他们在门前挂上一块"陈公公义子府"的牌匾，真比圣旨还灵。虽然不能文官下轿武官下马那样威风，也能成为大官不敢动，小官不敢欺的赫赫之家。

有些小官没有能力接近陈太监，便在他干儿子门下送些礼物认为干爹。这些干儿子又给陈太监收了不计其数的干孙子。真是义子干孙满城皆是，这一来，他的势力更是威震京城。

陈太监拜见皇上之后，启奏道："哈达罕王，昨天派员送给奴才一盒珍珠，这盒珍珠是本宫王后求我代为购置。因宫内有禁，特此面呈皇帝，代为收下。"

万历是最相信太监此言和作为的。他认为，只有太监才能清白如洗，他没有家属、没有子孙，他把皇宫就看作他的养老之地。因此，明制里规定，征讨大员必有太监作为监军，这是明监还有暗监之人。以某种职务派到某位大员身边作为仆人，明着是侍候大人，暗中却给皇帝通风报信。这个制度一长，派下去的人，故意露些马脚，以便从中敲些竹杠，因此，在明朝中有一句顺口溜：

一品官，二品官，不如宫内当太监，

太监上朝，地动山摇，

太监一路奔，凉水贵三分。

陈太监为什么把一盒子东珠交给皇上，真是东宫要的吗？其实根本没有此事。

原来东宫在皇上面前是一个得宠的娘子，陈太监觉得这是个门路，因此经常在这位娘娘面前献过一些金银财宝。东宫对陈太监就有了好感。这次小太监送东珠被万历发现之后，吓得陈太监出了一身冷汗，生怕一旦皇上追究起来，那还了得。实出无奈，他只好亲自到东宫拜见娘娘，并且说："奴才在哈达购进一盒珍珠，本想暗中孝敬娘娘，可是当小太监往宫内传送的时候，被皇帝发现。这个混账的小太监也没说清，皇帝很生气，特来求娘娘作主。"东宫听罢，忙说："依你之见，应怎样处理？"陈太监说："奴才意思是把这盒珍珠面呈皇上，转送给你，这样一来，岂不两全其美。"东宫是一个爱财如命的女人，怎能舍得一盒珍珠白白飞去。一听陈太监的一番言语，觉得很有道理，便点了点头说："全凭老公公办理。"就这样，陈太监才使出"将计就计，瞒天过海"的诡计，把这件事大事化小。

万历一听是给东宫代买的东珠，顿时疑念全无。心中暗想：还是太监办事忠诚，没有私心。万历只是轻轻申斥道："以后各宫不许私自托人购买外夷货物，你要注意。"然后问陈太监："如今建州飞虎将军努尔哈赤，为尊其二祖举行大祭，并给李总兵下了讣文，你说应如何处理？"这件事正合他的心意，因为哈达送来珍珠，想要托他在皇上面前美言几句，借些兵马，扫平建州、叶赫诸部，他企图做满洲国主。如果能把吊唁的美差弄到手，一是可以发笔大财；二来可以和哈达见见面，也不负他送礼之心；三是可以探听一下努尔哈赤虚实，以便见机行事。想到这里赶忙跪奏："主子圣裁，奴才只能遵旨办事。我想那努尔哈赤非等闲之辈，决不能以一般夷酋待之。"万历点点头，想了半天才说："明日早朝再议。"

第二天早朝，文武官员朝见完毕。万历皇帝说："朕昨天收到李总兵奏折，内禀努尔哈赤杀死尼堪外兰，为二老报仇，并决定举行大祭，特奏闻孤家。今天你们谈谈应如何对待此事？"文武官员一听都面面相觑，一语不发。就在这时，只见文官班中闪出二位官员，一位是御前大臣，一位是台御史。这两位都是六十开外的老臣，他俩跪在丹墀之下奏道："依为臣之见，还是依祖制派人送一份吊外夷之礼，也就罢了，这样既合乎礼节，又省却诸夷的纷争。"二臣话音刚落，军机大臣和制夷大臣忙出班说道："不可这样草率行事，依臣之见，想那努尔哈赤乃当今诸夷中的英雄人物，二年来，他以十三副甲起兵，为报仇兴义师，用软硬兼施，刚柔并用的手段，削平了邻近大小十九个城寨，大有远近皆有归附之意。我们应该以厚礼重爵，把他收拢过来才是。况且李成梁私自支持尼堪外兰，杀害其祖，已对大明存有恨心，如果不施以皇恩，恐成为漠北大患，圣上应派特使按女真人祭贝勒之俗前往吊唁。如果这样，定能感化其心，不念旧恶，诚心共扶明主，天下幸甚，边民幸甚。"万历皇帝点了点头。

再说那御前大臣和台御史一听军机大臣的主张，气得浑身发抖，二番跪倒："不可如此。想我大明自太祖创业以来，对番邦外夷，愚昧之邦，向来是以武制之，那些化外之邦，不懂礼仪，如果以钦差特使吊唁有失大明威严。臣闻皇帝乃万邦之尊，岂能为区区小酋，行此大礼，成何体统，望皇帝三思。"

军机大臣笑了笑说："二位大臣，只知其一，不知其二。自古至今，帝王亲自吊唁功臣传为佳话。何况努尔哈赤乃当今一雄，或者以恩感化，或者以武削平。如果以武恐非善策，想那努尔哈赤对圣上恭顺，只是为了漠北安定才不得不施兵削之，此乃对安定边陲不为不妥，望圣上明察，不可因小事而误大局。"这一番话很合万历的心。因为他想当时国家正处多事之秋，不能轻易挑起边界争端，宁可少一事，不愿多一事，这是他最近十二年的政治主张。

最后他说："卿等不必争议，朕意已决，为了安抚努尔哈赤，表示天朝对其二老无辜之死，派陈太监做为钦差特使，代朕吊唁。"

那两位大臣一听，气得大声喊道："为臣不忍看到祖制不行，今后将要因此引起边患不休，臣不忍见夷人占据中原。"说罢两个人撞墙而死。气得万历皇帝一拍龙案，喝道："大胆逆臣，死有余辜，给我削首示众。"就这样一场御前斗争以陈太监出使，二忠臣殒命而结束。

罕王俘获尼堪外兰之后，依各员大将的意见，是将其押回在灵前祭祖。罕王说："如果他没有削足、削手，可以带回祭灵，念他身已全残，生一日则使他难堪一日，不如就地正法，携带首级回营为上。"又说："过去削足削手之刑实为至惨之法，不可沿用，对已削足削手之死刑，应给以立即赐死，以减轻其痛苦。这样做，既不失国法，也不失道义。"自此，建州女真免去削足削手之刑。

罕王说罢，命家人在郊外虚设二祖灵牌，罕王及全体将士一律穿白挂素，杀牛、马各一头，并把尼堪外兰执于灵前。这时，尼堪外兰已昏过数次，睁眼一看，桌前供奉着牛羊，外有血盆一个，又见罕王手执腰刀，圆睁两目，注视着自己，吓得他大叫一声，又昏厥过去。罕王一见大供已摆好，他咬紧牙关，面向灵牌双膝跪倒，嚎啕痛哭地说："玛发、阿玛，今有你不孝之子，不孝之孙努尔哈赤，舒尔哈赤，雅尔哈赤，穆尔哈赤为报二老无辜被害之仇，曾三次出兵，捉拿凶手，今天总算如愿以偿。今将害你们的人拿获灵前，献牲。"说罢，站起身来举起刀，一刀将尼堪外兰斩首。时乃万历十四年八月之事。因天气尚热，为了携带首级回宫，举行大祭，将人头装进瓦罐，注入黄蜡密封，外浸白酒，专设囚车一台护解栖鹰阁。

再说苏克苏浒部全族人等，一看努尔哈赤率领兄弟追尼堪外兰一直深入明境，明军不但不加阻挠，反而助一臂之力，斩尼堪外兰于台下，不由大吃一惊，感到罕王并非等闲之辈，尤其是私自跑出的投靠尼堪外兰的十几户，一见罕王取胜，都偷偷地回到苏克苏浒部，躲到山沟里探听动静。

罕王押着尼堪外兰的首级，离城十里时，只见全族人等穿白挂孝迎了出来，罕王赶紧下马和族人一一见礼。大家异口同声地说："聪睿贝勒真乃神威，给全族人争光。"老穆昆达这时也觉羞愧，可是努尔哈赤却毫不介意，仍以晚辈之礼拜见，并说："如今咱们仇人首级已押回，侄儿计划举行大祭，以安二老之亡灵，不知伯父意下如何？"穆昆达赶忙应允说："可以、可以、应当、应当。我看，栖鹰阁太小，还是在老城举行才是。"说完领着罕王队伍进入老城。

女真人平民的丧事比较简单，可是一个贝勒的丧事就要有许多讲究，尤其是罕王举行这次大祭，更不比寻常。一则二老死于暗害，二则为了报仇付出了很大代价，今天终于实现。因此罕王办这次丧事，耗费了将近三分之一的财产。

首先按着二老形象做了两具木人，穿上寿衣，停放在正庭。这时全族人等大小将士，旗牌兵一律穿白戴孝，顿时全城一片白海，甚至连四个城门，前后宫殿也都用白布蒙罩。虽然盛夏，却好像三冬白雪，全城呈现白的世界。为了招待来宾，请来汉人棚手，每二里一架牌楼，每五里一架迎客栈，丈五红幡一直排出十里开外。

三天家祭那天，先举行堂子祭。由萨玛达率领九十个男女萨玛举行抛盏仪式，请死去的列祖列宗亲临受祭。

按女真人之俗，新丧在抛盏中不受请谒礼，只有入了宗谱之后，才能享受这种大礼。可是罕王再三恳求，全族才破例立即上谱，这样就可以和列祖列宗同享请偈礼了。当萨玛请到觉昌安和塔克世时，罕王和他的弟弟都个个叩头出血，泣不成声。饮赐福酒时，一般由部主分配。罕王是亲受皇封的都督，他立刻接过酒碗，高高举起先送到长辈面前，跪请老人们享用。赐福酒有一个习惯，认为谁喝的多，谁就会多得祖神庇佑。可是罕王只是端起酒碗沾一沾唇，把酒都先后送给族人，这虽然是一种迷信，可是，在那个时候，却起了很大的团结作用。很多族人，一看罕王把福让给别人，都很受感动。就在这时，罕王向西北角一看，有一堆族人偷偷地跪在那里，连头也不敢台，再一细看，原来是那些投靠尼堪外兰的那十几户。罕王立刻站起身来，走到他们跟前，双膝跪倒，把酒高高举到头上。诚恳地说："众位父老兄弟，尼堪外兰把咱们一个心分成几半，今天仇人被杀死，这几半的心又合在一起了，只要大家不责备努尔哈赤没有保护好你们，我就感恩不尽，都是同祖同宗还有什么隔阂呢？你们回来祭祖，说明你们还是心里想着野鸡岭的宝地呀！"说完一一敬了福酒。这些人才放了心，才知道罕王的宽宏大量非同一般。

三天家祭举行完了，立即筹备大祭。从长白山运来千年白松做成两座女真人的高座棺，选择吉时入殓，安放在正棚中间，这时全族举哀，声震全城。

开吊那天，罕王弟兄守在灵旁，用一段朽木围成尼堪外兰身形跪在灵前。罕王亲自将木人放入铡刀中间，弟兄三人猛力齐压，把木人一铡两断，然后捧装人头大罐供在灵前，又举行第二次家祭。这时，只听门军禀报："叶赫部、哈达部、长白山部、辉发部、乌拉部各部主、贝勒前来吊唁。"罕王弟兄赶忙迎出大门，跪迎各部吊唁人。他们来到灵前，一一致吊。那时致吊之俗是在灵前升起火堆，吊唁之人将携带的酒食倒入火堆，叫做烧饭之俗。各部烧饭完了还有其他一些祭礼，罕王一一跪领。正在这时，守关报马飞驰来报："启禀贝勒，今有大明皇帝亲派陈钦差率领朝中仪仗前来代皇帝吊唁。"这一报，立刻慌了全族人等，各部贝勒，却被这一突然而来的事情惊呆了，个个面面相觑。因为自古以来，贝勒部主的丧事哪有皇帝亲派钦差吊唁之理。罕王一听，立刻吩咐列队迎接，只见上至将士，下至兵丁，排成整齐队伍，形成一条雪龙似的迎接队伍。

罕王弟兄及其各位福晋、贝子，赶忙奔向前头，跪在路旁迎接。其他队伍也都一一跪倒。

陈钦差坐着蓝围子黄顶轿，车身着素服，全部人马都穿着女真孝服，前面高举一架大幡，徐徐前进。

来到城里陈钦差代表皇帝在灵前亲自祭奠，也举行了烧饭仪式，然后各部贝勒也都一一拜见钦差，并请了圣安。

未时左右，大摆宴席，有汉族的四四大席，有满族的八大碗宫席，有蒙古的烤羊乳酪，有野人女真的杂烩烤猪，真是满汉大菜应有尽有。

在此期间，一些汉族及其他族商人也从抚顺赶来做交易，一些杂玩的、卖艺的、说书的、摆地的都集中到这里，真比抚顺大集还热闹三分。

出灵那天，有三千多人参加葬礼，前头是御赐三十八道敕书，紧接是九九八十一面十字大幡，在空中飘动，然后跟着焚香队、烧饭队和六十四人的大杠抬着套式高形大棺，遍插佛托，吉时安葬，大祭足足举行了七天。

陈钦差要忙着回京交旨，努尔哈赤派谢恩使带着礼品陪同赴京，并写了谢恩奏本，大意是：

卫州都检事飞虎大将军努尔哈赤，诚惶诚恐戴孝跪谢圣恩。之祖父、父亲不幸被害，仰赖皇威，敌人伏法，奇耻大仇，终于得报。承蒙赐祭，家祖在九泉之下亦感圣德，努尔哈赤更为泣血。谨此奏闻。

万历皇帝派钦差致祭的盛举立即轰动了全族和各部，一个个对罕王更加尊敬和畏惧。事后罕王对各位将士和家中人说："陈公公一来，胜似助我千军万马。"

从大祭以后，罕王不但不念旧恶，还比过去更加亲近族人，族内的矛盾缓和了许多。

那时女真各个城寨村屯没啥联系，都是以族或以村屯为独立单位，由穆昆达和葛珊达主事一切，他们之间经常发生冲突，力量大的抢掠力量小的财物、女人、牲畜。罕王势力一天天壮大起来，由于他军纪较严，也不四处抢掠，许多小的城寨都纷纷来投，有的全城人口全部移来，有的编成马队加入罕王大军。真是天天有人投靠，日日有城寨归附，凡来投靠的人，罕王都亲自召见，以礼接待。日子一长，城内城外都是人群马群，真是号角震空，战鼓齐鸣，人欢马叫，旗帜鲜明，一派兴旺景象。

那时赫图阿拉全城只有一口水井，据说是仙鹤啄出来的。这口井很大，水量足，全城人也喝不败用不完。可是由于归附的人口和兵力越来越多，水就不够用了，人们经常因争水发生殴斗。罕王有意离开此地，另建新城。手下将士也十分赞成，可是选在什么地方为宜，是大家感到很难的问题。

一天，罕王的大儿子大阿哥褚英和傻英雄额亦都、大将安费扬古，到后山狩猎，一直到中午什么东西也没猎到，正想往回走的时候，只听山腰一声鸡鸣，抬头一看，一只五彩锦鸡向他们飞来，在头上盘旋三圈向南飞去。三个人很觉奇怪，就紧跟着彩鸡向前走。那只彩鸡飞到南边小平原处落了下来，然后叫了几声，便振翅飞去。女真人把这看做是一种吉祥之兆。所以在满族中间流传一句顺口溜："彩鸡不落凶险之地，彩鸡引路家财大富。"三个人一看这块地方，背靠哈尔萨山，山势雄伟，三面陡坡，北面是漫岗，在赫图阿拉东南二道河和索里口河交岔的地方，西侧是呼兰哈达，东侧是鸡鸣山，在哈尔萨山北坡向北一望能看出二百多里，真是山势险要气魄雄伟，是建城的好地方。三人大喜，立即回营向罕王禀报。第二天，罕王随同大家到这个地方一看，非常高兴，决定在此建立新城。

丁亥年开始营建。建城的总监工是乌里刊。这人精明机智，姓瓜尔佳，世居珲春，以贩马为生。前几年从东海赶一群马，准备到抚顺做交易，不幸被劫，弄得他手头分文皆无，正好遇见罕王的父亲，把他收容过来。这人会做买卖，会彩绘，还会筑城技术，是罕王以后建大业的得力助手。

原来选的这块地方，是当年李满住的旧居，以后满住一败，只剩下十几户人家，由葛珊达管理。

开始建城时，因大祭的耗费很大，再加上兵马增加，财力不太充足，只好修建一座木城，分内城中城外城三重之城。内城是罕王和两个弟弟的家属；中城是各位大将所居；外城是平民住户，买卖铺商和兵丁杂居的地方。

罕王住的是二层阁，建在一个土台子上面。前有廊后有厅，二层阁前有一长廊引向望天台。

这望天台比任何建筑都高。罕王闲时也约请一些老人在此下下棋，跳跳舞。附带说一句，罕王自幼学过萨满，善于跳舞唱歌。望天台还有更大的作用，在军事上也是一个很好的指挥台。坐在台上可以远望二百里，东西北三面来兵尽收眼底。这建城工程一直到初冬才全部建成。

第十七回　举大祭明使吊孝

建新城大振国威

话说这天，罕王到门外一看，是一个衣衫褴褛的乞丐正躺在大门中间睡大觉。门军一看罕王出来，跪单腿请安说："启禀贝勒，这乞丐也真怪，来到这里给什么也不走，一定要见您。并且躺在这里不动，怎么拽也拽不动，再一拽他却呼呼地睡起大觉来。"罕王一听很奇怪，忙走上前，仔细一看不由得"啊"了一声，赶快双膝跪倒，口称："恩师醒来，徒儿努尔哈赤来迟一步，未曾远迎，望乞恕罪。"这可把门军吓傻了，原来这个老花子却是罕王的师父。罕王忙命门军把老人抬到屋里放在炕上，老人还是不醒，努尔哈赤摆了摆手，门军和仆人退了出去。他规规矩矩地侍立一旁。

这位老人原来是九鼎山褶洞洞主，道号七星老人。十年前努尔哈赤费尽千辛万苦来到九鼎山，拜老人为师，从一开始就这样恭恭敬敬地侍候。一连呆了半个多月，有一天，老人问努尔哈赤："孩子，你会射箭吗？"努尔哈赤笑了笑说："老人家，射箭是女真人的特长，人人都会。"老人又问："我有把弓，你能不能拉开？"努尔哈赤说："弓有大小，不知老人家弓在哪里？"老人说："明天我领你去取。"努尔哈赤最爱好弓、好箭、好刀、好枪，一听大喜。第二天一大早，老人领着努尔哈赤来到呼兰哈达。说也真怪，这位老人登山技术真高，好似猿猴登高峰如走平地，把努尔哈赤甩得很远。

两个人来到一个山洞，进里一看，这山洞有半里路深，里面不知什么时候放着一张长弓，十支鸡羽宝箭。老人把弓取下来，交给努尔哈赤。努尔哈赤一看，这弓是用千年古木制成的，真是一把好弓。他接到手，用足平生之力一拉这弓，纹丝不动，不由脸一红。老人接过弓来，严肃地说："这张弓不是寻常之弓，乃是长白山压山宝弓，没有八百斤力气是拉不开的。"说完老人两脚一岔，两支眼睛立刻射出两道光芒，两手一分，只听"喀——吱"一声，这弓拉得像满月似的。努尔哈赤不由大吃一惊，慌忙跪倒口尊："老玛发，我有眼不识泰山，望祈老人家开方便之门，收下你这徒儿吧。"那老人笑了笑说："我自唐末以前，徒弟收下不计其数，还没有一个是漠北塞外之人。我看你小伙子将有大的发迹，这才领你到这。从今以后，我收下你这个徒儿。可有一事，学好武艺应以救苦救难为主，不可胡作非为。"努尔哈赤一一应诺。从那以后，每天在这洞里传授武艺，一晃三年。努尔哈赤不但弓马纯熟，还学会了汉人的各种刀法剑法。

有一天，老人说："你的武功满可以助你成名立业，当今明朝皇帝无能，百官贪婪，民不聊生，已经到了不可收拾的地步，你要立志多为百姓谋福，多为黎民解忧才是。另外，无论到什么地方，再不许提及我的名字，切记切记。"说完扬长而去。努尔哈赤只好望空拜了几拜，回到城里。打那以后，就没有见到恩师。今天突然恩师登门，真是喜出望外。可是这老人一睡就是二天一宿，努尔哈赤一动不动地站了两天一宿。第三天一早，老人醒来，罕王二次跪倒拜见恩师。这时，舒尔哈赤、雅尔哈赤和一些将领也进到屋里，参见老人。老人一一扶起，努尔哈赤知道老人脾气，因此也没有给师父更换衣服。

大家参见已毕，都退了出来。罕王把近十年来的事情和师父作了禀报。长眉老叟点了点头。然后说："为师这次下山就是为了今后大业如何发展稳定而来。"说到这里，老人拿出一部自己写的《乾坤定理》，郑重地说："这部书是我自唐末五代以来，观察各代帝王之兴衰、社会的安危、治世之成效写成此书，你要精心阅读，以求大进。"罕王问及今后应如何开基立业时，老人只说了以下几句偈言："要立城先立法，五虎下山业可发。马赶山，四方虎山不推虎，虎不推山。"又说："君贤而后有国，国治而后可安。为官者食而后民信，上悯下创下敬上，此乃治国之本。"罕王听罢，虽然有些言语不懂，也不敢深问，老人说罢，不动声色地飘然离去。

罕王自从师父一走，每有闲暇，手不释卷地看三部书，一部是《孙子兵法》，一部是《三国演义》，还有一部就是师父送给他的《乾坤定理》。可惜《乾坤定理》这部书，罕王死时随灵火化没留下来。据说他以后治理漠北诸务和他以后的诸谕都是秉着这部书的指教进行的。

罕王深深感到，要立城先立法，是当务之急。因为近来兵马一天天多了起来，避免不了出现各部之间、各队之间的争吵，甚至出现抢劫现象。有时因分战利品不公互相残杀不止。抢钱抢物抢女人现象时常出现。罕王想这主要原因是没有法度，从此他和安费扬古、乌里刊等人研究多日，订下了以下法度：

一日　言而有信。凡允人之事必守信用，老少不欺。

二曰　凡出兵获得人畜财物，一律交公，按功劳大小评功给赏，有私分者斩首。

三曰　兵出有方，行军有素，践踏禾苗、强奸妇女、掠夺财物者斩。

四曰　凡临阵脱逃、不听号令者，依据过去功之大小或削功或削职或斩首。

经过这次整顿，境内大治，出现井然有序、公买公卖的景象。为了便于练兵习武，避人耳目，仍把军队驻扎在苏子河山谷一带。并规定没有罕王令箭，不许随便出入。罕王从此亲自率领众将夜间牧马。二十多处比武台，在新城南边山根下还建造不少铁匠炉，锻造武器盔甲，由于日夜操练，兵力一天比一天壮大起来。

罕王日夜练兵，暂且不表。再说苏子河上游额尔多岭南，有一个哲陈部，这个部不大，只有三个城寨，部主阿尔泰，住在克山寨。他弟弟驻守巴尔达城。这个部因为地少人多，又缺乏狩猎和耕种能力，生活很苦。再加上阿尔泰兄弟性情残暴，贪婪无厌，常常率人到临近城寨抢家夺寨。偏偏在这时候，他收下一个从萨哈连乌拉来的一位武士名叫恩图哈。这人身高足有六尺，两臂一晃有七八百斤力气，专门会使一口鬼头大刀。阿尔泰得到这位武士真是如获至宝，真是吃同桌，睡同炕，形影不离。自从有了恩图哈，他以为天下从此无敌，烧杀抢掠更是肆无忌惮，居然没出几个月，抢来的人畜财物多不胜举。这样一来，阿尔泰胆子一天比一天大了起来。一听罕王有几个小城，近一年来生活一天比一天富裕，便起了攻城掠夺之意。和众人一商量，许多人都摇摇头说："使不得，使不得。想那努尔哈赤自起义以来，国势一天比一天强大，战将云集，甲兵骁勇，可不能太岁头上动土。尤其那大将额亦都力举千斤，勇力过人，远近大小城寨，以至诸部都惧怕三分，我们兵微将寡，哪是他们的对手？"这些话，激恼了恩图哈，高声喊道："众位不要长敌人威风，灭自己志气，想我恩图哈自有生以来没遇过对手，小小额亦都有何惧哉。如果众人胆小，我可以单枪匹马抢他三城五寨，和额亦都会上一会。"说罢面向阿尔泰说："请寨主发令，我当亲手宰那几个努尔哈赤手下将官，以壮我们威风。"阿尔泰一听，大喜，立刻派出一百甲兵由恩图哈率领直奔临近小城。没用一天时间，抢来牧马七匹，杀死巡营中禄三人，还夺来许多粮食和三个奴仆，他们高高兴兴回到山寨，阿尔泰为此还杀了两头羊，请来一些比较有名望的人来赴宴。被请的人之中，有一位长者叫苏达里，是哲陈部老寨主的得力助手，今年已经七十开外。在酒筵间，他端着酒泪流满面地说："寨主呀！你听我的言语罢，打猎的人常说：'只看见山兔没注意，老虎早晚是要吃它的。'今天，我们虽然占了小便宜，可要加小心，大亏还在后头呢？依我之见赶紧送还财物，向聪睿贝勒道歉，或许能免灭顶之灾。要不然，咱们的家园恐怕有毁灭的危险。"阿尔泰一听，顿时大怒，喝道："你这丧门老头，竟敢在大胜之时，说出败兴的语言，本应斩首，念你有功，免去一死，还不给我退出去。"苏达里边退边喊："可惜哲陈部，几代经营，今天却败在你手，我不忍亲眼看全城毁灭，家破人亡，我要到天上老主人那里告你败家之罪。"说罢一头撞死在石头上。阿尔泰气得大声喝道："老该死的，来人给我扔出去。"仍然饮酒作乐。正喝得得意时，忽然门军来报："主人，大事不好，努尔哈赤派大将额亦都、安费扬古率二百甲兵攻到北门。"没等阿尔泰答言，恩图哈哈哈大笑说："这有何惧，待我杀这额亦都回来，咱再饮酒。"说罢整顿一下铠甲，带领一百来人就要出城迎战，别人都劝他不要轻易出城，应该看看来势再说。恩图哈哪里肯听，大声喊道："你们都是胆小鬼！"说罢一马当先冲出北门。

这时，额亦都正想攻城，忽见城门大开，闯出一员猛将，高喊要活捉额亦都。猛英雄听说过这人力气很大也想要和他较量一番，比试比试。立即迎了上去说："来者何人，我就是额亦都。"恩图哈也没答话，举刀就砍。安费扬古想要命令箭手射箭，额亦都赶忙制止，笑了笑说："我听说你力量大，敢不敢离开队伍到前边旷地比试比试。"恩图哈冷笑一声说："别说到树林里，就是上天入地有何惧哉。"两个人说着向树林走去。拣了一块空地，两个人双双下马就交起手来。开始时，恩图哈还能抵挡一阵，可是没有半个时辰，累得就冒了汗。心中暗暗吃惊，不愧人称猛英雄，果然名不虚传。两个人像猛虎似的一连打了四十多个回合。气得额亦都怪叫如雷，二番扑了上去。这时恩图哈已经累得气喘吁吁，额亦都也冒了汗，两个人又滚打在一起。额亦都有一个毛病，到他气急的时候，如果一半时赢不了，就拽起恩图哈往山崖上跑，心想和你一同滚崖。可是恩图哈至死不走。额亦都又使出第二个绝招，举起大石头砸向恩图哈，只听"咔喳"一声，把恩图哈砸得脑浆崩裂。可惜恩图哈来到哲陈部没到半个月，就命丧九泉之下。

额亦都又翻身上马奔向克山寨，这时天已交巳。

一看安费扬古正在关前领着云梯队登城。他又大声喊道："待我来收拾他们！"好个额亦都，首先登上城头，身上着了三箭，仍然奋勇登城，吓得城上士兵，个个心惊胆颤，缩着脑袋不敢再射。就在同时，安费扬古也从南面登上城头。二百多人一齐呐喊，不到午时，攻入城中，斩了阿尔泰，烧了城池，把全城居民士兵完全收到新城。

再说他弟弟巴尔达。他住的城是经他亲手建筑起来的，因此命名为巴尔达城。以后，又抢掠一些其他小寨的居民，因此比克山寨城要大一些。他比阿尔泰会用兵，虽然也以掠夺为生，但比他哥哥来说还好一些，对待士兵不太苛刻，掠来的东西，士兵每人一份，没偏没向，他的兵力比克山寨强得很多，有甲兵二百多人，好马有五百多匹。

听说哥哥被杀之后，气得他三天没有吃好睡好，下决心要报杀兄之仇。从此他日夜练兵准备攻打罕王。还经常派精锐骑兵侵扰罕王属下的城池，并扬言一定捉住额亦都，给大哥祭灵。

罕王曾不止一次派人和他谈判，并保证不攻占他的城池。巴尔达以为罕王惧怕，更加猖狂起来。并把七月末派去的使者杀掉，将人头高高挂在树上。罕王忍无可忍，于秋八月派猛将军额亦都，大将安费扬古和弟弟舒尔哈赤、雅尔哈赤率兵三百攻取巴尔达城。

那年八月从初一开始就下起连绵大雨，这雨好似瓢泼似的，下得沟满壕平，而且越下越大，到第三天，简直下得满天皆白。牧场的马都浇得无处躲藏，有些马竟闯到牧马人的房子里，有些弱马活活被暴雨浇死。罕王提出要征服巴尔达城时，众将都不太同意，认为这样大雨易守不易攻，应以守城为上。罕王笑曰："你们只知其一，不知其二。这连阴雨正是我们进攻的好机会。在这大雨如注的时候，敌人不会提防我们进攻的。而我们的士兵是在艰苦中磨炼出来的，无论多大雨雪，岂能阻住我军前进？再说，我们兵力还不算足用，如何不趁敌人不备之机进攻，如果敌人加意防范，恐难制胜于敌。"大家一听都心悦诚服地说："聪睿贝勒所言极是。"

出兵那天，罕王不带雨具，不进遮棚，站在雨中，亲自把大军送完，才回到宫中。

雨越下越大。人马实在不能前进。正在这时，有人骑马冒雨而来，只见这人头戴牛皮罩，只露出二目，马头也罩上牛皮套，只露出两只眼睛，此人翻身下马，摘去皮罩，大家一看是罕王，个个惊得目瞪口呆。罕王说："我知道你们遇雨不能前进，特给你们想办法来了。雨虽然大，只要头不被雨淋，就能顶雨前进，马头不被雨浇就能驰骋。"说完只见有几十匹马驮着牛皮套头赶来，每人发给一副，大家都感到罕王能把不利环境改为有利环境，大家更增加进攻的勇气。罕王又嘱托大家，如果大江没船，你们应该知道有马就有船，并把他心爱狗唐乌哈留下给他们引路。罕王临回时，拍拍唐乌哈的头说："唐乌哈，领着他们往你老家的路上走，千万要引到正路上。"罕王目送着大队人马二次出发，才回到新城。

为什么让唐乌哈领路，原来这只狗是从鄂尔浑抓到的。据说抓它那天，已经三天没吃东西了。罕王拿出自己的干粮给它吃，从此唐乌哈和罕王形影不离。有一次罕王出围走了一天，累得筋疲力尽，倒在草甸子上睡了起来，正赶上春天荒火铺天盖地烧来，唐乌哈急得乱咬乱叫，罕王还是不醒。这唐乌哈立刻跳进水里，沾满水，又跑到罕王睡的地方，把四处草浸湿，就这样往返多次。当罕王醒来的时候，唐乌哈累得躺在一旁，一动也不动。罕王一看荒火没烧到自己，知道是唐乌哈湿草之功，他赶忙过来给狗磕了一个头，谢他救命之恩。从此把唐乌哈爱得如掌上明珠，常常教诲族人，狗是忠臣孝子，不可吃其肉，穿其皮。从此满族人不吃狗肉，不穿戴狗皮衣帽。

巴尔达城在鄂尔浑东，是去鄂尔浑必经之路，因为老狗识家，不管什么天气，白天黑夜晴天阴天都能找到老家。

雨还是下个不停，多亏唐乌哈头前引路，不然在这满天阴雾的天气早就迷失方向了。

军队行到苏子河，要是往年这河最深也不超过马肚子，可是连阴大雨，上江水猛涨，这苏子河水涨得天连水，水连天。再往下江一看，连一只小船都见不到。正在这没法渡河的时候，额亦都立刻站出来说："聪睿贝勒说有马就有船，我们大家赶快动手，把马连在一起，大家也用皮绳连起来，我可以引着大家渡河。"说完，他首先用一条粗的牛皮绳绑在腰间，大家都效仿他的办法，把马连在一起，人也互相连在一起，立刻形成一条马龙、一条人龙。额亦都把两条龙的接头紧紧拴在腰上，高声喊道："大家过河。"人是听命令的，可是马一看水这么大，谁也不敢过河，这可气坏了猛英雄，他抽出马鞭猛力抽打这些马匹让他们下水渡河。安费扬古笑着对额亦都说："我看怎么打也不肯下水，不如留下十几名箭手用秃头箭射马屁股，就能顺利渡过去。"额亦都一听，立刻点头称是。安费扬古马上挑出十二名箭手留在岸上。当额亦都拽着人龙和马龙跳入水中时，岸上十二名射手立刻开弓射箭，箭箭射在马屁股上。这马挨了箭射,惊恐地向河里洑去。额亦都在头前,用足平生力量,拽着人马前进。这三百人一百五十匹马,再加上登城工具,额亦都只往返两次,就把他们全部运向彼岸。

天已经黑了下来,可是雨还是下个不停。

自从阿尔泰的克山城失守以后,起初还是加意提防日夜练兵,自进八月以后,天气连降暴雨,苏子河水暴涨,他便放下心来,认为这样大雨是易守不易攻的季节,罕王不会轻易出兵。有了这种想法,再加上暴雨如注,难以练兵,因而就松弛下来。他有一个谋士曾不止一次地提醒他说:"努尔哈赤诡计多端,用兵好出奇制胜,应该雨越大越加意防范才对。"并解释说:"他善知兵法,雨大一般不出兵,守城人也会松下来,他能不用此机会进行攻城?"巴尔达城主哈哈大笑说:"你兄只知其一,不知其二,虽然努尔哈赤敢于进兵,可是苏子河水势暴涨,如果我们把所有船只统统调到我们指定的地方,他纵有天大的本领也飞不过苏子河。"那位谋士也只好诺诺称是。

巴尔达城主立刻命令士兵冒雨把沿河船只一律调到指定地点,可是防备方面有些放松。

八月上旬一天,阴云连绵,巴尔达城主正和将士们饮酒,城守卫来报:"额亦都和安费扬古正引大军向我城攻来。"巴尔达一听,不由大吃一惊。心想,难道努尔哈赤大兵是从天而降吗?他来不及思考,立刻披挂整齐,命令甲兵吹起紧急牛角号,全城立刻投入守城战斗。可是由于没有提前设防,罕王的兵马没费多大力气就直逼城下。

额亦都是个心急似火的傻英雄,没等安营扎寨就率领一组云梯队抢攻西城。第一组云梯刚靠近城根,城上箭如雨下,结果全组甲兵全被射死。额亦都身中五箭,他拔去箭头,又率第二组攻了上去,还是被乱箭射死全组云梯手,额亦都又身受十处箭伤。猛英雄额亦都毫不退缩,继续率云梯队担任主攻任务。他把主要敌人兵力引向他的身边。前后攻城八次,身受四十多处箭伤,仍然不下火线,最后终于攻上城头。他身上带着十八支箭冲向敌人队伍。巴尔达城将士从来没见到这样勇猛的英雄,个个都吓得滚下城墙。就在这时安费扬古指军二路兵士攻开城门。

额亦都杀得眼睛都红了,直奔巴尔达冲去,这时他身上又中了八箭,他这位猛打猛冲的武士像猛虎下山似的身带二十多支箭,杀向城中心,这时三路军马汇聚在一起。这一顿砍杀,城内人死伤大半,都四下逃溃。巴尔达城主当场被砍死,他们大获全胜。

这时天已放晴，众人忍痛把额亦都身上的箭拔了下来。英雄额亦都仍然咬紧牙关，率队回营。

罕王为额亦都迎风时，竟跪拜了猛英雄，热泪盈眶地说："好兄弟，你为咱们立下了永世难忘的功绩。"

在举行堂子祭的仪式上，罕王赠给他巴图鲁的英雄称号，并把所有的战利品，全部送给他。可是额亦都却一件没留，如数地按功劳大小分给下边的将士。因为这次战斗罕王的军队死伤也有一半。额亦都身带五十多处箭伤，带着胜利品，安抚死去的家属。

这一次战斗，额亦都威名立刻在建州、哈达、叶赫、乌拉诸部传开。一提到额亦都真都惧怕三分。

再说额亦都姓纽祜禄氏，世居长白山。因玛发和阿玛治家有方，在长白山部是一个大户，堪称全部之冠。后来他父母被仇人所害，家产全部被仇人抢掠一空，那时额亦都还不满十岁。多亏邻寨同族营救，才免于被害。十三岁那年，他的力气就比平常人大得许多。杀他父母霸他产业的仇人，听说额亦都藏在邻舍以后，便蓄意谋害。额亦都听说以后，心中大愤，他每日练刀练箭，并立下决心，一定报杀父之仇。真是冤家路窄，偏偏在狩猎途中二人相遇，仇人相见分外眼红，二话没说，就交起手来，他哪是额亦都的对手，没有几个照面，那个仇人被摔倒在地，额亦都脚踩着仇人，用刀狠狠地剁了下去，顿时把那仇人砍成肉酱，他提着人头来到父母坟前，大声痛哭，说："阿玛，额娘，你不孝的儿子给你报仇了。"哭了一阵，他望了望自己家园，有心回去吧，又怕仇人的党羽暗害于他。猛然想到有一位姑母嫁于瑚木嘉寨主穆通阿，何不投奔于她，也好安下心来练练武艺，干一番大事。想到这，他收拾一下随身携带的东西，告别了乡亲，投奔穆通阿寨。

穆通阿寨是一个小寨子，寨主穆通阿为人忠厚善良，练就一身好弓马，他们对邻近各城寨交往很深，因此没有人欺侮他们。生活倒也安定。额亦都来到姑母家中和他表兄哈斯虎朝夕相处，十分融洽。哈斯虎比额亦都大两岁，可是论起力气，哈斯虎两个也不顶他一个。十四岁时就能拉开十石弓，人不能。光阴似箭，不觉六个春秋过去，额亦都长得更加健壮威风，身高足有五尺七八，黑红脸膛，两道浓眉似两把扫帚，力量越来越大，好像永远用不完似的，就是心眼太直，不会转弯抹角，爱直来直去。因此，有个外号叫猛英雄，傻阿哥。以后，年龄大了，有了官职，大家又尊他为傻爷爷。这位猛英雄就在十九岁那年，进山狩猎曾打死一只老虎和两只黑熊，因此名声大振。就是那年，他与罕王在采云山结拜成兄弟。

穆通阿平素和罕王交往很密切，曾送给罕王一只白色海东青。这白色海东青是东北珍品名鹰。过后这只鹰又从罕王那里飞了回来。穆通阿又命哈斯虎、额亦都把飞回的海东青送回罕王那里。当时两个人很不满意，都认为这种白色海东青一万只里也找不到一只。既然飞回来了，就不应该再送回去。可是穆通阿坚持要还给罕王，两个人只好带上海东青，到苏克苏浒部。

罕王见兄弟二人又把海东青送了回来，他接过来看看那洁白的羽毛，弯弯的利嘴，一双圆晶晶的眼睛，又看看兄弟二人，站起身来说："这只海东青非常忠义恋旧主，我怎好辜负他一片恋主的忠心。请你二位把鹰带回去吧，这送鹰的盛情，我领了。"说完把海东青交给兄弟二人。额亦都一看罕王这种不夺他人之爱的大公无私的行为，深受感动。就这样他们又把海东青带了回去。额亦都为这件事逢人就讲，而他的心里也因此对罕王非常敬佩。

过了几天，罕王外出路过嘉木瑚，被穆通阿留宿。晚间，额亦都和罕王同宿一炕，他们谈了多半夜。罕王谈今比古，讲各部情况，讲明朝的腐败。最后说："山鹰在狂风暴雨中高飞，能看到远方的万里晴空。可是藏在地里的耗子只能偷点人家东西度它一生。"额亦都更觉罕王不是平常之辈，决心要投靠于他。

第二天，他把心事和姑母说出。姑母说："孩子，你太小，不能离开我，等你长大以后，再去吧！"额亦都说："姑母心情我很理解，不过孩儿我十四岁敢报父母之仇。我今年已经十九岁了，我不能像耗子似的永远藏在地里不能高飞，生又有什么用呢？请姑母放心，我将和聪睿贝勒一心一意干一番大的事业，才不辜负姑母养育之恩。"姑母一看，实在留不住，只好答应他的请求。额亦都拜别了姑父姑母和表兄，随同罕王到佟家山庄，回到苏克苏浒部。从此他一心一意地辅佐罕王。罕王几次被族人陷害，都是额亦都护其左右，一起渡过了多少危机。

一天，他骑着马带着几个家人出外狩猎。遇见一只野狼，他张弓就是一箭，正好射在狼的脊背，这狼拼命往东北方向逃去，额亦都拍马追去。一直追到三十多里，终于射死了那只野狼。刚要往回走的时候，忽然从林子里跑出一群衣衫褴褛的人，额亦都一看，是罕王边寨的居民。忙问道你们不在本寨，为什么这样狼狈不堪，那群人慌忙跪倒说："启禀章京，我的寨子和临近两个城池全被一伙从北方来的野人给平了，他们还在东山根开出大小山洞三十多个，并在四周围上木栅，到处抢劫，请将军救命。"额亦都一听大怒，本想单枪独马踏平这帮匪类，可是一想罕王最近公布了军法，没有军令谁也不许私自出兵，只好忿忿地说："这帮该死的东西，先教他多活两天。"然后带着人众返回新城。

原来这伙野人是栗末水下流左岸一个部族，因在本地胡作非为，烧杀抢掠，被七个城寨人把他们撵了出来。他们走了十天十夜来到这里。因为不会建房，只会住在山洞里，就在东山开了大大小小三十多个山洞，住了下来。这些人穿的都是狍皮衣裤，不管冬夏，头上总戴着皮帽子，吃些半生不熟的烤肉。因此他们住的这个城，叫洞城。

罕王听罢额亦都的报告，忙将那些被劫的人众叫到跟前，问道："那些野人的头行人是不是一脸胡子？"大家同声说："正是。"罕王立刻命人敲动云牌，集合了四百甲兵，亲自率队出征。

再说那些洞城人，听说罕王出兵攻城，一个个吓得浑身乱抖，不知如何是好。罕王骑在马上，高声喊道："叫你们的头人出来答话。"不一会儿，只见一位身穿狍皮大哈满脸络腮胡子大汉走了出来。罕王大声道："你可是扎海穆昆达吗？"那位头人愣了一下，仔细一看，不由惊喜万分，连忙凑前几步，问道："你可是尼堪秀才吗？"罕王点头称是。那人纳头便拜。原来这位头人名叫扎海。十年以前，他背着皮张到抚顺换些盐和布，不幸在半路被坏人全部劫去。扎海走投无路，便走进林子里解下腰带寻短见。正赶上罕王身着汉服从抚顺回来，将他救下。并带他找到劫路人，讨回皮张。扎海千恩万谢地说："我叫扎海，住在栗末江下流，不知恩人贵姓高名，家住哪里，以便我日后好报答大恩。"罕王半开玩笑地说："我是念书人，又练点武艺，这些微小事，不值一谢。"说完就骑马走了。

这次见面，罕王扶起扎海说："我也是女真人，上次是开个玩笑而已，我名字叫努尔哈赤。"扎海一听，"啊"了一声，说道："你可是那聪睿贝勒？"罕王点点头。扎海高兴地把大家喊了出来，一一拜见罕王。罕王善意地安抚了大家收降了扎海。

正在回去路上，只见远处尘土飞扬，前面大旗绣着"哈达"两个大字。不知哈达出兵为了何事，且听下回分解。

上文书提到哈达发兵之事。原来自从哈达老亲王万汗一死，其子扈尔干和蒙格布禄明和暗不和。扈尔干一心要夺王位，又怕蒙格布禄联络各部攻打自己，便决定先发制人。首先和罕王建立好关系，防止被蒙格布禄拉去。便派他的儿子戴善拿着亲笔信和罕王定盟，并把亲生女儿许配罕王。戴善奉命带领大队人马直奔苏克苏浒，走在半路上，听说罕王攻打洞城的消息。心想，何不直奔洞城，助他一臂之力，岂不更加亲密。想到这里，便直奔洞城走来。当看见罕王兵马时，立刻停住队伍，单人匹马地迎了上去。滚鞍下马，罕王一看是戴善，也赶紧下马接了上去。二人见礼已毕，戴善交出父亲的书信。大意是：

近闻聪睿贝勒大业宏拓，威震各部，以仁义之师平定诸乱，实为敬佩，愿结同盟，以期永好。并愿将爱女许于聪睿贝勒以表真诚之好。

罕王看完信之后，心中大喜，忙说："我努尔哈赤有何德何能，敢劳贵部并结姻，本就亲自赴贵部拜见，怎奈近日军务繁忙，望云贝勒转致王爷见谅。"因戴善急于联盟罕王，立即令人在洞城之野，搭起誓台。双方升起幡柴，登台明誓，歃血为盟。盟罢，就在军账中摆宴祝贺。戴善高兴地带着罕王的拜帖，返回哈达。

罕王回到新城以后，仍然操练兵马，日夜练兵。

罕王有一个习惯，就是每天太阳一冒红，总是率先于士兵起来，巡营查哨；晚间，别人都睡了，他却绕着大营走一圈才睡觉。这一天晚上，他突然看见西南方向天空中升起一道白光，久久不息。第二天早晨，这道白光才熄灭下去。一连八天都是如此。其实这是长白山一种自然现象，不足为奇。可是在三百年以前科学不发达时代，总是把自然现象当做吉凶的预兆。比如本书中常常提到金鸡引路，乌鸦送信，青白二光等等，都是和某些事物巧合在一起，便把这些预兆当做神的授意，天的旨意。作者也只好根据当时的认识叙述下去。

却说罕王一连八夜和八天早晨都看到这种白光，尤其到一个乌云（九天），这道白光更加光亮，好似一条银龙在天上盘旋，又像一条怪蟒在云中翻腾。罕王立刻把一些大将和他的董鄂大妃叫来，他们看到以后

两世罕王传·努尔哈赤罕王传

也感到惊奇。董鄂大福晋想了想，说："我父在世时常和我们说：'这是乌云之光，如果连出九天，那发光地点定有奇宝，有吉兆。'"罕王摇摇头笑了笑说："哪有那种说法？"可是董鄂妃一口咬定只要按着发光的方向找到头，一定有吉兆，并要求要亲自探宝。罕王也没说服住这位要强的福晋，当天她就率领两个得力的女仆人向西南方向找去。

董鄂福晋本是董鄂部克辙巴颜之女（也有的书说她是克辙巴颜的孙女）名字叫董尔基。这姑娘生下来就像男孩子似的嗓门高，个头大，长到十几岁的时候，一般男阿哥都没她的力气大，是董鄂部有名的假阿哥，老克辙巴颜很喜爱她。从七八岁时，就教她骑马射箭，这孩子也真聪明，一学就会，十二三岁就能拉开五六石弓，一把单刀，全部男女没有能敌过她的。克辙巴颜把全身武艺都传授给她了。

有一次，罕王被族人撵得无处藏身，有心回击族人吧，一想，不管咋的都是一家人，只许他们不义，我可不能不仁。想到这就躲在大树林里过夜。就在这时，只见一位骑大红马的姑娘，后边跟着一群仆人，这姑娘身材魁梧，衣帽堂堂，一看便知非等闲之辈。罕王不愿意惹是生非，打算躲一躲，刚要站起身时，那位姑娘却直奔过来。高声喝道："什么人，胆敢到我的围场？"罕王赶忙请个安说："我是苏克苏浒部的，因迷失方向误入围场，请勿见怪。"这姑娘一打量罕王，只见他头戴一顶狍爪小帽，身着鹿皮大哈，腰间执一条四指多宽的牛皮扣带，脚上穿一双猪皮靰鞡，腰间挎一把鲨鱼鞘的单刀，往脸一看，浓眉大眼，一张海口，论身材足有六尺。姑娘看罢，不由暗暗惊讶，心想天下竟有这样伟阿哥。她看罕王要走，赶紧上前一步将他拦住，接着问道："不知这位英雄尊姓大名，因何误入松林？"罕王一看姑娘二目紧紧盯住自己，只好大声说："这位格格，何必究根问底，我不是鸡鸣狗盗之徒，乃苏克苏浒部努尔哈赤。"这姑娘"啊"了一声，立刻深深蹲一蹲，手挎鬓角，恭恭敬敬地说："原来是聪睿贝勒。恕我冒犯，此处不是讲话之所，随我到本部住它几日，你看如何？"罕王只好俯首听命，随同姑娘走去。在路上，姑娘才自我介绍是克辙巴颜部主的姑娘董尔基格格。

两个人一进大厅，克辙巴颜认识罕王，赶忙看座让茶，准备酒菜。在谈话中，罕王讲今论古，纵谈天下，真是口若悬河，滔滔不绝，把父女二人说得如痴如醉，不由暗暗敬佩。最后罕王长叹一声说："如今我身单力孤，纵有冲天之志，也难以施展宏图。"

当天夜里，罕王被安排到西上房就寝。刚要入睡时，忽然"呀"的一声，两扇间壁门开了，过来一个身材高大的女人，罕王罩住油灯一看，正是董尔基格格。罕王赶忙站起身形，说道："夜已入更，格格不在房中安息，不知有何贵干到我房中，这恐怕多有不便。"董尔基笑笑说："看起来你常和尼堪人交往，他们的礼法你倒知道一些，可是你难道忘了女真人男女可以共同外出狩猎，白天一同打围，夜里一同燃起篝火过夜吗？男女之别应该是在于行动，脚正不怕影斜，难道男女就不许在一起谈今论古吗？"这一番话说得罕王哑口无言，只好让坐献茶。这姑娘不但是马上英雄，也是一个懂兵法，识战略的女中英豪。两个人从今到古，从东北各部的纷争不息，谈到大明朝野日趋腐化，真是越谈越投机，不觉谈到三星东南晌。董尔基最后说："聪睿贝勒既有治国安天下之计，我虽不才愿助你一臂之力。"罕王不知她怎个助法，刚想要问，董尔基接着说："我可以资助你添甲买马的金银，十日内一定送到府上。可有一件事，你必须答应我的婚事。如果咱俩成为夫妻，我除资助你金银外，还可以做一个帐内谋士，保你大业可成。话又说回来，你要不同意这门婚事，就别想出我城寨，你家格格可不是省油灯。"这一番软硬兼施的言语，使罕王没法招架。心想，不管如何，先应付过去。究竟她能不能携带大批金银投向我部，还是没法预测的事。想到这，罕王像为难地说："婚姻是一件大事，我看还是放一放再说。如果你真能携金投向我部，岂有不收留之理。"董尔基点了点头说："既然这样，咱们一言为定，十日内你在家中等我。"

董尔基这个假阿哥，说到就能办到。她偷了他阿玛一簸箕金锞子，半夜时，偷偷跑出家门，足足走了四十个时辰，终于跑到苏克苏浒，找到了罕王。罕王一看真的找上门来，又捧着那么多金元宝，有心收下，一看董尔基长得好似一个小伙子，惹不起；二则又看到这么多金子，正好解决招兵买马之急，正在犹像不定的时候，董尔基看明白罕王的心意，气得她"刷"的一声抽出刀来，冷不防蹿了过去，回手一刀削去罕王头缨，吓得罕王紧往后退，正好退到墙角，这回董尔基更得了手，用刀对准罕王胸膛逼问亲事。罕王赶忙点头，并连连说："这样美亲事怎有不同意之理！"董尔基要他对天发誓以后，才收了刀。就这样两个人终成一对夫妻。以后罕王招兵买马所有的银两大部分是董尔基这次拿来的金锞子。可是他阿玛克辙巴颜，发现姑娘盗走他全部金子，气得口吐鲜血而亡。

以后这位董鄂福晋给罕王出了不少的策略，称汗之后，每回宫殿召集群臣议事，她总是参加研究国家大事。因为那个时候不管哪位贝勒的福晋，都可以和丈夫一同上朝商讨国策。董鄂福晋一生给罕王生了两子一女，立下很多功劳。

董鄂福晋有两个大毛病，一是嫉妒罕王讨另外福晋。用当地土话来说："好吃醋。"其实给她戴上这三个字的帽子还是不公平。据考证。努尔哈赤先后娶十五个福晋。从现在道德观点衡量，未免过分了。可是封建帝王哪一个不是三宫六院，多少嫔妃，当时各部贝勒也是几房福晋。这在当时统治者已经是司空见惯引为自豪的风习。一个董尔基怎能左右这种风习。再说当时在统治者中间常常以女人当做礼品，当做改善关系的桥梁，表示友好的象征。总之，把女人当成交易品。这种恶习，在后金和清初时，在统治阶级中间很流行。

比如，罕王娶哈达之女时，当时他的力量还不太强，很怕娶亲时受到意外，就说服请董鄂福晋护卫。董鄂福晋一听心中大怒，气愤地说："你喜新厌旧又娶新人，这件事我本来就不同意，还想叫我陪你接亲，没那种好事。"罕王陪着笑脸说："二福晋，你想哪去了，我娶哈达和咱们联上亲，岂不对咱们有利。再说，让你接亲也是为了你着想。"董鄂福晋瞪了他一眼说："你娶新人怎么能为我着想，真是笑话。"罕王一本正经地说："我叫你接亲当护卫，是为了显示一下我们苏克苏浒部有女英雄女豪杰，叫他们知道你董鄂福晋是一位了不起的女巴图鲁。听说他们还要和你比试比试，看谁武艺高明。我想真要不去岂不被他们耻笑，说你董尔基徒有虚名，没有真实本领。"这一番话击中了董鄂福晋的要害。她一拍桌子，冷笑几声说："好个哈达部，竟敢和我比试武艺。我倒要和他们试试，让他们知道姑奶奶的厉害。"说罢，立刻拿出一副锁子金甲，披上大红库缎软包头，戴一顶凤翅金盔，备上马和罕王一同到哈达接亲。

可是到哈达时，上下人等都忙着送亲和招待客人，董鄂福晋被请到内室当作贵宾招待，并赞扬她亲自接亲的宽宏大量的英雄气魄。董尔基本来是为了比武才来的，可是被他们这一恭维，也只好顺水推舟应付了事。娶回来以后，罕王七八天没到董鄂福晋房中，她气得找到办事厅，开口就问："你说到哈达和他们比箭比刀，可是到那，他们只字不提，是何道理。再说你娶了新人忘旧人，七八天不到我房中是何道理？"罕王陪着笑脸说："福晋你哪里知道，我这些天忙于军事，所以没有时间。再说那哈达一看你威风凛凛，都称赞你是了不起的英雄，谁也不敢和你比试。再说你和春娅娜大福晋很孤单，我又给你接来一个妹妹，难道你不高兴吗?"经过罕王几句温暖的话，董尔基才平息一些。

她第二个弱点就是脾气暴，火气大。她死就死在这一点上。罕王有一次在富察之野又娶来一位富察福晋，那时罕王已经称汗了。董尔基哪能受得了，几次质问和申斥这件事。罕王醉醺醺地说:"我今天已经是一国之汗，操纵几千甲兵，指挥大小将领一二百，谁敢不听我的号令。过去我让你三分，可你竟越来越胆大，竟敢管到我头上，你活得有什么意思! 你要是一位英雄，敢不敢在我面前自刎，你敢不敢。从今以后，不许你称英雄，不许你干涉我的行动。"董尔基从来也没受过这样窝囊气，气得她紧咬牙关，恶狠狠地说:"你这忘恩负义的东西，我为你抛开父女情，我为你偷上黄金，你练兵，我为你气死我的老阿玛，我为你离开了故城，你拍拍心问一问，我哪一点对不起你，和你在一起十多年，南征北战，东挡西杀，帮助你打下今天江山，你却忘恩负义，背信弃义，我董尔基不是等闲之辈，岂能受你摆弄，既然你无情，我活着又有什么意思。"说罢面向董鄂部故地双膝跪地，大声哭道:"阿玛呀阿玛，我不该偷你老人家的黄金气死你，我这无义之徒，怎么能有脸在九泉之下见你。"她二番站起身，指着罕王说:"无义之徒，我给你生了二儿一女，从哪一点我也对得起你，你去反思吧!"说完拿起刀来往颈上一按，立刻红花四溅，一位和罕王同患难、共命运同打江山的女英雄就这样倒下了。

董鄂福晋一死把罕王吓得酒醒了，知道一时失言，抱住尸体哭得死去活来。边哭边说:"我为什么喝醉了酒，为什么说出这样气话，他拭干了眼，给董鄂福晋筹办丧事，他亲自举哀送葬。可是没过多久，就把这位福晋忘得一干二净，才引起长子长大以后，为了报其母之仇，曾反对罕王而被杀之。

董鄂福晋在生前把鄂部全部人马和财产用各种办法交给了罕王，所以罕王醉中逼死董鄂福晋是他一生中的一个大错。

董尔基一生也算得起英雄的一生，是女真人的一位了不起的女中魁首。她为罕王办了很多事，她收服索尔果引来费英东就是其中一件大事。

话说，有一次，董鄂福晋带领二个女仆直奔西南走去，走到半夜时，来到罕王二伯父管辖的围场。这围场是一片果松树林，长有七八十里，宽也有四五十里，觉昌安在世的时候，是他打秋围的南围场。自从罕王二伯父接管以后，因忙于处理族内的纷争，有好几年没有来过。董尔基正往前走，忽听树林中有哗哗响声，一个经常在山里行围狩猎的人，对山里各种音响一听便能分出是大动物还是小动物，是人还是牲口。董尔基一听是人行动的声音。心想：深更半夜，不会是自己族人，一定是坏人窝藏在里边。她想不能叫贼人窝藏在我们身边，便大喝一声，一拍战马，向有声的地方追去。追了一百多步，只见从树丛中慌慌张张地跑出两个人，也分不清是男是女，全身穿着猪皮衣裤，穿着毛朝外的靴子，这两个人一看，来的是一位骑着高头大马的人，吓得他俩撒腿就跑，嘴里喊着半懂不懂的语言："胡图哩！喜兰乌图哩！"意思是"可不好了，来了大妖魔鬼怪啦。"两个人在前面跑，董尔基在后面追。追到一个山根下面，一看在树林深处搭了几处撮罗子，四外还围上一圈木围墙。董尔基正在纳闷的时候，只见栅门大开，走出一群人来，为首的是一位老太太，这老太太一头白发散披在脑后，身着五颜六色的鹿皮衣裙，平托一把鹿角磨制的多股飞叉。虽然年岁很大，可是二目却很有神。这老太太的飞叉虽然不是钢叉，却非常厉害，因为这叉上涂有毒药，刺到身上全身溃烂，如果没有她的解药，三天三夜活活烂死。董尔基一问话，他们不会说当地语言，说出话来半懂不懂。心想，这一定是外来的野人。想到这便不想杀死，和颜悦色地说："老妈妈（汉语的老奶奶）不要怕，我是这窝巢的林主，请你说一说为什么跑到我们这林子里，请放心，我不会加害于你。"说完把刀插入鞘中，摘下来挂在马鞍上。那位老太太这才看清原来骑高头大马的是一位女将。又见人家刀已入鞘，也把自己的鹿角叉交给旁边的人，迎了上去，意思是请到屋里。董尔基带着两个家人一同进了木城。到撮罗子一看，是四面搭的木炕中间挖了一个火炕，男女老少都住在一起。当董尔基一进屋时，屋里人吓得东藏西躲，老太太说了一阵以后，才安静下来。

双方落坐以后，那位老太太才把自己的身世一五一十地说了出来。

原来，她是完颜部一个小城的人，姓瓜尔佳氏，从呼尔哈迁到这里才九天。他们城长就是那位白发苍苍的老妈妈，叫索尔果。这些人个个武艺高强，因和本族不合，才逃到这里。他们知道这不是自己的地方，所以偷偷地在山根搭起几座小撮罗子。白天晚上不敢出来，恐怕被别人发现。老妈妈再三嘱咐大家："这不是咱们的地方，一旦被人抓去，不是死就是给人家当奴隶。"他们还有一个迷信说法：凡是到一个人生地不熟的地方，白天要防备被人发现，晚上要防备胡图哩（鬼怪）出来吃人。只要度过九天九夜，就能免去一切灾难，平安无事了。这些年青男女，只好忍着性子在撮罗里藏着。好容易过了九天九夜，大家才长出了一口气，认为只有一夜，总能度过灾难。

有些好事的年轻人，心想，只有一夜啦，大概不会有啥危险，所以才偷偷地溜出来，沿着小河，往上走看看水源在哪里，也可以顺便捕些个小动物好改一改馋。没承想遇见了董鄂福晋。

董鄂福晋一听，心想，罕王正在用人之际，如果把这些人收过来，岂不更增加很大力量。想到这，他站起身来，恭恭敬敬地给索尔果妈妈请了一个安说："我是苏克苏浒部聪睿贝勒的二福晋，我看你们生活很苦，再说这也不是久居之地，我们那地方比这要好得多，我们贝勒是一位仁慈的人，谁要有困难他都能大力帮助。再说你们这些年青的阿哥和格格都很英勇。如果和我们一起一定能干出一番事业来。"索尔果一听，有些活心。她站起身来说："你说的这样好，我看你这个人也很直爽，可是，不管怎么说，咱们是初次见面，如果你说的是实话，敢不敢和我共同发誓？"董鄂福晋点点头。老妈妈大喜，立刻叫人拿出祖传的鹿骨尖刀，一只桦木小盆，又请出一个用木头刻的似人非人的动物又不像动物的神像，供在西面木炕上。老妈妈拽着董鄂福晋一齐跪在地上。老妈妈用鹿骨尖刀在左臂上扎出鲜血滴在盆里。董鄂福晋一看心里明白了，正像他老阿玛在世时说起野人部落最讲盟誓，只要盟誓便终生不改。想到这也照老妈妈那样，刚要在右臂刺血时，老妈妈赶紧拦住说："你应该在左臂上刺血才对。"董鄂福晋又用右手使刀咬紧牙在左臂上刺出鲜血，滴在木盆里。并发誓说："我与索尔果妈妈永远结好，如果有三心二意，不得好死。"索尔果也盟了誓。这时有人又在木盆里倒上米酒，大家每人一口，喝了这盆血酒。索尔果大喜，和大家说："从今天起咱们和这位福晋是一家人啦。"他们越谈越高兴，当天夜里，全部人马随着董鄂福晋来到新城。

索尔果全族自打祖上就生活在老林里，根本没看见过这些房屋城市，把他们看得眼花缭乱，乐得嘴都合不上。罕王特命家人给他们安家立业。年青阿哥编入甲兵队伍，一些格格们也争着抢着要披甲当兵。罕王只好安置他们做一些轻便的工作，这些人就是以后罕王的女兵的基本队伍。

三天后，索尔果找到董鄂福晋说："自从我们来到这里以后，真像上了天堂一样，我还有一个儿子叫费英东，自打呼尔哈出来，我们就分了手，并规定谁找到好的地方，就到乌托山西南地方奥里图玛发家留个信。我那个儿子可是个好人呀，论能力，刀马纯熟，是遍东海诸部没有不知道他的名字的。今天我们找到这块好地方，我想也把他找到这里，投奔罕王，不知你意下如何？"董鄂福晋一听大喜，立刻命人备马，并备一些礼品迎接费英东。

索尔果妈妈到指定会面地点的第二天，费英东带着十几名健儿赶到了，一听母亲介绍，再加上自己也听人讲过罕王如何勇敢，如何智勇双全，愿意结交天下豪杰，心中大喜，立刻随同阿娘投奔了罕王。

费英东是后金开国时三鹰五虎之一，是白光引来的一员大将。今年才二十五岁，长得身高七尺开外，一表人才，相貌堂堂，一头黑发披在脑后，人称巴图鲁披发郎。他颈子上套着四个猪牙石镯，一直到肘间，身穿猪皮大哈豹皮坎肩，脚上穿一双鹿皮抓地虎的皮靴，腰系一条鹿筋织成腰带，说话爽快大方，力大善射。

罕王一看费英东，真是英姿勃勃，心中大喜，纳头便拜，慌了费英东，赶快跪倒连说："不敢不敢，小的有何德何能劳聪睿贝勒如此大礼。"罕王说："幸得将军投奔，真使我如虎添翼，如龙得水。"两个人携手来到上房，落坐叫茶，罕王一听费英东谈吐虽然语言不太通顺，但也听得出胸中有一定才能。这时才发现，他身上带的弓箭是用色木做的牛筋做弦。一般弓是细长的，他的弓却不一样，短而粗。罕王暗想，只听说金代使的弓箭是色木短弓，果然是这样。更加器重费英东。

罕王最爱弓马，见着一张好弓，或一位射手，总想试试弓，比试比试弓法。前些日子接哈达之女完婚时，途中遇见一位射手，一问董鄂福晋，原来是董鄂部下一员将领，人称射箭高手钮翁金。罕王有点不服气，当场就和他比起箭来，结果钮翁金射五箭中三箭，相错不远。罕王射五箭，五箭皆中，五箭距离只差五寸，钮翁金大惊，连称神箭神箭。罕王也高兴地把他收到部下当差。

罕王一看费英东使的弓与众不同，接过手来一看，果然是张好弓。便约请费英东和自己部下诸将在院中试试箭法。

罕王把费英东使的短弓接到手，用力一拉，只拉个半弓。不由"啊"了一声，脸上有点发红，心想，我努尔哈赤什么硬弓到我手没有拉不开的道理，今天却败在这张弓上。额亦都觉得自己力气大很不服气，大声喊道："我来试试。"说完接过弓来使气力一拉，纹丝没动。额亦都气得青筋暴露，又咬紧牙关用出平生之力，还是没有拉开。罕王不由暗吃惊。再一细想，可能拉这样的弓，单凭力气是拉不开的，一定有拉这种弓的办法。想罢环视了站在院内的诸位将领，个个都摇头不敢动手。

费英东一看大家拉不开，赶快解释说："这弓叫反手弓。我们林中人经常活动在森林中，那种长弓大箭没法在林中密集的地方施展，必须使这种短弓才能运用自如，拉这种弓的方法和长弓不同，他是利用反劲硬射死腕的巧劲，才能拉开，说完只见他双手持弓，身子向右一歪，右肘角触地向斜上方连推带拉，只听喀吱一声，这张硬弓立刻弓开满月，"嗖"的一声，正射在院中竖立的飞虎旗红缨上，红缨被射得粉碎。罕王高兴得和费英东重新行抱见礼。向他连连说："活到老，学到老，我愿拜你为小师傅，学习新的弓法箭法。"罕王二番把弓接到手，照着费英东的姿势试了一试，果然把弓也拉个全满。傻二爷额亦都心笨手拙还不服气，又接过弓，也想照样使弓，哪知道，他身体笨重，没等歪好身子就扑通一声跌倒在地。试了几回，照样没有拉开。气得他说："什么人使什么物，我还是使我的笨家伙罢。"说完把弓交回原主。费英东是东海诸部的人，他不但武艺高超，还对野人的作战方法颇有研究。罕王学的是汉人的兵书战法，对野人战法还是一个门外汉。后来罕王征服东海野人时，主要靠费英东出谋划策行兵布阵，是罕王的得力参谋，起到诸葛亮的作用。罕王称汗时封他为扎尔固齐。罕王感到能得到这一员大将胜似几千兵甲，费英东感到遇到这样明主真好似如鱼得水。两个人越谈越投机，晚上罕王索性把费英东留在自己房中同榻促膝交谈。

费英东谈到东海诸部野人情况时说："东海诸部土地广阔，东一直到海，大小城寨不下一百五十多个，是一片物产丰饶，人口很多的地区。据他说那地方人不识字，也没有文书一类的东西，如果有什么事情，都以箭和标记为传达事物的工具。比如调兵用箭头挑着木牌，召集人时用野鸡箭，有紧事时用插鸡毛的箭，求婚用鹿皮筋捆着弓箭送给女方。

弓箭的用法和刀枪的招数，以及拳数都和汉人不一样，弓箭用短弓硬弓小梅花弓，刀和拳术都是模仿各种动物的动作研究出来的。说完，费英东打了几趟熊拳、虎拳和鹰拳，真是虎跃熊盘鹰展翅，这些招数罕王从来也没见过。费英东说："我们的刀法枪法和拳法不像汉人讲哪派什么式。专讲以实用为主，不等对方出手，出其不意冲杀进去。因此给敌人迅雷不及掩耳的速度刺杀过去，使对方来不及还手。行军布阵也是这样。一般好在暗处埋伏起来，敌人不到跟前不动手。当对方发现有人时，箭早已射出，这叫冷箭。一般没有大队出攻，都好分成小股，四下包抄，让你没法抵挡。"

费英东还郑重地说："最厉害的是毒箭、毒叉扎枪。我们自己能配三种毒药，涂在武器上，有的烂皮肤，有的昏迷不醒，有的使你发疯。不管这些毒药怎么厉害，我们都有解药，一般不往外传。"

谈到风俗时费英东说："我们有病，专请萨满诊治。有些萨满不但会治病，还能算出吉凶祸福。住的地方也不一样，有的住在山洞里，我们叫他洞人。也有的地方住在河边搭的撮罗子里。他们居住不定，哪地方野牲口旺，就搬到哪。撮罗子有牛皮的猪皮的，屋里陈设不一样，贝勒章京屋子里都用虎皮豹皮当坐被。"

当罕王问及各部头目人的情况时费英东说："东海各部总是不和气，往往因为争围场，分家财，争权位，发生互相争战。今天是朋友，明天或许成为仇敌，打得没完没了。甚至父子几代征战不休。我们东海各部有很多女贝勒女穆昆达，她们最反对男人当家作主，为这件事毛杂部和富集部发生过男女争权、夫妻夺城主的一些惨剧。"罕王感叹地说："如果能有机会把这些同族人收服过来，使他们永息干戈，各安其所，也是我们义不容辞的责任。"

其实罕王早就知道一些东海诸部的简单情况，经费英东这一介绍，对收服那块地方更加重视了。这才是听了东海部诸部事，打动罕王进军心，不知罕王对东海诸部作何打算，且听下回分解。

上文说的是罕王和费英东促膝谈心，真是越谈越感到见面恨晚。一直谈到东方发白，暂且不提。

却说董鄂福晋自从收服索尔果引来费英东以后，一看罕王对待费英东真是礼如上宾，心里又产生一种不服气的想法。心想："难道我们董鄂部里就没有像费英东这样的人物。"他翻来覆去想。想了半天，猛然想赶一位人来，是自己侄子又是师弟何和里。

原来董鄂部老贝勒克撤巴颜生前只教了两个徒弟，一个是董尔基格格，一个是自己孙子何和里。自从老贝勒气死后，董鄂福晋趁回去吊孝的机会，说服族人归附罕王。大家都很同意，就这样全族人收拾一下，准备迁到苏克苏浒部。惟有何和里不太同意。当天晚上带着三四十自己的人偷偷地跑了出去。董尔基对这件事也没加可否。心想，先让他在外面逛一逛也好，万一罕王对我们族人有些慢待，也可以有个落脚之处。第二天，她骑着马追出四五十里才撵上何和里。对他说："师弟，你可以先在这里住下来，董鄂部的部主你先担任起来，我率领其他人投奔我的维根贝勒（丈夫贝勒）。我想他为人宽宏大量，正在用人之际，再加上我支援了那么多的金子，供他招兵买马，这次又带领全族归顺于他，不会亏待咱们。可是，没事也应该防备有事，万一罕王对咱们不好，也可再回来。"就这样何和里留在了原来的地方。

何和里这人是五短身材，浓眉大眼，身板长得特别结实。他使一口单刀，远近闻名，他的招式和汉人刀法一点也不一样，不讲什么套路。以实杀为主，出刀如飞光闪电，忽然砍你上路，忽然砍你下路，上下都不得手就砍你骑的战马。不恋战，能杀就杀，不能杀就跑，绕一个圈，再偷偷回来，趁你不提防背后来一刀，和敌人对敌也不答话，实打实杀。因此，汉人一些刀法没法破他的招数。什么泰山压顶，古树盘根，苏秦背剑等等名堂，他一概不懂，就知道猛砍实杀，刀刀见效。马上打的不得手，也可以跳下马来，在你马前马后蹦蹦跳跃，砍你马脚腿，削你双足，使你没法招架。所以有人把女真人刀法总结成一套顺口溜。

女真刀法不易学，
真杀实砍没虚招，
打不过，他就跑，
绕回去砍后脑勺，
不讲路子不讲套，
你摆架式他进刀。

　　所以李成梁打不过女真人吃亏就吃亏在这里。据何和里说，有一次随他玛发到抚顺卖皮张，遇见一个当地的恶霸，这人武艺很高，是峨眉派的刀法。他一看这一老一少是女真人打扮，就打算硬抢他的皮张，一看何和里腰上挎着刀，威胁地说："你敢不敢和大爷比试比试？你要能赢我，送你一百两银子；你要输，把皮张全部给我留下。"何和里看一看玛发克辙巴颜，笑了笑说："我们是来做生意的，不是来比武的。咱们还是河水不犯井水为好。"那大汉说啥也不依，老人家一看，不能再解释了，便说："既然你要比试比试，只好让我孙子奉陪"。说时迟，那时快，何和里一个箭步蹿了过去，没等对方拉开架子，就举手一刀，把大汉头上的帽子削去一半，吓得他直往后退。不住喊道："你不懂规矩，为啥不亮亮你的路子和派别，就动起手来。这不是君子之战。"何和里气愤地说："既然讲君子之道，你为什么硬要我的皮张。骂人没好口，打人没好手，既然论输赢，不管你使的是什么招，以战胜为根本。"那大汉干生气也讲不出道理。二番交手，那大汉一亮招式，何和里却躲在一旁不进招，大汉收了招，哈哈大笑说："量你也不敢和我交手。"没等说完，何和里突然一刀直砍右肩，大汉没来得及还手，只听"哎呀"一声要躲也躲不了，只好闭目等死。哪知何和里用刀背砍去，何和里收了刀说："你那招数只好对付会汉人武术的人，我不吃那一套。"大汉羞愧离开。

　　再说董鄂福晋想到何和里之后，又想到自从董鄂部归顺以后，罕王真的像自家人一样对待，还是由他们的人做部里的头目。不管分什么东西都是一律平等看待。尤其是他们的生活比以前也改善了许多，再说何和里论武艺论人品，不次于费英东，真要把他找回来，岂不给董鄂部增光添彩。她越想越高兴，第二天一大早，骑上大红马向董鄂部故地奔去。

　　到城内一看，虽然人口少，管理得还井井有条，就是穿的衣服破旧一些，她催马来到故居，家人一看姑奶奶回来了，赶忙禀报城主何和里。不一会他们夫妻二人把董鄂福晋迎到屋里。提起何和里的妻子也不是平常之辈，论武艺不低于她的丈夫，连何和里都怕她三分。两个人给姑姑见礼之后，家人端上奶子茶和种种烤肉干，他们边喝茶边谈起双方的最近情况。

何和里把最近部里情况说了一遍之后，又说："最近由于咱们人单势孤，王甲城和北佳城不断前来侵扰，看起来这不是久居之地。"

董鄂福晋听完以后，心里很难受。心想，我们都有了归宿之地，单单把他留在这里，未免于心不忍。她便对何和里说："我这次来就是为了你。现在罕王势力一天比一天强大，想那王甲和北佳早晚也得被收服过来。再说罕王礼贤下士，真正有能力的人，在他手下都不能亏待。"接着把罕王如何器重费英东的事学说了一遍。然后说："师弟真要投奔罕王，凭你的能力，决不次于披发郎之下。"何和里一听大喜，他妻子也很高兴。就这样，第二天祭奠了克辙巴颜的坟，又对祖先神磕了几个头，辞别了家人去拜见罕王。从此董鄂部一百七十多人全部归顺了罕王。

罕王平素常听董鄂福晋夸何和里如何英勇，如何有智谋，很想见一面，尽可能地收归部下。这回听说何和里前来拜见，赶忙命人大开正门，亲自迎到门外，罕王抢先跪单腿请安，何和里一看罕王竟先给自己行礼，赶忙要跪地参拜，哪知道罕王一把拉住他，手携手进入上房。罕王大义，对每次来投奔的将士，对年龄比他大的他首先跪地参拜，对年龄比他小的，单腿请安。他常说："大将之材不可多得，既然能下就于咱们就应该以大礼接待。"这时仆人把何和里骑的马打算牵到槽头喂养，罕王一看这匹马不大，疙里疙瘩，更奇怪的是马上的鞍子，只是一张带毛的皮子。罕王忙命人拿了自己一套镶金硒铜的新鞍套送给何和里，何和里看了看，说："谢谢贝勒，我是女真人，骑惯了这样的毛皮鞍垫，骑起舒服，用起来方便。"罕王一听更加钦佩，并且告诉仆人："从今以后，也不许给我的马配这种高贵的马鞍。"他回过头来对何和里说："请你把你这张毛皮鞍子送给我，我要放在门旁出入看他一眼，以免我忘掉女真人吃苦耐劳的习惯。据说罕王从那时起一直到死，从来不用名贵的马鞍。以后皇宫传下来的那套罕王马鞍，就是这套他根本没用过的。

第二天，罕王和何和里一同到教场，别人骑马都左手拽缰绳，右手使马鞭，可是何和里却不然，他把马缰绳拴在脚腕上，用脚驾驭马的行动，这样可以腾出手来，任意使用各种武器。他的弓也和一般弓不同，既不是长弓也不是费英东使的短弓，是色木绣花弓，这弓小巧灵活，何和里用他专射人的脸部，上射双眼，中射鼻梁，下射口，左闪射右耳，右闪射左耳。可以刀里夹弓，能做到刀到箭也到，使你没法预防。

罕王的教军场仍然设在山沟里，在一片密林松林的中间，靠北面是点将台，台前竖立一杆大旗，南侧有各种箭靶，什么人头靶，全身靶，金锂靶，还有可以活动的游动靶，东西两侧都是搭的看棚。

每次操练兵马，不但将士甲兵参加，就连妇女也可以入场练武比试。

在这里，也常常举行各种游戏，骑马游戏有马球、赛马、马技。还有踢行头，举掷子，压抛列，女人也可以打秋千等等。

何和里到教场一看，队伍早已摆好，只见旌旗招展，盔明甲亮，号角齐鸣，军容特别整齐，甲兵分成号炮队、滴达枪队、单刀队、弓箭手、云梯手、队队整齐严肃。

何和里一看，心里暗暗佩服罕王的用兵能力。

在教场上一和大家见面也都非常亲热，一直到日头卡山，才收兵回营。

回来路上，何和里、费英东和罕王并马而行。罕王问何和里对今天练兵有什么看法。何和里是心直口快的人。他说："论兵书战策和指挥大军作战，我远远不及贝勒英明过人，如果在林中作战还是以小队为妙，能行动灵活，调动迅速，能使敌人摸不透抓不着。"费英东也插话说："何和里所言极是，只有小队才能出其不意，攻其不备。不过，也要注意队和队之间要互相联系，首尾呼应，出奇制胜。"罕王越听越高兴，回到宫中也封何和里为"辖"。

晚间，董鄂福晋问罕王："何和里如何?"罕王高兴地说："我又得到一位干练之才，真的感谢你替我连得二将。"忙命令摆酒给董鄂福晋庆功。酒席间董鄂福晋问罕王封何和里什么官职。罕王说："他和费英东一样都是难得的将领。对何和里也不例外，也封他为一等武辖。"董鄂福晋一听有些不高兴。心想，怎么能和费英东封一般大的官职。罕王看出他的心思，解释说："不要因为是你亲戚，就封他的官职比别人高，应该以其才的大小论封赏，如果有职位低下的人能推举出一位将才，难道也因为推荐的人职务低下也把那位将才封成低下的官职吗？如果这样，将会堵住荐贤之门。叫人说我努尔哈赤处事不公。古代尼堪的圣人说的'任人唯贤'就是这个道理。"然后又意味深长地说:"图大业必须有大志,有大志必须有公正之心。有公正之心,天下英雄毕至,大业可成。"董鄂福晋一听,很有道理,没再往下追究。以后见到何和里时却背地和他说:"你要知道罕王是论功行赏,你今后要好好干,多立功,想法压过费英东,你就能够官比他大。"何和里笑了笑也没说啥。

董鄂福晋总怕罕王对何和里不重视,就主动提出要把姑娘嫁给他,罕王也很高兴。

第二天,罕王按照亲属关系把何和里请到家中,并把许亲一事和他说了,何和里暗暗叫苦。心想,我已经有了妻子,再说真要许下这门亲事,哪有不透风的墙,一旦被她知道那还了得。正在犹豫的时候,董鄂福晋知道何和里想的什么,便赶忙说:"既然贝勒有此美意,你还不谢恩。"何和里只好站起来参拜岳父大人。

这可把董鄂福晋高兴得了不得,赶忙差人到董鄂部报喜。哪承想,这一来却惹出很大的麻烦事。

原来何和里的妻子外号叫哦赫,她出身是个阿哈的姑娘,自幼游僧选中,收她为女弟子,一气和师父学了六年武艺,真是箭马娴熟。她专门使一口柳叶双刀,无论马上十八套,地上七十二招都练得出神入化。十四岁那年被克辙巴颜看中收她为义孙女。这女孩子又和克辙巴颜学会了他们祖传的女真人刀马,形成她自己独特的刀马,人们都叫做哦赫刀法。十五岁和何和里结了婚,他和董鄂福晋相差不多,既是姑侄之辈,又是师妹关系。人称董鄂部二英,她俩和何和里三人,保卫住董鄂部没受外邻的残害。人无完人,这位女将有一个毛病,就是不准何和里接近女性。一旦看到丈夫和年青姑娘在一起走路或者一起坐上一会儿,她会大骂三天三夜,一直到何和里承认错误为止。自己本来岁数不大,可是她一来脾气骂起人来总是说:"谁敢把姑奶奶咋的。惹翻了我,把你脑袋削下来当行头踢。"因此大家送给她一个外号叫"哦赫妈妈",翻译成汉语是"好吃醋的奶奶"。从这段介绍可以想象,她听说何和里在罕王那里招了亲,这还了得,气得她骑上马,拿起刀,向苏克苏浒部奔去,要找何和里算账。这消息很快传到董鄂福晋和何和里的耳朵里,吓得何和里不知如何是好,董鄂福晋也觉得事情不妙。就在这时,这位哦赫妈妈像一匹发疯的母老虎闯入议事厅前,一眼看见何和里,大骂道:"你这无义之徒吃我一刀。"何和里哪敢还手,拨马就跑,哦赫妈妈刚要追上去,只听有人喊"侄媳师妹住手。"哦赫一看是姑婆师姐,赶忙下马，带着眼泪上前见礼，边哭边说："这种喜新厌旧之徒，留他何用，望师姐给我做主。"说完又想上马追去。何和里见又追了上来，他急中生智，催战马向罕王卧室跑去。哦赫妈妈也不知这是什么地方，一直闯入院内。这时罕王正在卧室里闲卧抽烟，抬头向外一看，大吃一惊，不知从何处闯入一员女将，追杀何和里。那女将后面跟着董鄂福晋也上气不接下气边追边喊："切莫动手，有事好商量。"罕王急忙走出门来，高声喝道："来的那员女将住手！"哦赫妈妈往前一看，认得罕王，因为觉昌安在世的时候和克辙巴颜感情很好，曾带小汗到董鄂部去，以后又听到罕王一些动人事迹，从内心里非常佩服，何况又是一部之长，贝勒飞虎大将军。哦赫妈妈也不追何和里了，下得马来，跪到地上拜见罕王，这时董鄂福晋也赶到了，向罕王介绍说："这是何和里的妻子。"罕王一听完全明白了事情真相，赶忙让到屋里。罕王亲自装了一袋烟，双手递向哦赫妈妈。哦赫妈妈不觉大吃一惊，说："罕王礼贤下士，真是名不虚传。"她虽然不会抽烟，仍然单腿跪地接过烟袋。罕王很诚恳地说："何和里订亲这件事，不怨他，是我的主张。"又接着说："你放心，我姑娘嫁过去以后，一定给你当好妹妹，认你为师。你多一个妹妹，收了一个徒弟，比你一个不是好多了吗？"哦赫妈妈这才知道是和罕王姑娘订的婚。这才长出一口气说道："既然是贝勒的格格，还望贝勒爷不要怪罪我蛮横无理。"罕王大喜，赶忙说："我姑娘是你妹妹，也收下你作为我的义女吧，也好来回走动。"哦赫妈妈一听，大喜，二番跪倒认了义父。罕王为了收英雄，订婚事，认义女，大摆宴席祝贺，这一场风波才平息下来。以后罕王组成的女兵就是这位哦赫妈妈亲手操练的，立下了很多功劳，这是后话。

何和里订婚引起夫妻争吵又杀出一对英雄，真是一件又一件的喜事。对白光的兆头相信了八九分。当董鄂福晋自杀以后，罕王为了不忘董鄂福晋的功劳，把长白山之光封为董尔基光。

有一天，太阳刚下山的时候，罕王正在亭子前闲坐，只见三只乌鸦绕着亭子飞了三圈，落在亭子上向罕王叫三声，然后向东展翅飞去。罕王觉得很奇怪，难道这又是什么预兆不成？第二天卯时议事时，把乌鸦飞鸣之事和大家一说，有的说东方要有战争，也有的说东方一定有吉祥之事，众说纷纭。这时，安费扬古站起来向大家说："坐在屋里等三天三夜也争不出结果，战争也好，吉兆也罢，何不向东方探听一下，还可以巡视一下边界情况。"书中交待，那时候罕王招集众将议事，除了上文书提到的女人也可随同丈夫参议大事外，在议事厅里人们可以随便发言，争执甚至于吵闹起来。罕王的主张也可以推翻另议，可是当会议快要结束时，罕王拿出令箭，大家都得服从。当时是不是一切事务完全以罕王言行为主，也不尽然。因为罕王有一个同胞兄弟叫舒尔哈赤，大家尊称为二贝勒，少年时同受继母虐待，小哥俩常常出外讨饭为生，相依为命，舒尔哈赤的成长都是努尔哈赤一手培养起来的，又加封龙虎将军之职，不但声名远扬，兵多马壮，而且家产也日益扩大，努尔哈赤毫不自私，家中财产罕王有啥他弟弟也有啥，所以议事的时候，舒尔哈赤决定的事情，罕王总是尽量不反对。当时流传一种说法是"大贝勒出兵打仗，二贝勒掌管财粮。"乌鸦报信的事情罕王本想叫舒尔哈赤前去探听一下，可是没等罕王开口，舒尔哈赤看出长兄意思，赶忙接着说："安费扬古说的很对，那就命他向东方走走，看看有何吉兆否？"努尔哈赤只好点头应允。

安费扬古接到令箭以后，立刻带领几个阿哈备好战马，一直向东方奔去。因为他的马跑得很快，没到中午跑出了一百来里，也没见有什么动静。这时马也累了，人也饿了，他们找一处水草丰盛的地方，放开了马，找一棵大树底下刚要坐下休息，只见从东面林子里跑出五匹东海马，马上端坐五人，四个大人一个小孩穿的都是猪皮大哈。耳朵上戴有耳环，尤其那小孩长得虎头虎脑，红扑扑的小脸像苹果似的，头上戴一顶珠子串成的小帽，被太阳一照闪闪发光，腰扎一条五色线织成的彩带，脚下穿一双鹿皮短靴，身量有马驹子那么高，脑后辫子可不短，能拖到地面。因为太长只好绕在脖子上。脖子上套着一串五色石头串成的项圈，背后背一把鲨鱼鞘的单刀，显得格外精灵洒脱。

那时女真人有个风俗，路上遇见人先来的总是站立一旁，等行人过后再坐下休息。

那五人来到跟前时，安费扬古两手一伸，忙着说："三音，三音，辛苦了。"那五个人赶忙翻身下马还礼不迭，也坐了下来，并拿出一些鹿肉干粮嚼了起来。他们五个人边吃边谈。安费扬古一听口音，才知道他们是东海窝集人。赶忙拿出饽饽打发阿哈送了过去。那东海诸部地处东荒，哪吃过饽饽一类食品，他们赶忙站起来，接过饽饽，并一再表示感谢。

吃完了午饭，他们互相攀谈起来。五个人中间有一位老人，看样子像头人似的，看看远方若有所思地问道："请问此地离苏克苏浒部还有多远路程？"安费扬古忙问道："请问阿玛，你打听苏克苏浒部有何贵干？"那位老人打个唉声说："我们千里迢迢是投奔聪睿贝勒的。"安费扬古一听大喜，赶快站起来说："我就是聪睿贝勒部下大将安费扬古。既然各位要投奔我主，我愿头前引路。"那五人一听大喜，赶忙收拾一下，骑上马，继续前进。那位老人一看，安费扬古没有上马，却牵着自己的马步行，老人感动得不知说什么是好。四个阿哈加上安费扬古五个人牵着五匹远客的马高高兴兴地按原路返回。

在路上那位老人，才把如何要投奔罕王的事说了一遍。

原来这五个人是雅尔谷寨城（现在的图们江）的城主，名字叫虎拉扈图（清史叫虎拉瑚）。这个城归乌拉部贝勒布寨管辖。布寨这个人暴虐昏庸，把属于他的各城各寨的美女、财产刮分得一干二净，谁要敢于反抗，便发兵镇压，轻则抢掠一空，重者则屠杀全城。就在前几个月，布寨要选九九八十一个美女，充实他的宫里，把那些玩够的美女杀的杀，送人的送人。偏偏挑选美人的使者来到雅尔谷寨城，这下可把一个小城弄得人心惶惶，不知如何是好。这些如狼似虎的家伙，按户搜查，见好的姑娘就抢，见财物就拿。谁要反抗，不是杀就是抓去当阿哈。偏偏虎拉扈图的弟弟虎拉巴图也是无恶不作的人物，对布寨的暴行不但不抵抗，反而加意奉承，为虎作伥，他看到小自己十四岁的小嫂子长得俊俏无比，心想，这要送给布寨贝勒一定能使他欢心，想到这里，他立即带领布寨贝勒的甲兵，闯进他哥哥虎拉扈图的卧室，没容分说把小嫂子抢了出来。气得虎拉扈图一怒之下杀了他弟弟，逃了出来，想投奔聪睿贝勒，一定要找时机杀回去把这个城全部归了过来。当安费扬古问到当地风情时，老城主说："我们那地方专门出大马哈鱼皮子，年年给明朝进贡。还出产一些马匹、人参、貂皮一些山货。如果我在这安下家来，想法一定把全族人马统一带过来，归顺聪睿贝勒。"他们边说边走，不觉来到新城。

罕王听说是东海来的，真是喜出望外，因为直到现在这还是第一批远方投他的城主。忙把五位请到亭子里，亲自跪拜迎接，让到西边正座。一看，他们的装束，猛然想起一位故人，便赶忙问道："我想打听一位老人叫虎拉提图，不知您可知晓？"虎拉扈图一听，站起身形说："回贝勒话，那是我的胞兄，不幸前几年因病逝世。"罕王不听则已，一听立刻禁不住痛哭起来。边哭边说："虎拉提图是我的救命恩人，是我的义父，你老人家就是我的叔父，受侄儿一拜。可恨我这些年忙于为父、祖报仇，忙于安家立业，不能看望我的义父，真是不孝之主。"说完又痛哭起来，把虎拉扈图感动得也热泪盈眶。心想，我见过多少贝勒、章京，这样仁义热情的人还是第一个。为什么虎拉提图远在东海，成为罕王义父，这才引出罕王忆往事。且听下回分解。

为什么罕王千里迢迢结识东海部雅尔古寨城主虎拉提图，还认为义父呢？这里有一段罕王少年时代的不幸遭遇。

罕王从小亲母早丧，扔下他和弟弟舒尔哈赤、雅尔哈赤寄养在阿那膝下抚养。这继母对小哥仨是怎么也看不上，开始时，背着塔克世对哥俩不是打就是骂，五六岁就把哥俩赶到山里，告诉他俩每天必须抓一只狍子，才许回家。小罕王只好背着弟弟一步一步地往前走。舒尔哈赤在哥哥背上哭着说："哥哥，哥哥我要吃饽饽。"小汗一听真是心如刀绞，心想这寒天数九，四野无人，野兽成群，别说吃饽饽，就是命也恐怕保不住呀？哥俩走得累了，小汗放下弟弟，拣了一些干枝叶升起了火堆，把弟弟用自己皮衣包了一下，便拿着小弓去射狍子。就在这时，他的玛发从此路过，一看这般情景，心中很难过，一问舒尔哈赤。舒尔哈赤一看玛发来了，立刻哭了起来。连连说："爷爷，爷爷我要吃饽饽，我要找哥哥。"觉昌安不禁掉下泪来。心想，孩子没有亲娘落到这般地步，这件事我焉有不管之理，他掏出一些干粮，和他说我找你哥哥去，和我一同回家。

觉昌安到山里一看，小汗正在寻找狍子，觉昌安心想，我看看这孩子箭法、胆量如何？他躲在树丛里，只见小汗掏出一个牛皮口哨学起狍子的叫声。不一会两只大公狍子跑来，正好钻进小汗早已备好的套子里，小汗趁势拿出小刀，几下把一个大公狍子刺死。觉昌安不由暗暗惊叹，好一个小汗子五岁就能想出这些点子。将来一定是我们爱新觉罗家族的一棵好苗。打那以后，觉昌安对小汗哥仨更加照顾。

虽然这样，喜塔拉氏还是不甘心，总想害死小汗，总怕他长大以后继承家业，趁觉昌安到北京进贡之机，把小汗哥俩第二次赶出家门。那时小汗才十三岁，生活没法自理，只好以讨要为生。为了能多要一些吃的，他尽量学汉语，没有用多长时间，在讨饭中居然学一口非常漂亮的汉语。

就在那年夏天，霍乱病流行起来，小汗冷一顿、热一顿、饥一顿、饱一顿的生活，怎么禁得起瘟病的袭击，不幸得了霍乱病，上吐下泻，水米不进。开始他还能够自理，到了第二天已经吐泻得站不起来，浑身瘫痪行动不得，吐泻的脏物弄得满身都是。

他躺在路旁自知已经不行了。他仰望着天空，天空静得令人可怕。一些不知趣的苍蝇却从四面八方向小汗拢来，小汗已经没有气力再去哄赶，只好任他们聚餐。他想到自己生来失去母亲，三岁那年被弃郊外，多亏大鹰和母虎的喂养和保护才免去一死，祖父救他们回来，几年来领着小弟弟风风雨雨，总算熬到今天。可是又碰上这无情瘟病弄得我活，活不了，死，死不了，他暗自叫了声：死去的额娘等我，你的儿子将要回到你的身边。暗暗叫声：舒尔哈赤，你哥哥不行了，愿你快点长大，好好习武，光大咱们门户。又想到老玛发觉昌安疼我养我一回，我不能尽到一点孝心。他越想越难受，一咬牙这样活着倒不如快点死了干净。有心上吊但身子已经站不起来。往前一看，苏子河水清清澈澈，他不由想起六岁那年领着弟弟在河边摸鱼，老玛发觉昌安坐在河边，语重心长地说："小汗子你记住，咱们祖先东奔西逃，叫敌人撵得无处安身，五彩山鸡给咱们定居在这条河沿上。这苏子河把咱们哺育了多少代。"想到这，他暗暗下了狠心，叨念着："苏子河恩都哩，收下你这个后代吧！"他吃力地向苏子河爬去。没爬二十步，已经爬不动了，他闭上眼睛，躺在树下，想要休息一会儿再爬。就在这时，只听远处马串铃响，他心里明白，这是行路人到此。有心躲开，省得叫人看见作呕，可是身不由己，只好闭上眼睛，假装睡着的样子。不一会儿这帮人走到小汗身边，他偷偷一看，只见二十多匹马，其中有十几个驮着有十几个人，他们都穿着鱼皮，猪皮长衫，头戴袍皮鹿皮风凉帽，一看就知道不是本地人。

原来这马帮是东海雅尔谷寨城城主虎拉提图率领的人马，驮着皮张到浑河换些盐、布和一些生活用品。书中交待，东海部面积很大，南到图们江，东至东海与建州的乌拉相邻，北边和依兰哈兰搭界，他们成年以打猎为生，不事农稼，过着游猎的生活。这些居民每年一次到马市做些交易。虎拉提图城主有六十开外，虽然白发苍苍，还是精力充沛，在东海是一位很有名的城主。

话说虎拉提图停住马，一看小汗躺在树下浑身恶臭，骨瘦如柴，往脸上一看，一点血色也没有。他叹了口气，说："唉！多可怜的孩子呀，病到这样程度，躺在这里，就是病不死，晚上也躲不过狼的嘴呀，可怜呀可怜！"其他人劝虎拉提图不要管这闲事，赶集要紧，去晚了恐怕进不了市，岂不白来一次吗？虎拉提图摇摇头说："不，女真人哪有见死不救之理，何况这孩子也是女真呀！我们不能眼睁睁地看这孩子死呀！"说得大家也动了心。

老人家从怀里掏出一个木刻的葫芦，揭开葫芦盖倒出一些药面给小汗灌了进去。小汗觉得香气很浓，不一会肚子疼了起来，老人赶紧叫众人抬到河沿，只见小汗大吐大泻一阵。大家又把他抬到河里，浑身冲洗得干干净净。这时小汗觉得轻快得多了，因为衣服脱去没法见礼，只好向老人点头道谢。又停了一会儿，老人从怀里掏出一支木葫芦，倒出一些甜水给小汗喝了下去，又抬到树荫底下，叫他躺在干草上，那位老人始终守在小汗身旁，不时地用手抚摸着小汗的身子。

过了两个时辰，小汗觉得浑身有了劲，能够站立起来。老人家忙命家人，拿出东海奶酪给他吃了，从马驮上拿出鱼皮染色裤子，水獭皮帽子和猪皮大衫给小汗穿上。小汗非常感谢老人家救命之恩。

老人一看小汗好了，高兴得了不得，边点头边说："真是大命之人，不然怎么能遇到我们呀！"亲切地道："小阿哥，你家住哪里，姓字名啥。因何孤身病在这里？"小汗心想，我要说了觉昌安贝勒的孙子，岂不教人耻笑我的祖父和家族，有辱爱新觉罗哈拉的声望。想到这里，他和老人说："我没有家，只是一个人到处讨要，今天多亏恩人救我，我将永生不忘。一旦有了发迹时，定当登门谢恩。但不知老人家尊姓大名，家住什么地方，以便日后拜访。"老人笑了笑说："孩子你的心意，我们领了。不过女真人是施恩不望报。你就不必问我的姓名了。"接着说："孩子，我看你孤身一人无依无靠，不如跟着我们一同走吧，回到东海，生活会比现在好些。如果你愿意，先和我们一同到马市，咱们把皮张出了手，立刻返回东海。你看怎样？"小汗正在无路可走的时候，便答应下来和他们一同到浑河马市。

这些人有个习惯，不愿意投宿住店，晚间找个依山傍水的地方，搭起熊皮帐篷升起篝火打小宵，他们不懂用米做饭用面做饽饽，一到吃饭时拿出鱼皮子、肉干一类食品在火上烤，就围着火堆吃起来，有时碰见小牲口就捕上几只烤着吃。小汗是个聪明孩子，从七八岁起，就能自己做饭，缝衣服，他看这些人只知道烤肉，不懂别的吃法，就到附近小村用十张貂皮换来一个铁锅和一些稗子米和食盐等物。从此给他们煮肉、做米饭。大家边吃边学，都赞不绝口地夸他聪明伶俐，更对这个孤儿有了好感。

他们晓行夜宿不止一日，这一天来到清河马市。

马市是明朝和它所属漠北各部卫贸易的场所，像这样的马市当时共有四处，浑河马市是最东部一个。

在洪武年间没有马市的设置，以后关内关外交往日繁，双方都为了各自利益，才奉旨建立。

清河马市一年集会一次，一般在四月开市，八月收市，虽然名字叫马市，实质是各种货物的交易市场。漠北女真各部和其他民族把自己的皮张、马匹、山产品等货物千里迢迢运到这里，换取尼堪人的绸缎、铁器、食盐等生活用品。

按照明朝规定，凡属开市那天不到，便不许进市交易。这一来，把门的官员就有利可图。一些山里来的人，哪知道这样规定，往往晚到一天，门官便拦住不许进入，轻则送些礼品，重则没收你的全部财产，这是第一关。第二关是检验大员可以找各种借口勒索欺诈。总之，一个山里林中人到马市没有等货物出手早被一层一层的关口夺去你三分之一的财产。这还不算，那些奸商利徒更是无孔不入，用一瓶酒就可以换取一张水獭，用一口铁锅可换满满一锅貂皮。而这些纯朴女真人货物被盘剥以后，再要买东西，只好赊欠，除了要付高利息盘剥外，还要交出预购货物款，虽然这样，可他们绝不失信，第二年即便自己不来，也要把欠款托人如数带去。

一提到马市真是使人伤心。可是，它也沟通着女真人和汉人的货物交流和文化交流，对促进东北的生产发展，兵力的强大起到了促进作用。关内的绸缎布匹、铁器、家俱、瓷器、药材遍及东北各处，而东北的山产、土产、貂皮、人参也远销全国。

浑河比起抚顺、开原马市规模要小一些。即使这样，这一年一度的交易还是很繁华的。城西门外是马市，来自东海恰克拉、费牙喀的东海名马比比皆是；城南是汉人市场，各种商品叫卖不停；城东门便是东北特产，汉族和女真人往来穿梭，讲买讲卖，真是来自五湖四海，汇集国内百货。除此还有打把式卖艺的，说书的、演戏的、摆摊测字的，真是三教九流，五行八作行行皆有。

话说虎拉提图率领一班人等交了门税，找了一家熟悉的陈家老店住下，店小二一看是东海雅尔谷寨的老城主，赶忙过来招待，把马牵到槽上，把货放到库房里，给安排了房间，洗完脸。虎拉提图忙问道："店家，今年马市出手货行情怎么样？"店小二看了看外边没人，才小声说：

"行情倒很稳，和去年一样，就是关里荒乱，来的老客不多，看起来货行情有下溜的可能。"虎拉提图一听，半天没说出话来。

第二天，到市上一看，果然南货市场老客不多，反过来东北诸部山产、土产却堆积如山，心想今年货物要卖不上价。回到店房心里闷闷不乐。

果然一连十几天，货物出手不多，关里的货天天上涨。就在这时，店小二进来说："城主，外面有江苏老客马再选见你。"老城主一听是马再选，心中十分高兴，因为每年换货都是由他一手办理。赶忙让到屋里，店小二当通事（翻译），两个人交谈起来。

马再选叹了口气说："今年关内很荒乱，大客商来不了，不但货紧，恐怕三天过不去皮货行情有大跌之势。咱们是老朋友，老交往，先来和你通个信，赶快把皮货出手、抓绸缎布匹。如果您信得过我，可以代为效劳。"虎拉提图一听大喜，忙着告诉店家备酒备菜，准备招待这位老客。

马再选摆摆手说："今天我很忙，明天我可以和收买皮货的老客一同来，你们当面锣对面鼓，我只给你们介绍介绍，不知城主意下如何？"虎拉提图当然很高兴，就这样订了明天合计换货的事。

送走了马再选，虎拉提图手下人慌慌张张从外面跑进来说："启禀城主，皮货行情又下跌不少，南货价格累累上涨。"虎拉提图一听，更加心急如火，恨不得赶快把交易做成。因为他今天带来的珍贵皮张比历年都多，在全马市属一流客户。

老人家愁得饭吃不好，觉也睡不稳。

小汗在七八岁时，随同觉昌安来过两次马市。另外，他对汉族人情、语言都很熟悉，一看老人愁得很厉害，赶忙说："老人家，不用愁，我到外边听听风声再说。"虎拉提图一想，一个小孩能办多大事，也没说啥只是点了点头。小汗又说："我想买一套汉族小孩穿的衣服，只有这样才能听到真实情况。"老人一想也对，赶忙拿出一些散碎银子，交给小汗。

小汗穿上汉族衣服直奔城里走去，很顺利地进了城。

城不大，没走多远，就来到十字路口，路北是衙门，路南是一家大的招商会馆。一般情况下大的官员来此，都住在这家客栈。小汗眼睛翻了一翻，一看路北有一家卖肉包子的小饭馆，他走进饭馆买了一笼包子，端着它走进客栈，大声吆喝说："热包子呀，谁买热包子呀！"这时只见出来一个家人打扮的男人，大声说："小孩，把包子端进来，我家大人要吃。"小汗赶忙随家人进到屋里，一看有四个官员打扮的人，坐在上首，那个马再选坐在下首。因为小汗换了衣服，再说一个九岁女真傻孩子，这位马老客也没注意他。因此，一点也没想到这个卖包子却是那个傻孩子。

这些人一看，有包子没酒，正想叫家人到外边打酒，小汗比谁都精灵，忙深打一躬说："各位老爷有饭没酒，待小人给你们打酒来。"说完拿起酒器，不一会儿打来一壶好酒，还买了几样酒菜。这些人看小孩子很机灵，赏了他几吊银，还叫他给煮茶倒水，小汗干得又快又好。

就在这煮茶的时候，他们以为小汗是个汉族卖包子小孩，对他根本没加提防，便谈起生意来。那些明朝大官员们迫不急待地问马再选："你办的那件事把握性到底有多大？"并一再叮嘱说："要记住，五天内要是不能收上皮货，将会误咱们发财的机会。"马再选奸笑地说："你们放心吧，那帮老山熊已经入圈套，明天准能全部皮货到手，到那时，咱们可以不费吹灰之力，获得五倍到十倍的利润。"并悄悄地说："这几天我和几个同伴人已经把行情压低了将近一半的价格，只要明天我稍加一点利头，保证他得出手，只要虎拉提图的货一到手，就是收不到别人的山货也无关紧要了。"

原来这伙明朝官员，在朝中听说大内要派大员收买一大批皮货，就事先跑到这里，准备先把皮货收到手，然后转手出卖，从中得到几倍的利润。他们一到浑河就和江苏商人马再选拍手成交，愿意拿出总价百分之五的利润托他们在十天之内，把浑河全部皮张收上来，并订了各种皮张的收购价格。这一来，马再选先压一头，收一头，那些明朝官员再压一头，这一来本来值十两银子的皮货顶多能卖上三两左右就算最幸运的了。真要再过五天以后，真正收购皮货的大员一到，皮货就会立刻恢复原价。

这些家伙研究的内幕，小汗听得一清二楚。这些人吃喝完了，还赏了小汗一些散碎银子。就在天黑的时候，小汗偷偷地回到了东家老店。

虎拉提图正在惦念小汗一天没回来的时候，小汗穿一身汉装回到店里。虎拉提图很不高兴地说："孩子，为啥一到尼堪的地方就忘了女真人之本，这可不行啊！"小汗也没顾老人申斥，便把一天的情况和老人一五一十地说了一阵。老人一听，大吃一惊，对马再选狡猾阴险的花招恨之入骨，而对小汗这种机智灵活的行为感到非常的惊奇。

小汗告诉老人一定先不匆忙脱手，并连夜把这消息通知了各部来的女真人。

第二天，马市和往日不大一样了，冷冷清清没有一份货摊。马再选怎么动员虎拉提图，老人家总是摆摆手说："过几天再说吧。"

第六天头，果然正式收购皮货的大员们来了，皮货才算得到比较公平的行情。

虎拉提图感动地说："这孩子真够聪明的，我要是有这么一个儿子，该多好！"小汗一听，心想，老人救了我的性命，这就是我的重生父母，再养爹娘。想到这里，站起身来对虎拉提图说："老人家若不嫌弃，我愿意认你老为义父。"说完趴地下磕了三个响头，老人乐得眼睛眯成一条缝连连说："孩子，快起来，从今个以后，咱们就是一家人了。"

他们算了账，高高兴兴地离开了浑河马市。

爷俩在路上边走边唠，虎拉提图把自己的家乡住处和小汗说个明明白白，小汗也把自己的住址和身世说了一遍。当提到玛发觉昌安时，虎拉提图不知道有这位贝勒，他只知道哈达部万汗贝勒。

他们又来到小汗病的地方，小汗要拜别义父，可是虎拉提图怎能舍得呀！热泪盈眶地说："孩子，跟我去吧，我亏待不了你。"小汗也掉了泪，再三解释："义父，我不能去，小鸡不离窝，小马不离槽，家有玛发和阿玛，还有弟弟，怎能离开老家。如果有机会一定到雅尔古寨看望您老人家。"虎拉提图一看留不下小汗，只好叹口气说："我不再留你了，不过我岁数大了，有早晨没晚上的，说不定什么时候死去。"并一再叮嘱告诉他长大以后，要常来常往。小汗磕了头，说："谨遵义父大人教诲。"虎拉提图挑了一匹小马和五两银子送给小汗，小汗又送他们十几里路，才恋恋不舍地分了手。

小汗那时因为岁数小，多日子没看到玛发和弟弟，一心想回去看看。

刚走到西林子边，就听林子里有一位老太太的哭声，边哭边叨咕："阿不凯，阿不凯，救救我们吧！"小汗进林子一看，只见两个老太太坐在地上哭得像个泪人似的。赶忙走上前问道："老妈妈，不知道什么原因在这里痛哭？"两个老太太抽抽泣泣地说："小阿哥呀！我们是长白山部的人，因为那地方出产狐皮，我们全家用一年工夫，积攒了三十个狐狸皮，还有两背筐其他皮张。前几天，听说抚顺皮行高，全家才起程到抚顺换点东西。哪承想，刚到这里，遇到一伙强盗把我儿媳抢了去，把老头子杀死，又抢去我们的皮张、马匹，扔下我们就跑得无影无踪。我俩有心回家可是手头分文皆无，路又远，道又不好走，小阿哥，你说我俩活着有啥意思。"说完又大哭起来。

小汗看了看两位老太太，只见她俩衣衫破旧，骨瘦如柴。心想，如果不设法搭救她们，恐怕难以生活下去。想到这，他把几两银子拿了出来，双手送到老太太面前说："老妈妈，请收下这几两银子作个盘缠吧。"并把义父送给他的那匹马也奉送给她们，这两个老太太感动得不知说啥是好，不住地说："神佛会保佑你，老天爷会看到你这位懂事的好阿哥。"说完千恩万谢地辞别了小汗。

插过这段往事，咱们出接前边。话说罕王一听是虎拉提图的弟弟真是又悲又喜，赶忙命家人给老人家安排住处，并通告上下，从今以后，对老人家一定按照我的叔父待遇，并把各位福晋和小辈们叫来——拜见老人。

这时，虎拉扈图诚恳地说："聪睿贝勒，我千里迢迢投到你处，只打算有个安身之处，就感到心满意足了。可是你这样厚待，实在是过意不去呀！回想我的仇人不但要杀我，还要杀我哥俩，我只有这一根独苗忽尔汉，这才投奔到此。"

忽尔汉，才十三岁，很精灵，罕王忙向虎拉扈图说："请叔父放心，我把他收为弟弟，今后一切我将好好照护他。"

虎拉扈图摇摇头说："这样做，我不放心呀！我一生只有这一个孩子，一心想叫他成人，如果认你为兄，岂不有损你的威望，只有你收他为儿子我才放心。"

罕王说啥要收为弟弟，虎拉扈图执意要忽尔汉拜罕王为父，就在互相争执的时候，小忽尔汉没等父亲吩咐，抢步来到罕王面前，双膝跪倒，口称："贝勒阿玛，收下你这个孤苦的儿子吧！"说完恭恭敬敬地叩了三个响头，并且跪在那里不起来，急得罕王不知如何是好，有心答应下来，怎能对得起死去的义父；有心不答应，可是孩子跪着不起来。董鄂福晋是个心直口快的人。忙说道："我看这孩子很好，贝勒，你就收下吧。"经过大家再三劝说，罕王二番给虎拉扈图跪倒说："既然老人家这样看中我，小侄只好从命了。"二番站起身来连连说："孩子起来，我收下你做我的儿子。"忽尔汉高兴地站了起来。

罕王领着忽尔汉——拜见了各位福晋，并和同辈兄弟做了介绍，从此忽尔汉改姓爱新觉罗哈拉。

忽尔汉这孩子非常聪明伶俐，见啥会啥，专门会口技，什么鸟叫动物叫，一听就会。会钻到狍皮口袋里学狼叫、学狍子叫、学鹿叫。他学动物的叫声音，使人分不清是真是假，能引来鹿群、狼群、狍群。不但会学动物和鸟叫，还会学各地人的口音，老人声、大人声、小孩声、男人声、女人声也学得非常逼真。罕王征服东海诸部时，他做探子，做得非常成功，立了不少功绩。以后也封他为辖一等大臣。这是后话。

罕王这时有额亦都、费英东、何和里、忽尔汉再加上安费扬古，谓之开国五勋，也称五虎大将军。再加上相古利、劳萨等一些猛将，以及汗弟兄子侄，他们辅佐罕王南征北战，亲冒矢石，多次负伤，不畏艰险，个个效命于疆场，人人奋勇杀敌。才讨平诸部，扩疆展土，靖边安民。

以后，罕王给忽尔汉聘请一位汉族武术师傅，教他各种武艺，尤其是教他一些蹿蹦跳跃的功夫，给他做探子工作打下了很好的基础。

罕王至此心中非常高兴，立即杀牛宰羊大摆宴席，庆祝连得四员猛将。

席间罕王发话，要大家都把自己绝技表演一番，以助酒兴，还拿出五百两纹银做为赏赐，真是群英毕至，各显所长。罕王也使出师父教的七十二路刀法，真是一片刀光，不见人影。每个人无不喝采。

就在这时，忽听门军来报，哈达派使者前来要面见贝勒。不知哈达此来何意，才引出两部争亲双喜临门的情节。欲知后事如何，请听下回分解。

上文说到罕王正在和大家欢庆喜得四员大将的时候，外面门军来报，哈达部派人送书。大家都很纳闷，罕王想了一想说："正好在咱们欢庆的时候群英都在这里，接待他们是一个很好的机会。"忙传令，请送信人到厅里。

不一会儿，只见两名哈达使者随同传令门军步入会议亭。他们看见罕王赶忙大礼参拜。罕王答礼并命人看座，这两位使者交上歹商贝勒书信。书信大意是：

书呈都检事建州部聪睿贝勒：

自去岁盟誓一别，屡闻贝勒多有收获，不胜惊喜。但亦风传贝勒意欲统一各部，并为一体，不知可有此意。歹商礼葬父丧，刚任贝勒之职，我想小羊的额娘刚死，就要杀小羊，小马的额娘刚亡就杀小马，未免过于残忍，望贝勒三思。

人无伤虎意，虎无害人心。我继任不久，部中诸事尚待继续筹措之中，尚希贝勒见怜，不要讨伐哈达。或者晚打一些年，歹商不胜感激，愿将献之美女也是我的妹妹送给贝勒以示友好。如蒙不弃，请示佳音，并于三月以后，待备齐嫁妆，请贝勒下降哈达迎亲。

罕王看罢书信，对来使说："请到馆站休息，待明日写书奉告。"来使走后，罕王问众将官："哈达前来订婚不知各位意下如何？"安费扬古看了看众位，站起身说："依末将之见，这婚事应该应下才是。因为我们羽毛不全，武力不强，虽然这二年多屡建战功，但比起哈达部还相差很远，如不允婚，结成怨恨，岂不有碍咱们的大事。"额亦都是个粗心人，他大声喝道："不可，不可，这哈达求婚是不安好心的，看咱们日益强大就设美女计，想拉拢咱们，我看不如杀了来使，和他们大战一场，平了哈达，咱们疆土大了，牛羊多了，人马多了，粮草多了，何愁大事不成。"大家也其说不一。罕王最后和大家说："诸位所言极是。想哈达部虽然受到明朝几次挞伐，但元气并未丧失，尚有甲兵二万，粮草充足。而我们甲兵不如哈达多，粮草又很缺乏。需要联合诸部和睦友好，各安心本土才是上策。这次求婚正合我意，借此机会联成亲姻。我们不但有养兵蓄锐之机，也能通过哈达赴开原马市换取应用物品，这对我们有益无害。"安费扬古等众人也发表了联姻的好处。

就这样，罕王写了回信，厚赏了来使，订下了这门亲事。

提起哈达部，不妨先简介一下他的具体情况。

哈达部也是纳喇氏的一支，居住在哈达河（现在的清河）一带。因为他地近南部，明朝称他为南关。贝勒的住所在哈达河上游哈达城，他们很早就过着定居生活，房屋建筑除了内部结构不同于汉族以外，其外形和广顺关相似，平顶土房，贝勒府用青瓦做屋顶白灰抹墙，大部分以农为业。

万历初年，势力很强，号称八马之王。所说八马王就是用一匹马，跑八天八夜才能跑出疆城。那时候常常以几马的疆土区别部的地位高低，贝勒的大小。自从万汗（又称王台）死后，大权落在长子虎尔汗手中，不久死去。由万汗五子孟格布禄继为贝勒、王爷和龙虎将军之职。由于他们族内兄弟子侄为夺王位，抢资财互相杀戮，使哈达势力日渐衰落下去。尤其叶赫部支持孟格布禄攻击歹商。歹商才以许亲为名想要靠拢努尔哈赤，借其势力消灭孟格布禄。因此才差人下书，并请求努尔哈赤亲自迎亲，借以壮大自己的威信。这一招努尔哈赤早已料到，但考虑到自己羽毛未丰，尽量争取和各部和睦相处。这次哈达请婚正符合他的策略，借此可以结哈达之好，方能及时掌握哈达的动态，以便见机行事。

第二天，把来使请到议事大厅。这来使到大厅一看，只见罕王端然上坐，大小将官不下一百五十多员，一个个盔明甲亮，虎视眈眈，真是群英集会，武将班班。这来使哪见过这样阵势，吓得他慌忙跪倒，连头也不敢抬一抬。罕王忙命仆人扶起看座。然后说："多蒙歹商盛情，我只好拜领，并订四月前往哈达迎亲。"并写了回书，厚赏使者。

罕王这次迎亲也是想借此炫耀自己的势力，决定所有战将全部出动，每人手下各带十八对甲兵，要求甲胄要新，个头要齐，马匹一律选红色战马。并从库房取出崭新旗帜，准备迎亲。

唯有一件事情使他为难，谁充当接亲妈妈呢？要说找内行接亲人是很多，可是都不是武将。只有二福晋董尔基论起弓箭、刀马，别说在女人中属一属二，就是在大将中间也能够得上巴图鲁，要是用她接亲再也没这么合适的人了。可是又一想，这位马上福晋性如烈火，怎么能说服她到哈达去呢？正在这时，忽见后院女阿哈来到大厅，禀报罕王董鄂福晋有请贝勒。罕王一听，吓了一身冷汗，只好随着阿哈来到后院。

没等进屋就听董鄂福晋在屋里刀箭乱响，他只好硬着头皮进了屋。董鄂福晋一看罕王进来，咬牙切齿地说："好你个没良心的人，我董尔基哪点对不起你，你竟敢又娶什么哈达女人。"说完举起刀来就要砍去。罕王忙说："福晋慢来，你只知其一，不知其二，你先叫我说明白，你再动怒不迟。"董尔基气势汹汹地坐在炕上一声不吱。

罕王打个唉声说："咱们自从起事以来，好容易统一了建州诸部，可是我们不能高枕无忧啊！听说，叶赫要请来明朝兵马平灭我们，前几天，我派人到哈达准备和他们联合起来共同对敌，可是，他们却提出一个很难同意的条件。他们说：'听说董鄂福晋武艺高强，我们不信，她不过在自己院子里玩一玩小孩弓箭，在阿哈面前显显威风而已，真要有能力，敢不敢亲到我部和我们女将较量较量。真要胜过我们，不但可以联盟，还愿意把我妹妹送到部里，一来认董鄂福晋为师，二来给她做个妹妹一同服侍贝勒。'我听了这话心里很不同意。因为哈达女将太多，真要比不过他们岂不破坏了你的名声。再说即或你胜了，他们又要把南关格格嫁过来，这件事我想了好几天，总是拿不定主意。"

这董鄂福晋是一位心直性耿的人，一听罕王一番话，立刻把刀往桌上一拍，高声骂道："好一个歹商狗崽子，才长齐毛几天，竟敢出此浪言大话，竟敢欺负到老娘头上，真是气死我了。"罕王一看有门，又进一步说道："我们现在翅膀还不硬，兵马还不多，真要得罪哈达，他们再和叶赫一联合，岂不是二只虎对一只鹿吗？依我之见，咱们宁可站着死也不跪着生。过几天咱们排开队伍到哈达去，和那些女将比试比试，叫他们看看我建州不是没有能人，把你射箭的绝招拿出来给他们看看，他们要把南关格格嫁过来，我看也收下她，如果她对你好，你就认她当干妹妹，真要不好，就拿她当人质在你房子使用，你看如何？"

这时董鄂福晋一心要到哈达比武，又一听罕王这一番真真假假、虚虚实实的一套话，早把恨罕王之心抛向九霄云外。忙说："对哈达来说，咱们不能手软，先去接亲、比武，如果他们不服气，咱们就以刀兵相见。我可以充当接亲人，叫他们看看建州部不是好欺负的孬种。"就这样接亲的女英雄定了下来。

接亲那天，罕王为了让哈达部知道罕王建州的英雄战将，命令所有战将一律换上新盔新甲，备鞍盘，新旗新鼓新兵器，真是人欢马叫，盔明甲亮，这威武雄壮的队伍哪是什么接亲，简直是耀武示威，夸耀自己

两世罕王传·努尔哈赤罕王传

的实力。为了叫临近各城各寨都能看到这雄壮的队伍，故意绕道而行多走一些地方，队伍足足走了两三天，才赶到哈达部。

再说哈达部自从派人订婚之后，就忙于置办各种嫁妆。并把南关那位姑娘接到歹商住宅，并加意梳洗打扮，以求得罕王的欢心。

提起这位南关姑娘，和歹商是一个玛发的后代，是贝勒虎尔干之女。这姑娘自幼生来就非常聪明伶俐，据说生她那天，有七只彩鸡集于院中榆树上，因此起名叫纳丹姑娘。此时家家户户都站在街道上看热闹，都异口同声地说："长这么大，还是头一次看到这样气派的迎亲队伍。"

罕王自从娶回哈达纳丹福晋之后，真是群芳失色。因此引起其他各福晋的嫉妒。虽然这样，谁也没说什么，只有董鄂福晋接回来之后，罕王几天没到她的房中，细细一想，才恍然大悟，知道是罕王花言巧语在欺骗她。气得她站起身来也没叫仆人，直奔纳丹新福晋房来。走到半路一想，觉得这样做太失自己身份。想到这又转回身来，回到自己房中，叫过来女阿哈吩咐道："快到东房请你家贝勒，就说我找他有事。"

不一会儿，罕王来到屋，笑盈盈地说："这几天我军务太忙，没能看你。"董鄂福晋一瞪眼睛狠狠地说："我来问你，你说叫我到哈达和他们比武，为什么从去一直到回来，一个屁大人也没有出来和我较量，你这纯属用我壮壮你的门面，你说你究竟安的什么心？"罕王忙陪着笑脸说："大福晋，你消消火，你明白一世，怎么倒糊涂起来了。你骑着高头大马，威风凛凛，谁敢和你比呀，我再三叫号说：'我的福晋来了，听说你们要和她比武，如果有人要比，请不必客气。'可是我叫了半天，没一个敢出声的。半天，才有人说：'就凭我们这两下子要和福晋比武，岂不是飞蛾投火，自找死吗？'我当时一听，心里有说不出的高兴，不用说他们就连我也暗自佩服你，你真是大将军，八面威风。"这一番话真把董鄂福晋说信了，微微一笑说："我估计不敢和我动手，真是便宜了他们。"就这样，罕王总算把这位脾气暴躁、武艺高强、心直口快的大福晋哄骗好了。

罕王娶哈达之女的消息被叶赫部的探子探得明明白白，便向纳林布禄做了详细报告。纳林布禄一听大惊失色，赶忙差人到西域把他堂兄布斋请来，并把一些武将、谋士全部召集一起，共同商讨对策。

纳林布禄把罕王如何娶哈达之女事一说，大家都感到吃惊。纳林布禄接着说："哈达、建州一联亲，必然要和好，当今谁能把建州争取到手，就能保住大半部平安。如今他们一联合，等于把洪水引到咱们房前，早晚必将受害。尤其是我部被李成梁几次攻击，弄得人单势孤，兵马不强，有何力量能对付他们联合，如不及早想一良策，恐怕叶赫将有灭顶之灾，众位有何良策快快说来。"

这时，大家纷纷议论起来，有人说请明兵前来保护。布斋摇摇头说："此计不行，因为明朝偏向北关，岂能助叶赫攻哈达。再说几次围攻我们，他们连抢带杀，真要把他们请来岂不自取灭亡。"

也有些武将提出加强武装力量，高筑城墙，加强防守，他们真要攻我，咱们奋力抗击，城在人在，城亡人亡；就是真的攻进城，咱们也叫他得不到一兵一卒一粒粮食。

纳林布禄摇摇头说："哈达与建州一旦联合起来，如果按照努尔哈赤打法，是先吃小的后拿大的，有时声东击西，使你摸不清他的战术。更兼努尔哈赤熟读汉人兵书，善于攻城，身边有两千死战之士，我等岂能是他对手。"

就在这时，一位中年谋士叫巴伦，站起身向大家说："依我之见，引明兵等于引狼入室，硬抵抗等于以卵击石。既然哈达能经订婚手段进行联合建州，难道我们就办不到吗？想从前二位老贝勒在世的时候，曾把孟古二格格亲口许配努尔哈赤，今年已经十四岁。何不差人至建州，送女完婚。这样一可以使努尔哈赤知道我叶赫做事言而有信，二来我们以优于哈达送给嫁妆几倍使其知叶赫对建州亲密程度，借以抵过哈达，那努尔哈赤一定会亲叶赫而远哈达矣。我们可不动一兵一卒，就会边事宁息；再养兵蓄锐，以防万一，方为上策。"

这一番话说得布斋和纳林布禄不住地点头赞许。大家也拍手称快。

为了准备丰盛的超过哈达几倍的嫁妆，差出十二个人采购上等物品，甚至到中原内地购置珍贵名物，以示诚心。

就在当年九月下旬，罕王亲自到叶赫迎亲。迎亲队伍没有采取哈达迎亲那样，完全是些文官和妇女，没带一兵一卒、一枪一刀。因为叶赫就怕建州武力强大，真要像去哈达那样，会给叶赫造成紧张气氛，他们财力雄厚，虽然近些年伤了一些元气，但兵力还是很雄厚。一旦加强治理，也是罕王北面之大患，为此才采取文接的办法，这也是一种政治手段。

叶赫的嫁妆是东北诸部有史以来最大的陪送，其中有红、黄、白、黑、青五色马各一百匹。带角活鹿一百条，每条鹿驮着珍珠、玛瑙、琥珀、翡翠、玉石等各种工艺品。在送亲时，马一百匹拉着五十辆大车，车上装着驼蹄、熊掌、飞龙肉、鹿尾、熊胆南方名药，除此还有三百六十抬，抬的是穿的、戴的、玩的、看的各种少见的东西，还陪送男女阿哈各一百名，其中有歌妓舞女、吹鼓手、裁缝、金银匠人，真是衣食住行样样有，吃喝穿戴处处新。好一派陪送场面。

罕王这方面也毫不逊色。彩棚搭出二十多里，牌楼建有十七八座。招待宾客大棚仅在院内院外共六处。罕王在迎亲以前，命令部下，在办喜事三天以内，新城任何人不许携带兵器，主要精锐甲兵一律不许出山，并规定三天喜事只招呼招待外来客人，待婚事完了，再摆家宴，上下欢庆不迟。

结婚形式一律按女真旧俗举办。罕王接亲，先在叶赫住了三天，此乃古之男到女家之俗。在三天内一一拜见女方亲属，并送了礼物，还到二位老贝勒墓地祭扫一番。罕王在二贝勒墓前，不觉凄然泪下，跪在坟前，心中暗想，如果您二老记住我当年临别之言，岂能到此地步，真是明枪易躲，暗箭难防。站起身以后，又把他当年和二贝勒谈的一些话和布斋、纳林布禄说了一遍，两个人也很感动。罕王最后说："明朝总是采取不信任咱们的政策，多次采取离间分而治之的毒辣手段，使我们常年争战不休，力量互相抵消，应该引以为戒。"并说，"我努尔哈赤决不干望山看虎斗或扶一方灭一方的傻事，应该各部联合起来，壮大自己的力量，才不至于受人欺侮，才能安居乐业，但是我们也是明朝的子臣，只要他一视同仁不加害我们，还要忠于明帝，按时朝贡，以安圣心才是。"说得大家无不暗暗佩服。

在晚饭后，纳林布禄和布斋在暖亭子中摆上大小点心招待罕王。

纳林布禄在谈话中，提起当今各部情况时，说："自从李成梁总兵上任以来，几次洗劫哈达和我部，目前各部还不断互相蚕食，这种局面何时才能结束，真是天下骚乱，人无宁日，此情此景不知贝勒有何见教？"

罕王笑了笑说："目前各部确如贝勒所说，依我看来这只是自家内部之争，但从中取利之人，有些部寨并未察觉。回想明朝支持哈达以左控贵部，右控建州。更应引以为痛的就是李成梁出师威远堡，急行军六十里围攻贵部，侵入城内，迫使城内设台乞降，可是明朝故意多赐哈达一道敕书借以挑起两部争端。应提请二位贝勒，勿坠圈套以联合为贵。想那李总兵，曾出兵十几次，斩首四千多级，先后杀王杲、兀尔汉、王台、阿海以及贵部二位老贝勒，足以说明，历代皇上不能以平等子民待我，而采取以夷治夷分而占之的手段，才引起各部之争。父子之战、兄弟之杀，实在是可悲可惜，如此下去，多则几十年，少则十几年，我漠北将成为鱼肉任人宰食。"

布斋和纳林布禄一听，深受感动，想起二位老人死于李成梁和哈达之手，不由痛哭失声。罕王进而言曰："请二位贝勒先不要悲伤，想二老鞍马一生，南征北战辛勤经营十几年，才把叶赫从废墟中扶起，重筑二城，忠守北关，对明可谓忠矣。因和哈达争敕书才引狼入室死于关帝庙。我父、祖何尝不是，想我建州几世祖先都是忠心耿耿，视明朝皇上如亲父，按年进贡朝贺。在毫无过错的情况下，被活活害死。当时我才十三副甲，为报此仇而毅然起兵，终于杀尼堪外兰于灵前。明朝见于理屈才加封我的官职，并同意每年送些粮饷。至于建州各部本属同宗，也是多年混乱，到目前才大略统一。如今已非昔比，总算明朝不敢欺压民众，稍微平安。此皆仰上天之恩泽，祖宗之荫佑。"

这一番说得布斋和纳林布禄不但羞愧难当，也暗暗佩服罕王的大智大勇之才。但也意识到此等人，如不尽早剪除，将来是叶赫之大敌。纳林布禄是一个多疑善诈的人物，又看了看罕王，长叹一声说："听贝勒一番言语，真是感佩之至。想我叶赫自二老被害之后，何尝忘记报仇，无奈身单力薄无能为力，不知贝勒有何良策？"

罕王想了想说："依我之见，应该各部联合一致，切勿互相厮杀明争暗斗。要想联合首先在于诚心和互相信任，一部有难他部支援，共谋图强之策，各部要有大公之心。人虽贵才智与勇力应以逊让为尚。从古以来，国君与贝勒，未有以衣食竭尽而亡者，惟所行恣纵才败亡耳。断国事处各部之间的关系均应以公为本，如果各部一以公心，二以逊让，三以节俭，四以诚心，则天必佑之，何愁各部不兴，民心不悦。"

这一番议论，使叶赫二主又深受感动，也颇有戒心，一直谈到深夜才各自回房中就寝。

且说纳林布禄回到卧室刚要脱衣就寝，忽然家奴进来禀报，有哥多鲁老臣要求谒见。

这位老臣跟随二位老贝勒文治武功立了不少功劳，这人足智多谋，颇有远见。自从老贝勒被害，他朝思暮想几次进谏纳林布禄养兵练武积草囤粮以报此仇。尤其听到建州日渐兴起，大有吞侵之势，又观罕王非等闲之辈，野心勃勃，心中更为不安。尤其今天见罕王亲自迎亲，一看真是奇才，心想亡叶赫者努尔哈赤也。因此黉夜拜见纳林布禄。

纳林布禄一看是老臣哥多鲁，赶忙让座，亲自装烟倒茶。然后说："老人家深夜来此，不知有何事相商。"

哥多鲁长叹一声说："自二老被害，奴才我日夜担心叶赫江山如何保住。依奴才之见，明朝只要咱们忠于皇帝，按时进贡，不会有何大患；哈达虽强，只要我们加强治理，兵强马壮，它也不敢轻举妄动。惟有那建州努尔哈赤万万不可等闲视之。这人雄才大略，大有气吞山河之势。能屈己待人甚得民心，故而四海归附，万民称颂，他决不是满足建州一地，他将远抚近争，先易后难，逐渐吞并各部。如果主公不加防范，恐怕他一旦成长壮大，实乃吾心腹大患。

纳林布禄点了点头说："依老人家之见，当如何处理？"

哥多鲁抬头向四下扫了一遍，纳林布禄领会他的意图，把家奴叱退之后，哥多鲁进一步说："这次努尔哈赤亲自送上门来，是上天给我们除害之机，何不趁机杀死，以除后患。"

纳林布禄一听，大惊失色。赶忙阻止说："老人家言过了，想叶赫建州刚好结亲，我岂能干出这等不仁之事，何况建州兵精将谋，一但有事，舒尔哈赤岂能罢休，将率倾部之兵取我叶赫，再加上哈达助战，我腹背受敌亡在旦夕矣。"

哥多鲁听罢仰天长叹说："天意不可违，亡叶赫者建州努尔哈赤也。"痛哭告别。据说就在罕王回去那天，这位老臣自刎在二位老贝勒的坟前，纳林布禄以长辈之礼，厚葬之。

以后叶赫灭亡之后，罕王知道了这件事，吓得哥多鲁后人跑到东海窝集部的宁古塔路的色木窝集中隐姓埋名藏起来，一直到乾隆初年才从林中出来在宁古塔（现在黑龙江省宁安县）落户。

第三天，建州送来迎亲大礼，有各色马一百匹，宝弓一百张，梅花箭五百支。在那时，女真人有个风俗，男方娶亲要带去马群，多则百匹少则几匹或十几匹，请女方挑选，留得越多，男方感到越光荣，并且按留的马数要送给布匹，每匹马一疋布做为回赠礼。

迎亲队伍在半夜出发，因为路远，太阳出来以前，赶不到新城。罕王在半路上安了一处行宫作为接亲站，住了一天和半夜，又在半夜出发，在太阳出来以前赶到新城。

离新城二十里的第一座彩棚里，张灯结彩，鼓乐喧天。罕王和孟古格格饮了三杯米酒立即启程。太阳刚冒红，大队人马进了新城，一到大门，各家兄弟都到门前迎接，这就需要新娘拿出最好的礼物献出来方准入内。孟古格格早有准备，每个弟弟各赏赐玉石搬针，玉石牌子和翡翠手镯，这在当时说来也是一套很珍贵的礼品了。

结婚的仪式开始了，先由族中穆昆达摆上供桌，上弓、箭、香斗。由奥姑妈妈引新人至桌前，对天大拜，共饮米酒，然后由奥姑妈妈引入洞房，并做了祝福祈祷仪式。坐帐以后，在已时左右，便是新人双双拜见男女双方亲友的仪式。各大臣都力劝免了这个仪式。因为亲友太多，何况都是罕王部下的将士，怎能受得起罕王一拜啊。可是罕王摇头说："这拜见之礼，乃是咱们女真人的成婚大礼，岂能因我位高而废。"立刻命令摆宴，这时乐声顿起，号角齐鸣，摆上八席大宴，外带大小软质寒食糕点，用金杯银杯向大家敬酒。在结婚那天，女方亲属不管老人、小孩、长辈、晚辈都坐在上席尊为贵宾。叶赫来的人以为罕王品位高，不会下拜女方亲属，岂知罕王全族上至伯叔，下至侄孙一律参拜，新亲行大礼。献金杯敬美酒，使叶赫来的宾客都暗暗佩服。

这一桩振动山海关以外的大婚，整整举办了三天才结束。

在婆哈达纳丹格格以后的五个来月中，出现了董尔基福晋一气之下自刎于罕王面前的悲剧。以后满族人为纪念这位英烈的女英雄，把长白山上的白光称之谓董尔基光。

这孟古格格就是皇太极的母亲。史称高皇后叶赫纳喇氏，她是叶赫部杨吉努之次女，比罕王小十六岁。

这孟古格格一来很受罕王宠爱，真是众妃失色，群芳逊姿。罕王虽然喜于女色，但对军国大事却从来不受此影响。他受奴隶主兼封建主的思想的影响，总是把女人当做陪亲品和用她们笼络外部，联姻送女。所以后来曾不止一次地用妹妹、女儿、侄女和各大臣姑娘，下嫁各部以示友好。出现了不分辈数，不论长幼的婚姻制度。

咱们闲话少提。话说叶赫来的客人住了两天，连一个甲兵影子都没见到，全城没有一个人佩带兵器，真使他们莫明其妙。当回叶赫之后，把建州情况和二位贝勒一禀报，哥俩哈哈大笑说："都说努尔哈赤兵山将海战马千匹粮草如山，为何不趁此显示一番，想必是空有其名而已。"因此侵吞建州之心油然而生，才引起九国之战，尽在后文书里。

自从叶赫来宾走后，罕王立即摆开大宴，上自将领下至超哈都来赴宴，并各有赏赐有差。还在议事厅里设特宴招待牛录以上的将官，真是群情振奋，意气昂扬，罕王特别高兴，亲自带头跳起莽式舞蹈，这莽式舞真正舞到好处时，可以说轻如云燕，重如万马奔腾，有柔的戏水，有狩猎的奔跑，有降妖的怪莽暗动，有渔猎的深情温舞，尤其那罕王乃是跳舞的名手，音咏的大师，真是引颈高吭，声震全厅。

除此而外，还有各种杂耍，说书的卖艺的一一表演了他们精彩的节目。

就在这推杯换盏畅饮欢庆的时候，从外面跑进两个看门小阿哈，上气不接下气地向罕王跪禀说："大事不好，今有王甲部受哈达之串通发来马队把阿济格霍通（小城）完全包围，危在旦夕，请罕王定夺。"众将一听，都立即站起身形，个个怒气冲冲，一致要求出兵围剿。罕王这时酒已喝到八九分光景，望着王甲城的方向，说："真是不知进退的小兔羔子，竟在我开四喜临门五虎宴的时候前来挑衅，他们能有多大能耐，一条小泥鳅也敢兴风作浪，真是自不量力，这些许小事，何劳众将亲讨，只用我身边一条狗满可以踏平王甲。"说罢喊一声："博尔紧何在？"只听外面应了一声："喳，奴才在。"只见从外面走进一位年青阿哥，这人虎背熊腰，二目有神，红黑脸膛，有五尺八九的个头，原来这位博尔紧是罕王的亲随国奴，颇有一些武功。那时罕王手下男女，上下主仆都以骑马射箭耍刀弄枪作为日常生活中主要一项，到处可以看到比武射箭，骑马比赛的人们。罕王也不例外。他每天只睡三个时辰的觉，清晨他总是骑着马在城内外跑它一圈，白天议事，晚间一定抽出时间练一练武。罕王练武总是不愿意一个人使刀弄枪。用他的话说："要练就得有对手，一只老虎怎么能打起架来。"何况练武是为了杀敌，为了找个对手，他经常和博尔紧在一起比试，博尔紧却居然能够识破，转败为胜。罕王对这感到高兴，惊叹和赞赏。常常对其他奴隶说："你们这些熊蛋包，只知道低头，猫腰'喳、喳'的奉承我，为什么不像博尔紧那样多想办法对付我弱点。"所以罕王和博尔紧练功是互相补益，很受罕王赏识。常说："等有机会时一定叫你上上阵，在实砍实杀中练练你的本领。"

话说罕王一则喝醉了一些，二则自十三副甲起义之后，屡获胜利，对小小王甲怎么能挂在齿上。又高声重复一遍："王甲部是飞蛾投火自找灭亡，我平灭你等于捻死一个臭虫一样，不用人去，只打发一条狗，满可以胜你。"说完哈哈大笑一阵。又高喊道："博尔紧，你拿着我的令箭，带五百名骁骑手，限定在我们喝酒时间拿下王甲，不得有误。"

博尔紧立即接过令箭，在兵营中挑出五百骑兵向王甲部杀去。

这王甲部还叫完颜部，据说是金代后裔，经过几代衰落到目前已经没有多大力量了，只是一个小小的土围子，其中只有三百多户人家，城主叫岱都尔根。原来哈达部对罕王采取两种手段，想扼杀这支新起来的力量，一方面是以通婚方式拉拢麻痹罕王；一方面采取各种手段，比如物资、美女去挑拨建州邻近诸部和罕王的关系。

王甲部岱都尔根是一个见钱眼开，见女人没命的酒色之徒。虽然离建州很近，因为他沉浸于酒色和玩乐的生活中，对罕王最近的兵力武器根本也不过问，还以为他不过一个年青人，没啥深谋良策，只不过是一勇之夫而已，成不了什么大器。因此对建州毫无戒备。

就在一个月以前，哈达部派一名使者，把岱都尔根请到哈达，并恭维说："久闻城主大名，真不愧是金主之后，我很愿和你联合。就凭你一身武功，真要亲自出马，那努尔哈赤保证投降于你，那时我可以请示皇上封你为建州检事，你可以成为四马之王。另外我部有两名美女，不但容貌俊俏，还会弹唱歌舞，城主如不嫌弃，可以送给你做你身边人，侍候你。"说罢，命仆人把二位美女叫到宴前给城主献艺助兴。这时，只见门帘一挑，进来两个姑娘，看样子有十五六岁，真是一双玉人。她俩粉面桃腮，轻盈的身段，身穿中原购进的苏州官袖上衣，绣着丹凤朝阳的素花，闪底花鞋走起路来更显得婷婷玉立。这两个美女给岱都请了一个安，轻声问哈达贝勒："不知岱都城主喜欢什么歌舞？"哈达贝勒说："听说城主很爱看马克新母中的鹰舞，你俩先舞一段吧！"这二个美女说声"遵命。"立即在宴前舞了起来。只见浮云飘缈，碧空湛湛，两只白鹰在空中自由飞翔，忽然雷声大作，暴风狂吹，两只白鹰冲破密云，一会儿钻入云中，一会儿冲出云层，一会儿展翅长飞，一会儿低游海面，真是千姿百态妙不可言。把一个岱都看得张着嘴合不起来。哈达贝勒几次问话都没有听见，半天才定了神连连说："真是有生以来初次看到这样貌美而艺绝的美女。"

哈达部主高兴地说："如今我送给你盔甲一百副，战马五十匹，你可以先占领努尔哈赤的阿济格霍通，等胜利后，我将厚礼陪送二女送到府中。"两个人就这样定了盟，岱都高高兴兴地回到王甲。

第三天，就听说罕王新婚不久，正在开四喜临门五虎大庆。于是自不量力的杀向阿济格霍通部。

话说博尔紧率领五百骑兵，像五百只猛虎一样向王甲部杀来。岱都尔根一听罕王兵马杀向王甲，顾不得再攻打阿济格，赶忙率部回军。离王甲不远就遇见博尔紧的队伍。这五百骑兵，一声呐喊冲进王甲队伍之中。真是如入无人之境，几个交锋杀死了岱都尔根，一个为了美女而妄自出兵攻打别人的小小野心家，死于非命，死的那么可怜又那么渺小而卑鄙。

他带着兵马一气之下，杀得王甲部片甲不存。并冲进城又把岱都尔根全家全部杀光，放火烧了全城，把全城人口，财物统统带回老城。

回来时，太阳刚下山，罕王正和大家升起篝火，饮酒歌舞，来回没有四个时辰。

罕王一看大喜，又哈哈大笑说："我只派去一只狗，就平灭了王甲，其他各部何足挂齿。"大家也很高兴，歌舞跳得更欢。罕王下令，"今天一定玩个通宵，尽情饮酒歌舞。"诸将都兴高采烈地说：聪睿贝勒洪福齐天，大业已成。都一一敬酒，罕王也一一领受。安费扬古始终没有言语。就在这时，安费扬古走到罕王面前说："我身体不适，不能奉陪。"说完带着家奴回家去了。大家都觉得这件事很蹊跷，也没敢说什么。罕王也感到这件事很怪。篝火晚会也没到天亮就结束了。

罕王回到宫中反复想为什么安费扬古半路退席？这里一定有原因。难道平了王甲他不高兴？一想不能。想安费扬古自我起义至今，真是忠心耿耿，像亲兄弟一样，再说统一建州各部也是他的主张。难道他看见博尔紧立了大功自己不服气？又一想也不能，因为安费扬古是位宽宏大量不计较个人得失的大将，岂能和博尔紧争功争赏，以后一想，一定是他多年鞍马生涯过于劳累，确实有病，一想到这不禁掉了几滴眼泪。这时天已快到巳时，外面秋风扫着落叶哗哗作响，几株菊花在院中开得正鲜艳夺目。他的爱犬唐屋哈正趴在他的身旁，不时地用舌头舔着罕王的皮靴。回想十三副甲起义那天，人马不足百人，今天战将也有百员以上，人马更是日渐雄厚。他想到这里，心里自问：这难道都是我努尔哈赤一人的功劳？摇摇头，立刻想到安费扬古的病，他决定要亲自前去探病。

罕王带着跟随和大夫以及萨玛骑上马向安费扬古的府中奔去。

那时罕王经常到各大将家中，并不像后来皇帝那样尊严。甚至对一些近臣都不用事先通知，就带领家人前去访问。

到安费扬古府中，看门的军卒一看是罕王，赶忙打开大门请罕王入内。他们来到后院卧室正赶上安费扬古午睡。家人要唤醒，罕王赶忙示意不让惊动，便站在炕边静静地等候醒来。整整站有半个多时辰，安费扬古才睁开眼睛，一看罕王驾到，赶忙要站起身形迎驾，罕王忙用双手轻轻把他按在炕上说："将军患病请勿行礼。"然后家人看过坐位，罕王一看安费扬古脸色是有些灰暗，亲切地问道："将军戎马多年，想是操劳过度，我未能尽早查知，才使将军患病，实在于心有愧。今天，特请来汉医和萨玛给将军从各方面诊断诊断，以便早日恢复健康，这乃是努尔哈赤的幸甚，建州的幸甚。不知将军哪处感到不舒服，可以和汉医说清以便投药。"

安费场古看了看努尔哈赤，只见罕王眼睛湿润，感情真挚。赶忙坐起来说："我就是有些心痛，想这种病并非医药求神所能治好，望贝勒可以把汉医和萨满遣回，末将愿将心病告知贝勒。"那罕王哪是不明事理之人，一听安费扬古话里有话，知道必有隐情。于是，便把来人全部遣到外厅。这时屋里只有他二人。

安费扬古长叹一口气说："我有一事不明。王杲在世之时，前期英明盖世，黑骑军神出鬼没，人人闻风丧胆，而后期竟一败涂地。先祖布库里拥呼尔哈三城后又遭人迫害。不知贝勒可承想过他们失败的原因吗？"

罕王心想，这些事都是他常常用它来教诲大家的言语，不外乎告诉大家要重武练兵，提高战斗能力，以防敌人的进攻。为什么今天安费扬古倒问起我来了？

没等罕王回答，安费扬古语重心长地说："我早就料到贝勒一定会来，为此我有下情告禀，万望贝勒采纳才是。"说到这里罕王接着说："将军有话请讲。"

安费扬古接着说："依末将之见，王杲以及先祖所以失败，不是武力不强，不是战争不利，更重要原因是强而自骄，胜而自夸。总认为自己能力高、智略广、兵力强，而以强者自居，视下级为犬狗，视自己为至高无上之主宰，结果内部叛离，引来外敌，终于败北只好南逃。自从我们起兵以来，贝勒你身先士卒，勇智过人，而且识才爱士，多少英雄都愿意归于贝勒。这是区别过去一些老贝勒治世的标志，也是大业发展的主要原因。可是最近这种礼贤下士，屈己待人的谦虚谨慎的好风尚却日渐淡薄起来。就拿昨天的情况来看，虽然您喝酒过多，有些地方显得荒唐一些，但是清楚地看到您确实出现了不能忽视的自满情绪，竟然说出一些贝勒不应说的言语，竟把你得力的家人、勇敢善战的将士比做一只狗，并且以此为荣。这将使一些死战之士们冷心，一些忠于你的文武干才离心。长此以往，你身边的人一天天少了，地盘也会一天天减少。尤其是对那些被征服的城寨，如果不善于招服和抚养，那么各部谁敢再投靠于你啊？可是您却不理解这点。我没法在大众面前指出这个极为严重的问题，才不得已以因病退席的理由回来。我知道您一定会来，也知道您会理解的。"

这一番话说得罕王出了一身冷汗，赶忙站起身双膝跪在安费扬古面前，颤抖地说："今天听你一番忠言劝告，使我头脑清醒多了，如果没有今天的谈话，使我这种恶习发展下去，将会亡家亡部亡族，将会事业难成，前功尽弃。"

回宫之后，立即召来博尔紧，军前郑重宣布解除博尔紧家奴身份，封为御前三等辖，并把其弟舒尔哈赤身边的侍女赏他为妻，还赏赐他房屋、牲畜、衣帽、布匹和奴仆，并在军前公布几项军令。

一、行军作战不许饮酒。

二、不论职务高低，均以战功为赏罚标准。

三、凡属贝勒大将每人项下挂一木牌，上写戒娇戒躁，平等待人，不奸人妻，不私分战利品等戒条，并规定每人设二名监视人，这监视见事不告发与做坏事与本人同罪。

四、每次议事每人都要提出三件以上的治军治部的办法，并给以赏赐；不提办法的人要罚他们银两。

自从这四条军令一公布，一时间提出不少好的主张，可是罕王兵马一天天多起来，打斗之声传四五百里，联营一个接一个摆出一百多里，每天投来的人马络绎不绝，真是人马难知其数。可是也带来一些很难解决的问题，就是粮食、布匹、造武器用的原料和匠人以及盐、医药等等都显得异常紧张，粮草一天贵似一天，有些降民衣不遮体。这才迫使罕王加强贸易，充实物资。欲知如何加强，且听下回分解。

上回书说到罕王兵马日众，出现了军需不足，生活用品短缺的情况。

当时女真人的生产和中原汉族来比，差得很远，尤其是钢铁、纺织、陶瓷在东北女真各部根本没有设置，甚至有的部落还处于茹毛饮血的原始生活的状态。虽然建州部在东北诸部生产比较先进，可是近几年人马不断增多，战事日渐频繁，一些归附民户刚刚放弃狩猎生活，对农业生产还不十分熟悉，不会耕种，这样粮食也日渐缺乏，何况还要多积一些粮草和军需用品，这就需要加强对明朝的贸易活动。

明朝也需要和女真人交易。因为统治者为了满足他们的奢侈的生活，对珍贵毛皮、人参、麝香、东珠等名贵产品竞相购买，因此两方面都有同样要求。明初洪武年间就有马市的设置，开始时只是通过马市交换一些马匹和粮、铁、盐等物，经过一百来年的发展，这马市已经成为中原和东北各种货物交易的市场。一些中原商人携带着女真人、蒙古人或朝鲜人所需要各种生活用品，前来交易。东北各族从遥远的东海窝集，黑龙江以北的使犬、使鹿诸部用牲口驮着山产土货，换取中原的商品。

这马市由明朝官员统辖。每个马市设总管大人、协理税卡和士兵等官兵镇守。

每到集会这地方竟成为南北各地人民集会的场所。南北两广至库页。市上有汉、回、女真、蒙古各族人民。有骑马的、赶车的、北拉骆驼的赶路大罕们络绎不绝。

日头一冒红，开市锣声一响，人们拥进市场，顿时热闹起来。叫买叫卖，讲价的声音传出很远，中间还夹杂一些说书的、摞地的、打把式卖艺的。

开始时，什么货色都可以交易，到以后，明朝的铁器就成为禁止交易的商品。因为怕女真人、蒙古人打造兵器，铁市市场不但价格高，还不能明面买卖，因此出现了黑市，尤其是兵器价格更是昂贵异常，往往用三匹马才能换一把腰刀。

罕王自从兵马增多以后，便抽出一些有特长的超哈组成各种专业队伍，从事生产活动。其中有：窝尔虎达超哈（参兵）专门进山采参，布特哈超哈（猎兵）专门从事猎取牲口，他那超哈（珠子兵）专门下河破蚌采珠，并规定凡属采来的物品一不准私留私分，二不准许乱用，一律运往市场换铁、换盐、换布。尤其是东珠、人参、鹿茸、貂皮更是禁品，不论品位高低，包括罕王在内，不得使用。据说罕王一生没用过东珠，没用过貂皮，可是这些珍品却越来越多，这雄厚的商品换来了大量的必需品，不但解决了急需问题，也积累了大量物资。在新城内有十三座大仓库，其中有盐房、布房、瓷器房、兵库、铁器库等等。这样一来，物资有了保证。

可是，由于明朝对铁器严加控制，还是远远供不应求。尤其是打造兵器没有铁是没法制造的。再说钢铁由于社会经济日渐萧条，贪官污吏层层压榨，铁生产一年比一年下降。到万历十三年以后，大部分炼铁炉停了业，铁价在中原比前三十年上涨几倍。这使漠北贸易更出现铁器紧张状态。当时买一个铁锅需要貂皮十张。到万历十五年以后，市面上根本看不到大型铁器，甚至一些农业生产工具都上不得市场。

粮食也是如此，靠近建州部一些村屯或山海关以外的各州、县、屯、堡几十年来生活在重税、高利贷以及大小官吏的盘剥、勒索之下。再加上一年有三四个月给官处出苦工，使辽东居民如陷水火。而建州治内，截然不同，一没有大吏盘剥，罕王曾几次下令，不管官职大小，职务高低，凡有私分战利品，强抢他人财物，行贿受贿者按规定一斩、二监、三罚款、四没收财产充公、五给人做奴，对告发者有赏。

凡战争结束按战时功劳大小，奖给财物和奴婢，对那些有特长的技工，搞农业生产的尼堪农民，不但不收税，还免役，对有功者封官加品。这鲜明的对比，建州界内满汉各族生活比较充裕，民众能安下心来从事生产，而辽东百姓却过着衣不遮体，食不饱腹的生活。因此，大批汉人向建州逃入，界碑也天天被老百姓移动。没出几年工夫，界碑却向山海关方向自动推进五十多里。

明窑蓝瓷器皿颇受女真人欢迎，一只大碗要花一张貂皮才能换到手。有些女真部落，只要给他们一点蓝花瓷器，他们会全心全意归顺你，就像这样交易，漠北每年流出大量珍贵皮张、人参、鹿茸、东珠等珍品。

铁器、粮食、蓝花大瓷成了建州三大问题，是罕王日夜考虑的主要

159

问题。

有了铁器可以加强武力装备，有了粮食可以扩军备战，有了蓝花大瓷可以省下珍贵物资，也可以用它加强和各部交往，用罕王话说："这是治国三大法宝。"

首先是如何多贮备铁器。罕王规定尼兰各超哈所获得的珍贵山产土特先用它换各种铁器。用它打造兵器。自万历十六年以后，罕王派五支队伍，扮成商人模样到五个马市换取铁货，得来的名优家俱都归入铁库煅制武器。

就在这时，万历皇帝正大兴土木，建造定陵。他们把叶赫、哈达几次战斗的俘掠过去的兵丁、百姓都驱赶到工地，做一些最苦最重的苦役。又听说长白山出产名松古桦，建州出产美玉、白石，立刻下令责成罕王派人伐树运材，开山运石，限期送至工地。

一些大将和族中人等，却气得肝胆皆裂。一致说："真是无道昏君，为了修个坟竟动用这么大干戈，不但中原人吃苦受害，而且还叫我们也不得安宁，真是岂有此理，我们绝不能像中原那样要啥给啥，就是不给，看他岂奈我何。"

罕王按大礼，接了圣旨以后，也有些犹豫不定，有心抗旨不交，又怕得罪了明朝，对统一东北诸部有害无益；有心遵旨承办，需要几百人几百辆牛马大车，动用许多人力物力。心里总是拿不定主意。

他一个人闷闷不乐地走出议事厅向江沿走去。腊月的北风不时地呼啸着，罕王愿意在严寒或炎热的季节到野外江边走一走，练练身子骨，尤其一遇到不好解决的大事，更想到外面走走，清醒一下头脑。

正在这时，忽见家奴领着何和里走来。何和里参见罕王后，两个人都坐在江边石上。罕王忙问，五处交易情况如何。何和里回禀说："一切都很顺利，唯有铁的交易很不利。明朝皇上在前一个月下一道严旨，严禁各种铁器卖给漠北诸夷，有抗旨者格杀勿赦。这一来各市场别说明市买不到，就是黑市也买不到手。"罕王一听，脑袋轰地一下，半天没说出话来。就在这时，大将扬古利和额亦都忽然来到江边，禀报说："又有三路人马投奔过来，他们中间有不少勇猛善战的年轻人，就是缺少兵器。可否打开武器库发给他们兵器。"铁、兵器成了当前主要问题。罕王想了想说："趁着今儿个天气很好，把安费扬古也找来。咱们就在江边合计一下，今后应该如何解决这两大难题。"罕王打发扬古利去找安费扬古以后，并告诉何和里和额亦都说："今天咱们谁也不找，就咱们几个人，奴仆也不用带，把江沿的暖亭收拾一下，自己动手做饭做菜，咱们边喝边议，你二人看如何？"额亦都高兴地说："太好了，咱们就像前几年似的，围在火堆前，尽情畅饮倒也痛快。我们俩先去亭子里收拾收拾。"罕王一个人信步向上游走去。江已经厚厚的结了一层冰，白茫茫一片，使你看不到边。罕王仰天长啸一声，吟道："雄鹰展翅哟，天显得太低。猛虎蹿山呀，恨山太小。滚滚的大江水呀，想到流入大海，却被高山峻岭层层阻碍。可是到后来还是流入大海。"罕王正在吟诵的时候，忽见一个渔民打扮的老人，他拉着一张爬犁，爬犁上装满了大小不等的石块，规规整整摆在江面上。罕王再一细看，只见江面已经摆出十几丈长的石墙。罕王很纳闷，便走上前问道："老人家，你在冰面上摆石头墙做什么？"老人打量一下罕王说："看样子您是一位巴图鲁，可你只知道打仗，不知道打鱼这门行道吧。这叫打鱼墙，冬天把石头运到江面，明年一开化，石头沉到河底，石头积多了，就会拦住水流，再开几处口子，放上鱼拍去捕大鱼。"罕王不禁笑了笑说："你一个老人能有多大力气，再说费这么大力气抓几条鱼太不合算吧？"老人哈哈笑了一阵说："这位将军你只知其一，不知其二，单看我运石三年一条鱼也抓不到。可是一旦事成之后，就可以子孙几代都可以捕到大鱼，从长远你算一算，合适不合适。做事不能只看眼前一点损失，将来会有更大的好处，不能见小的忘大的顾目前忘后代呀！"罕王"啊"了一声，深深地给老人请个安说："多谢老人家一番言语。"这时四位大将同时来到罕王面前，请进暖亭饮酒议事。

罕王高兴地入席。大家却心里有事，买不到铁，造不了更多的武器，皇帝的封禁更加深了这个矛盾，都想听听罕王的高见。可是罕王却不提这件事。又把修皇陵，运木材，运石料的事提出问大家说："这件事到底如何安排才好？"额亦都、杨古利抢先说："这件事早已议妥，干脆不去。他也不敢把咱们如何？"

安费扬古反问一句说："如果咱们不运，乌拉、叶赫哈达要争先恐后包下这份运输，我们是不是处于被动？"杨古利不服气地说："他们愿意干就叫他们干好了，没什么好鸟，不过多费一些人力物力罢！"

安费扬古又问了一句："当今我们最要紧的事情应该是什么？"额亦都没等安费扬古说完，就急不可待地说："这还用问，先把建州各部收服过来，然后平定其他各部的争权夺位，大家都好好过日子，好好练兵，省得明朝欺侮咱们。把咱们叫什么'洞夷'，真他妈的气人，要依着我，早他妈的出兵跟明朝皇帝老儿较量较量，叫咱大哥也坐坐天下，当当皇帝。"

罕王瞪了他一眼说："还不住口，不许胡说八道。"额亦都不吱声了。

罕王说："我们办事可不能只看眼前一点损失，将来会有更大的好处；不能见小忘大，顾眼前，忘后代呀！"安费扬古说："说得很对，如果我们拒绝这个差事，哈达、乌拉、叶赫为了讨好明朝，会争着抢着去干。到那时，我们得罪了明朝，远离了哈达、叶赫、乌拉，假如他们和明朝联合起来，我们岂不成了一只孤雁，别说统一诸部，就苏克苏浒也恐怕保不住。依我之见，运料，看起来是受点损失，可是这里却有很大的好处。一、可以取信于明朝，让他们知道我们是忠于皇上，这样可以放手做我们的事业。二、可以借机刺探一下中原各方面情况。三吗"他看看何和里说："你不是急于换不来铁吗，正好借此机会用金银买动他们官府，专要废钢烂铁，借运材车偷偷运回，这不是一举三得的好事吗？何乐而不为呢。"这一番话说得大家连连点头称是。江边这个会，决定由何和里、扬古利亲办这件大事，并责成他二人常住北京城，以便完成这项计划。

这江亭会议是在万历十六年（1588）十二月进行的，历史上称之为江亭决策。这一决策，对今后罕王的一切行动都有着重要意义。

话说罕王第二天立刻写份奏折，差人送上北京。奏折大致意思是：

建州都检事，努尔哈赤诚惶诚恐跪领圣旨，愿我皇万寿无疆。臣处虽然人力缺乏，马匹短少，但为我主起造宫寝，愿效犬马之劳。并遣两员大将督办此事。谨此奏闻。

送本差人走了以后，罕王立即从各队选出精明兵丁五百多人，良马五百匹由何和里、杨古利率领，自万历十六年正月上山伐木凿石，源源不断地向北京运送。就在运料的一个月以后，又接到第二道旨意，说："目前修造灵寝已接近结束，急需一万株活着的红松，从即日起全部送长白山的直径六寸以上的活松，以备装点灵寝群山，并派会栽树的把式到京负责植树并保证成活一万株。"这一来比伐木还要困难。只好照办。可是会栽这么大树的人到哪找，人们居在大森林里只知道砍伐，从来没有植树的习惯。何况这么大的树，更是无人会植。罕王为此派出很多人到处寻救聘请这方面能人，可是一个多月过去了，还是没有找到。眼看春暖花开，再要找不到，植树误了期，岂不是抗旨不遵。想到这，猛然想起在去年冬天的一个夜晚，在大雪堆里救出两名河南逃荒过来的父子二人。父亲是河南洛阳王爷府的园丁，专门管理花竹树木，儿子是一个练武的后生，专使一条大棍。被罕王不但救了出来，还把这年轻人收为义子，这人姓王名勇，不但武艺很高，小伙子又很聪明伶俐，大家都叫他尼堪阿哥。想到这立刻差人把他们父子二人请来。不一会儿，爷俩从东挎院来到罕王卧室，罕王也站了起来给他们父子让了座。

王老汉很客气地问道："不知王爷唤我父子有啥差遣？"罕王便把明陵要一万株活松树的事说了一遍。然后问道："不知您会不会这方面手艺？"没等王老汉说话，王大勇抢着说："干阿玛，我父亲在王府栽了二十来年树，说起栽树那可是个老内行。"王老汉瞪了孩子一眼说："孩子家怎么在王爷面前说些大话，还不给我闭嘴。"然后对罕王说："回禀罕王，我虽然在王府栽过树，可是那是南方，天气和北方不一样，不敢说能成。不过王爷如果信得过我，我将万死不辞为罕王效劳。"说完又打个唉声说："真是皇上没福民遭难呀！活着修宫修殿死了还要修陵修墓，老百姓到什么时候才能安安稳稳过上太平日子呀！"

罕王一听心里很高兴，并且安慰说："天无绝人之路，天下早晚会太平的。"

就这样，立刻派他做植树色夫，并从军队中抽出一百名精明强干的小伙子和老人学艺，没出一个月时间，居然都学会了栽树的方法，就在旧历三月末，正式挖树动工。从那一天起，上京城的大道上，每辆车拉着一株或两株活松树日夜向北京运送着。

再说何和里和杨古利不单纯运树才住在北京城里，闲着没事的时候，常到茶棚酒馆或热闹的地方查访民情，发现北京城天天从南方逃来大量的难民。一打听南方情况，真是灾荒年年有，更使人难以抗拒的层层苛税，层层勒索，农村破产人家年年增加。他俩在难民中用优厚待遇招聘了二十多名熟练的铁匠，分批地假扮女真人混过山海关，投向罕王。

到工地一看，更是惨不忍睹。一些抓来的苦工，个个衣不遮体，每天官家应名给一升粮食，可是层层苛扣，到每人头上连半升也捞不着，而且这半升还是糠米各半，一个个累得面黄肌瘦，一些大小工头还吹五作六地用皮鞭棍棒催促着。

这样的生活情况，百姓怎能好好为他们干活，一切建筑材料糟蹋得不计其数。铁器那么缺，可在工地上却扔得到处都是，何和里一见心中想，如果把这些废铁运回岂不解决了铁的问题。

那时和明朝大小官员办事，只要有银什么事都能办妥。何和里有一次拿着东珠、黄金、白银打算给修陵总管大人送去，扬古利一看赶忙制止说："这样他决不敢收，会把事情办坏，要想买通他，我倒有个办法。"说到这又小声说了一阵，何和里一听大喜连连点头说："好、好，就依你的主意。"

第二天，何和里派人置办二桌酒席，请来几位歌妓，还写了几份请束，请束上写道：

"承蒙各位大人对植树多方资助，深感厚德，特备薄酒素菜，略表寸心，请光临。"

果然一些大小官员都应邀参加这次宴会。这席真是山珍海味样样有，美酒佳肴样样鲜，再加上歌妓的莺声燕语，到席的官员们个个喝得心情舒畅，喜笑颜开。酒过三巡菜过五味以后，何和里郑重其事地说："自到京以来，各位对我们甚是关怀，无以为报，愿意提点我们一些想法，这对各位的前程是有很大好处的。想各位奉旨督办帝灵，日夜操劳，用汉人习惯来说：'是尽了臣子之心。'这将在史册上名垂千古。不过恕我冒昧，我看有一件事如不尽快处理，恐怕与各位前程不利。不知当说否？"

这些人一听，立刻静了下来，赶忙说："不必客气，有话请当面讲。"

何和里站起身来，做了一个揖说道："恕小弟直言了。想修陵一事将大功告成，总管太监一定要奉旨查验，可是这工地上建筑材料到处乱扔，这岂不是最大的浪费，一旦向皇上奉禀，我说，岂不是不但没功，恐怕各位吃罪不起呀？尤其是铜铁材料废料到处皆是，一旦被皇上知道，那可吃罪不浅。"

大家一听个个吓得面如土色，觉得说得在理，可一时又想不出解决的好办法。

何和里接着说："这些废钢烂铁，要想运出去，起码十辆车也得运个七天八天，话又说回来了，真要找官车拉运，一旦走漏消息更是罪上加罪。"

大家一听更觉得问题严重，如何想一个人不知，鬼不觉的办法尽快把这些废物处理出去，急得个个都抓耳挠腮，想不出好的主意来。

何和里一看大家急得那个样子，打个唉声说："我这人好管闲事，

两世罕王传·努尔哈赤罕王传

因为在一起处的时间不短，有了情谊，才提出这个问题。要想解决，我倒有个好主意。"大家一听都异口同声地说："请讲，请讲。"何和里故意想了想，斩钉截铁地说，杀人杀个死，救人救个活，既要帮忙，我就帮到底。说完在总管耳边悄说了几句，总管连连点头说："妙计，妙计。"

第二天，总管大人在工地上召见了何和里说："如今我们车马很紧，想利用你们来回运树的车给我们清理清理场子，不知意下如何？"何和里忙说："大人只管吩咐，一定照办！"

从那时起，何和里车队卸了树木之后，趁机装上废铁，上面还装上碎石乱砖就这样一车一车没花一文银足足运出五六十车钢铁。

总管一看，心中大喜，有一天何和里提着四个果盒去看望总管大人，一方面感谢，一方面请总管验收工程。

何和里走后，总管大人打开果盒一看：哪里是点心，都是些东珠、宝玉、金子、银子。总管暗暗高兴并称赞何和里的聪明能干。

以后装废铁的时候，偷偷装了些刀、剑等武器，总管也假装看不见。

两个多月时间，一万棵松树栽完了。运回去的铁足足有六十多车。

罕王用这些铁，在东沟里建起二十多座铁匠炉，请来的二十多位汉族铁匠都安排在这里，打造各种武器。

既遵旨完成了任务，又请了铁匠师傅，既了解了民情，又运回大量的钢铁。

事后，万历皇帝对罕王大加升赏，不在话下。

有一天，罕王信步来到铁匠炉院子里，见一位鬓发皆白的老铁匠正在打造一把钢刀。罕王凑上前问道："老人家，都说中原有一种斩铁钢刀，不知真有此物？"老人家看了看罕王，虽然不太认识，也知道这是一位大官，赶忙放下铁锤，把刀放进炉里说："是有这种武器，我也曾做过，不过这样的设备和这样的原料是制造不出那种上等兵器的。"罕王禁不住问道，需要什么样设备，什么样原料才能制成，老铁匠想了想说："要想打斩铁钢刀，要有硬黑炭墨精铁，上好石灰，吹风炉，回火十八次，一斤铁出一刃。"说完他从棚顶上拿下一个小包打开，请罕王过目。罕王一看里面有一块似炭不是炭，是石头不是石头。老人掰下一点放在火里立刻燃烧起来。然后说："这就是硬墨炭。"罕王问道："不知这种东西用什么木头烧成的？"老人笑了，说道："这不是木炭，是石岩，出自地里。记得我父亲在世的时候，曾在抚顺马市郊外找到过这种东西，我家用他打造了十八把斩铁刀，可惜这种墨石炭，用完了也就没法打造了。"罕王拿着这块墨石炭看了又看，端详半天说："老人家，要真能找到这种东西，就能制出斩铁钢刀吗？"老人点了点头。罕王将这块墨炭掰下一块，告辞了老人回到宫里。

罕王从这块墨炭中想起十八年前的一件往事。

那是罕王十三岁的时候，随同虎拉提图到抚顺马市。有一天，他信步向北山根走去。因为病才好，身子骨没有恢复过来，走到一棵树下就走不动了，便坐在石头上歇一歇。刚一坐下，就听西沟里有小孩喊救命声，他急忙站起身来，跑到沟帮，往下一看是一个小孩挂在沟的半腰树枝上，连喊救命。罕王小心翼翼地爬了下去，告诉小孩伏在他的背上，一步步地往上爬，快到沟口时，一脚踏到一块活石头上，两个人一同滚到沟里。小孩才七八岁，吓得更是哭个不止。罕王赶紧把小孩安置一下，并和他说，我能把你背出去。

罕王顺着沟底往南走约有二箭地往沟帮一看，不知什么人在沟帮凿出一条阶梯，不但能上去，还从沟底一块平原地通到地里。罕王是个好奇之人，他不由顺着梯子往下走，约摸走下二三丈深时，到了洞底。里面啥也没有，刚要往上爬，就听洞西口有人在刨什么东西，摸到跟前一看，只见一个人从洞壁往下刨黑石头。罕王不禁问道："您老刨这玩艺做什么用？"那人惊奇地看一看罕王，一看是小孩，才放心地说："刨他好炼铁。好孩子，千万不要和别人说。"说完还拿出两个饽饽送给罕王。罕王也没太注意赶忙跑回去领着小孩一步步爬了上来。以后回到老城，年头一多，把这件事情早忘到一边了。今天打铁老人拿出这块石炭他才想到这件事，因为只有他一个人知道。所以在第二天，他穿上汉人衣服，带两个小阿哈，骑着三匹马向抚顺城奔去。

到了抚顺城，找个僻静的小店住下来。第二天一大早，就领着两个小阿哈向西沟方向走去。按照他记忆的方向，一直找到当年去过的洞口。到那一看，这条路已经荒芜了，洞口长满了杂草，阶梯隐在草丛中，很难被人发现。罕王知道这一定是这洞的主人早已没来这里了。罕王下到洞里一看，依然如故。他顺手刨下一块来领着阿哈回到店房，算了账，悄悄地回到家里。

罕王把这黑炭交给老人，老人惊奇地说："正是它，正是它。有了这黑硬炭打斩铁刚刀不成问题。"罕王大喜，下令把老人请到宫内好好招待，就在新城宫内西挎院搭起一座通风炉，并规定没有罕王的许可，谁也不准私自来到这院内。当时大家都把这个院子叫"内炉"。如何取来黑炭，罕王终于想出一条妙计。

话说抚顺马市，有一位大地主叫贾德财，虽然地多财厚，可是为人太吝啬，真是一个大银攥出水来，抚顺马市以西的土地差不多都是他的。

有一天，这位贾德财正在正房养神，只见家人进来禀报说："京里有一位官员要见你。"贾德财一听是京官，赶忙站起身迎了出去。只见那位官人穿着四品袍，后面跟着四个家人打扮的人。还赶着一辆带篷的马车，贾德财是个土财主，从来没见到官人来访，吓得他不知如何是好。只见那位官人命人把车子赶了进来，贾德财赶忙让到上屋，落坐献茶以后，那位官人命人从车上取出四大箱东西，打开一箱子一看，都是白花花的银元宝和绫罗绸缎，贾德财看得眼花缭乱，嘴张得像瓢似的半天也合不上，那位官员说："实不相瞒，我是抚顺人，因年头荒乱，在十三岁那年，父亲去世埋在贵宝地西沟里，我投向叔父那里，总算多亏祖上有德，在京做了一个小官。本想迁父灵进京，可是风水先生一看，父亲葬的地风水好，便决定不移，就地赶造坟茔。一打听知道这地是您的贵宝地，特此备置薄礼，望乞让给我二垧地以便安葬家父。"说完把两箱白银两箱绸缎献了上来。贾德财一看这财宝，心想这些东西别说二垧地，就是二百垧地也用不了，真是既发财又结识一位大官。赶忙点头行礼说："可以，可以，些须小事何必花费这么多金银，既然这位老爷从京运来这些东西财宝，我只好笑纳。"

于是，找一位写文书的先生，双方定了契约。就这样这位四品官用百倍高价买了这块茔地。第二天双方来到西沟划清了界线，订了界标，没几天，这地方真的动起工来。

原来这位四品官员正是罕王假扮的。土地到手之后，他派一些得力的汉人，假装修造坟地，暗地偷运走黑石炭。就这样，斩铁钢刀在漠北建州造成了。提起这斩铁钢刀是中原最著名的利刃，他可卷成小卷带在衣袋里，一旦用的时候，只要掏出一抖，银光闪闪的宝刀立即展现在你的眼前，更兼这刀锋利无比，虽然不像有人说的削铁如泥，但也是一种吹毛利刃，特有的宝刀。

罕王把制出的这种利刃，凡牛禄以上的各位章京每人一把，并严格禁止不许在人前显示，不许离身，更不许丢失。

就在这时，舒尔哈赤来见罕王，禀报了粮食短缺的情况。如果再不设法解决，会众叛亲离，没法收拾。罕王笑了笑说："我早已料定到这点，请弟弟放心，不出半年，我们粮食会吃不完用不尽。"究竟罕王又有什么妙策，且听下回分解。

如何解决粮食问题，还得从头说起。

明朝在辽东设的文武官员和全国各地一样，已经达到腐化透顶的地步。他们从上到下，没有一个不搜刮民脂民膏的。那时，农民种的地打的粮，没等收上来，早被地方官排号入册。粮食一上场，不用往家运，早被文官要税武官要饷分得一干二净。一年到头落场地光衣裳破，这还不算，每年还得出民工，摊官活，不是这位老爷修府，就是那位大人盖新房。

就拿铁岭一带来说，卖人口的市场就有三处，用一斗高粱米就可以换来一个大姑娘。

可是建州一带情况就大不一样了，他们没有苛捐杂税，没有贪官污吏，法制严格，谁要私分私扣轻则游街重则枭首示众。虽然满汉族之间出现一些不平等的现象，但总能吃饱、穿暖。明朝和建州部的交界石一天天往后移。

没用二年工夫，居然许多堡子自动归入建州部。明朝的官员们哪管这些闲事，只要边境不打仗，就可以上报皇帝加封领赏。

虽然土地增多了，但是总是赶不上罕王兵马增的快，再加上女真人论行围打猎，骑马上阵杀敌，那是没比的，一提起种地真是门外汉，常常春天种下的种子到秋天连籽种都收不回来。

在建州边界地方有六个大堡子，地广产粮高，土肥人殷富。虽然多年受那些贪得无厌的官吏盘剥，还是出粮多，是明代关外的有名的六大粮仓。罕王对这六堡之地早就有取下的念头。无奈，限于和明朝有君臣之别，更兼内部各城寨还没能统一，不敢轻易动兵掠取，他想了多时终于想出一条妙计。

趁李总兵给家母烧三周年之际，罕王身着素服，率领长子，带上成批祭礼到李总兵府上亲自吊唁。

当李总兵迎到院内时，罕王抢行几步来到老夫人灵前，摆上三牲祭品，亲自拈香，率子恭恭敬敬地叩了三个头。

李总兵一见罕王如此虔诚，心里感到异常满意。赶忙让到上屋，款待得非常周到。

第二天，罕王又摆上祭品再祭，李总兵这才发现祭品中只有牛羊猪三牲，却没有五谷祭品，心里很不高兴。暗想，就凭你努尔哈赤连五斗米都拿不出未免太与礼不合了。罕王祭毕，二人携手入席，席间李总兵一看罕王大口大口吃着米饭和饽饽，那些鱼肉之类一口也不动，心里更觉纳闷，不禁问道："贝勒为何不动鱼肉，难道不适君口乎？"罕王避席起立，拱手长叹一声说："实不相瞒，我国粮食在三月以前早已用尽，这次致祭本应以五谷敬献老诰命，耐仓贮一空，粒米皆无，只好献三牲以表愚意。这次席间初见粮食，不觉贪食过猛，尚希大人见谅。"

李总兵一听，才知道建州缺粮情况。又问道："不知将军麾下军民以何度日？"

"牛羊猪耳。"

"何不以牛羊猪易粮。"

罕王长叹一声说："何曾不想这样做，无奈漠北诸部以渔猎为本，对于农田诸务，不怕大人见笑，简直是一窍不通。到马市几次易米，总是空囊而归，一无所得。这次造府，一来致祭先妣，二来也是为此事想和李总兵大人商议一下，可否允我双方暂开边界之限，自由交易三月，我可用牛、羊、东珠、貂皮、人参换些粮来以拯救群生。想漠北之民也是皇上子民，岂能忍观饿死于沟渠之中。"

李总兵呻吟半天没出一语。

罕王接着说："可能大人有两个很难解决的问题，一怕我出兵骚扰您管辖诸地，二是怕当今皇上怪罪下来，这两点请大人放心，我努尔哈赤对皇上的忠心唯天可表，在我一生中绝无反明之意。大人可以重兵防守边境，一旦发现一兵一卒携带兵器入境请您立即正法，只准许平民往来，不许我一兵一卒越境。"

李总兵还是摇头不语。

罕王又说："至于是否怕皇上怪罪下来，我看更不必担心，一旦被皇上知道，你可以如实奏报，并说明为了安抚东夷，保边宁国，怎能见饥民不救。并奏明女真民众自交易以来得生者无不跪谢皇恩浩荡，永世忠心。这一来大人不但无过，反而有功，望大人三思。"

李总兵点了点头。

罕王又凑前一步小声说："凡是我拿来的貂皮、东珠全部送到府上，至于粮食给多少任听尊便，即或不给也些许小事，只要允我用牲畜、人参换粮即妥。"

李总兵听了最后这番话，禁不住睁大眼睛，注视着罕王。

罕王一看知道李总兵动了心，进一步说："大人如若不放心，也可以先修一道本章奏禀皇上得以朱批以后，再开始交往。我也可以写本驰奏京城，双管齐下，准能感动皇上，那时我们就可名正言顺。好在九十天，一晃就到，不会有什么大闪失。大人，机不可失呀！"

李总兵点了点头说："我这人向来以慈悲为怀，关内关外皆皇上子民，岂有见死不救之理。我看就依你之见双方上本，等候朱批再议。"

当晚，双方就在总兵府内写好两道奏折，各派专人送到北京。

没出一个月，皇上朱批示下。大意是：

念其陷于饥饿之际，皆我子民，暂放宽三月，自由往来，以示皇恩。

钦此谢恩。

这道旨意救活了罕王，明皇朝却自己又套上一道枷锁。他们以后查觉到这道密旨下得不对，但木已成舟，只好吞下这颗苦果。

再说罕王接到圣旨之后，立即选出五百多能言会道的汉族甲兵，扮成居民模样，驱赶成群的牛羊，带着大批人参、貂皮、东珠到六堡换粮。这六堡老百姓哪见到过这些好东西，真可以说一本万利。他们不但自己用粮换取，还从中倒上一把，又拿这些换来货物，四出换粮，从中又捞取一层厚利。这三个月可真热闹异常，从山海关到苏子河牛羊成群马驮车拉日夜不绝。去的是土产，回来的是粮食。这还不算，罕王又密派人到处换废钢烂铁装在粮米口袋里。

至于李总兵那里，也大发其财。貂皮、东珠天天有人送，三个月里简直比他十年收入还多。

罕王有意识把六堡居民请到建州部见识见识，他们一看，建州和明朝真是大不一样。兵丁个个精神百倍，盔明甲亮，一些长官没有敢贪赃枉法，就是看到那些掠来的民众分给甲兵为奴感到不安，恐怕一旦被俘，沦为奴隶，岂不一生不得翻身。

罕王得知这种情况发后，又指派一些人向他们做解释，告诉他凡属归顺过来的民众，一律不作奴，仍然原地安居，每年纳些军粮即可，对个人财产绝不动。

这样一来，六堡居民对建州女真有了初步了解，那种恐惧之心稍释。

另一方面给明朝带来很大混乱。因为有些人不安本分手头无粮可换，便产生盗窃之念，丢粮抢粮之风日甚一日。明朝曾多次出兵镇压，仍不见效，甚至一些士兵也参与这些活动，弄得六堡日夜不安，有人报告李总兵，李总兵不但不制止，反而严办地方官员无能，有的被抄家和降级。官员也怨声载道。

再加上罕王越派人越多，在那时纪律又不太严，也产生一些抢粮抢女人的一些现象。

六堡已经乱不成形了。

三个月虽然过去，但余风仍然刮着，最后李总兵又采取严厉镇压手段，弄得人心惶惶，四处逃散，简直无法收拾。有心再派兵镇压，可是兵丁一去也和他们同流合污，这种混乱局面一直闹了六七个月。

罕王借此机会又具文奏禀皇上，就边外诸大员如何无能，老百姓过着水深火热的生活，实不忍睹，敢奏天颜。皇上派人下来一查，果如罕王之言，大为震怒，又免去了许多官员。

六堡问题简直成了明辽东官员最头痛的事件。

有一天，罕王又拜访李总兵，他居然提出要他代管六堡，永保边境安宁之意。李总兵拿人家手短，吃人家嘴短，暗暗应允了这件事。

罕王没动一兵一卒又收了六堡，大大缓和了粮食紧张形势。并推动了女真人的农业发展。

罕王在六堡中选出农业知识最高的二百多人，做各城各寨的农达，也叫农师傅，专门指导女真人如何种好地。并规定牛禄以上的官员，每家按人口均摊，自己动手种田补充军粮。罕王在他居室东面也亲手开了一垧多地。在老农指导下，亲自动手春耕夏锄秋收，不但收了一些粮食，还学会了种田知识。据说已没有了满文时，罕王还找一些老农亲自主持写过一部农书。

农业发展以后，耕牛显得不够用了，罕王又下令，今后祭祀不准用牛为牲，牛禄以下只准用猪做祭，牛禄以上可以用猪羊。只有国家大祭才准许杀一只牛，谁要私自杀耕牛要受重罚。

从此私人占有土地逐渐多了起来，一些贝勒章京常常多开一些土地，利用俘来的作奴的人给他们耕种。罕王这一政策，虽然解决了粮食问题，也增添一种新的剥削形式，往往产生一些争土地、争奴隶的纠纷。

第二年夏季，气候很不正常。苏子河两岸由于连阴大雨，再加上几

两世罕王传·努尔哈赤罕王传

场雹子，两岸庄稼十之八九被水冲、雹打。再想补种已经来不及了。满汉居民、八旗甲兵个个都愁眉不展，怕秋后没粮，生活难保。罕王为这件事愁得没有办法。因为这些年人口增多了，靠渔猎是解决不了问题的，一些归附过来的部落民众，也有些动摇，甚至有的偷偷地跑回林子里重操旧业，行围狩猎。

有一天，罕王正在地里查看灾情，只见一位老人正在自己田里种地，赶忙到跟前拦阻说："老人家留下这点粮食度命罢！已经快到七月，种什么也来不及了。"老人家笑了笑说："这位章京，您哪知道，我这种子是向恩都哩讨来的，八十天就可以还家。"罕王一听"啊"了一声，赶紧凑跟前一看，深褐色的四楞种子，老人一把一把地撒着。

"老人家，这种子是从什么地方得来的，多不多？""提起这话可长了，方才不是说过吗？是恩都哩赏给的。"

"能不能多赏一些，把雹子打的土地全补上？"

"不太容易。"

老人坐下来装了一袋烟，把这种子怎么得来的说了一遍。

原来这老人叫巴克图，是李满柱后代。自从李满柱死后，他们这一支子人躲在深山老林之中靠打猎为生。到他这辈时，人口又多了起来，打猎已经维持不了全部生活，有时吃不饱。一天，这位老人正在林子打猎，就听北山有人唱着山歌，他顺着声音找去，可是怎么找也找不到人。一连翻过五六个山头，来到一处开阔地。只见满地白花，几行翠柳，一条小溪，几栋小屋，屋前长着五颜六色的鲜花，房西头一片庄稼，房东头满是果树，这奇异的景象真使他不敢相信这是人间。巴克图好奇地走近一栋小屋前，只见一位白发白胡子的老人坐在石凳上正在吟唱一些不懂的山歌。那白发老人一看巴克图，站起身说："贵客贵客，请到屋里喝茶。"

到屋里一看，真是窗明几净，一尘不染。这位白发老人端上一盏香茶，巴克图恭恭敬敬地接了过来，没等问，那白发老人从后屋里拿出两袋粮食说："想当年你先人李满柱对我不错，曾救过我的性命，才得以到此地修身养性。为了报答他的恩情，才把你引来。没有别的送给你，这两袋种子，一袋是春天种子，草发芽种上它，草发黄割下来，就可以吃用；一袋是夏天种子，一旦春种不出可以种上，它八十天就可还家。"

巴克图高兴地辞别了老人，背着两袋种子回到家。打那以后，他经常和老人请教种地种花种菜的方法，居然成了种地行家。临下山之前，巴克图又拜访那位老人，可是到那一看，老人也不知去向。只在小屋里找到一块木牌，上面写一些汉字。

他也看不懂，为了不忘老人恩情把它带回来，当做神灵似的供奉着，每年春秋两季率领全家给这块木牌叩头、烧香、供饽饽、供鸡。

罕王听完老人的叙述，赶忙问："老人家，能叫我看看你供的那块木牌吗？"巴克图说："可以。"说着领着罕王回了家。

巴克图因受白发老人多年指点，不但会种地，还会种植各种花卉、果树。

到小院一看，左右是花圃，开着五颜六色的鲜花，窗前还摆着一些盆花。到屋里一看，小屋收拾得干干净争。往后院一看，十几株果树结着快要红的水果。罕王暗想，为什么我早没有发现这样能人呢？

巴克图老人把罕王领进一个小屋，只见里面真的供着一块木牌，前面放着两碗粮食一个香碟，罕王先向木牌恭恭敬敬地叩了三个头，然后再一细看木牌上的汉字。上面写道：

乌龙沟 乌龙岩 乌龙岩下有寒泉

寒泉边山有个寒风洞 寒风洞的粮食万万年

乌龙山主荐

罕王看罢木牌问巴克图："您以前住的地方有没有叫乌龙沟的地方？"

"有呀！离我住处不超过十里。"巴克图答道。

"那地方有没有泉眼？"罕王问。

"有，大小也有几十个。"巴克图答。

"有没有寒泉？"罕王问。

巴克图摇摇头说："那可不知道。"

罕王一听，心里有些底了，对巴克图说："老人家，请你明天领我到乌龙沟走走好吗？因为这块木牌上面写着乌龙沟有些年粮，真要得到粮食，咱们就饿不死了。"

巴克图老人半信半疑地答应下来。

第二天，天刚亮，罕王带两名贴身的侍卫，骑上青龙马，还牵一匹草黄驹一同来到老人家里。

巴克图这才知道来的这位正是罕王，吓得他赶忙跪下迎接。罕王抢上一步单腿跪地扶了起来说："老人家，请起请起，真要找到粮食真是给咱们女真人立下汗马功劳了。"

巴克图忙命家人泡上他自制菊花饮，请罕王喝。

罕王边喝边赞不绝口问道："好茶，好茶。不知这茶出自何方？"

"这是奴才自己酿制的。这叫菊花饮，完全采用盛开的菊花，外加一些年息花和少许玫瑰花和中原毛峰，经过三阴三阳火和无根水制成此茶。不但清香可口，还能避瘟解暑，是奴才我常年的饮料。"

罕王高兴地说："等找到粮食之后，把你请到衙门专门教人养花制茶。"据说满洲人养花和土法香茶菊花饮就是这位老人留下的。

罕王喝完茶，一行四人打马向乌龙沟走去。

乌龙沟是一片两山夹一沟的地方，两边山都是陡峭石壁中间一道小溪。一到沟时，罕王命两位侍卫摆上祭品烧上年息香，躬身下拜说："佛里佛多伴里布（赐福的神）：荞老玛发，我努尔哈赤为了使百姓和我兵马度过灾年特来寻找粮食。请二位恩都哩念百姓之灾苦，念我一片真情，保佑我顺利找到，以解水火。"祭奠完了罕王站起身来向四下一望，只见小河南岸有三道大沟。沟里长满老鸹眼和刺棵子一类矮生小树，小树之间流出一些细流水。罕王心想，泉是水之源，顺水往上找，准能找到泉眼。他带头钻进树丛，走了几十里路，手也刮的直出血，衣服也破了，果然在一条小河的尽头找到一眼寒泉，这泉眼在一个山根下。这时节正是刚要到头伏的季节，太阳像火盆似的烤着，可是一到这泉边，立刻凉风习习，好像八九月天气一样。再往对面一看，果然见到一块大青石堵着一个洞口，大青石上面刻着一行字："荞家之麦送罕王"几个大字。说也真怪，罕王一到洞口，只听轰隆一声那块青石立刻化为碎粉，露出洞口，四个人进洞一看，黑洞洞冷嗖嗖的寒气逼人。他们定了定神，才看清里面有十八个大石坛子，都满满地装着像巴克图种的那种粮食。罕王大喜，急忙把两个侍卫派了回去，组织人力往回搬运种子。

罕王把这些种子平均分给各个有地户，并下命令宁可挨饿也不许吃这种子，完全种到地里。

有些人不相信三伏天种地能收上粮食，偷偷地把这种子磨成面吃掉，被罕王发现后，还杀了三四个人。打那以后，谁也不敢私自吃掉了。

到秋初，只见遍地开白花，秋后真的收到粮食。这才解决了一年口粮问题。为了纪念这位姓荞的老人，管这种粮食叫荞麦。

巴格图老人还教给女真人养果树、养花竹，可是这位养花竹的名手传来传去，巴格图这个名字转讹了，竟把他说成是一位美丽姑娘叫伊儿哈格格。甚至一些姑娘把这位伊儿哈当做神供奉着。

罕王几年经营终把粮食问题解决了。在新城费阿拉和东大沟里建立了一排一排的粮仓，给他今后发展打下了坚实的基础。用罕王话说，我有了铁和粮等于老虎添翅膀。

距新城西南约八十里的地方有一个城叫北佳。城主宁古亲，本来是塔克世在世时一位身边侍卫。因为他随军征战有功，封他为北佳城主。可是塔克世故去之后，他以为努尔哈赤是一只刚出窝的小鸟，没多大的能力，曾在二三年里占了新城的不少围场和土地。罕王以为都是自己人，占了一些土地也没加过问。可是这个人忘恩负义，他以为罕王不敢惹他，以老前辈自居，不断派人向罕王要粮要甲，罕王有时给他一些。

万历十六年，博尔紧征王甲城时，宁古亲趁战争混乱之际又抢去一些战利品。依博尔紧意见，一定要趁势攻占北佳。罕王制止说："他们城小人多也不是外人，拿去一些东西，也没有到外人手里。"就这样也没有注意。可是这位宁古亲变本加厉竟把罕王的忍让当成软弱可欺，常对人说："别看努尔哈赤跟别人打仗像老虎。一遇见我，连一条狗都不如，不信让他来可以较量较量。"这些话传到罕王手下一些人耳里，气得他们恨不得立即吃掉这个无义之徒。可是罕王还是拦阻没有发兵。

有一天，罕王派人抬着牛羊大祭，祭奠死去的二老亡魂。并给看守墓人带去衣服、银两，到半路却被宁古亲带的二十多人全部劫了去，并扬言："既然祭奠他父亲的祭礼，我收下也一个样。"

这件事可气坏了罕王，曾派人写信追过这件无理劫祭品的案件，并要求他不但要如数交回祭品，还要亲自到坟前请罪。宁古亲哪信这个邪。接到信以后，不但不承认借误，反把派去的使者削去双耳和两根小指赶了回来。

罕王忍无可忍，就在万历十七年春召群将到议事厅，共议出兵大计。

大家认为应出四路大兵围其四门，架云梯射硬弓，一鼓而杀他个片甲不留，以壮军威。

罕王摇摇头说："这样兴师动众攻取北佳反被其他各部笑我无能，以多取胜，以强欺弱矣，我自一个月前就料到他会变本加厉，目中无人。我打算只用一百名甲兵，用我族弟王善挂帅出征，我可以暗中扶持，一些大将不出兵，叫他们知道灭一个北佳城只用我一般将领足矣。"大家一听，都点头称是。

罕王立刻下令："王善听令，我命你率八十人埋伏在城的东门，等我在西门发出攻城号炮之后，都要隐在城壕不许动，等城内兵出来时，让过队头截其腰部一律放箭，千万点到为止，不要杀伤过重。"王善高兴地领命出兵。

再说罕王只带二十名神箭刀和炮攻手绕道来到西门就在亥时左右。罕王命令点炮呐喊。顿时四门号炮同时响起，五支海螺号角同时吹起，一片杀声响彻西门。

再说宁古亲自以为罕王不敢惹他，因为他手下有二名武功很强的将领，一个叫纳丹珠混，一个叫依兰卡浑，这两员战将能拉八石硬弓，每人手使一口砍刀，重有五十多斤，有万夫难敌之勇，是有名北佳二熊。罕王素知这两员战将，本想兵合一处将打一家，同心协力，统一建州以抗外敌，可是这位宁古亲却一意孤行，难以说服。他自以为有此两员大将，一定会高枕无忧，万无一失，便终日饮酒贪花日夜取乐，一切大事完全交给这两人去办。

这天，罕王在西门外燃起号炮，宁古亲急忙召来二将商议。这二将哈哈大笑道："罕王会用兵，却行军布阵不如一小儿。"宁古亲忙问道："此话从何说起？"二将说："黑夜进兵鸣炮击鼓是军中大忌，他以为我们会开西门迎敌以便趁虚闯入城中，依末将之见，我们从东门悄悄出去，绕道西门劫其后路，使其迅雷不及掩耳，努尔哈赤必当瓮中之鳖矣。"宁古亲一听大喜，便点二百甲兵，偃旗息鼓打开东门，哪承想埋伏在东门的王善早有准备，等城内敌人全部出来之后，一声呐喊百箭齐发，其中有一半是火箭，顿时烽烟四起，宁古亲忙命二将迎敌。这两员大将也确有武功，他们边战边冲，死伤八十多人，直向罕王攻城方向冲来。

罕王一看，敌人向自己队伍中冲来，便拍马冲上前去大喊一声，"哪个敢来对敌？"纳丹、依兰二将一看是罕王，由于他二人贪功心切，立即迎了上去，三匹马立刻交在一起，像走马灯似的盘旋起来，杀得难解难分，而且双方使的招数都是汉家刀法。一直战有半个时辰不分上下。罕王猛然想起费英东教他的女真刀法，叫五虎追命刀，立即找个破绽，刷的一下换了路数，只见：猛虎下山有风声，扑食两爪像利锋，四身跳跃难躲闪，虎尾一扫定输赢。这种招法只有东海诸部才知道路数。二将一看罕王换了招法，顿时慌起来，没有五个回合，纳丹手一迟，被罕王削于马下，依兰一看不好，刚要逃跑，早被罕王反手一箭射于马下。罕王一时性起，一连杀死九名甲兵。其余这百十人吓得如丧家之犬，向四方溃散。

再说宁古亲一见二将殒命，吓得他率领三十多甲兵和一员副将向西北逃去，正赶上王善率兵堵截，双方立刻交战起来。那宁古亲怎么敌得过王善。杀得他只有招架之功，没有还手之力。就在这时，那员副将暗暗解下弓箭，正要搭弓射出，只听"嗖"的一箭，正中腕部，痛得他扔下弓箭暗暗叫苦，没等他缓过劲，又飞来一箭正中咽喉，立刻坠马而死。宁古亲一看副将又亡，刚要打马逃跑，早被王善拦腰一刀砍于马下。刚要收兵进城，忽听后方摇旗呐喊，亮子油松杀了上来。不知来的是哪方军队，且听下回分解。

话说罕王要收兵进城，忽见东门方向杀过来一队兵马，杀声震天，罕王恐怕是别的寨趁虚而入，便命令王善暂把战利品和战俘放林中，以观动静。当那支兵马来到林子边时，才看清是自家人马，为首的是罕王侍卫巴尔太。只见他只穿着便服，没有披甲，带领一百五十名卫队，见到罕王慌忙跪倒说："奴才怕我主兵力单薄，没有通过二贝勒，临时凑集一些兵勇前来接迎我主。"罕王点点头说："你这片忠心确实难得，不过不应该私自出兵，这是军法难容的行为。念你忠心不贰，暂时免去你这次罪过。"

正在这时，忽听林子里刀枪响个不断，不一会儿一个牛禄臂部受了伤，前来禀报说："启禀贝勒，大事不好，先后来的两支队伍为了争夺物资和俘虏交起手来，奴才没法劝解，请贝勒定夺。"

罕王一听，不由大怒，忙把侍卫纳虎叫来说："你披上我的盔甲，赶快到林中，立即制止争夺战俘的行动。如果不听命令，可以立斩勿赦。"这纳虎立即打马奔向林中。到林子里一看，被俘甲兵都是年轻力壮的阿哥，心里想我家正缺帮手，何不借此机会也分他三四个，以便使用。想到这他大喊一声说："大家不要动手乱分乱抢，罕王有令，先来的甲兵先分，后来的人等我们分完你们再分。"这一来，不但不能制止乱抢乱分，更加深了两方争执。纳虎一看不好，恐怕好的东西、强壮的俘房被别人抢去，急的他竟忘了罕王嘱托也冲进人群中抢了起来。

罕王等了半天不见纳虎回来，很不放心，又把巴尔太叫来说："纳虎去了半天不见回来，你披上盔甲赶快追去，务必把你带来的士兵制止住，并通知纳虎叫他把原来的甲兵退出要地，一切物资和战俘决不许乱分乱抢，等我命令再说。巴尔太也领命前去解围。哪知道他一到林内，只见他带来的一百多人都围了上来，七言八语说纳虎不公平，便把纳虎的主张说了一遍。"巴尔太一听大怒，高声喝道："好你纳虎猴崽子，主子命你公平处理这件事，你却偏袒一方，岂能容你。"说完一挥手，大声喊道："给我冲。"这一声令下，可了不得了，只见双方展开肉拼，双方死有十几人。正在难解难分之际，罕王和王善赶来，一看这种场面，罕王立即冲了进去，举起马鞭一声吆喝："给我住手。"大家一看，罕王来了，才平息了下来。

纳虎和巴尔太一见罕王，才觉得大事不好，只好跪在地上不敢抬头。罕王怒气冲冲地说，你俩无视军法，挑动我军自相踩躏，罪不能赦，命人把他俩绑回宫中。

罕王斩了宁古亲，进了北佳城。命人挨门挨户向大家解说，只要安分生活，决不杀害，并令王善任北佳城主。

罕王回兵以后，为了整顿军威，在众军面前公布了巴尔太、纳虎罪状。立即下令斩巴尔太、削纳虎一切功名，没收家产，罚全家为奴。

命令发布以后，罕王来到巴尔太面前，痛哭失声地说："你跟我十几年如同手足一样，为了军法，我不得不斩你，你放心，你死后，你的儿子就是我的儿子，你家中老少我一定赡养如故。"巴尔太也痛哭欲绝，连连说："不杀我不足以平军心，望贝勒好好教育我的儿子，使他长大成人，永远侍候你。"

三声锣响，巴尔太人头落地。

罕王以侍卫之礼厚葬之。在皇太极时代，他的儿子曾几次想报父仇，但被皇太极多方面感化之后，终于成为国家栋梁。

罕王自从平定北佳之后，声威大振，再加上几年丰收，兵器充沛。又经常派出做生意人员到五个马市做交易。物资更是源源不断地涌入建州。罕王又写出告示命人四下张贴。大意是"凡有大量送参送铁送布送盐的人视其贡献大小，一律封官给饷免其税役。"这告示一下，许多受不了明朝大官压榨的下层官员，大户穷苦农民，纷纷来投。

不出一年，竟组成七十二个尼堪噶珊。他们把汉族的先进生产技术带了过来。手工业作坊，应时产生，其中有布房、茶房、酒房、豆腐房，大小铁匠炉形成一道街。更重要的是一些汉族年青有为的人加入了罕王的父子兵内，派他们深入到关内当密探，并给他们的任务是探听社会动态官府情况，并访问贤人就聘出关。

这一来，罕王的兵马一天比一天壮大起来。连营摆出几百里，真是打斗之声，传于数百里之外，地盘和人马远远超过八马之王。

这日益发展的形势使老城的宗族人等感到震惊。他们派罕王的叔辈四人、平辈八人、侄辈十二人抬着礼品请罕王回家。

罕王听到消息之后，有的主张不加理睬，各自走各自路，罕王深有所思地劝诫大家说："虽然我势力小的时候，他们想方设法陷害于我，也是出于无奈。既然他们肯来接我回城，这也看出他们的一片诚意。我努尔哈赤如果不能和本家人和睦相处，岂不让其他各部笑我忘祖忘宗，谁还能信任我归附我。"大家对罕王这种不念旧怨的行为深受感动。

罕王立即命人大门悬灯，二门挂彩，在堂子里点上松明，把历代祖先、爱新觉罗祭祀的八位尊神悬挂起来。他率领全家迎出五里开外，罕王一看四位长辈慌忙抢上一步，双膝跪倒迎接叔父大人。这四位长辈没料到罕王能如此恭敬自己，不由得掉着眼泪扶起罕王和各位福晋连连说："自家人免礼、免礼。"

罕王把众人接入宫内二番参见，并说："既然同意侄儿回家，何必亲劳四位老人大驾，传个话就是了。"四位老人沉痛地说："你是我部之长，可是我们对你有许多对不起的地方，还望海涵。"罕王赶忙站起身说："各位叔父说哪里话，要说亲还是一家人，没有建州哪有我努尔哈赤的今天，没有各位老人怎能有后代子孙。我因为军事太忙，没能经常问候老人实为不孝，望老人家见谅。"说完又深深请个安。

罕王这一番话说得四位长辈眉开眼笑，连连点头说："不愧是我们一部之长。"

罕王立刻传令杀牛宰羊祭奠堂子，然后传谕全家明天迁回老城，以示和睦，并决定所有军队和粮草仍然留在呼兰哈达一带。

迁回老城以后，罕王对待族人毫无歧视和怨恨之举。而且在议论国家大事的时候总是把四位长辈请来共同商议，并对一些平辈和子侄一一做了适当安置。不出一个月，全城上下没有一个不夸奖罕王的宽宏大度。

兵合一处，将为一家，以后力量更增强了。罕王彻底解决了内部之忧之后可以安心地一致对外了。

当时摆在罕王面前是两大势力：一是明朝设重兵于辽东一带，镇压漠北诸部。辽东总兵李成梁几次出兵声讨过哈达、叶赫两部，害死叶赫二努，其他各部都不敢稍有怠慢于明。自罕王势力日增之际，李成梁注意力又集中到建州身上。用李成梁的话说："漠北诸部之势如江河日下，猪狗而已，惟建州努酋非等闲之辈，乃明朝之大敌，不可轻视。"因此，他在各部之间做了一些孤立罕王联合诸部的工作。

另一方面势力，是哈达乌拉和叶赫三个大部，他们虽然元气稍衰，但仍然土地广阔，势力雄厚，尤其三部贝勒互相争霸贪婪无厌，虽然有了联姻之好，仍然各存戒心，不可轻敌。

罕王自从初步统一建州之后，想到漠北自相残杀延续将近二百多年，使女真各部互为仇敌，形成各自为政，大有鹬蚌相争之势，长此下去，将会被明朝的软硬兼施的办法蚕食殆尽。

如何对付这两大势力，是罕王几年来日夜考虑的一件大事。当其势不强的时候，采取统一建州，联合诸部，臣服明朝的策略，逐步壮大自己；今天已非昔比，无论从战备、土地、物资来看，都远远超过任何一部。

摆在罕王面前只有两个道路：一是联合诸部共同对付明朝，一是臣服明朝统一漠北诸部，使东北女真形成一个整体，以御明朝蚕食之势。

可是联合诸部的战策，罕王曾多次试行终难实现，原因是各部贝勒各存己见，固步自封，以本部目前利益为念，总是互相争战，终无宁日，联合绝对不能改其漠北的面貌。他反复考虑，决定采取臣服明朝统一诸部的大略。从此他一切行动都是为这个目标奋斗着。

罕王常对族内人员，各位将领说："我们不能忘记是明朝皇帝的臣子，必须忠于明朝皇上。否则将会成为无水之鱼，一天也活不下去。只有取得朝廷的信任，才能统一诸部，平定各部之乱，振兴漠北。一但失信于明朝，我们必将腹背受敌，亡在旦夕矣。"一些将领对罕王这一策略无不交口称赞，不愧为聪睿贝勒之称。从此罕王要完成两件大事，一是靠拢威振远东的李总兵，二是亲自进京朝见皇上。

自从看到罕王势力像雨后禾苗一样一天天壮大起来，朝野上下个个震惊，尤其是听到边关谍报说，大批民众纷纷逃向建州，更觉得努尔哈赤不可等闲视之。几年不临朝政的万历皇帝也不得不临朝议事。如何对待这新起之秀，当时满朝文武众议纷纭。一些不知时务饱食终日无所用心的大员们，仍然是满口称颂天朝粉饰太平，他们认为一个没开化的番邦外夷，只不过像一条泥鳅而已，兴不起大浪，我主洪福齐天，天下一定会太平的。可是一些有见识的官僚却不这样看，感到努尔哈赤绝非一般人物，一旦得势，大有鲸吞漠北之势，必将成为心腹大患，不可不防。他们争议几天没出结果。这时万历已无心治理朝政，完全沉于酒色之中，醉于花天酒地的地步，哪有闲心过问这些事情。议论不到三天，万历早已厌倦，一心想着南方进贡的女伶唱腔、舞姿和西番进来的珍禽异兽，匆匆忙忙把大权交给心腹宦官，回到后宫享受去了。剩下的大员们，谁肯出谋划策担这风险，一些掌权宦官感到事态发展的不比寻常，便派人星夜赶赴辽东召回李成梁共商如何对付罕王之策。

李成梁何曾忘掉这一心腹之敌。他前几年只以为努尔哈赤只要报了父仇，明朝又加官进禄，每年还给不少黄金白银，不会再有什么企图。哪知道仅仅几年工夫，发展得如此迅速，不但统一建州诸部，还联姻哈达、叶赫，使这两个部都不敢轻易触动努尔哈赤。尤其是广大汉民归附日众、辽东文武大员已失民心。疆土日渐归入建州版图，这种局面必须认真对待才是。因此得到京里诏令便日夜兼程，一则听听朝里动向，二则也可以陈述策略取得朝中欢心，对自己前程有些保证。

他一进京城立即得到宦官们的迎接。李成梁也把从女真各部得来的山参、东珠上等貂皮孝敬那些内廷大吏。

李成梁回京，万历皇帝也破格临朝要听听边关情况。就在第二天，开了一个大型的御前会议。李成梁早有准备，在皇帝面前陈述了自己的见解。他奏道："方今漠北之势，亦非昔日可比，虽然哈达、叶赫、乌拉三雄势力大减，但建州崛起大有鲸吞诸部之势。如今建州战将足有一百多员，甲士不少于万人，战马满于东山之沟，粮谷充于呼兰郊野，兵器甲胄充于八库之中，刁斗烟台声震数百里。如不尽快想出对策，恐怕后悔莫及，终成后患。依愚见以善抚为上策。努尔哈赤虽然雄心很大，但观其动向，对明朝还很忠顺，从来没有犯边越境的不法行为，尤其是每年贡品比其他各部进献非常敬谨按时呈送，对朝廷诏令也以臣子之礼迎送，如果朝廷再多加恩抚，并加强辽东军备，想努酋不会有不轨行为。"

万历听了以后，点了点头。这时陈太监一看，皇上点头，忙出班跪奏说："奴才听罢李总兵之奏禀实属治国良策，万望圣裁恩准才是。"万历一看陈太监表示同意，又环顾一下群臣，那时群臣一个个都看着陈太监的眼色行事，哪个敢提出异议，都齐声赞同李成梁之良策。万历大喜，忙说："朕因身体不适，诸事可由陈太监和李成梁处理。"说完又退回后宫，这样一件危及朝野的大事，竟草草散朝，听之行之，足以看出当时朝政如何昏庸无能了。

散朝以后，陈太监把李总兵请到府内，再三叮嘱，切勿轻易举兵，以安定为主。并暗示宁可牺牲点土地，也别惹起是非。李总兵想要些兵饷和武器，也被陈太监婉言谢绝，只好空手回到辽东。

虽然空手而回，却得到万历亲口许诺他便宜行事，又得到陈太监的支持，也感到宫廷有人对今后行动能够有靠山，心里也很高兴。

再说罕王自从定了大策以后，便千方百计探听李成梁的行动。对他进京情况早已打听得一清二楚，心里既高兴又担心。高兴的是明朝对建州还没有达到敌视程度，这样可以再进一步表示臣服取得朝廷上下的信任。担心的是怕一旦辽东增兵仍然施行分而治之的手段，离间各部，或重兵支持哈达、叶赫，对统一诸部将会带来更多困难，于是他决意靠拢李成梁，取得他的信任，然后通过他进京朝见，进一步取得朝野上下的信任。罕王决定先在李成梁身上下功夫。

他得到两个消息，一个是听到李成梁从江南一带买进一个歌妓，外号叫黄莺仙子，不但歌声名闻江南一带，而且长得也驰名苏杭一带，是他用重金买到辽东，做他的小妾。这位仙子自从到了辽东，爱上了漠北的野味，一见到山鸡、海龙、鹿尾、熊掌就好像蚊子见到血一样。李总兵为了讨好欢喜，不遗余力地四下采集，以后又听说人参鹿茸可以益寿，又成了这位仙子每天不可缺少食品。

第二个消息是听说李成梁次子今天十八岁尚未完婚。

这两则消息罕王认为这是打开李总兵大门的敲门砖。

罕王有个汉人师傅姓龚，外号人称小六子。这个人虽然对汉文是粗通的，可是在女真人中却成了大秀才，一切写汉文、教汉文都由他一个人承担，对汉族风俗也非常了解。凡是和汉人一切交往都离不了他，有人又说他是罕王的尼堪谋士。

有一天，罕王把这位龚师傅请来，和他谈论一些古今英雄的成败和历代王室兴衰。虽然这位龚师傅只是一知半解，可是在女真人眼中却是一位通古达今了不起的圣人。两个人谈论一阵，渐渐引到李成梁的成败。罕王赞不绝口地说："李总兵可谓一代英雄人物，不但武艺绝伦，而且有师傅辅佐，有他镇守辽东不但当今皇上幸甚，就是漠北诸部也能安于生活。近日听说他的幼子很聪明，有辽东才子之称，特此把你请来烦作大媒，愿将我弟之女，今年一十六岁，如蒙不弃，愿与李总兵之子结为良姻。不知师傅能否代我前去说媒？"这位龚师傅赶快立起身来，拱手说道："如蒙贝勒不弃，愿效犬马之劳。"罕王一听大喜，立即筹备上好礼品八套，择日起程。

这一天，努尔哈赤和弟弟舒尔哈赤写好拜见帖，派几名得力家人携带八套礼品和龚师傅一同前往总兵衙门。

当龚师傅交上礼品，说明来意之后，李总兵半天没有出声，然后对来使说："此事不但是犬子终身大事，也牵扯到国家大事，容老夫从长计议再回书告知。"这位龚师傅一听，李总兵的言语，知道他不敢定下，便进一步说道："这件事情，如果成功，对明朝江山，对大人前程，对公子生活只有百利而无一害，请大人三思。"李总兵一听，便追问一句："此话怎讲？"

这位龚师傅真似苏秦之口，说出以下一番议论。他说：

"当今漠北诸部论势力唯有努尔哈赤，可以说振臂一呼，漠北响应，对待这一支劲旅，只有两种办法，一是出师彻底剿平，二是因势利导，用其势制其夷把努尔哈赤拉入大人势力之中，人非草木孰能无情。如大人联成婚姻成为主亲，再以信义待之，想努尔哈赤乃是当今忠义之士，岂能背信弃义，况且努尔哈赤素来忠于明朝，即或势力再增大十倍，也不敢叛明。只不过因粮食不足，铁器缺少，想进边越境。如果准予往来做好贸易，再加上儿女宗亲，何愁其不心悦诚服，效命于大人。况且舒尔哈赤之女，才貌绝伦，善长汉家笔墨，是一位建州闻名的闺门秀才。如果公子见到定会倾情。这一举三得之利，望大人三思。"

"如果弃以良策，采用武力削平之策，我想恐非良策。当今巡东兵士，近年以来新兵未增，老兵也不断私逃，号称十万，实际不足其半，更兼多年粮饷奇缺，衣不遮体，食不饱腹，怎么能够抵住漠北诸雄。如今努尔哈赤足有三万个英雄，善战视死如归，即或打起仗来轻则两败俱伤，重则辽东兵马有溃散之虞，那时大人不但禄位难保，恐怕皇上怪罪下来，后果难以设想，请大人再思。"

这一番议论，李成梁听完之后，沉吟片刻。然后说："先生言语过重了。想我与努尔哈赤联姻乃私人之事，怎能和国家大事相关。老夫即或与他联亲，一旦他危及国家安危，老夫岂能以亲翁之谊，忘掉国家安危之大事。不过，这门亲事倒可以商议，容老夫和犬子和夫人商量一下，再做奉告。"说完命人收下聘礼，安排在馆驿之中。

这位龚师傅真不愧是罕王忠实使者，他恐怕事情有反复，便打通总兵府得力管家拜见了二公子。对二公子介绍舒尔哈赤的女儿如何美貌、如何贤淑、如何知情达理，其实这位二公子面软心活，怎能禁得住龚师傅一番宣扬，早就动了爱慕之心，打算征得父母同意之后，亲到建州看看这位姑娘再做定夺。

儿子同意了，至于李总兵自从听取龚师傅一番言语，早已动了心，不过碍于面子，没能直接答应这件事。一听儿子也很愿意，更为高兴。第三天，便定了下来，并决定一个月后二公子要亲自到建州回拜，龚师傅高兴地带着李总兵的书信回到建州。

就在二公子来的前三天，努尔哈赤全族人等都忙于迎接活动。本来满族自古以来对未结婚的门婿有奉为上客之俗，更何况是李总兵之子，更要隆重款待一番。那时女真姑娘不像汉族小姐那样大门不出，二门不进，就连族中大事，军中要务都可以出席参与议论。俗话说："满族姑娘三不忌四不防。见人敢搭话，见事敢答腔。"罕王弟兄听到二公子相亲之后，早把姑娘打扮得花枝招展，头上青丝挽成双如意，插上珍珠翠花和金花，两耳金环配玉坠儿，显得好么美丽、严肃而端庄，肩披粉底素花的荷叶披肩，系着灯笼散袖，上身穿挽金边走金丝琵琶襟对扣的月青色长马甲，内衬白色绣浅蓝花的衬衫，腰系八褶罗裙，足穿四闪底浅蓝帮绣银花的鞋，再加上天生的俊眼桃腮，匀称的身段，确实不比寻常女子。

当二公子来到老城，早有人迎出十里开外，搭上迎棚鼓乐喧天，一直迎入宫内。一进宫内，只见一对石狮四盏宫灯把大门点缀得异常富丽堂皇，一到二门只见结彩悬灯又是一番景象。当让到大厅时又见两廊吹起笙笛箫，大厅之内宫灯高悬，两排紫檀太师桌椅、古瓶古铜把大厅装点如汉家官府大宅一样。二公子暗暗吃惊，心想，漠北之夷竟有如此气魄，真是出人意外。

二公子以晚辈之礼参见了罕王和众家弟兄。

闲谈不到一个时辰，陪着二公子进入后院。二公子临来之前，家父曾告诉过：如果遇到平辈送你到内宅，你千万要赏给他们一些财物，因为女真人有这样见面礼俗。因此二公子早有准备，忙命家人取出财物分别送给各人。罕王和其弟弟们一见更感到高兴。

二公子到内室一看，完全是女真人的格局。只见明亮的门窗，三面火炕。西炕上放一张小茶桌。抬头一看西墙供着一排长板，南北炕上铺着猩红炕毡，北炕梢一套描金大柜，北炕也放一张茶几。虽然是初秋季节，地中央仍然摆着一架三圆虎爪六密柴檀木的火盆架。西炕烧着满族神用的年息香，屋子里既肃穆又显得富丽文雅。二公子再一看南北炕上坐着七八位年龄不同的中青年妇女。二公子明白，这一定是罕王弟兄的各位福晋，急忙一一见礼。罕王把二公子让到西炕。二公子知道女真人西为大，哪里敢坐，可是罕王执意让坐才向西叩了三个头，然后坐下。就在这时，只见四五个女仆扶着一位丽人从外院走来。先到西上房拜见伯父和父亲。罕王赶忙介绍说："大格格，这是李总兵的二公子。"这位大格格蹲了一蹲，右手稍稍举了举，低声说："三音三音。"二公子不见此人，早已闻名。一见这位格格，真是名不虚传，暗暗吃惊不已，心想，夷邦竟有此等绝代佳人。这大格格稍稍站了一会儿，告辞回到南隔。不一会儿，摆上酒席，席间二公子连连道谢，再三给罕王弟兄敬酒，并拿出祖传玉镯交给罕王做为相亲之物。并声称回府后，禀明父母，再作定夺。

临行时，罕王又派龚师傅陪送到府，并暗中嘱咐："事成之后再回来。"

话说二公子，辞别罕王回到府中，和父母一说，罕王全家如何盛情接待，姑娘如何美貌贤淑，举止行事赛过汉族闺门大秀，并把留下玉镯之事，说了一遍。李总兵一听，也很高兴。第二天，就通知龚师傅许下这门亲事，并亲自写了儿子的生辰八字的寅帖派人专程送到老城。

定亲仪式，李总兵按照女真人礼俗，率领二公子亲自到罕王宫内拜订婚之礼。罕王早已做好准备，除了杀牛、宰羊置办酒席外，还特意做了大软指，小软指的糕点，并用金杯玉盏款待来宾。李总兵坚决要求按照女真人习俗行礼见礼，罕王哪里肯依。因为当时习俗，男方订婚日，女婿父子必须给女方所有族人不分辈数，必须一一拜见，并跪献米酒。第二天，还得到其他族内长辈、姑辈、姨辈分别拜见礼，才算订婚礼成。双方争执一番，最后达成只命二公子行此大礼即妥。就这样很顺利地订下了这门婚事。

从此，罕王兄弟就派人四下置办嫁妆。东海珍珠，白山人参和鹿茸都是成双成对成串成盒，各种玉器成箱成架，翡翠首饰也是应有尽有，金银器皿更是多种多样，这只是陪送的嫁妆而已。尤其是暗中礼物更是别出新样。

原来萨哈连地方贡来一条二百多斤的黄花鱼，因为明朝有个上谕严禁行贿受贿。行贿无罪，受贿重罚。一些封疆大吏虽然不敢明面受礼，可是行贿之人采取多种办法把礼品送到受贿人手里。罕王也不例外。趁和李总兵结亲之机，总要送上一批厚礼，借以买通，以便靠近明朝。

他利用北方送来的大黄鱼，剖开腹部取出内脏，里面完全装上珍珠、玛瑙、金银、翡翠等贵重珍品，用大车拉着明面是进一条黄鱼暗中送去重礼。

结婚那天，罕王按着汉族礼节送走了姑娘，李总兵一看，不但娶了一位可心的儿媳，还居然收到意外的厚礼，真是喜上加喜。

结婚这天，从来没有过的欢喜，因为汉满两族人欢聚一堂，开怀畅饮，罕王还带来一些会跳各种舞蹈的姑娘，更显得婚礼异常热闹。婚礼足足举行了三天。

自从李总兵和罕王两家经常往来后，尤其是舒尔哈赤以探亲为名，经常过府，和李总兵的关系越来越密切。

有一次正值李总兵吊祭家母五周年之际，舒尔哈赤又置备各种祭品前来吊祭。因大作道场，晚间还有一些杂耍，舒尔哈赤被留下没有回去。宾客散了之后，两位亲家又在后花园暖阁之中重新摆上家宴，二人边饮边谈。

李总兵酒过半酣之后，不禁问道："令兄自十三副甲起兵之后，先后平服了许多城寨，真是佩服之至，不愧成为一代英雄。"舒尔哈赤叹了一口气说："外面风言，传说我们兄弟仗势吞并其他城寨，实质并非如此。开始为报父、祖之仇，追尼堪外兰，涉及四城，如果他们不祖护逆贼，我们怎能无故加兵于此。以后举凡四城联攻我城堡取我土地，家兄多次派人说和，他们不但不听，反而联合起来攻打我们，实出无奈，只好背城一战。总算上天有灵，保佑我们没被吞掉。以后又聚五城之众，率甲八百追击我兄弟数人，他们想要斩尽杀绝，幸天加保佑。最后以家兄四人背水一战，幸脱险获胜。此役将平哲陈屡次侵我土地掠我人质，抢我财物，才不得命将出师。至于王甲之部乃乌合之众，竟出大言吓我，家兄不以为然，仅派奴才一名取之，酒没过三巡，战捷而归。屡次我们腹背受敌，若不起来抗之，我们爱新觉罗家庭早已死于敌手矣，为了保存残生不得已而战。"

李总兵一听不住地点头称是。又问道："如今令兄对现有职位有何想法，能否告知与我，以便有机会时奏禀皇上代为请命。"

舒尔哈赤一听，立刻站起身来，按汉礼深作一揖说："提起此事更有些难言之隐，家祖父和父亲遇害之后，只留下四代以前铜印乃是建州卫之印，虽然仁兄代为请命皇上允许，继任都督之职，但至今敕书未下圣旨不发，家兄和我视皇上如恩父，但皇上是否以我们为臣子？这确实是我兄弟等日夜挂念事情。如仁兄不弃，在皇上面前替我兄弟申述一本，把我们对皇上的忠心上奏天颜实为荣幸。"

李总兵连连说："当然，当然，只要你兄弟忠于明朝，李某可以奏禀当今委你兄弟为建州检事亲政大臣之职，以便代管漠北诸务，并表示决不出兵干涉罕王护国，保边境平漠北内乱的大事。"舒尔哈赤大喜，并再三表示谢意。

打那之后，李总兵真的上奏朝廷，说努尔哈赤如何忠于明朝，并代为请爵。没出三个月果然下来圣旨，封努尔哈赤为建州都检事加封为议政大臣之职，并降旨允其到京谢恩。

圣旨一下，乐坏了建州大小章京，并积极筹备进京事宜。这才引出罕王二次进京，朝见皇上请诰得大权，取信于明朝，给今后统一漠北诸部打下坚实的基础。不知进京如何，且听下回分解。

罕王几年来的练武扩疆，不但使其他各部感到震惊，就连明朝也感到意外，以为一个划外之邦竟能出现这样人物，实在感到奇怪。尤其那些饱食终日无所用心的一些阁员大吏，总是以为努尔哈赤乃一勇之夫怎能和天朝相比，没有把罕王放在心里。可是边疆百姓日渐投靠，罕王建州各部先后归服赫图阿拉。在事实面前，他们又慌了手脚，京城里经常流传一些谣言：说什么努尔哈赤要打进北京，努尔哈赤长得兽面人身，吃生人，喝人血，又有人说罕王兵马刀枪不入，只知道往前冲，不懂得后退，等等。弄得京城人心惶惶。这些谣言传到宫内，万历皇帝也顾不得在后宫玩乐，赶快升殿召集群臣议事。就在这时，接到李成梁从边外上的奏陈。

李成梁在奏章中详细地禀报了努尔哈赤对明朝如何如何忠顺，所以并吞一些城寨原因是他们蓄意欺压努尔哈赤，是迫不得已才削平。自削平之后，建州部才安定下来。又说努尔哈赤将来可成为保卫边境安定的一员干将，有了他大大减少了边疆的争战，能使北京高枕无忧，并力陈应加封于他，重用于他，是难得的漠北可靠的人物，并禀明努尔哈赤要进京亲自朝见皇帝。

这份奏折，确实起了很大效果。朝臣们虽然不大相信，也提不出什么可疑之点。万历皇帝也迫不及待地希望像李成梁奏报的那样。至于提到要进京朝见万历也很高兴。虽然努尔哈赤曾来过一次，但事隔多年，已经不太知道这个人现在情况。有些近臣也主张召进京城给以优抚，争取他忠于明朝，永息边疆之争。可以封给他高官厚禄，然后再逐步削弱他的兵权。君臣主意已定，立即发出圣旨和玉牌敕书，召努尔哈赤进京陛见皇帝。圣旨大意是：

朕闻努尔哈赤向来忠于王朝，能安抚百姓，平息内乱，堪慰朕怀，特加封建州部都检事，并准予陛见，钦此。

圣旨一传到漠北，不但震动了建州部上下人等，而且消息很快传到叶赫、哈达。因为直接受到明朝皇帝的陛见，是近百十年没有过的一件大事，尤其是哈达自以为是八马之王，又是龙虎将军都没享受陛见的大礼，今天努尔哈赤竟荣受这等特殊的洪恩，实在使他们坐卧不安，一则出于嫉妒之心，更重要的是怕努尔哈赤压过自己来消灭自己，这两个部不约而同地凑到一起商议如何对付这新生的劲敌。哈达部比叶赫来说不但地盘大，而且在资格上比叶赫老得多，在京里从宫内到各部差不多都有他的耳目。两个部一合计，决定由哈达部暗中出人，叶赫出礼品到北京暗中活动，找机会破坏建州和明朝的关系，或暗中干掉努尔哈赤。他们研究停妥以后，便立刻动身赴京，要给罕王一个秋风未动蚕先觉，暗下无常死不知。

再说罕王自接到旨意之后，立刻动手筹备进京事宜。

首先是筹备贡品、礼品，他们派了人员从长白山到黑龙江置备人参、鹿茸、各色皮张以及东珠、珍禽异兽，他们准备了玉石器皿金银财宝以及牛马羊。

其次关于服装问题，大家意见很不统一。有人主张咱们女真人到那也要表里一致，是女真人就着女真服，惟有安费扬古是一位深谋远虑很有见地的文武大将。他主张不应这样顽固，因为我们不能只看眼前光景，应该要见景生情、见机行事才对，今天我们是进北京陛见，一表示忠于明朝，二是因皇上加封去进京谢恩，既然这样，我们应该着汉人的官服才是，只有这样才能使朝廷知道我们的一片诚心。

这一番话，正中努尔哈赤的心怀。决定这次进京一律按品级着官服。为此对进京人员从今天起一律蓄发。还从辽阳那里请来一些做服装能手，还派人进京购置官服。至于罕王的官服完全是从朝廷那里赏赐的。仅服装准备就花费了五个月时间。

演礼是一件大事。过去陛见要在北京城花费很多礼品，聘请那些司礼的官员先学习一个月才能面君。当时，流传一句顺口溜：皇帝好见，司礼官难搪。如果不花费巨金是学不到见君礼，不会见君礼根本没有面君的机会。即或礼仪学成以后，还得过二道关，就是演礼官，经过演礼官定，才能面君。这又得花费一笔巨金。

罕王这次陛见为了在皇上面前表示臣服已久，忠于汉制，在进京前，由李成梁在京内请来演礼官在赫图阿拉就把参加礼仪学好。凡属进京的人，从学礼仪开始，暂时停止满族礼节，以养成汉族习惯。

谁陪罕王进京是一件大事。因为这次进京除了谢恩外，还要进一步探听京内各阶层动态，还要明查暗访一些能治国安邦的名士，最好能用厚礼请到建州。如果请不到建州也要建立来往关系，或者拜师求教。因此在安排人的问题上想的比较周密。

经过多次研究决定以下一些主要人选：

二贝勒舒尔哈赤、安费扬古、何和里、虎尔汉和大阿哥褚英、二阿哥代善。本来计划不叫额亦都进京，因他性格粗鲁，行事鲁莽，恐怕到京以后惹是生非，在天子脚下闹出事来，不好安排。可是额亦都一听没有他，可把他气坏了，问罕王为什么不叫我去，罕王只好如实地和他说了。额亦都苦苦哀求罕王带他去。和罕王说："你带我去吧，长这么大一次北京也没去过，这回去保证听话不闹事。"额亦都他是罕王最心爱的一员大将，真如自己手足一样，多次出生入死，为罕王奋战。经过几次苦求，罕王才答应下来。并一再嘱托一定要听我的支配，不要多饮酒，不许到处乱跑，不许见啥问啥，不许一个人外出。额亦都一一答应了。这样此行又加上了额亦都。

经过半年多准备。在万历十八年（庚寅）四月二十八日罕王身着素花都检事官服。其他人员都按品级穿戴，一支五百人组成的谢恩使团由赫图阿拉出发了。

前面由四十匹一色红的战马组成前导队，个个都是英俊的年轻的巴图鲁。紧跟着就是一辆黄缎车篷，素金龙的轿车，在车内供奉着建州都检事谢恩表，随后是贡品车、礼品车足有一百二十多辆。虎尔汉、额亦都、褚英、代善率领一百甲兵押车保护。随后便是努尔哈赤、舒尔哈赤的队伍。他们个个精神振奋，意气风发。又正值春暖花开的季节，真是春风得意马蹄疾。

这一天，大队人马来到李总兵驻地。李总兵派人迎出十里开外，全部让到临时安排的馆驿，并把罕王和二贝勒让到总兵府下榻。罕王把献给李总兵的厚礼也一同带到府内。李总兵命次子及儿媳出来拜见伯岳父和岳父大人，又不免叙一叙家庭之乐，就在当天晚上，大摆宴席招待罕王。

席间，李总兵春风满面不住敬酒以示迎风之好。罕王在回敬酒时说："努尔哈赤承蒙皇恩浩荡赏赐官职袍带、印信、敕书并恩准进京陛见，不仅努尔哈赤幸甚，也是建州部之幸甚。这一切我蒙总兵大人大力扶持，我兄弟二人只有竭尽忠心效忠皇上，安定边疆以示忠心于万一。今次进京，除了谢恩外，还要把大人之德政面奏君王。"李总兵一听更加高兴，连连推让说："哪里，哪里，今次进京乃皇恩浩荡和二位亲家忠诚之心感动圣上，老夫只不过做一桥梁而已。"

在李总兵那里，一连住了五天。李总兵为了在皇上面前表表自己的功劳，决定亲自陪送罕王进京。

罕王这次进京震动很大，朝廷上下都感觉是一件大事，万历皇帝亲自安排陈太监负责一切招待事宜，并下诏，沿途给罕王安排馆驿，照顾食宿。

五月二十八日，罕王从建州来到北京。

北京的午朝今天比任何时候都布置得庄严肃穆，东西两旁站着手持大刀全副盔甲的武士，一个个雄赳赳气昂昂，各色彩旗迎风招展，午朝门外两座斩龙台虎视眈眈地注视着进门的外夷。原来这斩龙台是洪武年间建造，专门对那些划外各邦，敢于叛逆的一些首领，把他们抓到京城押到斩龙台斩首。这种制度在嘉靖年以前执行的很严格，对那些蓄意叛国想要独立称王的边疆各部的首领抓多少斩多少。到嘉靖以后，这个制度被阉党霸占过去，凡属不能按时进贡或由于送礼不周的少数民族地区的首领往往也借故送到殿前捏一个叛变罪名就推到斩龙台斩首。因此对边疆进贡的各地区来说，起初是高高兴兴进京，以后却战战兢兢地朝贡，生怕哪一点弄错了，怪罪下来，要有杀头之罪。

话说李总兵率领努尔哈赤、舒尔哈赤和大阿哥、二阿哥等来到午门外，按规定只许努尔哈赤、舒尔哈赤有见驾的资格，别人倒可以，可唯独额亦都说什么也要跟着进去看一看金銮大殿和皇上什么样，弄得实在没法，只有脱去武将衣服，穿上跟随的服装混进宫里。

在太和殿等候面君的时候，罕王偷偷向四下张望，这宫殿的格式和修建格局，只见：

正殿巍巍透紫光，金光烁烁，东西配宫几层层，金瓦红墙。龙飞凤舞，鹤鹿同春，香烟袅袅，钟鼓悠扬。白玉栏层层见秀，方砖铺地处处闪光，一排排太监手持香拂，一队队宫女粉面桃腮。

罕王心中暗想：真是富贵莫如帝王家。不由产生一种大丈夫应该如此的感觉。

不一会儿，只听云牌连响三遍，顿时殿门大开。只见两廊文武朝臣按等级鱼贯而出，个个花袍乌纱粉底朝靴，手持笏板，行了面君之礼。然后文东武西分站两旁。虽然几百人队伍可走起路来却鸦雀无声，罕王不由暗暗吃惊，感到皇帝的尊严远非想象的那样。

罕王正在恭候宣见的时候，忽听司礼太监高声喊道："皇上有旨，宣建州卫都检事努尔哈赤进殿。"罕王赶忙手持笏板低下头来。高声应道："遵旨。"

说罢率领弟弟一步三摇甩动锦袍登上中三台，立即跪到三叩首，口呼"我主万岁，臣努尔哈赤、舒尔哈赤祝我主万寿无疆。"然后又站起身来轻轻整理一下袍带，又前进三步二番跪倒，山呼万岁万岁，又站起身形趋身一步三次跪在丹墀之上，山呼万岁万岁万万岁。"臣建州卫都检事承蒙圣恩准予见驾，诚惶诚恐，愿我主万寿无疆。"然后跪在地下，低着头用笏板遮住面孔。

万历皇帝虽然过去见过一面，可是事隔多年，早已记不清罕王面孔。于是启口说："爱卿平身，尔能远涉千里进京陛见，这种忠心实慰朕怀。"这次朝见使他不由心中惊叹，只见罕王鼻正口方，面孔微黑，两道英雄眉，直插两鬓，身高足有六尺，头戴一顶二品银翅纱帽，身着绛紫团龙袍，腰间束一端温玉宝珠玉带，足登粉底朝靴，真是仪表堂堂。万历不由暗暗赞叹。心想，划外之邦竟有此等英雄人物，再加上看了李总兵平时奏罕王如何忠于明朝的奏章之后，更为高兴。

一般外臣陛见，只见行完朝见礼之后，便立即退出。

由于万历皇帝心中很高兴竟多谈了一些时辰。临告退时，万历皇帝下了一道特旨，允许进贡的五品以上官员可以到紫禁城内游赏一天，并赐御宴以示皇恩。满朝文武一听，都个个惊得目瞪口呆，因为自洪武以来，像这样恩赐，虽然在明制中有过规定，但一次也没有施行过。

散朝之后，罕王回到馆驿不提。单说额亦都回来后，一些进京人等都围了上来，争先恐后地问长问短，额亦都也大讲特讲起来。他和大家说：皇上坐的那间大殿你们谁也没见过，大屋顶有咱们后边小山那么大，金龙盘玉柱有老牛腰那么粗。当人们问他："太监什么样？"他愣了一下说，"长得都粉白粉白。"何和里知道的事比别人多一些。偷偷和额尔都说："你知道吗，凡是当太监的从小都割掉了生殖器，因为怕他们乱宫。"额亦都不由瞪了瞪眼睛反问道："你说的话当真吗？"何和里说："谁还能说假话，不信你抓一个剥下裤子看一看。"额亦都点了点头。

当天晚上，罕王一一嘱咐大家到紫禁城内可不比在外面，一切要小心，千万不许乱说乱动，千万不许乱摸东西或偷拿东西。谁要胆敢违犯，轻则撵回去，重则斩首。大家口口称是。然后又做一些细致的安排，一直忙到半夜才各自就寝。

第二天，太阳一冒红，大家赶紧起床嗽洗完毕，草草吃了早饭，就准备出发。

辰时左右，只见两位太监骑马来到馆驿请罕王全体进紫禁城。大家又紧张又高兴。别说边外之官，就是朝内大员有的一生也得不到这个机会。他们按照品级骑着马随同太监排着队伍向紫禁城内走去。

那时候进紫禁城可不像现在游览故宫那样任意游荡，到处走走看看，名义上是游览，实质一进紫禁城就得低下头来，到一处拜一处。他们从一层殿步入御花园，真是观不尽的亭台楼阁，看不完的雕梁玉柱，尤其一到御花园更使他们看得呆若木鸡。他们哪见过这样豪华的花园，真是奇山怪石，珍禽异兽，飞阁流金，群花似锦，五步一楼，十步一阁，天上神仙府，地上帝王家。何和里一边看着一边暗暗记住这些宫殿的修建，花园的布局，他边看边记边走，一遍竟把所有建筑物都能记在心中。

可是额亦都却不然，他一边看看这豪华景物，一边暗想，太监真是像何和里说的那样吗？越想越感到奇怪，正好遇见一个十五六岁的小太监从他身旁走过，他忙拦住说："小太监，请问茅房在哪里？"小太监不懂女真话，这时何和里过来把额亦都问话翻成汉语，小太监乐了乐，搜着额亦都向茅房走去。额亦都哪是找茅房，他想要找个避静地方扒下太监裤子看看究竟。当小太监把他领到茅房时，额亦都一看没人，便一个箭步奔向小太监，那小太监像小鸡似的被提了起来。他没容分说硬把裤子扒掉，看完后哈哈大笑地跑了出来。小太监吓得不知是咋回事，放了之后，才省过腔来，提着裤子哭着去禀报老太监。

再说额亦都跑出茅房之后，偷偷和何和里说："你说太监那回事，真是那样。"何和里吃惊忙问："这你怎么知道的？"额亦都就把方才干的蠢事说了一遍。何和里一听，吓得面如土色，抱怨地说："你怎么干出这种事？这可惹了大祸，被皇上知道了，可吃罪不浅。"并嘱咐他千万不要声张出去。哪承想，那位小太监领着老太监找了上来。小太监用手一指额亦都，气愤地说："就是他！"老太监看了看额亦都，然后走到罕王面前，作了一个揖，恭敬地说："大人可是建州部都检事？"罕王赶忙还礼说："不敢，不敢。下官正是努尔哈赤，不知老公公有何见教？"老太监冷笑一声说："大人手下人竟敢无理，在天子身旁做出不轨行为。"老太监把额亦都方才的事学说了一遍。罕王不听还罢，一听，吓得他出了一身冷汗，暗恨额亦都做事太鲁莽，只好连连道歉，一再表示："划外之民不懂宫内大礼，乞望老公公和小公公包涵。"说完深施一礼。忙厉声喝道，"额亦都还不过来给二位公公赔罪。"

额亦都开始时以为这种举动只不过是闹着玩而已，以后何和里一说，才知道惹了祸。老太监这一找更觉得不妙，本想道道歉赔个礼，可是一看老太监摇摇晃晃说话阴阳怪气的，在罕王面前还指手划脚，口里喋喋不休。没由地又引起他厌恶心情。可是罕王既然说叫他赔礼，只好上前也学汉人揖了一揖说："老官别见怪，因为我听说你们都割去了那个，我不太相信，才扒了他裤子看看。"说完又揖了一揖。当着矬子别说短话才行。可是这位傻英雄不会说假话。这一番话，说的老太监面红耳赤，一甩袖子，奔养心殿找万历皇帝告状去了。

罕王一看事情不妙，也赶紧奔养心殿见君请罪。

再说老太监面奏额亦都如何无礼，请主子作主。万历没说什么，只是低着头，正在盘算时，身边太监奏禀说："努尔哈赤殿外候旨请罪。"万历赶紧说："宣他进殿。"

罕王进殿之后，便仆伏在地，连连叩头说："臣教育部下不周，竟在大内做出此等越轨行为，特带额亦都前来请罪。"万历皇帝感到又可气又可笑，可气的是额亦都目无王法，竟在宫内做出这种勾当，可笑的是真是山野村夫，不懂文明大礼。有心责怪，又考虑到罕王是进京谢恩，更兼他雄踞关东，不能因小失大。便笑了笑说："爱卿平身，孤念他一介武夫，不懂礼，这些许小事，就算了吧。"回头对老太监说："他们都是外官司，对京内诸事不太知道，饶他这一次。"说完示意叫他出去。罕王也不住向老太监道歉，老太监只好怏怏不快地退了下去。

这件事平息之后，罕王怕额亦都再惹是生非，便事先把额亦都打发回去。额亦都确也感到在京行动不便，也乐不得地回建州去。和罕王说："我正好过不惯这种生活，什么皇宫宝殿，我看都是大土牢，天天圈在里面，就是给我一万两银，我也不当那号皇帝。"他拜辞了罕王，带一些随从回建州去了。

再说哈达部和叶赫部，自从打听到罕王已经进京，便派四名得力谋士，星夜奔往北京。他们在北京最熟的是九门提督，这人姓刘名善，外号叫刘扒皮。不但对士兵非打即骂，就连京内一些中下等官员也不敢惹他。因为他是陈太监得力的干儿子，手下有一帮打手，竟干些搜刮民财抢男霸女的勾当。这四位谋士偷偷溜进提督府，把哈达贝勒的书信和礼品献上之后，刘扒皮看了，书信中说：

努尔哈赤至京对我们合作大有妨碍，不除此贼，终无宁日。如得帝宠更属虎之添翼，望找机会，就地除之，实为双方幸甚。

刘扒皮看了书信之后，点了点头。立即安排四个人的住处，并叮嘱千万不要外出，以免露出马脚。

招待外邦的驿馆总管叫洪山，外号叫洪三，是刘扒皮的义子，也是陈太监的义孙。是刘扒皮沟通外邦的得力助手。立刻派人把洪三找来。

洪三一见刘扒皮赶忙跪倒，不住喊恩父大人，唤犬子不知何事差遣，只管吩咐。刘扒皮扶起洪三说："我有一事和你商议一下。"说完一挥手把家人打发出去，然后低声说："努尔哈赤是我的大敌，我前几年到辽东险些被他害死，听说他这次进京带来不少打手，想要加害于我，今天把你找来，能不能替我暗中除掉这个祸根。"

想那洪三是专做坏事的人。但也是无利不起早的唯利之徒。听了刘扒皮一说，心里暗想，这正是我发大财的机会。想到这里，故意地摇摇头说："这事可不好办，想努尔哈赤是当今宠臣，怎敢动手。"刘扒皮也知道洪三的意思。赶忙说："孩子，你放心，这件事只有咱爷俩知道，可以用暗算的办法，叫人神不知鬼不觉的干掉他才行。另外，最近我早有打算，想把京郊一处庄园送给你。"说完从大柜中取出庄园文书送给洪三。这片花园仅土地就有三千多亩，至于房舍更是在京郊花园中最好的一处。洪三一看这笔礼物真是心花怒放。忙改口说："既然是恩父之敌也是犬子之仇人，宁可头断身亡，也要为恩父报仇。"然后两个人商议一番，决定趁努尔哈赤饮茶之机，放进毒药叫他死都不知哪路鬼。就这样订下伤天害理计，蓄意毒害罕王。

话说罕王从大内出来之后，准备休息一天，再拜访一些有影响的朝内要员。就在当天晚上，他散步在庭院中，忽然听到井边有人哭泣的声音。到前一看，原来是一位女仆坐在井旁掩面痛哭。罕王忙问道："你有什么为难事在这里啼哭？"那女仆一见是罕王站了起来，躬身说，客官有所不知，我自幼卖给洪总管为仆，那知近几年洪总管人面兽心竟想霸我为妾，我执意不肯，他竟恼羞成怒，成天对我非打即骂，前天竟公然说："你要不答应我的要求，三天后一定把你卖给妓馆，就在今天真的找来一个妓院的老鸨，言明三百两银子，并订下后天前来接我。我一想生有什么意思，不如投井死了好。"罕王想了半天说："先不要自寻短见，如果你相信我，我有一个办法管保你能脱离虎口。"

这姑娘一听这话，赶忙跪下说："客官如能救我，真是重生父母再选爹娘。"

罕王说："你拿着我的一块玉牌到西大街吏部天官府找一位客居的李总兵。他可以救你出虎口。"说完交给他一块玉牌和五十两银子，这女仆千恩万谢地回到屋里。她刚要就寝，忽然洪三进到屋里皮笑肉不笑地说："这些日子我对你很不好，更不应该把你卖给妓馆，从现在起以前的事一笔勾销，你还是我的家人，好好照顾那些客商。因为你做事很精细，从明天起你就侍候从建州来的那位大人。至于妓院那件事，我把卖你的文书当你面烧掉就算了。"说完掏出那张卖身文书，真的烧掉，弄得这位女仆丈二和尚摸不着头脑。只好施礼感谢。

第二天一早，洪三把女仆叫了去，交给她一个精致的茶筒，内装上等毛峰茶，并告诉她："这茶是特等名贵茶，只许敬给建州部努尔哈赤大人用，千万记住。"说完就走了出去。

女仆烧开了水把茶放进扣碗内沏好之后，盖上盖，用茶托小心地端到努尔哈赤的房间。因为努尔哈赤有一个习惯，每天早晨总是骑上马跑它一二十里才回来用茶用早点。当女仆送茶之后，他也没有在屋，只好放在屋里退了出去。

罕王蹓马回到屋里，正要喝口茶，一看桌上放一盏香茶，不由端了起来，刚要喝下去的时候，忽见昨天他救的那位女仆气喘吁吁跑到屋里，一手把茶杯打到地上，立刻见茶洒的地方翻起了白花。把砖地烧了一大块黑斑。努尔哈赤大吃一惊忙问："这是怎么回事？"

原来女仆给努尔哈赤送完茶，心里总是琢磨，为什么洪三变得这么突然，莫非还有什么花招在里头。她悄悄来到洪三窗前，就听洪三正和一个生人在谈话。那位生人问洪三："你的计划真能万无一失吗？"洪三哈哈大笑说："放心吧，不出一个时辰，管保他立即服茶身亡。"那位生人忙问道："能不能露出马脚？"洪三哈哈大笑说："放心吧，一旦努尔哈赤死了之后，我把这件事往我女仆身上一推，就说她图财害命，先割掉她的舌头，不叫她说话，然后当众把她一杀，岂不万事大吉。"那生人一听，连说："妙计、妙计。"这位女仆不听还罢，一听，吓得她出了一身冷汗。心想，我死倒是一件小事，真要毒死那位恩人，那还了得。想到这，顾不得回到屋里，一口气跑到努尔哈赤房间。

罕王听了之后，赶忙说："你赶紧把茶叶给我拿来，然后我亲自送你出去，千万要快。"不大工夫，女仆拿着茶筒进了屋。罕王把女仆藏在屋里，若无其事地故意把那支茶筒摆在桌子上，并派人请大太监前来共进早点，也把洪三请了过来。

洪三暗暗吃惊，根据药性来说，早应该发作，可是为什么没死，难道女仆没把毒茶给他喝。只好硬着头皮就邀赴席。到屋一看，交给女仆那个茶筒摆在眼前，不由吓得他后退一步。正在这时，大太监也进了屋，洪三刚要跑，罕王没容分说，一把抓住他。罕王若无其事似的命家人献上早点，同时罕王拿起那个茶筒倒上两碗茶，献给洪三和大太监。洪三哪敢动口，吓得他不住推让，并说："卑职有事，不能奉陪。"说完就要告退。罕王站起身，厉声喝道："请洪大人留步，我给你介绍一位女人，想你大概认识。"说完向里屋一挥手。只见家人带出那位女仆。洪三这时吓得面如土色。女仆一见洪三恨得咬牙切齿。把事情经过一五一十讲了出来。罕王微微一阵冷笑说："我努尔哈赤应天而生，奉行公正，你洪三一点诡计能奈我何？"说完把两盏茶杯摔在地下。只见茶水翻着白沫把方砖都烧成大小斑点。大太监一看，气得他咬牙切齿骂着洪三，并扬言一定面奏圣上。

罕王知道干这种事不只是洪三的主意，这里一定牵扯很多关系。心里也明镜似的。即或大太监想要奏禀圣上，用不了到宫门早就被人"请"去说明原委。真要说出刘扒皮是陈太监义子时，大太监长八个脑袋也不敢报皇帝。这件大事肯定会化小化无。真要追究起来，免不了一场麻烦。归根结蒂还是不了了之。同时还得罪许多人，对今后在京活动更为不利。罕王想到这，对大太监说："这人大概在辽东时和我有仇，为了趁机想要报私仇而已。听说他是刘总兵部下，交给总兵处理罢了。至于这位女仆，如果她愿意，可以随我回建州做我的家人便了。"并暗示大太监不要再追根问底。大太监一想也对，就把洪三绑到刘总兵处，大太监还写了一个便条：

努尔哈赤乃圣上得意的番臣，应加意保护。但你部下洪三竟为了报私仇，在茶内放毒，多亏发现，否则圣上怪罪下来，吃罪不起，望严加处罚，以除后患。

这以除后患四个字却打动了刘扒皮。他想一旦露了马脚，自己不但前程难保，恐怕连性命也要保不住。想到这，立刻派人暗暗把洪三砍了头，并把头送到大太监那里，一再表示今后一定要注意此事。可惜，洪三为升官发财，竟白白地断送了自己的性命。而刘总兵却落个大好人的名称。

至于那个女仆，被罕王带到赫图阿拉之后，给罕王的第六子当了一生的奶娘。为人非常忠厚老实，死时罕王特许葬在祖坟一角。清王朝自嘉庆以前，每次谒陵时也有她一份。

　　由于哈达、叶赫仍然要陷害罕王，才出现了教场比武解箭毒，驿馆两次被刺的事情。欲知后事如何，且听下回分解。

罕王回到馆驿，心情很不安。心想为什么洪三蓄意加害于我。而且事情发觉以后，刘总兵又迫不及待地斩了洪三，这是不是杀人灭口。想到这，他完全失去了睡意，一个人步出屋子里，在院中乘乘凉。就在这时，只见洪三的大门前有人叫门，不一会儿门开了，只见有个人鬼鬼祟祟地进到院里，门立刻关了起来。罕王觉得很奇怪，便悄悄地躲在暗处，约摸半个多时辰，那个人又急匆匆地走了出来，门关上之后，罕王一个箭步蹿出来，轻轻地走到那个人的后面，掏出手巾，往嘴里一塞，那人刚要喊叫，被罕王顺手一拽，把他拖到树荫丛中，抽出腰刀在那人眼前晃了晃。低声喝道："不许吵，我不要你命，赶快随我进屋。"那人只好乖乖地进了罕王的卧室。

到了屋内罕王在灯下一看，来人是兵丁打扮。

那兵丁一看罕王那种庄严的气魄，知道这不是寻常之辈，吓得他两腿发软"扑腾"一声，跪在地上，低着头不出一声。罕王厉声问道："你是什么人，为何黑夜到洪三之家。"那人忙说："我是刘总兵府上兵丁。刘总兵派我给洪总管夫人送一封信。别的情况打死小人也一概不知。"罕王想了想问道："洪总管和刘总兵是什么关系？你如实招来？"那人吃惊地看了看罕王说："大人想必是外省的官吧，谁不知道洪总管是总兵的干儿子，刘总兵又是陈太监的干儿子。北京城哪个不知，哪个不晓。"罕王一听，心中暗暗想道，都说陈太监势力通天，干儿子布满北京城，真是果如其言。想到这，连忙把兵丁扶了起来，连连说："真是误会，我以为是偷盗之徒，进入洪管家府内，原来是刘总兵派来的人。"就这样把那个兵丁放了回去。

从这个事件中罕王清楚地意识到茶中放毒是和刘总兵分不开的。可是，刘总兵素来和我无冤无仇，为何要加害于我？因为身在北京，诸多事情不好公开揭破，只好时时注意罢了。

第二天，刘总兵又派人下书邀请罕王过府作客，并说借机会要向罕王领教箭法和刀法。这一招可难坏了罕王。有心不去，要是得罪了这位大人在陈太监那里说些坏话，对我事业不利；有心去吧，明明知道这是一个大圈套。

舒尔哈赤等人一致意见是：一不去，二赶快回家。不冒这个险。

罕王想了一阵之后。斩钉截铁地说："明天我一定赴会，我要亲自探探这虎穴。我只带四名亲随就行。如果我酉时不回来，你们急速面见陈太监；面见皇上说清。"说到这又转过话头说："我想，即或刘总兵有害我之心，决不能在酒席之间暗下毒药。一定设其他圈套，加害于我，再说不入虎穴焉得虎子，也可以顺便探听一下刘总兵为何加害于我。"安费扬古是一位很有智谋的人。听了罕王的一番话，点点头说："贝勒胆识我很佩服，依我之见，宴一定要赴，但事先也要防范才是。我可打扮家人模样和贝勒一同去，可以见机行事，并把解毒药品携带一些，以防万一。同时派何和里到陈太监和李总兵处送个信，就说罕王明天被刘总兵邀请，过府比武，并把投毒的事也说一下。这样免得出事时，没人过问。"罕王一听大喜，一一按着安费扬古的安排做了准备。

刘总兵府在前门西侧，虽然府第不大，也算得上中等宅舍。尤其在西院有一处规模很大的演武厅。提起这位刘总兵的武艺在北京城里可以说属一属二，箭法超群，手中一对双枪也可以说是神出鬼没万夫难敌。

这次请罕王过府比箭，实际是哈达派来四个奸细出的鬼主意。他四人想借比箭之机，暗中用毒箭射死罕王，以除后患。这才布下了这次比箭的诡计。刘总兵也想会会这位漠北英雄。并请来一些说客奚落一番，叫他看看中原文武人才。

罕王一到府门，只见大门两旁站着两队武士，个个手持长枪，大矛，虎视眈眈地站在两侧。刘总兵早就在门外等候迎接。罕王赶紧下了坐骑，抢前一步拱手说道："努尔哈赤有何德敢劳总兵邀请，这种盛情，实在衷心感谢，深望大人多加指教才是。"刘总兵也赶忙还礼说："哪里，哪里。风闻大人在漠北叱咤风云，早想拜见，惜无机会。今次进京得以相见，实乃三生有幸。"说罢二人并肩进入府内。

到大厅一看，只见十几位文武官员坐在那里。大都是三品以上的官员。刘总兵一一做了介绍后，大家落了座。罕王心想：你们摆的什么阵，我倒要看看究竟。就在这时，一位吏部天官站起身来，拱手说道："听说将军自斩外兰之后，青云直上，横扫建州，杀了一些族人，携得数万黎民，威震漠北，使其他各部惶惶不可终日。真有气吞山河之势，想将来统一漠北，将即在眼前。可敬可佩。"

罕王笑了笑说："大人此言差矣。想我爱新觉罗氏族向来是和睦相处，何曾有自相残杀之举。不过建州诸部受外力挑动，致使兄弟之间不能和睦相处。就拿令父来说，当时在辽东身为知府，受哈达暗中出巨金买通妄奏军情，害得我宗祖全家被杀死于非命，还出重兵屠了全城，就连老人、小儿都没放过。我的父祖也遭此暗害。努尔哈赤仰仗天助，终于报了父祖之仇。我们族人，历经多次挫折幡然省悟，感到无谓的内部惨害终非善举，才共聚一堂，商议大业。我只不过从中善诱，终于达到兵合一处，将打一家，使建州重归统一。至于大人所说，不知从何知晓，难道宗族和好同建祖业，使建州平安，大明边疆安静不是皇上之福么？愚虽不明，此理显而易见。"这一番话说得这位天官，面红耳赤，低头不语。

就在这时，一位武将打扮的愤然说道："将军不愧为漠北英雄。我来问你，既然忠于皇上，既然为了安邦，为何私自养兵马，制武器，加害哈达、叶赫，为何屠北佳侵哲陈杀人数百。难道也是宗族和好，这也是爱护黎民？"

罕王一看这位武将，不知是谁。忙笑而答道："不知将军贵姓高名，何时到过辽东，哈达、叶赫、建州乌拉之关系可曾知晓？"

那位将领冷笑一声说："某家姓李，虽未到过辽东，但要想人不知，除非己莫为。"

罕王大笑说："将军差矣。俗云，耳听为虚，眼见为实。想将军身在京城，怎知边塞之情。今哈达、叶赫和我建州早已结成姻亲之好，难道将军不知？再说那北佳之战只不过教训他不可轻举妄动，哲陈多次挑衅，实难容忍，才迫于无奈出兵讨之。听说讨西有一位将领，此人也和将军同姓，用百姓之头当做房首被皇上杀头。似这等人，用百姓头颅换取功名之辈，愚虽不明，不敢效仿。"只见这位李将军不由低下头来，看看大家不发一言。

就在这时又一位武官厉声说道："此乃天子脚下，今天到会诸位乃当朝命官，岂能容你奚落。再说，某家曾在辽东数载，亲见你们私越边境到处抢掠，留我辽东诸民，侵我辽东土地。某一怒之下出兵镇之始得安宁。这当如何解释？"

罕王一看，原来是十年前在辽东总兵手下的一位偏将，此人姓孙外号大屠户，在辽东一带鱼肉黎民，是杀人不眨眼的刽子手。

罕王不看而已，一看气不打一处来。忙厉声说："这里不许你信口雌黄。我乃朝中边疆大吏，孰是孰非了如指掌，尔不过总兵下一员偏将，怎能容得放肆。既然你出口保黎民，闭口侵边疆，我来问你，你左耳下刀痕是怎么来的，还不是辽东百姓恨你入骨，打算活剥于你，多亏总兵救你，才仅受一刀之伤。至于我建州人曾一再严加管教，十五年来未有越边行为，再说辽东一带十几年中，饥荒遍野，甚至易子而食，我建州虽然不定，但百姓安于农猎，四季温饱如春，怎能弃家园投灾地？不错，近年来有些难民投向建州，起初也照约送回，但回去的人死有八九。细想虽族属不同，但皆为皇上子民，怎能见死不救？只好善养之。此乃顺乎天意，合乎人情。至于你提的那次战斗，我看还是不提为好，你既然提起此事，我不得不说明之。

那是在万历十一年的事，你率领一百名士兵到各堡搜刮民财，惹起民愤，群起而攻。你一怒之下，扬言达儿入侵，杀害无辜百姓七十八人，虏首献功，换得高官厚禄，还在人前炫耀军功，岂不使人哭笑不得。你不以为耻，反以为荣，不值一辩。"

就在这时，外面报陈太监和李总兵到。刘总兵一听，立刻拦住大家说："诸位切莫做唇舌之战，今天乃是群英盛会，理应尽兴言欢。请迎接陈太监才是。"

原来，陈太监和李总兵先后接到努尔哈赤的密报，不由得大吃一惊，一旦努尔哈赤有危险，不但边疆不得安宁，皇上也不会答应。火速赶来查看究竟。

大家把二位大人迎进府内。陈太监一看，满座官员，便问道："今天聚会是欢迎贵宾还是别有他情？"刘总兵赶忙鞠躬施礼说："启禀恩父，是小儿备下薄酒，请几位文武官员给都检事接风。"陈太监暗想：要害人也得分什么时候。便随声说道："既然这样，老夫也要奉陪一下。"李总兵也附合说："末将也要即兴奉陪。"

就这样，一场危及罕王生命的圈套彻底消除了，罕王安全地回到寓所。

北京的五月已经热不可当。晚饭过后，天已经黑了下来。他一个人来到庭院中纳凉，只见一位女真人打扮的老人，也坐在院子里，不时地长吁短叹，自言自语地说："阿不凯呀，睁开眼吧，为什么把一个无辜的阿哥要在斩龙台上送命。"说完不禁哭泣起来。

罕王再一细看，只见这位老人，是浑河一带装束，身穿鹿皮软袍，腰系一条五彩长带，项上戴一琥珀项圈，头戴一顶狍皮小帽。虽然到了夏季，还在脖子上搭一条狐尾，穿着一双五皮脸的鹿皮靴子，腰里挂着一些女真人常用的物件。

罕王不由走到跟前，用女真话问道："老人家，是哪个部的，什么哈拉？到北京有何贵干。"

老人一听才知道这位汉族打扮的人是女真人，真是又惊又喜，赶忙站起身子说："我是长白山部的世袭委贝勒。在下叫乌龙哈。"罕王一听原来是本族人，赶忙自我介绍说："我是建州部努尔哈赤。"老人一听"啊"了一声，又愣了半天，才说："聪睿贝勒，早闻大名，今天相见真是三生有幸。"他这才把为什么到京的原因，一五一十地向罕王说得详详细细。

原来这位老人是长白山部的委贝勒。长白山部比其他各部都小，只有七八十户人家，没有城墙，四外围一圈木障子就算部落。加上一些外面城寨也不满五百户，兵也不多。因为靠长白山，全部靠狩猎为主，部落达就是穆昆达。

去年，京里一阉党向李总兵索取貂皮三百张，熊皮五百张。李总兵不敢向大部勒索，便派三个差人到长白山部生打硬要，并扬言其要拿不出来，将要发兵，扫平你们全部。一个小部落上哪能交出这些皮张，只好哀求差人发发善心，高抬贵手，并备好了上等酒饭，招待三位差人。乌龙哈老人有一个儿子叫奔巴图，这小伙心直性耿，颇有几分勇力。他看这三个差人作威作福的样子就气恼，在吃饭的时候，故意对趴在屋里的三条狗大声喝道："三个鬼东西，还不给我滚开。"这在女真人风俗里是撵不受欢迎的客人的表现。这三个差人一听，勃然大怒。怒斥说："这哪是撵狗，分明是赶我们三个人。没别的，让你家阿哥跟我们走一趟。"说罢，一拍桌子，三个人齐下手硬把奔巴图绑走了。

老人几次哀告，不但不放开，反而把老人打倒在地。

老人心疼儿子，当三个上差走后，他备上马一直跟在后面，整整哀求一百多里还是不答应，没办法只好奔向朱舍里部。

朱舍里部和长白山部是同宗同支。和朱舍里部贝勒一说，他也没有办法，只好强凑二百张皮张，叫他带着小儿子到李总兵处求情。这时李总兵早把捏造奔巴图如何蓄意反明，暗练兵马的罪状奏明圣上，慢说二百张皮子，就是两千两黄金也买不回这份奏章。李总兵假惺惺地说："你儿子犯了诳上之罪，这可不是一件小事。本总管已把他解送到京城，交军机处议罪。你既然找来，也不能叫你白跑一趟，我给你一道火牌，可以进京面见当今皇帝求情去吧。"说罢给他一道火牌，收下二百张貂皮把他推出门去。

老人家已经七十多岁了，白发苍苍，带着小儿子一路上饥餐渴饮走了二十多天，才来到北京。一看皇宫深宅大院，一说要见皇上，哪个敢领他去。好心人劝他说：你一个番邦人怎能见得上皇上。有的人故意戏弄他，告诉他在宫门外跪拜就能惊动皇上，一定能召见。他信以为真，足足在金水桥边跪了三天三夜，把老人跪得头眩眼花，一头栽倒在地不省人事。小儿子哭得死去活来，真是叫天天不应，叫地地不语。有些好心人看这外来父子无依无靠，听到这不平之事也气得不得了。可是在那个时候，谁敢替他伸冤，只好把他送到馆驿。一些好心的太监一听，也是气愤不平，先给他安排一个房间住了下来，并安慰老人不要着急，我们可以帮你打听打听下落。

老人家在馆驿住了十几天，太监才听到确切消息，原来军机处接到李总兵奏章将老人的儿子奔巴图定为叛变朝廷罪，拟于秋后在斩龙台上枭首示众。

老人一听吓得目瞪口呆，再三求太监能不能托托人说说情。太监打个唉声说："老人家你不知道，这年月要想救出一个死囚，没有三十万两银子是办不到的。"老人一听吓得半天没说出话来，慢说三十万两，就是三万两、三千两到哪儿告借。只好听天由命了，就这样这位苦命的老人只好等行刑那天和儿子见上一面。

罕王听老人这一番言语，心中不由暗暗发恨，一定要把漠地诸部统一起来，屯田练武，壮大自己势力，免得全族受此不白之冤。又一想，远水解不了近渴，这老人的儿子命在旦夕，如何把他救出来是当务之急。想到这，便把老人请到屋里悄声和他说："你老不用着急，我能面见皇上，可以替你说一说。"老人感激地说："不愧是女真人，你能这样主持正义，拔刀相助，实在使我这走投无路的老人感恩难忘。"说完跪下要行大礼。罕王赶忙单膝跪地扶起老人说："老人家不必行大礼。想当年家父在世时，曾和我玛发到过长白山，我们有过多次交往，你老人家的难处也是我的难处，我一定尽力而为。"

这位老人感动得掉下热泪，用颤抖的声音说："你的恩情我家祖祖辈辈忘不了你，我们长白山部将永远归顺于你，我们是小部落，白天听鸟叫，晚间听狼嗥。一无强兵，二无硬甲，谁也不敢得罪。靠着大树不着霜，只有靠你这棵大树才能永保安宁。"

罕王刚回到自己房间，考虑如何面君呈辞的时候，忽听侍卫进来禀报："三贝勒从建州派人来见罕王，有要事相商。"

罕王把来人叫到屋里一看，是木尔哈赤的贴身嘎什哈。见到罕王叩了个几个头，然后交上木尔哈赤一封家信。信中大意是：

前些日子，你请来两位烧蓝花大瓷的人已经选好窑地，但没有配方，不能烧制。听说这个配方锁在宫内大库里，没有圣旨谁也不敢外传。能否打通宫内太监，设法抄出配方以便急用。

罕王一见书信，不由眉头紧皱。心想，既然配方存于大内，那可非同小可。为什么建州要急于烧制蓝花大瓷。这里有一段关于蓝花大瓷的事情。

据说，明朝蓝花大瓷在宣德年才烧成，是专门供给宫廷使用的器皿。这种瓷器白蓝相间，白色如玉，蓝色如孔雀兰，由于特别，不同于其他瓷器，因此，不但供宫中使用，还以封赠方式，馈送给外夷头人。谁要得到宫内兰花大瓷将如获至宝，常常以谁的多寡论地位高低。有的为了争夺这种瓷器竟互相展开过争夺之战。

罕王为了联系各部，曾多次把它分赠给各部。由此明朝赏赐的这种瓷器结交了很多部落。日子一长，有的部直接向罕王索取、有的用高价到建州部换取。因此罕王一心要仿照这种瓷自己设窑烧制。

可是，当时建州部哪有这种能人。罕王曾派人去山海关以里到处请人，可还是找不到。踏破铁鞋无觅处，得来全不费功夫。在一次行围时，罕王打到一只特大的母猪，心里特别高兴。刚要收围，只见一只山羊从悬崖上跑下来，随后又有两只也跳了出来。这三只羊一个向东二个向南。舒尔哈赤搭弓射中一只，罕王也射中一只，剩下那只却三纵两纵钻到树丛里。罕王追了半天也没追到，回头对舒尔哈赤说："你先带兵回去，我一定找到这只小东西再回去。"好在围场离城不到二十里，舒尔哈赤带着人马返回城里。

再说，罕王先是骑马，追到河边，只见那只山羊顺着河沿向西跑去。他没容分说追了上去，一箭正射在背上，这只山羊带着箭钻到草丛里。骑马追是不行了，罕王暗暗生气，心想不论多大、多野的牲口，只要我搭上眼都不用两箭，为什么这只小玩艺却一箭未中。越想越生气，便跳下马来在草丛中寻找。他一手牵着马，一手拨着草，找到一块大石旁。只见那只山羊又蹿了出来，带着箭向西南沟跑去。

罕王立刻骑上马追。这时天已黑了下来，肚子也有点饿了，本想往回走，可是那只奇怪的羊又出现在罕王马前。气得他一催坐骑追了上去。又追了一程，这时天已大黑，那只羊已经跑得无影无踪。罕王无精打采想往回走，抬头往山根一看，却见有一处灯光在闪动。心想，这地方向来没有人烟，怎么会有灯光？不管是谁，到屋找点水喝也好。到跟前一看，只见一间临时搭起的小屋，里面灯光闪动，他轻轻叩了叩门，用女真语叫了一声门。只见里面立刻熄了灯，怎么叫也不开门。心里很纳闷，按女真人的规矩黑天有人来，一定要接进去，供饭供茶，然后留宿。为什么……想到这，猛大悟，这一定是汉人的小屋。便用汉语说道："请开门，我是过路人，找点水喝就走。"只见屋里灯光又燃了起来。不一会儿门开了。

罕王到屋一看，虽然是新搭的小屋，却收拾得很整齐。屋里只有两个中年男女。这两个人一看是女真人武士打扮，吓得那个女人哆哆嗦嗦跪在那里口口哀告饶命。罕王赶忙扶起来说："二位请起，有话慢慢讲来。"两个人站起来。罕王这才看清这两个人衣衫褴褛，浑身伤疤。那位女人看岁数有三十几岁，长得倒有几分姿色；那男人浓眉大眼，身板粗壮。罕王不由问道："你们二位从什么地方来到这里？为什么见到我口称饶命？"那个男人看了罕王一眼，狠狠地说："你们害了我，还要强占我老婆，要我传家宝，我们逃了出来，你们还苦苦追赶，今天我豁出这条命和你们拼了！"说完，一头向罕王撞来。他哪是罕王的对手，罕王轻轻一抓，把那个男人双手抓住。喝道："有话慢慢说，不许动武。"然后把他按到炕上，那个男人长叹一声，坐在那里掉了几滴眼泪。

罕王觉得这里有隐情，忙安慰地说："你有什么冤屈事，可以和我讲。实不相瞒，我是努尔哈赤。"这两个一听，都睁大了眼睛，看了半天，扑腾一声，二番跪倒叩头，像鸡啄米似的不住说："罕王青天大老爷，给小民做主吧。"

罕王更是莫明其妙。忙说："你们有什么冤情，只管讲来，我与你们做主。"

两个人你看看我，我看看你。那个男人才咬咬牙说："事已到此，反正说也得死，不说也得死。就说了吧，出出这口冤气。"

"我俩是辽阳人，原籍是关内，祖祖辈辈给官家烧瓷窑，以后迁到辽阳，因为在那地方生活不了。听说这一带汉人不少，日子很好过，就投了过来。哪承想，被一位章京抓了去，不但不给安家，反而叫我们给他当奴隶。他见我家蓝花大瓷瓶和蓝花大碗好，硬要我们交出。这是我们祖传的几件东西，宁可饿死，也不能失掉它呀！我父亲至死不交，被他们活活打死，这还不算，他看我老婆长得好，天天逼着我交出来，不然就要我的命。我一想，反正活不了啦，不如杀一个赚一个。我一气之下杀了那个章京，跑了出来。本打算住几天回到辽阳，没承想，遇到您。"说完，双膝跪倒说："我们活着也没什么意思，今天请罕王老爷处置吧！"那位女人也跪了下来，泣不成声。

罕王一听，立即把这夫妻二人扶了起来说："你们不要害怕，无故抓人当奴隶在我规定的新政里是不允许的。何况杀人夺宝，国法难容。你们做得很好，不过再遇到这事时，应该告诉一声。一来我可以为你们作主，二来用王法制裁，比这样处理更好些。"一问这二人的姓名时，才知道他们是烧蓝花大瓷的窑头和做细工的女工。男的叫张家信，女的王氏。罕王一听更加高兴，对他们说："你二人可以随我回去，给你二人拨几名工人建窑烧瓷。"就这样收了两名烧瓷工能手。

罕王进京那天，这两人禀报说：在浑河岸上可以找到瓷土。因为进京很忙，也没细问，就进京陛见。这次接到木尔哈赤的来信，才感到这件事很难办。只好暂时再多留几天，设法抄到蓝花大瓷的秘方。

经过几天探听，才知道管秘方大库的是陈太监的一个干儿子叫程万财。这个人见到银子就像蜜蜂见到蜜一样死叮住不放。罕王派人拿着一份官样请帖，请他晚间到十方斋饮酒。送请帖同时，又送去东珠十颗，黄金十两，上等貂皮二十张。这位程万财早就想结识一些漠北的头脑人物，好从他们手里来点外快。一看这份重礼和请帖，乐得眼睛合成了一条缝。忙点头哈腰地说："多蒙你家大人厚情，一定如期赴约。"

罕王在十方斋备了一桌上等酒席。果然这位程管家带着两个仆从，大摇大摆地前来赴宴。一见罕王赶忙一拱手连连说："小的有何德何能敢劳大人破费？"罕王也拱手说："哪里，哪里，早闻大人盛名，这次进京，原想早日登府拜见，怎奈陛见太忙，尚请大人海涵。"双方谦让一番，然后就席。席间免不了互相说一些恭维的言语。酒过三巡，菜过五味。罕王忙命跟随取出一个红漆拜盒，双手送给这位程管家，然后说："卑职有一事相托，请大人帮忙才是。"程万财一边接过拜盒一边说："好说，好说，只要卑职能办到的万死不辞，万死不辞。"

罕王自从结识了程万财之后，又以各种方式买通了皇上贴身太监，求他们在皇上面前多多美言几句。就这样，花了大量金银买通了上下人等。

这一天，他穿上女真服装，领取龙虎将军封号，满以为能面见君王。可是这位万历皇帝，只顾在后宫玩乐，哪有闲心处理这些事务。一听罕王要朝见忙吩咐贴身太监传旨说皇上身体欠安，不便临朝，可由太师代朕加封，并传口旨："努尔哈赤忠于明朝，堪为国家栋梁，他需求什么，就满足他什么。"这贴身太监早被罕王买通。乐不得在罕王面前买好，便捎了口旨到前殿。高声喊道："太师、努尔哈赤接旨。"二人慌忙跪倒，那位太监把万历口旨传达一遍。太师只好照办，按仪式封了龙虎将军。那位贴身太监赶忙说："请龙虎将军和太师讲一下，需要什么东西，尽快说吧，杂家好回旨。"

太监说完还暗暗给罕王使眼色，叫他大胆要东西。把这位太师弄得糊里糊涂，也不知说啥是好。这时罕王向龙案行了九拜九叩之礼后，便深深给太师叩了一个头。然后说："现在大牢里有一位年青的女真人，他本是一位普通的猎人，因冒犯了差官，被抓到京，定于秋后问斩，请皇上开恩，赦他无知之罪，他一定永念皇恩，岁岁来朝。"太师一听有心不答应，怎奈有了圣旨，忙说准奏。

罕王又说："为了永远不忘皇恩，小邦已经决定一切饮食器皿都用天朝的蓝花大瓷。因用量太大，不忍心动用国库，想要制瓷配方，请恩准，以便烧制成功之后，可以代圣上转赠其他部落。一来使各部代代不忘皇恩，也省得花费大量库银，望乞恩准。"这件事可难坏了这位老太师。因为蓝瓷秘方不许外传，是先主留下的遗诏。正在犹豫之时，那位太监接着说："太师爷赶快决定，奴才好交旨。"这可吓坏了这位太师。急忙说："遵旨，遵旨。"忙命人把程总管叫来，命他取出秘方。

就这样，罕王没费多大力量，便救出了奔巴图，又得到了蓝瓷秘方。

第二天，罕王身着龙虎将军服装进宫陛辞圣上，当然也没见到皇上。

罕王出京时，一些文武百官送出很远，胜利地回到建州。

罕王自从得到蓝花大瓷秘方之后，按照配方，又花费了许多金银从洒西运来一些瓷土，做引子，居然烧成了和明朝官宦一样的上等蓝花瓷器，以后用这些瓷器和蒙古、黑龙江一带的兄弟民族建立了非常密切的关系，比出几万大军要有效的多。部落经济、军事实力大增。

在四国之战九姓之争的斗争中，逐渐征服了漠北，称雄于东北各部。欲知后事如何，请听下回分解。

　　罕王自万历十八年四月二十八日赴京陛见以来，在京里足足呆了七八个月。于十九年正月才从北京回来。

　　老城诸贝勒和将士一听罕王回来了，个个欢腾，人人高兴，迎出十几里。只见罕王队伍远远而来。最前面有四个巴图鲁高举皇上赐给的龙虎将军大旗，后面抬着御赐的各种物品，随着是罕王骑着高头大马，身着二品武将服装，真是叱咤风云人物，远非昔日可比。

　　众将官把罕王迎入老城，都一一前来见礼，个个向罕王问长问短。额亦都禁不住向罕王问道："贝勒爷大哥，那皇帝老儿没有难为你吧，我扒裤子那件事怎样安排好的？"罕王只是笑了笑，说："皇上不会计较那些小事。"额亦都又说："都说皇帝是龙变的。我在宫中一看那些铜龙，也就跟大蛇似的，只不过四条腿，有什么了不起，既然龙是皇帝，我看咱们也弄他几条摆在你宫里，难道他们能成龙，大哥还比不上他们？咱们也他妈的成个龙叫他们看看？"罕王瞪了他一眼说："不要胡说。"这一番话引得大家都乐了。

　　罕王问走后的情况，费英东禀报说："别处倒也无事，去年年景丰收，山货下来的很多，几个马市的生意也很顺手，兵士练武大有长进。只是叶赫部越来越嚣张起来，去年冬底，我曾派大路探子探听叶赫的消息，曾抓住两名叶赫探子，当场讯问下，知道他们正在派人和长白山部联系，也派人到鸭绿江部送过礼品，据叶赫探子供认，鸭绿江部答应叶赫借道出兵，并和长白山部订下盟誓，如用人力、物力可以支援。根据探子口供分析，大有三面包抄我们的形势。"罕王一听忙吩咐把抓住的两个探子带上来我要亲自审问。费英东没说什么。额亦都抢着说："那两个探子是我过的堂，他就说这些，以后再问啥，他都说不知道，我一气之下全杀了。"

　　罕王不由皱了皱眉，打个唉声道："什么时候能改掉你这鲁莽的脾气，要口供也不是一天的事，应该放长线钓大鱼才是。一天问不出可以二天、三天、一个月，只要用好言安慰，会讲出很重要的情报来。今后再遇到这些事，一定要沉着一些，多想想办法才是。"

罕王和众将士说："根据刚才说的情况分析，叶赫要待机吃掉我们。我早就料到狼迟早要冲进牛群，叶赫真要得到长白山部，等于在我们身旁放一支暗箭，一遇机会这支暗箭就会射伤我们。再说长白山部一旦归附他们，不但叶赫在我附近有了落脚之地，更要紧的是他们有了更多的兵源和雄厚的山产品，岂不是给虎加上两只翅膀？我们当务之急是先发制人，趁叶赫脚跟没扎稳的时候，出其不意，把鸭绿江、长白山各部收服过来，才能保证建州平安。"

大家一听，罕王这番见解，个个佩服得五体投地。额亦都却是直性子人，不由大声喊道："他妈的，大风大浪都不怕，长白、鸭绿算个啥？贝勒爷大哥，给我一千兵士，我要踏平这两个部落。"

罕王摇摇头说："服人单凭武力不行，想那长白、鸭绿等处，我们地理不熟，人情不知，他们的实力不明，不能贸然兴师。只有探听明白才能定策。"说完一摆手大家散去。

大家要在第二天摆迎风庆功宴。罕王摆摆手说："这不是庆功的时候，我要细细想一想，如何对付这只狼。"

他回到后宫，一些福晋争先要见，却被罕王挡了回去。一个人独宿在望天楼里。

罕王有个脾气，凡遇到为难大事，总好一个人苦思冥想几天，然后把想到的结果再和大家共同商议，最后定下来，立刻行动。

罕王在望天楼里足足想了三天三夜。他先分析叶赫的国情。

自从万历十一年十二月，明朝设计杀害了二位老贝勒之后，李成梁率兵对叶赫进行一次残酷的屠杀。一千八百多人无辜被害，国势大减。又于万历十六年三月李成梁率兵从威远堡以突然袭击方式，阵斩甲兵千人，抢去鞍马兵器近千件。叶赫遭受重大损失。城中父老，丧子亡夫，哭声震天，一直到现在元气未复。本应吸取前车之鉴，和我同心协力壮大国威，以保祖业。可是，他却把自己弟兄姻亲视为仇敌，企图灭我建州壮大自己，这怎么容忍。罕王考虑再三，决定还是先收下鸭绿、长白等处，断其侵我的跳板，争取和叶赫和睦相处，不做更大的兵事冲突。

如何收服鸭绿、长白等部。这两处不比哲陈、北佳。彼处路远人生，情况不明，对出兵非常不利，当务之急是探得该部真情之后，再做定策。

谁去探听，罕王反复琢磨，感到只有自己去才妥。因为京城结识了长白山部委贝勒乌龙哈，他可以说出实情。再说行兵布阵最好亲自看看地形山势风土人情，以及对方兵力布置情况，才能指挥有力，百战不殆。

他想到这里，心里好像透了一点亮。这时，晨鸡已经报晓，外面不时传来习刀练箭的声音。叫卖早食的小贩子那种有节奏而又单调的吆喝声，不时地送到屋里，他推开小窗，一股凉风吹了进来，一夜没合眼的疲倦身躯顿时精神起来。

罕王从小就养成了一种吃苦耐劳的精神。和弟弟要饭的时候，经常断食缺衣，再加上多年戎马生涯，练成一副钢筋铁骨似的一条硬汉子。

侍候他的嘎什哈赶快送来洗脸水，还带来一份早点和一杯浓茶。浓茶是罕王最喜欢的饮料，用他的话来说：喝上一杯茶，神清气爽力量大。他不爱饮酒，每逢大捷总是以茶代酒。他不由想起一件事。在京时长白山委贝勒回家时，曾说过多年没喝到浙江香茶了，可惜在北京也没买到。

罕王想到这，回头问嘎什哈："我的浙江香茶还有多少？"

"有十几斤。"

"好，完全给我包好。"

嘎什哈很为难，因为这种茶几年进一回，更重要的是罕王专门喝这种茶。一旦断了，他会吃不饱、睡不好。浙江香茶成了他日常生活中不可缺少的东西。

"罕王爷，包这茶做什么？"

"我暂时不喝了。"

嘎什哈瞪着大眼睛半天说不出话来。

罕王笑了，问嘎什哈："你说用十斤茶换十万垧土地和珠参，哪个合适？"

小嘎什哈上哪懂得这个道理，只好照着罕王的主意把十斤好茶包了起来。

他吃完早餐，骑上菊花青马绕城跑了一圈。这时天已到卯时。外面云牌响了三下，一些梅勒章京以上的大员纷纷来到望天楼议事，听听罕王如何对付叶赫三面包抄之险。

"我要亲自刺探长白、鸭绿实情。至于今后如何行动，等我回来再议。家中一切事务可由舒尔哈赤料理，我先到长白，后探鸭绿。请大家放心。"

大家一听个个面面相觑，没发一言。费英东对长白、鸭绿一带知道一些，不由地站了起来说："罕王单身入虎穴，我看去不得，那长白部倒可以对付，可是鸭绿江部却非同小可，人们野蛮无知，不懂道理，再加上山水险恶，树深林密，万一有些差错，岂不因小失大。"

罕王一听，斩钉截铁地说："这些情况，我已料到，我是按照天意办事的，只要我做的事情上随天意下合民心，会逢凶化吉遇难呈祥，请不必担心。"又补充说："我这次出探是秘密行动，千万不要大吵大送。如果半月不归或者没有信息，你们不要等我，再派人侦察，一直到摸清底细方可用兵。切记，切记。"

就在由京回来的第五天，罕王只带着会各方语言的扈尔汉和随机应变的穆尔哈赤，三人悄悄离开了赫图阿拉，直奔长白山部。

有一天，走到纳殷地方，天已经黑了，有心投城找宿，路不太远。正好在树林深处好像有六个人在升火烤一只狍子和一头山羊。见此，罕王三人停了下来，到火堆旁边。罕王看看这六人穿一身鹿皮做的穿着打扮，火堆旁边放着弓、箭、刀、枪等打猎工具。知道这是一些巴拉人。罕王三个人坐下后和他们一起拨火烤肉。就在这时，只听很远一声鹿哨声，那六个人赶忙站起来和罕王说："我家穆昆达来了。"

在山里有个规矩，见到一个地方的头行人时先请安问好，然后由那位头行人用刀叉一块肉直接送到你的嘴里。如果敢吃，那就是朋友，如果不敢吃，休想活命。

不一会儿，那位穆昆达出现在眼前。只见这位身材足有六尺，穿一身皮衣裤，腰扎一条白玉扣的牛皮大带，脚蹬一双三皮脸薄底短靴，头上戴一顶三耳狍皮帽，脖子围着一领狐皮围领。尤其那白玉扣牛皮大带一般人是没有的，只有受过皇封的人才能得到这种贵重物品。这位头人到火堆旁哈哈大笑说："来了客人，为啥不欢迎呀！"这句话音刚落只见这六条汉子霍地一下站了起来，没容分说把罕王三人摩肩头搂二臂绑了起来，又一个个拴到树上。这突如其来的行动，使他们感到很意外。

那位穆昆达看了看罕王之后，厉声问道："你们从哪里来？如实说来。"

罕王看看他沉着地问道："你是不是女真人，难道这是女真人待客的方法吗？哈达恩都哩不会答应你这种不礼貌违犯山规的人。"

那人哼哼一声说："少说废话，上次已经宽待了你们，可是你们却派人抢了我们的貂皮，抢去了我的老婆，这回又想要花招欺骗我，决不宽恕你们。"

罕王一听心里明白了，更安定一些。忙说："误会误会，我们是建州部人，从来没来到这里，至于说抢貂皮、抢女人更没有此事。"

"报报你的哈拉格属于哪位大臣管辖，原先是哪个部，何时建州？"

罕王说："祖辈建州人爱新觉罗哈拉。我是阿不凯凡章京的属下。"

那人冷笑一声说："建州将领数一数，哪有叫阿不凯章京的人。"

"不！你不知道，阿不凯章京不在建州在天上。"

"你越说越不像话。既然不说实情别怨我不客气。来人，用箭把他三人活活射死，以解我心头之恨。"扈尔汉一看不好，忙喊道："住手，他是我家聪睿贝勒，都检事龙虎将军努尔哈赤。"

只见那位穆昆达"啊"了一声，又上下打量罕王一会儿，劈头问道："你可认识乌龙哈玛发？"罕王点点头，说："在北京有过交往。"扈尔汉接着说："我家贝勒在北京救过他的儿子。按理说，还是救命恩人呢。"这位穆昆达听了这话，急忙放下鞭子，跪在地下连连说："原来是聪睿贝勒，有失远迎，当面恕罪。"扈尔汉喝道："哪有绑着拜见的道理。"这时才想起还没有松绑，急忙命人解开绑绳，又重新见礼。一问原来是长白山部委贝勒手下的偏将，奉命假扮巴拉人到叶赫附近刺探消息，打算把情况送给罕王，没成想在这巧遇。

罕王一听大喜，又重新坐在火堆旁谈起叶赫情况。据他们说："罕王进京时，叶赫、哈达如何派人暗害，目前叶赫从明朝那里托人买进一些铁器，准备熔化制造刀、枪和箭，并日夜操练兵马。还经常向各个部落送些名贵礼物，来往走动的很密切。"罕王听罢，心中暗想，这分明是加强力量，联合诸部来对付我，但又不知这些人究竟是做什么的。便笑了笑说："叶赫贝勒加强自防，各部和睦倒是很好，希望他们日益强大起来，以免被明朝欺侮。"说到这里只见那位自称偏将的人对罕王说："贝勒爷，昨天我们回来时遇到一个很奇怪的地方，在两山夹一沟的地方，发现一个大山洞。进去一看，山洞不但有进口，还有上口直通山顶，洞里显得很亮，里边啥也没有，只有在墙上用红色画些什么东西，我们不太明白。在山洞里还拣到一把上了锈的腰刀。"说完把那把刀拿了出来。罕王一看这刀已经锈的不能用了。一看刀把是牛角制成的，上面刻着几个汉字，一细看，是"御赐检事李满柱"几个字。罕王不由"啊"了一声，说道："这洞离这多远？"

"有半天工夫就能到。"

"能不能带我去一次？"罕王着急地问。

"只要您老要看，小的可以带路。"

天刚朦朦亮，这几个人向山洞出发了。果然天到辰时来到这个洞口。罕王一看地形，是两山夹一沟，这条沟北通叶赫南至乌拉。再一细看，好像有如群马从这路过似的。一行人到洞里一看，有一堆新燃尽的火堆。罕王问道："你们来时可曾见过？"他们摇摇头。

罕王往石壁上一看，只见在一堵光溜溜的石壁上用红色画一些好像图画似的东西。又仔细一看，原来是一张山水图，旁边标着一些蒙文。从蒙文中看出这是一张鸭绿江和长白山部的一幅详细图。他猛想起一件事，原来这地方叫葫芦口，想当年李满柱曾两次想要攻打鸭绿、长白两部，结果未成而失败。这一定是当时李满柱亲自画的一张图。罕王细细地看了一遍又一遍。那入入口山川水势画的清清楚楚，唯有一个地方只画了一个大红点。旁边注明一行字"可能是水牢。"罕王也不太懂。他便掏出纸笔照样画了一幅，然后命大家把这张壁画除掉。出了洞，直奔长白山部。

长白山部正像上回书介绍的那样。没有土围子，四外用柞树条子夹的围墙，只有南北两个大门，那位委贝勒住在大东头，三间草正房东西有厢房，大门旁有一间小屋，大概是听差人住的地方。院子里收拾得倒也干净，放着两块练习举重的石锁，东西两排架子上面插着刀、枪、弓、箭一类东西。门房听差的一禀报，只见乌龙哈领着两个儿子迎了出来。一见罕王，立即跪在地，不住地说："不知恩公驾到有失远迎。"赶忙让到屋里，献上茶。罕王把带来的香茶、蓝花瓷瓶和十只银杯，四只金杯，两匹库缎一一献给老人。老人推之再三，怎奈罕王执意奉送，只好流着眼泪收了起来。立刻命令手下人杀猪宰羊款待这位救命恩人。乌龙哈和罕王说："我大儿子奔巴图多蒙贝勒才保存了性命，如果贝勒不嫌弃，愿意拜你为义父。"罕王连连摆摆手说："使不得，使不得，我和贝子岁数相仿怎能收为义子。"没等罕王说完，奔巴图早已跪倒在地，口尊"义父在上，受孩儿一拜。"罕王无奈，只好收了这个义子。书中交待，罕王的满汉义子收了不少，可是收外部义子这还是第一次。乌龙哈一见罕王收下，特别高兴。不一会儿摆上酒席。吃喝已毕，已经有二更时分。客人一一散去，乌龙哈把罕王请到西上屋。晚间人静以后，老人把回来的经过和长白、鸭绿两部的详细情况做了一番介绍。

原来乌龙哈从北京回来以后，总想找机会好好报答罕王救子之恩。有心送点礼物，一想罕王家大业大，一点点东西太拿不出手。再说这么大恩情不是金钱和财物报答的。又一想长白山部人少势力弱，早晚要被大部落吞掉，不如早一些投靠建州部，以便守着大树不着霜。想到这，他多次和本部正贝勒商议如何投奔罕王问题。开始时大贝勒也有点意思，以后叶赫派人拿着很多东西找大贝勒，并答应长白部一旦归附他们，一定奏明皇上，加官进禄，用一些花言巧语打动了大贝勒的心，决定投奔叶赫，因此，这两个贝赫说不到一起，想不到一起，乌龙哈有心自己投奔，又感到空手去又给罕王添一些麻烦，只好先派人打听一下叶赫的情况，再做定夺。

罕王听了之后，也没说什么。问道鸭绿江部的情况时老人说：

"鸭绿江部的人可不好收服。他们善识水性，每人鼻子上都按上一条用狍、鹿尿泡的肠子做的细管，能在水底行走，相当厉害，一到春秋两季，他们到处抢东西，大家都叫他是'哈根尼马哈'（野狗鱼）。你要坐船在水面走，他们暗暗在水底下冷不防把你拽下江，把东西全部抢去，叫你死无葬身之地。"

"他们城寨在哪个山口？"罕王问。

"哪有什么城寨，都散居在江两边，有事则聚无事则散。一遇到外敌，一射响箭都钻到水里，你在明处，他在暗处，冷不防射你，使你没法防备。"

"能不能说服他们，给他们房子、衣食、牛马，叫他们在岸上安下家立上业。"罕王进一步问了一下。"难啊！"老人摇摇头继续说："这些人也没有家，不分老幼、不分大小。每到夜静更深时，男男女女上了岸，在林子里跳了一阵，就男女各找对象进行野合，生了孩子往山洞一藏，他们只知有母不知有父。再说这些人相当野，抓住外来人，活活把你吃掉，就是本族人打架抓住对方也烤熟吃掉。据说他们每天要吃二三个人。"

"不知这些人说的是什么？"乌龙哈接着说，"语言很杂，有高丽话、女真话，还有人会说汉话。"

"这么说他们不完全是女真人？"穆尔哈赤也插话问。

"不！这一支人都是女真人。大金国灭亡后，鸭绿江两岸成了无人管的地方。他们渐渐变成野性，辈辈不敢离开水。吃鱼长大的。"

罕王听到这打个唉声说："都是自己人，可以说服他们归顺过来，一来可以改改那种野性；二来也是一支力量。"然后意味深长的地说："自大金国灭亡之后，女真人成了一盘散沙各自为政，互相残杀。明朝又采取分而治之的手段，更引起彼此的不和。这种痛心的教训，应该结束了。再照这样下去，不用外敌，女真人自己也会互相杀尽。"说到这，又问老人："不知他们武功怎样？"

"没啥武功，"老人装了一袋烟接着说："他们没有统一兵，不会什么战法。河两岸巨石横马蹄，马队进不得。步兵使不上劲。要想收服他们只能智取，我倒有个办法收服他们。"罕王赶忙问："什么办法？"

"用毒药撒在河里，叫他们不敢下水，就能活抓住。"罕王点点头说："我们不能夺他窝，应该拆旧窝，给他们盖新窝、盖好窝才行。"

老人打个唉声说："您倒是一片好心，可是那些人野性难改呀！我没有别的力量，可以事先给你们采些毒草焙干成的粉末，以备急用。"

这时天已四更。罕王明天还要亲探鸭绿江，停止了谈话。

第二天，吃完早饭，罕王对穆尔哈赤说："你拿着我画的这张地图，回赫图阿拉，叫安费扬古看看并做好出兵准备。"又拜别了乌龙哈，带领虎尔哈直奔鸭绿江。

根据地图指的方向一直奔向西南鸭绿江口。

罕王对鸭绿江部的女真人也想要用说服劝归顺的办法，把他们收过来，也预料取鸭绿江部不能在夏天，只有水冻冰封的季节才能征服。虽然想到这点，可是罕王过于相信自己艺高人胆大，总想深入虎穴才能得到虎子。他率领呼尔哈这天来到鸭绿江口，天已经黑了下来，正赶上是十五月圆的时候。天已渐暖，罕王不敢找山洞住宿，只好在林中打个小宵。两个人正要升火烤肉时，只见一群男女举着火把向林中跑来。罕王赶紧躲了起来。只见这些男女高举火把围着大树又跳又唱。歌越唱越淫，到最高潮时竟扔下火把一对一对在林中进行野合，说也怪都是女的主动找男人。再一细看那些女人一个个长得都很美，那种淫声使人难以耳闻。

野合结束以后，只见人群中走出一位中年妇女，大声说："告诉大家一个好消息，叶赫前几天来人说，建州部要全部杀我们，因此叶赫给我们送来一些刀枪，还有布匹、衣服、铁锅、蓝花大瓷，并保证和我们友好。再说那地方男人长的很好，管保你们能看得上。"然后又说些难听的话。大家齐声说："吃尽建州人，亲亲叶赫人。"

罕王暗暗恨道：叶赫部这只狼是想吃掉我们，他这样到处煽风点火，要不尽快取下鸭绿部，一旦落到他的手中，岂不使我腹背受敌，决定找他们头行人，说服他们归顺建州。

实际这一招罕王想得太简单了。想那鸭绿江部人，本来就很野，又加上叶赫挑动。你罕王用几句话哪能说服过来。

第二天，按照图形找到一个洞口。一问他们贝勒在什么地方，那人一见是生人就抡起刀要砍。呼尔哈一个箭步蹿上去夺下刀，用力一反手把那人擒住，大声喝道："你老实点，不然就要你命，快领我见你头行人去。"那个人只好乖乖地领到部穆昆达那里。原来这地方人确实没有家。除野合时男女能到一起，平时男女分开各不相扰。

这个人把罕王领到一个大洞。一指说："这就是我们的穆昆达家，你们自己进去吧。"说完一溜烟跑了。

罕王按照女真礼节站在外面一打招呼，只见里面出来一位中年妇女，这女人正是昨天夜里讲话的那位。她上下打量一下罕王，很警惕地后退一步，从洞壁上把刀往后一拿，没容分说，就是一刀。呼尔哈早料到这点，赶忙迎了上去，右手一抬，擎住拿刀的手，大声喝道："请不要动手，我们是过路人，听说你是穆昆达，特来拜访。"那女人只好放下刀问道："你们是当天走，还是睡在我这洞里。"罕王不解其意，呼尔哈忙说："任听尊便。"那女人好像消了点气，就说："你，我给找一个女人，这位就住我这里。"罕王这才明白话里的意思。

女人问："你们是从哪里来的，来此何干，是不是想会会我这女人。"

罕王理直气壮说："不是，我是建州卫努尔哈赤，特来和您商谈两部的大事。"没等罕王说完，那位女穆昆达立刻变脸色说："恕我不能和你谈这些事。既然你来了，也好让你看看我部的力量如何？你敢不敢和我走一趟，看一看。"罕王笑了，郑重地说："可以。"这个穆昆达立即找来七八个男女青壮年，领着罕王出了洞。

只见此山有的挖成洞，有的依山搭个撮罗子。人们都很少穿衣服，仅仅用些兽皮遮遮身体，保保暖，也不懂什么礼节。走有两个时辰，来到一处靠河的大砬子跟前，抬头一看陡峭的石壁光秃秃地不长一棵草，靠砬子根水面上有一个山洞，石门紧闭，女穆昆达说："这是我的兵库，你可以进去看看。"说完用脚一踏青方石，石门大开，那女人冷不防用力一推，把罕王推到洞里，一踏青石，石门立即合上。呼尔哈刚反应过来，几个女人不容分说，把呼尔哈绑了起来。

这位女穆昆达把呼尔哈领回住处，暂时不提。再说罕王被推入洞里之后，两眼发黑啥也看不见。齐腰的冷水坐不下蹲不下。用手一摸，四处都是湿漉漉，冷冰冰的石壁，再一摸，摸到一个人头骨，紧接着摸到第二、第三……一直摸到十五六个人的头骨。再往水面一摸，飘的也是一些人的骨头。罕王"啊"的一声，暗想，这大概是水牢。心想这真是上天无路，入地无门了。好在自己随身带点肉干，只好站在水里查看动静。冰冷的河水浸透了全身，开始还能忍受，时间一长，浑身冻得麻木不灵。心想，没承想我努尔哈赤南征北战没死到疆场上，却在水牢里丧生。又想到不知安费扬古看了图形，有没有按我的话发兵攻打。他脱下长袍挣扎地把自己腰牌包好放在石头上。浑浊的空气又臭，江水又凉，再加上吃不好喝不好，罕王渐渐地倒了下去。可是他不甘心这样死，又挣扎起来把随身带的小铁刀拿了出来，摸到石洞门口用力挖了起来。一抠下来一点石粉，他不灰心，一刀一刀地刮着。

洞里不知时间，罕王已经精疲力尽了。最后连刀都拿不住，退了几步，心想，我死也不能死在洞口，要死在洞中央。他终于昏倒在水里一块巨石上。开始还有些知觉，渐渐地好像飞到天空似的，飘飘然身轻气爽，正在天空飞动时，只见地下有人喊"贝勒大哥，快出来，我找的好苦。"他往下一看，是额亦都在喊。心里高兴，竟什么也不知道了。但他又感到好像被一位武力大神挟了起来，腾云驾雾似地把他带到一个去处，他一细看，原来是自己的家乡赫图阿拉。他又恍恍惚惚看到自己的一些福晋和儿女围了上来，众大将也围了上来，然后又昏了过去。又听到有人呼喊。他睁开眼再一看，自己却躺在自己房里，他用力想要挣扎起来，又被大家按住。他又静一静神，才感到这不是梦。只见福晋们和大将们都围在身旁齐声说："不要紧啦，醒过来啦！"这时，有人端来参汤、热粥，有人端上奶茶。这时罕王才完全清醒过来，他慢慢地又合上眼睛休息了。

自从呼尔哈被那个女人带回去之后，关在后洞里，准备晚间同她快乐。到掌灯时，她打扮一番，开开后洞门放出呼尔哈，没容分说，按在炕上强令他脱去衣服，自己也解开鱼皮衣服，正上炕时，呼尔哈笑了笑说："我要和你生活在一起行吗？""不行，你是大家的，我不能占为私有。"呼尔哈没想到她说出这样话。又说："今天晚上我一定睡在这里，可是我有一事不明，想问一问。"

"什么事？你说。"

"我有个毛病，每天晚间总要到外面走一趟，才能睡。不然的话，一夜不安宁。你要不相信，可以陪我走一趟。"女人只好答应和他一同出外走走。

走在小路上，呼尔哈故意引那个女人使她安下心来。他俩来到小林子里，呼尔哈说："你们鸭绿江人不是会唱会跳吗？咱俩比比看。"那女人摇摇头说："回洞里再玩。"

"我会摸瞎虎，不信你把我眼睛蒙上，把手绑上管保能碰到你。"女人真的把他蒙上眼睛，绑上手。呼尔哈是个精明人，没出三次居然把女人摸到。呼尔哈说，你们鸭绿人都笨，没人能赶上我。女人不服气说，你可以把我蒙上，也一样摸到你。果然她照样被蒙上眼睛，绑上手乱摸起来。开始她招呼一声，呼尔哈，答应一声。可是后来却听不到呼尔哈的声音，她到处乱摸乱闯，呼尔哈却早就溜之大吉了。

他不分昼夜跑回赫图阿拉和大家一说，急得大家都要前去搭救。安费扬古说："人多不顶事，我和额亦都再加上呼尔哈三个人就可以了。"

事不宜迟，他们星夜赶到鸭绿江部，按照呼尔哈记的路，悄悄向水牢的方向走去。可是看守人太多，没法靠近。安费扬古一看地势，立刻带他们两个退了出来，向砬子顶上走去。来到砬子顶，安费扬古从背筐里拿出一条鹿筋大绳，说："咱们只好从这里救出罕王。"他把一头拴在大树上，另一头拴在额亦都身上，在绳子根上拴一个铜铃单等铃一响就往上拽。

额亦都渐渐落到砬子底下，他解开绳子，走不远，果然发现一个用大石板堵住有大洞口。他知道这大概是水牢，他顺手一推石门一点没动，猛然想起呼尔哈告诉他开门方法，他找到方青石用脚怎么踩石门也不开。这可气坏了这位傻二爷，他一时性起瞪起双眼，大喝一声，用尽平生气力一推，只听轰隆一声，石门倒了，他不顾一切才把罕王救了出来。

十天后，罕王完全好了，这才智取鸭绿江，大破九部之围。要知后事如何，且听下回分解。

罕王自从亲探鸭绿江以后，又反复研究了李满柱留下的鸭绿江部路线图。深深地感到：如果被叶赫收买过去，将是腹背之患。真要在我身后放起这把火，将危害不小。想到这，开始筹划如何可收服鸭绿江的策略。

又想到长白山部、朱舍里部和白山部虽然该部委贝勒乌龙哈可以做为内应之人，但大贝勒却倾向于叶赫。朱舍里居高山之上，具体情况又不太知道，如果只顾收服鸭绿江，忽视这两方面，一定会两败俱伤。这三方面都是女真人，决不能用大杀大抢的办法，只能以德感之才为上策。但是，鸭绿、朱舍里又是野蛮的部落，决非三言两语就能招服过来。为这件事，罕王想了多次，考虑一个办法感到不行，推翻了，又考虑一个还是不行。

正月十五日，建州部因受汉人影响，家家过元宵节，但是女真人的放偷的风俗还没改掉。这一天夜里，不分长幼尊卑，可以互相说笑、打闹。甚至抹黑脸。这天晚上你要到别处串门，一进门，冷不防被人就抹一脸黑，这叫正月十五没大小，官民同乐。

罕王在这天晚上，兴致勃勃地到大街看灯，家家门前都挂着门灯、树灯。走到一个僻静胡同，只见一家门口挂的是大蟒灯，而且会上下翻腾。为此他多站了一会儿。刚要走，只见门忽然开了，出来一位骨瘦如柴的老人，罕王不看则罢，可一看大吃一惊，赶忙过去双膝跪倒，口尊："恩师，何时到此，为何不到家中？"原来出来的这老人正是罕王的师父。自打修新城见一面之后，老人家云游天下，四海为家，颇也清闲。这日来到长白山顶，举目四望烟云四合，群山时隐时现，苍松翠柏，百鸟此唱彼和，一池天水不亚于明珠嵌于山谷。几处俊峰好似仙女舞于云间，真是天生美景，神州仙境。老人正在观景之际，忽见日出的地方，有九股乌云遮住太阳，三颗小星白日出现。不由"啊"了一声。他运用自己的智慧感到徒儿努尔哈赤目前有几件大事，如果处理不当，对他立大业扶国威有所不利。便下了仙山，直奔建州而来。七星老人有心直到罕王住处，又不愿接触更多人，便趁正月十五这天，找一家小屋扎了一个别出心裁的大蟒灯。

老人说："徒儿你起来，随我进屋。"师徒进到屋里，来到西间，罕王二番参拜师父。老人家说出下面几句似诗不是诗，是词不是词的话。

要人不如要土，要钱不如要山。

（强硬不如德化）

应快要快，应忍要忍，刚柔相间，才成大器。雪堆的高山，抵不住太阳一照，纸扎的魔鬼怎禁得火烧。

又说今后要面临多次大敌，千万记住打蛇要打头。大火不是一滴水能救灭，洪水不能用一筐土堵住，少而集中成大器。多而分散软无力，切记，切记。

罕王问道："请问师父，徒儿今后能否完成大业？"师父说："诚则感天。高山是一块一块石头堆成的，大业是一步一步建成的。过于急则慢，过于紧则松。见机不用，终成遗憾。横冲直撞非善事，切记，切记。"又说："清身、防手、打狼、养狗。"罕王也不敢深问。但这一番教导对罕王大展宏图奠基立业起到了很大作用。但对清身、防手、打狼、养狗，还是不太明白。

老人家说完竟飘然无踪。罕王在小屋里站了半天，只见嘎什哈进来请罕王回宫。他这才有所省悟，回到宫中。心中好像又开了一扇窗户似的。

正月十六，他把各贝勒、大将齐集到大衙门，布置了以下战略。

罕王叫道："扬古利、扈尔汉。"二人应声报到，"我给你们五百人马，今天立即动身。加速前往朱舍里和长白山部之间，安营扎寨，不要轻举妄动，要控住叶赫沟通二部的一切行为。"二人领命立即点兵出发。再说罕王又和大家说："我们先收服鸭绿江部，然后再取长白山。鸭绿江人，生性野，有淫风，水性强，取这个部，应该多加注意。"立即命令安费扬古、费英东、额亦都点齐兵马二千明日出发。

罕王安排完了之后，又领着家族亲人到堂子，杀牲告祭。把家里诸事安排给舒尔哈赤，于正月十八日直取鸭绿江部。

因为鸭绿江部与别的部不同。生在水中，性格风习也不一样。

鸭绿江部因为没有一家一户的风习，只能知道有五百多人。部的头行人叫毛古尔。这人不但水性好，还是鸭绿江部的萨玛达，有鸭绿恩都里保护神，真要遇见敌人，她可以请这位神喷出水柱，高有百丈，哪怕钢墙铁壁也能穿透。这毛古尔手下有两个弟子，大弟子特里，二弟子叫穆里。这两个人也是水中行走如平地，浑身像鱼皮似的光滑。两个人都是女性，虽然三十多岁，还像十七八岁姑娘那样，是毛古尔的左膀右臂。更厉害的一招是用淫风能迷住男人，和她野合完了立刻杀死，专吃心和肝。特里有龟神保护，穆里有水獭保护。这龟神一遇敌能推波逐浪，无论多少人也能淹得你全军覆没。水獭神更厉害，冬天能领着穆里钻七十二个冰眼。有三个头行人做保护，谁也不敢轻易接近这个部，即或想要交往，只能到马市。往往在马市也勾去一些小阿哥，捉弄完了就杀掉扒心。

这些事罕王知道一二，他虽然也是萨玛，但没有这些妖术。很难对付。

罕王领着大军日夜兼程，离鸭绿江十里便安营扎寨。这时乌龙哈领着大儿子也带领二十多名甲兵，马上驮着毒草粉赶来。罕王大喜，请到大账。乌龙哈说："自贝勒走后，我家大贝勒更对我不满，如今什么事也不和我商议，暗中勾结叶赫，也想要先收鸭绿江部后平朱舍里部。我几番劝说，他总是不听，并威胁说："你要是私通努尔哈赤，别说我不客气。实出无奈，我早把家小送到东小城隐居起来，才带领仅有的这些甲兵前来投你。"罕王安慰一番说："把鸭绿江部收过来之后，立即到长白山部，铲除这只狼。"

乌龙哈说："我领着这二十多名在今天夜里在江的上流放上毒草，他们一定出水上岸，你们可以围而攻之，即可一举成功。千万记住先不要靠近他们，以防中她们的妖术。"说罢，率领二十多名甲兵，悄悄地到上游埋伏起来。

罕王把所有人马布成口袋形的阵容，预备好强弓硬箭，准备人一上岸立刻封住江沿围而歼之。

再说这些鸭绿江人。因鸭绿江口有上游温泉暖流，一到正月初十以后，就开了江。这些人一冬没有见水，一开河就迫不及待地跑到河里尽情欢乐。正在这时，忽见报马来报，启禀部主，建州贝勒率大军向我处杀来。毛古尔一听，冷笑一声说："来的正好，我正要消灭他。今天送上门来，真是天赐给我的良机。"正在这时，只见从上流冰下漂来毒药末，每个人薰得头昏脑胀。毛尔古赶忙命令大家上岸，以免死在水里。又命令两个徒弟，赶快请来护法神破罕王大军。这些人刚一上岸。罕王立刻鸣鼓如雷，顿时万箭齐发。哪承想从河里飞出冲天水柱直射罕王。罕王一躲，正好击中身边一个侍卫，立刻倒地身亡。就在这时，又见河水像一面墙似的涌来，吓得兵马直往后退。结果损失一百来人马，躲到山后，总算过了这一灾。

罕王很苦闷。如果说枪对枪，刀对刀，我无所畏惧，唯有这些妖术真是没法对付。他在星星出全的时候，摆上香案，系上腰铃。手执皮鼓向天做了很长时间的祷告。

第二天，吃完早饭，忽见门军来报，说有一位中年妇女前来求见。罕王赶忙请到屋。只见这位女人身穿一身鹿皮裙，头戴一顶双叉神帽。她见到罕王一不下跪，二不请安，公然坐在凳子上，掏出大烟袋竟抽起烟来。罕王觉得这位女人不是一般人。忙命嘎什哈献上一杯茶。恭敬地问道："不知这位大嫂，找我有什么事，您是哪部人，哪个哈拉？"那个女人看了看罕王说："我说一个人，不知贝勒认识不？"没等罕王回答她的话，他又接着说："呼兰哈达，乌拉恩都玛发。"罕王一听，立刻"啊"了一声说："认识，认识。那是我学萨玛时的开山师父，不过他老人家头七年就已过世了。"那女人郑重其事地说："我是他老人家掌堂大弟子何赫里达萨玛。"罕王一听心中像打开一扇窗户似的，赶忙跪倒，口尊师姐，"小弟早知师姐大名，惜未相见，今天能够认识你，真是三生有幸。"

原来这位女人是何赫里小部落人，五岁那年父母出天花双双死去。被乌拉恩都哩大萨玛收留过去。这位大萨玛用二十年时间把全部神功都教给这个姑娘。二十五岁那年就在海西、东海诸部出了名。没出十年工夫，漠北一带都知道这位神通广大的大萨玛。何赫哩妈妈的名声已经被女真人推崇为救人苦难的恩都哩。他正在这一带给人治病的时候，听说罕王发兵取鸭绿江部，心中不由替他捏了一把汗。心想要说出兵打仗罕王是一位常胜将军，要想破妖除邪恐怕难以胜任，又一想，老师临终时再三嘱咐我有机会找你师弟，因为他在漠北要建大业安天下，在危难时还得需要你助他一臂之力才是。

因此，她才贸然求见，也试探一下，罕王为人如何。这次见面使这位大萨玛对罕王产生一种姐弟情。

这位何赫哩妈妈告诉罕王，明天一早把兵马按方位布置好，等我制住三个妖头之后，你们就可以动手，不过要爱惜生命，少伤人。罕王一一答应。

第二天，鸡一叫，立刻埋锅做饭，按东北西三面做好埋伏。又命乌龙哈到上游撒药。布置完了，刚要行动，只见门军禀报说外面有八个人人见。何赫里妈妈点点头和罕王说："外边是我南边的八个弟子，可以让他们进来，我有用处。"

这八个人是四男四女，岁数都在三十岁左右。一到屋里先给师父见礼，又给罕王叩头，口尊："师叔在上，受徒儿一拜。"

这九位萨玛立刻在院子里摆上香斗，跪在地上，口里叨念一番，只听空中呼呼做响，不一会儿，飞来二十七面托力，一个个光芒四射。九个人每人接过三面，随大军出发。

再说鸭绿部毛古尔自以为神通广大，拿下罕王是不费吹灰之力。并且吩咐二个徒弟随时准备发最大的水，全部淹死罕王人马。正在这洋洋得意的时候，又闻到毒草味，赶忙命大家上岸，并喷出水柱，发出大水，杀上岸来。刚一到岸，只见二十七个像太阳似的东西直射水面，顿时把大水推回江中，岸上滴水没存。这可吓坏了毛古尔师徒，有心逃回水里，毒草又没法抵抗。这时四面埋伏的甲兵一声呐喊，杀了上来。毛古尔师徒被托力罩住一动也不能动，活活地被乱箭射死，其余人只好乖乖投降了。

这次出兵，罕王损失一百多人，是几次战斗中伤亡较大的一次。

何赫里妈妈制住了三个妖头后，又辞别了罕王，带领八个徒弟到各处云游去了。据说这位萨玛一生没结过婚，不知所终。

鸭绿江部被收服以后，因为他们野性很大，没有编在一起，都分散在各个牛禄手下，他们到军队之后，仍然习惯群婚，有不少甲兵和将官受他们引逗犯过法令。这部人都没有留下姓氏，八旗通谱也没有他们先人的名字。

还有一部分人逃到朝鲜，在朝鲜也没改群婚之俗。

鸭绿江部自金朝灭亡后，就远离人群，过着野人般的生活。社会不但不能前进，反面逐渐退化，经二百多年的孤陋生活，养成一种无法无天，群婚乱淫之风，但因武力不强，为了防御外敌，也练就惊人的水性。再加上有五十多名萨玛依仗动物神，水中神才一直维持到现在。

这五十多萨玛中，多半是信奉水中神。他们死后，在很长时间被人们传颂着，甚至有些氏族把其中名声最大的萨玛当做蛮民恩都哩，供奉着统称为水神。以后越传越奇，说这些水神奉阿不凯恩都哩的天命，把守各个河口，说的更是神乎其神。

也有另一种传说，据说这五十多位萨玛在战斗中全被罕王阵斩。鸭绿江部人总是不服，一定要为五十多人报仇，曾闹过许多事，罕王只好把死去有名望的萨玛，一一封他们为把水口的水神。并每年祭祀一次，这才平息了内部骚动。

总之收鸭绿江部在史书中记载不多，可是传的很奇，至今仍是个谜

罕王收鸭绿江部以后，长白山部委贝勒和众将一致请求罕王进兵长白山部。罕王说："长白山乃小部，何必用大网捕小鱼，如果全军围之恐怕惊动百姓，岂不劳民伤财。"便亲自率领一百人取长白山部，其余军队完全撤回赫图阿拉。

罕王只派十二股小队，每队十人分头到各小部落，嘱托他们，到各部落不许枉杀一人，不许抢掠女人，不许拿人财物。并责令把各部落穆昆达一同请来，以便商讨归附大事。又把随军带来的一些绸缎、布匹、衣帽等物分为十二份分别送给各个小的部落。

原来长白山部委贝勒乌龙哈早在年前曾多次向各小部落讲罕王如何仁慈如何强大，从目前形势来看，罕王是大有前程的人物。我们应该宜早不宜迟归附罕王才是。经他到处游说之后，小部落达都对罕王有些好感。这次派出的十二支小队又带着礼品，分头请客。果然来了十一个部落达。罕王立即杀羊杀猪摆宴招待，在席间，罕王和大家说："咱们都是女真人，说一样话，生活也一样。为什么不能合在一起呢？尼堪人有一个故事我讲给你们听听。从前一个老人有七个儿子，很不和气，老人拿出一捆箭，抢先拿出一支叫儿子们折，没费力量就折断了，又拿出一捆，叫大家折，结果一根没断。这个故事很好地说明：大家合起来力量就大。"又问大家："你们见过大海吗？一望无垠的大海都是一条条小河汇成的，别看你部落小，真要合在一起，有事大家商量，遇敌共同对付。一人有难大家同助，就能所向无敌。我决不夺你们窝，也不迁移你们，不动用你们的财产。如果有谁敢欺侮你们，我一定发兵来助。"说完，罕王举起酒杯向地上一倒，又拿出刀来，向旁边早已准备好的一只小羊砍去。和大家说："阿不凯恩都哩在上，我努尔哈赤今后如有和这些部落三心二意，愿意像这只羊似的。"

这一番话的行动，深深感动了各部落达，他们来的时候，心总是放心不下，以为罕王一定像杀人不眨眼的凶手似的，今天一听和一看，决不像想象的那样。不由问道："如果我们归顺于你，是不是都变成你的阿哈（奴隶）？"罕王笑道："不，决不。我要把你们看成亲兄弟，亲父老一样，这一点请放心。"大家一听这才安下心来。一个个离席，纷纷给罕王叩头，情愿归顺罕王。

罕王行军打仗是不许喝酒的，今天例外。不住给大家满酒夹菜，自己也喝不少。就这样没费一兵一卒，收服了长白山部的四围小部落。这件事被长白山部大贝勒知道以后，急忙暗中派人给叶赫送信，求他发兵保护。事又凑巧，这送信人被罕王的游动哨抓住，送到罕王账下。罕王一看书信，和扬古利说："真是天助我也。"便在扬古利耳边小声说了阵话。扬古利连连点头称是，悄悄地离开了军帐。

再说长白山部大贝勒自从派去送信人之后，天天盼叶赫兵马。这一天中午时分，忽听门军来报："启禀贝勒，西门上有叶赫兵马二百多人，在门外等候。"大贝勒一听心中大喜，赶快率人亲自迎接到府。只见这二百兵马，个个身强体壮，气势汹汹，没等大贝勒请，却一拥而入，首先围了兵营，紧接围了贝勒府。大贝勒弄得莫明其妙，赶忙问，带队人这是何意。那位带队人说："努尔哈赤大兵压境，叶赫贝勒派我们来一再嘱托我们，一定要保卫好兵营和贝勒府。大贝勒一想也对，便吩咐所有士兵一律听叶赫兵调遣，并杀猪宰牛款待叶赫士兵。

第二天，门军来报说，叶赫贝勒亲自率兵到城西五里禁寨。大贝勒一听更加高兴。心想你努尔哈赤再想吞我长白山部，就凭叶赫这些兵马也一定杀你个片甲不留。便赶快率领几名嘎什哈亲自去会见叶赫贝勒，并商议如何击退建州兵马的大事。

大贝勒刚到军门，只见旗帜有些不对，再一细看，都是建州部旗帜。刚要扭头往回走，只见城内叶赫兵赶来。大贝勒大喜，忙喊道："赶快回城，那来的不是叶赫贝勒，是建州兵马。"话音未落，只见叶赫领兵大将哈哈大笑说："既然来了，怕他何来。"回头命令兵丁说："给我冲。"一声令下，只见兵丁像猛虎似的挟着大贝勒冲向营中。

一到大账前，那位领兵的大将说："咱们进去跟努尔哈赤讲讲理。"大贝勒连连摇头说："不行，不行。这不是可以讲理的事。"那位大将说别害怕，说完推推拥拥把大贝勒推到大帐里，大贝勒抬头一看，只见罕王端然正坐，委贝勒乌龙哈和扬古利在旁边陪坐。

罕王一见大贝勒，赶忙起身，首先向大贝勒行大礼跪拜。连连说："我略施小计把贝勒请来，还望海涵。"大贝勒这才明白，原来那些叶赫兵都是罕王手下人马。想到这长叹一声说："没想到中了你们的圈套。"罕王好言相劝，再三表示："不吞掉你们，并且派兵保卫你们。"最后说："漠北诸部长期以来，互相掠夺，互相杀害，使本族同宗，不能和睦相处。对内不能安居乐业，对外不能抵御强敌。我努尔哈赤虽然才疏学浅，总不愿各部永远争杀不休，如果我们把十个指头拢到一起，形成一个拳头，什么力量也破不了我们的阵营，何乐而不为之。"这一番话，说得大贝勒哑口无言。这时委贝勒又进一步规劝并指出叶赫的野心。经过反复说明，大贝勒才勉强同意归顺罕王。

以后这位大贝勒总是不太甘心，多次想联络叶赫。罕王无奈，把他全家三十多人，强令搬出长白山部，撤到呼兰哈达南部深山中，据说这支人到康熙年间才真正归顺过来。

长白山部归附，消息传到叶赫贝勒纳林布禄耳朵里，不觉大惊失色。心想，如果不尽快除掉努尔哈赤，将成大患。我想取鸭绿江部他却先行占领，我想收复长白山部他又捷足先登。长此发展下去，不但能砍断我的双手，还要攻入我的心脏。为此，他召集手下诸将欲商议如何能对付这支劲敌。他和诸将说："建州贝勒越来越大，像天花似的威胁着我们，用联姻办法也没把他控制住，努尔哈赤是我国之大敌，不知大家有何良策对付他！"

纳林布禄手下有两名偏将，一个叫宜尔当阿，一个叫百思汉。这两人有一张利口，外号人称刀子嘴。他俩一听纳林布禄一番话之后，不由大声说道："区区建州有何惧哉，某愿凭三寸不烂之舌，说服他退出所占土地。"纳林布禄一听大喜，对他二人说："努尔哈赤能说善辩，不可轻视，你二位可要多加小心才是。"这两个人领命走了。

罕王收复鸭绿江和长白山部之后，清楚地知道叶赫、哈达决不能善罢甘休。因为眼看两块肥肉被别人吃掉，岂能忍让？他打算一要充实粮饷，二要整训军备力量以防万一。

有一天，罕王和众将正在亭子里议论练兵大事。忽然门军来报，叶赫遣使求见。大家不由愣住。努尔哈赤一听，沉思了一会儿和大家说："叶赫此次遣使无非想试探我的虚实，或者讹诈土地。"忙命门军请他进来。

宜尔当阿两位使者，竟昂首挺胸步入亭子，向罕王请了一个安。对别人连看也不看一眼，真有一种大国使者的派头。罕王暗暗发笑，连忙命人看坐。

罕王稍一欠欠身子说："不知二位驾到，有失远迎。我近日忙于政务，未能去贵部探望岳母和内兄实感抱歉，乞望二位回去之后，代我问好。"两个人只好连连说一定照办。罕王又说："您二位来的正好，有一事想求您二位代我求求贵部贝勒。"这两个人一听，罕王有求于我们，心中不由高兴起来。只要你一说出口，我先满口答应，然后我再索地，看他有何答对。连忙笑嘻嘻地说：“贝勒有事小的一定效劳，准能办到。”

罕王打个唉声说：“这件事本应早提，无奈考虑到两家是亲戚，总是碍于面子没提。想当年老贝勒许亲时曾说过：‘一旦小女下嫁，愿用五城做为陪嫁。’今已完婚数年，未见音信，您来的正好，请把这件事向您家贝勒禀报，定个日子我好接收五城。”

两个人一听，心想，好厉害的努尔哈赤，没等我要地，他却索五城，这是想封住我的口。想到这，宜尔当阿陪着笑说：“贝勒这个信儿，小的能够带回去。不过陪送五城之事，小的一概不知。况且贝勒过府那年，小的是朝夕侍候，从来没听过老贝勒说过这样的话。再说没有文书作凭，怎能……”刚说到这里，罕王接着说：“二位说的很对，没有文书作凭，是不能讹诈他人土地，不知您二位来此有何公干？”

这两个家伙自己给自己套上枷锁，有心提出要地，可是没有文书，岂不自吃苦头，宜尔当阿说：”我们可以禀报我家贝勒。不过，自您掌政以来，肆意扩疆，拓土，占领各部，说句不好听的话，大丈夫不要像猪的嘴巴到处拱。想当年您祖父一再和各部说过，我们决不占领别人土地，我们决不到处伸手。今天你却违背祖、父遗风，并吞诸部，先后占领我额尔敏扎库木二地。再说，乌喇、哈达、叶赫、满洲言语相通，视同一国，岂有五主分建之理。现在从国土来看，你多我寡，请将上述二地，以一分我，不知尊意如何？”

罕王一听不由暗暗生气，心想好个说客，我在阵前不是败将，在口战中岂能饶你。便厉声说：“二位说些什么言语，竟敢挑拨我们之间关系。国之大小此乃天之所命，岂能是尔等所知。五国分占乃几百年成例，尔有何德何能敢出狂言归为一家。不知归到何家请讲当面。”

两个人你看看我，我看看你，没敢言语。

罕王接着说：“土地不是牛马牲畜，怎能任意分割。听说你二位是叶赫贝勒最得意的臣子，本应该规劝你家贝勒息兵和好，永不相争才是，你们不但没做到这点，反而在我两部之间挑动是非，破坏我姻亲之好，践踏老贝勒遗训，你有何德何能竟敢操纵我们两部的大事？成何体统。要不是看在纳林布禄面子上，你们休想完整回去。”说完命人给二位备酒备菜好好招待，还赏给每人一套衣裤，三两白银，两人灰溜溜地回到叶赫。

叶赫贝勒碰了钉子，更是出不了这口气，有心为此出兵，又怕寡不敌众，心中闷闷不乐。宜尔当阿一看这种情形，又向纳林布禄献策说："努尔哈赤的势力咱们一个部恐怕对付不了，想要制住建州努尔哈赤，依奴才之见，应该联合诸部共同对敌，才为上策。"

纳林布禄忙问道："如何联合请道其详。"宜尔当阿说："努尔哈赤到处伸手，已经引起哈达、乌喇、辉发等部各个不满，生怕被他吞掉。如果把三部贝勒请来共商讨建州，盟誓联合，以四部之兵攻其建州，何愁不能取胜。如果贝勒同意，我愿往三部，请三部贝勒前来共议大事。"纳林布禄一听，心中大喜，忙备好三份厚礼命宜尔当阿游说三部。

宜尔当阿到哈达说："当今建州如狼似虎，今日吃掉哲陈，明日拿去王甲，鲸吞鸭绿江，巧取长白，如此下去，哈达虽大，也有被吞之势，何不诸部联合共图大业，击败建州，永保疆土。我家贝勒有鉴于斯，特命小的邀请贝勒至叶赫共议对敌大策。"哈达贝勒已经得知罕王收服二部的消息，也好像热锅上的蚂蚁，不知如何是好。一听来使请他，正合他意，心想一定要先打败建州，然后再图乌拉、叶赫，恢复祖业，再展宏图。想到这便满口答应准时到会。

宜尔当阿又远涉重山来到乌拉说于乌拉贝勒布寨曰："方今建州好似猛虎到处捕捉小羊，并对乌拉视如肥肉，早已算在他的版图之内，如不想出良策，一旦被击，再牵你后部，使你腹背受敌。不知贝勒有何良策？"又接着说："我家贝勒秉大公之心，不愿看到兄弟各部相继沦为建州奴仆，阿哈特命小的前来邀请贝勒到叶赫共议对敌之策。"

乌拉贝勒，本打算出兵东海诸部并从中扩大兵源和物资，以便兴师于建州，但又害怕哈达叶赫从中作梗。这次宜尔当阿来说，正合心意，便满口应允定期赴会。

回来途中，路过辉发也作了邀请。

聚会这天，叶赫部杀牛宰猪准备丰盛酒宴。哈达贝勒率戴穆布，辉发贝勒拜音答理率阿拉敏出席这次议会。乌拉贝勒因故没有参加。

这次会议决定出一整套对付建州的战略，其战略是：

先遣使者据理力争。如果说理不行，四国联合攻取建州外围诸城。如果顺手，直捣建州。

四国之战不利时，再多方联合共讨之。

这真是布下层层网，单等捉大鱼。不知罕王如何对付诸部联合的应敌之策。且听下回分解。

话说宜尔当阿走后，努尔哈赤和诸将说："老狼出洞，决不能就此了之，我们应该加强防备以防万一。我料纳林布禄这次要地，只是试探而已，他感到孤掌难鸣，一定要联合哈达、乌拉各部，共同对付我们。我们一方面注意他们软刀子，一方面应对他们进攻才是。"安费扬古表示赞同罕王意见。额亦都一听简直气炸了肺，一拍桌子大声骂道："这一群狗崽子，趁早，咱们先发制人，把叶赫先踏平，灭了叶赫就能镇住哈达、乌拉。那些小部，何足挂齿。"

罕王说："我们不能兴无名之师，攻占非为好事，还是防御为好。他们像有病人似的，因胡作乱闹终归自取灭亡，天不会保佑他们这样做。"为了加强防御能力，命令安费扬古和费英东加强练兵，多备弓箭以防万一。又命乌里刊多训练一些侦察人员，注意叶赫动向。罕王这方，加强防备。

叶赫这次邀请各部都是各揣心腹事，尽在不言中。表面异口同声一定联合共同对敌。可哈达、辉发各有主意。哈达想借叶赫之力，攻占一些地盘，然后把叶赫挑动蓄谋说与建州，挑起他们不和，自己渔翁得利。辉发是处于中间四大部都不敢得罪，一看两部联合，以为势力一定比建州强，便加入了这个集团，想占些小便宜。

三方一研究，决定先礼后兵。叶赫贝勒派尼喀里和图尔德，哈达贝勒派代穆布，辉发贝勒派阿喇敏一同前往建州说服罕王归顺于三部，永息兵戈之争。

尼喀里本来是哈达部一个谋士，当年哈达贝勒王台死后，四子因争家产闹起内部纷争。四子被迫投奔叶赫时，尼喀里也随主投靠叶赫。这人足智多谋，能言善辩，被叶赫贝勒看中了，作为议事偏将。

他们四个领了主子之命，直奔建州而来。一到新城立即要面见罕王，门军只好通禀进去，不一会儿议门大开，费英东迎出来，让到东暖房，命人献茶。费英东说："我家贝勒正在会客，命我先接待四位。"尼喀里迫不及待地问道："那来的贵客可否一知？"费英东说："是东海窝集派人专程来访。我听了几句，说什么要和谁联合起来打南北二关，想要邀请我们入伙。为此，贝勒很不满意。和来人说'大丈夫办事要光明磊落，不能看风使舵，随帮唱影。'还说'我努尔哈赤历来不作别人的陪葬。决不因小利伤害邻国，况且南北二关和我已有姻亲之好，怎能助你攻他，这样做不合天意，不顺民心。'"

四个来使一听，心中暗想，人家建州贝勒说的真够义气，这怎么能联合对付他。想到这，说服罕王的劲头小了许多。

不一会儿，只见从东大厅中过来四个嘎什哈和费英东说："罕王不便叫四位见到东海来人，请东大厅赴宴。"费英东站起身来，和四位说："真有些慢待。"正在这时，只见上屋走出两位东海窝集装束的人，罕王送出大门之后，直奔西配房。一进屋就和四个来使说："真对不起，因为来客人，耽误一会儿。你们来的正好，我正要给你家贝勒送个信，你们就来了，请回去时候给我带个口信，希望辉发部和哈达二部，多加小心，防备边境小的城寨被人掠夺。实不相瞒，方才来的二位远客想联合五部之兵，攻取二关，想要和我联合。我和他们解释说：'叶赫哈达乃仁义之邦，从来不勒取别人财物土地，你们万不可出师兴众，我决不和你们联合。联合攻打别人那是狼崽子干的事，决不做这种伤天害理的事。'"哈达使者和辉发使者，不由低下头来，不发一言。

罕王接着说："经我规劝一番，这两个使者明白了，决心回东海时，一定说服他们的贝勒，以友情为重，不兴师抢掠。"罕王说完，把四位使者让到东大厅赴宴。

到桌上一看，银杯金盏，蓝瓷家俱摆满一桌，满汉全席十分丰盛。还有尼堪烧酒建州米酒。再一看屋里站着八名美女，个个长得如花似玉。手提玉壶美酒。把四个人看得眼花缭乱，真有点飘飘然。

席间，罕王不住命人敬酒布菜。一再说，都是姻亲之帮，好好畅谈友谊，今日四位来此请代我向你家贝勒问好。

酒过三巡，菜过五味之后，罕王擎杯问道："不知四位来我建州有何贵干？"

尼喀里刚要发言。罕王看了看说："您大概叫尼喀里吧，听说您是哈达部一位忠心耿耿的谋士，又听说你为哈达部办了很多好事，真是令人钦佩可敬。不知你家贝勒最近可好，听说四贝勒因为兄弟不和投靠叶赫，还有一些无耻之徒，也随四贝勒投靠叶赫，纳林布禄真是大量之人，要是有人背主投我，早就……"罕王说到这，故意没说什么，把一杯酒一饮而尽。这一下弄得尼喀里没话答对，只好不发一言。图尔德一看不妙，这罕王没等我们发言，他先把尼喀里的嘴活活堵住。还影射一些哈达、辉发，真不愧为聪睿贝勒。有心不说啥，又怕回去交不了差。只好硬着头皮站起身来说："我们四人奉主子之命，来见贝勒，有些言语命我等转告。有心如实照说，唯恐贝勒见责，不知当说否？"

罕王笑道："这有何妨，你们是奉主之命和我商量事情，当然要如实传达你家主子原话。如果说的对双方有利，为了友谊之言，我努尔哈赤一定洗耳恭听，从命照办；如果是一些有伤两方和气不善的话，我也能派人到你们贝勒面前，以同样语言回敬之。你们是陈述你家主人之言，我决不怪罪你们，有话请讲当面。"图尔德这才吞吞吐吐地说："我家贝勒叫我俩和您说：我们三部研究已定，要把你的国土合理地分给我们三部，如果您不应允，别说我们不讲理，就要吞掉你们。如果三部合起来兴兵讨你建州，如入无人之境，你是没法抵抗的。三部之兵对你一部之众显而易见，你是无能反抗，那时城陷人亡，家国难保，识时务者为俊杰，不如您早日献地归于我，免受刀兵之苦，望贝勒三思。"

罕王一听勃然大怒，拔出佩刀往桌角一砍，只听"咔嚓"一声，将桌角砍掉。冷笑一声，义正词严地说：

"叶赫贝勒自不量力，竟出此狂言，请问纳林布禄以及他们弟兄，领过什么兵，打过多少仗，他知道出阵杀敌的知识吗？请问纳林布禄什么时候在战场上和敌人马首相交，破胄裂甲经一大战。只不过是一位荒于酒色，无所作为的酒囊饭袋而已。竟敢出此狂言其不值一击。我念二老贝勒在世之情，我念两部姻亲之好，不愿出兵攻他，反而他自不量力得寸进尺。再说哈达，想当年益格布禄与亲手足戴善自相残杀。叶赫趁此机会掩袭哈达，这怎能称得起巴图鲁呢？要知道我建州上下一心坚如磐石，决不能像哈达那样引狼入室。

战争终非善事，一旦真的打起来，你叶赫也不是铜墙铁壁。我几万大军披甲攻之，竖云梯取之，置火炮毁之，合力而攻，可以无坚不克。入尔部中如入无人之境，取尔城如探囊取物，入尔境可以昼夜自如。

我努尔哈赤早在二十五岁那年，只有十三副甲敢向明朝问罪，结果明朝归我父祖之丧，赔礼道歉，赠我敕书、马匹，又授我左都督敕书，封为龙虎将军，岁输金银，难道纳林布禄没有见到。

反过来请问纳林布禄：二老贝勒关帝庙被害，几千士卒同归于尽。似此奇耻大辱不报，忘在脑后，你反而认贼作父，问罪于姻亲，是什么英雄？不能为父报仇，为二千卒兵雪恨，算什么女真人，父仇不报之徒竟敢恬不知耻拿大言恐吓于我，真替他可耻。"

听罢这一番慷慨陈词，四个人连饭都没吃好，灰溜溜地回到叶赫。

罕王怒气未消，立即把巴克什阿林叫来当面写信给纳林布禄。并吩咐他说："你把我的书信一定要当面交给纳林布禄。"并警告说："如果你不敢当面诵读我的书信，你就不用回来，留在那里好了，再不要回来见我。"

巴克什阿林持书来到叶赫，有心直去见纳林布禄，可又不太知道他的脾气，便去见二贝勒布寨，并在布寨前，宣读了书信。

信中大意是：

努尔哈赤具书拜见布寨纳林布禄二位仁兄，获闻邻里如睦外力不敢欺。祸起兄弟，将会引入外狼。前天派人竟传不逊之言实难忍之。今我建州人多地少，特下书索尔地五城以便安我民众。如能允诺，请将割地文书交与去人，如果你们感到用地困难，可向杀二老贝勒仇人明朝索取。使我有些不明白的地方请教你们，我们建州哪一点对不起你们，你们却像野狼似的，像猎人似的伸向兄弟邻部，我不忍伤了兄弟和气，才去信提醒你们，我十几年人不离马，身不离甲，手不离弓，脚不离蹬，大战小战不下几十，我的子弟兵也都是坚兵利甲，一以当十。可你们只不过花天酒地，玩鸟驾鹰，自关帝庙一战，你们就萎靡不振，何足一击，请信我言，罢革息兵永为和好。

布寨听完这封信感到确是这样，又感到这信说的过于刺耳，一旦被那个鲁莽而不讲道理的弟弟听到，会对来使不利。想到这，对巴克什阿林说："我弟弟说话粗莽，不应对你主说些不礼貌的言语。你家主人信上说的我已经知道。你就不必再见我弟弟。"说完命人准备了一些酒饭，派人把巴克什阿林送回建州。

罕王给叶赫那封信，只不过是为了来而不往非礼也。他知道对付叶赫不是单用一封信能解决的问题。巴克什阿林回来后，罕王并没有过多地问这件事，仍然集中精力训练士卒，以防御对待入侵之敌。

这一天，罕王正在议事亭子和安费扬古议事，忽然阅边官员来报："朱舍里部、纳殷部引叶赫兵马抢劫我东界叶臣所居的洞寨后而逃，请令定夺。"

罕王想了一会儿问："叶臣的人马损失如何？"

"没有损伤，只是抢走很多物品。"罕王点点头说："抢就抢点吧，想朱舍里和纳殷二部本是我建州之部，因为离我太远才归附叶赫。水不能越山而过，火不能越河而烧。朱舍里、纳殷隔着叶赫，怎么归附于我。但是总有一天，他们能回到我的手中，不要因小事，坏了咱们的大谋。"

叶赫贝勒布寨和纳林布禄本打算以都叶臣洞寨为名试探一下，以便看看建州的兵力，偏偏罕王没有出兵，以为罕王徒有其名而已。所以胆子越来越大，他又行贿哈达、乌拉、辉发三部联合起来，不断侵扰建州所属各个城寨。这一天，有人来报，四部兵马四百多又侵扰我户布察寨。各大将都纷纷请战。罕王说："别看他们四国联军，只不过是乌合之众，对付他们不必出动大军，我只带五十人马，足以破他四部之兵。"众将只好照办。

罕王挑选五十名甲兵，用二十人埋伏在户布寨东山。用二十名甲兵故意攻打离户布寨临近的哈达所属的富儿家齐寨。哈达兵闻听大惊，忙引兵援救。然后，又以十名甲兵引走辉发五十名士兵。

罕王只带十人便冲向叶赫阵中。叶赫贝勒一看罕王好似下山猛虎飞奔而来，忙命三员大将迎敌。并嘱托他们：努尔哈赤武艺高强，你三个人绕在他的身后，趁其不备斩之，又命一员大将在前引诱，使罕王前后不能兼顾。

罕王骑马正冲向敌阵时，只见前面来一员战将，罕王一看这员战将，眼不住往罕王身后看，又感到背后有敌人马蹄声。心想，你们想采取夹攻之势，岂能让你得逞，立即引弓搭箭向对面来将猛然射去，正中该将咽喉，翻身落马。正在这时，忽然从右面射来一支冷箭，罕王将身一伏，闪了过去，又从左边连射三箭，罕王立即将身一伏，右足紧紧套住马蹬将全身完全藏在马肚之下。叶赫兵以为罕王受伤坠马，便各举刀枪杀来。哈达贝勒益格布禄一心要抢罕王坐骑，便一马当先抢了上去。刚到罕王马后，只见罕王大喝一声，跃然马上，没等益格布禄进招早就回手一箭，将其坐骑射伤，"扑腾"一声益格布禄摔到地下。罕王厉声说："本应斩你，念两部姻亲之情，饶你一死。识时务者应火速收兵才是。"哈达兵一看主帅打败，便乱了阵脚，益格布禄又羞又愧又气愤，只好换一匹马带着自己队伍来个不辞而别。

只剩下叶赫之兵。罕王把五十甲兵立刻集中一起，真如五十只猛虎似的杀了过来。叶赫兵从来没打过大仗，怎能顶住五十铁骑，立即乱了阵脚，大败而回。

罕王只用五十骑兵破了四国之敌，凯旋回营。

话说叶赫自败阵以后，更加深了对建州的仇恨。布寨和纳林布禄一合计，感到四国之兵没胜过五十之骑，建州兵力决不可轻视。布寨说："当今努尔哈赤兵势日强如不尽快消灭，乃我叶赫心腹之患。"决意再多邀请一些部落联合起来，共同对付建州。想到这，便写一封长书邀请哈达、乌拉、辉发、蒙古科尔沁贝勒、席北、明安、卦尔察、朱舍里、纳殷等八部贝勒到叶赫共议声讨建州大事。其书云：

叶赫贝勒布寨、纳林布禄致书于各大贝勒，当今建州犹如贪而无厌之饿虎，十几年来，鲸吞满洲诸部，虎视眈眈、磨刀霍霍，指向扈伦海西兼及蒙古。如此下去，都将分而取之。如不尽早铲除，将来虎生双翼，雏鸟羽全，岂不悔之晚矣。况今努尔哈赤上面仰仗明朝信任，不断给以封赏，部下战将云集，谋士万千，仓廪实，武器精。如此发展下去，你我不但家园难保，恐死无葬身之地矣。仅此具函，奉请我部共盟同心协力，共破建州之兵，以保各部永固。专此奉书。

万历十九年七月，叶赫贝勒布寨、纳林布禄、哈达贝勒、乌拉贝勒满太之弟布占泰、辉发贝勒拜音达里、蒙古科尔沁贝勒瓮阿代莽古思以及明安、席北、卦尔察、朱舍里、纳殷等九姓贝勒齐集叶赫，共议讨伐建州之事。

叶赫立即杀牛宰羊招待各部。并派人筑好一丈八尺高的土台，作为祭天盟誓之所。台上高搭席棚，台下备好三堆篝火。

盟誓那天，九姓贝勒同时上台，由叶赫主祭。摆上三牲大祭之后，守台士卒立刻将大幡升起，顿时，鸣放九声土炮，台下三堆篝火立即点燃，是为盟誓之祭。

叶赫贝勒先刺破左臂，将血滴入酒盆。其他八部也先后刺血。

叶赫贝勒率大家向天跪倒。共同发誓说：

"吾等九隆，同心协力共讨逆贼，不胜不休，战则同心，行则一致，同舟共济，永无二心，如有异意，天诛地灭，愿我天神永保我昌。"

读毕，将告天文焚在神座前，然后九姓贝勒共饮血酒。

祭天完了，又请来朱舍里、纳殷两部的大萨玛和蒙古大喇嘛。先后请神拜佛，祈求神佛保佑。夜间朱舍里萨玛又做一次抛盏之祭，意思把列祖列宗请回，协助作战。

第二天，九姓贝勒公推叶赫贝勒布寨、纳林布禄为九国领兵大都讨。

会上叶赫二位贝勒公布了战略计划，他二人说：

"今天九国共盟还是几百年以来未曾有过的盛举，只要九国之兵准时行动，听候统一调动，消灭建州易如反掌。何况我等已告天盟誓，天必佑吾，天既佑之何愁大事不成。今次之战是面对一支硬敌，如果大家不齐心协力，恐难取胜。"

大家共同站起，齐声说："愿受二位大贝勒调遣，誓死不辞。"

叶赫贝勒一听大喜，接着宣布了作战计划。纳林布禄说："兵贵集中，后贵统一行动。努尔哈赤惯以精兵破我，我们大军应始终形成一支一条龙铁军，叫他无从下手，为了攻取建州，必须先占据扎喀城和黑济格城。因为这两个城池是建州的大门，又是粮多的地方，然后沿山谷直奔古埒山，如果古埒山攻克，努尔哈赤之新城即在我手矣。"

大家齐声说："军贵速，兵贵精，力量贵集中，我等且加紧准备，快速出兵。"

在研究各部出兵数目时，布寨首先说："我部可以出兵一万，誓将这次战斗取胜。"

其他八部一听叶赫出兵一万，心中暗暗佩服，他们也一一报了数。九部共计出兵三万，其中仅偏将大员不下五百之众。

叶赫贝勒决定九月初一各路大兵齐集浑河北岸深山狭谷之中。一再嘱托行军时要偃旗息鼓勿使建州知晓。为了保密，可把行军分成小股，分批出军。

大家议罢纷纷回部准备出发。

九月初一那天，果然各部由叶赫贝勒亲自率领三万大军齐集浑河北岸边济岭以北的浑河岸边。这时，浑河岸边灯火如繁星，帐篷像水浪，人是人山，将是将海。个个急待攻克建州，能获得大批财宝大批俘虏。

自从叶赫两次派人游说罕王未得成功。罕王知道，叶赫决不会罢休，必然口战不胜加之以兵，但何时出兵，出兵多少却无从知晓。为这事，经常派人到各部侦探。

九部联盟的消息传到罕王耳边之后，他出了一口长气，心中不由高兴起来。因为九国没有联合之前，罕王早有一种信念，他认为几百年来漠北所以互相残杀，战争不息，主要原因是各行其是，不相统一，才便于明朝分而治之的战略。如果漠北一统，诸部形成一个拳头，不但抵住外敌，各部有精兵护于外，民众则安居乐业，何愁国不富，民不强。

无奈不能以大部压小部，以强国欺弱国，出师无名将殃及本身，因此，他一贯以联合为统一诸部第一步。这次，九国联合正合罕王本意，他可以借此拿下扈伦、海西。

但何时出师尚不知道。从八月开始，罕王就派人侦察敌情，由于九部兵秘密行军，始终得不到确切的消息。罕王心里焦急不安。

罕王手下有一名侦察大将叫乌里堪，他为罕王建功立业立下了汗马之劳。

在八月二十日以后，据罕王分析：九国之兵必将出发，来路只有两条，一条是从哈达发兵的东路，一条是从叶赫来的北路。

八月二十五日，罕王派乌里堪再次出探敌情。

他率领二名助手向东山一带侦察。正在东山口，只见千百只乌鸦阻住去路。群鸦喧噪飞上天，乌里堪每进一步，乌鸦在前面阻拦一步。乌里堪暗想，这是什么兆头，为何拦住去路，定有道理。他向天和群鸦叩了三个头，说道："如果神鸦不叫，我往东侦探，请神鸦再拦我三步。"果然群鸦拦了三步。他立刻转回新城和罕王一报，罕王点了点头，又派扎喀路随同乌里堪同去侦察。

他俩走到浑河，天已经黑了下来，真是伸手不见五指，对面难分面容。走了很长一段路，也没见动静。乌里堪心中纳闷，难道敌人没从这路进兵。他俩走的也很累了，便在浑河南岸山坡上坐下休息。乌里堪举目往河北一看，黑乎乎的两架大山纵立岸边，往河里一看，不知什么东西时隐时现，发出光亮，一会儿多一会儿少。心里很纳闷，便站起身，向河边走去。到河边一看，那点点亮光更显得真切，看到这种情况，不由心里一动。立刻站起，领着扎喀路从僻静之处，窥视对岸。他俩轻轻地爬上高山，往北一看，可把二人吓得面如土色。只见两山背后是一片小平原，平原上灯火如群星，帐篷如浪花，密密麻麻布满山谷。根据乌里堪判断，敌兵不下三万。真是前营连后营，营营密布，甲士前账连后账，账账灯火通明。虽然没有鼓声号角，却显得一派杀气。再一细看士兵正连夜造饭。根据乌里堪经验，肯定是准备明天作战。

他立即泅水回来连夜跑回新城，到新城已天交戌时，立即来到罕王卧室细说了敌情。又问罕王是不是立即召集群臣，立刻连夜出师。罕王笑了笑说："大可不必，我自有办法，你回去休息吧。"

罕王像无事似的，回到富察氏福晋卧室脱衣睡觉，睡得那样香甜，那样安逸。富察氏一看罕王像无事一样，便急得叫醒问道："如今敌人大军压境，你却想睡大觉，难道你轻敌不成？"罕王说："你哪里知道，人要是有所恐怖，叫他睡也睡不安宁。如果我怕他们，岂能酣睡乎。前几天不知九国之兵的来期心里很着急，今没出我所料，果然如期而来，我已经安了心，焉有睡不着之理。我曾几次扪心自问，有没有对不起叶赫的地方。想当年二位老贝勒，在我困难的时候，赠甲许亲，给我支援。我努尔哈赤绝不是忘恩之人。自布寨、纳林布禄秉政以来，对内暴虐，对外欺压，即或这样，我仍以姻亲为重，没有半点亏待于他。他几次兴师动众，掠我边民抢我财产，叶赫所有无道天必厌之。"说罢仍酣然入睡。

第二天清晨，罕王命人敲云牌，击战鼓，吹号角，升起百里狼烟。

其实九国进攻的消息各大将已经知晓有的连夜备好鞍马，准备出征。一听云牌战鼓。立即云集议事亭子前面。罕王命令安费扬古和诸将先商议一下退敌之策，自己率领各贝勒齐集堂子祭坛内，焚香、用牲，由老萨玛达举行抛盏仪式。请来列祖列宗亡灵，然后向天先拜三拜，又向列祖列宗叩拜。祝曰：

"皇天后土，列祖列宗在上，我努尔哈赤与叶赫素无仇恨。恪守东土治国安民。今日叶赫竟行九国之兵，兴三万之众，戕害于我，我本无意挑起争端，彼却对我视如寇敌，陈兵布阵，努尔哈赤只好忍痛发兵。"

说完不觉热泪盈眶再拜神曰：

"愿皇天后土列祖列宗保佑努尔哈赤出兵胜利，使敌人垂首。我将人不离鞭，马不离鞍奋起抗敌，望祈暗中保佑，助我成功。"于是率贝勒来到亭子前，端坐在虎皮交椅上，视众将曰："今叶赫兴不义之师，伐我无辜之部，天必厌之，我们应上下一心，将士一体。"罕王说罢拿出一支令牌，说道："费英东听令：你率领五百人马至紫河之南。"并告其如此如此，这般这般。费英东领命而去。罕王又抽出第二支令牌，命令穆尔哈赤率五百人截断其粮草，烧其粮草，在北谷多插军旗，击鼓升烟。穆尔哈赤领命而去。罕王又抽出第三支令牌，叫上扈尔汉说："你率五十人到拖克索东沟浑河弯处有五十只大船，火速顺流送到拖克索待用。"罕王和自己兄弟舒尔哈赤说："你率老弱士兵看好城池，杀牛宰羊作好宴席，准备凯旋归来的全军大宴三天。"

布置完毕，诸将各带本队人马，罕王亲率侍卫五百精兵，共计三千子弟兵像猛虎出山似的杀将出来。

大军行至拖克索时，只见五十只大船一字排开。军队刚要登船，罕王抽出腰刀一指，全军立刻停止登船。

只见罕王卸掉护项护臂后的一些铁甲，和众将说："我们这次出兵是决一死战。如果事先惧敌左色甲、右护身，不但行动不便，也壮不了自己胆。胆不壮，决心便不大，决心不大，怎能战胜敌人。今天敌人已经欺侮到家门口，难道我们建州子孙就眼看着疆土失掉，妻儿老小沦为人家之奴，难道叫那些野狼闯进家园横冲直撞？凡是不怕死的去掉护颈护臂铁甲随我上船。"说完，他卸掉护颈护臂护甲之后身先登舟，各大将各牛禄果真也都个个弃甲争先登舟。那三千子弟兵也都齐声喊道："建州在，我们在；建州亡，我们亡。"都把颈上铁甲，臂上护甲纷纷卸掉，轻装登舟。

行至扎喀城。城守尉萧护和山坦二人率队接出城外。大军在城外扎下营帐不提。

罕王进城，二位城守尉告罕王说："今天辰时敌兵才退，足足围了一天一夜。他们一看攻不进来，又退，攻其黑济格城。"罕王对二位奋勇御敌保住城池深为高兴。又问："敌兵究竟有多少？"

"我虽然没点过，但确是满山遍野，九国旗帜布满全军。所过之处把荒原踏出一条大道。"

当天夜里，营中传来一些消息说，九国之军有二十位会法术的大萨玛呼风唤雨撒豆成兵，有飞刀飞石三里外可以取项上人头。又说大兵足有十万，不用说打仗，就凭人压也把建州夷为平地。人心特别慌乱，三人一伙，五人一堆，都泪流满面，商议后事，有的甚至要投奔叶赫。

安费扬古正在扎营，听到这个消息后，知道这是敌人玩的鬼把戏，立即把乌里堪率领的侦察超哈找来，令他们在二个时辰内抓住敌人派来的奸细。

乌里堪是何等精明的人，就在东北角的一个士兵帐中揪出二个穿着建州军服的叶赫人。审问之下，两个人说了实情。原来纳林布禄集合九国之兵之后，探子来报，罕王出动三千人马，奔向浑河。纳林布禄心想，看来他们已经知道我兵的集合点。立即把兵分成三路，分散在三个沟里，并派出原来是建州部的士兵混入罕王的营中，散布以上谣言。

安费扬古当夜集合所有牛禄以上的官员，拿他俩示众。说明叶赫如何派来如何串通他俩的旧友蓄意投靠叶赫，并散布出一些神奇的谣言以涣散军心。气得大家立即举起腰刀把两个人剁成肉酱。虽然谣言止住了。可是一听叶赫发来大兵足有自己队伍十倍，又有些慌乱。

第二天清晨，罕王召集牛禄以上诸将共议退兵之计。一看大家面有难色，没等罕王说话，扎喀城有位将领郎塔里也看出大家有畏难情绪，对罕王说道：“大家对敌兵不太了解，何不登山望其虚实再作道理。”罕王一听，便率领群将登上北山之顶。大家一看敌人队伍，确属很多，满山遍野尽是帐篷，郎塔里问：“罕王贝勒看敌兵势力如何？”罕王说：“乌合之众不堪一击。”郎塔里接着大声说：“兵贵精不贵多。我们和明朝作战时以二百破其八千。所以战胜敌人主要因为我们建州兵马个个骁勇善战，一个顶十。请问哪部兵马能比过，我们团结一致上下一心，这次战争我们必胜。如不胜，某家甘受军法制裁。”众人一听立刻安定下来。

罕王把诸将领下山来，在议事厅中作出下列作战布置。

由额亦都率领一百精兵打头阵，令何和里引兵五百阻击西山口截住至建州的通路，令朗塔里率兵五十埋伏于东山，防止敌人包抄。多设帐篷，多升篝火，其余是罕王亲自率领正面迎敌。

正是：布下天罗地网，准备擒蛟龙。

正在这时，乌里堪抓住叶赫派来侦察情况的探子。名叫玛古，他在昨天叶赫纳林布禄曾派他侦察过。由于罕王出兵以前派出四路斥喉兵，他没法侦察。结果被纳林布禄抽了一顿鞭子，又命他二次侦察，并说如不探得实情，休来见我。玛古心中暗想：这回出探如有机会，一定逃出叶赫虎口，投奔罕王。他故意向罕王兵营闯去，见到乌里堪如实说了来意。

罕王一看这个人，面带忠厚不是诈降样子，问九国之兵能有多少？

玛古回禀道：“叶赫兵一万，计划攻正路，哈达辉发等部一万从左路杀来，科尔沁贝勒和席北卦勒察部率兵一万从右路包抄。他们兵分三路。”罕王点头不语。

正在这时，有人来报，黑济格城被围，危在旦夕。

上下人等一听，玛古禀报敌情和黑济格被围时，心中又有些不安。这才引出罕王二次动员全体战士，以智能之谋，古埒山大战九国兵。欲知后事如何，且听下回分解。

话说罕王听说叶赫九部兵分三路向自己围攻，又听黑济格城被困，心里有了底。因为自从得知九国联军消息之后，早已料到必然分三路取边城攻建州。可是众将士哪里知道罕王的全部战术，还是不太有底。

吃完晚饭，罕王又召集牛禄以上将官研究第二天军事行动。罕王见诸将面有难色。向大家说："叶赫九国九条心，三万之众不如三千之兵。我建州兵士一心向战，个个奋勇争先，以一当十，何愁不克。我们可以略施小计引他自己入瓮，因为他们出师无名，军士必然畏缩不前，督战者各部贝勒，必须杀在前面，擒兵先擒王，消灭他一两个领兵贝勒，其队伍不打自溃。至于左右两路我早有安排，阻击他们退路已作了布置。我们可以不费多大力气，不出一天，就能退他九国之兵，杀他人仰马翻溃不成军。"

再说纳林布禄不见探子回来，知道有变，立即召开九部贝勒会议。把早已计划好的布置和大家读一遍。各部贝勒一一领了军令。哈达率兵向左路进军，克尔沁向右路包抄过来。就在这时忽见探子来报："启禀各位贝勒，大事不好，不知从那里窜来一股建州兵，竟烧毁了我们的粮草。"纳林布禄大吃一惊，众贝勒个个惊慌失措，没等纳林布禄布置便急忙派自己部下查看本部粮草情况。下面一些将士一听粮草被劫，哪有心情恋战，都怕饿死困死，互相产生了怨恨。各部人马只顾自己粮草，发生互相争夺现象，在营中此起彼伏。本打算连夜进攻，只好先整顿内部再议出兵大事。

纳林布禄为了不使兵心涣散，抓住五十多个闹事的兵卒当众砍了头，总算镇住一场骚乱。可是人心都有些灰颓，各有思归之心。

第二天清晨，按着布置分三路大军向罕王兵马杀来。

哈达贝勒率领大军刚到东山口，只见山坡平地上都是帐篷，一个挨着一个。炊烟四起，号角连天，时而听到炮声。益格布禄心想，好你叶赫贝勒，你把我派到建州主力地方，叫我打硬仗，你坐享其成，我益格布禄决不上你的当。便命令士兵堵住山口和各个要道，不叫建州主力兵出山。就这样罕王以五十人牵住一万人按兵不动。

再说纳林布禄率领一万人马直奔黑济格城，把城池围得水泄不通。正要登城突击时，只见来的路上古埒山头高高竖起旗帜。纳林布禄大惊，恐怕老营受敌，便立即命令撤兵，一万人马返回原路杀向古埒山来。正往前走，只见一员大将率领一百甲兵如狼似虎的向这边杀来。他们身不披甲，头不顶盔，个个像山鹰似的闯进阵内，纳林布禄没料到会有这样勇人，竟敢闯入万人队伍之中。原来这来将正是额亦都。

他带领这一百精兵，个个都是身经百战的能手，专会擒拿滚打。尤其是滚趟刀法，谁能防御。他们一进敌阵个个下马抡起大刀，就地十八滚。每个人成了一堆刀山，任你什么兵器也近不了他的身，他们在地面滚来滚去专砍马腿，使你没法招架。这一百猛虎如入无人之境，杀得敌人心惊胆战，溃不成军。就在这时，只听三面山上响起火炮，专打纳林布禄中营大旗。

纳林布禄本来不会指挥大战，也不知罕王来多少兵马。正在这时，只听杀声震野，罕王大兵像飞虎一样杀了进来。顿时一场恶战开始了。

果然不出罕王所料，带头的都是各部的贝勒。罕王不看则罢，一看到他们真是气从肝间起，怨从胆上生。再一看正中央是叶赫贝勒纳林布禄和他的长兄布寨。打雁先打头。罕王一声怒吼，催马迎了上来。连斩敌人九员大将。吓得敌队瞠目结舌，不敢前进。就在这时科尔沁贝勒也率兵赶过来，叶赫三贝勒一看，罕王直奔布寨，赶忙迎上前来助战。罕王力敌三位贝勒，真是越杀越勇，一刀将科尔沁贝勒左肩砍伤，落于马下，又手起一刀把所骑的战马砍死。罕王用蒙语大喊道："来人，把你家贝勒救回。"并告诉他尽快撤兵，保持两家和好，今后我一定拜访问安。蒙古兵一听，赶忙找一匹没鞍的马匹，把贝勒驮出阵外。这时，建州一员牛禄额真名叫吴谈也赶来助战，布寨本来武力不强，一看蒙古贝勒受伤退出，吴谈又来助战，不由心慌意乱。就在这时，马碰到树墩子上，立即跌倒。好一个吴谈手急眼快，翻身下马，箭步蹿到布寨身前，一跃骑到布寨身上狠狠地说："你们自己找死，别说我心狠，说完举起腰刀杀了布寨。可惜画虎不成反类犬，未从伤人身先亡。

敌兵一看，主将身死，队伍无主，都乱成一团。其他贝勒一看，罕王来势太勇，个个都心惊胆颤，斗志早已烟消云散了。一个个连自己队伍都不顾纷纷逃散，敌营顿时乱作一团。哭爹喊娘齐向柴河方向逃散。哈达兵一见，全军失败，早就率领兵马溜之大吉，逃之夭夭了。

叶赫兵马逃到柴河口又被罕王早已埋伏好的兵士挖陷阱，高兔网（绊马索）阻住退路，使叶赫兵没法前进。又一场恶战杀的叶赫人马尸横遍野，血流成河。正在这时，乌拉兵也败退下来。罕王大队人马也随后掩杀过来。又一场恶战，乌拉兵也望风而溃。九国联军就这样被罕王士兵杀得土崩瓦解。罕王带领队伍凯旋回到黑济格城。这次战役据史书记载是斩级四千，其实何止四千，仅柴河一次就杀死五千多人。

就在查点战利品时，忽有一个甲兵绑着一个人来见，罕王一看，原来是乌拉二贝勒布占泰。

乌拉部在扈伦四部中，距建州较远，因此和他没有多大联系。罕王统一建州之后，心腹之敌是哈达、辉发和叶赫，为了不造成腹背受敌，对乌拉极力争取，表示友好。

布占泰一看到罕王，赶忙双膝跪倒，低头不语。罕王故意问道："你是哪部，叫什么名字，如实说来。"

布占泰跪禀说："我本是乌拉部贝勒布占泰，在阵上怕你们杀害于我，没敢说出真名实姓，今已被俘，或死或杀愿听聪睿贝勒之便，我布占泰死而无怨。"说罢，叩头如捣米似的。

罕王说："你们九国联合起来，围攻我建州，究竟是何道理。我敢对天发誓，建州部从来没占过你们一城一寨，没俘过一兵一卒，没抢过一草一木。你们却大兴不义之师，正义的人天会嘉佑，作恶之辈天必厌之。我以三千子弟破尔等三万大军易如反掌，此岂人力可为？如果在阵上知道是乌拉贝勒一定阵斩汝命。今天既被生俘怎能忍心再杀。俗话说：赦免一个人比杀一个人好的多，扶持一个人比抓来为奴好的多。你既然是贝勒也不能把你当做奴隶看待。如果你能诚心与我和好，暂时在我部养育你一个时期以观后效。说罢，令人解开他的绑绳，看他衣着单薄又送给他一件皮大哈，命人把他送到豢养房里豢养起来。

书中交待，听说豢养绝不像一般人那样自由自在，而成年手脚绑在一起，使你不能站起行动，必须爬才能移动。吃饭时，只能用嘴拱着或用手拿着吃，每日三餐由专人送来，出入严加看守。

罕王战胜九国兵之后，在黑济格城休整了三天，也没回新城。立即领兵直逼辉发部，没等辉发部喘息过来，大兵早已拿下边城小寨挥师回城。等辉发知道时，罕王兵马早已班师。

罕王自九月初出兵至九月中旬，全胜而归。不但打败了九国之兵，还走马收服了辉发部的一个小城，因此军威大震，远近慑服。

书中交待，前文书提过当罕王听到九国合兵攻打建州的消息以后，不但毫无惧色，更加高兴起来。原来罕王一直考虑一个长治久安之策，它就是如何统一东北诸部，免于自相残杀之苦。可是除了建州诸部可以收过来之外，如扈伦四部，东海诸部根本就不是一个部，再说统一建州各部过程中，也没有力量涉及扈伦。因此没有出师。

这次九国联合同攻建州，给罕王打开通往扈伦的大门。可以随时出兵问罪。

罕王收兵回到新城费阿拉，首先祭天还愿，然后感谢列祖列宗，大宴三天，上下人等各有赏赐不等。

自此罕王视野从建州射向扈伦诸部。如果先取哈达，恐怕力不能支，俗话说："狗急跳墙，"哈达、叶赫一旦逼之过急，合力攻之，也不是好惹的。然后他想到朱舍里、纳殷二部，心中不由暗暗发恨。心想朱舍里和纳殷二部曾多次求援于我，他们曾几次到我边城抢劫，念他同宗同族，没有加害于他，今日却参与战争，出兵助叶赫，再不能坐失良机。如果我动手晚，二部必将落在叶赫之手，如果收服了这两部，可以解决吃肉和皮毛的问题，以免每年花销很多布匹到科尔沁换取。

想到这里，只休息几天，二次带兵收复朱舍里部。

朱舍里部住在长白山上，据说他们的祖先是从朝鲜、新罗、会宁随固童山过来的。固童山西走时他们祖先就在长白山里和当地女真人的一个女人结了婚，住在一个山洞里，生下布乎守赤。孩子长大之后，一个人在山中游荡，成天和野兽为伍。一晃过了几十年。这一天又回到原来的洞口，可是母子已经不认识了。布乎守赤那时人和兽分不清楚，用箭射死了亲生母亲（那时父亲已死）以后，留下朱舍里这帮后人。

因为长年生活在长白山顶，始终是人兽不分，认为除了他们本族人外，一律是野兽。见人就抓，抓住男人先挖出脑子生吃下去，然后再烤成肉干；见着女人则不杀留下来分给族人享用。他们全都住在山顶上，这山顶是一片平地，方圆能有一二百里，四面都是悬崖峭壁，往上去都攀登云梯，下山用滑车。据说有一条通往山上小路只有山上人知道。

这地的婚俗和外地根本不同，虽然不是群婚，也不是一夫一妻制。

男青年要找对象必须经得起女人武斗。比如一个青年看中一个姑娘，便约好在月圆的时候，一群身强力壮的姑娘摆好阵势，男青年赤手空拳闯入阵中，与诸女人开打。如果胜过女方，订婚就算完成。在林中野合一次，立即在林中举行结婚典礼。

选族长制度更是耸人听闻。当老穆昆达不行时，所有年轻人都可以报名比武，谁的能力大谁就继任穆昆达的职务。比武项目有跳高山、探虎穴、入水府、敌众兵、举巨石。

跳高山是一声号角从山峡往下跳身子，不许碰坏，树枝碰不着。

探虎穴最危险。凡报名的年轻人找到老虎洞把虎赶出来，比武青年立即进入虎穴，然后由众人把虎赶进洞里，堵上洞口，在洞中呆到日头五出五落。青蛙五鸣五停才能出洞。如果平安走出来便算胜利者。

入水府是比武年轻人口含肠管散于水中，不许露出头来，看谁最后出水，谁就是胜利者。

就这样百里挑一，千里拔魁，最后选出勇力过人的穆昆达。他被选之后，就要过女人关，就像上文说的那样。因此不但争得了穆昆达职位，同时也能得到一位可心爱人。

朱舍里是一个神秘的传奇地方，不但如此，还流传许多动人的神话。

据说他们最早的先人是三仙女的一个侍女，当布库里雍顺出生后，三仙女回天了，扔下这位侍女把孩子抚养成人。布库里雍顺顺流而下到鄂多哩城，他在空中始终保护着。在鄂多哩，她和一个巴图鲁结了婚，留下后代回天池去了。

他的后人始终和布库里雍顺后代生活在一起，战斗在一起。当敌人烧了鄂多哩城时，他们随同布库里雍顺后代到宁古塔以后，转到匡满江南李朝地方。从李朝回建州路上这族人留到长白山上，一直到努尔哈赤出兵这一天为止，已经传了十七八代了。

话说罕王决定出征以后，重新组织一下队伍，因为路途遥远，不像征服临近各部那样容易，必须考虑到军需供给问题。他组成马队哈坚甲赶哈步队赶哈（赶哈是兵的意思）云梯赶哈除此而外，有五六百头牛队二千只羊队专供行军肉食之用。炒米队、供水队、二个修理队，医务队，最后还有几十辆勒勒车准备拉那些病号、伤号之用。

一般的大将都随军出征，这是罕王自十三副甲起义以来第一次远征，军容不但严整，情绪也非常高涨。

罕王为什么出动这么多的队伍，他知道取朱舍里这些兵马肯定用不上，但他打算除了征服朱舍里外，还要同时拿下纳殷部。

纳殷部，居住非常分散。长白山西面八道山沟，他们占据三个。尤其是佛多和山城坚固无比。三面是水，一面是大沟，有一人把关万夫难进的地势。另外纳殷部贝勒搜稳塞克什有五子一女，个个精强悍勇力量过人，手下精兵不下二千，取纳殷部不是轻而易举的事。

话说罕王大队兵马离朱舍里部十里地扎下行营。罕王立即下令："任何人不准靠近朱舍里城，如果遇到朱舍里人也不许乱杀乱抢。"

第二天，罕王对朱舍里四周看了一下，刚要回营，只见一只金黄色野兔从马前跑过去。罕王随手一箭射了过去。只见那只野兔前爪一抱接住箭杆用嘴叼起就跑。罕王很奇怪，拍马就追，马跑多快，小兔也跑多快。马停小兔也停，还叼着箭不时向后看看。罕王一直追了二十多里，一拐弯，小兔不见了。罕王拨开棘丛找了半天也没找到。正在这时，只听树林里有人走动，他赶紧躲在一旁。不一会儿出来一男一女，两个人边说边走。那个男的说："让咱俩接朝鲜来的使官也没说长得什么样，这不是叫人着急吗？"那个女的说："着啥急，来了咱就领他上山，不来咱俩就在这一住。"两个人边说边走过去了。

罕王一听心中暗暗琢磨。朝鲜为什么派人来此，里面必有文章。想到这赶忙催马回营。立刻派出五十多人分头到各个路口假扮朱舍里人，见到生人一律想办法弄到营里。

果然在第二天早晨，在东南路上抓住四个人，那四人正是朝鲜派来的官员。一听是朱舍里人便信以为真。走到营门一看，都是建州旗帜，不由一愣。把门兵丁也没容分说边拽边说："我家贝勒请你。"

四个人想要走，已经来不及了，只好硬着头皮来到中军大帐，罕王赶忙起身迎接，并让到桌子前献上奶茶，然后问道："不知贵使来朱舍里有何贵干？"那四个人看了看罕王问道："你们把我们抓来有何贵干？"

"实不相瞒，叶赫要吞掉朱舍里。因为朱舍里和我部都是同族，不忍被他们吞掉，才出兵保卫于他们。"四个人信以为真，听完之后，便说："我家李王奉天朝之命，收服朱舍里并封他们为朱舍里督检事之职。"

朝鲜使者说完，掏出明朝办理外藩事务衙门的书信。信中说：

奉旨寄朱舍里，尔路居于深山之中，不知外境情况，今建州兴起叶赫、哈达屡次兴兵伐之未胜。常用尔路之兵为虎作伥，结果，大部得利，尔路遭殃。长此以往危在旦夕。皇上有好生之德，特遣朝鲜使者持书前往，望尔路从今以后，由朝鲜代明朝保护尔等。一切听从李王指挥。切勿抗拒。特送敕书五道，以示圣上对尔等关怀。

罕王看罢，心想，多亏我发兵及时，否则落到朝鲜之手，又有明朝文书，岂不等于在我家门口添一个岗哨，我的一举一动将受到他们的监视。

正在此时，又一路探子回来，抓来了叶赫部派来的使官。

罕王命人把四人带上来。不一会儿，四个叶赫人带到大帐。罕王喝道："尔等来此何事，如实说来。"那四个人一看是罕王，是吓得骨酥肉麻了。"扑腾"一声跪了下来，连连叩头说："小的奉纳林布禄贝勒之命特来下书。"

"小心北京天安门前斩龙台。"罕王说。

叶赫四个人被这话吓得连连说："叶赫不敢违抗明朝，既然如此，我们四个一定回禀我家贝勒。"

罕王招待他们吃完饭，两方都急着告辞。罕王说："既然把你们请来也别忙着走，等我把朱舍里穆昆达请来，咱们几方面在一起，把过去一切说清楚，是谁有意吞掉朱舍里。"说完向外一招手，进来八个身材魁武全副武装的牛禄额真。罕王说："把他们八位请到后帐好好招待，等我请来朱舍里再说。"又对两方使者说："请把敕书和书信交给我，我派人去山上代你们请他下山。"

两方使者你看看我，我看看你，乖乖地交出敕书和信件。

罕王率领四个人沿着昨天的路走去，果然又遇见那一男一女。

罕王赶忙上前说："朝鲜使臣因路途很累在我家安营休息，我特来代他们面见你家穆昆达。"说完，拿出敕书给他俩看看。

两个朱舍里人信以为真，便从小道引罕王进山。约摸走有一个时辰，才到城门，说是城，其实都是用木材堆积起来的木城。里面有六七十户人家，也看不到兵马，原来朱舍里部不养兵，住在长白山腰，共有九个这样的山城，总共有七八百户人家。这些人专以打猎维持生活。皮张、人参、兽肉是他们的特产，当时在抚顺马市很有盛名。

话说罕王随着那两个人进到城里，来到一所三合院里，两个人先进屋禀报，只见从正房出来一个人，看样子有三十多岁，身穿一套鹿皮镶蓝色库缎宽边的大哈，红彤彤的面孔。努尔哈赤认识，正是穆昆达获纤楞格。忙自我介绍说："我是努尔哈赤。"获纤楞格一听不由出了一身冷汗，他以为是叶赫使者，没想到建州却突然来到，使他不知怎样对待才好。也忘了请到屋里，站在那里像木鸡似的。努尔哈赤微微一笑说："咱们族里有一个规矩，哪怕是仇人来见也要当客人接待。"穆昆达只好把努尔哈赤让到西上屋。朱舍里风俗招待客人，先献叶子烟卷成放在色木包的烟筒上，单腿跪倒献给客人。客人也必须单腿跪倒接过烟袋。接这个烟袋可不容易。如果力量小，从献烟人手中抽不出来。别说抽烟连茶饭都不给，轻则赶出山，重则活活吃掉。努尔哈赤知道这个规矩，他单腿一着地，只用两个指头轻轻一抽把烟袋接到手中。然后献茶，第一盅是用石碗泡茶，要想喝，必须用手掰开护碗两半石盖，要想掰开这护碗的两半石盖，没有五六百斤握力是没法分开的。只见罕王把石盖茶接在手里，双手一分，石盖"咔喳"一声分成两半，轻轻地把清茶取了出来。穆昆达一看暗暗吃了一惊，心想，都说努尔哈赤是文武全才，英名盖世，单看这把力气也是一条硬汉子。

穆昆达这才开口说话："不知贝勒驾到，未曾远迎，当面恕罪，山村僻寨，礼数粗鲁，还望海涵。"

努尔哈赤边吸着烟边说："朱舍里和建州本是同种同族，言语一致，不过自贵先祖从会宁和我先祖出来之后，定居在这深山老林之中，与世隔绝，竟忘了林外同族人。我自从为父祖报仇之后，忙于军务，没前来探望，实属不周。"

"既然是探望，为什么带兵意欲平我山寨。"穆昆达怒气冲冲地问道。

"也有这个意思。不过那是在万不得已时才用，如果真想要动用武力，就不必我单人匹马入山拜访了。"

穆昆达半天没说话。突然站起身说："既然这样有话请讲当面。"

罕王从怀里掏出朝鲜使者带来的明朝文书，并给他念了一遍。然后说："我们虽然多年没有多大交往，可是追根溯源，我们还是同种同族。叶赫、哈达也不算不忠于明朝。可是老贝勒关帝庙被害，前后明朝五次出兵，难道你朱舍里比哈达、叶赫力量大，能抵住明朝的侵害？我并不是有意反明，但我始终不在强力下低头，结果是明朝每年给银给物。原因是建州部能亲密无间，团结一心。我并不是吃掉你们，主要是共同携手使你我两部能安居乐业。"

获纤愣格冷笑一声说："承蒙你的关心，我没有投靠朝鲜的心，难道只有你才能对我保护吗？哲陈、王甲以及其他城寨都被你吃掉，你想吃掉我，恐怕没那么容易。我可以和叶赫立盟互不相扰，他们会像兄弟一样帮助我。"

罕王微微一笑说："恐怕不像你说的那样吧，请看叶赫给你来的信。"说完又掏出叶赫的书信念了一遍以后，说："'兵合一处，将打一家'是什么意思？你好好分析一下再说。"

获纡楞格一听来信，低下头来半天没有说话。最后说："容我好好想想。"

说完把罕王让到客屋。

晚间罕王觉得进展不大，难以说服，有心连夜回去发兵攻山，一想朱舍里一没兵二没动武，不能妄动干戈。

他信步走到院外，只见巍峨长白山，在夜幕中更显得庄严肃穆。正在苦思冥想的时候，忽见长白山顶飞下一道白光，直奔山下，半天才消失，来回返了三次。他不由想起董尔基福晋暗暗掉了几滴眼泪。暗暗说：我能从十三副甲到今天兵多将广，如果没有董尔基的帮助是不会成功的。可恨我一时气愤，惹得她一气自刎，才化成长白山之光。说罢，他深深地向白光拜了三拜。

回到屋里，油灯半明半暗，刚要入睡，只见冷风一吹，他不由睁眼一看，只见董尔基福晋手执单刀站在他的眼前，吓得罕王不由倒身下拜。连说："福晋呀，我把你想的好苦，快随我回家吧！"董尔基打个唉声说："我已经在这里住惯了，还有好多事情要做，你赶快随我来，有一样东西给你看看。"罕王就觉得被她一拽，从卧室里飞了出来，再一回头，董尔基一道白光飞走了。正在迷迷糊糊的时候，只见住的屋子突然起了火，转眼间把房子烧得一干二净。又见从火堆后溜出四个人，自言自语地说："我家穆昆达这条妙计算不错，一把火除了一个大患。"罕王一听打了一个冷战。心想这一定是董尔基福晋显灵救了我的性命。可惜随来的四名随从死在火海之中。有心借此下山，又想既然有董尔基白光保佑怕他何来。

天已交四更，他丝毫没有睡意。信步走到城西北角。只见一群人升起篝火，中间树桩子上绑着五个人，这五个人都是东海窝集的打扮。其中一位中年人口中不住哀求说："放开我们吧，我是认祖归宗的，你家穆昆达是我的族侄，这四个人也是同宗兄弟。"

那群人哈哈大笑说："我们不懂你的话，你们是会说人话的动物，多日没吃到人脑子啦，先吃他一二个，然后把余下的送交穆昆达享受享受。"说过话，只一刀，一个年青人惨叫一声，人头落地。他们立刻用刀劈开人头，掏出脑子一起吃了起来。

罕王实在看不下去，便大喝一声："给我住手。"抽出腰刀杀了过去。这群人哪是罕王对手，吓得四散逃去。

罕王解开四个人绑绳一问，才知道他们这五个人是朱舍里本族人。在前三世的时候，现在穆昆达的祖父乌龙哈到东海做交易，结果被劫，给人家当了阿哈。年头一多主人给他一个妻子生了一个孩子。乌龙哈临死时告诉儿子，想法回朱舍里。

获纤乌里生了四个儿子。好容易抚养大了，可是老伴却离开人间。他领着四个儿子两个月才到山下，却被他们活活抓住。

第二天早晨，获纤楞格亲自出来查点尸体，一看只有四具，怎么找也找不到罕王的尸体。一问放火人，他们说："放火前我们从窗户往里看得清清楚楚，睡在炕上，怎么就不见了呢？"

又一个人说："火着起来之后，我看到从屋内嗖的一声出来一道白光，是不是努尔哈赤会法术化白光逃出。"

大家正在猜疑的时候，只见罕王领着四个陌生人从西边走了出来。

获纤楞格吓得哆哆嗦嗦。心想，努尔哈赤神通广大，一定是阿不凯恩都哩派来的神人，不然怎能化白光逃出呢？不由跪了下来，连说："不知贝勒有这样大的法术，实在冒犯。"

罕王说："我走的正，行的正，上天是保佑我的。"获纤楞格没听懂罕王的这句话，以为说的是，我是上天命我下来的。更加恭敬起来，赶忙让到西客房。罕王救出的四个人也领了进来和获纤楞格一介绍，获纤乌里气的用手一指，说："混账东西，咱们朱舍里人，只知道自己部是人，对外边弟兄都当成牲口看待。结果害到咱家头上来了。你有什么脸面再见死去的先人。"

获纤楞格忙说："请你息怒，我祖父确实外出未归。可是您来这里没有什么凭证我怎敢相信。"获纤乌里从怀里掏出色木包烟筒，往穆昆达上一摔说："你自己看看这是何物。"

获纤楞格不看便罢，一看烟筒正是家传的遗物，不由放声大哭说："叔父在上，受孩儿一拜。"获纤乌里举手一巴掌打了过去，恨恨地说："要不是这位恩人救我，我们爷儿四个也像你死去的哥哥那样惨遭杀害，成了你的早餐。还不起来感谢恩人。"

依着跟来的三个弟弟非要按朱舍里家法治罪，活活吊死获纤楞格不可。经罕王百般劝说这才罢休，又经罕王讲了一些道理，爷儿四个才息了怒，三个弟弟重新认了这位哥哥。获纤楞格二番跪倒，认了叔父，全家团圆了。获纤楞格立刻吩咐杀猪宰羊大摆酒席，欢庆家人团聚，感谢罕王救命之恩，还请来全部二十五个头行人。在席上穆昆达正式宣布一项规定：“从今以后，再不许有捉住外来人吃脑子、烤肉干的野蛮行为。”

在席上罕王给大家详细讲了一下女真人的规矩礼法。

穆昆达又拿出朝鲜带来的文书和叶赫的书信当场烧了，和大家说："建州贝勒是阿不凯恩都哩派下来的治理天下的人，我们又是同族，今天正式宣布，朱舍里永远归顺建州。"说完用刀往左臂一划，流出鲜血滴在酒里。

大家也齐声欢呼"愿听穆昆达吩咐"，个个伸出左臂划出血来滴入酒盆。

罕王也照样滴血入盆。

血酒，女真人的血又重新流在了一起。获纤楞格请求和罕王行抱见礼，认罕王为义父。

朝鲜使者和叶赫使者，只好灰溜溜地走了。

罕王没费一兵一卒，历尽几次危险收了朱舍里部。罕王每次回想这件事时常对人说：

"治国家者，尚宽大，秉公诚乃能传世久远，基业巩固。若自恃智力，肆行侵夺，存心不善，所行非道，必身罹忧辱，运祚衰微。"

朱舍里自归服以后，全部迁到山下。罕王告诉他们，今后不要再远离人群住在山上了。

打那以后，长白山上再没人在那长居久住。

下一步是收服纳殷部，才引出五大将勇胜十二飞虎将军，火烧头道沟伏尸遍野的惊险战斗。且听下回分解。

根据太祖实录记载：闰十一月辛巳朔，上命巴图鲁额亦都、扎尔固齐、噶盖、硕翁科罗、巴图鲁安费扬古督兵千人，攻围纳殷佛多和山寨，三月乃下。斩搜稳塞克什班师。

收服纳殷部的过程是罕王继九姓之战以来最大的一次战斗，也是时间最长的包围战。实际足足用了将近半年的时间，才平定结束。不妨把这次战斗具体情况做一详细叙述。

话说罕王自从收服朱舍里之后，因为忙于内政治理，委派额亦都、安费扬古、扎尔固齐、噶盖、硕翁科罗五员大将率领精兵一千五百和上文说的牛队、羊队以及全体车马和军需物资，收服纳殷诸城诸寨。临行时嘱托安费扬古和额亦都要见机行事，可攻则攻，可围则围，切忌生拼硬拼。并再三嘱托"一旦战事吃紧，要火速报知于我。"说完只带四五名随身卫士回到赫图阿拉。

纳殷部位于松花江最上游纳殷河之滨，全部都是高山峻岭，激流险滩，大小河流有八条，号称八河八沟之地。

纳殷贝勒搜稳塞克什，居住在佛多赫山寨。这山寨比朱舍里山寨更为险恶，三面山涧一面大河。自打这位贝勒掌政以来，用了五六年工夫把这座佛多赫城修得亚如铁桶一般。内外两道石城，底座足有六尺，城外还挖一条深九尺的护城河，城头密布连发弓箭，遍插鹿角。为了怕围城，城里挖四眼深井，广存军粮在城西北角，即或半年没有外援，城内粮草足以够用。

二道河城有一个仅次于佛多赫城水寨，它三面临水，一面靠山，鸭绿江部收服之后，有些水战高明的人物，纷纷投到这里，组成一支岸上能攻、水中能战的水超哈，再加上有古伦都、实哈阿里、色木胡三员大将，率精兵五百镇守在这里，更是难攻难破的地方。

纳殷城有三个小寨子，每个寨子也有一员大将防守，各率精兵二三百人。这地方草深林密，如果道路不熟，一定会迷失方向。

头道河口有一个大寨，纳殷著名大将在此镇守。

因为这个部瓜尔佳哈拉居多，当时也叫瓜尔佳部，全部人马加到一起也不下两千之众。

这部贝勒自打九国联兵战败之后，虽然损失不算太大，可是士气大减，一提到建州兵都有些心惊胆战。虽然还不到谈虎色变，也是有些闻风丧胆。

自打朱舍里归附建州之后，讷殷部日夜加强防御，人不敢卸甲，马不敢离鞍，搜稳塞克什亲自巡视全城，凡属十五岁以上至五十岁以下的男丁一律编入军队，这一来兵士足有三千五百多名。

咱们先按下纳殷部加强备战不提，再说建州军队。

罕王临行时委派额亦都为领兵大将，安费扬古和其他三人为副将。

额亦都经过十几年的战斗，对行军布阵也有了些经验，再加上安费扬古遇事考虑得比较周密，罕王是很放心的。他们把牛队、羊队和车马军需安排在朱舍里境内的深山之中，由硕翁克罗看守此地。

他们率精兵八百多名，云梯四十多架，杀向佛多赫山寨。因为探马早已报知该城情况，探子报称纳殷兵丁一夜之间把全部护城河冰凿开，早已备好浮桥，哪承想刚搭上浮桥，只见外城冲出人马，一顿乱杀乱砍，将所有浮桥尽行砍断，连攻了两次，仍然过不了河，没办法只好收兵。

晚间四员大将一商量，研究出声东击西的战术，也就是明攻西面暗渡东城。

第二天拂晓，建州兵火炮齐鸣，震动山谷。旗幡招展，遮天蔽日，从西面猛攻上来。这次猛攻真是迅猛异常，四十道浮桥同时搭起，纷纷利箭像蜜蜂似地射向纳殷。搜稳塞克什一看不好，以为建州兵采取密集火力抢西濠的战术，便把其他三面兵力调到城西，立刻展开一阵激战。正打得难解难分的时候，只见纳殷军队后面一阵大乱，额亦都带领二百多人杀到敌人阵内。原来建州兵攻西城时，额亦都率二百多人悄悄渡过东城，神不知鬼不觉从敌后杀了过来。这一下可乱了敌军的阵营，个个抱头鼠窜，逃回城里，建州兵占领了护城河里外城以外的地方，立刻安营扎寨严加防守。

额亦都与四员大将一合计，感到护城河好渡，两道石城难攻，他们连夜筹划攻城之术。最后决定只有一个办法，硬攻猛打。

可是一连攻打了三天三夜，城墙纹丝没破。建州兵死伤五十多人。

大家正在无计可施的时候，只见看守军粮的硕翁科罗带着一位老人来到中军。额亦都心里很不高兴，瞪了硕翁科罗一眼说："军粮重地你怎么私自离开?"安费扬古一想,一定有重大问题,不然他决不能离开军需重地。赶忙问道:"不知有何要事,亲自来到前营?"硕翁科罗说道:"昨天,这位老汉在路旁,将要冻死,我救回军营。才知道这位老人是朱舍里制火药炮工,曾因罕王几次招聘,无奈朱舍里贝勒不见。这次被收服之后,老人去东海搜集一些硫磺等物,回来之后,一听罕王兵已经退出,便星夜赶赴建州,无奈年老力衰行至中途险些丧命。到军粮营一听攻城不下,他主动要求到前营协助大家攻城破寨。因此,我才亲自将他领来。"

安费扬古一听大喜,赶忙给老人深深地请了个安,恭敬地让以上座。然后问道:"不知老人家有何妙计,真能攻下城池,一定在我家罕王面前给你老请功。"老人笑了笑,说道:"罕王曾多次光临草舍,请我到建州,这知遇之恩老儿我怎能忘记,为了报效罕王,我亲自到东海采来硫磺硝石,可以制成比火药强百倍的炸药,用它可以攻石城,如此不费吹灰之力。这种药,我已经制出一石多,现在藏在山里,可以派人随我去取,然后挑出五十名得力炮手随我一起攻城。"

安费扬古大喜,立即挑选出五十名精明炮手,跟这位老人家去取火药。

不到一天工夫,扛回来足有一石炮药,他一一装在陶罐内,分成五十罐。第二天老人告诉准备兵马进城。说罢率领五十人抱着陶罐向城根冲去。后面七八百人一齐发箭,像雨点似的射向城头。城上人只顾防备弓箭,哪注意有人暗中炸城。这五十罐炮药集中五处,老人家一摆手势,立刻点燃芯子,煞时间一声震天巨响,一处石墙倒塌下来。一连炸开四处城墙。第五处刚要点燃,被城内发现了,一顿箭,射死了点炮人。第二个又上,又被射死。五个炮手先后冲上去都被射死。这时后面大军急待攻城,老人家一看这种光景,一咬牙圆睁二目,冲了上去,刚跑到城根,一箭射中肩部,他不顾一切地跑到城根,放下炮药,这时他身上连中五箭,已经昏了过去。在昏迷中他摸到炮药罐,用颤抖的双手,终于燃着了,只听一声巨响,第五处城墙炸开了,可是这位老人也壮烈牺牲了。

建州兵像潮水似的冲进外城,纳殷兵慌忙退入内城。

这位老人牺牲的消息传到罕王那里时,罕王亲自穿上孝服奠祭一番,并封他为蒙斋恩都哩。一直到现在纳殷部瓜尔佳哈拉部一直供着这位神,当做祖先祭祀着。

老人死后，这个制烈性炸药的方子，没有留下来。一石炮药也全用光了。建州大军只好驻扎行营加意防范而已。

城攻不下来，急得额亦都饭也吃不好，睡也睡不香。依着他的性子就是硬攻，死也死个痛快，这么围城简直是要命一样。就在这时，罕王派人送来一封文书。大意是："佛多赫城坚，不能硬攻，应严密围住，防止外逃。可分出主力兵马攻取头、二、三道河口，扫其外围，再取佛多。"

安费扬古按照罕王的指令与额亦都一研究，决定围城留上五百人，多设旗鼓、帐篷、炉灶，迷惑城内守兵，其余一千来人由额亦都率领攻取各个河口。

咱们放下安费扬古围城不提，再说大将额亦都率大军先杀向三音纳殷河口。

三音纳殷河口的小寨有三员大将把守，这三员大将是亲兄弟，一个叫苏楞，一个叫万胡里，一个叫丹初克尔什。这三员大将勇力过人，他们善使飞石，百发百中。这些兵丁也学会一些飞石之法。除了弓箭之外，每人都有一袋石子，所以这支军队外号叫飞石军。

额亦都刚到三音纳殷。苏楞弟兄三人早已迎出城外，在离城十里的地方展开了激战，双方箭如雨下，相持约一个时辰。额亦都一时性起，大喊一声："给我冲"，一千健儿像猛虎下山一样，冲向敌阵。可是冲进去之后，被一顿飞石击了回来，大部士兵被砸得鼻青脸肿，人马伤亡一百多人。

额亦都回到营里一琢磨，这飞石如此厉害，想什么办法破它。他一个人也照样拣一些碎石头，左看右看，反复掷出，不觉天已渐黑，分不清山石树木，他猛然想起，何不夜攻。趁黑夜什么飞石也起不了作用。他越想越对，立刻命令连夜造饭，一到戌时，他亲率五百精兵悄悄地冲入敌营。正像额亦都预料的那样，在伸手不见五指，对面不见人的黑夜，飞石完全失去了作用。飞石一无效，建州兵真好像如鱼得水，个个精神百倍，这一仗杀得敌军望风而逃。额亦都一看敌兵大溃，立刻将腰刀一举，大喊一声，奔向三员大将马前，高声喝道："你们尽快投降建州，不然叫你们死无葬身之地。"这三个人一看额亦都单人匹马追来，心中暗想，不怪说他是傻二爷，竟敢一人横冲直撞。这哥仨转过马头和他厮杀起来。四匹马混到一起，杀得难解难分。额亦都心想，如果这样打法时间一长，与我不利。想到这，他舍下两个人直冲苏楞，一刀正中苏楞头部，翻身死于马下。额亦都腰部也着了一刀。

再说那哥俩一看大哥死了，二番催马杀来。额亦都把马退后一步说："你二位如果识时务，赶紧归服建州，才能有你出路。"这两个人哪里听得进言，没容分说，两支扎枪齐奔额亦都胸前刺来。额亦都稍一歪身，正好刺到马背，这马一纵，把额亦都摔下马来。两个人一见大喜，正要猛刺过来，额亦都赶快就地一滚，立刻站起身来，迅速转到二马后，一刀将丹初克尔什马后腿砍掉一条，又迅即跑到万胡里马后，说时迟那时快，又一刀砍断马腿，两员大将也纷纷落马。额亦都一时性起，没等万胡里还手，两只大手紧紧抓住他的腰部，高高举在空中对丹初克尔什喊道："你再进枪，我就用你二哥当枪靶子。"丹初克尔什举枪就刺，额亦都用万胡里身子一挡正好扎在大腿上，痛得他直喊："兄弟且莫胡来，这家伙力量太大，再来就把我刺成筛子了。"丹初克尔什气得直搓双手，刺也刺不了，救也救不成，有心逃跑又舍不得二哥。丹初克尔什愤愤地说："你额亦都果真是一条汉子，敢不敢咱们真打实斗。"额亦都哈哈大笑说："我额亦都在千军万马中也不甘示弱，岂能被你二人吓倒。既然这样送还你的二哥。"他用力一扔，正好砸到丹初身上，两个人同时翻倒在地。这时，只听林外杀声震耳，额亦都怕二人被敌兵救出，一咬牙说："对不起，你们哥三个团圆去吧。"一刀一个，把两员大将斩了首。这时纳殷兵被建州兵赶了过来，一看三位主将已死，只好乖乖地投了降。

太阳一冒红，建州兵胜利地进入三音纳殷城寨，这一仗额亦都身受三处伤。大军休整了几天，就在过完年的第五天，他们又向二道河口进兵了。

二道河口城寨是三面临江一面靠山，出入都得用船摆渡，自从鸭绿江部收服之后，一部分水性高的也投到这里。他们一到，真给二道河这只老虎添了两只翅膀。镇守这道山寨的也有三员大将，主将京古图是一位力大的人，手使一口大扇刀，两员副将也是纳殷部有名的水鬼，善于水上作战。

话说额亦都率领大军开到二道河的岸边，扎下营盘派人探听敌方动静。回来报告说：敌人把所有船只一律收到对岸。又在沿河布置五十多只巡逻船，一有动静便万箭齐发，使你没法近身。靠山那面都是悬崖陡壁，没法攀登。额亦都一想，从水路攻取是不行。因为一则没船，二则水性不佳，只有在山那边打主意了。他左想右想也想不出很好的办法。

第二天带领二名精细小头目，偷偷地出了营。绕向北山。到山顶一看，临城那面悬崖峭壁像刀切的一样。跟随的两个人一看也感到无法进攻。额亦都猛然想起自己在姑母家的时候，邻居一个小孩专会爬石砬子掏鸟蛋。日子一长，额亦都也学会一点爬山之法。使他立刻想起一个念头。他看了半天，又看看城内，只见敌人城头布满兵丁甲士，城外密插鹿角，这城紧靠山崖。

回到营里以后，还是想不周到。因为会爬石砬子的兵并不多，即或爬上去，十个八个也无济于事。

第二天，额亦都骑着马又站着河岸查看地形。刚一出营，这马不知什么原因，撒开四蹄向北跑去。要是平时，只要稍一吆喝，他会立即停止。可今天却不然，怎么吆喝怎么勒缰绳也不顶事，跑有一个多时辰，才停下脚来。额亦都举目一看，是一片大松林，参天老树一望无际。在林子中间有一条弯弯曲曲的小路。正在发楞的时候，就听远处有刀枪声音，不时传来一阵笑声。他牵着马向笑声寻去。拐了一个山头，只见小山下，有一所山墙开门的小屋。小屋前一片小广场，广场上一老一少正在那里比武。老人有六十开外，小阿哥有十七八九，这老人手使一把刀，小阿哥手使的大枪，两人对打的很协调。额亦都不由叫了一声"好"。这一老一少停下手，赶忙来到额亦都马前说："深山来客，真是十几年没有的事，快快请到屋内。"

额亦都也只好随着主人进到屋里。那位老人赶忙命小阿哥装烟献茶。然后问道："不知这位将官从何处而来，有何贵干？"

额亦都从来不会说假话，便一五一十地说了一遍。老人一听是建州大将额亦都，不由肃然起敬。二番站起身来说："久闻盛名，今日得见实在荣幸。"额亦都不禁问道："不知你老是哪部人氏，因何独居于此？"老人打个唉声说："我本是哲陈部人氏，前二十年因和贝勒不合，一气之下率领全家来到这里。在下名叫得古利。"额亦都不听还罢，一听不由"啊"了一声，忙站起身来，恭恭敬敬请个安说："您老人家就是闻名建州的得古利老巴图鲁？"老人点了点头。

提起这位得古利，虽然在史书上，八旗通谱没有他的名字，可是当时确有此人。想当年罕王祖父在世时就闻名建州，专会做火筒工具，他做的火筒能喷出一丈多高的火苗子，可以装到箭头上射出去。因为多年没见，都以为这位老人已经不在人世。火筒的技术也没传下来。

得古利问一下哲陈部情况，额亦都又把如何收服的事说了一遍。老人点点头说:"天下必须一统,百姓才能安宁。女真人近百年来总是互相残杀,失掉了祖传美德。罕王出世以来,我也听到一些情况,心里很高兴,咱们女真人就应该有这样的英雄治理一个江山,不过我已年迈,不能直接报效了。"

当提到攻取二道河城时,老人献出一条攻城的妙计。他说:

"居高临下射火筒,里应外合攻取水城。"

"可是这外攻一没有船,二又不会水怎么攻法?"得古利笑了笑说:"你放心,你家罕王会料到这点,他会有办法的。我可以送给你一百支火筒足够使用。"说完,命那位小阿哥到第二个小屋抱出一捆火筒。

这火筒长有五寸,顶端有一条很长芯捻把它安在箭杆上,点燃射出以后,立刻喷出强烈火焰,能燃起很大火圈,是攻城的利器。

额亦都再三请老人出山。老人摇摇头说:"还不是我出山的时候,请向罕王问好,后会有期。"

额亦都只好告辞回营。以后罕王被困东海得古利老人单人救主,小阿哥一枪夺三寨。此是后话。额亦都只好恋恋不舍地告别了老人,回到了营中。

第二天,额亦都刚用过早饭,只见门军来报,罕王派来二百水兵在门外候令,额亦都大喜,真没出老人所料。罕王真的派来了水兵。

原来这二百水兵都是从鸭绿江部收过来的。他们都能在水底行走,每人都有水衣水靠、鹿肠水管,能在水底潜伏一两天。

额亦都手下有位偏将叫土门扬古。这人很精明能干,常给额亦都出谋划策。额亦都常跟别人说:"我是出大力打硬仗的手,论想出主意我外行。因为这个脑袋长到土门扬古脖子上,我额亦都有两个脑袋,一个长在土门扬古脖子上,一个长在自己的脖子上,两个脑袋一凑,什么事都能办。"

额亦都把见到老人,老人说些什么和土门扬古一说。土门扬古高兴地说:"取二道河城,今天是易如反掌。"额亦都却说:"你可以替我安排,冲锋陷阵我打头,出道道是你的事情。"

土门扬古和额亦都又研究了如何攻城的具体措施。

当天夜里,派二百甲兵绕道北山埋伏起来,单等号炮一响,立刻向城内射火筒。这二百甲兵领命而去。

又派水兵今天连夜想办法盗来五十条大船以备乘船突击。这二百水兵个个穿好水衣水靠口含水管,不一会儿就潜入水底。他们游到对岸,在水中砍断船绳，两个人拖一个小船在水里向大营驶去。管船的纳殷兵一看，怎么空船自动向罕王兵营驶去，吓得面如土色。一想这是神人助建州，不然为啥没人摆渡船自己走了呢？这些人一合计，咱们赶快投降，不然连命也恐怕保不住。于是"呼拉"一下子把十条大船缆绳解开也驶向罕王营来。

他们投到额亦都军营后，才知道是水底有人，事已如此，只好真心实意投降了。

话说额亦都看到大小船只都已到手，立刻三更造饭五更点兵，立即出战。他乘坐第一条船，五十条船像箭一样驶向对岸，一上岸，额亦都立即让炮手鸣炮三声。

只见后山一个个火筒向城里射去，城里顿时火起。那一百支火筒亚赛一百个火团似的落哪哪着，全城顿时陷入一片火海。额亦都又命令云梯队攻城。他大喊一声"给我冲"。二十架云梯一齐推到城根。

这时，城内哪有心思守城，都忙着救火，所以这次攻城，没费多大力气，五百多人完全攻入城内。

刀枪声，火焰声，人喊马叫声，混成一片，全城浓烟烈火，烟雾弥漫，可惜一座石头城五百多人口同归于尽。这在罕王战争史上是最惨痛的一页。

头道河城虽然不大，可是两员大将很出名，一个叫恩克图，一个叫博克图。这两个人和一位尼堪游僧学了一身汉家功夫。恩克图惯用一条镔铁大棍，博克图善使长枪。

他二人听说安费扬古围困佛多和、额亦都连夺二道河和三言纳殷，恨得他俩咬牙切齿，有心出兵援助，又怕失掉自己城寨。

当听到报马来报，额亦都率兵向头道河攻来，立即做了迎战准备。可是下面兵丁一听建州猛将额亦都来攻，个个吓得魂飞魄散，暗暗商议投降之计，哪有心思作战。

恩克图几次聚兵派将，大家都拖拖拉拉，畏缩不前，气得他杀了几名私议投降的兵丁，军心这才稳定一些，可是额亦都大军一到，五百兵丁早已跑掉一半，剩下二百多人没等攻进城早就乱哄起来。额亦都没费多大力量，只用两个时辰攻入城中。

到城里再找恩克图和博克图踪迹皆无，额亦都一打听才知道他俩溜出北门向北松岭逃去。原来北松岭有一个小寨，住有二十几户猎人。这二十个猎人都有翻、滚、跳、蹿的功夫，任何人也不敢近他们身边，而且都是这两员大将的心腹之人。

额亦都问明白之后，没和土门扬古商量，一个人只带十几名甲兵追了上去。刚一进松树林，看见一个瘦得皮包骨的老人躺在路中间一动不动。额亦都大声喊道："喂，老人家赶快闪开，不要被马踏死。"

老人还是一动不动。额亦都只好下马绕道走了，没走半里，看见那个瘦老头又躺在道中央。额亦都气坏了。他傻气来啦，心想，我这回让你知道我的厉害。他下马来到老人面前说："你睡觉也得找个安全地方才是。"说完双手伸向老人，打算提起来送到草丛里。可是他一提，真怪，老人纹丝没动。他吃了一惊，又用力一提，仍然没动，用最大力量一提，仍然不见效。额亦都不由大吃一惊。心想，就凭我这力气，别说一个瘦老头，就是一条大熊也能扔他多远。额亦都很不服气，想要再试试。刚一伸手，老人伸了伸懒腰睁开眼睛说："我睡我的觉，你走你的路，为啥惊动于我，真不懂规矩。"额亦都只好陪笑说："老人家，睡在这里很危险，我打算把您挪到安全地方去睡。"老人笑了笑，坐起来说："好心人，你担心我的危险，可你想没想到，杀身之祸就要临到你的头上。"额亦都大吃一惊，刚要追问，那位老人站起身来抖抖身上的尘土又说："你知道吗，前面有四处陷坑，十道暗卡，除非你不去，一旦入山岭，哪有你活命之理！"额亦都这才恍然大悟。赶忙双膝跪倒，连说："我额亦都有眼不识真人，我这厢赔罪了。"说罢，连磕几个响头。老人笑了，扶起额亦都说："实不相瞒，恩克图弟兄二人是我的徒儿，这次下山就是告诉他俩识大局弃暗投明，归顺罕王麾下，统一漠北，匡扶社稷以安万民。我可以带你入山，叫他们早日归顺才是。"额亦都一听，真是高兴万分，感激之心没法言表。

老人又说："你要听我的话，一不许骑马，二不许带人，咱俩步行入山。"额亦都连连应承，就这样二人向山里走去。

刚转入山弯，老人喊了一声："给我下来。"说罢解开腰间带子往树上一扔，套下一个人来，老人说："快去通禀你家二位城主，就说他的师父叫他前来迎接。"

被套住的人赶忙跑了回去，没过一个时辰，果然二位城主骑马来到。一见这位瘦老，赶快跳下马，双双跪倒在地，涕泪交流地说："师父为我报仇，现在弄得我有家难奔，有国难投，师父与我做主。"说罢，不住叩头。

这两个人给师父叩头以后，抬头一看，认识，是额亦都。两个人都呆住了。刚要拿起兵器，瘦老头喝了一声"徒儿给我住手，我就是为这件事而来，快领我进山。"

两员大将只好把两人领到小寨。

瘦老头坐下之后，又让额亦都坐在一旁，弄得这两个人丈二和尚摸不着头，半天没说出话来。

老人语重心长地说："徒儿，你俩和我学徒的时候，我说的话还记得吗？"

"识大局，顾大体，为漠北和平尽到一切力量。拯救万民，保家卫国，为正义而战。"两个徒弟一字不差地作了回答。

瘦老头点点头说："对！可是你们却忘了这些言语，你们清楚知道，近二百多年女真以强欺弱，以大压小，父子相争，兄弟厮杀，你争我夺毫无休止，使万民不得安生，再看中原，贪官污吏比比皆是，黎民百姓生于水深火热之中，有些地方旱涝连年，那些朱门贵客，仍然沉于酒色之中，在他们的小天地里真是太平世界，这样怎能容忍。漠北统一是当务之急，可你们贝勒却逆大势而行，你们却为虎作伥，怎能不使我担心啊。如果你是我的徒儿就应该猛省，归顺建州。因为从目前形势来看，全漠北只有努尔哈赤才是一代英杰，胸有大志气魄万千，非等闲之辈，不出十几年，终成大器。"

额亦都接着说："我不会说什么，总觉得我家聪睿贝勒就是好，真是一心了为统一各部立过功的人，他都敬如上宾。有一次，我出征哲陈，身中五十多处箭伤，我家贝勒陪我三天三夜，眼睛连合都没合，他亲自喂饭喂水，当我伤好之后，他像小孩似的乐得直蹦高。你知道吗？他也杀人，有时攻不下城，你真要畏缩不前，他敢当场砍死你。你二位好好想想，上哪儿找这样的贝勒，至于行军布阵那更不用提了。"

两位大将低头不语，半天长叹一声说："听师父安排。"

老人家严肃地说："立刻归顺建州，同心协力，统一漠北是当务之急。"二人只好答应下来。

额亦都大喜，深深地给二人请个安，趴在地下给老人叩了头，不住地说："感谢您老人家为我们收了两员大将。"

老人又嘱托一阵，又和额亦都说："见到你家贝勒，就说有一个瘦和尚问他好，希望他奋力战斗，早日统一漠北。能饶人就饶人，不能单凭武力才是。"

　　额亦都连连称是。老人说完飘然而去。

　　三位英雄率领二十多名猎手奔向额亦都大营。这才引出罕王识英雄，英雄敬罕王。且听下回分解。

第三十三回　佛多城阵斩塞克什
四部震惊蒙古求和

上文说到这位瘦和尚给额亦都收服了两员大将之后，对额亦都说："我这两个徒弟心地很善良，但有一股犟劲，你应该耐心地开导他，真要回心转意，可是国家栋梁。"说罢飘然而去。

有人问这位和尚是谁，为啥和建州这么亲近？原来他是努尔哈赤师父的师弟，自打出家以来，看到中原一带官逼民反，民不聊生，便和游僧一道来到漠北，到各部一看，各部头行人互相残杀，无休无止，心中很不平静。自从努尔哈赤起义之后，老高僧好像看到一线光明，经过多年观察发现，将来治天下者乃努尔哈赤也。

有一次，见到师兄说："努尔哈赤非等闲之辈，你我应大力协助才是。"就这样，他兄弟二人从南到北，从东到西广收徒弟。教给各种武功，并计划在适当时期劝他们辅佐罕王。这两员大将是他最后收的两个徒弟。

话说恩克图兄弟二人自从归顺之后，心里总是感到对不起纳殷贝勒。但师父之命不能反抗，只是默默地听从额亦都的摆布。

额亦都虽然粗鲁，也看出兄弟二人心思。按额亦都想法是，人家弃主投新，本来就是一件不容易的事，哪有不怀念旧主的道理。

晚间，他把恩克图兄弟二人请到帐内，摆上酒席后招待二位英雄。喝酒时，额亦都看了看博克图兄弟二人说："我看你二位不是诚心诚意投到建州，这也不奇怪。人哪有不恋旧主的感情。你哥俩也别吞吞吐吐，有话照直讲来，是不是还想回纳殷佛多城？"两个人一听立刻跪倒在地，说："实不相瞒，想纳殷贝勒待我们不薄，怎能背叛于他，但师父严命又不敢违背。"

额亦都哈哈大笑说："君子有成人之美！既然你有恋主之心，我额亦都决不强留，可以放你出去，送你进城。我们两军阵前再见。可是话又说回来，我看你二位是个英雄，今后你什么时候愿意回来，我额亦都一定恭迎。"

说罢，忙命军卒牵来二人的坐骑，给他二人一道令牌，以免遇到建州兵受阻。这两个人起初以为额亦都试探他二人心，以后一看不但牵来坐骑，还给他二人路引令牌，心中暗暗佩服。立即俯身下拜。连忙说："将军如此仗义，我二人一定说服我家贝勒出城降服。如果办不到，再出兵见仗，任凭将军杀戮。"

二人千恩万谢地辞别了额亦都向佛多和城驰去。

果然一路上遇到建州兵都顺利地通行。

他二人来到城下高声喊道："快去通禀贝勒，就说我二人进城，扶保贝勒誓守山城。"

小卒赶忙回禀贝勒。贝勒搜稳塞克什沉思一会儿问道："他二人后面可有追兵。"

"没有，建州兵离他很远。"

这一定是诈降计，前来破城。想到这立刻吩咐上吊筐，把他二人给提了上来。兵卒赶忙来到城头，高喊道："二位听真，因敌人攻城太急，不能开门，请坐吊筐进城。"说完放下吊筐把两个人提进城内。

这两位来到贝勒衙门，搜稳塞克什冷笑一声问道："丢了城池，为啥还能闯过敌人层层包围，难道你们是诈降不成？"两个人慌忙回禀了真实情况，并拿出额亦都的令牌。搜稳贝勒大怒道："好你两个叛逆，竟敢花言巧语欺骗于我，来人，把这两个叛逆押起来。"博克图是性如烈火的人，哪能受这个不白之冤，便高声骂道："我们弟兄瞎了眼，没信恩师的话，没听额亦都的忠言，我们忠心回来，却落得这般下场，真乃气死我也。"搜稳塞克什是容不得别人指他坏处，气的他举起腰刀拦腰向恩克图砍去。恩克图一闪身，往前一探身，抓住搜稳手腕，随手一带，把这位贝勒提了起来。和他哥哥说："大哥，咱们何必自投死路，不如捉住这不懂人味的东西，开门投降。"博克图一看，到了这种程度，也只好答应。

哥两个把搜稳塞克什立即捆绑起来，和手下人大声喊道："众位听真，搜稳塞克什不分好坏，他不辨真伪，现在孤城一座，守也没用，今天我兄弟二人做主，投向建州。"

大家一看，二员大将这样主张，再加上搜稳平素对手下人残酷苛薄，又久闻建州贝勒对人宽厚仁慈，真是二人振臂一呼，手下都纷纷响应。

两个人押着搜稳塞克什出了城外，刚要投奔安费扬古大营。搜稳塞克什掉着眼泪说："你们既然投靠建州，事到如今，我只好照办，这样绑着我去见人家，哪有我的性命。念你我共事一场，又是世代宗族，何不放开我，名正言顺投降，我也能落个好结果。"两人一听，感到也是个道理，便解开绑绳，给了他一匹坐骑，三人并马直奔大营。走没有百步，搜稳趁二人不注意时，回手一刀正砍中博克图肩头，他撒马就往东跑。就在这时，只见从建州兵营飞来一员大将，正是额亦都。

原来安费扬古和额亦都自从恩克图进城之后，便整顿兵马严阵以待。他们绑俘搜稳出城解绑，早已看得清清楚楚。满以为能很好解决战斗。哪知道突然发现搜稳施诡计砍伤博克图，企图逃跑的情况，气得额亦都没容分说拍马追了上去，那搜稳乃是酒色之徒，哪是额亦都的对手？于是，追了上去，挥手一刀，斩了搜稳塞克什。

建州军急忙抢救博克图。纳殷部至此全部归附建州。

纳殷部原属建州卫管辖，自正德年间便脱离建州，自行独立成部。因为山川较险，河流纵横，倒也是个易守难攻之地，再加上自建部之后，始终坚持不攻取他人土地，和邻部尽量结好的政策，才维持一百多年安定生活。自搜稳塞克什当了贝勒之后，总想扩张疆土，和八马之王比高低，一心早日成为八马之王。有了这个野心，他便勾结叶赫联合哈达，打算借两个强部势力吞并建州领地，夺取都检事的官爵以便称雄于漠北。实际是自不量力，看不清发展趋势，结果画虎不成反类犬，偷人未遂反遭擒。

话说额亦都、安费扬古花费半年之久的时间，围佛多和三个多月，终于征服了纳殷部，迁出居民二千多口充实于赫图阿拉一带，又将赫图阿拉的居民充实纳殷诸城寨。

努尔哈赤对额亦都、安费扬古大加封赏，并委派恩克图兄弟仍镇守纳殷，防止哈达、叶赫的侵扰。

从癸巳年六月至甲午年六月的一年时间中，是罕王立业中最关键的一年。这一年里，击退四国之攻，战胜九姓联合，取朱舍里、长白山、纳殷诸部。至此军威大振，远近慑服。蒙古科尔沁贝勒，喀尔喀五部贝勒遣使通好，一些弱小的城寨纷纷投靠，真是兵强马壮，粮草如山，英雄云集，国势日增。

罕王自从几次大捷之后，虽然国势日盛，他清楚地知道叶赫、哈达决不能就此罢休，便加紧练兵，加强边防的通讯联系。通往明朝边界地方设立五道哨所和通递消息的网络，凡属叶赫哈达边界均设重兵把守，每隔五里设通报一处，上悬巨大云牌一面，设构木一堆，凡属紧急边情或传递罕王特急军令，只要议事亭中云牌按规定信号一敲，不出半个时辰，消息立即传于四方。边陲告急也是如此。在科学不发达，没有发达的交通工具之前，这接力式的通讯方式是当时最先进的了。

这一天，罕王正用早膳，有司云牌头目来报："科尔沁部贝勒明安、喀尔喀五部之长老萨备厚礼正向新城进发。"

原来这两处都是九国联合的参加者。他们自从败回本部之后，定则思痛。尤其是科尔沁部贝勒明安，他感到建州努尔哈赤非等闲之辈，将必成大器。再说九姓之兵都胜不过他，何况我一国之力，决心各备些贡品主动到建州和罕王言归于好。想到这置备一些牛马骆驼等贡品，还挑选一些上等皮张亲自赴新城拜见罕王。

明安贝勒走到途中，又遇上喀尔喀贝勒老萨。原来老萨也是备礼去建州和罕王建交，两部人马一同向建州进发。

话说罕王闻报，立即命人沿途扎上迎客棚，亲自到边界迎接。一看两部贝勒已来，罕王赶忙下马跪在路旁迎接。

这两位贝勒满以为罕王一定是气势汹汹、高不可攀的人物，却出乎他们所料，一位威震漠北的大汗，竟亲自迎出百里之外，更感人的是跪在路旁迎接，感动得二位贝勒真是涕泪纵横，长跪不起，双方人马看到这动人的场面，也激动得热泪盈眶。

明安和老萨齐说："上次多有得罪，望乞英明贝勒包涵。"

罕王说："哪里，哪里。即或一奶同胞还有口角之时，况我努尔哈赤办事不周，未能和兄弟之邦经常来往，致使互不了解，才造成刀兵之举。"

三位贝勒上马并排向新城走去。一路上是五里一棚，一里一队，号角齐鸣，人欢马叫。

来到费阿拉城之后，把二位贝勒安排到努尔哈赤的第二卧室。

第二天，大摆宴席，席间还演出一些杂耍、舞蹈、骑马、射柳丫等活动，那种热烈场面真是：

席上鱼肉丰满，庭间鼓乐悠扬；十样杂耍，出神入化；莽式舞姿，亚赛天女散花；英雄巴图鲁，个个像蛟龙出水；驰骋马场，箭不虚发，个个命中柳丫，好一派热闹情景。

酒过三巡菜过五味之后，只见十二位阿哥十二位格格身着蒙古服装，唱起草原之歌，舞起草原蒙古舞。罕王也舞情大发，披上英雄衣和二十名舞手同时舞了起来。明安、老萨以及一些将领都情不自禁地舞了起来。大厅顿时出现了欢乐的高潮。

就在这兴高采烈的时候，只听几声云牌夹小鼓的拍节声。

罕王的小福晋和诸贝勒福晋们像一朵朵鲜花似的飘入大厅。顿时给大厅增加了春花似锦的感觉，个个翩翩起舞，人人引吭高歌。谁说漠北诸夷，尽是野性、粗鲁，且看这动人的场面，你也得感叹这妙姿婆娑起舞，莺声百啭非人间可比。

这次宴会一直到深夜才罢席。明安和老萨本以为登门请罪求得罕王宽恕，哪承想竟被以上等贵宾接待，这二位贝勒久久不能入睡。

大宴一连持续三天，临走时罕王备了以下丰富礼品。

一、上等人参各五十斤，

二、上等鹿茸各百斤，

三、黄金各百两，

四、东珠各半升，

五、蓝花大瓷各二百件，

六、彩缎宫袖各百匹，

七、各式男女官服各六十套。

走的前一天，三位贝勒当天饮血酒盟誓，愿结永世之好，永息干戈之争，谁如背盟天厌之。

罕王亲送百里以外，洒泪而别。正是：

从此撒下友谊籽，日后开出团结花。

自此蒙古诸部纷纷到建州与罕王立盟修好。

再说九姓战争结束时，阵前俘获乌拉贝勒布占泰，这人身在建州朝夕思报复之事。他知道罕王的文韬武略比自己高出几头，硬拼硬打是决不能成功，他便采取攻心之术，对付罕王。

自被俘之后，他坚持每日一次亲自拜见，每天临睡前，先向罕王叩拜之后，才入寝。有时罕王吩咐他家礼不可常叙，可是布占泰仍然坚持朝叩首晚问安天天不绝。没有半年工夫，罕王命人去掉他的枷锁。

当罕王每次领兵出征时，由于布占泰对各部情况比较熟悉，多次出谋献策，有些策略果然收效，更引起罕王对他的信任。有时罕王出兵前还主动问他作战的一些战术，布占泰更是对答如流。

有一次，罕王偶感风寒，不知什么原因，布占泰没来问候，派人到他居处一看，只见布占泰面色苍白卧床不起。一问看护人才知道，布占泰自听罕王有病消息后，按乌拉部的风俗，为阿玛求寿用自己鲜血祭天求天保佑。他每天中午用刀划破右臂鲜血洒在庭院，虽然出血过多，体力大伤，仍坚持刺血祭天，祝罕王早日恢复健康。

罕王病好之后，听到这个消息，感到得亲自到布占泰住处问候，还在诸子面前说：

"布占泰虽然不是我的亲生子，却胜似亲生。我想放回乌拉扶他为贝勒。"这件事被安费扬古知道了，立刻来见罕王说："听说您要放回布占泰，我看不可。想布占泰胸怀莫测，咱们对他只是一般豢养并没有什么特殊待遇，为什么竟舍身救主，早叩晚拜，其中定有野心，不可不防。"

罕王一听，也感到有理，因此取消了放回乌拉的念头。这件事又被布占泰知道了，但丝毫没露出不满的情绪，反而更加殷勤，并且目光又扩大一些。

有一次，是罕王弟弟舒尔哈赤的生日。满城文武官员都献礼庆贺。布占泰请示罕王也想参加拜寿仪式，罕王点头允许。在舒尔哈赤面前，献随身戴的一颗祖传的大东珠，这颗东珠不但闻名于乌拉，就是漠北、中原也都知道这颗明珠。盛传着这样一个民谣：

> 乌拉部，出珍宝，
> 谁要得到永不老。
> 乌拉部，一颗珠，
> 光照十里色彩足。
> 宁舍五沟十八寨，
> 不舍珍宝夜明珠。

为了避开罕王，布占泰在晚间人散的时候，以奴辈之礼进见舒尔哈赤。

舒尔哈赤对这位被俘的贝勒以前没太注意，一听也来祝寿，只好勉强接见。布占泰从二门就跪下，一步步爬到大厅，涕泪交流地说："承蒙二位贝勒不杀之恩，我布占泰将永远忠于二位主子。"舒尔哈赤冷笑一声说："你过去身为乌拉贝勒，论身份应在我上，竟能如此忠诚，可敬可佩，有机会我在兄长面前保举你回国，不知意下如何？"

布占泰诚惶诚恐地说："主子好意奴才拜领，只是二位主子待我如儿女，怎能舍得离开膝下，我愿永生侍候二老。尤其是您老文韬武略的才华，不但奴才敬佩，就是大明皇帝以及漠北诸部谁人不知，哪个不

两世罕王传·努尔哈赤罕王传

晓。建州如此壮大，是和您汗马功劳分不开的。奴才无恩可报，愿将祖传的明珠献与主子，聊表寸心。"说完从怀中掏出一个锦盒双手奉上。舒尔哈赤听了布占泰的奉承以后，早已有些飘飘然，又见到稀世珍宝，更是喜形于色，赶忙接了过来，打开一看，只见这颗珍珠：光闪闪，亮晶晶亚赛明月，蓝微微白莹莹有如群星，万盏灯火逊色，室内四壁增辉。

舒尔哈赤不看则罢，一看不由心花怒放，暗暗想："这明珠不愧稀世之宝，若得此宝，可谓三生有幸矣！"接过明珠之后，立刻将布占泰扶起，命人看坐。布占泰再三推辞，舒尔哈赤执意命坐，只好谢坐。

布占泰一看舒尔哈赤眉飞色舞，进一步说："这颗明珠是我祖父年青时在叶赫部当差，一天晚间，陪着贝勒在河边漫步，只见小河里发出光芒，经久不断。到河边一看，什么也没看见。叶赫贝勒很纳闷等了半天，啥也没见到，一连三天都是这样，叶赫贝勒派一百个打鱼能手下河捕捞，终于得到。"

"就在第九天头，我祖父刚要睡觉，只见房门'呼'的一声开了，进来一位如花似玉的美女，手捧这颗珍珠，笑吟吟地说：此珠并非常珠，谁要得到它有开疆土建大业的造化，愿将此珠献给您。"

"我祖父得到此珠之后，果然占据乌拉，成为六马之王。今日奉上，愿我主事事吉祥。"说罢又站起身来恭恭敬敬地叩了三个响头。

舒尔哈赤连连说："赛音，赛音，愿上天保佑你。"

布占泰又进一步说："我有一件心事，不知当讲不当讲。"舒尔哈赤忙说："有话请讲。"布占泰打个唉声说："我有一个妹妹，叫古利格格，我这个妹妹不但容颜超人，更有一身好的武功，专会飞箭，百发百中，乌拉部一些巴图鲁多少人向她求婚，她执意不肯，并发誓说：'非王不嫁。'像这样才貌双全的女英雄只有主子您才能配得起，如不嫌弃，奴才愿意奉上，侍奉您老人家。"

舒尔哈赤是一个好色的人物，何况古利格格早已在他的脑海中挂了号，不听则已，一听此言真是有些飘飘若仙了。主动说："你在这呆的年头不少了，也该回去了，这件事包在我的身上。"就这样一种肮脏的交易拍板成交。

第二天，努尔哈赤和舒尔哈赤哥俩在议事厅中闲谈，舒尔哈赤借此机会和长兄说："大哥早有取乌拉之心，如果内部没有和咱一心的人物，纵有十万大军也难取乌拉，何况扈伦四部互相照应，一部有事，三部来帮，更难取胜。"

罕王点点头说："我也有这种想法，不过何人可做我们内线之人？"

舒尔哈赤说："依小弟之见可以放布占泰回部，因为现在乌拉部主荒淫酒色，不得民心，如果放他回国，一可以感激大哥恩释之情，二可以作我们的忠诚可靠之士，大哥何乐而不为。"

罕王沉思一会儿说："布占泰虽然改悔心很大，但这人巧言令色难以置信。"

舒尔哈赤进一步说："依小弟之见，何不再宽容一些，看他表现如何？"罕王见弟弟如此坚持要宽释布占泰，也只好答应。

当天，罕王找来何和里把舒尔哈赤的主张告诉一遍，并决定在西沟处，选出一处面向乌拉的住宅，并派二名阿哈朝夕侍奉。就这样，布占泰从一个阶下囚变为堂上客了。

用罕王的话，所以把他安置在这里，是为了朝夕都能看到乌拉，能看到乌拉的山山水水，云往乌拉游，鸟往乌拉飞，叫他知道云彩可以漂回乌拉，鸟可以自由飞回乌拉，你布占泰如果真能回心转意，也可以像云和鸟一样，回到自己的家乡。

布占泰早已料到罕王的用意，打那以后，表面上对罕王更加忠诚更加尊敬。

事有凑巧，罕王手下一位阿哈，因为偷拿衙门里明朝给的双龙银笔筒被罕王发现，痛打一番还插耳游街。事后，布占泰偷偷地找到他，拿出乌拉祖传的红伤药，给他治好了，叹息地说："当阿哈就是主子牛马，你不要以为就此了事，说不定何时罕王一怒把你杀掉。"那个阿哈以为布占泰也是被豢养之辈，一定对努尔哈赤有不满情绪，便说了实话："我何尝不想这点，像咱们做人家的罪人、下人终究没啥好下场。我也想了，人生早晚也得死，你我这号人活着又有什么用，死了倒也干净。"

布占泰看看外边没人，一边给他敷药，一边说："我给你讲个咱们古时候的一个故事。据说有个靺鞨国，国主是阿不凯恩都哩的九儿子，叫乌云贝子，他仰仗阿不凯的名声，一天天自高自大起来，目中无人，天天除了饮酒玩女人之外，专以杀人为乐。他一高兴搜出几个阿哈叫他拼命跑，然后用箭把他射死。其中有一个阿哈武艺超群，当主子命令他往前跑时，他大喊一声回过头来，一拳打死了乌云贝子，大家公推他当了国主。"阿哈看了看布占泰，没说什么。布占泰又接着说："我从小和蛮子学会相面之术，我看你五天之内必有大灾。如果能闯过五天，你要有一个意想不到的幸运，不但能脱掉阿哈这张皮，还有当章京的机会。"阿哈笑了笑说："我有大灾，我相信。说我能当章京做梦也不敢想。"布占泰进一步说："事在人为，只要你愿意当章京，我能帮你大忙。你可以拿我一封手书到乌拉部找我叔父，他能立即给你一个大官当。不过，你应该带点礼物去。"这个阿哈忙问道："带什么礼物？"布占泰又看看门外，依然没人。布占泰说："人头。"阿哈吓得半天没说出话来。

布占泰恶狠狠地说："你背后抱怨你的主子，我禀报罕王，岂能有你活命。为了交你这个朋友，为了提拔你，我不能干这损人不利己的勾当。你只要和我一心，不但仇恨可报，肯定能大富大贵。"说完从怀中掏出一个五十两重的银元宝，往桌上一摆，说："你发誓只要和我一心，先把这五十两银子送给你。"阿哈忙说："反正我早晚也得被奴酋害死，不如乐一天是一天。"他用身上小刀刺破左臂，跪在地下对天盟誓说："我一定和布占泰一心一意，若有三心两意，不得好死。"

布占泰说："努尔哈赤每天清晨总是一个人到西门外走走，如果你有大志，要报仇正是好机会。"阿哈咬咬牙说："我早有此意，不过没有机会。经你一说，我意已决。"布占泰当场给乌拉部叔父写了一封信。然后说："事成之后，你把人头装到皮口袋里，赶快找我拿着这封信投奔乌拉，说不定建州都督这个大官，就是你的了。"

阿哈说："请你放心，听我的好消息，你先把信替我保存好。"说完拿出一把钢刀，看了看，把穿戴收拾一下，就要在明天一大早动手。

再说布占泰一看事已成功，赶忙溜到罕王住处。这时罕王正在灯下读书。他轻轻敲一下门，守卫人员立刻迎了上去，喝问道："黉夜至此有什么事？"布占泰忙说："请军爷速速回禀，就说布占泰有要事要见罕王。"不一会儿，罕王传话叫他进屋。布占泰一见罕王立刻跪倒说："奴才发现一件大事，不知可讲否？"罕王说："尽管说来。"

布占泰跪爬半步，并看了看侍候人员。罕王会意忙叫家人退下。

布占泰说："偷取衙门东西的那个阿哈，方才溜进我的住处，把你老送给我的大元宝偷了去，我听到动静，跟踪追了出去。只见他来到小树林内和一个蒙面人说：'我前天约定，用五十两银子买你那把刀，不知带来没有？'只听那蒙面人说：'要你五十两银，是笑话，重要能把努尔哈赤的头拿来，我可以赏你两千两银，还保你到哈达做官。'我又想再听一听，他俩却一溜烟走了。奴才有心动手杀他，可没有真赃实据没敢动手，特来禀报。"

罕王看了看布占泰说："我知道了，你丢的五十两银子，可以由我这再支给一百两。"

布占泰只好告辞回到自己住处。

东方将出现鱼肚白时，罕王一个人像往常一样到西树林漫步，刚一进林子，只见一个黑影直扑过来，这人头上蒙着黑布，只露两个眼睛，手执一把明晃晃的钢刀，直奔罕王。罕王刚要动手，又见从林子里蹿出一个人影，说时迟，那时快，几步蹿到刺客面前。大喊一声："大胆狂徒，竟敢刺杀我家主子。"说罢赶了过去，没容分说，一刀将那个人砍倒，又一刀砍掉了人头。赶忙跪到罕王面前说："主子受惊了。"罕王一看是布占泰，高兴地说："你能如此诚心，实慰我意。罕王揭去刺客的蒙头布，一看正是偷双龙笔筒的阿哈。从怀中还搜出一个五十两的大元宝。

布占泰这一阴险的花招取得了罕王进一步的信任。

万历二十三年七月，罕王决定让布占泰归国。罕王在议事厅内召见布占泰，赏给他十匹好马，蟒服一身。还送给他四名超哈，千两白银。命图尔坤、蕫扬古两员副将护送回乌拉部，至此布占泰来了四年之久的豢养生活才告结束。

原来布占泰是乌拉第二贝勒。第一贝勒是他哥哥满太。这人正像前文说的那样，是个酒色之徒，性格又很残忍。他手下有两位副将，这两位副将名声倒不太大，可是他们的妻子在乌拉一带是两位绝顶美人。当时流传这样一段歌谣：

> 苏禄格，纳禄格，
> 天下美女属他喀。
> 他俩眼前站一站，
> 面花都得色木勒。

这两个美女自从嫁了这两员副将之后，总是嫌他俩长得丑，因此，偷偷摸摸地干了一些见不得人的事。因此，不但她长得出名，丑名声也传得很远。

满太是个闻腥就上的馋猫，有其父就有其子。有一次，借着巡察修筑边壕的机会，把两员偏将骗了出去。这父子两个每人霸上一个，尽情的欢乐着。哪知道这两员偏将觉察到满太父子不怀好意，就在半夜的时

两世罕王传·努尔哈赤罕王传

候，偷偷回到家一看，这父子俩正和两个妖妇睡得香甜。两个人气得咬牙切齿，一气之下杀死了满太父子。

其实，这员偏将开始并不知道满太父子做出这样告不得人的事，偏偏遇到满太的叔父典尼亚，很早就想篡夺贝勒职位，害死满太父子。这次巡视也随同满太来到这里，他知道满太的用意，故意找到那两名偏将，笑着说："真是两个傻瓜，把自己的窝让给别人，你要不相信，半夜回去看看，便知分晓。大丈夫难免妻不贤子不孝啊！"说完扬长而去。典尼亚这一番话，不费吹灰之力，断送了满太父子的性命。

典尼亚害了满太父子之后，自立为大贝勒。可是没过几天，听说建州贝勒把布占泰放回乌拉，这可吓坏了典尼亚，他暗下决心，一不做二不休，干脆把他干掉，岂不一劳永逸。想到这，他找到心腹人和他们秘密商议对策。

第二天，图尔坤、蜚扬古护送布占泰来到乌拉城。布占泰对这阔别四年之久的故乡，深深地吸了一口气，看看天空，看看四周，就在这时，他叔父典尼亚假惺惺地赶来。布占泰赶忙前来参拜叔父。典尼亚扶起布占泰掉着眼泪说："孩子，你回来的正好，快替你哥哥和侄子报仇吧。就在这十天前，他们父子修筑边壕，被两个没良心的偏将杀害了。"

布占泰一听，大哥被害死，立刻暴跳如雷，恨不得立刻杀掉两名凶手，蜚扬古赶忙上前劝道："请你先不要发火，为什么满太父子被害，还得详细了解一下才是。"忙命人把两员偏将叫来。

这两位偏将自从杀了满太父子后，本想逃跑。又一想，大丈夫敢作敢当，怕他何来，我倒要看看他们如何处置我们。一听布占泰叫他，立刻带着两位妻子来到贝勒府。一进屋，没等布占泰审问，典尼亚一个箭步蹿了过去，手起刀落砍死一名。布占泰一看情况有些不妥，立刻制止他叔父的鲁莽行为。典尼亚瞪着大眼睛说："你杀了我的侄子和孙子，与你势不两立。"那员偏将冷笑一声说："请老贝勒放心，杀人必须偿命，我要怕死，也早就远走高飞了。"说完，他把事情的经过详详细细地说了一遍。布占泰又问两个女人，她俩假意痛哭说满太父子如何强制奸污了他们，蜚扬古和图尔坤一见是这种情形，便对布占泰说："依我二人之见，这桩事情不如顺水推舟就此结束，一可以免得丑闻传出，二更重要的是长兄一死，这贝勒宝座岂不落到你手。"布占泰一听也对，又把这员副将安慰一番，把死去那员偏将厚葬一番，把那位禄格美人自己却留在身边。以后一些事情都坏在这个女人身上，这是后话。

再说典尼亚一见杀满太真相大白，更恨不得立刻除掉布占泰。

在当天夜晚，他的心腹两员偏将早已准备就绪，就在半夜时，越墙而过，刚一闯进布占泰卧室，就觉得后面有两只巨手死死地揪住后领子，刚一回头，又见从暗处蹿出十几名士兵，没容分说，将他捆倒在地，摔到堂屋。顿时灯光大亮，图尔坤、蜚扬古、布占泰端然上坐。吓得两个家伙扑通一声跪倒在地，连连哀求饶命。

经过讯问，两个人只好说了实话。布占泰哪容分说，一刀一个斩了刺客。

典尼亚听到消息后，连夜逃向叶赫。布占泰当上了乌拉国主，正是放虎归山去，反口要伤人。这才引起布占泰三反老罕王的生动情节。且听下回分解。

收服纳殷部以后，疆土增多，国威更振。努尔哈赤的势力日益壮大，引起明朝君臣极为不安。立即把李成梁调回北京，询问努尔哈赤的情况。李成梁虽然受了努尔哈赤的各种贿赂，但也感到时局不妙。可是已经在万历皇帝面前夸下海口，说努尔哈赤如何忠顺于明朝，有我李成梁在，努尔哈赤是不会反明的。可是纳殷部被努尔哈赤收服过去，这一事实没法掩饰。只好向皇帝奏禀一些虚伪现象。说什么纳殷部仍然存在，努尔哈赤只不过出兵替他们平服了内乱。虽然这么说，也消除不了朝野对努尔哈赤的怀疑。有些朝臣主张立刻兴师问罪，讨伐建州。有的人反对出兵，仍以赐官爵名利为上，使其忠于明朝。真是众说纷纭，议个不休。朝中其实这种议论，是明代末期一种通病。遇到重大问题，吵吵一顿到最后拿主意时，谁又不敢做主。正在这没法解决的时候，忽然皇门官启奏：努尔哈赤派人送贡品和奏章。这突如其来的举动，使满朝文武官员目瞪口呆，半天说不出如何对付之策。一位大臣说："既然努尔哈赤以礼朝上，我们也应以礼接待。"就这样把来使接到议事殿内，按朝礼收下奏章。奏章中写道："臣努尔哈赤为了边陲安泰，于甲午前出兵镇服了纳殷叛逆，翦除了叛明逆臣。在战斗中，将士奋勇杀敌，为皇上分忧，请给于赏恤以利军心，并按制进贡如下物品。"

这封奏禀，弄得大家没法答复，只好把使者安抚在馆驿中，散朝回府。

其实朝中议论努尔哈赤的事，早被努尔哈赤料到。和诸贝勒一合计，争取主动一些好。便想出报功请赏的办法，使明朝没法问罪于建州。

第二天，努尔哈赤使者用厚礼拜访陈太监和李成梁等人，详陈建州贝勒如何忠顺于明，如何为明朝镇服建州诸部，一再表示建州永远忠于王朝。尤其是这次出兵纳殷实属为明朝镇服叛逆之徒，请朝廷应该论功行赏。

陈太监是当时在朝廷中举足轻重的人物，这些厚礼打动了他同情建州之心。再加上李成梁有意推崇努尔哈赤，便欣然应允，愿意在皇上面前奏明努尔哈赤的忠心报国之心。

次日，群臣又聚在偏殿议论如何对付建州来使的策略，正在争议未休的时候，忽然陈太监手捧后宫传来的圣旨，圣旨大意是：

努尔哈赤为国分忧，堪为忠君爱国之才，加封龙虎大将军封号，并对伐逆有功的将士赏赐有加。钦此。

面对突如其来的圣旨，大家只好谢恩遵行。

陈太监笑嘻嘻地和大家说："列位公卿圣明，皇上为了安抚边夷永息干戈之争，才加封龙虎将军之称的，切望众位大人勿负皇上的隆恩才是。"说罢转身回到内宫。这一场争论至此又使努尔哈赤获胜。

万历二十三年春末。明朝决定派钦差到费雅拉城传送晋封龙虎将军称号，费雅拉城焕然一新。从沈阳那里用重金聘来吹鼓手，在议事厅前大场子上高搭彩棚，彩棚中间供着当今皇帝万岁万岁万万岁的龙牌，从费雅拉城到沈阳五里一牌十里一馆，准备迎接明朝来封赠的钦差大臣。

据传说钦差大臣仍是陈太监，这次到漠北气魄更大，只干儿子干孙子带有五百多人。努尔哈赤明明知道这些人是为财而来的，为了多笼络一些朝内诸官，早已备好各种珍贵礼品和金银财宝。仅金银一项就花费十几万两，貂皮几十车，珍珠成斗，上好鹿茸两千多架。

受封那天，努尔哈赤和他弟弟舒尔哈赤，以及大小官员一律身着明朝官服，迎出十里以外。当陈太监大轿来到时，努尔哈赤跪接圣旨。

大队人马来到彩棚，陈太监宣读了封爵圣旨。努尔哈赤率众臣呼万岁谢恩毕。努尔哈赤请钦差到后衙门入席。

席上陈太监一看屋里屋外上下人等挎木刀、木剑、木头滴答枪，心里很觉纳闷，忙问道："想建州人强马壮，远近诚服，为何武器皆为木制？"努尔哈赤叹一口气说："实不相瞒，这几年平叛乱安定边陲，有点铁器都使光了，不但武器用光，每家吃饭的锅都不够用，十几家才用一口锅。到马市买锅，得花费一锅貂皮才能换到一口锅，小住家怎么买得起呀？库房剩点武器，前些日子都化铁做锅了。没办法才下一道命令：'一律不许携带铁武器。'人们也会想办法，就用木头做出各种刀枪挎起来也挺好看。"

陈太监点了点头，心中暗想，缺铁缺到这种程度，怎么敢和明朝对抗，心里更觉放心，顺口说："等回去之后，一定奏明皇上，发下点铁锅，以解万民之苦。"

陈太监回去后，没出半年，果然发下一千多口锅，解决老百姓"做

278

饭问题"。

努尔哈赤加封龙虎将军之后，对漠北各部震动很大，纷纷派使者携带礼品祝贺。尤其是乌拉贝勒布占泰更是倍加殷勤，亲自偕同福晋前来祝贺，并提出今年秋愿将古利格格送来与舒尔哈赤完婚。

布占泰在舒尔哈赤面前曾许过婚事，提起这位格格还要详细介绍一下。她是布占泰胞妹，姑娘从小就聪明过人，不但容貌出众，更和游僧学得一手好枪法，更厉害的是手中九支飞箭，真是百发百中。人们常说谁要娶上这位格格，管保能协助他安邦定国。常言道：高人傲，一点不假。乌拉部和哈达部有多少年青阿哥托人说媒，她丝毫没有动心。他长兄生前几次问她，她斩钉截铁地说："平庸之辈我不嫁，只有王公贝勒年貌相当，才能嫁给。"

这次他二兄布占泰回来之后，虽然表面恭维顺从努尔哈赤，总想有朝一日能真正自主为王，扩张疆土，把建州也据为乌拉所有。尤其看到舒尔哈赤和长兄争名争利，心中暗暗打了主意，一定在舒尔哈赤身上下功夫，挑拨他们兄弟之间不和睦，以造成内乱，然后趁机再吞建州。有了这番打算，才在舒尔哈赤面前许下妹妹婚事。因此常在妹妹面前讲舒尔哈赤如何英雄，在明朝那里比他哥哥都出名，一旦你嫁过去，好好扶持他，何愁建州宝座得不到手。

古利格格也略知一些建州情况，心中早已想妥夺取大权的主意。

丙申年夏季以来，布占泰就忙于给妹妹筹办嫁妆。从东海购进良马五十匹，全是白色的，又从蒙古草原购进二十头白骆驼，上等茸角二十付，珍珠、玛瑙、狐貂貂皮各备一百张，又派人到关里购进各种绸缎二十匹，金银首饰应有尽有。

冬十二月，乌拉部组成三百名送亲队伍，送妹出嫁。

舒尔哈赤早已有了两房福晋，古利格格是第三个福晋。

这次舒尔哈赤完婚事，努尔哈赤早有安排。努尔哈赤心想：二弟自小和自己受继母之气，四处讨要为生。娶前二个福晋时，因忙于平定诸部，再加上还不太富裕，婚礼办得并不理想。这次婚事要好好办办，为这，他特意在议事厅东三里请来木瓦石工，按照自己的住宅样式、规划给二弟起造一幢二王府，凡自己有的用品和奴仆都照样分给二弟。除此又差人到哈达、叶赫、蒙古三部，甚至远至东海诸部送信。

结婚那天，高搭彩棚，广备酒席，前来祝贺的外宾，有七大部落贝勒、台吉还有李总兵差人祝贺，明朝也派专使致礼，送来宫灯、彩扇等礼品，喜事连办七天，真是客如流水，车马如龙。

凡属接的各种礼品，努尔哈赤一律派人送到二王府，为此还腾出三座大房做礼品库。

这位古利格格更是贪得无厌，凡属接到礼物，完全归为己有。舒尔哈赤自从娶了这位新人，终日陪伴于二王府内。

有一天，古利格格忽然问舒尔哈赤："建州是不是你的父亲和祖父一手创兴的？"这突如其来的问话，把舒尔哈赤弄得莫明其妙，笑了笑说："当然喽！"古利接着说："令兄将来要建国称汗这可是真的吗？"舒尔哈赤吃惊地看了看古利，慢慢地说："你不要无事生非，乱说乱讲，我大哥从来没有这种想法。今后你不要讲一些闲言蜚语有碍建州大事。"古利微微一笑说："要想人不知，除非己莫为。你不要替你大哥掩护，他日夜练兵，用各种计谋骗取明朝钢铁，笼络大批人员到明朝探听消息。我看一旦翅膀硬了，不但漠北称汗，说不定对大明江山还要取而代之。"舒尔哈赤一听这话，吓得出了一身冷汗，刚要制止，古利又接着说："请二王爷不要替你哥哥隐瞒真相。我再问你，建州既然是你父亲和祖父一手创办的，为什么一切行动都得听他的调遣，你就不能替他分担一些吗？再说一个好巴图鲁决不仗着别人的弓箭猎取牲口，应该有骨气，自己创业才能名留万代，才能不愧先祖之灵。再说，令兄一旦成熟，当了大汗，要知道，天无二日，人无二主，到那时你这位二王爷的处境，你料到了吗？董尔基之死，董鄂部之亡，王甲部哪一点对不起建州部，竟在半天之间踏平，说穿了还不是为了统统纳入他的范围之内，壮大他的力量！"

这一番话，说到舒尔哈赤心里。自打建州日益发展的时候，他总是处处和大哥比，吃的、穿的、用的都要求和大哥一样。常在众将面前夸耀自己和大哥是一样大小。因此，努尔哈赤处理财产和奖惩众将士他总是争取多分一些，对自己部下多袒护一些。虽然如此，努尔哈赤并没有放在心上，以为弟弟年轻，从小和自己受苦受罪，多分点也没啥。每当努尔哈赤得胜还朝受到贝勒大将拥戴时，总感觉不是滋味，心想，我跟大哥是一奶同胞，他立多大功也是我的功劳，往往因为这个，心情不太痛快。这次又听古利一番言语，也勾起他一些想法。叹口气说："这些事，你不要过问，我们兄弟间自会安置好的。"古利冷笑着说："水不来先打坝，黑熊不来先挖窖才是正理。我再斗胆问你一句，今后你打算怎么活下去？是这样吃人家饭过一辈子，还是光宗耀祖干一番事业呢？我

两世罕王传·努尔哈赤罕王传

古利别看是女流之辈，叫我成天混饭吃等死可不行。我早有决心，非王不嫁，宁可顶风死，不愿顺风活。"

两个人正在谈话时，忽然门军来报说："努尔哈赤请二王过府，有要事相商。"舒尔哈赤这才想起昨天晚间有人传话，请二王明天过府有要事相商，他只好同来人到议事厅去。虽然这次谈话没有结果，但对舒尔哈赤来说，不能不起一定作用，给他今后养私兵，扩大自己势力，意欲取而代之的阴谋起了一个极为关键的启示。

舒尔哈赤来到努尔哈赤府上时，已到巳时时刻，进屋一看，安费扬古和一些主要将官都在这里。大家一见舒尔哈赤进屋，都纷纷起身来，向二王请安让坐。努尔哈赤劈头问道："二弟，为什么迟迟不来？大家等得很着急？"舒尔哈赤心里不由动了一下，心想，我和古利谈话莫非兄长知道了，又一想，不能，便扯个谎说："因古利格格身体不适，才晚来一会儿。"努尔哈赤也没介意，当舒尔哈赤坐下之后，努尔哈赤命仆人给二弟倒了一碗茶水。然后说："昨天有叶赫、哈达、乌喇、辉发四国来使愿与咱们复归前好，永远和睦相处，为了表明我们的诚意，叶赫贝勒布扬古愿以妹结亲，金台石愿以女嫁给代善为妻，并请于下月在费阿拉对天立盟，不知大家有什么看法？"

大家想了一会儿，有的说，他们多次背盟弃义已失信于我，决不和他们立盟，反而束缚我们手脚，不如一鼓作气，把他们收服过来，有的则不然，他们意见是尽量和他们和好，免得自残骨肉，不能叫明朝坐山观虎斗。

争论半天，努尔哈赤拦住了大家争议。他说："想漠北诸部言语相同，本为同族同戚，近百十年互相争战不休，四分五裂，造成骨肉相残，父子如仇。如此下去，岂不鹬蚌相争。我们自十三副甲报父仇以来，我们绝不能重蹈前辙，依仗势力凌弱争战。再说，这几个部也不是轻易惹得了的，他们真要联合起来，岂不又引起争战不息了吗？今天若不与他们立盟，罪在我们，他们若背信弃盟，则自找绝路。依我之见，还是与他们立盟为上。"

这一番言语说得大家点头称是。

万历二十五年春，费阿拉城搭起一丈二尺盟台。盟台左侧，堆成五尺的构木，台上陈放着大条桌三座，中间摆着五个香碟，达子香升起缕缕青烟散发着使人神往的草香味，香碟后面陈放着清水银盆和三只大银碗一斗五色土，东条桌上陈列着三坛米酒，金盅五盏，西条桌上陈放着利刃一把，木锥一柄，空碗一只，血盆一只。再看盟台四角插着四杆红白蓝黑四色旗，象征东西南北四方，中间高竖一面黄色大旗象征中央。

天到巳时，四位萨玛手执单锣手鼓，系着腰铃步上盟台，进行抛请天神。正中午时，牵来青牛一头，白马一匹，羔羊三只，黑猪九口，只听萨玛高唱上天神降临的降神调后，台下十八手鼓和四面台鼓雨点似的响了起来，相继号角、云排也吹打起来，左侧构木，立刻燃烧起来，浓烟烈火直冲天漠。在这一片鼓声中，建州贝勒、叶赫贝勒、哈达贝勒、乌拉贝勒和辉发贝勒相继登上盟台，排成一行一齐跪倒。努尔哈赤首先接过阿哈从西面条桌上递过那把利刃和那只空碗。努尔哈赤斟酒一碗，高高举起，这时司牲十四个萨玛每人拿起一柄木椎立即插进祭祀心部，接过三牲鲜血摆在正桌上。努尔哈赤手执木勺，舀一勺牲口血混在酒内，又在左臂上划破一口，滴出自己鲜血也混在酒内，然后向天祈祷说：

"建州女真努尔哈赤对天盟誓，永和兄弟各部友好，决不背盟，决不弃婚，如若背盟弃婚，愿此土如此骨，如此血。"说着，抓出一把土踏在脚下，拿起三块兽骨抛于水中，将盆中鲜血盛出一盅酒抛于台下。又接着说，"如背盟弃婚，永坠厥命，若真诚立盟，愿饮此血酒，食其祭肉，福禄永昌。"说罢，喝了一大口血酒，吃了一大块祭肉。

其他四部贝勒也是一一盟誓致祭。

盟罢，立即大摆宴席，分赠祭肉。

席间，努尔哈赤和四国贝勒说："我们五部已对天盟誓，愿意永远和睦相处。如果哪个背盟弃婚，劝戒不改，我将亲统大军征服之，到那时可别说我努尔哈赤无情。"大家连连称是，这次立盟历史上称之为五部联盟。

事隔不久，叶赫首先背叛了五部之盟。他们夺取了从蒙古运来的五十匹阵获之马。更令人气愤的是，金台石在立盟时许给代善的姑娘又出尔反尔，又许给喀尔喀部贝勒介赛。乌拉贝勒布占泰在立盟会上许给努尔哈赤一对古钢锤转赠给叶赫贝勒纳林布禄。这些反盟不能不引起努尔哈赤的深思。经过深入了解之后，才明白了其中的真相。

原来他们四部在没到费阿拉之前，早就有了攻守同盟，发起立盟的是叶赫部，自九部之战战败后，知道努尔哈赤决非一个部两个部能抵挡得住的，便想出一个暂时保存自己的绝招，和努尔哈赤修好立盟，等有机会再图大计，因此他联合其他三部，才举行了盟誓大会。事也凑巧，当努尔哈赤派兵问罪于蒙古得胜回来的时候，驱赶着阵上得到的四五十匹战马，路过叶赫部的时候，正赶上纳林布禄郊外行围，一看这些战马，个个体大膘肥，羡慕的不得了，忙命手下甲兵抢夺。一些将士忙禀报说："贝勒爷这马夺不得，是建州部的战利品。"纳林布禄一听吓了一身冷汗，有心放行，又舍不得这块肥肉，有心夺取又碍于立盟关系，便暗暗派出五十名精勇甲兵，假扮强盗模样，在南山口埋伏起来，冷不防把四五十匹战马全部夺了过来。巧的是抢掠牲口的甲兵之中，有一位叫费雅古的，和建州赶牲口的杜崐阿认识，两个人论起来还是姑表亲，杜崐阿一看是表弟，不由愣住了，忙问道："你不是纳林布禄手下的甲兵吗？怎么当起了强盗。"费雅古看看四下没人，偷偷说道："大哥不要声张，这是我家贝勒派我们假扮强盗，你千万不要对人乱说，赶紧逃命去吧？"杜崐阿一听，心想，叶赫部竟干得出这种见不得人的事，有心逃跑，但又怕回去报告没有证据，便假意地说："这地方我很生疏，不知逃路，表弟能否送我一程。"费雅古没容分说，引着杜崐阿向南逃去。哪知这位杜崐阿力大无比，动作敏捷，当跑到没人地方时，冷不防冲了上去，把费雅古按倒在地，解下腰带放在马上，骑马飞速跑回。努尔哈赤听到情况后，不但没加罪杜崐阿还赏了他的机智行为。

再说金石台之女年已十八，是一位百依百顺的姑娘，听说阿玛把自己许配给代善之后，心中暗喜，因为听说代善为人勇敢、正直、年轻有为，又是努尔哈赤次子，过门以后，比现在要好的多。有时问及额娘，额娘也很满意。就在这时，喀尔喀贝勒介赛愿意用马群做为订婚礼物要娶金石台之女。另外表示，一旦叶赫被欺，愿意出兵援助。这些条件深深打动了金石台之心，就这样出尔反尔地把姑娘轻轻地转许了喀尔喀贝勒。就在他们订婚之后，真地成了联盟，一起干了坏事。

在这期间，有一件值得提及的事，虽然没记载在史料里，却在满族人民中广泛流传着。这就是老罕王只身探古洞的故事。

据说哈达部益格布禄自从和罕王定了盟之后，回到哈达没出几个月，忽然叶赫遣人来请他到叶赫赴宴，他便带几名随从赴约而来。纳林布禄在席间说出一桩神话般的事来。

他说："在前五天，到郊外行围，正赶上天下大雨，想到回城又没带遮雨的衣，只好连人带马躲到山洞里，还没等雨停就听洞里隆隆作响，往洞的深处一看，不觉毛骨悚然。只见一个怪物从洞内爬了出来。这怪物，浑身长毛，两腿站立，直奔我来，我刚要往外逃时，那只怪物大叫一声，一巴掌把我坐骑活活打死，吓得我只身跑了出来。听说，你手有一把镇妖宝剑，特请你商议一下，可否借我一用。"

益格布禄一听笑了笑说："哪里有什么镇妖宝剑，不过，自我祖父当王之后，受过明朝封为龙虎将军，纯钢宝剑。我等逢祭祀时都把它请出来供在神案上。前五年秋，家祭的时候，我一位婶娘得了伤寒病症，水口不打牙，还直说胡话，大家都认为是邪魔缠身，有的主张活活烧死，有的主张送到深山老林。最后有人说，上方宝剑能避邪驱鬼，何不请出来试试。这话被病人听到了，他以为要用上方宝剑杀死她，急得她出了一身大汗，当宝剑拿来时，她大喊一声，汗完全出来了，真的起了床。打那以后，真好了。"

纳林布禄说，咱俩何不如此如此、这般这般骗努尔哈赤入套，活活置他死于不明不白之中。益格布禄一听，大喜。于是两人便依计而行。

有一天，努尔哈赤正在操练场练习兵马，忽然衙门报信官禀报有哈达派来使有要事，要面见贝勒汗。努尔哈赤一听，立刻随同来使回到衙门议事厅。只见哈达来的二位使者迎上门外，躬身请安，努尔哈赤赶忙把二位让到室内问道："你家贝勒何事差你们到此？"这两个使者慌忙跪倒，口尊聪睿贝勒，我家贝勒有件大事，必须请您作主，说完拿出益格布禄一封手书：

拜见建州督都龙虎将军，兹于前三日于西山行围，因天雨未能返程，避雨于山洞之内，在洞内遇一石匣上刻"若要石匣开，单等努尔哈赤来"，特此亲迎请大驾光临实为至盼。

努尔哈赤又问二使，他俩又学说一遍。并说："前三年我家贝勒祖传龙虎将军上方宝剑不翼而飞，我家贝勒叹口气说：真是没福享受皇上封号。听说贝勒汗明朝皇帝也封为龙虎将军，我家贝勒感叹地说，如果宝剑不遗，一定恭送给贝勒汗。"

这一番言语说得努尔哈赤半信半疑，问清了山洞的方向。马上说："回禀你家贝勒，三天后我要亲到洞口看看。"

第三天，努尔哈赤带五名跟随刚要走，安费扬古拦住说："哈达叶赫灭我之心未死，这次来信肯定有什么阴谋，万望贝勒提防才是，我愿跟随前往。"另外派额亦都率一百甲兵伏于山口，以防万一。努尔哈赤也点点头称是。

努尔哈赤按照说的方向来到西山，一进山口，只见哈达、叶赫两部贝勒早已在这等候，并事先搭好行军帐篷，以及一些丰盛食品，三位贝勒携手进入，仆人立刻摆上迎风酒，大家入席之后，益格布禄又把发现石匣之事说了一遍，并绘声绘色地说："前些日子，我二人又进去一次，可是没等到石匣前，就遇见一个怪物，浑身是毛直扑过来，趴在石匣上不动，用箭射时，又像射在石头上面似的，特此请贝勒罕来，以便除怪得宝。"

　　这时天已黑了下来，大家吃喝完毕，准备就寝时，只见从山洞方向跑来一个怪物，努尔哈赤一看，大叫一声"不好"，那怪物出来了。这时随行人员立刻刀出套弓上弦，只见那怪物直奔帐房，两掌把帐篷掏个大窟窿，吓得叶赫、哈达二贝勒躲在桌下慌作一团。努尔哈赤注意一看，真是浑身是毛，两只前肢不知拿着什么东西，他向怪物大喝一声说："何处怪物，胆敢在此作怪，"说罢抽出刀，劈了过去。安费扬古也抽出腰刀迎了上去。只见那个怪物两手一伸，抓住双刀一折两段，那怪物就退后，扑来三次，后退三次。最后那怪物像鹿叫似的向山洞跑去。努尔哈赤大喝一声追了过去。他跑的那么快，那么敏捷，一眨眼就不见了。当大家跑到洞口时，那只石匣早已敞开，宝剑不见了，再一找努尔哈赤踪影皆无。这可吓坏了安费扬古，乐坏了叶赫、哈达。不知罕王到底怎样？且听下回分解。

话说安费扬古一看罕王不见了，吓得面如土色，立刻把额亦都等人调来。气得这位傻二爷圆睁两眼，指着叶赫、哈达二贝勒问道："你们设的什么圈套，如果找到我家贝勒便罢，要是找不到我家贝勒，一定要拿你二人是问。"就这样一百多名兵士搜查了三天三夜，叶赫、哈达两位贝勒早溜了回去。

第四天清晨，安费扬古两员大将正在苦心寻找之时，忽然从费阿拉方向跑来一骑马，上面端坐一员小将，到近前一看，原来是罕王长子褚英。到跟前翻身下马说："我父有令，请二位速回。"安费扬古一听怔了，半天没说出话来。褚英笑了笑说："他们弄巧成拙，详细情况回去便知分晓。"安费扬古和额亦都只好率众回城。到议事厅一看，果然看到罕王端坐在龙交椅之上，旁边站着一位黑脸膛的彪形大汉。这是怎么回事？

书中交待。罕王发现怪物之后，开始也有些心惊，他一细看，只见那怪物由于仓皇逃跑时竟丢下一顶帽子似的东西，当他忙于拾起的时候，罕王发现这怪物头部和人一样，更增加了罕王的好奇心。他毫不思索地追了上去，到了山洞，那怪物不见了，果然在洞内发现一个石匣，罕王看也不看石匣上面的文字，用力一掀，看见一把御赐上方宝剑。他高兴地佩戴在身边，四下望了一下，只见山洞深处仍有山洞，他顺着山洞向深层走去。没走半里路，却出现七八个洞口，再想找归路已经分不清了。就在这时，只听第六个洞有人嗡声嗡气地问道："你是哪个部落人，为啥苦苦追我，不能使我报仇。"罕王再一细看，正是方才逃跑的那个怪物，只不过头部已露出人形。罕王不解其意，忙把宝剑拿到手中。说道："我是建州部努尔哈赤。"然后厉声说道："你是何人，为谁报仇，你仇人是谁？"那人一听，立刻飞奔过来，脱去外套，双膝跪下，悲痛地说："我早知聪睿贝勒的英名，本想早日投靠，无奈大仇未报，安不下心来。"说罢一个劲地叩头，痛哭不止。努尔哈赤赶忙扶起。细看，这是一条彪形大汉，往脸上一看，黑油油的脸膛，两只大手像簸箕似的。两个人坐在石上，那位大汉长叹一口气，说出他的悲惨遭遇。

原来这位大汉属于叶赫纳拉哈拉，从十五岁那年，就跟游僧学一手好武艺，尤其是练就一手虎头抓功夫，这功夫两只手抓透一寸生铁。他名字叫哲罗瑚。对老母非常孝顺，因为阿爹死得早，全靠打猎养活老母。他有一个妹妹叫格古姑娘，不但为人善良，长得非常美丽。天随人愿，哲罗瑚在十九岁那年娶了一位如花似玉的妻子，一家四口过得倒也美满。有一天纳林布禄带着犬，驾着鹰和哈达贝勒益格布禄并马出围，路过哲罗瑚门口，正赶上姑嫂二人到河边洗衣服。二位贝勒一看：真是神魂颠倒，呆呆地站在那里，动也不动。当姑嫂二人回去之后，他俩还像木鸡似的望着这二人背影，长叹一声说道："天下竟有这等美人。"两个人围也不出了，回到府里，一打听才知道是哲罗瑚家中二美姑嫂。两个人琢磨一阵，居然想出一条妙计，决定给哲罗瑚封个官给些银两，然后委派远处去，这二美人岂不落到手中。

当他们把哲罗瑚支走以后。第二天派人硬把二美人抢到衙门里，老太太由于思念姑娘和媳妇，一气之下，死于深夜。这二美人被抢去之后，也坚强不屈自刎而亡。一家三口就这样死去。哲罗瑚听到这惨痛消息，真是痛不欲生，最后一咬牙，一定要报仇血恨。几次想要冲进衙门，可是由于防范过严，没法下手，才想出一个装妖作怪的办法，天天在纳林布禄围场转悠。偏偏冤家路窄就在那天下雨时在洞口相遇，可惜只拍死他一匹战马。

哪知道这二个贝勒想要用怪物害死罕王，才以上方宝剑为铒引罕王进洞，满以为被怪物活活制死。这样不费吹灰之力去掉他俩的眼中钉。

罕王听完之后，用安慰的言语说："报仇不是一朝一夕的事，如不嫌弃，可以和我同回费阿拉，会使你有英雄用武之地。"就这样，哲罗瑚才把罕王从后洞引出。原来这后洞口离费阿拉很近，两个人不知不觉地回到了费阿拉，以后这位勇士成了罕王左右的一位卫士，可惜史书上没有留下他的名字。

罕王一生是操心费力，战斗一生。有人说：罕王是一顺百顺天命人。其实不然，他之所以能够统一漠北，敢和黑暗明朝对抗，能够给清代打下有力基础，决不是天之命，是他有着雄心壮志，有着过人胆识，有着惊人的才智，才在那战争不休、尔虞我诈的岁月里成了大器。自从叶赫劫马、金台毁婚、乌拉赠锤、山洞陷害等事屡屡发生后，罕王早已明白了这些部的内心，更加坚定了他统一漠北诸部的决心。偏偏各部又反对统一，各自为政，为了反对持统一志向的努尔哈赤，他们不惜遣力，尽量联合，共同对付。可是他们又都有各自的小算盘，真是又想联合，又怕联合，想反努尔哈赤，又怕努尔哈赤。这些微妙的复杂矛盾，构成明末东北的局势。在这动荡的社会里，努尔哈赤凭着智勇双全，成了当时的轴心，甚至连明朝也都把重心移向建州，以发展看努尔哈赤屡屡取胜，从阻力看努尔哈赤天天壮大，这不得不使他们日夜筹措如何对付这些敌对力量的策略。

咱们闲言少叙。万历二十六年，刚过完年，罕王在后府看几个小儿子和师父练习骑马弓箭之术。忽然六官启禀，安楚拉库和内河两路送来告急木简。罕王一看，那木简用蒙文写道：

"叶赫贝勒亲统二千大军先后侵占我安楚拉库和内河两路，请速发大军。"

努尔哈赤看罢，不由吃了一惊，虽然他料到叶赫必然要取这两路，有过一些初步打算，但没想到动手这么快。急忙传令，敲云牌聚将议事。

执勤章京立即敲动云牌，大街门四外云牌响声连成一片。没过一个时辰，大小将官云集在议事厅内，个个盔明甲亮，伫立两侧。罕王从后府出来，步入大厅，众将官纷纷请安。

努尔哈赤坐在中间虎皮交椅往下面一看：只见二弟舒尔哈赤，小弟穆尔哈赤，长子褚英，次子代善分班站好。努尔哈赤忙命人给二弟看座，弟兄俩并肩坐好后，众将士又重新见礼，额亦都、安费扬古、费英东、何和里、扈尔汉五员大将也先后到齐，下面还有领队官大小将领不下百员，济济一堂。

罕王看了看众位，然后说："今有叶赫贝勒不顾立盟，竟背盟弃信，率二千兵马侵我安楚拉库和内河两路，似这等无义之徒，必须给以严厉惩罚，也是我练兵的好机会。我意派大阿哥褚英、二阿哥代善替我出征，众位意下如何？"又接着说："是虎羔子是狗崽子要在战场上试试才能知道，再说成年关在家里娇生惯养，出不了好种。这次出征就是叫他哥俩在真刀真枪里练一练。为了确保胜利，命呼尔汉随军当通事，命费英东、安费扬古为军中军师。"众将官一听罕王让两个爱子挂帅出征，都有些放心不下。额亦都是个直性人，首先说道，"既然两个阿哥挂帅出征，我情愿陪同前往。"这时，大小将官都替褚英、代善担心。因此都纷纷要求出征。这一来，不但五大将军全部出马，其他一些著名将领都一窝蜂似的报名出征。

正在大家争先恐后报名出征之时，听到外面门官喊道："幼王巴雅拉到。"

原来巴雅拉奉大哥罕王之命在城南监工修建仓库，听说诸位将领在议事厅研究出兵讨伐叶赫兵一事。立刻把工作交给领工，一口气跑了回来见到罕王说："大哥，你平素待人公正，为什么这次出兵要起偏心来了，为什么不派我去？"

努尔哈赤笑着说："小弟弟你先归班站好，我自有安排。"接着和大家说："大家都要出征，这是为了保护我两个阿哥。但如果全走了，这城岂不成了空城。我又细细考虑一番，我看代善可以留下来，帮我守城，小弟巴雅拉可以挂副帅出征，安费扬古也可以留下，另外派噶盖随军以便书写文书。"决定以后，计划三天后发兵。刚要散时，罕王严厉地对褚英说："你初次挂帅，一切行动要多听诸位将领的见解，不许自以为帅，胡乱发号施令。帅在智，不在勇。这次出征，我要看你智谋如何评功论赏，遇事要沉着，不可轻举妄动。"褚英请个安说："谨遵父命。"巴雅拉交接班和褚英告退准备去了。

罕王对众将说："这次命褚英挂帅是为了叫小虎羔子在真刀真枪真杀真砍的战争中练练他的本领，试试他的能力。你们不要以为他是帅，一切都听他的。这次战争，你们必须管。如果小褚英不行，你们可以夺他的帅。不能叫初生牛犊子乱跑乱闯。"这一番话，说得大家都感到心里热乎乎的。齐声说："请罕王放心，我们一定尽力作战。"

罕王回到后院，又把褚英、巴雅拉叫到跟前，再三嘱咐他们要听大家的话，不要任性。

褚英是罕王的大儿子。生于万历八年，七岁开始学习拉弓射箭、骑马舞刀；九岁时给他请了一位尼堪人武术师，教他尼堪人刀法和枪。这阿哥生性特别聪明，什么武艺一学就会，学了三年。他爱穿白色服装，回家那年，师父语重心长地和他说："孩子，你是罕王长子，将来江山是你的，你可要勤学多练，壮大你的队伍。你继母很多，应该恭顺谨慎，万不可像在我跟前似的，动不动耍起性子，对兄弟应该和睦，千万不要以为你是兄长，就为所欲为。再说，你父王手下的一些将领都是和你父王一同起家的功臣，对他们更应该尊敬才是。"褚英点头称是。

师父给他专门做了一身白色战袍，选上一匹一等白马，又托人花一百两银子买进一条亮银枪，就这样把他送回费阿拉城。努尔哈赤一见褚英不但长得出众而且武艺又非常惊人，真像如得一颗月明珠似的倍加疼爱。

小褚英正因为自小就受到宠爱，养成了一种孤僻高傲，谁也看不起的性格。这种性格，造成了他一系列的悲剧，最后导致他负罪身死。

回来的第二年，正赶上九部之战。罕王对这个新回来的长子真是爱如掌上明珠。当罕王领兵征讨九部之兵时，生怕褚英出马上阵，曾派四名老管家对褚英和罕王幼弟巴雅拉严加防守，把他俩锁在后院，以为万无一失。

晚间，小爷俩急得像热锅上的蚂蚁。巴雅拉看看四外高墙，对褚英说："这次战斗看样子咱们是参加不上了。"褚英呆了一会儿，笑了笑说："我有办法出去。"巴雅拉忙问："有什么办法？"褚英附在他的耳边说了一阵，巴雅拉高兴地直拍手。

大约戌时左右，四个老管家一看两位小阿哥躺在炕上睡着了，也到厢房打算去睡，忽然听褚英大喊一声："可了不得了，后院失火了。"老管家一看，果然后院一个木垛着了火。他们忙着找水，可是一看所有水缸都是干的，只好开开大门到外边找水，好容易把火救灭了。可是一看两位小阿哥，踪影皆无，到马棚一看，两个人的坐骑也不见了，管家们急得直跺脚没办法。

这两位小阿哥，好似出笼的鸟儿，脱疆的烈马似的直奔战场跑去。正赶上辉发兵向罕王主力部队杀去，这两员小将大喊一声，杀进敌人队伍中去，辉发兵没有料到突然出现两员小将，正在惊魂未定的时候，褚英爷俩如入无人之地，前后左右乱杀一阵，弄得辉发兵没法前进。就在这时，罕王兵马赶到，齐心协力，杀败了辉发兵。

罕王在远处的时候，正在酣战时，看到前面飞来两员小将杀向敌阵。其中一位白盔白甲英姿勃勃，心中纳闷，哪来的这员小将。到跟前一看是自己的爱子褚英和幼弟巴雅拉，真是又惊又喜。惊的是两个幼子如果出个一差二错，岂不悔之已晚，喜的是褚英年小武力高强，将来是一员很有出息的阿哥。

打那之后，罕王宴请几位名师专门给几位小阿哥教授武功弓马之艺。十九岁这年，小褚英已经不但武艺高超长得更是百里挑一。安楚拉库一带的老百姓都称他为"罗成达子"。

第二天，刚要准备出征，忽然传令官匆匆进来禀报说："启禀贝勒，李总兵派人前来下书，有要事求见。"罕王赶忙吩咐有请。只见有两位官差背后背着一个黄包，一见罕王严肃地说："请接老皇姑钧旨。"

两世罕王传·努尔哈赤罕王传

罕王一听，慌忙跪倒，口尊，臣努尔哈赤恭迎钧旨。这两位差人走到桌案前边，打开黄绫包，展开钧旨宣读道：

"召建州都检事龙虎将军努尔哈赤率长子褚英随旨到李总兵府有事面谕。"

努尔哈赤赶忙口呼："臣遵旨。"然后站起身形，将钧旨接过。两位差人向罕王拱手说："恭喜将军，贺喜将军，老皇姑看中令子，意欲将其女儿下嫁，望将军父子火速前往才是。"

努尔哈赤一听，不由一愣，心想，"老皇姑怎么要和我联族婚，其中何人从中介绍。"提起这位老皇姑，罕王有些耳闻，她是当今皇帝万历的姐姐。此人忠厚老实，做事比较稳重。至于她姑娘如何，心里还没底，不管怎样只好赴约了。征讨安楚拉库的事，只好延期。

第二天，小褚英又重新打扮一番，更显得少年英姿，再加上白衣白马真如罗成再世。

褚英已经成过婚，去年新娘因得山谷哈病（天花）不幸身亡。抛下一个刚满周岁的儿子，名叫杜度，被岳父接去抚养。

话说罕王准备了两份厚礼，身着明朝官服，带几个随从与小褚英一同奔赴李总兵府。

李总兵早就派人在东门外恭候。当罕王父子一到东门，迎接人员赶忙抢先一步，跪迎罕王，一直迎到总兵府。到府门一看，四脚落地，广梁大门，两扇朱砂大门中间镶着一对大铜吞兽门，两旁一对石雕狮子，往门里一看，五间前出廊，大厅东西配房，院子中央一座太湖石方砖铺地，显得格外庄严整洁。

当罕王步入大厅时，李总兵早在台阶前恭候。努尔哈赤向前见礼已毕，二人携手进入大厅。

这大厅布置得更为讲究，中间安放着一张大案，大案后面墙上悬挂着当今新科状元写的"威镇边陲"四个大字，两旁衬一副对联。

上联写：沐皇恩戎马驰骋边关要塞。

下联是：体万民患难与共辽东众梓。

罕王看罢，不觉心中暗叹，真是一副得民心的妙对。可惜明朝上下哪一个能真正的沐皇恩体万民，都是一些损公肥私，恨不得把万民财富完全归入己有，才造成天下饥民四起，形成大厦将倾的局面。

再往四下一看，八把铁梨镶银花的太师椅，靠东西两墙，放着两张金龙抱腿的条几，条几上陈列着珊瑚村、古铜炉、唐三彩、宋白瓷，墙上挂着名人字画，真是堂上一件物，千家一年餐。

罕王赶忙命褚英拜见李总兵。李总兵赶忙扶起，哈哈大笑说："贵公子几年不见，边疆有你们父子，国家幸甚，皇上幸甚。"

罕王赶忙说："哪里，哪里。我努尔哈赤能有今朝，是托皇上的洪福，多亏总兵大人另眼相待，今天造访，特带一点土特产，聊表寸心。"说罢命来人把礼单献上。李总兵故意推辞一番，最后说："恭敬不如从命，某家只好遵命，拜领了。"宾主正在谈话时，忽听后面传话，老皇姑在后花园宣努尔哈赤父子晋见。李总兵赶忙领着罕王父子起身奔后花园。罕王等人绕过二堂一道红墙拦住去路，中间是一个月亮门，往月亮门里一看，一道雕刻海潮吐日的大影壁上，爬满长青藤，到园里一看，另有一番景色，真是假山滴翠，回廊亭台，花鸟成趣，垂柳成荫，曲径流溪，宛如世外桃源。罕王看罢，这豪华别致的花园，不由联想到辽东，以至中原官吏抢掠压榨，灾害连年，真是饥民四起，家家赤贫如洗，这些高官贵戚却如此豪华，金成山，银成垛，以此下去，明朝江山怎能巩固得了，大明江山今后恐怕就亡到这里！

书中交待，罕王曾多次进京朝见，经常接触明代达官贵人，给他一个治国的根本经验就是："廉洁奉公，俭朴治国"，明代一些有远见的人，给努尔哈赤下个结论是："不爱美女和金银，其志向不小，恐为明朝之大患。"

书归正传，罕王父子由李总兵带领来到花园中心，这中心更有一番景色，只见四角有四座玲珑的六角花亭，花亭中间一塘清水满池荷花，池塘中心又有一片绿草坪，草坪四边遍植牡丹等名花异草，草坪后面是一座七间大厅，这大厅真是雕梁画柱，金碧辉煌。和罕王议事厅真是没法相比。

他们在阶下站好，门官进去回禀，只见两位太监出来，笑容可掬地出来喊道："请龙虎将军及少将军进见。"

罕王、李总兵、褚英整理一下衣冠，低头入内，到老皇姑面前行了君臣大礼，跪在地上口称"皇姑千岁千岁。"只听上面老太太声音说："免礼，平身，赐坐。"三个人站起身形，小心地坐在两旁。罕王这才抬起头来。一看，正坐的老皇姑，有五十上下岁，斑白两鬓，头戴凤冠，身着凤袄，往脸上一看，老太太倒也慈眉善目，和蔼可亲。这位老诰命说话也很爽朗。

她询问一些漠北的风土人情，山川物产，然后感叹地说："你们女真人也出了一些英雄人物。人家说王呆有野心，明争暗抢，我看不完全对，他也很有智谋有胆识，如果使用得当，也是一位栋梁之才。"然后她看了看李总兵，又风趣地说："当总兵是万兵之军，你可不单纯是这一点。还要对漠北诸部加意联系，你是一位大总兵，可是漠北诸部智勇人才不在少数，应该加意发现，给国家多发现一些忠君爱国之士，像努尔哈赤父子这样人物。"李总兵和努尔哈赤都站起身来拱手说："多蒙千岁抬爱，下官当为国报效，尽到犬马之劳。"皇姑点了点头。然后看了看褚英，问他多大岁数，可曾识字，会什么武艺。满意地说："我看了不少年轻人，说实在的，像这样人品出众，文武双全，少年有为的人还不多见。话又说回来，我有个幼女，今年她十八岁，这孩子自小随他父亲玩枪骑马，放着宫内生活不过，经常和他父亲到关外来。关外的山山岭岭、花鸟树木她都爱得要命，有年他父亲在山上弄到一只小虎崽，这丫头胆子真大，竟抱回府里，打个笼子，天天喂养起来。小虎张牙舞爪，不许别人靠前，可这丫头一到跟前，你说怪不，小老虎就服服帖帖摇头摇尾。这个丫头还喜爱海东青，我们府后院可热闹了，满院野牲口笼子。十五岁那年，随他父亲到关外巡察，认识了不少女真姑娘，还拜了干姐妹。用她的话说，女真人性格直爽、忠厚、言而有信。打那以后，他发誓要在漠北生活一辈子，找一位有勇有谋的女真年轻人为夫。几年来，有不少说媒的，她都不同意，非要嫁女真人不可。我也没大勉强，反正关里关外都是大明的臣，哪个族都有出类拔萃的人物。"说完，看着罕王说："去年你到北京朝上，带着这位大公子，我一眼就看中了，这回，专门为了这件事。"说完笑着对李总兵说："没别的，你就给我们两家做个大媒吧。"

李总兵忙站起身来说："既然千岁不弃下官，愿做此媒人。"努尔哈赤慌忙说："承蒙千岁垂爱，努尔哈赤不胜感戴，怎奈犬子生于山村僻地，再加之缺少教养，性格不似中原之人，恐难使千岁满意。"努尔哈赤这句半真半假说山村僻地之人不如中原人，这是自谦。想褚英生性聪明，智勇之才高于一般，可是后一句自少缺乏教养这是实话，想褚英三岁丧母，寄养在外祖父家。爱如明珠，什么事都依着他的性子，养成一种高傲孤僻，目中无人的性格。

老诰命听完二人话然后说："本郡主已完全同意，如没他说就这样定了罢。"

努尔哈赤这才命褚英拜见岳母。小褚英立即向诰命行了大礼。老诰命乐得眉开眼笑，赶忙命人扶起，命人捧出一套宫中绣的官服和珍珠串成的武将冠送给褚英。努尔哈赤忙命人把自己备好的厚礼单呈上。

这位老诰命是一位很开朗的人，她高兴地说："都说小褚英武艺可观，明天可在这和辽东诸将比试比试，以饱老妇的眼福。"李总兵一听暗吃一惊，心想，就凭辽东现有一些将官，都是一些饱食终日无所用心的人物，怎能比得过褚英。如果比试失败，一则在老诰命前丢丑，二则怕努尔哈赤看出他手下兵力。又想何不火速派人到尚上堡调回三大金刚，以便对付这位小英雄。想到这，便躬身说道："既然千岁有此盛意，下官愿意找人奉陪。"就这样定下第三天在花园草坪上比武。

李总兵把罕王父子安排好后，立即派人到尚上堡调请三大金刚。提起这三大金刚在辽东一带是有名的三只虎，他们是结义弟兄。老大孟通孟天雷，手使一口青龙大刀，善长步战之术；老二李刚李万龙，使双鞭，此人善拳脚之术；老三张发张占山，使一杆亮银枪，马上功夫比较出众。

话说到了第三天一大早，李总兵早令人在草坪四周布置一番，四个角亭是罕王父子一个，辽东三虎一个，李总兵一个，一些其他武官司一个，诰命老皇姑仍然在北大厅廊下。这位老夫人自打提出比武之后，有些后悔，生怕他的女婿褚英人小力单，受点伤，可怎么办？但已说出，只好照办。

比武开始之前，众文武官员一一拜见皇姑，老诰命看看大家说："哀家一时高兴，请你们来比试比试，咱们有言在先，可是玩一玩，谁胜谁负，没啥问题，哀家都有赏。我爱婿岁数小，身单力薄，你们可要包涵一些呀！"说着站起身来把褚英拉到自己座旁和大家又介绍一番。这些武将又向褚英见礼。老诰命这是使一种花招，这样做特意在众人面前给大家先做一个警告，意思是提醒大家，不许暗下毒手。其实这是老太太一片好心，可是这位女真小英雄哪里把这些人放在眼里。罕王心里也有数，因为在辽东一带，他的耳目到处都是，哪个将领如何，他都一目了然。这三只虎说起来也算是辽东三雄，可是比起小褚英，恐怕不是对手。

这三只虎来时决心很大，可是老诰命这一番吓唬，心早凉了半截，一旦失手，岂不惹下大祸。李总兵实在忍不住了便接着说："依下官之见，应该把他们绝技施展出来，以开大家眼界才是。"老诰命只是点点头，没啥表示。

这时，战鼓击了三通。小褚英一身短小打扮，恰似出水蛟龙，当众刚要请安，一想这是汉人官府不能使用满人礼节，赶忙双手一抱拳说："在下褚英愿在各位师父面前领教。"话音没落，老大孟通几步蹿出花亭，高喊一声："咱孟通愿意陪招。"说罢两人交起手来，真是棋逢对手，将遇良才，两个人一来一往犹如走马灯似的。小褚英知道，和他比试一长，恐怕影响精力，孟通开始不敢施展绝招，可是一看，褚英拳路高明不由暗吃一惊。心想，没承想番邦僻地会有这样高明人物。因此，他不敢忽视，终于使出了他拿手的杀手拳这招。进似猛虎下山，退时古树盘根，腾时如龙戏水，卧时如怪磐石，真是风雨不透，褚英一看，孟通换了招式，心中暗暗喝彩。他立刻使了师父教的第一套绝招，青龙掌。这掌插花盖顶，细雨恶风，有时像蜻蜓点水，有时似泰山飞来之势，弄得孟通只有招架之功，没有还手之力。这时褚英故意卖个破绽，准备跳出圈外。孟通一看，有了进招机会，趁势来个顺手牵羊之势，打算用老虎掏心绝招把褚英打倒。褚英一看，孟通进招了，心中暗喜，只见轻如云燕平地蹿起一丈多高，落在孟通身后，没等孟通回头一掌打翻在地。孟通灰溜溜地败下阵去。老诰命乐得连连叫好。

老二李刚一看孟通败下阵来，没等褚英喘息，一纵身蹿进草坪向褚英拱了拱手说："小英雄拳术果然高超，末将不才，愿奉陪。"褚英是艺高人胆大，只是稍一抱手，笑了笑说，"请将军进招。"两个人又交起手来。褚英一看李刚打得是八封拳，这拳，门分八路乾坎艮震巽离坤兑，前进时如洪水齐泻，后退时如万点流星。真是拳拳出如闪电，抬腿似钢鞭，真是一路好拳。褚英也改换了门路，打起女真的铁八锤的拳术。这种拳术不称门路不称架式，得那打那，没机不打，不打则已，打出叫你没法防备。李刚从来没见过这种拳术，没法找它规律。没打到第八回合，早已乱了门路，可是褚英却越打越活，上下左右都是拳脚。双方只战有二十几个回合，最后被褚英一个猛虎下山之势，把李刚推出一丈多远，也灰溜溜地败下阵脚。没等张发入场，李总兵一见势头不妙，赶忙上前一拦说，今天是大喜之日，点到而止。又向罕王说："令公子果然武艺超群，可喜可贺，依老夫之见，不如就此收兵，你看如何？"罕王看了看老皇姑，老皇姑这时已经高兴得忘乎所以，经李总兵这么一说，也怕累坏褚英。赶忙说："总兵说得有理，大家休息吧！"忙命太监，取出赏品，凡属前来文武官员，每人一份礼品。正在这时，忽听外面一员名叫常茂的大将闯入花园，见到老皇姑双膝跪倒："千岁，这婚事万万做不得。努尔哈赤早有吞我之心，千万不能上他圈套，应该赶出花园，撤消龙虎将军之职，发兵讨伐，免除后患。"这才引出一场新的风波。不知后事如何，且听下回分解。

话说常茂将军说完那番话，老皇姑便道："常将军，何出此言？"

常茂道："努尔哈赤立业建州，几年来东拼西杀，其志非小，我看他有并吞大明之心，不可不防呀！"

老皇姑说："努尔哈赤尽忠大明，从无背叛之心，常将军，说话可要有凭据呀？"

罕王义正辞严地说："我努尔哈赤自十三副甲为父祖报仇起，始终忠于皇上，这一点满朝官员皆知。请问将军，你一片忠心报国，我是万分钦佩，既然爱国，应该保卫国家繁荣昌盛万民康乐，永息干戈之争。如果当今皇上圣裁安抚四边，使万国来朝有何不好。难道漠北出一位忠于皇上为明朝统一东北免去终年干戈不休之臣，难道这是一件坏事。想将军是识大体之人，应该三思。忠君爱国，必须分清是非，否则终有爱国之心，恐怕费力难讨好。至于婚事成否请皇姑自裁。我赞佩将军之忠，但我也感到将军之偏；我赞佩将军之耿，但我也感到将军之窄，请将军三思。"

这一番软硬兼施的话，说得常茂将军哑口无言。这时，老皇姑开口说："常将军，此来是为国还是为自家私事。如果为国，可把建州反上之事一一陈述，哀家决不能因私忘公，我们可以兴师问罪。如果找不到努尔哈赤越轨之举，不知老将军为何拦阻。再说，我家姑娘早已立下决心，非女真人不嫁，要在关外生活一辈子，难道儿女之情也妨碍国运吗？

褚英是长子，有继承的可能，难道朱家女婿还能反朱家？定婚有何不可？不过常老将军一派忠心，哀家是知道的。请老将军三思。"

这些问话常老将军没法答复，只好交了白卷。

就这样这个小风波被罕王据理化解了。

老常茂虽然无言可对，可仍是忿忿不平地离开了花园。老皇姑叹口气说："这人，生性就是这样，但赤诚报国之心还是可贵，请不要介意。"罕王连忙起身说："像这等忠臣刚直不阿，我只有佩服，别无他念，像这样人物，应该越多越好。"

老皇姑最后说:"婚已订了,容我回去准备一下,选择一下良辰吉日就给他们二人完婚。"就这样罕王父子辞别了老皇姑和李总兵,回费阿拉城。

在路上褚英气愤地说:"像常茂这样人物早晚必须杀之,方能解心头之恨。"罕王语重心长地说:"万万不可,治国安邦有一大忌,就是杀敌国之忠臣会激起彼国万民反对,更兼常茂已失去实权。明朝大小官吏哪一个是干净的。很明显,像常茂这号人物早晚会被他们内部吃掉,何必我们操心。"褚英这才明白罕王的心意。

父子二人回到费阿拉立即着手收回安楚拉库和内河西域的战斗工作。众将领都积极给这次战斗出谋划策。最后决定挑一千名精兵,他们必须是弓马纯熟,敢于拼搏的勇士,每人备双马双甲,以便迅速取胜。并准备了除军队的粮食用品外还带多余一些粮食衣物以便救济那些被叶赫部抢掠一空的饥民。

出兵那天打破以往摇旗呐喊的出兵方式。在半夜里马摘铃,旗子也收起来,分五路悄悄出去。只有罕王带有几名亲随送出城门。这是为了速战速决,人不知鬼不觉,突然出击的战术。

就在刚出兵没有一个月,乌拉贝勒布占泰之妹进见罕王,请求回乌拉探亲。罕王立即同意。并准备一些礼品,就在秋七月,古利福晋第一次回乌拉。这里有着极为重要的原因。

自从褚英征安楚拉库出兵之后,这消息被布占泰知道,不由大吃一惊,因为叶赫所以敢于攻取安楚拉库,这和布占泰有着微妙关系。因为安楚拉库和内河两地是直接通往东海窝集大门。在前几年这个城主,主动脱离东海部的管束,毅然决然地投靠建州部。这对建州部是一件重大喜事,因为有了这两个城,通往东海部将会畅通无阻。叶赫、哈达、乌拉立即对二城归建州都感到危险,都想不出如何对付的办法。就在这时,布占泰约定叶赫贝勒纳林布禄在东山猎场以狩猎为名共同研究对策。

布占泰和叶赫贝勒说:"只有抓几个安楚拉库人质,威胁他们交出安楚拉库,并保证愿意引出三个人交给叶赫,以便收取二城。"布占泰用这种诡计,夺取二城与叶赫。对他来说是保存自己不受建州的控制,以便强大之后再图大业。

两个贝勒订好计策之后,布占泰立即到安楚拉库,找到罗屯、噶不屯、汪吉怒三位城主说:"自从你们归顺建州部之后,叶赫贝勒极为不满，意欲攻取你地，你们好好想想，距叶赫近，离建州远，一旦叶赫出兵，恐怕建州没等知道，你们二城早已化为灰烬了。"三个人一听感到也有道理，忙问道："依贝勒之见，不知如何对待才好？"布占泰打个唉声说："我是建州贝勒恩放出来的，而且又结了姻亲，我当然要保住建州的安全。可是你们又是我的近邻，也不能眼看着你们遭殃。依我之见，既不得罪叶赫也不背弃建州，应该灵活一些才为上策。"

罗屯一听，紧接着问道："究竟怎么灵活才好？"布占泰有意地提醒说："人怕见面树怕扒皮，重礼之下，必能见效。至于怎么办，你们自己决定好了，不过你要当心叶赫贝勒是翻脸不认人的，可要当心。"说罢拜辞了三位。临上马时还叮嘱说："我是随便谈谈而已，家有千口，主事一人，还得你们做主。"

这一番话，不真不假，不软不硬。这三个人想了几天，总感到布占泰真是好人。便备了一份厚礼，三个人同往叶赫拜见纳林布禄贝勒。

纳林布禄一看，果然来了三个人质，心中特别高兴，先是安排吃住，每天奉陪三人吃喝玩乐。一连呆了一个月，三个人一致要回去。纳林希禄笑了笑说："三位放心好了，为了保护你们城的安全，我早就派甲兵替你守城，你三位不必操心，永远和我在一起，请放心，我纳林布禄吃什么、穿什么、住什么、有什么待遇你们也同样有。"三人知道上当受骗了，厉言厉色地说："好你个纳林布禄人面兽心，竟然软禁我们，希望你火速放我们回城，把你的兵马撤出，不伤两家和气，不然的话，你可要知道努尔哈赤是绝不宽容你的，到那时后悔晚矣。"说罢，破口大骂。

纳林布禄冷笑一声说道："既然把你们请来，我自有办法处置你们，好言不听，别说我纳林布禄手狠。"说罢向外面招呼一声"来人"，只见进来几个彪形大汉。纳林布禄说："把他三人请到新居，好好招待。""喳。"没容分说，连扯带拽地把他三人拉到四面大墙的因房里。第二天，纳林布禄以三个城主的口气给二城军民写了一封劝归顺书，并说在叶赫生活如何安好。就这样两个城在布占泰授意下，白白地骗到手中。

当古利福晋听说布占泰为叶赫出谋划策夺取二城时，不由大吃一惊，心想这人做事太鲁莽，这件事如果被努尔哈赤知道，岂能饶过。羽毛未丰，敢老虎嘴上拔牙，真是自找灭亡。为此，她才以探亲为名，回来给布占泰出谋划策是实。

兄妹二人见面以后，稍事寒暄便转入正题。古利福晋问到安楚拉库被叶赫占领时，布占泰得意地说："他纳林布禄哪有这样本领，都是我一手策划才弄到手的。"古利问道："这样做，你有什么好处？"布占泰笑着说："妹妹你哪里知道这里的奥秘。安楚拉库是建州、叶赫和哈达通往东海各部的要道，一旦落于建州手内，努尔哈赤如虎添翼，东海一带肯定要落在建州之手，那时，对我乌拉形成包围之势。如果我替叶赫出谋划策，叫他得去二城，不但保证了咱们的安全，也增加了建州与叶赫矛盾，这是一举两得的大事。"

古利沉思一会儿说："二哥，你只知其一，不知其二，只见利没见害。你想到没有，安楚拉库努尔哈赤费了多大力气才弄到手里，他能善罢甘休吗？论实力来说，九部之战，你该记得罢。九部都被努尔哈赤战败，何况叶赫一部，如今建州已发兵一千，攻往安楚拉库，建州主要将领都随同作战，每个甲兵都是双马双甲，锐不可挡，一旦建州大胜，真相大白，你乌拉贝勒将是什么下场，那时，你不但二城仍回努尔哈赤之手，恐怕你乌拉部也很难保全了。"

布占泰一听出了一身冷汗，心想我怎么没料到这点。

古利福晋接着说："图大业的人，不计较眼前得失，应该放长线钓大鱼。目前你兵力不足，粮草不丰，就贸然从中挑拨事非，真是不聪明的办法。要想图大业吞建州，应该具备两个条件：一是在建州内部找出咱们的代理人，夺取努尔哈赤一切大权，最后置努尔哈赤于死地，这一点可以包在我的身上，因为在建州内部已经出现这个苗头。二是你加意奉承努尔哈赤，使他完全相信你。然后用一切力量招兵买马，积草囤粮，一旦时机成熟，咱们内外呼应，何愁建州不落到你我手中。至于对哈达、辉发、叶赫各部贝勒根本不能和努尔哈赤比拟。努尔哈赤乃有大志之人，财宝不爱，美女不求，礼贤下士，广搜人才，他的目的是统一各部，其志不小。可是其他诸部都是一些名利之徒，心无大志，鼠目寸光，只看到平时心中一点，没有宏见抱负，像这等人只要给他们一点好处，就能见效。"

这一番话，说得布占泰如呆如痴，半天说不出话来。停了一会儿，才问道："依贤妹之见，今后当如何对付努尔哈赤？"

古利笑了笑说："自从委身于舒尔哈赤之后，看到他们兄弟之间有了分歧。再说褚英的母亲被努尔哈赤族人杀死，还有一些可以利用之处，我可以大显身手，把他们拢到一起，形成一支反努大军，可以不用外力管保叫他们内战不息，一旦舒尔哈赤夺了汗位，大权岂不落到我手！目前，你要竭尽全力奉迎努尔哈赤，像你被豢养时那样，处处体贴、无微无至，以便麻痹他。不过话又说回来，褚英有继承汗位的可能，恐怕难以离间他们，如有机会也应该除掉才妥。"

两个人正在密谈的时候，忽然探子来报："启禀贝勒，褚英率领大军连破二十多个城堡，所向无敌，正在安楚拉库和叶赫兵展开激战。第一次接战叶赫伤亡惨重。"布占泰一听，不由吃了一惊，古利笑了笑说："怎么样？不出我之所料！你赶快置厚礼，在年内向努尔哈赤献礼以减轻他怀疑你之心。"古利福晋只住了三四天，便回到建州去了。暂且放下他们兄妹二人不提，再说褚英征安楚拉库。

褚英、巴雅拉率领一千精兵几十员大将，像猛虎下山似的，一路所向披靡，小城市收复十八处，俘人畜七八千人。大家一商议，这些人随军行走多有不便，决定额亦都，安费扬古押运人畜回费阿拉。当大军快到安楚拉库时，褚英往前一看，叶赫外围兵士，猖狂向城内逃去。小褚英忘掉了自己是一员主帅，不顾一切地大喊一声冲杀过去，真像虎入羊群似的，横杀直闯，吓得众将领面如土色，都不加思索地追上去。虽然伤了一些士兵，总算保住了褚英的安全。敌人一看，建州兵这样勇猛，也吓的都跑入城内了。战斗结束后，大家都聚集在松林里面，吃罢晚饭，坐在草地上你看看我，我看看你，费英东看了看褚英先发了言。他说："少贝勒，今天咱们这仗虽然打胜了，可你是主帅哪能不顾安危，自己冒险冲入阵内，应知道帅在智不在勇，一人冲过去顶什么用，只有指挥好千军万马，才能战胜敌人。"褚英也知道做的不对，可是总是不认输，气哼哼地说："我是主帅，你竟敢放肆，不看你是老将，一定重打一百皮鞭不可。"大家一看褚英发了火，谁也没敢再深说，只好入睡。

第二天，大军直逼安楚拉库。

安楚拉库自从被叶赫占领后，也知道建州是不会善罢甘休的，把城墙加厚、加高、还修了外城墙，两千人马除了五百人保护内河城外，其余一千五百完全集聚在城里。褚英一千人马一到，立即派五十人驾云梯蜂拥而上，可是没等靠近城墙，城内木棒一响，雨点似的箭，向队伍射来，连攻了三次都没攻上去，这时天色已晚，只好收兵，有心夜袭，可是敌人早已料到这点，不但派重兵巡逻，还点上亮子油松，把城下照得通亮。第二天又攻了一天，还是没攻进去。

气得褚英两眼发红，恨恨地说："你们都是贪生怕死的，白吃饱。"当天晚上，众将商议第二天对策，费英东想出一个办法和大家一说，都感到高明可取，当夜就作了周密部署。

话说城内叶赫兵主帅布鲁，虽然守住城池，但心里还是没底，又听说内河也被包围，急得像热锅上的蚂蚁似的。就在这时，忽然探子来报说："建州兵不知什么原因一夜之间全部撤走。"布鲁一听，不由一愣，慌忙到城头一看，城外果然鸦雀无声一个兵卒都不见。只有一处处残灶剩饭。他赶紧派六名士兵坐着草筐到城外探个虚实。去了两个时辰，回来报告说："附近一个敌人也没有，只看见远处旗幡招展往建州方向走去。"布鲁心想，敌人诡计多端，不得不防，仍然坚守不懈。

三四天过去了，还是一点动静没有。到了第四天，忽然城上探马来报，说是叶赫贝勒派人下书，布鲁赶忙派人用草筐把使者吊了上来。布鲁端详使者，不认识。当使者把木牌交给布鲁一看，只见上面用蒙文写道："建州用兵出没无常，防其奸计。为了安全起见，明天再派二百重甲兵，协助作战。"布鲁有心不信来使，可是这木牌却是纳林布禄衙门之信物，有心认，又不认识来使，只好把两位使者软监起来以观动静。第二天夜间，果然从叶赫方向来一支人马。布鲁到城头一看，果然是叶赫兵，为首一员战将是偏将拉法库，心中大喜，布鲁在城上说："夜间进城多有不便，请在城外暂住一夜，明天请入城共议军事。"拉法库也同意这个主张，可是二百甲兵却大为不满，抱怨布鲁连自己人都不相信，到半夜时，只见建州兵铺天盖地杀来，二百甲兵哪是对手。城里有士兵慌忙报告布鲁。布鲁哈哈大笑说："我知道其中有诈，原来拉法库投降了建州，想要攻取我城。命令士兵坚守阵地，不准开城。"可惜二百甲兵死伤大半，其余全被俘虏。从此城市把守得更加森严。又围攻了一天一夜，褚英兵马又撤得一干二净，弄得布鲁丈二和尚摸不着头。就在建州撤兵三四天后。只见叶赫部发来将近五百甲兵，纳林布禄亲自带队，来到安楚城，布鲁一看，贝勒亲自带队，赶忙打开城门。纳林布禄一进城，喝令把布鲁绑上，立即斩首，可惜这位替叶赫立下汗马功劳的功臣，不明不白地死于自己主子之手，并宣布：立即把一千人马缴械。这一千甲兵不知是哪个葫芦，个个气炸胸肺，不但没交刀枪，反而抱成一个团体，向纳林布禄反攻过来。自家人厮杀起来，一直杀到天黑，饭也没顾吃，城也顾不得守。就在这时，只见从城的东南北三面，建州兵像虎似的杀了过来。这一场恶战，不单纯是两方对敌，而是三角轮战，布鲁兵对纳林布禄，还得和建州兵厮杀。纳林兵不但防御布鲁兵还得和建州兵交手，建州兵只用一半力量对付敌人，就绰绰有余，没用一个时辰，二百五十甲兵，全部杀尽，只跑出纳林布禄五六个人。战斗结束，褚英怒气未消，又杀了七八百本城老百姓，真是杀得血流成河，尸骨成山，连流向哈达部的小河都变成红色了。太祖实录一书中记载："那年，哈达勒所居城北溪中流血。"没写什么原因，就是这场战斗死的人太多，河水变赤。

安楚拉库战斗结束了，除了押送战俘回去一些士兵，褚英带着士兵马不停蹄地杀向内河路。也是褚英求功心切，恨不得一下子拿下内河，及早回城报捷，好到铁岭李总兵处完婚，可他又犯了老毛病，没等大队靠城，他只带四五员战将，率领十几名云梯手，架起云梯，冲了进去。刚要登上城头，城内嗖嗖射出十几支箭。可惜，努尔哈赤身边的二员大将一个叫图扬古，一个叫克伦太中箭身亡。褚英更气得两眼冒火，大喊一声，给我冲，就在这时，费英东率队赶到，褚英已经登上城头，虽然腿部中了两箭，可他并没有倒下来，拔出箭头，继续战斗，吓得内河的叶赫将士，不知如何是好，只得跪下求饶。

欲知后事如何，且听下回分解。

却说褚英领兵打下内河路，鞭敲金镫响，齐唱凯歌还。回去向罕王汇报攻打安费拉城的趣事，原来是安费扬古化妆成纳林布禄，骗得布鲁开了城门。等真纳林布禄来时，安费扬古早已抽身撤走，纳林布禄以为布鲁的兵马已投降了建州，便下令缴械，这些人本就对假扮的有气，这回一听这话，正好报布鲁被杀之仇，结果双方打了起来，正好被建州的褚英坐收渔人之利。谈到内河路之战时，都为图扬古和克伦太的牺牲而伤感。

不过，罕王对取得了收复这两处的胜利还是非常高兴的。尤其是长子褚英十八岁初次出征就立奇功，罕王心里非常欣慰，赐褚英号洪巴图鲁。从此，建州与叶赫的矛盾加深了。

再说舒尔哈赤，听信古利福晋挑拔，对努尔哈赤越发嫉妒。兄弟之间的矛盾已经产生了。努尔哈赤念及幼小时一块受苦的情分，一味迁就退让，但在古利福晋的枕边风下，舒尔哈赤竟然要杀死努尔哈赤，想取而代之。努尔哈赤不得不大义灭亲，除掉了舒尔哈赤和古利福晋。古利福晋的死，使哈达部深恨建州部。

这样建州夺取哈达部的战争一触即发，而叶赫部也把哈达部当成了一块肥肉，势在必得。夺取哈达之战，成了建州与叶赫的一场争夺战。

这时发生了一件事，使部落之战暂时停了下来。李成梁传来老皇姑旨意，让褚英与格格到沈阳总兵府完婚。努尔哈赤当然不敢违反老皇姑钧旨，便放下战事，领着长子褚英赶赴沈阳。彩棚高搭，吹吹打打，宾客如云，婚礼是极隆重气派的，连明朝万历皇帝都派了专使，送来了上好贺礼。这褚英得了这般恩宠，心知自己是长子，将来还要接罕王之位，未免狂傲之心萌生，越发把一些老臣、大将和兄弟们不放在眼里。在攻打哈达，收复布占泰不久，便被罕王削了兵权。但他不知收敛，大骂罕王，又被努尔哈赤给入了监。在监狱里，他也不思悔改，还剪了写有"努尔哈赤"名字的纸人，刺上重针，然后烧掉。所以诅咒父王。努尔哈赤不得不大义灭亲，斩了褚英。这是后话了。

却说努尔哈赤为褚英完婚后，回到费阿拉。想起叶赫这几天之内，与哈达勾结一气，便很生气，在收复了辉发部后，又收复了乌拉的一些城池全放起火来，烧得净光，并发誓要削平叶赫部。叶赫部见自己的势力敌不过努尔哈赤，只得申奏明朝告急。明朝派游击马时枬、周大岐，带了一千炮兵来，帮着守叶赫城。建州见炮火厉害，无法对付，只得退兵回去。

却说努尔哈赤秣马厉兵，准备二攻叶赫。

这时，辽东总兵已换了张承荫。这张承荫因忌妒李成梁把皇姑之女介绍给褚英而官升一品，便一味哨探建州情况，得知建州已吞并女真很多部落，只剩叶赫一部时，对建州图谋已一清二楚，只可惜明万历皇帝还蒙在鼓里，便赶紧上本启奏，使万历皇帝冷落了李成梁，命张成荫加意提防建州，一有风吹草动，立刻报告。从此，对建州有了戒心。但因有褚英皇亲的事，碍于面子，一时也无可奈何，只是暗地里耿耿于怀。

这日，努尔哈赤忙完军务，正在内室休息。忽的外面走进一个侍卫，说："贝勒，明朝总兵差人在大堂候贝勒，听来人说还有圣旨到呢！"罕王听了，忙整衣冠，踏进大堂来见差官。那差官是张承荫的通事官董国荫，一见罕王就说："今到贵府特有一事报告，明天圣旨要来，请你做好准备。还有，建州的百姓为啥越界耕种？下次再有这类刁民，我们总兵就要加以惩治了。"说完是扬长而去。努尔哈赤听了，心中气愤，却又不好发作。第二天，圣旨下来，说他对叶赫太不友好，收复部落应该奏明皇上，而且近几年进贡也没有以前丰富，并说如果再像以前那样作威作福，就撤销官职，追回皇上赐物等。罕王看罢圣旨，大怒道："明朝常常帮助叶赫，拿兵力来压我，我因他是天朝大国便忍气吞声。现在却来威胁我，又是免官撤职，威胁这个那个的，我怕他啥？他免我官，我照样做我的贝勒，省得受他的节制。明年也不上贡了，看他能把我怎么样？他若发兵见仗，我就跟他决个雌雄！"

第二天，努尔哈赤传令开会，各处兵马首领统统到齐。努尔哈赤与他们商议改变战略部署。商量了许多日子，便定出八旗制度来。满洲兵原有黄色、白色、蓝色、红色四旗，如今又用别的颜色镶在旗边上，就又有了镶黄旗、镶蓝旗、镶白旗、镶红旗，共是八旗，分作左右两翼。编出了兵制，分给各大将天天操练兵马。满洲八旗，后来又增设蒙古八旗和汉军八旗，统称八旗，实际是二十四旗。八旗制度，以旗统军。以旗统民，平时耕田打猎，战时披甲上阵。八旗制度是一个以八旗为纽带，将全社会的军事、政治、经济、行政、司法和宗族联结成为一个组织严密、生气蓬勃的社会机体。八旗制度是努尔哈赤的一个创造，是清朝的一个核心社会制度，也是清朝定鼎中原，统一华夏、稳定政权的一个关键。

金灭亡后，通晓女真文字的人越来越少，到明朝中叶已经逐渐失传。满语属于阿尔泰语系，满洲没有文字。以前，努尔哈赤与朝鲜、明朝的来往书信，都是用汉文书写的，向女真人发布军令和政令就用蒙古文。这次开会，努尔哈赤提出要创制满族文字。他命令巴克什额尔德尼和扎尔固齐噶盖，用蒙古字母拼写满语，创制满文，这就是无圈点满文，被称作老满文。后来，皇太极时改进成为有圈点满文，被称为新满文。满文是拼音文字，有六个元音字母、22个辅音字母和10个特定字母。满文成为清朝官方语言和文字，记录下东北亚地区文化人类学的珍贵资料，并成为满汉、中西文化交流的重要桥梁。努尔哈赤主持创制满文，是满族发展史上的一块里程碑，是中华文化史和东北亚文明史上的一件大事。

这时，满洲占据的城池，除去开原附近以南，辽河内边，由内山关附近通凤凰城一带外，广阔的南北满洲都在努尔哈赤掌握之中，便是朝鲜的北部也被他占据了不少。他的兵力已达到十万以上。他有十多个儿子，褚英和代善是佟氏春娅娜所生，莽古尔泰和德格勒是董尔基董鄂福晋所生，皇太极是大妃叶赫那拉氏生的，阿巴泰和是侧妃伊尔根觉罗氏生的；此外，阿拜、汤克岱、塔拜、巴布寨、巴布海等五人都是庶妃生的；近年，立了乌拉氏作福晋，生了阿济格、多尔衮、多铎。可谓各个智谋勇武。兵多将广，努尔哈赤已经羽翼丰满。

明朝的皇帝和大臣对努尔哈赤所作所为知之甚少，加之又有姻亲，便不闻不问，蒙在鼓里。只是那宰相叶向高觉得建州的举动不大对劲，便上了一本，让神宗皇帝准备作战。神宗皇帝起初有些吃惊，后来就又忽视了。

趁这个机会，努尔哈赤灭了乌拉，并收服了东海女真。到这时，努尔哈赤历时三十六年，统一了建州，海西女真及大部分"野人女真"部落，至此，"向东海至辽边，北向蒙古嫩江，南至朝鲜鸭绿江，同一音语者俱征服"，"诸部始合为一"。

万历四十四年（1616）正月，五十八岁的努尔哈赤在赫图阿拉举行开国登基大典。这天，各旗人家都贴上本旗的彩色挂旗，红蓝黄白，鲜艳夺目，特别是每面旗上的金龙、焰火，更增添了吉祥、喜庆气氛。人们都早早涌到"前号台"前，等待努尔哈赤正式登殿称汗。前号台，就是金銮殿，殿顶黄瓦闪烁，殿内雕梁画栋，极其富丽堂皇。

"哐！哐！"钟声响了，随后鼓乐大作，八面彩旗在前号台两侧缓缓升起。随着节奏鲜明的鼓乐，努尔哈赤的儿孙们，及八旗贝勒率领群臣，按照八旗顺序，站立前号台两侧。乐曲结束，努尔哈赤神色自若地登上大殿，面向群臣，坐在豹皮高椅上。这时，八大臣手捧劝进表，率群臣跪下。

立在努尔哈赤右侧的侍卫阿敦和左侧的额尔德尼，急忙上前接过八大臣的表章，放到努尔哈赤面前。然后额尔德尼跪在前面，高声诵读表文，上前号为："承奉天命覆育列国英明汗"。

不一会儿，大臣们站起。努尔哈赤也站起来，离开宝座，亲自拈手向天祷告，道："上天任命朕为汗，为百姓造福。帝王与民如同鱼水。朕，愿对天发誓：生为庶民，死为庶民，为民而战。愿满洲民族永远昌盛，百姓安康。"然后重归宝座，当殿传下圣旨，定国号为后金，建元天命，大赦满洲本部，立四贝勒皇太极为太子。

万历四十四年，满洲天命元年正月，罕王努尔哈赤择日誓师，命太子皇太极监国，拣选二万精兵，亲自披挂整齐，骑马挎刀，领着文武百官到天坛祭天，由司礼官点蜡燃金，行三跪九叩大礼。这时，罕王也跪在下面。额尔德尼站在台上，捧出那"七大恨"的檄文。这文章是罕王写的，说出一番大道理来。

欲知后事如何，且听下回分解。

　　却说额尔德尼宣读的"七大恨"，是指责明朝政府欺凌自己和广大女真的七条大罪。第一恨为明军"无敌生衅于边外"，杀其祖父觉昌安与父亲塔克世。第二恨是指明朝违背誓言，"遣兵出边，护卫叶赫。"第三恨系明朝背弃誓言，指责建州擅杀出边采参挖矿的汉民，逼建州送献十人转于边上。第四恨，是明朝"遣兵出边，为叶赫防御，"使叶赫将其许给努尔哈赤和儿子代善的姑娘"转嫁蒙古"。第五恨，是明朝遣兵驱逐居住柴河、齐拉、法纳哈三路耕田种谷的女真，"不容收获"。第六恨，是明朝皇帝听信叶赫谗言，派人持函，"备书恶言"，侮辱建州。第七恨，是明朝逼迫努尔哈赤退出已经并吞的哈达地区。因为上述七个缘故，后金国要举兵征讨明朝。

　　读后，各大臣都欢呼万岁。这时，鼓角齐鸣，催促队伍出发。罕王离了天坛，上了骏马，挥鞭一指，那大队人马一齐往前奔去。一时间，旌旗招展，枪戟如林，浩浩荡荡杀往抚顺关。

　　队伍行了几天，距明朝边境抚顺关只有二十里了，罕王命令扎住营帐，准备攻城。这时有一名书生求见，罕王就让侍卫宣他进来。侍卫把他周身搜查一遍，怕是奸细，然后带进帐来。罕王见他生得白白净净，相貌清秀，就问道："你是汉人还是满人？到我这里做什么？"那书生说："下臣姓范，名文程，沈阳人士，是范仲俺的后人，自幼博鉴群书，天文地理，三教九流，兵书韬略，都略知一二，十八岁被举为秀才，后多次上书皇上，却不得重用，只得落拓浮生。现在因罕王您崛起满洲，有取天下而代之的志向，所以毛遂自荐来见您，我听说罕王爱惜人才，我定当竭尽全力，辅助明主。"罕王听了这番言语，正中下怀，就说："贤士远来，朕的福气，朕处正好缺少一位汉文老师，就麻烦你担当此职，并拜为军师，参与军机谋划。"范文程叩首谢恩。罕王称他为"范先生"，各贝勒、大臣都称他先生，满朝文武对他十分敬重。

　　第二天，罕王问范文程："抚顺关守将李永芳的本领如何？"文程说："无能之辈"。罕王说："这么说抚顺可以一举拿下了。"文程说："陛下可不必用兵，先写一封书信，劝他投降。这样免了战争，百姓也

308

感谢陛下的恩德。"罕王说："先生说得对!"当下就让范文程写了劝降书信,让兵士射进城去。

这时抚顺关守将李永芳,正在衙门内想心事,城市已被围得水泄不通,虽然奏章已到了京城,可是皇上神宗以为安排皮廷相做辽阳副将、蒲世芳做海州参将,而抚顺有一万守军,也够独挡一面了。因此,李永芳奏章上去,神宗根本没当回事。李永芳接到兵士送上来的满洲的书信,就召集将士商议,有的主降,有的主战,因京中对抚顺不重视,李永芳也是主降。费了一夜工夫,副将、千总一致主降。早晨,城门大开,李永芳带着十几个官员跪在城下,手里举着降册。

罕王听探马报告说抚顺关已降,还有点不信,他同范文程骑马来到抚顺关,果然看见李永芳领着众人求降,就领着人马进城,安抚百姓。

罕王未费一兵一卒得了抚顺关,又得了一万多兵马,对范文程佩服不已,给记了首功。仍让李永芳做抚顺总兵,并招为驸马。那李永芳感激万分,死心塌地做了满洲的官员。

休息三天后,罕王发令,左翼兵马由贝勒管带,去抚安、花豹、三岔各处攻打;右翼兵马攻打鸦鹘关、清和城。派遣完毕,罕王和文程仍住在抚顺,终日谈论军事。范文程口若悬河,越加赢得罕王信任,事无巨细,全听范先生的主张。一天,右翼先回,报告鸦鹘关、清河城已攻下。又过了两天,左翼兵也报捷。罕王犒赏三军,并让军士四处张贴七大恨讨明檄文,然后传令班师回建州。兵过谢里甸,辽阳副将皮廷松、海州参将蒲世芳领一万兵马追来。"罕王吃了一惊,忙令三军驻扎。

罕王见后有追兵吃惊不小,忙问计于范文程。范文程说:"明朝张承荫等三人骁勇异常,不可大意轻敌。陛下可传令三军,前队做后队,后队作前队;再派一位贝勒……"然后向罕王耳语几句。罕王大喜,连连称妙。这时,后面喊声渐近,隐约可见明朝旗帜,看去相距八九里左右。罕王忙传令兵马准备,又对代善耳语了几句,代善就领着一支兵走了。

不一会儿,明朝兵马漫山遍野杀来,前面一杆大旗上写着斗大的"张"字。罕王一见,挥鞭一指,满洲兵马直杀上去。张承荫见满洲兵如蜂拥一般杀来,就靠山扎营。两阵对圆,张承荫指挥兵士开炮,一时炮火齐发,烟尘四起。满洲兵伤亡不少,被迫退回。当时天色已晚,忽然西南角上起了一阵狂风,飞沙走石,直向明朝兵营刮去,那些兵士被吹得立不住脚。张承荫也乱了阵脚,炮也不放了。满洲兵占了上风,都回身冲杀。这张承荫忙领兵士撤退。忽然一支兵马拦住去路，当先一员大将大喝道："满洲贝勒代善在此！"原来这就是范文程向罕王耳语的几句话，就是让贝勒绕到敌人后面夹攻。张承荫见腹背受敌，无心恋战，只得杀条血路，领兵退去。但天色已暮，不辨方向，后面满洲兵如潮般追来，气得张承荫怒眼圆睁，跟皮、蒲二人说："我用兵以来，从未失败，今日退亦死，战亦死，不如拼了吧，也不失为忠臣。你们看怎样？"二将也说："大丈夫死得其所。"便一齐转身杀来。满洲兵未能防备，伤了数十人。只听一声梆子响，满洲军里万箭齐发，可怜张承荫，皮廷相、蒲世芳和游击梁议贵等五十员战将一齐死在乱箭之下，余下的二三百人四下逃去，这一万兵马就这样全部覆灭。天明时，罕王和范文程来到战场，见满地死伤，无限感慨。罕王对范文程说："这次多亏先生的妙计。"范文程说："这是天意，臣祝陛下早定中原。"罕王哈哈大笑。这次战斗，满洲获得战马五千余匹、盔甲四十余副，兵仗器械不计其数。罕王是犒赏将士，大摆筵宴。

却说神宗皇帝，忽然接到奏折，建州入寇，抚顺失守，李永芳降敌，张承荫全军覆没，这一惊非同小可，立刻殿见群臣，商议对策。大学士与从哲奏道："要痛剿努尔哈赤，非杨镐不可，此人深明关外地形，任过辽东巡抚，曾做过朝鲜经略，请陛下委以重任，带兵剿夷。"神宗准奏，加封杨镐辽东经略使，赐上方宝剑，行先斩后奏之权。哪知杨镐是庸碌无能之辈。日本犯边朝鲜时，他奉命救援，连吃败仗，却到民间抢掳，谎报军功。调抚辽东时，也是民怨沸腾，被御使参奏才调回京都。这次复任边防，志得意满、退朝回家，势利之人皆来拜望。杨镐点人马，备粮饷，拖延了几个月，命刘挺为先锋官，才领军出城。

杨镐领兵出关外，到了沈阳驻扎，探马报："清河堡被满洲占去，守将邹储贤、张师殉国。"不久，清河堡副将高炫、陈大逃回沈阳，杨镐见败将逃回，大怒，依着声威，把二人斩首示众。他却让将士按兵不动，每天近色纵酒，毫无作战之意。因大学士与从哲发出紧急文书，催他作战，才略作准备。这时探马报说满洲罕王领六万大军已逼近沈阳。杨镐才拔了令箭，分派兵马，令马林带一万五千人从开原入苏子河，令山海关总兵杜松从浑河出抚顺，令辽东总兵李如柏领二万五千人自太子河出清河城，直捣兴京，令先锋刘挺合朝鲜兵，从辽阳出宽甸口。各将领四路兵马，共二十多万人。杨镐虚说大军四十万，下战书给罕王，又派游击史安仁督运粮草。然后，他就日日盼望捷报。

时当二月，朔风怒吼，大雪飘飞，明朝兵士不耐寒冷，行军缓慢。到了浑河，水已结冻，上面堆着积雪，杜松立功心切，催动兵马渡河。渡了一半，忽听一声响，冰开河解，兵将溺死多人，渡过河去，个个冻得瑟缩不已。杜松忙令引火取暖。杜松便和副将在营帐里饮酒。忽然探马报："敌军来了。"杜松忙丢了酒杯，传令应战。

　　原来罕王听说明朝起兵征伐，便起了六万大军，任大将扈尔汉为先锋，范文程为军师，各贝勒统领兵马。满洲八旗兵到了界凡山，罕王命安营，探马报："前面有明军，各营烽烟四起。"罕王便命四个小队前往侦探。再说杜松听说敌军来了，忙令应战，满洲兵四个小队仅二百余人，怎禁得万余人的冲杀？顿时纷纷退回，杜军随后追赶，赶了三四里路，那些满洲兵退进山谷，杜松怕有埋伏，止了追兵。这时天色已晚，明朝兵得此小胜满心欢喜，杜松让兵士和甲而睡，自己与刘遇节又坐在帐内饮酒，商议着天寒难以取胜，莫如渡回浑河，以逸待劳。正这时，忽听帐外一声喊："敌军来了。"杜松吓了一身冷汗，忙命吹响鹿角，各营士兵从梦中惊醒，已见满洲兵铺天盖地杀来。杜松、刘遇节骑马挺枪，领兵迎敌。无奈满洲兵越聚越多，杀退一批，又上一批。满洲兵八路进攻，锐不可挡，明军不及调遣，怎能迎敌？又不识路径，明知身后是条大河，也只得退入河去。满洲兵仗着火把，三面包围，只留临河一面，意欲淹死明军。杜松杀得性起，左冲右突，想杀出重围，却不得突破。这时天已破晓，杜军已死伤过半，刘军有一万兵马趁乱渡过河去，在陕尔浒山脚下驻扎。杜军被满洲军围住。大将扈尔汗跟杜松捉对拼杀，二人旗鼓相当，但杜松军被围困，死伤众多，心下着急，总算他瞧着扈尔汉破绽，虚晃一枪，冲出重围，向山上跑去。扈尔汉随后紧追不放。杜松打马上山，却见山上黄旗宝盖，马上端坐着满洲罕王，左有军师范文程，右有代善、皇太极。吓得杜松掉头左拐，只听得一声响，嗖的飞来一箭，直穿杜松心窝，落马而亡。

　　原来罕王的四队探子，被杜松一阵杀，剩得几十人回来，报说："杜军依河安营，正在怕冷烘火。"罕王就与范文程商议，于三更时分敌军安睡前去劫营，杜松正好中计。杜松突围来到界凡山上，被四贝勒皇太极一箭射死，扈尔汗上前取了首级。扈尔汉向罕王报告："杜松副将刘遇节已渡过浑河去了。"罕王便命代善领兵两千抄近路渡过浑河，来到陕尔浒山下，见刘军皆倒在地上。满洲兵一声呐喊，把刘军围住。刘遇节挺枪与代善战在一起，哪是代善的对手，转身逃走，不慎被绊马索绊住，可怜他被摔下马来，满洲兵一呼而止，把他生擒活捉。刘军见主将被捉，只得投降。这一场战斗，刘军一万人马，一半被杀，一半投降，损失旗帜马匹不计其数。

大贝勒代善押解刘遇节回营，罕王大喜，命把刘遇节带上来。刘遇节见了罕王立而不跪，破口大骂。罕王喜欢他忠诚，有心收降他，就让捧杜松的首级来，以断他的念头。刘遇节抱住杜松首级号啕大哭，埋怨杜松不听他言，致有此败。说罢，把杜松首级向罕王掷来。幸亏太子四贝勒皇太极眼明手快，将首级打落。罕王大怒，命人把刘遇节斩首。不一会儿，兵士将刘遇节首级捧上，罕王不住点头，说："明朝的忠臣，令朕可敬！"当下，罕王赏了大贝勒代善，并把战利品赏赐给他。

欲知后事如何，且听下回分解。

话说开原总兵马林得知杜松全军覆没时，正行军到马雀山，他令潘宗颜监军并到西面斐芬山驻扎，本人统军一万五千在马雀山驻守，形成掎角之势，以便迎敌。这时，刚分派已毕，罕王大军已攻到。马林出阵，正遇大贝勒代善领军前来，两阵对着厮杀，从中午杀到黄昏，不分胜负。忽然，明朝队伍后面大乱，原来是三贝勒莽古尔泰领军冲杀过来。马林前后受敌，仗着人多，边战边退。这时，罕王也领兵到来，满洲兵士气大增。罕王站在高处，不住地挥动红旗，满洲随旗而行，个个争先，可怜明军大半死在刀枪之下，副将李希泌、龚念遂做了刀下之鬼，只有马林金命水命逃了命。大贝勒代善和三贝勒莽古尔泰又追杀一阵，见明军已被杀尽，就合兵一处，进攻斐芬山。

这山地势险恶，罕王命扈尔汉早已前往攻打。扈尔汉的五千兵马被潘宗颜炮火打死三千多人。危急时刻，大贝勒领一千弓箭手，三贝勒领一千校刀手从近路赶来，偷上山去，下面四贝勒又领着七八千满洲兵，把这山围得如铁桶一般。大贝勒和三贝勒领兵占住山顶，兵士刀箭并施，把那些明兵杀尽，可怜潘宗颜，也被砍成肉酱。这一仗，满洲兵伤亡七千人，马林人马是全军覆没。

再说叶赫部贝勒金石台和布扬古听从杨镐号令，领兵一万救援马林，部队开到开原，迎面碰见只身逃回的马林，便吓得赶紧退回本部。

这时，罕王已破了明朝两路兵马，声势更大。本国虽然损失了一万人马，但收降了二万降兵，获得兵械马匹盔甲无数，并抢来美女十余名。罕王便命满军在斐芬山休整几天。

一天，范文程向罕王奏道："我军虽破了二路明军，只怕三四路人马要攻我都城兴京，还是回军防护要紧。"罕王准奏。第二天就集结八旗军队回师，正要起行，忽听探马报说："明朝总兵刘铤会合朝鲜军队，还有辽阳总兵李如柏领军向这里行进，这两路军由辽阳出宽甸，已离此很近。"罕王忙命扈尔汉、二贝勒阿敏、三贝勒莽古尔泰、四贝勒皇太极各领兵一千，昼夜兼程回师保护兴京。罕王带着大贝勒、文武官员及掳来的美女来到界凡山又开庆宴，祭了天地，然后回銮。

话说二贝勒、三贝勒、四贝勒同扈尔汉急行军回到兴京费阿拉。做好防备后，三位贝勒回到后宫。大妃叶赫那拉领着罕王的众多妃子围着三位贝勒问长问短，并设酒席为他们接风。这顿酒整整闹到五更，三位贝勒才回房安睡。第三天刚吃过午饭，听得城外炮火连天，鼓角齐鸣，知是罕王驾到。三位贝勒同城里大小官员把罕王接回宫内。罕王到了宫里，大妃叶赫氏领着头行了跪拜礼。罕王笑吟吟地受礼。当下宫中备了接风酒。叶赫纳拉氏双手捧了一杯酒，祝贺罕王凯旋，罕王接过一饮而尽。罕王饮罢，让侍卫宣明朝美女传酒。

不一刻明女进宫，见宫中富丽堂皇，气象庄严，凛凛生威，都吓得低下了头去。侍卫让她们给罕王行了跪拜礼，喜得罕王不住观看，觉得明朝美女跟北国女子确是不同，各具风采。谁知这些明女站了半响，都有些站立不住，而且眉头紧皱，面露痛苦神色。罕王问她们："为何这般举止？"明女奏道："脚疼。"罕王命赐座。这时，妃子、公主见了她们裙下露出的三寸金莲小脚，都惊讶万分。

散了酒席，罕王命宫女领明女沐浴梳洗，留下八名传寝，还选两名给范文程。二贝勒阿敏，把父王选剩的明女，统统带回自己房中。这一晚，罕王见明女秀色可餐，倒是虽然自己上了年纪，却仍是兴致极高，宠爱万分。

第二天，范文程和二贝勒来宫内谢恩，罕王就与范文程议事。文程提醒罕王闲暇时勤修内政，罕王一面答应，一面说："不消灭叶赫，难消我心中之恨。只是叶赫与朕的儿子是甥舅之亲，不知咋办？"范文程道："古话说大义灭亲，陛下要成大事，就不应该顾及这点名份。"这时，大贝勒进来，正好听到，就说："叶赫跟我们为仇，不光帮助明朝，父王还记得几年前叶赫赖婚的事吗？"罕王听了，说："等打退了明朝的两路兵马，再乘机收服他。"后来又说了一些文修武备，吞灭明朝的事情。

罕王次日升殿，大将扈尔汉出班上奏："明朝两路兵马已进董鄂路，离兴京有数十里。"罕王下旨，令大贝勒、三贝勒、四贝勒各带五千人马迎敌，又令扈尔汉领军随后策应。

再说辽阳总兵刘铤，是个有万夫不当之勇的战将，奉杨镐调遣，定要立功，而且因与杨镐友好，所带兵马全是精锐。这天，大军行到董鄂路，稍事休息，有探马报："前面满军拦住去路。"他急领一支兵马迎敌，因天色已晚，令点起火把，如狼似虎般向满洲兵杀去。满洲兵抵挡不住，刘𬀩舞起镔铁大刀，上下翻飞，很是凶猛，大贝勒、三贝勒、四贝勒轮流战刘𬀩。刘𬀩越杀越勇，整整杀了几个时辰，把满兵追出很远，却不见后军接战上来，心中很是疑惑。正这时，西北起了一彪兵马，杀声震天，从火光中望去，大旗上有一个"杜"字，兵士盔甲皆是明朝装备。刘𬀩惊喜万分，有杜松将军相助，一定取得兴京，而且正是自己对付敌人车轮战有些力怯的时候，便撇开三位贝勒，迎上前去，大叫道："来将是杜松将军吗？"话未说完，一员大将飞马来到，金盔铁甲，面目黝黑，却不认识。刘𬀩刚要按刀动问，来将已手起刀落，把他斩于马下。部队要救，已是不及。这后来明军逢人就砍，专杀刘军，弄得刘军不辨敌我，自相残杀。只一刻工夫，刘军被杀净尽。原来这杀人的明军，是满洲军假扮，那假杜松——黑脸将军正是大将扈尔汉。原来扈尔汉在刘𬀩同贝勒交战时，悄悄用从杜松、刘遇节兵败所获的旗帜盔甲换了装束，绕道把刘𬀩后路的军队包围，使其亡的亡、降的降，因此，刘𬀩盼不到后面援军。这正是四贝勒皇太极的妙计，把刘𬀩的两万兵马灭掉了。忽报朝鲜援军来了。大贝勒等满洲兵将便不等他们兵马驻定，就乘胜攻打，这一场战斗，当场活捉朝兵元帅姜宏立，杀死游击乔一琦，把朝鲜大军一万人马杀得干干净净。这一场战斗，满洲兵又获得无数盔甲、马匹器械。随后，三个贝勒和扈尔汉押着姜宏立，凯旋而还。

再说第三路兵李如柏，领军二万，开拔到虎栏关，得知杜松全军覆没，刘遇节殉国、马林败逃、潘宗颜战死。就畏缩不前虎栏关扎营。不几天，又听说刘𬀩被杀，朝兵又败，吓得魂不附体，想退兵又怕杨镐的上方宝剑，真是左右为难，茶饭难咽。这天，满洲的二十名哨兵，到虎栏关放哨，吹响螺号，从容回应，仿佛临阵对敌。李如柏一听，吓得真魂出窍，赶忙命令退兵，一口气跑回沈阳，交了令箭。杨镐的二十万大军，四路兵马，最终弄得是马林只身逃回，李如柏全军而退。

却说姜宏立被押到罕王面前，吓得如鸡啄米般地一劲磕头，罕王问道："为何巴结明朝，与我为敌？"姜宏立战战兢兢地说："朝鲜本是明朝的属国。几年前，日本倭寇犯我边境，向明朝求救，得明朝兵来，把日本兵打退。这次，明朝叫我们出兵二万，我们受过恩典，义不容辞。我们出兵也不知同谁对仗，却不想与贵国兵马相遇，被贵军全歼。到现在才知道得罪了陛下，开罪了贵国，后悔不已。我们愿捐弃前嫌，两国重修旧好。"罕王听了这番话，觉得朝鲜不曾得罪，姜宏立言之有理，就改了笑容，说："朕初立国，看天地好生之德，饶恕你们，回去对国王说，要好自为之，不可多事。"姜宏立听罕王赦免了他，连连称是。

罕王退朝，传下圣旨，置办庆功宴，所有从征官员尽聚于御花园，杯觥交错，开怀畅饮。罕王宫内，也召集各妃子、阿哥、格格等开了一席家宴。当时，妃子们有叶赫纳拉氏、乌拉氏、觉罗氏和庶妃等，阿哥和贝勒有次子代善、三子家拜、四子汤古贷、五子莽古尔泰、六子塔拜、七子阿巴太、八子皇太极、九子巴布太、十子德格类、十一子巴布海、十二子阿济格、十三子赖幕布、十四子多尔衮、十五子多铎、十六子费扬古，都团团陪着罕王坐在一桌。这时罕王龙心大悦，胸襟开阔。十六子当中，最喜爱的是十四子多尔衮，众妃之中，最宠爱乌拉氏。这顿宴席，欢歌畅饮，直到月上三竿。

却说沈阳城的杨镐，自从派走四路兵马，就等着消灭小的满洲的胜利消息，而且是天天饮酒狂约会，早已忘了自己的重要职责。可是过了半个月，一点也没有战事的消息，又过了几天，才得知杜松全军覆没，不久又获得了其他三路兵马大败的报告，吓得他如坐针毡，屁滚尿流。眼见得隐瞒不住，只得上奏明朝。马林逃回，没加责罚；李如柏带兵撤回，却说灵活机动保护沈阳；又把刘铤装殓好。这时，神宗下了圣旨，说杨镐渎职，丧师误国，速回北京等待查办。杨镐胆颤心惊回朝，被削职为民。

再说罕王这时想起叶赫部的仇恨，就派四贝勒皇太极做元帅，掌先锋部，领一万兵马攻打叶赫。罕王随后进击。

这时，叶赫部主是金台石兄弟。自从明朝大败后，弟兄二人逃回本部，知道满洲要来攻打，便积极准备防范。这一天，听说四贝勒领兵前来，罕王也带兵马到了东城，二兄弟是加意防守。金台石守东城，罕王传令攻打，半天的时间攻不上去，满洲兵死伤众多。正在相持不下时，城西北角"轰"的一声坍倒了，原来罕王偷偷令兵士掘开的。满洲兵蜂拥而进。金台石爬上高台，让自己福晋带着儿子下台来，自己却不下来。罕王从下面对他说："你下来，好好顺服，朕照旧封你作贝勒。看在我们两家姻亲的情份上，绝不怪罪你。你城池已被攻破，你自己守住这高台有啥用呢？"金台石气愤地说："我和你都是部主，为何要降你呢？俺堂堂部主，今日被你灭了，也是天命。我自己不能灭你，死后倒要看你有啥好下场！"说完，自己在台上放火自焚，不想，高台倒塌，金台石摔下来，被满兵抓住。罕王命兵士勒死了他割下首级。这时，西城也正被皇太极攻打得危在旦夕，罕王派人把金台石首级送给贝勒布扬古，他见了哥哥的首级，吓得连声投降，开了城门。这样，西城也破了。罕王下令把城中金银财宝收掠一空。当天晚上，罕王把布扬古秘密处死，彻底灭了叶赫，消了心头之恨。

欲知后事如何，且听下回分解。

第三十九回　马雀山　明军败北遭覆没

灭叶赫　罕王大振除隐患

却说罕王灭了叶赫，军心大振，士气大增，就把队伍开到明朝边境驻扎下来。稍作休息，罕王就向明朝发动了进攻。明朝的边吏，怕再像杨镐一样吃亏，就不再反攻，任凭罕王取了开原、铁岭等城。一个月后，罕王觉得劳师在外不宜过久，就班师回国。走到半路，探马报："前方有一支人马，就是蒙古罕王的来使。"罕王想，蒙古立足西北，很强盛，目前拥有四十万大军，此来何意，还是先接见为好。他传令安营扎寨，接见使臣。当下，正中设了罕王的大帐，帐前站两排御林军，架起刀枪，让使臣从下边进到帐内。罕王在龙椅上坐定，左右站着大贝勒和四贝勒，侍卫在旁保护，文武大臣皆站在殿前。那使臣身躯高大，看去颇有勇力，他见到罕王急忙行礼，口称："蒙古使臣拜虎参见满洲罕王"，说着递上国书。大贝勒将国书接过，递给父王。罕王看罢，是要与满洲结盟，同抗明朝，但依仗是大国，语气高傲不逊，因而罕王脸上有些不悦，半晌不发一言。大贝勒和四贝勒见父王模样，便上前来看国书，大贝勒代善就要拔剑去杀拜虎，被罕王止住。罕王命人把拜虎领出大帐，招待他酒肉。然后就与贝勒和各大臣商议此事。有的说把拜虎放回，然后攻打；有的说杀了拜虎，割去其他兵士的耳朵，再放回去，让蒙古知道我们满洲的厉害。罕王听了，连连摇头。这时，十四子多尔衮就向罕王说："父汗，蒙古国共有五部，拥兵四十万，声势强大，遣使到我国，是探我国的口风，我们如今正要夺明朝天下，为何不跟蒙古结盟一齐攻打明朝呢？等灭了明朝，蒙古若再与我们争天下，那时攻他不迟。要是我国不同他联合，他反去联合明朝来进攻我国，我们就危险了，望父汗三思。"多尔衮说完，罕王高兴地摸着他的头说："你小小年纪，主意倒不错。"然后宣进使臣，说："我们满洲兵力也不弱，不过同你们蒙古是邻邦，一向友好，这次我国仍然跟你们好好结盟，望你回去奏明国主，共同攻打明朝。"拜虎连声答应，便回国复命去了。

再说明朝神宗皇帝撤了杨镐，听闻满洲占了开原和铁岭，又在殿上议事，有人保举熊廷弼代任经略。熊廷弼时任兵部侍郎，是湖北江夏人，正直忠诚，具有胆略。神宗便准奏，命他为辽东经略使，赐上方宝

两世罕王传·努尔哈赤罕王传

剑。熊廷弼深知陕尔浒大战惨败的原因，为了汲取教训，不蹈杨镐覆辙，他领了皇旨，不敢怠慢，第二天就点齐兵马，校阅了一遍。见兵马是兵无强兵、马无战马，心中叹息，恨满朝大臣，不知满洲好歹，也不知自己兵马毫无战斗力，任意主战，以致弄得如此糟糕。自己这一番出兵，总要为国立功。便领了兵马，一路辛辛苦苦，催马急进，到了辽阳。他看到驻守的兵队腐败得不成样子，就把总兵训斥了一顿，并请出上方宝剑，杀了两个从前线跑回的逃兵，总算整顿好了军纪。又督促兵士，日日到教场演练，准备火炮战车，修筑城墙壕垒。

　　罕王已调集大军，准备一举攻破明朝，一统天下。他命军驻扎在奉集堡，离沈阳四十五里路，得知熊廷弼认真防守，无懈可击，佩服熊廷弼是中原好汉，大将良材，便传令退回兴京。谁想，这事传到朝廷却变了味儿，说是熊廷弼不思报国，按兵不动，致使满兵逃离。神宗一道圣旨，把熊廷弼革职，派袁应泰作辽东经略。这袁应泰乃文官出身，对兵法武备全然不懂。罕王听说此事，便领八旗兵来攻沈阳。

　　沈阳总兵贺世贤，见满洲来攻，忙收城门关闭，领兵守城，同时快马飞报袁应泰。过了几天，只听一声呐喊，满洲兵铺天盖地而来，在城外架起云梯，猛攻城上。贺世贤命兵士放滚木礌石，正这时，城内火起，他知城内有了奸细，就向自己衙门口跑去，哪承想被扮成蒙民的满洲士兵杀死。满洲兵乘势进城。原来这都是罕王和范文程的妙计。满兵占领沈阳，出告示安民，不在话下。

　　消息被袁应泰得知不觉大惊，便将火炮排列于城垛上，自己率领总兵侯世禄、姜弼、梁仲善等，出城五里迎战罕王。这时罕王已犒军完毕，士气大振，领兵杀来。梁仲善不知好歹，讨一支令箭，领五千兵杀向满兵，罕王见来，用范文程计策，放他深入，然后包围厮杀，并阻住侯世禄援兵。梁仲善兵马成了瓮中之鳖，尽被斩杀，全军覆没。袁应泰领兵退回城中。

　　第二天，罕王领兵将城郭紧紧围住，一连几日攻不进去。罕王与范文程商议，范文程说："该城外有西大闸，可入水淹其城门。"这真是妙计，罕王准令。只见闸水汹涌，霎时淹没城门，守城明兵都逃进城去，惊慌失措。罕王领兵分两路攻城，东城一路渡水而上，西城一路援梯而上。袁应泰见大势已去，便悬梁自缢。张铨也自缢而死。罕王占领辽阳，命搜查主将，二人才被发现。罕王连声感叹："好两个忠臣，可敬，可敬！"命军士好好埋葬。辽阳既下，辽东附近五十寨及河东大小七十余城，皆望风而降。

消息传到明朝，众大臣慌乱起来，这时明朝皇帝已换了熹宗，想起错怪熊廷弼，便下旨仍任辽东经略。这熊廷弼上了如何镇守广宁、天津、登莱的奏折，皇帝一一准奏，并赐宴饯行。他谢了皇帝，当日起兵，到了广宁。辽东巡抚王化贞也在广宁，但与他意见不合，主张分兵防守，而他主张固守广宁。二人不合，王化贞便自作主张，领六万余兵望辽河而来，只留五千亲兵，让熊廷弼守广宁城。熊廷弼徒有经略之名，心中却也无奈。

罕王本忌惮明朝复用熊廷弼，探得广宁守情，知王、熊不合，心中大喜，便领大军迎战王化贞。

且说王化贞进兵，正遇着满兵，两下一声炮响，大战起来。正在战得难解难分之时，明军阵中大乱、自相践踏，原来是明朝游击孙得功要投满军，倒戈相向，刘渠、祁秉忠阻拦不住死在阵前。四贝勒正在阵前往来驰奔，招降兵士，见孙得功领一彪军列，正要放箭。孙得功连忙挥手止住，扔掉兵器，下马走到四贝勒面前说："我是明将孙得功，今阵中大乱，是我欲投贵国，倒戈相向所为。请稍候，待我把王化贞擒来，再随你归国。"说罢，上马领兵回去。四贝勒心疑，见他獐头鼠脑不像好人，哪能容他逃去，便拈弓搭箭，把他射死，大军随后掩杀，孙军所剩兵士尽皆投降。王化贞只带几十人逃去，恰如丧家之犬。正在逃跑，迎面遇到一支兵马，疑是满兵，吓得浑身发抖，再一细看，是熊廷弼前来接应。见到熊廷弼，王化贞放声大哭。熊廷弼道："不听我言，致使六万大军一朝覆没，如今满军士气正盛，若要追来，我等命休矣！"话没说完，探马报："广宁已被满军攻下，锦州、大小凌河、松山、杏山等城，均已失陷。"熊廷弼顿足说："完了，完了。"这时，山中鼓角声声，杀出一彪军马，当中一员大将，正是满洲大贝勒代善。这一万铁军，熊廷弼的五千疲弱之兵如何能够抵挡，一时被杀净尽，可怜熊王二人只身逃回明朝。熹宗大怒，将二人斩首。

却说罕王同范文程之计，以精锐之兵对付王化贞、熊廷弼，并分出兵马乘广宁空虚而取之，并连攻下锦州等城。这是自萨尔浒大败明军以来的又一大捷。罕王让各路兵马唱凯回师，休整后再战。

罕王把八旗兵全都驻扎沈阳，招募良工巧匠，把城池重加修筑，建造宫殿，并开造了四门：中置大殿，名笃恭殿；前殿名崇政殿，后殿名清宁宫；东有翔凤楼，西有飞龙阁，楼台掩映，金碧辉煌，不亚于明朝首都。罕王便依着范文程计策择日迁都沈阳，改沈阳为盛京。迁都大典极尽人君之礼。八旗诸王、大臣、总兵、将官应邀来到殿前，他们分左、右两翼两厢站好，罕王坐在殿内金交椅上，一时宫廷上下、鼓乐喧天，载歌载舞，热闹异常。这时罕王文有额尔德尼、范文程等，武有安费扬古、李永芳等，加之四大贝勒智勇兼备，可谓盛极一时。庆典中，自然是大宴群臣，极尽欢洽。

却说明朝斩了王化贞、熊廷弼，改任孙承宗为辽东经略，谁想这孙承宗虽有守边之才，却不会交结朝中权贵，得罪了阉党魏忠贤，被参免职。熹宗又命高第为辽东经略，袁崇焕为监军。但不久高第告退还乡，皇帝就提拔袁崇焕做了辽东经略，镇守宁远。袁崇焕是山东人，天生一身的智谋和武艺，曾在熊廷弼、孙承宗手下做过武官，官至游击之职，高第手下做监军。他做经略后，日夜操练人马，养着锐气，所部兵马以炮兵和铁骑兵最精，专等满洲兵来厮杀。

欲知后事如何，且听下回分解。

却说罕王与范文程在宫廷后花园中闲谈，议论一些治理收服之地的事，特别是满洲大军占领辽东后，出现了一些新的问题，必须采取相应的政策，以巩固政权和赢得民心。

罕王占领辽东后，曾遭到辽东人民的反抗，反对后金的起义风起云涌。起初罕王命兵镇压，这不但不起作用，而且更加激化了矛盾。面对复杂、尖锐、动荡的危险局势，罕王果断地确定了承认辽东汉民原有的封建制，陆续缩小满族奴隶制并促进其向封建制过渡的方针，及时推行了"各守旧业"和让丁授田等过渡性的政策。在满洲兵攻下辽阳的第八天，他下达汗谕说：对经过"死战而得获之辽东城民，尚皆不杀而养之，各守旧业"，使"辽民皆各业其力，经商行贾，美好水果，各种良物，随其所产，此乃长远之利矣！"辽民应快归顺，则"各守其宅，各耕其田"。

按照这一政策，辽东兵民可以各自保有自己原来的祖业，各自从事先前从事的行业，因此，地主的田地房宅依然归其所有，经商的照样采购销售，富家大户仍然可以雇工，佃农照旧租田，雇农依旧打工。使汉人封建制得到保障，因此，汉人，特别是辽东的兵民称他为金国英明汗。罕王还推行"计丁授田"的政策，把无主田授与满汉人丁，安定了辽东。因而，罕王在征伐明朝的过程中，曾谕令汉人归顺，辽河以东的镇江、威远、海州、长宁、鞍山等七十余城官民"俱削发降。"

罕王还推行大量任用汉官的政策，并特别注意收罗和起用明朝的罪臣，废官及中下武将和官吏，凡"归向我等"，"谄谀于我等，出其力，致其力。"范文程、李永芳、佟养性、刘兴祚等皆成罕王重臣就是很好的榜样，也确实起到了招降纳叛、离间明朝的重要作用。

征伐明朝以来，这些政策，都体现了罕王的英明之处，但在迁都沈阳前后，罕王滋长了轻敌骄傲情绪，忽视了以前抚民等开明政策，从"恩养尼堪"转变为不论贫富，均皆杀戮，引起民恨，激起反抗。而且内部纷争迭起，四大贝勒到八旗高管皆遭罕王训斥和处罚，甚至降职、斩杀，这样一来，汗威无比，群臣畏惧，三缄其口。还有，青少年时一起起兵的"五大臣"额亦都、安费扬古、费英东、扈尔汉、何和里相继亡故,使罕王时常感伤。诸此等等,使罕王成为一个真正的孤家寡人,不知下情,难辨是非。这为以后的军事失利埋下了种子。

这天,承启官上殿奏称:"今有探马探得明朝消息,在殿外候旨。"罕王说:"宣他进来。"那探马走上金殿,跪倒于地,罕王命他:"快快奏来。"探马便说:"臣奉旨进关,探得明朝如今魏忠贤当国,高第退职,辽东经略使换了袁崇焕,陛下若攻伐明朝正是时机。"罕王说:"再探!"

罕王是善于闻风而动的,熊廷弼下台,借机占了辽沈,这次听说高第去职,袁崇焕宁远城孤守的消息,岂能错过这良好机会。

经过充分的准备,后金国天命汗努尔哈赤便急不可待地从沈阳出发,亲自统帅十三万大军,号称二十万,来攻打宁远城。大军过辽河、东昌堡皆无阻碍。在西平堡,前哨部队抓住几名明军探马,得知宁远城以外的城堡,均无大部队防守。大军一到,毫无抵抗,于是罕王兵马如入无人之境,长驱直入。

满洲兵马从沈阳出兵,袁崇焕就得知了消息,他与总兵满桂、参将姚抚民、胡一宁、金冠,游击季善、张国清等,各有任务,对守城作了周密部署。尽管守城兵将不足三万人,袁崇焕却临战不惊,指挥有方,以等来敌。他把大炮布置在城头,还命令同知陈维模负责稽查城内奸细,及时查清,并安排好了粮草供应,准备打持久战。

罕王深谋远虑,许多事皆未雨绸缪,他曾向李永芳、李小芳父子安排了在宁远城布置谍报人员的事。李永芳便把李小芳和柯海洲化妆成商人混进城去,一见十一门西洋大炮,不禁大惊失色。这炮据说是英国造,是密集骑兵的死对头。二人一见这些"庞然大物,立刻绘出大炮所在的位置。谁知他们的行踪被守城兵卒发现,被逮到袁崇焕和满桂面前,幸好李小芳带有马如龙写给满桂的信,经满桂解释,袁崇焕一再表示歉意,并为二人摆酒压惊。其实,袁、满早已识破二人身份,只是先施稳兵之计,两天后,罕王一起兵,二人便被满桂抓了起来。

罕王兵马在几天后来到宁远城,他把御鞭一指:"八旗健儿们!立刻包围宁远城。训练有素的八旗兵霎时把宁远城围得铁桶一般。范文程献招降之计,想不战而胜。罕王就让他起草了一封劝降书,送到城上。袁崇焕看罢书信,默然拒绝。罕王知袁崇焕是疑兵之计,本想到城下用激将法,诱引袁崇焕出城应战,以消灭有生力量。但看到众兵将摩拳擦掌，纷纷请战攻城，只得打消引蛇出洞念头，发出攻城命令。

平时满洲军临阵，都是采取战车和步骑相结合的阵法。阵前排列战车，车前挡上五六寸厚的木板，裹上生牛皮，既可藏身，还可避弹避火，也可防止滚木、礌石的砸打。战车后是弓箭手、小车，填堑平壕，铺平道路。最后面是八旗铁骑，厉害无比。这种战术每战必胜。面对智勇兼备的袁崇焕再用这种战法，却失去了往日的效果。

宁远城城墙坚固，不怕满军的车骑战法。当八旗兵进入射程之内，十一门大炮齐发，炮弹在骑兵中爆炸，烟尘过后，尸横满地。由于罕王亲自督战，八旗兵奋不顾身，许多战车冲到城下，已把城墙撞破了几个窟窿。正要攻破城墙时，却见城上撒下带火药的被褥，大火一下子烧起来。八旗兵正在凿墙时，由于火药溅到身上，火苗无法扑灭，加之火借风力，越烧越旺，就这样一个个被活活烧死。就这样，罕王攻城一天也未奏效。八旗兵马死伤惨重。第二天，罕王命大贝勒和二贝勒重点进攻西南城，也被火烧得退了回来。罕王见久攻不下，命令退兵。

第三天早晨，罕王重新布置兵力时，见宁远城外吊着两个冻得冰硬的尸首，原来是李小芳和柯海洲，已被袁崇焕缢死示众。八旗兵一见，气愤万分。罕王更是气涌胸膛，便分派李永芳攻打东门，佟养性攻打西门，众贝勒从南北两门强攻。这场战斗，从上午打到下午，仍然毫无进展。下午明朝猛烈发炮，罕王急令后退，忽然一颗炮弹在罕王附近爆炸了，罕王的额角被弹皮炸伤，昏倒在地。大贝勒忙背起罕王，领兵撤退。

大贝勒代善一路小跑把罕王背回营地，经过这番折腾，罕王已从昏迷中醒来，只是觉得头痛难忍。随军太医诊视后，说是皮肉伤，实属万幸，并让罕王静心休养。罕王却挂念着攻城大事，昼夜思考破敌之计。他想到三国上火烧乌巢断敌粮草的故事，便想，当前冰天雪地，明军粮草储存在觉集岛，正宜趁海湾结冰之机，派支兵马攻到岛上，火烧其粮草，好出我一口胸中恶气。

罕王侍卫传来大贝勒和武纳格，指着墙上的军用地图，下令说："觉集岛离这里二十多里地，代善带一千骑兵，武纳格领三千骑兵（蒙古），从冰上过去，袭击岛上守军。把守军消灭后，再烧毁岛上的明军粮草，不得有误！"二人连夜带兵直扑觉集岛。

觉集岛位于辽西海湾，西距宁远二里许，形似葫芦，为历来辽东兵马屯粮之地，驻军七千余人。此时正值隆冬，海水结冰，人马可行。驻岛明军多驻于冰上，营房外围用战车圈起，犹如一座城郭。袁崇焕派参将姚抚民镇守，为防范满军偷袭，并命兵把靠近海岸的冰凿开，可是天气寒冷，冰被凿开，随后便冻上，而且不断加厚，便不再凿冰，只好移营冰上，以利防范。

却说大贝勒和武纳格领军来到海边，一见结的厚冰，万分高兴，便兵分两路，进入岛上。明朝守军猝不及防，又因多是水手，不善战阵，尽管拼力阻挡，但被后金铁骑往来冲杀，皆死于战刀之下。岛上守军被查清后，代善命火烧明军粮草。袁崇焕得信后已无力去救，只好眼看着粮草被后金焚毁。

罕王总算出了口恶气，才令撤兵，回师沈阳。

袁崇焕派人到京师报捷奏凯，熹宗皇帝龙颜大悦，下旨调拨金条十万两，犒赏宁远守军，并赏袁崇焕白银二千，仍然镇守宁远，对满桂、祖大寿等亦皆有赏赐。朝廷上下交口称赞袁崇焕功绩，只有魏忠贤妒火中烧，闷闷不乐。

罕王在宁远的兵败，是他有生以来失败最惨重的一次。

罕王一生戎马驰骋44年，几乎没有打过败仗，可谓历史上的常胜统帅。但他占领广宁后，年事已高，体力衰弱，深居简出，怠于理政。他对宁远守将袁崇焕没有仔细研究，对宁远守城炮械也没有侦知实情。他只看到明朝辽东经略换人等因素，而没有全面分析敌我，便贸然进攻，吞下了骄帅必败的苦果。

回师沈阳后，罕王一直忙于宫内之事，由于年事已高，他不能不考虑后金政权的命运问题。此前，在立太子问题上，先后有太子褚英被斩后，立代善为太子；又因代善与大妃乌拉氏有染而废掉，后来才立四贝勒皇太极为太子。在代善为太子期间，罕王还搞了一个四王执政的试验，让他的四大贝勒按月执政，结果被罕王否决了，同时也证明了代善继承汗位是不当的。这是在与大臣议事中决定立皇太极为太子的另一个原因。

罕王在立储问题上考虑很多，经过缜密思考，他决定由四大贝勒执政再升一级，以八大贝勒共治国政，来维护后金政权的长治久安。

罕王把自己的想法告诉了军师范文程。罕王说："对国家治理问题，朕决心进行改革，实行八王共治，这八王就是四大贝勒和四小贝勒（德格类、济尔哈朗、阿济格、岳托）。范先生以为如何？"文程说："八王共治，各执一词，各据一方，群龙无首，没有中心，不好办！"罕王说："有，中心就是新罕王。"文程道："这新罕王不就是太子吗？"罕王说：

"是太子继承汗位，成为新罕王，但他不能独揽大权，军国大事必经八王裁定。"文程听懂了，说："这招太好了，可以防止新罕王独断专行。"罕王道："正是，这新罕王若不接受八王的规劝，一意孤行，八王就可对其定罪；若还是屡教不改，就可监禁，直至撤去他罕王的职位。财物上也按'八分'分法，以免财富分配不均。审理诉讼要分三级，先是办事官初审，然后大臣复审，最后八王定案。"文程拍手叫好。

随后，罕王召集八大贝勒开会，施行八王共治政策，诏令全国，确定八王共治有罕王立废，军政议诀、司法诉讼、官吏任免等重大权力。八王会议就因此成了后金国的最高权力机关，也成为约束新罕王的监督机构。

处置好内政后，罕王决定出兵征服蒙古。他不顾贝勒和大臣的劝阻，亲率两万八旗兵精锐，精神抖擞地踏上了征程。经过半个月的征讨，所向披靡，大获全胜，终于把蒙古各部族完全征服。回师沈阳后，罕王龙心大悦，对部将分封发赏，大宴群臣，犒赏八旗军。这次胜利挽回了宁远兵败的名声、重振了军威。

由于劳师远征，加之连日的酒宴，罕王的体力有所不支。还有辽东又逢罕见的大旱，粮食歉收，皮革也销路不畅、生活用品缺乏，人心不稳，这些令罕王心力交瘁。六十八岁的罕王不幸地得了一种病，背上长了名叫痈疽症的毒疮。不久，因疮痛难忍，由二贝勒护送，离开沈阳，去清河疗养。在清河疗养了一些时日，这天觉得身上清爽许多，便要回沈阳。阿敏便护送而回。知罕王回宫，贝勒、大臣俱来迎接，罕王很是高兴，问了许多宫内之事，没想到毒疮发作，突然昏厥。太医赶紧诊治，不久罕王悠悠转醒。醒来，他觉得自己大限已到，就对众贝勒和大臣说："朕年近七十，死不足惜，务望众大臣，帮助贝勒夺取明朝天下。"众贝勒和大臣一齐跪下，说："遵旨！"罕王又对众贝勒和大臣道："朕登极之时，已立四贝勒为太子，朕死后，尔等立四贝勒皇太极为罕王。"众贝勒、大臣又齐声说："遵旨！"这时，罕王气色已变，环视众贝勒、大臣微微一笑，然后气绝身亡。逝世这年，天命罕王努尔哈赤是六十八岁。天聪三年（1629），清太宗皇太极葬罕王努尔哈赤于沈阳福陵，初前谥武皇帝，庙号太祖，后改谥为高皇帝。

罕王是中国历史和世界历史上的一位杰出人物。他统一了女真各部，实现了社会改革，并为大清国建立和清军入关统一中原奠定了基础。

白驹过隙，恍若隔世。傅老已逝 10 载，斯人已去，情景依旧……每到冬季大雪纷飞时，我总能感受到一双大手的温度！那双能文能武，留下无数满族传说故事和民间舞蹈、绘画的大手，捂住我冻红的耳朵……让我真切地感受到父爱般的暖流。

记得那是 2001 年冬季也是我第十一次来到傅老家，开始与傅英仁老先生合作整理满族说部《罕王传》，《罕王传》全名《两世罕王传》，上部是《王杲罕王传》，下部是《努尔哈赤罕王传》，因上部王杲传已在富育光先生手中，我按照傅英仁先生的意见接手了下部《努尔哈赤罕王传》的整理工作。

《努尔哈赤罕王传》更多地依照民间传说、故事来解释努尔哈赤一生中的主要事件；人物性格的刻画、语言描写都有很鲜明的满族民间故事特色。在东北广大民间关于罕王的传说很多，最让人记忆难忘的莫过于：《努尔哈赤吃包儿饭的传说》、《乌鸦救主》、《义犬救罕王》等。满族是女真族的后裔，他们很早以前就生活在我国东北地区，逐渐形成了本民族的风俗习惯。传说努尔哈赤当上"大汗"之后，为了不忘前言，就给满族子孙立下了几条规矩，其中有三条已是固定化了，成了满族人人皆知的传统风俗。一是满族人家在正房西山墙外，立有"万历妈妈"的祖宗龛子。这是为了纪念梨花的，即传说中的"万历妈妈"。一切祭祖，都像对待祖先一样。但是，梨花因是汉人，不是本族，所以，龛子设在门外，真正的祖宗龛子是设在正房西屋的西山墙上；二是满族人不杀狗，不戴狗皮帽子，不吃狗肉。谁要戴着狗皮帽子到满族人家祖宗龛子跟前，就被看作污辱自己的祖先一样；三是满族人家大门左侧都立有索伦杆子。杆子上有斗，富贵人家是用银子做的，普通人家是用锡做的，里边放有五谷杂粮，这里不忘老鸹救罕王之恩，喂老鸹吃的。在这三条之中，"杆子祭天"不仅满族人家中常设，而且清政府也设有固定的"杆子祭天"场所，在清宁宫门前"竖神竿，长丈余，顶冠锡盘"用来祭天，一般春秋两季举行祭祖。这种古老的祭祀，到后来逐渐形成了满族的萨满教信仰一部分。这也正是民间传说的魅力和影响力所在。

傅英仁所生活的宁安市史称"宁古塔"，是满族的发祥地之一。这片神奇的土地，流传着不尽的神话和故事，养育了富察氏的后代、祖居宁古塔的满族说部传承人傅英仁所讲述的民间故事，口头性强、流传范围广，具有浓厚的乡土气息。

　　笔者在整理《努尔哈赤罕王传》的过程中，摆脱了一般民间文艺学者的世俗观念和偏见，既忠实于传承人的讲述，保持民间口头文学的原生态，又秉承思想解放、勇于创新的精神，把满族说部及其艺人们的文化创造，从几尽被湮没的历史和社会的边缘，带入到一种学理探讨的主流话语之中。《努尔哈赤罕王传》借用汉族对长篇叙事文学的界定，是散韵结合的综合性口头艺术。从满族说部传承人、传承方式到满族说部文本情况的演绎，伴随着满族在历史、社会乃至文化上的巨大变迁，满族说部传承衍生出独特的演化模式：由口传到书写的利用，从氏族秘传到共同地域的广泛传递，由满语演唱到满汉混合语的演述，从而实现多族群的共享。

　　考古发掘证明，东北这片富饶美丽的沃土，人类文明开发史极其悠远丰富。亘古以来，曾经生息着古肃慎人，如挹娄、勿吉、靺鞨、女真……满族传统说部，属于在我国北方满族及其女真先民中传袭的古老的民间口承艺术遗产，满语俗称"乌勒本"，译成汉意就是"传记"之意。满族传统说部的传承，源远流长，为后世保留下一笔重要的口头或书面的历史回忆。其中，有的说部不论史学价值或者艺术塑造都达到一定造诣，生活气息浓烈，千载流传不衰。如在吉林省珲春地方收集到日伪时期日本人采录的传颂红罗女忠贞爱情的《银鬃白马》和建国以来陆续录记和征集的《红罗女》、《红罗女三打契丹》、《红罗与绿罗》等，均属同一主题。进入明代特别是明中叶以后，中国北方满族说部的产生和传播则进入空前繁荣期，题材广泛，形式活泼，内容丰富，讲述与传承者亦不单纯拘泥于某个氏族哈喇（姓氏），甚至有高官显贵亦加入说部的创作、讲述与传播中。满族说部因其讲唱内容迥然，在漫长的社会演进中已逐渐形成一些严格的不同传播形态，构成满族说部现实特有的传承与保护特征：凡讲唱本家族族源历史或家族英雄传奇类的说部，原传袭家族视为祖传遗产，至今多由有直系血亲关系的后裔承继和保护，父传子，子传孙，直系无传传嫡庶，有清晰的传承谱系。这类说部始终保持单传性质。如，黑龙江省宁安市满族傅氏家族传讲说部《萨布素将军传》、《两世罕王传》等，均流传百余年。

著名满族说部传承人傅英仁自小受过一定文化教育，有着惊人的记忆力。他从小生活在满族聚居区，本氏族或生活的村庄中都有浓厚的"讲古"氛围，而他又对本民族的文化有着深厚的情感。因此，使满族说部能够传承下来。

　　如今，经过岁月的沧桑，《努尔哈赤罕王传》最终能够面世，是一大幸事。谨以此书献祭傅英仁老先生，愿他在天堂依然开心、快乐！

王松林

2014 年 5 月 8 日于长白山松林书苑

后
记

傅英仁，男，满族，1919 年生于黑龙江省宁安县，2004 年 11 月去世，享年 86 岁。傅英仁 1946 年参加工作，曾历任小学教员、校长、中学教员、干校副校长、县志编辑室主任等职，1983 年离休。曾任宁安县人大常委会常委、县政协常委，中国民间文艺家协会理事，黑龙江省民间文艺家协会理事。1984 年被黑龙江省民间文艺家协会授予"故事家"称号。

傅英仁出身满族世家，祖上辈辈都是满汉齐通的官员，祖母、母亲、父亲、三祖父都是讲故事的能手。三祖父向他传授了《萨布素将军传》、《红罗女》、《金世宗走国》、《东海窝集传》和《老罕王传》等 5 部长篇说部。他姨夫关振川、舅父郭鹤龄、三舅父梅崇阿向他传授了萨满神话故事、官场佚事、宫廷见闻等故事和《莽式舞》、《扬烈舞》等 4 个满族民间舞蹈。自 20 世纪 80 年代以来，他陆续整理这些故事，并在报刊上发表了三百余篇。上海文艺出版社出版了傅英仁《满族民间故事》、黑龙江人民出版社出版了傅英仁《萨满神话故事集》。

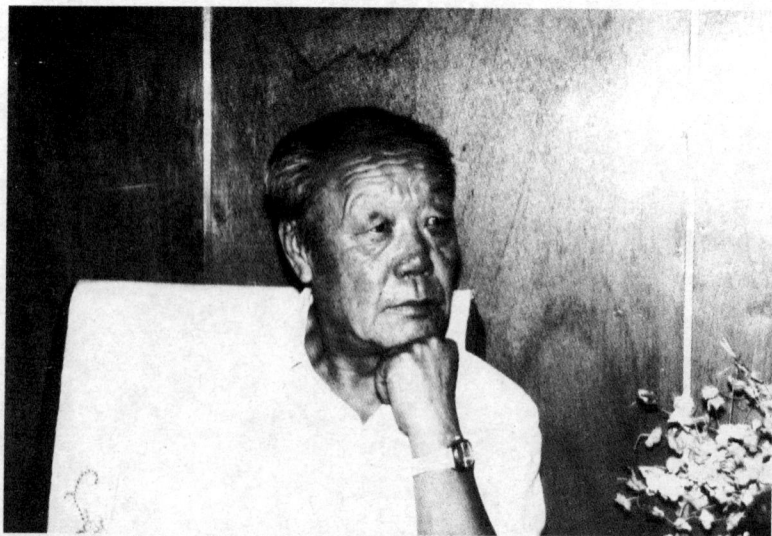

两世罕王传·努尔哈赤罕王传

王松林，1964生，笔名方琪。吉林省公主岭人。1998年毕业于中国社会科学院研究生院，现供职吉林电视台文艺中心副主任。曾历任《图们江时报》总编、《新文化报》副总编、中共吉林省委宣传部正处级调研员等职。现为中国作家协会会员、中国民间文艺家协会会员、中外散文诗研究会会员、吉林省美术家协会会员、长白山文化研究会副会长、吉林省民间文艺家协会副主席、东北师范大学民族与疆域研究中心兼职教授。

王松林自少年时开始文艺创作，至今已出版长篇小说《拓疆龙》（与人合作）；诗集《野孩子》、《夜里也有太阳》、《文虫自鸣》；散文报告文学集《蓝色之梦》、《东海满族风情》、《走过大野地》；民间文学方面，出版了由他实录整理的《满族萨满神话故事》（吉林人民出版社）；学术论文与著作有《远去的文明》、《中国北方森林图画文字》、《中国满族面具艺术》（辽宁民族出版社）、《萨满祭祀与神灵崇拜》等。先后荣获"世纪之光"文学奖一等奖和社科优秀成果奖等。在20世纪末和21世纪初，他曾多次到黑龙江省的宁安县、双城市、调查、访问傅英仁、马亚川等满族文化传承人，从傅英仁处征集到《金世宗走国》、《比剑联姻》、《罕王传》、《红罗女》等满族说部手稿（或复印件），从马亚川处征集到《女真谱评》、《瑞白传》、《金兀术传》（部分）手稿的复写件，在吉林省启动抢救满族说部工程的前期做了一些有益的工作。

图书在版编目(CIP)数据

两世罕王传·努尔哈赤罕王传 / 谷长春主编.

长春:吉林人民出版社,2016.7

(满族口头遗产传统说部丛书)

ISBN 978-7-206-12618-5

Ⅰ.① 两…

Ⅱ.① 谷…

Ⅲ.① 满族—民间故事—中国

Ⅳ.① I277.3

中国版本图书馆 CIP 数据核字(2016)第 168673 号

两世罕王传·努尔哈赤罕王传

主　　编:谷长春

责任编辑:林　毅　于二辉　　　封面设计:张　娜

制　　作:吉林人民出版社图文设计印务中心

吉林人民出版社出版 发行(长春市人民大街7548号　邮政编码:130022)

印　刷:天津画中画印刷有限公司

开　本:787mm×1092mm　　　1/16

印　张:22　　　　　　　　　字　数:360千字

标准书号:ISBN 978-7-206-12618-5

版　次:2016年8月第1版　　　印　次:2021年1月第2次印刷

印　数:1-1 500册　　　　　　定　价:78.00元(全两册)

如发现印装质量问题,影响阅读,请与出版社联系调换。